U0120383

爱阅读

# 爱阅读

5 大要点延伸，精彩再现
极具阅读价值的“经典选本”

阅读领航
——快速洞悉全书结构，教你巧抓重点
阅读准备
——丰富全面的文学常识，助你加深理解
阅读指导
——名师全程陪伴，轻松享受快乐阅读
阅读链接
——分享心得感悟，更多精彩收入囊中
阅读训练
——考查阅读效果，真正实现读写贯通

阅读经典　获益一生

语文爱阅读

无障碍·导读本

HAIDI LIANGWAN LI

# 海底两万里

[法] 儒勒·凡尔纳/著

陈筱卿/译

中国教育出版传媒集团

高等教育出版社·北京

图书在版编目（CIP）数据

海底两万里 / (法) 儒勒・凡尔纳著 ; 陈筱卿译
. -- 北京 : 高等教育出版社 , 2023.4
ISBN 978-7-04-059271-9

Ⅰ. ①海… Ⅱ. ①儒… ②陈… Ⅲ. ①幻想小说-法国-近代 Ⅳ. ① I565.44

中国版本图书馆 CIP 数据核字（2022）第 153015 号

策划编辑　龙　杰　王　羽　　责任编辑　王江媛　　封面设计　书香文雅
责任校对　王　雨　　责任印制　刁　毅

出版发行　高等教育出版社
社　　址　北京市西城区德外大街 4 号
邮政编码　100120
印　　刷　肥城新华印刷有限公司
开　　本　787mm × 1092mm　1/16
印　　张　28
字　　数　458 千字
购书热线　010-58581118
咨询电话　400-810-0598
网　　址　http://www.hep.edu.cn
　　　　　http://www.hep.com.cn
网上订购　http://www.hepmall.com.cn
　　　　　http://www.hepmall.com
　　　　　http://www.hepmall.cn
版　　次　2023 年 4 月第 1 版
印　　次　2023 年 4 月第 1 次印刷
定　　价　55.00 元

本书如有缺页、倒页、脱页等质量问题，请到所购图书销售部门联系调换

物 料 号　59271-00

# 总　序

前不久，高等教育出版社“爱阅读”系列丛书总策划与我联系，说他们策划了一套“爱阅读”文库，读者对象主要是中小学生。这套丛书可以作为他们的课外阅读用书，希望我写篇序。作为一名语文教育工作者，在最近“双减”政策的大背景下，我为学生介绍这套优秀课外读物责无旁贷，也觉得更有意义。

## 一、“双减”以后怎么办？

前不久，中共中央办公厅、国务院办公厅印发了《关于进一步减轻义务教育阶段学生作业负担和校外培训负担的意见》，对减轻义务教育阶段学生作业负担和校外培训负担做出严格规定。我认为这是一件好事。教育的根本任务是立德树人，是培根铸魂，是启智增慧，是培养德智体美劳全面发展的社会主义建设者和接班人，是为中华民族伟大复兴提供人才，而不是培养只会考试的“机器”，更不能被资本所绑架。所以中央才“出重拳”“放实招”，减轻学生过重的课业负担，减轻家长过重的经济和精神负担。

“双减”政策出台后，学生、家长一片欢呼，再也不用在各种培训班之间奔波了，但对学校老师来说，这是一个新挑战，当然也是新机遇。学生在校时间增加，这部分增加的时间怎么安排？如何让学生利用好课外时间？这都考验着老师们的智慧。而开展丰富的课外活动正好可以解决这个难题。比如，热爱人文的，可以参加阅读写作、演讲辩论、传统文化、民风民俗等方面的社团活动；喜爱数理的，可以参加科普科幻、研究实验、统计测量、天文观测等方面的兴趣小组；学校也可以组织开展体育比赛、艺术体验（音乐、美术、书法、戏剧）和劳动教育等实践活动。当然，这些活动应以培养学生的兴趣爱好为目的，以自愿参加为前提，既不能成为给学生“加码”的课时，也不是教师实施“题海战术”的手段。学校可以通过多方拓展资源开展课后服务，比如，利用博物馆、图书馆、科技馆、陈列馆、少年宫、青少年活动中心，甚至校外培训机构的优质服务资源；还可组织志愿服务、社会调查等，促进学生全面发展。

## 二、课外阅读新机遇

近年来，新课标、新教材、新高考成为语文教育改革的热词。前不久，我在“朋友圈”看到一个视频，视频中说语文在中高考中的地位提高了，难度也加大了。这种说法有一定道理，但并不准确。说它有一定道理，是因为语文能力主要指一个人的阅读和写作能力，而阅读和写作又是一个人综合素养的体现。语文能力强，有利于学习别的学科。比如数学、物理中的应用题，如果阅读能力上不去，读不懂题干，便不能准确把握解题要领，也就没法准确答题。英语中的英译汉、汉译英题更是侧重考查学生的语言表达能力。历史题和政治题往往是通过阅读大段材料，让学生去分析、判断，从而得出自己的结论，并表述自己的观点或看法。从这个意义上说，语文在中高考中的地位提高是有一定道理的。说它不准确，有两个方面的原因：一是语文学科本来就重要，不是现在才变得重要的。之所以产生这种错觉，是因为过去在应试教育的背景下，语文的重要性被弱化了；二是语文考试的难度并没有增加，增加的只是阅读思维的宽度和广度，考试注重考查阅读理解、信息筛选、应用写作、语言表达、批判性思维、辩证思维等关键能力。可以说，实施真正的素质教育必须重视语文。因为语文是工具，是基础。不少家长和教师认为课外阅读浪费学习时间，这主要是教育观念问题。他们之所以有这种想法，无非是认为考试才是最终目的，希望孩子可以把更多时间用在刷题上。其实，他们只看到课标和教材的变化，以为考试还是过去那一套，没有看到考试评价已发生深刻变革。中共中央、国务院印发的《深化新时代教育评价改革总体方案》明确指出："稳步推进中高考改革，构建引导学生德智体美劳全面发展的考试内容体系，改变相对固化的试题形式，增强试题开放性，减少死记硬背和'机械刷题'现象。"显然就是要通过改革教育评价引领素质教育。新高考招生录取强调"两依据，一参考"，即以高考成绩和高中学业水平考试成绩为依据，以综合素质评价为参考。这也就是说，高考成绩不再是高校选拔新生的唯一标准，高校不只看谁考的分数高，而是看谁更有发展潜力，更有创造性，综合素质更高，从而实现由"招分"向"招人"的转变。这绝不是仅凭一张高考试卷能够区分出来的，"机械刷题"无助于全面发展，学生必须在课内学习的基础上，辅之以内容广泛的课外阅读，才能全面提高综合素养。

### 三、"爱阅读"助力成长

这套书是为中小学生读者量身打造的，符合"好读书、读好书、读整本的书"的课改理念，可以作为学生课内学习的有益补充。我一向认为，要学好语文，一要读好三本书，二要写好两篇文，三要养成四个好习惯。三本书指"有字之书""无字之书"和"心灵之书"，两篇文指规矩文和放胆文，四个好习惯指享受阅读的习惯、善于思考的习惯、乐于表达的习惯和自主学习的习惯。

对于中小学生来说，首先是读好"有字之书"。"有字之书"，有课本，有课外自读课本，还有"爱阅读"这样的课外读物。所以我们不能眉毛胡子一把抓，要区分不同的书，采取不同的读法。一般说来，有精读，有略读。精读需要字斟句酌，需要咬文嚼字，但费时费力。当然也不是所有的书都需要精读，可以根据自己的需要决定精读还是略读。新课标提倡中小学生进行整本书阅读，但是学生往往不能耐住性子读完一整本书。新课标提倡的整本书阅读，主要是针对过去的单篇教学来说的，并不是说每本书都要从头读到尾。教材设计的练习项目也是有弹性的、可选择的，不可能有统一的“阅读计划”。我的建议是，整本书阅读应把精读、略读与浏览结合起来，精读重在示范，略读重在博览，浏览略观大意即可，三者相辅相成，不宜偏于一隅。不仅如此，学生还可以把阅读与写作、读书与实践、课内与课外结合起来。整本书阅读重在掌握阅读方法，拓展阅读视野，培养读书兴趣，养成阅读习惯。

再说写好两篇文。学生读得多了，素养提高了，自然有话想说，有自己的观点和看法要发表。发表的形式可以是口头的，也可以是书面的，书面表达就是写作。写好两篇文，一篇规矩文，一篇放胆文。规矩文重打基础，放胆文更见才气。规矩文要求练好写作基本功，包括审题、立意、选材、结构等方法，掌握记叙文、议论文、说明文、应用文的基本要领和写作规矩。规矩文的写作要在教师的指导下进行。放胆文的写作可鼓励学生放飞自我、大胆想象，各呈创意、各展所长，着力训练应用写作能力、语言表达能力、批判性思维能力和辩证思维能力。放胆文可以多种多样，除了大作文外，也可以写小作文。有兴趣的，还可以进行文学创作，写诗歌、小说、散文、剧本等。

学习语文还要养成四个好习惯。第一，享受阅读的习惯。爱阅读比读什么更重要。每个同学都应该有自己的个性化书单，有的同学喜欢网络小说也没有关系，但需要防止沉迷其中，钻进“死胡同”。这套书就给中小学生课外阅读提供了大量古今中外的名家名作。第二，善于思考的习惯。在这个大众创业、万众创新的时代，创新人才的标准，已不再是把已有的知识烂熟于心，而是能够独立思考，敢于质疑，能够自己去发现问题、提出问题和解决问题，需要具有探究质疑能力、独立思考能力、批判性思维和辩证思维能力。第三，乐于表达的习惯。表达的乐趣在于说或写的过程，这个过程比说得好、写得完美的结果更重要。表达形式可以不拘一格，比如作文、日记、笔记、随语、漫画等。第四，自主学习的习惯。我的地盘我做主，我的语文我做主。不是为老师学，也不是为父母长辈学，而是为自己在精神上的成长学，为自己的未来学。

愿广大中小学生能借助这套书，真正爱上阅读，插上想象的翅膀，飞向未来的广阔天地！

顾之川

2021年10月15日

于京东大运河畔之两不厌居

爱阅读

# 译　　序

陈筱卿

儒勒·凡尔纳(1828—1905)是19世纪法国著名的探险小说作家，特别在科幻小说题材创作领域享誉全世界。

19世纪最后的25年，人们对科学幻想的爱好蔚然成风。这与这一时期物理学、化学、生物学等领域科学技术取得的巨大成就以及迅猛发展密切相关。凡尔纳在这一时代背景之下，写了大量的科幻题材的传世之作。他在自己的作品中描写了许多志趣高尚的人。他们全身心地献身于科学，从不计较个人的物质利益。这位科学幻想小说领军人笔下的主人公大多是天才的发明家、能干的工程师和勇敢的探险家、航海家。凡尔纳通过对这些英雄式人物的描写，体现当时知识分子的优秀品质，反映出从事脑力劳动的人与那些一心在投机钻营、贪赃枉法的人的不同。

凡尔纳不同于那些脱离生活的书斋学者，他力图将那些集高度的科学知识和丰富的实践经验于一身的人作为自己的正面描写人物。譬如他的长篇小说《神秘岛》(1874年)里的中心人物——工程师史密斯就是这样的一个人。他所喜爱的浪漫英雄主义人物——尼摩艇长也是这样的人。凡尔纳笔下的英雄人物富有人性，没有种族偏见，憎恨殖民主义者，同情被压迫的民族。从他的作品中，读者不难看出，他尽可能地去表达自己对于压迫者的憎恨，幻想于体力劳动者和脑力劳动者身份平等且团结一致。

《海底两万里》是儒勒·凡尔纳的一部力作，讲述的是一位法国博物学家赴美参加科学考察活动，在返回法国前夕，应邀登上一艘驱逐舰，参与驱逐盛传的海上“怪物”。然而，博物学家等人非但未能驱逐掉“怪物”，反而被“怪物”所俘获。其实，所谓的怪物，竟是一艘当时尚无人知晓的潜水艇。他们虽身为俘虏，但却受到艇长尼摩的善待，只不过，为了保密，艇长不许他们离开潜艇。因此，博物学家一行被迫随潜艇游历各大洋。后来，他们几经艰险，得以逃脱，终将这一海底秘密公诸于世。

2009年12月

# 阅读领航

接受文学名著的滋养，读写贯通，读为写用，读写双升

## 阅读准备

“作者介绍”，走近作者，一睹作者风采；“创作背景”，了解作品创作的时代背景；“作品速览”，把握故事全貌、主题意蕴；“文学特色”，发掘作品深刻的文学价值，增进读者对作品的理解，以提高阅读效率。

## 阅读指导

“名师导读”，指引读者快速知晓章节内容，提高阅读兴趣；“名师点评”，名师妙语，见解独特，视角新颖；“名师注解”，帮助读者更好地理解原文；“精华赏析”，评点章节要旨，发人深省；“延伸思考”，开拓思维，启迪智慧；“知识拓展”，在轻松阅读中开阔视野。

## 阅读链接

“读者感悟”，看看别人怎么想，交流阅读体会；“延伸阅读”，给予读者更多启示。

## 阅读训练

“真题演练”，考查阅读能力，巩固阅读成果；“写作出击”，和读者一起回顾精彩名篇，书写内心真实感受，丰富读者的写作知识。

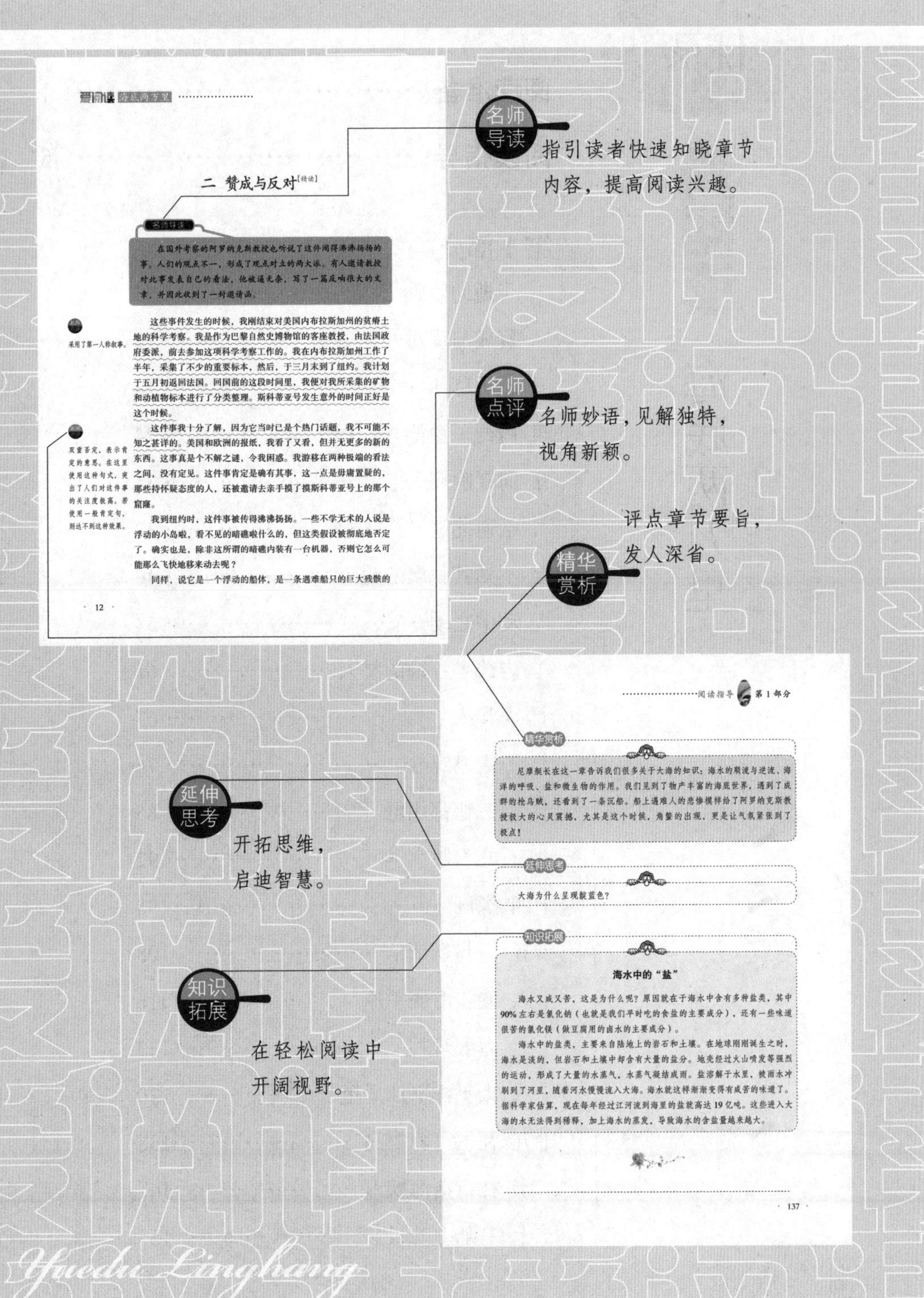
名师导读
指引读者快速知晓章节内容，提高阅读兴趣。
名师点评
名师妙语，见解独特，视角新颖。
精华赏析
评点章节要旨，发人深省。
延伸思考
开拓思维，启迪智慧。
知识拓展
在轻松阅读中开阔视野。
爱阅读 海底两万里
二 赞成与反对[精读]
名师导读
在国外考察的阿罗纳克斯教授也听说了这件闹得沸沸扬扬的事。人们的观点不一，形成了观点对立的两大派。有人邀请教授对此事发表自己的看法，他被逼无奈，写了一篇反响很大的文章，并因此收到了一封邀请函。
这些事件发生的时候，我刚结束对美国内布拉斯加州的贫瘠土地的科学考察。我是作为巴黎自然史博物馆的客座教授，由法国政府委派，前去参加这项科学考察工作的。我在内布拉斯加州工作了半年，采集了不少的重要标本，然后，于三月末到了纽约。我计划于五月初返回法国。回国前的这段时间里，我便对我所采集的矿物和动植物标本进行了分类整理。斯科蒂亚号发生意外的时间正好是这个时候。
采用了第一人称叙事。
这件事我十分了解，因为它当时已是个热门话题，我不可能不知之甚详的。美国和欧洲的报纸，我看了又看，但并无更多的新的东西。这事真是个不解之谜，令我困惑。我游移在两种极端的看法之间，没有定见。这件事肯定是确有其事，这一点是毋庸置疑的，那些持怀疑态度的人，还被邀请去亲手摸了摸斯科蒂亚号上的那个窟窿。
双重否定，表示肯定的意思。在这里使用这种句式，突出了人们对这件事的关注度极高。若使用一般肯定句，则达不到这种效果。
我到纽约时，这件事被传得沸沸扬扬。一些不学无术的人说是浮动的小岛啦，看不见的暗礁啦什么的，但这类假设被彻底地否定了。确实也是，除非这所谓的暗礁内装有一台机器，否则它怎么可能那么飞快地移来动去呢？
同样，说它是一个浮动的船体，是一条遇难船只的巨大残骸的
· 12 ·
阅读指导 第1部分
精华赏析
尼摩艇长在这一章告诉我们很多关于大海的知识：海水的顺流与逆流、海洋的呼吸、盐和微生物的作用。我们见到了物产丰富的海底世界，遇到了成群的枪乌贼，还看到了一条沉船。船上遇难人的悲惨模样给了阿罗纳克斯教授极大的心灵震撼，尤其是这个时候，角鲨的出现，更是让气氛紧张到了极点！
延伸思考
大海为什么呈现靛蓝色？
知识拓展
海水中的“盐”
海水又咸又苦，这是为什么呢？原因就在于海水中含有多种盐类，其中90%左右是氯化钠（也就是我们平时吃的食盐的主要成分），还有一些味道很苦的氯化镁（做豆腐用的卤水的主要成分）。
海水中的盐类，主要来自陆地上的岩石和土壤。在地球刚刚诞生之时，海水是淡的，但岩石和土壤中却含有大量的盐分。地壳经过火山喷发等强烈的运动，形成了大量的水蒸气，水蒸气凝结成雨。盐溶解于水里，被雨水冲刷到了河里，随着河水慢慢流入大海。海水就这样渐渐变得有咸苦的味道了。据科学家估算，现在每年经过江河流到海里的盐就高达19亿吨。这些进入大海的水无法得到稀释，加上海水的蒸发，导致海水的含盐量越来越大。
· 137 ·
Yuedu Linghang

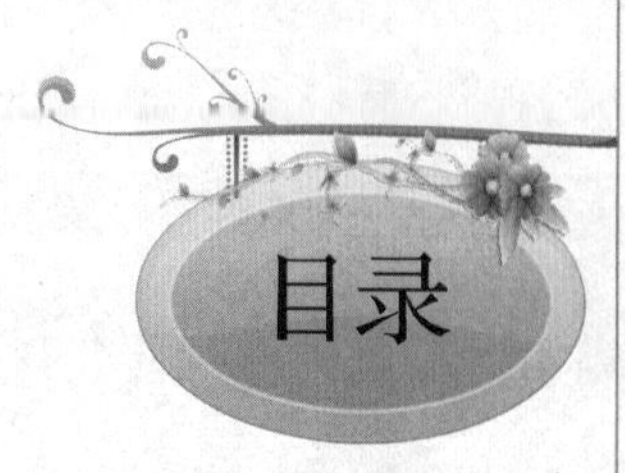

# 目录

爱阅读

海底两万里

不容错过的经典

## 第2部分

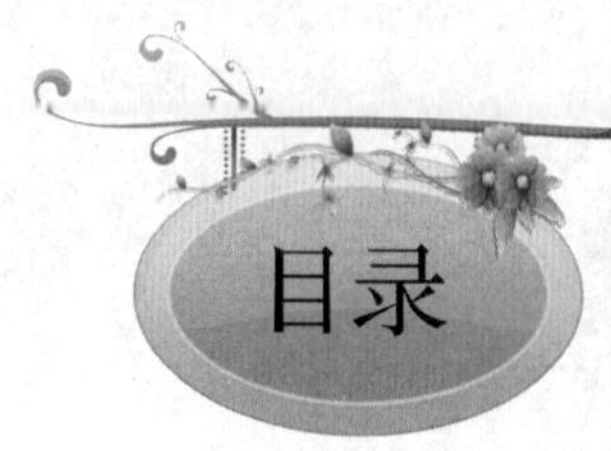

目录



爱阅读

海底两万里

不容错过的经典

阅读准备

## 作者介绍

儒勒·凡尔纳（1828—1905），19 世纪法国著名科幻小说家。他给后人留下了丰厚的精神遗产——上万册的读书笔记、104 部科幻小说。他对科幻小说的突出贡献使他被誉为“现代科学幻想小说之父”。

儒勒·凡尔纳

凡尔纳出生于法国的南特。受家族航海传统的影响，自幼向往远洋探险，童年时曾离家出走，企图随船出海，但被发现并送回。此后父母对他严加看管，他甚至还不得不含泪向父母保证“以后只躺在床上在幻想中旅行”。所以，凡尔纳的小说几乎都是凭借自己的想象在家中写成的。童年的经历客观上促使他在幻想的世界中自由驰骋，这为他后来的科幻小说创作提供了充足的准备。

后来，在声名显赫的父亲的影响下，18 岁的凡尔纳赴巴黎学习法律。但他对法律毫无兴趣，却对戏剧非常着迷，父亲一气之下，断绝了对他的经济援助。从此，他不得不依靠写作来维持生计，这期间他共创作了 20 个剧本和一些充满浪漫色彩的诗歌。一次偶然的机会，他结识了大作家大仲马。在大仲马的推荐下，凡尔纳的独幕喜剧《折断的麦秆》顺利上演，受到观众的喜爱。这为凡尔纳走上专业的文学创作之路提供了有利条件。

在继续创作的过程中，凡尔纳努力寻找文学创作的方向，力图把其他领域的知识融进戏剧。为此他花费了很长时间在巴黎图书馆钻研地理、物理、数学、化学、航天、工程等领域的科学知识，终于在 1863 年完成了第一部小说《气球上的五星期》。关于这本书，有这样一个传说：这部作品连续被 16 家出版社退稿。凡尔纳在绝望之时，终于收到第 17 家出版社答应出版的消息。

这本书上市后就获得了巨大成功。之后，凡尔纳又创作了“奇异的旅行”系列作品，包括《海底两万里》《神秘岛》《格兰特船长的儿女》《地心游记》《八十天环游地球》《两年假期》等。《海底两万里》是他的“幻想小说三部曲”之一。1905 年 3 月，凡尔纳在法国去世。凡尔纳的小说不仅具有文学价值，还体现了可贵的道德价值和精神力量。联合国教科文组织的一项资料表明，凡尔纳是世界上拥有最多读者的十大作家之一。

## 创作背景

19 世纪的欧洲各国，经济上由手工工场时期过渡到了大机器生产时期，政治上完成了资产阶级革命，新的科学成就层出不穷，这一切都为凡尔纳的创作提供了多方面的素材。他的作品反映了这个时代人们摆脱手工小生产，实现机器大生产的过程，表达了人们征服自然、改造世界的强烈愿望，以及对科学技术大发展的推崇。新兴的资产阶级追求自由，自强不息，具有强烈的人文主义思想和民主思想。凡尔纳就是其中的典型代表，他的这种思想鲜明地体现在了其作品之中。

成名后的凡尔纳积累了不少财富，购买了一艘游艇。自 1868 年，凡尔纳隐居在这艘游艇上，历时近三年创作了《海底两万里》。家族的航海传统和亲身经历的海上航行给他的想象提供了丰富的养料。

对凡尔纳创作《海底两万里》，著名女作家乔治 · 桑起了重要的鼓励作用。她说：“我希望您不久后能将我们带进大海的深处，让您笔下的人物乘坐潜水机器旅行，您的学识和想象力一定会使之实现。”

## 作品速览

小说主要讲述了关于“鹦鹉螺号”潜艇的故事。1866年，海上航行的船只频繁遭到“海怪”的袭击。在公众强烈的呼吁下，美国派遣一艘驱逐舰——“亚伯拉罕·林肯号”追逐这只“海怪”。法国生物学家阿罗纳克斯教授受邀参加了这次行动。不料，“亚伯拉罕·林肯号”反被“海怪”追逐，并遭到“海怪”的猛烈攻击。阿罗纳克斯教授、捕鲸人内德·兰德以及教授的仆人孔塞伊不幸落水，却被“海怪”所救。随后，他们便跟随“海怪”开始了惊险刺激的海底探险。后来，他们因不堪忍受海底沉闷的生活，又设法逃走，最终重回陆地。

小说的主要人物之一尼摩艇长，是一个神秘而传奇的人物。他有着大海一样的性格：热情与冷酷兼备，和善与危险并存，时而温和，时而狂躁。他学识渊博，通晓天文地理，在荒岛上秘密建造了这艘舰艇；他遇事沉着冷静，果敢机智，历次遇险总能够化险为夷；他的身上带着强烈的复仇意识，这让我们非常好奇于他的身世。其实，外表冷酷的他却有着炽热的情感，他强烈谴责殖民者在印度的野蛮行径，搜罗海底宝藏去支持被压迫民族的正义抗争，他追求自由、反抗压迫，身上带有浓烈的人文主义思想和民主思想，折射出处于上升阶段的新兴资产阶级所具有的自强不息的进取精神。

须提醒读者的是：海底两万里的“里”并非“英里”，而是曾在古代欧洲惯用的古海里，这个单位早已被废弃，即使在使用期间也缺乏统一标准。书中涉及的数据为当时人们的认知，与当今的科学测算不完全相符。

## 文学特色

凡尔纳的小说文笔清新，情节起伏，语言妙趣横生，想象奇特，内容包罗万象，而《海底两万里》是凡尔纳的作品中文学性与科学性结合得最好的一部佳作。小说中有大量绮丽的海底景象的描写，形象逼真，语言细腻，文笔流畅，让人不觉有一种身临其境之感。在阅读中，你可以随着尼摩船长周游大西洋、红海、地中海、南极的海底，任由想象力驰骋，感受大海深处的种种神秘之处。他对海底世界的描写、对海洋生物的介绍，激发着人们去探索陆地、海洋和天空。凡尔纳凭借自己渊博的学识和丰富的想象力，塑造了一个个志趣高尚的人，他们完全献身于科学，从不计较个人物质利益的得失。凡尔纳惊人的科学预见能力更是让人赞叹不已，小说中的“鹦鹉螺号”比现代潜水艇的出现早了二十多年！小说故事情节跌宕起伏，场面惊险刺激，容易激发起青少年对科学的热爱、对探险的向往。小说还蕴含丰富的地理学、动植物学、天文学、航海学知识，使读者能在阅读之余学到更多的东西。法国的埃泽尔曾说，凡尔纳的目的在于概括现代科学积累的有关地理、地质、物理、天文的全部知识，以他特有的迷人方式，重新讲述历史。

# 第1部分

## 一 飞逝的巨礁【精读】

**名师导读**

1866年起，海上频繁出现怪事，很多船都在海上遇见一个体积庞大的怪物，随后不少船只频频遇险，大家都怀疑是这只怪物所为。人们对怪物众说纷纭，甚至展开了激烈的辩论。最终，因为其危险性愈见明显，公众坚决要求不惜一切代价地清除这只可怕的怪物。

一八六六年出了一件怪异的大事，这是一个没人说得清也无法说得清的怪现象，想必没人会忘得了。且莫说让港口居民被种种流言弄得心神不定，让内陆民众惊诧不已，就连海上的人们也都感到震惊。欧洲和美洲的商人、船东、船长、船老大、各国的海军军官，以及这两大洲的各国政府，都对这件事表现出极大的关注。

名师点评：开篇设置悬念，勾起读者的好奇心，吸引其继续阅读。

确实，一段时间以来，有好些船只在海上与“一个庞然大物”相遇。那是一个长长的梭子状物体，有时泛着磷光，它比鲸鱼的个头儿大，速度也比鲸鱼快得多。

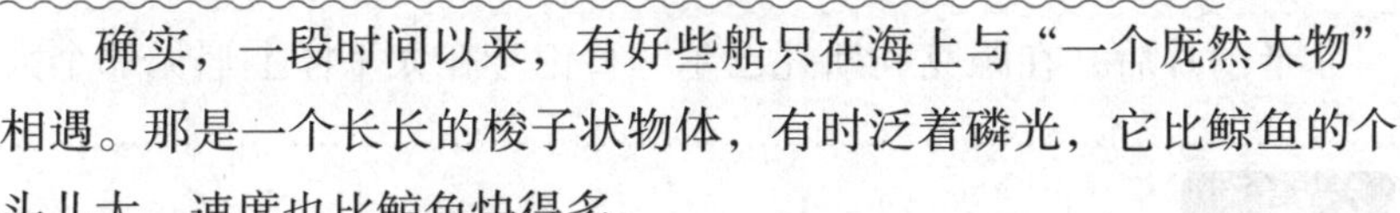

读书笔记

各种不同船只的航海日志中都有对这个庞然大物的记录，说这个物体或这个生物速度极其快，动力也极其大，像是天生就具有强大的生命力。如果说它是一个鲸类动物的话，那它的体积要比当

体现了博物学家严谨务实的科学态度。

时科学分类下的所有的鲸鱼都要大得多。无论是居维叶[①]、拉塞拜德[②]、迪梅里先生[③]，还是卡特尔法热[④]，都不会承认这么个大怪物的存在的，除非是他们见过它，也就是说，除非他们自己亲眼所见。

按照多次观察所得，平均算来，也不按夸张的算法，这个大家伙宽一海里[⑤]，长三海里。我们可以肯定，这个庞然大物要大大超过鱼类学家们迄今为止所认同的所有的鱼类——如果这个大家伙真的存在的话。

可是，它是真的存在的，而且这种存在是不可否认的。人一向是喜欢听神奇的事的，所以，这个不可思议的东西的出现，就必然在全世界引起轰动，要想把它视为奇谈怪论，那是根本办不到的。

从这一段我们可以总结出这个“大家伙”的几个特征：体型庞大、能够游动、间歇性喷水。

确实，一八六六年七月二十日，加尔各答–布纳克轮船公司的希金森总督号蒸汽机船，在距澳大利亚东海岸五海里处，就曾遇见这个游动着的大家伙。起先，巴克船长以为是遇见一块不为人知的巨礁，他还准备对它的准确位置加以测算呢。可是正在这时候，这个奇怪的大家伙竟突然喷出两根水柱，水柱高达五十尺，直插云霄。如此看来，要么是这块巨礁上有间歇喷泉，否则的话，希金森总督号所遇见的就确实是一种海洋哺乳动物，这种动物只是尚不为人知罢了，它能从鼻孔里往外喷出混杂着空气和蒸汽的水柱。

游动速度快得惊人，可见不是什么巨礁。

在这同一年的七月二十三日，西印度–太平洋轮船公司的克利斯托巴尔·科伦号在太平洋水域也看到了同样的情况。这么看来，这个奇特的鲸类动物速度惊人，它能够快速地从一处游到另一处，因为希金森号和克利斯托巴尔·科伦号是在两个相距七百海里的不同地点看到它的，而时间上只是相隔三天而已。

半个月后，在距克利斯托巴尔·科伦号在太平洋上遇见那个大

名师注解

① 居维叶（1769—1832）：法国著名博物学家。

② 拉塞拜德（1756—1825）：法国博物学家。

③ 迪梅里（1774—1860）：法国博物学家、医生。

④ 卡特尔法热（1810—1892）：法国博物学家、人类学家。

⑤ 海里：法国古海里，1 古海里约等于 5.556 千米。

家伙的两千海里处，国家轮船公司的海尔维蒂亚号和皇家邮轮公司的香农号，在美洲与欧洲间的大西洋海域迎面近舷对驶时，分别在格林尼治子午线的北纬四十二度十五分、西经六十度三十五分处，同时发现了那个怪物。海尔维蒂亚号和香农号即使首尾相接，不过一百米长，估计那个大怪物至少得有三百五十尺长，因为这两艘船与它相比，简直是小巫见大巫了。可是，当时在阿留申群岛的库拉马克岛和乌穆居里克岛一带海域的鲸鱼，个头儿最大的，也从不超过五十六米长，甚至都没见过有达到这一长度的。

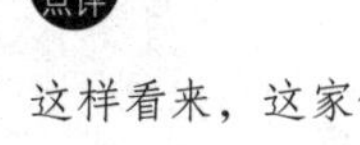

名师点评

这样看来，这家伙的体型确实庞大。

有关的报告接二连三地传来：横渡大西洋的佩莱尔号的几次最新发现；跑伊兹兰航线的埃特纳号与那个怪物擦肩而过；法国诺曼底号驱逐舰的军官们所做的记录；海军准将菲茨·詹姆斯的参谋部在克利德勋爵号上所测定的精确方向。所有这些报告，都引起了公众的强烈反应。在那些生性爱说俏皮话的国家，这件事被当成了笑谈，但在那些认真务实的国家，如英国、美国、德国，人们对这件事就极其关注。

名师点评

相关的报告越多，越能增加它的神秘色彩。

在各个大的中心城市，这个怪物成了时髦话题。在咖啡馆里，人们在津津乐道地谈论它；在报刊上，人们在嘲讽它，甚至还有人把它搬上了舞台。各家小报可算逮着机会了，随心所欲地编出种种离奇的故事来。有些小报因为编不出新花样，便把想象出来的那些巨型怪兽又给刊登了出来，从北极海中的那头白鲸——恐怖的“莫比·狄克[①]”，到斯堪的纳维亚传说中的巨型海怪克拉肯[②]，应有尽有。有的人甚至把老古董也给搬了出来，包括亚里士多德和普利尼[③]的看法也被引用了。因为他们二位也认为有怪物存在。还有彭图皮丹主教的挪威童话、保罗·埃纪德的游记什么的。最后，还搬出了哈林顿先生的那诚实可信的报告来；据此报告称，他于一八五七年

读书笔记

名师注解

① 莫比·狄克：美国小说家赫尔曼·麦尔维（1819—1891）的小说《白鲸》中的那头可怕的鲸鱼。

② 克拉肯：北欧传说中的大海怪，据说其触须可缠住五百吨的船只，并将其拖入水底。

③ 普利尼（23—79）：古罗马作家，著有《博物志》等百科全书式的著作。

在卡斯蒂朗号上看到过一条大蛇，这种巨大无比的蛇只是在之前的北极探险船立宪号驶经的海面上出现过。

读书笔记

于是乎，在学者圈内和科学杂志上，轻信者与怀疑派之间便展开了一场没完没了的论战。大家因“怪物问题”而变得异常激动。信奉科学的记者与相信神灵的记者打起笔墨官司来，有些记者还因此而动起了手，因为他们从海蛇争起，最后竟发展到了人身攻击。

这场论战持续了半年，双方各不相让。各种小报连篇累牍地发表文章，矛头指向巴西地理研究所、柏林皇家科学院、不列颠学术研究会、华盛顿史密斯协会等所发表的论文，对《印度群岛报》、穆瓦尼奥神父①的《宇宙》杂志、皮德曼②的《消息报》上的辩论文章大加抨击，对法国及其他各国的大报上所登载的文章也进行了无情的批驳。小报上那些才华横溢的作者们故意引用其对手们曾经引用过的林奈③的那句话——“大自然不创造蠢材”，其本意是想让当代人不要违背大自然，相信什么大海怪、大海蛇、“莫比·狄克”以及海员们脑子发热胡编乱造的东西。最后，一份极具讽刺味的报纸上发表的一篇编辑们十分喜爱的文章起了作用，像伊波利特一样，给了那个怪物致命的一击，在众人的哄笑声中结束了这场论战。才智终于战胜了科学。

这句话蕴含讽刺意味，你能体会出来吗？

在一八六七年的头几个月里，怪物的事似乎已经被遗忘了，不会再被人提起了。但是，就在这个时候，一些新的情况又出现在公众的面前。这一次，已经不再是什么有待解决的科学问题了，而是一个必须加以避免的真真切切的危险。这个问题的性质变了。那怪物在变，变成了小岛、巨岩、暗礁，但却是个能飞逝的难以捉摸的、无法捉住的暗礁。

过渡段，起到承上启下的作用。这个怪物由最初的神秘之物变成了危险的标志。

一八六七年三月五日，蒙特利尔海洋航运公司的莫拉维扬号夜航至北纬二十七度三十分、西经七十二度十五分的海面上，右舷尾部撞上了一块礁石，可任何海图上都没有标明这一带海域有此礁石。

名师注解

① 穆瓦尼奥（1804—1884）：法国物理学家、数学家。

② 皮德曼（1822—1878）：德国博物学家。

③ 林奈（1741—1783）：瑞典博物学家。

当时，莫拉维扬号借着风力并凭借自身那四百马力的动力，正以每小时十三节[①]的速度在行驶。如果不是船体材质坚硬的话，可以肯定，莫拉维扬号必定连同从加拿大上船的二百三十七名乘客一同沉入海底了。

意外发生在早晨五点前后，天刚破晓。值班的海员们立即向船尾跑去。他们仔仔细细地搜索海面，但什么也没发现，只是看到三链[②]远的地方，波涛已碎成浪花状的大漩涡，犹如平静的洋面受到了猛烈的撞击。出事地点被准确地测定、记录下来，而莫拉维扬号无任何损坏，便继续航行。它是撞到了一处暗礁呢，还是撞到了遇难船只的残骸？无从得知。但是，等到人们回到船坞进行检查时，才发现船的一部分龙骨已被撞裂。

这件事本身就是极其严重的，但是，如果不是三个星期后，又发生了类似的事故的话，也许这事也就像其他的许多事故一样被人忘掉了。而这新的一次事故，由于受损船只的国籍以及它所属的那家公司的名望的缘故，才引起了极大的轰动。

英国船东丘纳德的大名，无人不知，无人不晓。这位精明的实业家于一八四〇年开办了一家邮船公司，用三艘四百马力、一千一百六十二吨的轮式木船，开辟了利物浦和哈利法克斯之间的邮政业务。八年后，他的公司设备增加，拥有了四艘六百五十马力、一千八百二十吨的邮船。又过了两年，又增加了两艘马力更强、吨位更大的船只。一八五三年时，刚刚获得继续经营邮政快递特许权的丘纳德公司，又增加了多艘船只：阿拉伯号、波斯号、中国号、斯科蒂亚号、爪哇号、俄罗斯号，它们全都是速度一流的快船，而且还是继大东方号之后，在海上航行的最大的船只。这样一来，该公司便拥有了十二艘船，其中八艘是外轮驱动的，四艘是螺旋桨式的。

我之所以简略地介绍了这些情况，是想让大家清楚地知道，这家举世闻名的经营有方的公司在海上运输方面是何等地了得。没有任何一家远洋航运公司经营得比它更好，没有一家比它更加卓有成效的了。二十六年来，丘纳德公司的船只横渡大西洋两千次，没有一次延误，没有丢失过一封信件，没有损失一个人，没有损失一艘船。因此，尽管法国与之进行有力的竞争，但

名师注解

① 节：航速单位，1 节相当于 1 海里 / 小时。

② 链：旧时计量距离的单位，1 链约合 0.1 海里。

旅客们仍旧对它情有独钟，这一点，从官方的统计资料中也可看得出来。因此，丘纳德公司的最好的汽轮中有一艘发生了意外，引起巨大的反响，也就不足为怪了。

一八六七年四月十三日，海上风平浪静，风向甚宜，斯科蒂亚号正行驶在西经十五度十二分、北纬四十五度三十七分的海面上。船只开足一千马力，以十三点四三节的航速行驶着。驱动轮正常地拍击着水面。此时，船只吃水深度为六点七米，排水量为六千六百二十四立方米。

下午四点十七分，旅客们正在大厅里用晚餐，突然间，斯科蒂亚号左舷轮后部被轻微地撞击了一下。

斯科蒂亚号并没有撞上什么，而是自己被撞到了，像是被钻孔器似的锋利的工具戳了一下，而不像是被钝器击打着了。撞击似乎非常地轻，所以船上的人都没有因此而有所不安，但是，大家却听见货舱监运员跑到甲板上来，大声喊叫道："船要沉了！船要沉了！"

旅客们一下子慌乱起来，但是安德森船长连忙稳住了大家。确实也是，眼下还并没有什么危险。斯科蒂亚号共有七个用防水舱壁隔开来的船舱，有一个舱进水，是绝无大碍的。

安德森船长立即下到底舱。他发现五号舱有海水浸入，而且浸水速度很快，说明破口处窟窿很大。所幸，这间舱内没有锅炉，否则锅炉必然被浇灭。

安德森船长立即下令停船，并派一名水手潜入水中查看损毁情况。不一会儿，情况便弄清楚了，原来船体吃水线以下部分有一个两米宽的大洞。从这么大的洞涌进的海水是无法堵得住的，因此，斯科蒂亚号只好在它的几个驱动轮被淹没了一半的情况下，继续行驶着。此时，它距克利尔岬三百海里，所以晚了三天才驶回利物浦，进了公司的船坞。这三天可是让利物浦的人惊恐得够呛。

斯科蒂亚号被架上了干船坞，工程师们开始对它进行检查。他们简直不敢相信自己的眼睛。吃水线下两米半的地方，破了一个有规则的等腰三角形的洞。铁皮上的裂口很整齐，即使使用打孔钻也无法打出这么规则的洞来。如此看来，弄穿这个洞的钻孔工具肯定不是用一般的淬火技术制作的，而且，这个工具用巨大的力量冲进来，穿透四厘米厚的铁板，还得倒退出去，这简直令人难以置信。

最近的这次事故情况就是如此，其结果又让公众的情绪激动了起来。自此，以前的那一次次海难的不明原因，全都归结到了这个怪物的身上。这个怪诞的大动物因而便承担起所有沉船事故的责任，可是，沉船事件数目很大，根据维里塔斯署①的统计，在每年三千艘受损的船只中，下落不明而且连人带货全部失踪的蒸汽船或机帆船，其数目不少于二百艘！

因此，不管事实如何，反正这只大怪物成了这些船只失事的罪魁祸首了。由于这个大怪物的存在，各大洲间的航程变得日益危险，公众坚决地要求，应不惜一切代价，把这头可怕的大怪物从海洋里清除掉。

这只大怪物终于激起了众怒。

精华赏析

小说在一开始就为我们设置了悬念，“怪异的大事”“怪现象”让人“心神不定”“惊诧不已”“震惊”“极大的关注”这些词又大大加深了事件的神秘性，让我们忍不住接着读下去，好奇这怪物究竟是什么。是人们猜测的移动的暗礁吗，还是奇异的鲸鱼物种？这些疑问让人忍不住接着读下去。

延伸思考

根据众人的描述，试着用语言把你脑海中的“大怪物”的基本形象描述给别人听。

名师注解

① 维里塔斯署：法国的技术监督机构。

# 二 赞成与反对【精读】

名师导读

在国外考察的阿罗纳克斯教授也听说了这件闹得沸沸扬扬的事。人们的观点不一，形成了观点对立的两大派。有人邀请教授对此事发表自己的看法，他被逼无奈，写了一篇反响很大的文章，并因此收到了一封邀请函。

采用了第一人称叙事。

这些事件发生的时候，我刚结束对美国内布拉斯加州的贫瘠土地的科学考察。我是作为巴黎自然史博物馆的客座教授，由法国政府委派，前去参加这项科学考察工作的。我在内布拉斯加州工作了半年，采集了不少的重要标本，然后，于三月末到了纽约。我计划于五月初返回法国。回国前的这段时间里，我便对我所采集的矿物和动植物标本进行了分类整理。斯科蒂亚号发生意外的时间正好是这个时候。

双重否定，表示肯定的意思。在这里使用这种句式，突出了人们对这件事的关注度极高。若使用一般肯定句，则达不到这种效果。

这件事我十分了解，因为它当时已是个热门话题，我不可能不知之甚详的。美国和欧洲的报纸，我看了又看，但并无更多的新的东西。这事真是个不解之谜，令我困惑。我游移在两种极端的看法之间，没有定见。这件事肯定是确有其事，这一点是毋庸置疑的，那些持怀疑态度的人，还被邀请去亲手摸了摸斯科蒂亚号上的那个窟窿。

我到纽约时，这件事被传得沸沸扬扬。一些不学无术的人说是浮动的小岛啦，看不见的暗礁啦什么的，但这类假设被彻底地否定了。确实也是，除非这所谓的暗礁内装有一台机器，否则它怎么可能那么飞快地移来动去呢？

同样，说它是一个浮动的船体，是一条遇难船只的巨大残骸的说法，也是不能成立的，原因也是一样的，它的速度为什么会那么快？

因此，可能的答案只有两个，人们因而分成了观点极其对立的两大派，一派认为是一种力大无穷的怪物，另一派则认为是一艘动力强大的“海下”船。

可是，这后一种假设尽管还算说得过去，但经过对新旧两个大陆的调查，它也站不住脚了。因为某个人要想拥有这样的一种机械，那是不可能的。他是在什么地方建造它的？是什么时候造的？造这么个庞然大物，他又怎么能保守得住秘密呀？

只有一国政府才可能拥有这种破坏力巨大的机器。在人们想尽办法提高武器杀伤力的悲惨时代，某个国家背着别国研发这种可怕的武器是有可能的。继夏斯勃枪[①]发明之后，水雷被发明，水雷之后又出现了水下撞锤，随后又是各种各样的对抗性武器的出现。至少，我是这么认为的。

然而，各国政府纷纷发表声明，予以否认，所以这种战争机器的假设也就不能成立了。各国政府的真诚是无法怀疑的，因为这事关公众利益，远洋运输遭到破坏，各国政府是不可能在这件事上撒谎的。再者，建造水下船只，岂能掩人耳目？个人干这种事而又密不透风是非常困难的，而对于一个一举一动都受到敌对国家密切监视的国家而言，想保密就更是难上加难了。

因此，在对英国、法国、俄国、普鲁士、西班牙、意大利、美国，甚至土耳其进行调查之后，所谓水下大马力船的假设最终也被否定掉了。

尽管小报仍在不断地讽刺挖苦这个大怪物，可是它依然在海上漂来漂去。因此，人们任由想象力驰骋，竟至荒诞不经地说是一种神鱼。

我抵达纽约后，有些人便专程前来征询我对此事的看法。我曾在法国出版过一部两卷四开本的著作——《海底的秘密》。该书深

读书笔记

三个段落从不同角度极言个人建造、拥有这样一个破坏力极大的机器是完全不可能的，这与后文尼摩艇长拥有“鹦鹉螺号”形成鲜明的对照。

人类在遇到一些暂时不能解释的未知事物时，总是习惯将其归于“神”这一精神寄托上。

名师注解

① 夏斯勃枪：一种后膛步枪，发明人为夏斯勃（1833—1905），19 世纪下半叶在法国军队中使用。

交代了“我”对于海底世界还是有着丰富认识的，这也是“我”受邀参与清除“大海怪”行动的重要原因。

点明了“我”的身份、姓名。

读书笔记

受学术界重视，而我也因此成为博物学中这一极其神秘的科学的专家。别人当然要征询我对此事的看法了。只要能够否定事情的真实性，我是绝对要持否定态度的。可是不多久，我被逼无奈，只好明确地发表了自己的看法。而且，《纽约先驱论坛报》也给“巴黎自然史博物馆教授、尊敬的皮埃尔·阿罗纳克斯先生”发了约稿函，请我对此事发表看法。

我只好也说说自己的看法，因为我无法保持沉默，所以就说了。我从政治学和科学的角度对这一问题进行了论述，写了一篇内容翔实的文章，于四月三十日发表在该报上。在此，我把拙文的摘要抄录如下：

我对各种不同的假设一一地加以研究之后，由于所有其他的假设都被排除掉了，所以我不得不承认有一种力量大得惊人的海洋生物存在。

我们对海洋深处毫无所知。探测器下不到那么深的地方。海洋深处到底是个什么情况？海面以下十二到十五海里的地方到底有什么或者可能有什么生物存在着？它们的机体是什么结构？对此，我们几乎一无所知。

不过，向我询问的这个问题，可以用两难推理[①]加以解决。

要么我们对生活在我们这个星球上的各种各样的生物有所了解，要么我们并不了解。

如果我们对它们并不全都了解，而大自然又仍然对我们保守着某些鱼类学中的秘密的话，那么，承认某些鱼类或鲸类新类别甚至新品种的存在就是顺理成章的事了。这种新的鱼类，其器官基本上不适合漂浮，它们生活在水下探测器无法达到的海底深处。因为某种特殊原因，或一时兴起，或纯属任性，它们偶尔也会浮出水面。

反之，如果我们了解所有这类生物，那就该从已经分类了的海

名师注解

① 两难推理：即在两个或两个以上可供选择的对象中提供一种选择，但不管选择哪个对象，它同样又可以成为反对这一选择的决定性论证。

洋生物中去查找我们所说的那个动物。在这种情况之下，我就会倾向于认定它属于一种巨大的独角鲸什么的。

一般的独角鲸或海麒麟，身长通常为六十尺。把它扩大五倍，甚至十倍，再根据其增加的长度赋予它相应的力量，同时增强其攻击性能力，这便是我们所要查找的那个动物了。它将具有香农号的军官们所确定的长度，具有撞击斯科蒂亚号的触角和撞坏一艘汽船铁壳的力量。

确实，据一些博物学家的看法，独角鲸有一把象牙质的利剑或一支骨质的戟，那是一颗坚如钢铁的大牙。有人在鲸鱼身上发现过这种长牙，那是独角鲸成功地攻击了鲸鱼之后所留下的。还有人在船体吃水线下拔出了这类牙齿，它们像锋利的钻头戳穿木桶似的把船底凿穿。巴黎医学院陈列室里就收藏着一颗这样的巨齿，长二点二五米，根部宽四十八厘米。

那么，假设把这种动物的攻击武器的威力扩大十倍，那它的力量也得扩大十倍，再让它以每小时二十海里的速度游动，用它的速度乘以它的重量，便可求出它造成的海难所需要的冲击力了。

因此，在获取更多的资料之前，我认为那是一头独角鲸，它体型庞大，身上长着的并非一支戟，而是像驱逐舰或战舰的金属冲角一类的武器，它既具有舰船的重量，又具有与它们相同的动力。

这一无法解释的现象就这么做了解说，要么干脆就说，不管大家是瞥见、看到、感觉到或觉察到什么，反正这纯属无稽之谈。这种可能性也不能排除。

读书笔记

名师点评

措辞严密，表现了阿罗纳克斯教授严谨的行事作风。

最后的这句话说得很差劲儿。我之所以这么说，是想多少保持点教授的尊严，免得让美国人笑话，因为美国人嘲笑起人来是不客气的。我这是在给自己留点余地。其实，我心里是承认这个“怪物”的存在的。

读书笔记

我的文章引起激烈的争论，反响很大。有不少人是赞同我的观点的。而且，该文的结论也给人留下了遐想的空间。人的头脑就喜欢这种对超自然生物的奇思异想，而海洋正可以为这种遐想提供空间，因为海洋是这类庞大的生物赖以生存繁衍的最佳场所，与之相比，陆地上的动物，如大象和犀牛，简直是小得可怜了。海洋里生活着人们已知的一些最大的哺乳类动物，因此也可能还隐藏着人们尚不知晓的一些硕大无朋的软体动物，一些看着会让人毛骨悚然的甲壳类动物，譬如一百米长的大虾或二百吨重的螃蟹什么的！这有什么不可能的呢？从前，各个地质纪的陆地动物，如四足兽、四手兽、爬行类、鸟类都是用大模型造出来的。造物主用巨型模具把它们制造出来，经年累月，斗转星移，模具在逐渐地变小。既然地核几乎处于不断的变化之中，而海洋却始终不变，那么，在深不可及的海洋深层，为什么就不可能留存有另一个时代的巨大物件的模具呢？海洋的年即地核的世纪，而世纪则是地核的千年，那么，海洋为什么就不能在其中保留着那些巨大生物的最后的一些变种呢？

我自己也被引向了这种种的幻想之中，可我是不可以这样的呀！我必须中断这种幻想，因为我觉得时间已经把这些幻想变成了令人胆战心惊的现实。我再说一遍，大家都一致认为存在着一种神奇的东西，而这个东西却又与大海蛇什么的并无共同之处。

保障经济利益是其最根本的出发点。

如果说有些人只是把这件事当作一个有待解决的纯科学问题的话，那么另有一些人，特别是美英两国的一些更注重实际的人，则主张把这个恐怖的怪物从海洋中清除掉，以保证横渡大洋的交通运输的安全。工商界的报刊就是以后一种态度来看待这一问题的。《海运商情杂志》《船舶协会报》《邮船报》《海事与殖民地杂志》等所有那些为声称要提高保费的保险公司说话的报纸杂志，在这个问题上，态度完全一致。

公众舆论形成之后，美利坚合众国率先发表了声明。纽约已做好准备，组织起一支远征队，前去清除独角鲸。一艘名为亚伯拉罕·林肯号的快速驱逐舰已做好准备，争取尽快远航。各武器库的大门已向法拉格特舰长敞开；他正积极地装备自己的舰艇。

读书笔记

事情偏这么怪，等你决心要追逐这个怪物时，这个怪物却不见了踪影。此后的两个月里，再没听到它的有关消息，也没有一艘船与它遭遇。这头独角鲸就像是已经得知人家正在追捕它似的，因为大家谈它谈得太多了，甚至还通过越洋电报谈论着它！于是，一些爱说笑的人便说，这个精明的怪家伙游经海底电缆时，截获了电报，听到了风声，便藏而不露了。

这么一来，这艘已经准备好远征，并装备了威力很强的捕鲸炮的快速驱逐舰，竟不知往哪儿开是好。人们的情绪越来越烦躁。这时候，七月三日，终于有了消息，说是从加利福尼亚的旧金山驶往上海的一艘轮船，三个星期前，在太平洋北部水域，又看见了那头独角鲸。

这则消息令群情振奋。法拉格特舰长奉命立即起航，一天都不许耽搁。食物已经装上了船，燃料舱里装满了煤。全体船员已各就各位，只等点火，加温，起锚！真可谓刻不容缓，马不停蹄，毫不延宕！说实在的，法拉格特舰长心里也痒痒的，巴不得尽快启航。

在亚伯拉罕·林肯号驶离布鲁克林码头的三小时前，我收到了一封信，内容如下：

纽约第五大道饭店

巴黎自然史博物馆教授阿罗纳克斯教授：

如果您愿意随亚伯拉罕·林肯号一同远征，代表法国参加这次探险的话，合众国政府将乐观其成。法拉格特舰长已经为您准备好了一间舱室。

顺致

敬意！

海军部部长 J.B. 霍布森

在这一章里，小说的线索人物——阿罗纳克斯教授出场，他为我们讲述了社会上人们对“怪物”的种种猜测，以及自己被迫给出的科学解释。无奈条件有限，教授也只是用两难推理的方法对这个怪物做了简单的推理。最后，教授受邀参加了亚伯拉罕·林肯号的探险之旅。

小说通过第一人称的叙事视角，让亲身经历者出面去观察和叙述。这样，一方面使小说主观情调更加浓厚，人物心理更加细腻，情感更加真挚，增加了小说的真实性和亲切感；另一方面又使作品情节更加完整，增强了小说的故事性与可读性。

# 三 悉听尊便

名师导读

接到邀请函的阿罗纳克斯教授顾不上上一段旅行的劳累，又开始了新的冒险之旅。他的仆人孔塞伊也完全不在意这次旅行的凶险，毫不犹豫地跟着主人开始了这段危机重重的历险。

在收到 J.B. 霍布森的信之前的三秒钟，我想追逐那头独角鲸的念头还都没有穿越美国西北部的念头强呢。可看完这位尊敬的海军部长的信之后的三秒钟，我便终于明白了自己的真实心愿，我平生唯一的目标就是要捕捉到这个令人焦虑不安的怪物，把它从这个世界上给清除掉。

可是，我刚刚做了一次艰苦旅行，鞍马劳顿，疲惫不堪，急需休整。我一心想着返回祖国，访朋会友，回到我那带有植物园的住所，欣赏那些被我视作珍宝的藏品。可现在，我把这一切全都抛到了脑后，我忘掉了疲劳、朋友、藏品等一切，毅然决然地接受了美国政府的邀请。

再说，我在想，条条道路通欧洲，也许那头独角鲸非常可爱，能把我引向法兰西海岸也未可知！这个威风十足的动物也许会为了讨我的欢心，让我在欧洲海域捕获到它，而且，我带回巴黎自然史博物馆的独角鲸那象牙质戟，不得小于半米长。

可是，我现在则必须到太平洋北部海域去寻找这头独角鲸，这可与我返回祖国的方向正好相反呀。

“孔塞伊！”我不耐烦地喊了一声。

孔塞伊是我的仆人。他是个忠心耿耿的小伙子，我每次旅行他都跟随着我。他是个正直的佛来米人，我很喜欢他，他也很喜欢服侍我。他性格稳重，规规矩矩，为人热情，生活如突发意外，也从不大惊小怪。他心灵手巧，什么都会。他虽然名字叫孔塞伊，但却从不提什么建议，即使问他，他也不提。

由于同我们这些巴黎植物园的学者圈子中的人经常接触，孔塞伊耳濡目染，渐渐地也学到了不少的东西。我觉得他都快成专家了。他对博物学的分类非常精通，能像杂技演员一样灵巧地把门、纲、亚纲、目、科、属、亚属、种、变种等分得清清楚楚。不过，他的学问也仅限于此。他对分类掌握得十分娴熟，但其他方面就不行了。他深谙分类理论，但却缺乏实践，我想，他也许连抹香鲸与一般鲸鱼都分不清楚！但他却是个正直而诚实的小伙子！

至今，十年来，孔塞伊跟随着我到处进行科学考察。他从来不去考虑旅途遥远，鞍马劳顿。无论前去哪个国家，不管是去中国还是去刚果，他都准备好行囊，说走就走，二话不说。他去哪儿都不在乎，连问都不问一声。另外，他身强力壮，肌肉发达，什么病也伤不着他，而且还总是心平气和，处事随和，从不发火，总之，他心地善良，很好相处。

小伙子三十岁，同他主人的年龄之比是十五比二十。请大家原谅，我用这种方法来说明我今年已年届四十。

不过，孔塞伊也有个缺点。他过分地拘礼，跟我说话都客气得过分，使用第三人称。

"孔塞伊！"我又叫了一声，一边双手哆嗦着准备行装。

当然，对这个忠心耿耿的小伙子我是完全可以放心的。平常，我是从来不问他可否跟我一起出行的。但这次就不一样了，这可是一次远征，时间也不知要多长，而且险象环生，是去追逐一个能把驱逐舰像敲核桃似的敲碎的大动物。再沉着冷静的人，对这种事也得掂量掂量！孔塞伊会怎么说呢？

"孔塞伊！"我第三次在叫他了。

孔塞伊来了。

"先生叫我？"他边走进屋里边问。

"是呀，小伙子。帮我准备一下，你自己也准备一下，我们两小时后出发。"

"悉听尊便。"孔塞伊平静地回答。

"一分钟也不能耽误。把我所有的旅行必需品，衣服、衬衫、袜子等，不用数了，尽量地多拿，往我的大箱子里塞。赶快去弄吧！"

"那先生的标本怎么办？"

“以后再说吧。”

“怎么？先生的那些原始兽类、蹄兔目兽类、羚羊属动物以及其他动物的骨骼标本都怎么办呀？”

“先寄存在饭店里吧。”

“那先生的那只活鹿豚呢？”

“我们不在时，请别人给喂喂吧。另外，你让人把我们用于研究的那些动物想办法运回法国去。”

“这么说，我们不回巴黎了？”孔塞伊问。

“回……当然要回……”我支支吾吾地回答说，“不过，得绕个弯。”

“先生喜欢绕弯就绕吧。”

“啊！这也没什么大不了的！不过是稍稍绕点道而已。我们要搭乘亚伯拉罕·林肯号走。”

“先生觉得合适就好。”孔塞伊平静地回答道。

“你知道，我的朋友，事关那个怪物……就是那头深海独角鲸……我们要把它从海上清除掉……我是《海底的秘密》这本书的作者，是不能不随法拉格特舰长一起出海的。这任务很光荣，不过……也是个危险的任务！我们不知道要跑到哪儿去寻找它！这种动物可能变化多端，反复无常。可我们仍然得去找它！好在我们有一位胆大心细的舰长……”

“先生去哪儿，我跟你到哪儿。”孔塞伊回答道。

“你还是好好考虑一下的好！我实不相瞒，这种远航很可能会有去无回的！”

“悉听尊便。”

一刻钟后，我们的箱子收拾停当了。孔塞伊干这种事毫不费神，我敢肯定他什么都不会忘了的，因为这个小伙子整理起服装、衬衫来，如同给鸟类和哺乳类动物分类一样地轻车熟路。

我们乘电梯来到饭店的中二楼大厅。我下了几级梯级，到了一层。在总是围满了人的大柜台前，我结清了账。我交代饭店的人把用稻草填塞好的动物标本和风干的植物标本邮寄到巴黎。我还留下了些钱，足够让人代喂我的那头鹿豚的。这之后，孔塞伊随我上了一辆马车出发了。

马车跑这一趟索费二十法郎。我们经百老汇大道径直前往合众国广场，然后沿着第四大道，来到与仓厄利大街交汇的路口，拐入卡特林大街，驶抵三十四号码头。我们在码头上了卡特林号渡轮，连人带马带车一起到了布鲁克林。这儿属纽约大区，位于埃斯特河左岸。几分钟后，我们便到了亚伯拉罕·林肯号停泊的码头。这艘驱逐舰的两个大烟筒正在冒着浓烟，升火待发。

我们的行李什物立即被搬上了驱逐舰的甲板。我急匆匆地登上船去，询问法拉格特舰长在哪里。一名水手领着我来到艉楼，我看见了一位气宇轩昂的军官，他向我伸出手来。

“是皮埃尔·阿罗纳克斯先生？”他问我道。

“正是，”我回答道，“您就是法拉格特舰长？”

“是的。欢迎您，教授先生。您的舱室已经准备好了。”

我告辞出来了，免得耽误舰长做启航的准备。水手把我领到为我准备好的那间舱室去。

亚伯拉罕·林肯号是为了此项新任务而专门挑选并加以改造了的。这是一艘快速驱逐舰，配有高压蒸汽机，蒸汽可达七个大气压。有了这么大的气压，亚伯拉罕·林肯号的平均时速可以达到十八点三海里。这一速度已经非同小可了，但要与那头鲸类动物搏斗，尚嫌逊色。

驱逐舰的内部装备符合这次远航的要求。我对我的那间舱室也很满意。我的舱室在舰的尾部，对门就是军官们的休息室。

“我们住在这里会很舒服的。”我对孔塞伊说。

“先生请勿见怪，这就跟寄居蟹待在螺壳里一样。”孔塞伊回答道。

我让孔塞伊留在舱室把我们的箱笼固定好，我自己则上了甲板，看看启航的准备情况。

这时候，法拉格特舰长正下令解开把亚伯拉罕·林肯号拴在布鲁克林码头上的最后的那几条缆绳。这么说，要是我晚到一刻钟，甚至还到不了一刻钟，此舰就会不等我独自开走了，我也就错过了这次特别的、奇妙的、令人难以置信的远航了。说实在的，对这次远航，即使真实地被记录下来，也会有人表示怀疑的。

法拉格特舰长一天，甚至一个小时也不想耽搁，以便尽快地驶往那个怪物近来出没过的海域。他让人把船上的机械师叫了过来。

“船的压力足吗？”他问机械师。

“很足，先生。”机械师回答说。

“起锚！”法拉格特舰长大声命令道。

命令通过压缩空气装置下达到轮机舱。轮机员接到命令，立即让机轮运转起来。蒸汽带着哨音冲进半闭半合的进气阀。横向排列的长长的活塞发出噗噗的声响，推动着机轴的连动杆。螺旋桨的叶片速度在加快，有力地拍击着水面。亚伯拉罕·林肯号在站满着送行的人的成百只渡轮和小艇之间，威风地起航了。

布鲁克林码头上，埃斯特河沿岸上，全都挤满了好奇的人们。五十万人齐声三呼“万岁”，声震云霄。成千上万条手绢在黑压压的人头上方挥动着，为亚伯拉罕·林肯号送别，直到该舰驶入哈得孙河口，到达构成纽约城的长形半岛后，顶端看不见为止。

哈得孙河右岸景色优美，一座座别墅紧紧相连。驱逐舰沿着新泽西州海岸行驶，从要塞经过时，礼炮齐响，为亚伯拉罕·林肯号送行。作为答礼，亚伯拉罕·林肯号在后桅桁上连续三次升起缀有三十九颗闪亮星星的国旗来。接着，船加快了速度，驶入设置着航标的航道；航标一直延伸至桑迪·胡克沙洲形成的弧形的内海湾。驱逐舰驶过沙洲时，再次迎来等候在那儿的数千名观众的欢呼。

送行的渡轮和小艇一直尾随着驱逐舰，直到信号灯船处才离去；信号灯船上有两盏灯，标明那里是纽约航路的出口处。

此时正是午后三点。领航员登上自己的小艇，朝着停在下风口等他的一只双桅纵帆船驶去。驱逐舰添煤加火，螺旋桨更快地拍击着水面。它正沿着长岛那低矮的黄色海岸行驶。晚上八点，长岛的灯光在西北方向消失了，驱逐舰在大西洋那昏暗的海面上全速前进着。

临行前，阿罗纳克斯教授为什么再三对孔塞伊强调这次探险危机重重？

# 四 内德·兰德

名师导读

法拉格特舰长意志坚定，指挥着驱逐舰在海上航行。船员们目不转睛地盯着海面上的一举一动。除了古怪的仆人孔塞伊之外，还有一个人也是特立独行的，他就是内德·兰德——一个脾气暴躁、固执己见的捕鲸人。

法拉格特舰长是一位优秀的海员，完全有资格指挥这艘驱逐舰。他与他的舰船已经融为一体，他是他的舰船的灵魂。对于那个鲸类动物的存在，他心里没有一丝一毫的怀疑，因此，他不允许人们在他的舰只上讨论这个动物存在与否的问题。他相信它的存在，如同某些真诚的妇女相信利维坦[①]的存在一样，是出于信仰，而非出于理性。他曾发过誓，既然那个怪物存在着，他就一定要把它从海里驱逐掉。他就像罗德岛上的那个骑士，像戈松岛上的那个敢于迎上去与蹂躏岛屿的巨蟒搏斗的迪厄多内。不是他杀死独角鲸，就是独角鲸把他弄死，绝无其他选择。

舰上的军官们都与他们的舰长观点一致。他们时时刻刻都在谈论、探讨、争论，并预测着与独角鲸相遇的机会，时刻观察着浩瀚的大海。人人都争相要到顶桅横桁上去值班，换了别的情况，这种苦活儿累活儿是没人愿意争抢的。只要是日头没有西斜，船桅旁总是挤满了水手，不顾甲板晒得烫脚，依然站着不动。其实，亚伯拉罕·林肯号离那可疑的太平洋海域还远着呢。

至于全体船员，他们都盼着能遇上独角鲸，抓住它，把它弄到舰上来，切成碎块。他们全神贯注地盯着海面。再说，法拉格特舰长也许诺过，无论是谁，不管是见习水手还是正式水手，不管是水手长还是军官，谁发现了那个怪物，谁就可以领到两千美元的赏金。请读者们自己去想象一下，亚伯拉

名师注解

① 利维坦：《圣经·以赛亚书》中的海怪，象征邪恶。

罕·林肯号上的人个个都把眼睛睁得老大，仔细地搜索着洋面。

读书笔记

而我嘛，我也不甘落后，没有把自己分内应观察的那份工作留给别人去做。亚伯拉罕·林肯号确实称得上是阿耳戈斯[1]。可是，唯独孔塞伊是个例外，他对我们大家所感到兴奋的那件事显得十分淡漠，与众人的高涨热情形成明显的反差。

我先前说了，法拉格特舰长为这条船配备了能够捕获巨型鲸类的设备。即使是一条捕鲸船，恐怕也没有它的装备精良。该有的装备应有尽有，从手投鱼叉到喇叭口形炮上使用的带倒刺的箭，以及供鸟枪使用的开花弹，样样俱全。艏楼上架设着一门改良过的大炮，从炮栓处装弹，炮管壁很厚，炮膛很密。该炮的原型大概在一八六七年的世界博览会上出现过。这件稀罕武器是美国制造的，能够轻易地发射四公斤重的锥形炮弹，平均射程为十六公里。

读书笔记

因此，可以说，亚伯拉罕·林肯号上，歼灭性武器样样俱全。而且，它还有更好的“武器”，那就是捕鲸大王内德·兰德。

内德·兰德是个加拿大人，身手不凡，在他的危险的行当里，还从未遇到过与他不相上下的对手。他头脑冷静，机智灵活，有勇有谋，除非是极其狡猾的大头鲸或者特别诡诈的抹香鲸，一般的鲸鱼都甭想甩脱他的那把带索鱼叉。

内德·兰德年约四十，身材魁梧，身高六尺以上，体格健壮，神情严肃，不易交往，话不投机，他便立即变脸，凶巴巴的，谁若是惹了他，他便怒火中烧，暴跳如雷。他的相貌很引人注意，尤其是他那炯炯有神的目光，让他的面庞尤显生动。

名师点评

膂（lǚ）力，体力。膂力过人，即体力过人，通常形容力气大。

我认为，法拉格特舰长把此人请上船来是颇有见地的。他目光敏锐，膂力过人，一个人就能抵得上全体船员。我找不到更恰当的比喻，只能把他比作一架高倍望远镜，同时又是一门时刻准备发射的大炮。

说谁是加拿大人，也就等于说他是法国人，所以，尽管内德·兰德是个不好打交道的人，但我得实话实说，他对我还是有点好感

名师注解

① 阿耳戈斯：古希腊神话中的百眼巨人。

的。这也许是我的国籍吸引了他。对他来说，遇上一个说拉伯雷时代的法语的人[1]，他就可以有机会说上这种语言了，因为拉伯雷时代的法语目前在加拿大的一些省份仍然在使用着。而我呢，我也可以有机会说上这种古法语了。这位捕鲸高手祖籍魁北克，在魁北克还是法国属下的一个省份时，他家已经成了一个部落，出了不少的勇敢的捕鲸高手。

渐渐地，内德有了交谈的兴趣，而我也很喜欢听他讲述他在极地海洋上的冒险经历。他往往使用诗一般的语言讲述他捕鲸和搏斗的故事。他讲述起来像是讲一首史诗，我觉得自己仿佛是在听一位加拿大的荷马在吟唱北极地区的《伊利亚特》。

我之所以现在要根据我所了解的他来描述这个颇有胆识的同伴，是因为我们已经成为老朋友了，我们已经被一种在最险恶的环境中产生并结下的矢至不渝的友谊紧密地连在一起了！啊！勇敢的内德！但愿我能再活上一百年，好让我有更多的时间来把你思念！

这时候的内德·兰德对海怪的问题是怎么看的呢？应该实话实说，他并不太相信有什么独角鲸存在；船上的人全都相信有，而他却是唯一一个持不同看法的人。他甚至都避免谈论这个话题，可我觉得我应该找个机会与他谈谈这件事。

七月三十日的那个美妙的夜晚，也就是说启航三个星期后，我们的船驶达帕塔哥尼亚海岸下风口三十海里处，进入与布朗角同一纬度的海域，已经驶过了南回归线，距离南边的麦哲伦海峡将近七百海里。再过不到一个星期，亚伯拉罕·林肯号就将在太平洋海上劈波斩浪了。

内德·兰德和我坐在艉楼甲板上，一边闲聊，一边望着神秘的大海，直到这之前，这大海依然是深不可及。我很自然地把话题引向大独角鲸，并分析了我们此次远航的成功与失败的种种可能性。后来，我见内德·兰德一声不吭，只是听我在讲，我便把话给挑明了。

“怎么，内德，”我问他，“您为什么认为我们要追逐的那个鲸类动物并不存在呢？您如此怀疑，难道有什么特别的理由吗？”

名师注解

① 拉伯雷：16 世纪法国的著名作家，代表作《巨人传》。16 世纪的法语属于古法语，17 世纪便已发生变化，现已不再使用。

内德·兰德先看了我一眼，习惯性地用手拍了一下宽阔的脑门儿，闭上两眼，仿佛在集中思想，然后才开言道：

“也许是确有其事，阿罗纳克斯先生。”

“可是，内德，您是个职业捕鲸手，您对海洋里的大型哺乳动物很了解，您应该是不难想象得出关于巨型鲸类动物的存在的，您不应该对此持怀疑态度呀！”

“这您可就错了，教授先生，”内德回答道，“一般人可以去相信有奇异的彗星穿过宇宙，有古老的怪物居住在地球的内部，可天文学家、地质学家就不会接受这类荒诞不经的说法。捕鲸手也是这样。我追逐过不少的鲸类动物，也用鱼叉叉到过很多，还杀死过几个，但是，无论这些鲸类动物具有多强的攻击力，无论它们是用尾巴还是用牙齿，它们都绝对不可能毁坏轮船的钢板的。”

“可是，内德，有人举出例证，说有些船只被独角鲸的利齿穿透了。”

“如果是木船，倒是有可能，”加拿大的捕鲸手说，“不过，就是这种情况我也未亲眼见过。所以，除非拥有确凿证据，否则我是不会相信长须鲸、抹香鲸或独角鲸能够造成这么大的破坏程度的。”

“听我说，内德……”

“不，不，教授先生。除了这事而外，您说什么我都是听的。说不定是一个巨型章鱼……”

“那就更加不可能了，内德。章鱼是一种软体动物，从这个名称看，它的肌肉就不坚硬。它不属于脊椎动物，就算它有五百尺长，它也无法对斯科蒂亚号或亚伯拉罕·林肯号这类船只造成危害。因此，把这么大的事归为巨型海怪克拉肯或其他的类似怪物干的，那纯属天方夜谭。”

“这么说，博物学家先生，”内德·兰德语含讥讽地说，“您坚持认为有一种巨型鲸类动物存在……”

“是的，内德，我再说一遍，我这么肯定是有事实根据的。我相信确有这种大型哺乳动物存在，它的躯体结构奇特，像长须鲸、抹香鲸或海豚一样，属于脊椎动物，长有一个角质的、极具穿透力的长牙。”

“哼！”捕鲸手内德轻声哼了一下，摇了摇头，一副毫不为其所动的神态。

“请注意，我可敬的加拿大人，”我继续说道，“假若有这种动物存在，假若它生活在大海深处，假若它在海面以下几海里的深处游弋，那它就必须具有无比坚实的机体才行。”

“要那么坚实的躯体结构干吗？”内德·兰德问道。

“因为，要想生活在海底深处，并受得住海水的压力，就必须具有无比巨大的力量。”

“真的？”内德眨巴着眼睛看着我问道。

“没错，举几个数字就能很容易地向您证明这一点。”

“咳！数字！”内德说，“数字不就是随便人怎么说吗！”

“这是具体的数据，并不是数学上的数字。您听我说，假定一个大气压相当于一根三十二尺高的水柱的压力。实际上，水柱不会有那么高，因为这里指的是海水，其密度高于淡水的密度。喏，内德，譬如您潜入海里，您下潜到深度上是数倍于三十二尺的水，您身体就要承受相应倍数的大气压，也就是说，您身体表面每平方厘米就得承受相应倍数的压力。据此推算，在三百二十尺的水下深处，压力为十个大气压，在三千二百尺的水下深处，压力就是一百个大气压，在三万二千尺的水下深处，也就是说，您下潜到大约水下二点五海里的地方，您就得承受一千个大气压，您身体表面的每一平方厘米得承受一吨的压力。可是，我老实的内德呀，您知道您身体表面面积有多少平方厘米吗？”

“我算不出来，阿罗纳克斯先生。”

“大约有一万七千平方厘米。”

“有那么多？”

“事实上，由于大气压力略微高于每平方厘米一千克的重量，您身体表面那一万七千平方厘米现在就承受着一万七千五百六十八千克的压力。”

“那我怎么没有感觉出来呢？”

“您是感觉不出来，因为空气具有相等的压力，它进入了您的体内，否则您早就被压碎了。空气进入体内后，内外压力保持平衡，相互抵消掉了，所以您才能承受如此大的压力。可是，一旦潜入水里，情况就不大一样了。”

“噢，我明白了，”内德说道，他也比较专心听我讲了，“因为水围绕着我，并未进入我的体内。”

“正是如此，内德。因此，在水面以下三十二尺的地方，您得承受一万七千五百六十八千克的压力；在三百二十尺的地方，这个压力将增加十倍，也就是十七万五千六百八十千克；在三千二百尺的地方，压力增加一百倍，也就是一百七十五万六千八百千克；在三万二千尺的地方，压力增加一千倍，也就是一千七百五十六万八千千克，这就是说，您已经被压扁了，像是被水压机压成的薄片似的！”

“天哪！”内德大喊一声。

“喏，我可敬的捕鲸手，如果一些身长几百米、躯体庞大的脊椎动物在这么深的海洋深处生活，其体表面积又高达数百万平方厘米，那它们所承受的压力就有数十亿千克了。您来算算看，要承受如此大的压力，它们的骨架得有多大的抗压力，它们的躯体结构得多么坚强！”

“那它们的躯体就得是用八寸厚的钢板造的，如同铁甲驱逐舰一般。”内德·兰德回答道。

“正如您所说的，内德。那么，您再想想看，这么一个庞然大物，以快速列车的速度向一艘船冲过去，会造成什么样的破坏。”

“是啊……确实……也许。”加拿大人被这些数字震撼了，但他又不肯服输，便这么哼叽哼叽地回答着。

“喏，我把您说服了吧？”

“您让我对其中一点有所信服，博物学家先生，那就是如果海底确实存在这种动物的话，那它必须像您所说的那样强大。”

“可是，您这位顽固的捕鲸手，要是不存在这种动物的话，那您对斯科蒂亚号所遭到的意外又做何解释呢？”

“也许是……”内德在迟疑。

“您说下去！”

“因为……这不会是真的！”加拿大人心里一着急，竟把阿拉戈[①]的一句名言说了出来。

不过，这种回答除了说明这位捕鲸手非常固执以外，其他说明不了什么问题。那一天，我没有再跟他多说。斯科蒂亚号遭遇的意外事故是毋庸置疑的。船体上确实留有一个大窟窿，等待修补。当然，我也并不认为有个大窟窿就很说明问题了。但是，这个大窟窿也不会无缘无故地就出现的，要说不

名师注解

① 阿拉戈（1786—1853）：法国物理学家、天文学家，代表作《环球世界》。

是海底暗礁或什么海底利器造成的，那就肯定是被某种海底动物身上的什么像钻头似的锐器弄出来的。

因此，我觉得，根据上面所做出的种种推论，这种动物属于脊椎动物门，哺乳动物纲，鱼目，即鲸鱼类动物。至于它是属于什么科，是鲸科、抹香鲸科还是海豚科，它是属于哪个属，应归于哪个种，这就要假以时日了。要解决这一问题，就必须对这个尚不为人所知的动物进行解剖；而要解剖它，就先得抓住它；要抓住它，就得先用捕鲸炮去射杀它——这事应由内德·兰德去干；而要向它开炮，就先得看到它——这属于全体船员的事。凡此种种，可就得全靠运气了。

## 界、门、纲、目、科、属、种

近代分类学诞生于18世纪，界、门、纲、目、科、属、种，是生物分类学的几个单位。瑞典生物学家林奈建立了双名制和阶元系统，采用界、门、纲、目、科、属、种加以分类，其分类依据是：利用生物在外观、生活特性、构造、生理机能等特征上的差别，采用二分法，将生物由大分类归纳到小分类。最上层为“界”，人们比较认同惠特克提出的“五界说”，他认为生物可分为五界，分别是原核生物界、原生生物界、真菌界、植物界以及动物界。最下层为“种”。种(物种)是基本单元，近缘的种归合为属，近缘的属归合为科，科隶于目，目隶于纲，纲隶于门，门隶于界。越往下，被归属生物彼此之间的特征越接近。同属的生物间，外形或生理等特征极为相近，但遗传物质之间尚有差别，是生物演化过程中，较具有亲属源的生物。

# 五 向冒险迎去【精读】

名师导读

亚伯拉罕·林肯号在太平洋上无目的地搜索着，水手们没日没夜地盯着大海，希望能够发现独角鲸的影踪，但在相当长的时间里一无所获。就在大家放弃希望准备返航的时候，捕鲸手内德·兰德发现了那只独角鲸……

一段时间以来，亚伯拉罕·林肯号在航行中并无意外发生。不过，倒是碰到了一件事，让内德·兰德大显了一回身手，也让我们对他刮目相看，信任有加。

> 名师点评：出自《三国志·吴志·吕蒙传》注引《江表传》："士别三日，即更刮目相待。"意思是别人已有进步，要用新的眼光来看待。

六月三十日，我们的船在马鲁伊纳海面向美国的捕鲸船队打听消息，可他们却并未听说过有关独角鲸的事。不过，他们船队中有一个人，即门罗号的船长，听说内德·兰德在我们船上，便请求我们让内德·兰德帮忙捕捉一头被他们发现了的鲸鱼。法拉格特舰长也想见识一下内德·兰德的本事，便同意了，让他上了门罗号。这个加拿大人也真是运气不错，他捕到的并非一头，而是发了两炮，命中两头：一头被击中心脏，另一头在追逐了几分钟之后也被捕捉到手。

毫无疑问，如果那个怪物碰到内德·兰德这位捕鲸王的话，我敢肯定，它是绝无逃生的希望的。

亚伯拉罕·林肯号沿着美洲东南海岸全速前进。七月三日，我们便驶抵与贞女岬同一纬度的麦哲伦海峡的出海口。不过，法拉格特舰长并不想走这条弯弯曲曲的海道，所以便让舰只绕过合恩角。

读书笔记

全体船员一致赞成舰长的决定。确实，在这样的一条狭窄海道里，怎么可能碰上那头独角鲸呢？很多水手都肯定说，那个怪物不可能从这儿经过的，"因为它个头儿太大，游不过去！"

读书笔记

七月六日下午三点光景，亚伯拉罕·林肯号从南面十五海里处绕过了合恩角那个孤岛。合恩角是一座岩石岛，伸延于美洲大陆南端，一些荷兰水手把自己家乡的城市合恩这个名字给它冠上，从此，合恩角便沿用至今。此时，船正向着西北方向行驶，第二天，亚伯拉罕·林肯号的螺旋桨就将拍击太平洋的海水了。

“注意啦！眼睛放亮点！”亚伯拉罕·林肯号上的船员们不断地呼喊着。

大家的眼睛都睁得大大的。说实在的，大家的眼睛和望远镜，都看花了，被那两千美元的奖赏弄得眼睛眨都不想眨了。大家没日没夜地紧盯着洋面，而那些昼盲症者在漆黑的夜晚视力要比常人高出百分之五十，所以获得奖赏的机会更大。

艏（shǒu），船的前端或前部。

至于我们，金钱虽说对我并无诱惑，但我却并不是船上不注意观察之人。除了花费几分钟吃饭，几小时睡觉，不管日晒雨淋，我都坚持待在甲板上。我有时伏在艏楼的船舷墙上，有时则倚靠在艉楼的护栏上，贪婪的目光紧紧地注视着伸向无边的如棉絮般洁白的航迹。有好多次，当我看到一头任性的鲸鱼把黑色的脊背露出水面时，我也跟着舰上的军官们和水手们一起激动不已。每逢这种时刻，甲板上总是站满了人，水手们和军官们纷纷从舰梯防雨罩里钻了出来。一个个气喘吁吁，目光闪烁，眼睛死死地盯着那条游动着的鲸类动物。我目不转睛地看着，看得眼睛酸疼，看得眼睛模模糊糊，而孔塞伊却总是那么冷静漠然，声音平缓地一再对我重复：

“贪婪的目光”“紧紧地注视”形象地刻画了“我”对这个“怪物”兴趣的浓厚。“我”与别人不同，不在乎金钱的诱惑，只想对科学做积极探索。

“如果先生把眼睛眯起来点儿，先生也许会看得更清楚一些的！”

水手们的激动与孔塞伊的冷静漠然形成了鲜明的对比。

可是，全是白激动了！亚伯拉罕·林肯号一再改变航向，追逐着被发现了的动物，但结果却令人大失所望，不是追上一头普通的鲸鱼，就是追着一头普通的抹香鲸。追上后，这些鲸类动物便在大家的一片诅咒声中消失不见了！

不过，天气却一直非常好。船一直在最好的环境中航行着。此刻正是南半球气候十分恶劣的季节，这一带的七月正值欧洲的一月份，但海面风平浪静，视野开阔，极目望去，远方清晰可见。

内德·兰德仍然固执己见，一脸的狐疑，除非该他值班，否则他故意不去观察海面——至少是在看不到鲸鱼时他是这样的一种态度。他目光敏锐，本可以发挥很大的作用，但是，十二个小时中，这个固执的加拿大人却花上八个小时在看书或躺在舱室里睡大觉。我无数次地责备他不该这么无动于衷。

语出南朝刘义庆的《世说新语·排调》，意思是盲人骑着瞎马。形容乱闯瞎撞，非常危险。在这里是指亚伯拉罕·林肯号没有目的地在太平洋上航行。

“哼！”他抢白我道，“不是什么也没见到吗，阿罗纳克斯先生？就算是有个什么动物，难道我们真的那么走运，让我们给遇上了？我们这不是在盲人骑瞎马吗？听说有人在太平洋北部海面看到了这个难寻的怪物了，我承认这很有可能。可是，见到后都两个月过去了。而且，按您的说法，那头独角鲸脾气怪诞，不喜欢在同一海域待很长时间！它游起来飞快。再说，您比我更清楚，教授先生，大自然是不会做出自相矛盾的事的，如果一个动物无须快速移动的话，大自然是不会赋予它这种高速的活动能力的。因此，即使这个怪物真的存在，它也早就跑得老远老远了！”

对此，我不知如何应答。显然，我们这是在盲目地行动。可不这样又能怎样呢？所以，我们的机遇很有限，不过，尚无人对成功产生怀疑，船上的水手们没有一个人敢于打赌说独角鲸并不存在，说它近期内不会出现。

读书笔记

七月二十日，我们的船驶到南回归线与东经一百零五度相交的一片海域；同月二十七日，我们在子午线一百一十度处越过了赤道。方位确定后，我们的船便毅然决然地往西驶去，驶入太平洋中心海域。法拉格特舰长的想法很有道理，他认为应该在深水海域行驶，远离那只怪物不愿接近的陆地或岛屿。舰长说：“大概那里的海水不深，让它游得不痛快吧。”于是，亚伯拉罕·林肯号便越过波莫图群岛、马尔吉斯群岛、桑威奇湾等处的外洋洋面，从东经一百三十二度处穿过北回归线，朝中国海驶去。

我们终于来到那个怪物最近嬉戏畅游的地方了！说实在的，船上的日子真没法过了。人人都心跳过速，说不定将来会长出无法治愈的动脉瘤。全体船员神经都绷得过紧，紧张的程度简直无法形容。大家茶不思饭不想，夜不成眠。在桅顶高处瞭望的水手，经常出现错误判断和幻觉，每次都产生难以承受的恐惧感，致使大家处于一种惊弓之鸟的状态。

这些描写表现了船员们承受着巨大的压力，神经处于高度紧张的状态。

实际上，这种惊惧不安的反应很快便传播开来。在三个月的时间里，每一天都是度日如年。在这一期间，亚伯拉罕·林肯号跑遍了北太平洋海域，不停地追逐所发现的鲸鱼，忽而偏离航线，忽而猛地掉转船头，忽而熄火停机，忽而又全速前进或紧急刹车，都顾不上机器是否会因此而损坏。就这样，把日本海岸到美洲海岸的海域仔细地搜索了个遍，但却一无所获。只见一片浩瀚寂静的大海，不见什么巨大的独角鲸、海下小岛、遇难船残骸、飞逝礁石以及超自然物。

信念就是人的精神支柱，一旦信念倒塌，曾经最坚定的想法也会随之动摇。

紧张的情绪倒是消失了，可一个个都像泄了气的皮球，为怀疑打开了缺口。舰上出现了一种新的情绪，含着三分羞愧七分恼怒。认为竟然上了幻想的当，真是“愚不可及”，叫人如何不恼怒呢！一年来，积累起那么多的论据，突然间像小山似的坍塌了。每个人心里只想着吃饭和睡觉，要把因愚蠢而浪费的时间找补回来。

很有哲理的一句话，仔细体会一下。

人的思想生来就变幻不定，从一个极端跳到另一个极端。当初最积极支持这件事的人，一下子变成反对得最凶的人。这种情绪从底舱开始，从司炉工一直蔓延到军官。如果不是法拉格特舰长矢志不移，船肯定早已掉头南下了。

不过，也不能这么无休止地进行这种无效的搜寻了。亚伯拉罕·林肯号为了获得成功已经尽了自己最大的努力，它没有什么可以自责的。美国舰只上的全体人员还从未像亚伯拉罕·林肯号上的人员那样具有热情与耐心。失败的责任不能归结于他们。眼下不得不返航了。

指武装力量的突然叛变，多用于两个以上下级军事人员反抗或攻击其上级的公开行动，也用于非军事性质的反抗或攻击。

返航的提议交给了舰长。舰长不予接受。水手们因此明显地表示不满，工作受到了影响。我并不是说船员会哗变。在合理地坚持了一段时间之后，法拉格特舰长便像当年的哥伦布那样，要求大家再耐心地等上三天。如果三天内，那怪物没有出现的话，舵手就转动舵轮，驱逐舰将向欧洲海域驶去。

舰长的这一许诺是十一月二日做出的，全体船员立即振奋起精神来，又开始专心致志地监视着海面。人人都想朝这片大海看上最后一眼，以便把含着无限记忆的一切牢记在心里。望远镜一刻也没有空置过。这是在向那头巨型独角鲸进行最后的挑战，这是在向它发出俯首就擒的通缉令，它是不可“拒不就范”的！

两天过去了。亚伯拉罕·林肯号在缓缓地向前行驶着。独角鲸可能就在这片海域，大家在想方设法地吸引它的注意力，或者说是在刺激它那麻木的神经。船尾拖着大块大块的肥肉——可我不得不说，全都让鲨鱼饱了口福了。亚伯拉罕·林肯号停止前进时，便派出小船在舰只四周游弋，在不同的方向进行探测，一处不漏。可是，直到十一月四日日暮时分，这一海底奥秘依然未能揭开。

第二天，十一月五日，晌午时分，规定的期限就要到了。许诺的时刻一过，一丝不苟的法拉格特舰长就将履行诺言，下令船转向，向东南方向行驶，完全驶离太平洋北部海域。

详细交代此时的地理位置、四周的环境，暗示着将有大事发生，从而渲染出一种紧张的氛围。

此刻，亚伯拉罕·林肯号正位于北纬三十一度十五分、东经一百三十六度四十二分的海域。日本诸岛距离驱逐舰不到两百海里的下风处。夜幕降临，钟刚敲过八点，乌云遮住了弯月，大海在舰只艏柱下平静地涌动着。

这时候，我正在船的前部，靠在右舷的船舷墙上。孔塞伊站在我的身旁，眼睛盯着前方。水手们站在高高的横桁上，凝视着漆黑的水天相交的海面。天越来越黑，能看到的海面变得越来越小。军官们手持夜视望远镜，搜索着这愈发变黑的大海。月光不时地从云缝中透出，使漆黑的海面闪着点点亮光。随即，乌云又把月光遮挡，眼前又是一片漆黑。

这里的环境描写进一步加剧了此时的紧张气氛，扣人心弦。

我注视着孔塞伊，发现这个诚实的小伙子多少也被这种气氛给感染了，至少我是这么认为的。也许，他的神经第一次受到好奇心的刺激，也有所震动。

“来呀，孔塞伊，”我对他说，“这可是获得两千美元的最后机会了。”

“请先生允许我对他说一句，”孔塞伊回答道，“我可是从未想过要拿那两千美元的赏金。即使合众国政府许诺十万美元的奖赏，那也没有什么了不得的。”

“你说得对，孔塞伊。说实在的，这事挺蠢的，我们参与其中也太轻率了点。耽误了多少时间呀！还白白地搭上许多的激情！否则，六个月前，我们就已经回到法国了……”

“就已经待在先生的小套房里了，”孔塞伊接嘴说道，“就已

读书笔记

经回到先生的标本室了！我可能早已将先生的那些化石分好类了！先生的那只鹿豚也早已关进巴黎植物园里去了，首都的那些好奇的人也都跑去看了！”

“没错，孔塞伊。而且我还在想，别人正在嘲笑我们呢！”

“可不是吗，”孔塞伊平静地答道，“我想，肯定有人会嘲笑先生的。还有一句话，不知当讲不当讲……”

“说吧，孔塞伊。”

“那我就直说了，先生这是自找的！”

“确实如此！”

“像先生这样有幸成为一位学者的人，本不该这么……”

孔塞伊恭维的话还没讲完，只听见有人喊叫起来，打破了一片沉寂。那是内德·兰德在喊：

“嘿！是那个家伙，在下风处，在我们的斜对面！”

名师点评

内德·兰德的这句话不仅打破了沉寂，而且还点燃了人们心中的无限希望。

## 精华赏析

世界上很多事情就是这样让人难以捉摸，在你苦苦找寻许久，正打算要放弃的时候，往往转机就出现了。这样的过程会让你体会到等待的艰辛与忍耐的枯燥，更会让你分外珍惜来之不易的机会。这一章就讲述了水手们在茫茫大海上从满怀期待寻找独角鲸到失去信心准备返航的一个心理转变的过程。在本章结束部分，发现独角鲸的踪迹无疑又给人们注入了一支强心剂。一波三折的故事情节让我们不得不对作者的精彩构思赞叹不已。

## 延伸思考

这一章多处标明了亚伯拉罕·林肯号的地理方位，你能够在地图上一一标示出来吗？然后按先后顺序连接起来，你就会得到一张航行图了。

# 六 全速前进【精读】

名师导读

内德·兰德在海上发现了怪物的踪迹，亚伯拉罕·林肯号与它展开拉锯战。双方你追我赶，从白天到黑夜，气氛极其紧张。其间，法拉格特舰长对怪物发动了几次攻击，均告失败。最后突然冲出的水柱将教授拍入了海中……

一听到这喊声，全体船员都朝捕鲸手跑了过去。舰长、军官、水手长、水手、见习水手，以及撇下轮机的机械师和扔下锅炉的加煤工，全都往一个方向在跑。停航的命令已经下达，船靠着惯性在缓缓地向前移动着。

天已经全都黑下来了。我便在寻思，天这么黑，那个加拿大人眼睛再尖，又是怎么透过黑夜看见的呢？他到底看到了什么呢？当时，我的心跳得都快要蹦出胸膛了。

内德·兰德并未看错，我们大家全都看到了他手指着的那个东西。

距离亚伯拉罕·林肯号右舷后部两链的地方，海水仿佛是从下面被照亮了。这不是普通的磷光，这一点是肯定无疑的。那个怪物隐于水面下几图瓦兹[①]，发出一种极强的、说不清是什么奇异的光来，有好几位船长在报告中都提到了这种光。这种奇异的光想必是从一种大功率的照明装置发出来的。海面上被这光照亮的地方映出一个长长的椭圆形，其中心有个光亮的焦点，那焦点发射出来的光极其刺眼，离焦点越远，光就越弱。

"这不过是许多磷光的聚合体。"一位军官大声说道。

"不，先生，"我很有把握地反驳说，"海笋、海鞘等软体动物是绝不

名师注解

① 图瓦兹：法国旧长度单位，1图瓦兹约等于1.949米。

阿罗纳克斯教授这一推断是否正确呢？有待验证。

可能发出这么强的光的。这种光基本上是电光……再说了，你们看，你们看！它在移动！在前后地移动！它向我们冲过来了！”

舰上的人全都惊呼起来。

“安静！”法拉格特舰长喝令道，“迎风，满舵！倒车！”

水手们赶忙向船舵跑去，机械师们则向轮机冲去。船来了一个急刹车，然后向左转，在海面上画了一个半圆。

“右满舵！前进！”法拉格特舰长大声下达命令。

驱逐舰按照舰长的命令迅速地离开了那个光源。

我说错了，亚伯拉罕·林肯号是想离开，但那个神秘的动物的速度快过我们的船，正加速冲向我们。

读书笔记

大家全都屏声敛息，呆立着一动不动。我们不是害怕了，简直是惊呆了。那个神秘的动物像玩似的追上了我们，它以每小时十四海里的速度绕着我们的驱逐舰转着圈。并用它那像闪亮的粉尘似的东西把驱逐舰给罩住，然后，便拖着一条磷光闪闪的尾迹，像快速列车的机车在喷吐浓烟似的，往后退了两三海里。突然间，那怪物从暗黑的海天相连处——它是退去那儿蓄势待发——以惊人的速度猛地向亚伯拉罕·林肯号冲了过来，在离驱逐舰外侧船舷二十尺处蓦地停住，光亮熄灭——它并没沉入深水处，因为它的光亮是突然熄灭的，而不是渐渐地熄灭的，仿佛那强烈的光源突然枯竭了似的！接着，它又在驱逐舰的另一侧出现了，也许是绕过去的，也许是从舰身下钻过去的。相撞的可能性随时存在，若是被撞上，我们将必死无疑。我们的驱逐舰的动作让我惊诧。它是在逃跑，而不是在攻击；它是被追赶着，而不是追上前去。我向法拉格特舰长提出了我的意见。舰长平常总是不露声色，可此时此刻却一脸的惊愕。

这个神秘的动物神出鬼没，让人难以提防。惊险的情节描写让人不禁屏气凝神。

“阿罗纳克斯先生，”他对我说，“我不知道自己要面对的是个多么可怕的怪物，所以我不想在这漆黑一片之中拿我的舰只去冒险。再说，如何既能够防范这个不知为何物的家伙的袭击而又能够攻击它呢？等天亮再说吧，天一亮我们就主动了。”

“舰长，您对这只动物的种类已经清楚了吗？”

“清楚了，先生。它显然是一头巨型独角鲸，而且还是一头带电的独角鲸。”

“也许是的，”我又说道，“我们不可离它太近，就像不能离电鳗或电鳐太近一样。”

“没错，”舰长回答说，“如果它身上具有雷电般的力量，那它肯定是造物主造出来的最可怕的动物。因此，先生，我必须谨慎从事。”

整个夜晚，全体船员都严阵以待，谁都不想睡觉。亚伯拉罕·林肯号因为速度没有那怪物快，于是便干脆放缓速度，低速地行驶着。可那独角鲸也学着驱逐舰的样儿，由着海浪颠簸着，仿佛下定了决心，绝不离开这个搏斗的舞台。

名师点评 这里使用了拟人化的手法。

但是，午夜时分，它却不见了，或者更确切地说，它像一只大萤火虫似的“亮光灭了”。它逃离了？大家怕的就是它会逃走，大家不希望它逃走。然而，凌晨一点差七分时，突然间响声大作，呼啸声震耳欲聋，仿佛在强大压力下喷水的水柱的巨响。

法拉格特舰长、内德·兰德和我，当时都在艉楼上，正焦急地朝着漆黑的海面搜索来着。

读书笔记

“内德·兰德，”舰长问他，“您常听见鲸鱼叫吗？”

“经常听见，先生，但是，我却从未听见现在这头能给我带来两千美元赏金的鲸鱼的这样的叫声。”“是的，那笔赏金应该归您。不过，您得告诉我，这声音是不是鲸类动物用鼻孔喷水时发出的声音？”

“正是这种声音，先生。只不过，这个声音可是大得多得多，一般鲸鱼的叫声可没法与它相比。没错，我们眼前的一定是一个鲸类动物。请原谅，先生，”捕鲸手补充说道，“天亮时，我们得跟它理论理论。”

“那得看它有没有心情听您理论了，兰德师傅。”我以不太相信的口气说。

“只要我能到得了离它四鱼叉远的地方，”加拿大人坚定地回答说，“那它就得听我的了。”

读书笔记

“要接近它的话，”舰长问道，“是不是要给您准备一条捕鲸小艇呀？”

“那当然，先生。”

“那我的船员会不会有生命危险呀？”

“我的生命也有危险呀！”捕鲸手干脆地回答了一句。

凌晨两点前后，在亚伯拉罕·林肯号上风口五海里处，那个强大的光源又出现了。尽管离得很远，尽管风声、涛声相混，那个动物尾巴搅动海水的巨大声响仍然清晰地传来，甚至连它的喘息声都清晰可辨。那头巨大的独角鲸浮出水面呼吸时，空气好像在猛烈地涌进它的肺里，犹如蒸汽涌进两千马力的机器汽缸里一样。

极言那个动物发出的声响之大，从而衬托出这个动物的庞大可怖。

“嗯！”我在寻思，“一头力量抵得上一个骑兵团的鲸鱼，那它肯定是个特大的家伙！”

大家严阵以待，随时准备搏斗，直到东方破晓。各种捕鱼工具沿着船舷墙摆着，喇叭口形炮和大口径水炮都填满了火药。喇叭口形炮可以把捕鲸叉射出一海里远，而大口径水炮用的是具有致命杀伤力的开花弹，力气再大的动物挨上一炮也必定一命呜呼。内德·兰德一直在忙着磨他的捕鲸叉，那可是他手中的强大的武器。

进一步烘托了故事的紧张氛围。

到了六点光景，天已放亮。第一道晨曦微微露出，独角鲸身上的电光便熄灭了。七点钟时，天已大亮，可是晨雾浓密，能见度很小，即使用倍数最大的望远镜也什么都看不清楚。大家感到非常沮丧，非常恼怒。

我爬到驱逐舰后桅杆上。有几位军官已经待在桅杆顶上了。

八点钟时，浓雾在波涛浪尖上翻滚着，不过，大团的雾气正在逐渐消散，视野随之开阔，天际变得明朗了。

突然，内德·兰德又像昨天一样大声呼喊起来。

“那家伙在左舷后方！”捕鲸手在大喊。

大家的目光全都转向他所指的方向。

在距离驱逐舰一点五海里的地方，一个又长又黑的大家伙浮出水面约一米来高。它在用力地甩动着尾巴，搅出巨大的漩涡。从未见过有什么鱼的尾巴能用这么大的力量击打海水的。这个动物游过的地方，留下一条巨大的、白花花的、长长的弧形，表明它的行动轨迹。

我们的船接近了这个鲸类动物。我从容不迫地观察了它。香农号和海尔维蒂亚号的报告对它的体积的描述有些夸大，据我估算，

读书笔记

它的身长顶多只有二百五十尺。至于它的宽度，就很难估计了，不过，不管怎么说，整体看来，我觉得这个鲸类动物的躯体各部分的比例是恰到好处的。

当我对这个不同凡响的家伙进行观察时，两股水与汽交融的水柱从它的鼻孔里喷射而出，高达四十米，致使我凝视起它的呼吸方式来。我最终得出结论，认为这个动物属于脊椎动物门，哺乳动物纲，单子宫哺乳动物亚纲，鱼形动物中的鲸类动物目，至于属于什么科嘛……我一时尚说不清楚。鲸类动物目包括三个科：鲸鱼科、抹香鲸科和海豚科。而独角鲸是划归海豚科的。这些科又各自分成好几个属，属下又分种，每个种里又有若干个变种。这头独角鲸属于什么变种、什么种、什么属、什么科，我尚无法确定，但我相信，有上苍与拉法格特舰长的帮助，我是会完成这个分类工作的。

名师点评

在如此危险的情境下，这个敬业的教授依然满怀好奇地研究这个动物。

船员们焦急地等待着舰长的命令。舰长仔仔细细地观察了一番那只动物，然后让人把机械师叫来。机械师很快就跑来了。

“先生，”舰长问，“压力够吗？”

“够，先生。”机械师回答。

“好，添足煤，烧旺火，全速前进！”

读书笔记

全体船员听到命令，立即欢呼起来。战斗的号角吹响了。不一会儿，亚伯拉罕·林肯号的两个大烟囱便喷出浓浓的黑烟，轮机的抖动，连带着甲板也抖动了起来。

船在强大的螺旋桨的推动下朝前方疾驶，径直地追向那个动物。可后者竟然毫不在乎，待到驱逐舰到了离自己半链远的地方，它便假装逃逸，往水下潜去，与驱逐舰保持着一定的距离。

就这样追逐了三刻钟光景，驱逐舰与那头鲸类动物始终保持着这个距离，想靠近后者两图瓦兹都不可能。显然，这般追法永远也别想追上这个怪物。

法拉格特舰长焦躁地捻动下巴下面的那撮山羊胡子。

名师点评

一个细微的动作在关键时刻总是能够反映出一个人的心理。

“内德·兰德呢？”他喊问道。

加拿大人闻声赶来。

“怎么样，兰德师傅，您看是不是还需要把小艇放下去？”舰长问道。

读书笔记

“不必了，先生，”内德·兰德回答道，“这家伙是不会让您逮着的，除非它自己情愿束手就擒。”

“那怎么办呢？”

“如果有可能的话，您就尽量加大马力，先生。而我吗，对不起，我得攀上艏斜支索，等船接近捕鲸叉可以击到的距离，我便用捕鲸叉攻击它。”

内德·兰德到了他说的位置。炉火在不断地加大，螺旋桨每分钟转到了四十三转，蒸汽不停地从阀门里喷出来。经航速表检测，亚伯拉罕·林肯号行驶速度达每小时十八点五海里。

然而，那个可恶的畜生也同样在以十八点五海里的时速在疾行。

名师点评

由“捻”到“扯”，这一细节描写反映了人物心理的细微变化。

驱逐舰以这种速度又追了一个小时，但连一个图瓦兹的距离也没能缩短！对于美国海军的一艘速度最快的舰船而言，这简直是个奇耻大辱。全体人员一个个都憋着一肚子的火。水手们在咒骂眼前的这个怪物，但那怪物不予理睬。法拉格特舰长已不仅仅是在捻动他下巴下面的那撮山羊胡子了，他简直是在扯那胡子了。

机械师又被叫了来。

“您已把压力增至最大限度了吗？”

“是的，先生。”机械师回答。

“进气阀也满负荷了……”

“六点五个大气压。”

“将负荷增至十个大气压。”

这纯粹是典型的美国式命令。即使在密西西比河上，为了甩掉“对手”，恐怕也不会这么干的。

读书笔记

“孔塞伊，”我对立于我身旁的忠实仆人说，“你知道吗，我们的船有可能会爆炸的！”“炸就炸吧，先生！”孔塞伊答道。这叫什么话！不过，必须承认，有这样的机会，冒一次险我也是挺乐意的。

进气阀已处于满负荷状态。炉中加满了煤。鼓风机不断地吹着，把火吹得旺旺的。亚伯拉罕·林肯号的速度又加快了。舰桅在抖动着，连底座都跟着在颤动，而烟囱过于狭小，浓烟排放不畅。

航速计又投到海里。

读书笔记

“舵手，多少？”法拉格特舰长问道。

“十九点三海里，先生。”

“再加把火。”

机械师执行了命令。压力表上显示，已到十个大气压。然而，那只鲸类动物似乎也“加了把火”，因为它不紧不慢地也把航速提升到十九点三海里了。

多精彩的追逐战啊！我全身都在颤抖，激动之情简直是难以描述。内德·兰德坚守在自己的岗位上，手里紧握住捕鲸叉。有好几次，那畜生让我们接近了它一点。

“我们追上了！我们追上了！”加拿大人在大呼大叫。

然而，当内德·兰德正准备下手时，那畜生一下子就跑远了，其逃跑的速度，我估计绝不少于时速三十海里。尤其让人气愤的是，在我们全速前进时，这畜生竟然围着我们的船绕了一圈，戏耍我们！全船的人气得直骂。

读书笔记

追至中午，我们与那畜生的距离仍旧是上午八点钟时的距离。

于是，法拉格特舰长便决定采取断然措施。

“嗬！”他说，“那畜生比我们亚伯拉罕·林肯号跑得还快！那好吧，那我倒要看看它跑得有没有我们的锥形炮弹快。水手长，叫炮手跑步前去前甲板的炮位待命。”

前甲板上的大炮立即填满了火药，瞄准待发。炮弹打了出去，但炮弹却从离我们半海里的那只怪物上方几尺的地方飞了过去。

“换一个神炮手来！”舰长喝令道，“打中这恶魔的，奖赏五百美元。”

寥寥数笔，一个沉着冷静、经验丰富的老炮手形象跃然纸上。

一位胡子灰白的老炮手——他的音容笑貌至今仍浮现在我的脑海里——走近大炮，目光坚定，神情冷静。他调整好炮位，左瞄右瞄了很长时间。轰的一声巨响，船上的人随即齐声呐喊起来。

炮弹击中了目标，落在了那怪物身上，但怪得很，那发炮弹竟然从它那滚圆的躯体上滑了过去，落到两海里外的海中。

“这可真叫见鬼了！”老炮手气呼呼地骂道，“这混蛋难道披着六寸厚的铁甲不成？”

“混账的家伙！”法拉格特舰长在骂。

又开始追逐开来。法拉格特舰长凑近我说道：

“我一定要追下去，直到舰船爆炸为止！”

“对，就得这样。”我回答他说。

读书笔记

我们盼着那只动物最后筋疲力尽，希望它不会像蒸汽机似的永不知疲劳。可是，它一点也没见体疲力衰。过了好久，它也没显得有一丝一毫疲倦的样子。亚伯拉罕·林肯号确实应该受到嘉奖，它始终坚持不懈，坚韧不拔地在斗争着。我估计，在十一月六日这倒霉的一天里，它跑了不下五百公里！夜幕降临，夜色笼罩着波涛汹涌的大海。

读书笔记

此时此刻，我以为我们的远航业已结束，我们再也见不到那只神奇的动物了，但我却想错了。

夜里十点五十分，在我们船的上风口三海里处，先前的电光又出现了，和昨夜的电光一模一样，仍旧那么亮堂堂，那么强烈。

独角鲸似乎一动不动地待着。也许，它游了一天，现在睡着了？任随着波涛的颠簸？这可是个大好时机，法拉格特舰长决定抓住这个机会。

他下达了命令。亚伯拉罕·林肯号谨慎地缓缓地在靠近，以免惊动了对手。在海上，趁鲸鱼熟睡而将其捕获是常有的事。内德·兰德就曾不止一次地捕捉到熟睡的鲸鱼。这个加拿大人现在又攀上艏斜桅支索处自己的岗位上了。

名师点评

此时的沉寂更能突显出气氛的紧张。

船悄悄地接近那只动物，在距离它两链处关机，依靠余速滑行着。全船的人全都屏声敛息，甲板上一片沉寂。离那炽热的光源不足一百米时，那亮光更加的强烈，刺得大家眼睛都睁不开。

这时候，我正伏在艏楼的护舱板上，看着下面的内德·兰德正一手勾着斜桅撑竿前支索，一手举着他那极其锐利的捕鲸叉。他与那只静止不动的动物相距不到二十尺。

突然，他胳膊一甩，捕鲸叉扔了出去。只听见那捕鲸叉像是碰到了坚硬的物体，发出清脆的响声。

电光突然熄灭，两股巨大的水柱像龙卷风似的直拍亚伯拉罕·林肯号的甲板，人被冲得前仰后翻，缆绳也被冲断。

在这可怕的水柱的冲击下，我从护舱板上冲了下来，还没来得及抓住什么东西，就被冲进了大海里。

这一章的描写跌宕起伏，扣人心弦。从亚伯拉罕·林肯号发现怪物到追击怪物，再到最后林肯号受到冲击，情节越来越精彩，气氛越来越紧张。人物个性特征也鲜明地呈现在大家眼前：教授对科学的热忱、法拉格特的谨小慎微、内德·兰德的大胆无畏。尤其是结尾处，教授落入海中，故事戛然而止，留给人一个大悬念。欲知后事如何，且听下回分解！

延伸思考

文中有几处地方暗示了这个怪物与一般动物的不同之处？试着找出来。

# 七 不知其种属的鲸鱼

名师导读

跌入海中的阿罗纳克斯教授本以为自己没有获救的希望了，却不想孔塞伊竟不顾安危跳入水中来救自己，这时亚伯拉罕·林肯号已经开走了。茫茫大海上，是谁在回应孔塞伊的救命声？筋疲力尽的两人又遇见了什么？那个不知种属的鲸鱼到底是什么？它又去了哪里？

我虽说是被这突如其来的水柱冲到海里，不免惊恐万状，但对当时的感觉依然记忆十分深刻。

我突然间被抛下海，沉入二十尺的深处。我虽然比不上拜伦或爱伦·坡那样的游泳高手，但我的水性还是不错的，所以我虽说是被扔进海里，但并未慌了手脚。我用双脚猛地蹬了两下，人便浮出了水面。

我首先关心的是，看看我们的船现在何处。船上的人是否发现我失踪了？亚伯拉罕·林肯号是否改变了航向？法拉格特舰长放没放救生艇下来？我还有望获救吗？

夜色深沉。我隐隐约约地瞥见一堆黑乎乎的东西在向东逝去，它的航行灯在远处若隐若现，渐渐消失。那是我们的驱逐舰。我觉得自己无法获救了。

“救人呀！救人呀！”我一面大声呼救，一面奋力地向亚伯拉罕·林肯号游去。

我浑身湿透，衣服全贴在了身上，使不上劲儿，像麻木了似的。我觉得自己在往下沉，喘不上气来……

“救救我！”

这是我最后发出的一声呼喊。我嘴里灌满了水。我挣扎着，但身体却在往深渊里沉……

突然间，一只手有力地抓住了我的衣服，只觉得自己被猛地拉出水面，而且还听见——是的，还听见有人在我耳边说：

“如果先生肯趴在我的肩头，先生游起来就会轻快得多的。”

我一把抓住我忠实的孔塞伊的胳膊。

“是你！”我说，“原来是你！”

“正是我，”孔塞伊回答，“愿听先生吩咐！”

“我俩是同时被冲到海里的吗？”

“不是的。我是伺候先生的仆人，我就该紧随先生左右！”

这小伙子真了不起，他觉得自己做的是很自然的事情！

“那战舰呢？”

“战舰？”孔塞伊翻转身子仰面朝天说，“我看先生就别再对它抱多大希望了！”

“你说什么？”

“我是说，在我纵身入海的当儿，我听见舵手们在叫喊：‘螺旋桨和舵全都碎了……’”

“碎了？”

“是的！被那怪物的牙咬碎的。我想，亚伯拉罕·林肯号只受了这点伤。但这情况却对我们很不妙，船的舵不灵了。”

“那我们不是完了吗！”

“很有可能，”孔塞伊不紧不慢地回答说，“不过，我们还可以坚持上几个小时，我们可以利用这几个小时做很多事情的！”

孔塞伊这种遇事不惊的沉着冷静给了我很大的鼓励。我更加使劲地游着，但湿衣裳紧紧地贴在身上，像一件铅质斗篷①似的把我缠裹得紧紧的，让我难以活动手脚，很难支撑下去。孔塞伊发现了这一情况。

“请先生允许我把你的衣服撕扯开来。”他说道。

他把折刀打开，插进我的湿衣服里，猛地一划，衣服从上至下被划割开来。随即，趁我依托着他游动时，他干净利索地把我的湿衣服给脱掉了。

接着，我也帮着把孔塞伊的衣服给脱掉，然后，我便同他并肩“航行”起来。

名师注解

① 铅质斗篷：法国旧时的一种残酷刑具。

可是，我们的处境依然危险重重。可能尚无人发觉我们失踪了，再说，就算是发现了，亚伯拉罕·林肯号正处于下风口，无法掉转头来搭救我们，因为它的舵已经不起作用了。现在唯一可以指望的只是船上的救生小艇了。

孔塞伊冷静地分析了形势，制定出相应的措施来。此人真是非同一般！这个沉稳的小伙子如同在家里一样地镇定自若。

既然获救的唯一希望就是等待亚伯拉罕·林肯号的救援，那我们就得想法节省体力，多坚持一会儿。因此，我便决定，两人不用同时使力，免得把力气全用完了。我俩商定，一个仰游，浮于水面，一动不动，交叉两臂，伸直双腿，另一个则推着他往前游动。这种你躺我推的游法不能超过十分钟，如此这般地倒换着，我们就可以漂浮数小时，也许还能坚持到天亮呢。

希望渺茫！可是，这一线希望却深深地扎根在人的心里！何况我们还是两个人在一起。最后，我们可以肯定——尽管不太可能——就算我想把心中的幻想扑灭，就算自己想要“绝望”，我也办不到的！

亚伯拉罕·林肯号与那个鲸类动物相互冲撞发生在夜晚十一点光景。因此，我估摸着，我们还得坚持八个小时才能等到天亮。我俩交替地游，完全可以坚持游到日出。海面较为平静，这使得我们节省了不少的体力。有时候，我试图透过这浓重的夜幕看到点什么，可是我只能看到我们划水时激起的一点点闪光。我看到波浪在闪闪发光，看到被我用手击碎的浪花，平静的海面上波光粼粼，我们仿佛浸泡在水银之中。

将近凌晨一点，我感到疲惫不堪了。我的四肢发生极强的痉挛，腿脚手臂感到僵直。孔塞伊只好把我托住，因此，保住我俩性命的重任便落在了他一个人的头上。不一会儿，我就听见这可怜的小伙子开始气喘，呼吸越来越急促。我明白，他也支持不了多久了。

“放开我吧，别管我了！”我对他说。

“丢下先生？绝不！”他回答说，“我已打定主意，即使是死，我也要在先生之前先死！”

这时候，海风将一团云彩吹向东去，月亮在云彩边上露出脸来。月光下，海面波光粼粼。明月让我们猛然一振，鼓起了我们的力量。我举目四下里张望。我看到亚伯拉罕·林肯号了。它离我们有五海里远，漆黑一团，看不太清。可救生艇就不见踪影！

我想喊，可是距离太远，喊也没用！我嘴唇肿胀，也喊不出声来。孔塞伊还能张开口说话，只听见他一连喊了好几声：

“救命呀！救命呀！”

我们停止划动，侧耳细听。尽管耳朵充血，嗡嗡直响，我仍然觉得有声音在回应孔塞伊的呼救。

“你听见了吗？”我有气无力地嗫嚅道。

“听到了，听到了！”

孔塞伊随即又向远处发出一声绝望的呼救。

这一次绝对不会听错！回答我们的确实是人的声音！这是一个被抛到海里的落难者吗？是船被撞时的又一个受害者吗？是船上放下的救生艇的人在茫茫大海中寻找我们吗？

孔塞伊拼足了余力，靠在我的肩膀上，我竭力忍住痉挛，顶着他，他便把上半身抬起点来，然后就又疲弱无力地松开我来。

“看见什么了吗？”

“我看见……”他喃喃道，“我看见……不过，我们还是别说话的好……保存点力气吧……”

他看见了什么？此时此刻，我也不知怎么搞的，我立刻想到了那个怪物……可是，怎么会是人的声音呢……现在已不是约拿[①]藏于鲸鱼腹中躲过一劫的年代了。

不过，孔塞伊仍然在推着我往前游。他不时地抬起头来，朝前方看看，同时发出一声呼救，回应他的声音越来越近。我只是隐隐约约地能听到这回应声。我的力气已经全都使尽了，手指都无法弯曲，双手已无丝毫力气；我的嘴痉挛地张开着，嘴里满是苦咸的海水；我冷得在哆嗦。我最后一次将头抬起，然后便往下沉去……

正在这时候，一个坚硬的东西碰了我一下。我紧紧地搂住了它。随即，我便觉得有人在往上拉我，把我拉出水面，我觉得胸腔不再发胀，然后便晕了过去……

有人在替我揉搓全身，我很快便恢复了知觉。我微微睁开眼睛……

“孔塞伊！”我轻轻地喊了一声。

名师注解

① 约拿：《圣经》中的一位先知，在鲸鱼腹中藏了三天，躲避海上风暴。

读书笔记

“先生在叫我？”孔塞伊问。

这时候，月亮已渐渐地从水天相接处消失，但那些许的余光却让我看到了一张脸，那不是孔塞伊的脸，但我立即便认出了他是谁。

“内德！”我惊呼了一声。

“正是我，先生，正是那个想获得那笔赏金的人！”加拿大人回答说。

“您是在船撞击时被抛到海里的吗？”

“是的，教授先生。但我比您幸运一点，我几乎是立刻便站到了一个浮动的小岛上了。”

“一个小岛？”

“或者更确切地说，是站在了我们的那头大独角鲸的身上了。”

“说清楚点，内德。”

“只不过我立刻便明白了，为什么我的捕鲸叉奈何不了它，反而被它的皮给碰弯了。”

读书笔记

“怎么回事？那为什么呀，内德？”

“因为它是钢制的，教授先生！”

听他这么一说，我觉得自己该醒悟了，得把自己以往的看法仔细地重新审视一遍。

加拿大人最后的那句话让我改变了看法。那个现已成为我们避难之所的生物或物体，正露出半个身子在水面上，我立即爬到了它的顶上。我用脚踏了踏它。很明显，它是一个难以穿透的坚硬物体，而不是构成大多数巨大的海洋哺乳类动物的柔软物质。

但这个坚硬物体有可能是一种骨质甲壳，宛如上古时期动物的甲壳似的，如果真的如此，我就可以摆脱原先的看法，将它归于两栖爬行纲，就像龟和鳄一样。

名师点评

铆（mǎo），用钉子把金属物连在一起。

可是不对！我脚下踩着的这个背脊是浅黑色的，很光溜，有光泽，无鳞状花纹。敲击时，它会发出一种金属的回声。而且，同样不可思议的是，怎么说呢？它好像是用螺丝铆起来的金属板制造的。

没有什么可以怀疑的了！必须承认，这个让人捉摸不透的畜生、怪物或自然奇观，这个让整个学术界困惑不解，让两个半球的海员们想入非非的事物，是一种更加奇特的东西，是人工制造出来的。

即使发现一种最离奇怪诞、最神秘莫测的生物，我也不会像现在这么惊愕的。造物主创造出种种神奇的东西来，倒并不足以为奇。可是，我目睹着一种由人制造的不可能会有的神秘东西，这就不能不让人感到震惊了！

眼见为实，没什么好怀疑的了。我们正躺在一艘潜水艇的背上。我判断，它形似一条钢质大鱼。内德·兰德对此也说出了自己的看法，我与孔塞伊只能表示赞同。

“那么，”我说，“这只艇里是不是有自己的动力装置？有没有人在操作？”

“这是显而易见的，”捕鲸手回答说，“不过，我待在这个浮动小岛上已有三个小时了，它还没有一点动静。”

“这艇一直没动？”

“是的，阿罗纳克斯先生。它一直是随着海浪在漂浮，不是自己在行驶。”

“可是，我们都知道，它的速度快得惊人，这一点是没什么可怀疑的。而产生这样快的速度就一定得有一个机械师来操纵，因此，我判断……我们有救了。”

“哼！”内德·兰德有所保留地哼了一声。

正在这时候，仿佛要证明我言之有理似的，这个奇异的装置后面翻起了浪花。它的推进器肯定是螺旋桨。它开始在动。我们连忙攀住它露出水面约八十厘米的顶部。幸好，它的速度并不太快。

“它如果总这么在水面行驶的话，”内德·兰德轻声说道，“我觉得没有大碍。但是，它如果心血来潮，潜入海里，那我可就没命了！”

加拿大人说的一点不错。所以眼下最要紧的就是，想法与这架机器里的人取得联系。我试图在它的上方寻找通气孔、舱盖，或按专业术语来说，找“人员出入口”，可是，我见到的是一排排的螺钉把钢板牢牢地铆住，一点缝隙都没有。

很不巧，月亮也不见了。我们被笼罩在一片黑暗之中。只有等到天亮，才能设法进入这艘潜水艇的里面去。

如此看来，我们能不能获救，完全掌控在该船的神秘驾驶员之手了。要是他们想潜入海底，那我们便一命呜呼了！只要他们不往水下潜去，我相信我们总归有办法与他们取得联系的。因为，假若他们自己无法制造空气，那他们就不得不随时地浮出水面，以补充他们所必需的氧气。所以，这艇上一定有个通气孔，以使艇内外的空气可以互换。

至于盼着法拉格特舰长前来搭救的想法，则必须完全放弃。我们被带往西边，时速不算快，估计每小时有十二海里。螺旋桨规律地在拍击着海水，不时地露出水面，把磷光闪烁的水花溅得老高。

将近凌晨四点，艇的速度在加快。海浪扑面袭来，像鞭子似的抽在身上，打得我们晕头转向，难以支撑。幸好，内德摸着了一个固定在艇钢脊上部的系缆环，我们便紧紧地抓牢了它。

长夜终于过去。我脑子里乱七八糟的，无法把这一夜的情况完全记述下来。我只记住了一个情节：当海上风平浪息时，我曾数次听到模模糊糊的声音，仿佛来自远方而又转瞬即逝，但却悦耳动听。世人一直寻求答案而至今仍一无所知的这种海底航行的秘密，究竟是个什么秘密呢？生活在这只怪艇里的都是些什么生物呀？是什么样的机械在让这只艇航行得如此神速的呀？

天亮了。晨雾笼罩着大海，但不一会儿，雾就消散了。当我们正在研究像个平台似的船顶部的船壳时，我突然觉得艇在渐渐地往下沉去。

“嘿！见鬼！”内德·兰德大声喊道，并用脚使劲地跺钢板，“让我们进去呀，不好客的航海人！”

但是，螺旋桨响声很大，盖住了他的吼声。幸好，艇停止往下潜了。

突然，艇内发出猛烈的掀动铁板的声响。一块铁板掀了开来，钻出一个人来，他尖叫一声，马上又缩了回去。

过了一会儿，八个膀大腰圆的蒙面壮汉，一声不响地钻了出来，把我们拖进他们那吓人的艇里去。

跌入海中的教授发现了什么？这导致他的观点发生了什么样的改变？

# 八 动中之动

名师导读

阿罗纳克斯教授三人被不明身份的人掳入了艇内。他们在这里见到了潜艇的主人，并使用多种语言试图与这里的人进行沟通，但是结果不理想。气急败坏的内德·兰德大骂这帮人是混蛋。后来，主人派人给他们送来了穿的衣服，并招待他们吃了饭。水足饭饱后，三个人进入了梦乡。

这几个人以迅雷不及掩耳之势把我们掳入艇内。我和我的同伴们还没弄清是怎么回事，便被弄进了这座“浮动监狱”。我不知道他们有何感想，反正我是打起了寒战，全身发冷。我们面对的是些什么人呀？也许是一伙新式海盗，以其独特的方式在海上为非作歹？

我刚一进艇，舱盖便盖上了，只觉得四周一片漆黑。刚从外面进来，眼睛一时无法适应，什么也看不见。我感觉到我光着脚踩在一架铁梯上。内德·兰德和孔塞伊被壮汉们紧紧地架着，跟在我的身后。到了梯子下面，一道门打开来，等我们一走进去，又砰的一声关上了。

现在只剩下我们三人了。我们这是在什么地方？我说不清楚，也猜不出来。周围一片墨黑，黑得伸手不见五指。好几分钟之后，我的眼睛仍捕捉不到一点微光：那种若隐若现的浮动微光在这浓重的黑暗之中是不存在的。

内德·兰德对这帮人的如此无礼非常气愤，他大骂起来：

“混蛋透顶！这帮人待客连喀里多尼亚人都不如。就差没把人给活剥了！即使他们把人吃了，我也不会觉得奇怪的。但我得先声明，我是不会老老实实地让人给吃了的。”

“冷静点，内德朋友，冷静点，”孔塞伊劝慰道，“先别发火，我们还没被放进烤箱呢！”

“放进烤箱？不会的，”加拿大人回敬道，“我们肯定是进了炉膛了！

四周一片漆黑。好在我随身携带着我的宽刃刀，再黑的地方我也运用自如。这帮海盗，看谁先来送死……”

“别发火，内德，”我对捕鲸手说，“暴跳如雷对我们一点好处都没有。说不定他们正在偷听我们的谈话呢！还是先想法弄清楚我们现在是在什么地方吧。”

我摸索着走动起来。走了五步，碰到一堵墙，一堵用铆钉铆起来的钢板墙。接着，我转过身来，又碰到一张木头桌子，桌旁放着几把椅子。这间牢房的地板上铺着一层厚厚的新西兰麻编席，走在上面一点声音都没有。四面壁板光光滑滑的，摸不着门窗。孔塞伊从反方向转过来，与我撞上了，于是，我们便回到了舱室中央。舱室大约二十尺长，十尺宽。高度无法测知，尽管内德·兰德身材高大，但也没能摸着舱顶。

半小时过去了，不见一点动静。正在这时候，我们眼前突然一亮，黑暗消失，亮如白昼。我们的囚室突然间亮堂起来，也就是说，室内充满了发光物质，十分强烈，让人的眼睛睁不开。我从这光的洁白和亮度辨别出来，它就是那种电光——在潜水艇四周造成一种如磷光一般壮观的景象。我不由得闭上双眼。再睁开眼睛时，我看到那光是从舱室顶端的一个圆圆的半球状透明体中发出来的。

“啊，我们终于看清楚了。”内德·兰德大声说道。他手里正握着他的那把宽刃刀，一副防备的架势。

“是啊，”我壮起胆子说出自己的看法，“但我们的处境并未见得就好了许多。”

“请先生耐心点。”孔塞伊不动声色地说。

舱室突然变亮之后，我可以把它看个一清二楚了。舱室内只有一张桌子五只凳子，不见有门，想必是关得严丝合缝的，外面一点响声也听不见，艇上似乎如死一般沉寂。艇在走吗？是停在海面还是下潜水底了？我对此无法猜测。

不过，那发亮的球体是不会无端地亮起来的。所以我猜想艇上的人很快就会露面的。要是他们想把别人遗忘掉，是不会让黑牢变得明晃晃的。

我猜得不错。只听见门闩一响，舱门开启，钻进两个人来。

其中一个，身材矮小，肌肉发达，肩宽背阔，四肢强健，脑袋很大，头发乌黑厚实，满脸胡子，目光犀利，富有普罗旺斯人的那种南方人特有的活力。狄德罗[1]说得很正确，人的动作富有隐喻性，眼前的这个矮个子就是他这句名言的活生生的证据。我觉得他平时说话一定爱用拟人法、换喻法或换置法等修辞手段。不过，我未能证实这一点，因为他对我说的是一种奇特的方言，我一句也听不懂。

另一个陌生人更值得详细地描述一番。格拉蒂奥莱[2]或昂热子的门徒能从他的脸上看出许多的东西来，就像是在读一本启开的书一样。我立即看出了他的主要特点：自信，因为他的脑袋在肩膀的曲线构成的弧形上高傲地昂着，他的那双黑眼睛沉着冷静地注视着别人；冷静，因为他的肤色苍白而不红润，说明血液流动平稳，性情平和；坚定，这从他皱眉时肌肉的快速收缩可以看得出来；勇敢，因为他呼吸时粗声粗气，表明他具有旺盛的生命力。

我还得补充一句，此人非常高傲，其坚定沉着的目光似乎折射出一些高深的思想。就他的整个形象而言，就其举止与表情的一致来看，按照看相先生的说法，他富有一种毋庸置疑的直率性格。

有他在场，我的心里踏实多了，我预感到我们见面的谈话会有好的结果。

此人的年龄，我难以确定，在三十五岁到五十岁之间。他身材高大，天庭饱满，鼻直口方，牙齿整齐，两手纤细，用看手相的说法，此人长得"颇有灵性"，也就是说，与他那高傲而富有情感的心灵相得益彰。此人可以说是我所见过的最完美的一个人。他还有一个特点：两眼间距较常人的稍大，因此视野开阔，能眼观六路。他的这种功能——我后来得以证实——使他的视觉比内德·兰德都要强得多。当他盯着一件东西时，他往往先把眉头皱起，使宽宽的上下眼皮相互贴近，让瞳孔缩小，这样他的视野就扩大了。他的目光是多么的犀利啊！远处变小了的东西都被他放大了！他可以一眼看透你的五脏六腑！他能看清我们看着模糊一片的海水！他能够看清海底的一切情况……

这两个陌生人，头戴海獭皮软帽，脚蹬海豹皮靴，身着特种面料制成的紧身合体又让人行动自如的衣服。

两人中的高个子——显然是该船的头头儿——把我们从上到下地仔细打量一番，一句话也没有说。然后，他转过身去，与他的同伴用一种我听不懂

名师注解

① 狄德罗（1713—1784）：法国启蒙主义思想家、唯物主义哲学家和文学家。

② 格拉蒂奥莱（1815—1865）：法国生理学家。

的语言说了一会儿。他说的是一种清脆、和谐、抑扬顿挫的语言，其中元音的重音富于变化。

另一个听着不住地点头，偶尔插上一两句，我也听不懂。然后，他看看我，像是要问我点什么。

我用纯正的法语回答我所听不懂的问话，他似乎也没听懂我在说些什么。场面显得十分尴尬。

“先生就把我们的情况跟他们说说好了，”孔塞伊说，“没准这两位先生能从中弄懂点什么！”

于是，我又开口了，把我们的冒险经过说了一遍，十分小心地把每个字都咬清楚，而且任何细节都没有漏掉。我报了我们的姓名和身份，然后又做了正式介绍：阿罗纳克斯教授、仆人孔塞伊和捕鲸手内德·兰德师傅。

目光柔和镇定的那一位静静地、十分礼貌地、专心致志地听着我的叙述。但我从他的面部表情看不出他对我说的听懂了多少。待我讲完之后，他仍旧一言不发。

看来只好用英语来试一试了。讲这种几乎世界通用的语言也许他们能听得懂。我对英语像对德语一样，也会，可以顺畅地阅读，但说起来却不太利索。可是眼下管不了那么多了，只要对方能明白意思就行了。

“来，您来吧，”我对捕鲸手说，“内德师傅，这回得靠您了。您把盎格鲁撒克逊人的那种最纯正的英语用上，看看是不是比我的运气能好一些。”

内德·兰德毫不推让，将我刚才所讲的情况重复了一遍。我基本上能听懂他所说的英语。内容说的是一样的，只是顺序、形式上稍有不同而已。那加拿大人性格率直，讲得慷慨激昂。他在拼命抱怨，说他们把我们关起来是蔑视人权，质问他们扣留我们根据的是什么法律，他还引用人身保障法，威胁说要控告非法拘禁我们的人。他边说边走动，情绪非常激动，手舞足蹈，大呼小叫，最后，他用很形象的动作让他们明白，我们已饿得要死了。

这可一点也不假，只不过我们当时已经饿过了头。

捕鲸手实在很困惑，他说的跟我说的一样。那两人也没听懂，毫无反应，连眉头都没皱一皱。很显然，他们既听不懂阿拉戈的语言，也听不懂法拉第[①]

名师注解

① 法拉第（1791—1867）：英国物理学家、化学家。

的语言。

我感到十分狼狈，语言资源全都白白地消耗掉了，真不知如何办才好。这时，孔塞伊对我说道：

“如果先生允许，我用德语来试试。”

“什么！你会说德语？”我高声嚷道。

“是佛来米人说的德语，先生请勿见怪。”

“见什么怪呀！你会说德语，真是太好了。你就说吧，小伙子。”

于是，孔塞伊把我们的曲折经历用平静的语气又叙述了一遍。尽管他说得婉转动听，铿锵有力，但德语也同样没能奏效。

最后，确实是有点穷途末路了，只好把当初学的那一点点拉丁语用上了。我说的拉丁语若是让西塞罗[①]听见，他非堵上耳朵，把我给撵到厨房里去不可，但我总算是勉为其难地凑合着说了一遍。结果仍旧一样，白费劲儿了。

最后的一次尝试也失败了。两个陌生人又用我们听不懂的语言交谈了几句，然后就转身出去了，连一个世界通用的让人放心的手势都没有做一个。舱门又关上了。

“太可恶了！”内德·兰德气得又火气冲天地大声嚷叫起来，“怎么回事嘛？这两个混蛋怎么连法语、英语、德语、拉丁语全都听不懂，一点反应也没有！”

“安静点，内德，”我对火气很大的捕鲸手说，“光发火是解决不了问题的。”

“可是，您知道，教授先生，”这位火暴脾气的捕鲸手对我说，“我们被这么关在铁笼子里，会活活饿死的！”

“嘿！”孔塞伊豁达地插言道，“放心吧，我们还能坚持一段时间！”

“朋友们，”我说道，“不必沮丧。比这更糟糕的情况我们都遇到过。你们先别着急，先别对该艇艇长和艇员下结论。”

“我的结论早已下了，”内德·兰德鄙夷地说，“他们是一群混蛋……”

“行！那他们是哪国人呀？”

“混蛋国的人！”

---

名师注解

① 西塞罗（公元前106—前43）：古罗马政治家、演说家、哲学家。

“我的好内德，您说的这个国家，世界地图上可没有标明。我们得承认，这两个陌生人到底是哪国国籍确实难以确定。我们能够肯定的只是，他们不是英国人，不是法国人，也不是德国人。不过，我倾向于认为，那船长及其助手应是出生于低纬度地区的人，他们身上带有南方人的特点。要说他们是西班牙人、土耳其人、阿拉伯人或印度人吧，他们的体貌特征又不像；至于他们说的语言，那是根本就听不懂。”

“喏！这就是听不懂各国语言所带来的烦恼，”孔塞伊说，“或者说，没有一种统一的语言的弊端！”

“扯这些能解决什么问题？”内德·兰德说，“你们没有看出来吗？这些人有他们自己的语言，而他们的这种语言就是创造出来让正直的人无法向他们要饭吃的。不过，在世界各国，只要张大嘴巴，上下颌动动，嘴巴吧唧几下，谁不都明白是想吃饭吗？在魁北克，在波英图群岛[1]，在巴黎，在地球上与这些地方遥遥相对的地方，无论在哪里。这种嘴巴动作不就是表示肚子饿，要吃饭吗……”

“唉！”孔塞伊说，“总归是有一些笨蛋的……”

孔塞伊刚说这么一句，舱门又开启了。一位侍者走了进来。他给我们送来海上穿的衣服，有上衣和裤子，都是用一种我所不认识的料子做的。我赶紧把衣服穿上，我的同伴们也都跟着我穿了起来。

这时候，那个侍者——可能是哑巴或聋人——已经整理好桌子，摆好三份餐具。

“这才像话嘛，”孔塞伊说，“看来是个好兆头。”

“哼！”一直气哼哼的捕鲸手说，“这种鬼地方能有什么好吃的？顶多就是甲鱼肝、鲨鱼脊肉、海狗排什么的。”

“待一会儿就知道了。”孔塞伊说。

食物用银质餐盒扣着，对称地摆放在铺着桌布的桌子上。我们便在餐桌前坐了下来。看得出来，我们是在同一些文明人打交道，如果不是那照着我们的强光，我还以为自己是坐在利物浦的阿德尔菲大饭店或巴黎的大饭店的餐厅里呢。不过，我还得说一句，没有面包，也没有酒。水是清新纯净的，

名师注解

① 波英图群岛：又称第岛，法属波列尼西亚的一个群岛。

但那毕竟只是水，不是酒，这不合内德·兰德的口味。在给我们上的几份肉菜中，我认出几种鱼，味道鲜美，而另外的那些菜，烹调也很好，只是我叫不上名字来，甚至都不知道属于动物还是属于植物。至于餐具，那是相当高雅，很有品位，每件餐具——勺、叉、刀、碟——上面均有一个字母，周围还有一行半圆形的字围着：

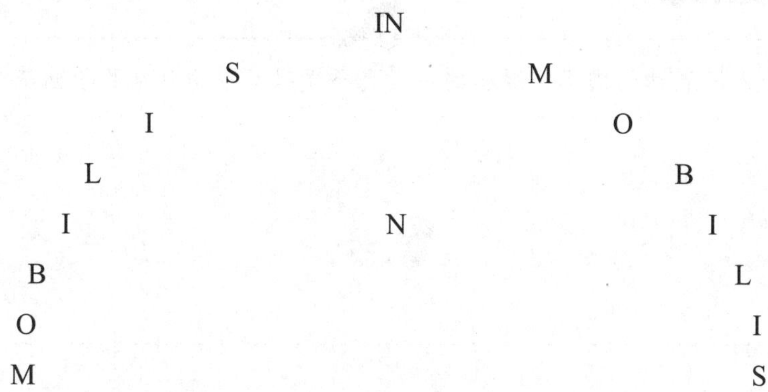


动中之动！这句话用于这个海底机器上，真是再贴切不过了。字母 N 肯定是人名的首写字母，可能就是在海底发号施令的那个谜一般的神秘人物的姓氏的第一个字母。

内德和孔塞伊没去管那么多。他们正在狼吞虎咽，我随即也学起他们的样儿来。再说，我已经不再担心我们的命运了。事情是明摆着的，我们的主人并不想让我们饿死。

不过，世间的一切事情都会有个头儿的，一切都会过去的，就连十五个小时没有进食，饿得不行的事，也已成为往事了。肚子饱了，睡意也随之袭来。同死神搏斗了一宿之后，这种反应也是很自然的。

"咳，我一定会睡得很香。"孔塞伊说。

"我也困得不行了！"内德·兰德说。

我的这两个同伴说着话便往麻席上一躺，不一会儿便酣睡了。

我也困得不行，但我还是硬挺了一会儿，没有马上去睡。我脑子里拥塞着太多的想法，太多的问题挤在一起，找不到答案，眼前又浮现出太多的幻象，所以眼皮竟合不拢！我们现在身在何处？是何种神奇力量把我带到这里来的？我觉得——或者更确切地说，我仿佛觉得——这只艇在向海底潜下去。可怕的想法全都缠绕着我。在这个神秘的地方，我影影绰绰地看到一大群陌生的动物，这条潜水艇似乎也是它们的同类，同它们一样地活着，在游动，同它们一样地令人悚然生畏……然后，我的脑子慢慢地静了下来，想象融于朦朦胧胧的睡意中，我也就很快地进入了梦乡。

三个人所表达的内容，舰艇的主人真不懂吗？他为什么不予回应？

# 九 内德·兰德的怒火

名师导读

这下内德·兰德恼火了，他坐立不安，像一头笼中困兽似的转来转去，最后还把刚刚进来的仆人打倒在地。究竟是什么让他如此恼怒呢？

这一觉睡了有多久，我也说不清楚，反正睡的时间非常长，因为醒来之后，疲乏的感觉全都消失了。我是第一个醒来的，同伴们仍在睡梦之中，他们蜷缩在各自的角落里，像放在那儿的东西似的一动不动。

我从并不算太硬的麻席地上站起来，觉得头脑清爽，思路清晰，精力充沛。于是，我就又把我们的这间牢房好好地审视了一番。

舱室的陈设一点没变。牢房仍是牢房，囚徒仍是囚徒。不过，那位侍者却趁我们熟睡时把桌上的餐具食物撤走了。看来，我们的情况不像是会有所改观的样子，因此，我必须认真地思考一下，我们会不会命中注定要无限期地待在这间牢房里。

这么一想，我就更加觉得忍受不了了，因为尽管我脑子里不像头一天那样纷乱不堪，但我的胸口却憋闷得厉害。我觉得呼吸困难。混浊的空气已难以让我吐故纳新。尽管这间牢房挺宽大，但其中的氧气显然已经被我们消耗了一大部分。事实上，每个人每小时要消耗一百升空气中所含的氧气，而空气中一旦含有几乎等量的二氧化碳时，就无法呼吸了。

因此，眼下迫在眉睫的是要给牢房换换空气，而且这艘潜水艇也该换换空气了。

这么一想，我脑子里便浮现出一个问题来。这个浮动住所的头头儿是采用什么方法解决换气的问题的呢？是用化学方法获得空气的吗？是用加热法把钾碱氯酸盐中的氧气释放出来，并用苛性钾把二氧化碳吸收掉？如果是这样的话，那就得同陆地保持一定的联系，以获得这种操作必需的材料。也许只是利用压缩的办法来储存空气，然后再根据艇上实际需要把压缩空气释放出来？这也许有可能。或者是采取更经济更便捷且更可行的办法：回到水面上去换气，如同鲸鱼一样，每隔二十四小时浮出水面换一次空气？反正，不管是采取什么办法，为了不出事，我觉得必须赶快想法换换空气了。

其实，我已经加快呼吸的频率了，以便从这间牢房中呼吸到一点点氧气。这时候，我突然觉得有一股清新且带有咸味的空气吸入肺里，我的精神立刻振奋起来。这一定是令人神清气爽的含碘海风！我大张着嘴巴，尽情地呼吸着，肺部充满了清新的空气。与此同时，我感到身子在摇晃，但摇晃得不很厉害。显然，这条艇，这个铁皮怪物浮出了水面，在像鲸鱼似的呼吸了。因此，这只船的换气方法就完全可以确定了。

我一边大口大口地呼吸着新鲜空气，一边在寻找那个把新鲜空气输送给我们的进气孔道，或者称之为“呼吸道”。不一会儿，我便找到了。舱室门上方有一通风孔，新鲜空气就是从孔中输送进来，把牢房中的混浊空气给替换掉的。

我在这么观察时，内德·兰德和孔塞伊也醒了。他们在这令人神清气爽的空气的刺激之下，几乎是同时醒来的。他俩揉了揉眼睛，伸了伸胳膊，然后一下子便站了起来。

“先生睡得好吗？”孔塞伊像往常一样彬彬有礼地问道。

“睡得很好，小伙子。”我回答道，“您呢，内德·兰德师傅？”

“非常好，教授先生。不过，我不知是否睡糊涂了，我觉得呼吸到的像是海上的空气似的。”

一个以海为家的人在这种事上是不会犯糊涂的，于是，我便把加拿大人睡熟时所发生的情况跟他们说了一遍。

“对！”内德·兰德说，“我们现在完全明白我们在亚伯拉罕·林肯号上看到这头所谓的独角鲸为何发出那么大的吼声了。”

“一点不错，兰德师傅，那是它在呼吸呀！”

“不过，我还有一事不明，阿罗纳克斯先生，现在是什么时间了，我怎么一点概念也没有呀？是不是该到吃晚饭的时间了？”

“吃晚饭的时间？我的好捕鲸手呀，恐怕起码该是吃午饭的时间了，我们这一觉肯定是从昨天睡到了今天。”

“这么说，”孔塞伊插言道，“我们足足睡了二十四个小时了。”

“我想是的。”我说。

“我不想跟你们争论这个，”内德·兰德说道，“反正，不管是晚饭还是午饭，不管送什么来，那位侍者都是大受欢迎的。”

“午饭、晚饭合二为一了。”孔塞伊说。

“说得对，”加拿大人应答道，“我们有权吃这两顿饭。两顿饭放在一起吃，我还觉得挺了不起的。”

“行了，内德，我们就等着吧，”我说，“很明显，这些陌生人并不想饿死我们。因为，要想饿死我们，昨天他们就不会送那顿晚饭来了。”

“他们是不是想把我们先喂肥了？”内德提出疑问来。

“您这话我可不同意，”我回答他说，“我们并没有落入吃人族的手里。”

“只看那一顿饭，还说明不了什么，”加拿大人认真地说，“谁知道这帮人是不是许久未见荤腥了呀，如果是这样的话，像教授先生、他的仆人以及我这么三个结实健康的人……”

“别胡思乱想，兰德师傅，”我对捕鲸手说，“尤其是别因这种想法而冲收留我们的人发火，那会把事情搞糟了的。”

“不管怎么说，”捕鲸手说，“我肚子都饿瘪了。午饭也罢，晚饭也罢，反正现在不见有人给送饭来！”

“兰德师傅，”我反驳他说，“有艇规，我们得遵守。我想，恐怕是我们的肚子跑到了厨子的前头了。”

“对！我们得让自己的肚子与就餐时间保持一致。”孔塞伊心平气和地说。

“我总算认识您了，孔塞伊朋友，”脾气急躁的加拿大人揶揄道，“您从不发火，从不着急，总是那么冷静！您能把饭后感恩祈祷挪到饭前念，宁可饿死也不抱怨！”

揶揄（yé yú），嘲笑、讥讽之意。

“抱怨有什么用呀？”孔塞伊说。

“至少，可以出出气嘛！我这就算是客气的了。如果这帮“强徒”——我这么称呼他们算是很尊重的了，我也不想让教授先生不悦，他不许我把他们称为吃人族，如果这帮“强徒”以为，把我们这么关在透不过气来的牢房里还不让咒骂，那他们可就错了！好了，阿罗纳克斯先生，您直率地说，您认为他们会不会老这么把我们关在这个铁盒子里呀？”

“说实在的，兰德朋友，我知道的也不比您多。”

“那您认为会是个什么结果呢？”

“我认为，这个偶然事件让我们有机会知道一个很大的秘密，如果艇上的人认为保守这个秘密比我们三人的性命重要的话，我想我们的处境就相当危险了。而如果情况相反，一有机会，这个把我们吞入肚中的怪物，就有可能会把我们送回到我们同类居住的世界里去的。”

“除非他们想把我们收作艇员，就这么把我们扣留住……”孔塞伊说。

“一直到有一天，出现一艘比亚伯拉罕·林肯号更快捷更灵活的驱逐舰。俘虏了这艘艇，占领了这个海盗巢穴，把全体艇员和我们赶到主街上最后一次呼吸新鲜空气为止。”内德·兰德说道。

“言之有理，兰德师傅，”我回答道，“可是，据我所知，人家尚未就此事向我们提过什么建议，因此，得见机行事，情况尚未出现，先来研究，这没什么用的。我再说一遍，我们先等等看，到时候再做决定，现在先别没事找事。”

“我反对！教授先生，”捕鲸手不愿改变想法地说，“必须干点什么才是。”

“好呀！那么干什么呢，兰德师傅？”

“逃走。”

“在陆地上，越狱都不太容易，何况这是一所海底监狱，我看这是绝对行不通的。”

“喏，内德朋友，”孔塞伊问，“先生的意见您能反驳得了吗？我无法相信，一个美洲人也会理屈词穷的呀！”

捕鲸手显得颇为尴尬，不再吭声了。我们偶然间落到这一地步，想逃跑是绝无可能的。不过，有一半法国血统的加拿大人内德·兰德师傅的话，让我们清楚地看到了这一点。

“那么，阿罗纳克斯先生，”加拿大人略加思索之后说道，“您想过没有，无法逃狱的人该怎么办？”

“没有想过，我的朋友。”

“这很简单嘛，必须想法子让自己留在监狱里。”

“那是当然的！”孔塞伊说，“待在里面比待在上面或下面强！”

“但首先得把狱卒、看守和卫兵统统扔出去。”内德·兰德又说。

“怎么？内德，您真想夺下这条艇？”

“没错！”加拿大人回答。

“这不可能。”

“怎么不可能，先生？说不定能碰上好机会，我看不出有什么会妨碍我们利用好机会的。如果艇上只有二十个人，我想他们是敌不过两个法国人和一个加拿大人的！”

对捕鲸手的建议，接受比与之争论要好，因此，我只是回答说：

“兰德师傅，我们得看准时机再说。在机会到来之前，我请您得耐心一些。只能是见机行事，光发火是不会创造有利时机的。所以，我请求您答应我，先委屈一下，切莫发火。”

“我答应您，教授先生，”内德·兰德回答道，但语气却并不怎么让人放心，“即使饭菜不按时送上，我也不说一句粗话，也不会做出粗暴的举动。”

“就这么说定了，内德。”我对这个加拿大人说。

我们的交谈到此为止，然后各人就去想各人的心事了。说实话，尽管捕鲸手信誓旦旦，但我仍旧很不放心。首先，我就对内德·兰德说的好机会不抱幻想。这条艇一切都井然有序，一定拥有一大批水手，一旦冲突起来，我们将面对的是强大的对手。再说，我们先得获得自由才行，可我们眼下并没获得自由。这个牢房关得死死的，密不透风，我看不出如何才能逃得出去。只要是那位古怪的艇长有丝毫需要保密的事——这看样子很有可能——他就绝不会让我们在他的船上自由行动。现在的问题是，他是用暴力除去我们呢，还是有朝一日把我们扔到一个荒无人烟的地方？这尚不得而知。我觉得各种可能都存在，因此，只有像捕鲸手那样的人才有可能指望重获自由。

但我也知道，内德·兰德的脑子在不停地转，头脑中的种种念头变得越来越激烈。我渐渐地又听见他在嘟囔着骂起人来，而且动作举止又变得令人不安了。他坐立不安，像一头困兽似的在笼子里转来转去，用脚踢墙，用拳头捶墙。时间在一点点地逝去，肚子咕咕叫得厉害，可是，就是不见那个侍者露面。如果说他们真的是对我们并无恶意的话，那这一次，他们可是把我们几个落难之人忘得时间太长了点。

内德·兰德饿得心里发慌，胃痉挛，火气愈发地大了。尽管他已向我做了保证，但我还是很害怕他见到艇上的人时会按捺不住自己的性子。

又过了两个钟头，内德·兰德终于按捺不住了。他大声地吼叫着、咆哮着，但却一点用也没有，因为铁板壁是隔音的。这船如死一般沉寂，我甚至连一点响动都听不见。艇一直没动，不然的话，我能明显地感觉得出艇体在螺旋桨的驱动下所产生的颤动。潜水艇大概已潜入海底，与陆地没了联系。这死一般的沉寂令人惊悚战栗。

我不敢去想，我们究竟会被遗弃在这间牢房里多久。在艇长出现之后所产生的希望，变得越来越渺茫了。他那温和的目光、慈善的表情、高雅的举止，都已从我的记忆中消失了。我眼前浮现出的是一个无情的、残酷的、像谜一样的怪人。我觉得他毫无人性，毫无恻隐之心，是一个对人类怀有不共戴天的深仇大恨的敌人！

这个人是不是存心把我们关在这间狭小的牢房里，任由我们饿得发慌，产生幻觉，胡思乱想，活活饿死？这个可怕的念头缠绕着我不放，让我几乎丧失理智，完全被恐惧给震慑住了。孔塞伊仍旧镇定自若，内德·兰德则暴跳如雷。

这时候，外面突然传来声响。金属地板上传来了脚步声。门锁在转动，舱室门开启，侍者出现了。

加拿大人猛地朝那个可怜的侍者扑过去，我根本就没反应过来，来不及去阻拦他。他把侍者打翻在地，一双有力的大手掐住他的喉咙，掐得他透不过气来。

孔塞伊正在拼命地从捕鲸手的双手中往外拽拉那个被掐得半死的侍者，我也正要上前去帮他一把，这时候，突然听见一个说法语的声音，我一下子怔住了：

“冷静点，兰德师傅，还有您，教授先生，请听我说！”

在内德·兰德的心里有两件事是最重要的，你认为是什么？

# 十 海洋人【精读】

**名师导读**

那个神秘的人物终于现身了，原来他就是艇长——尼摩。他一再强调自己已经与人类断绝了关系，不知该如何应对他们的“到访”。最后，尼摩将这三名落难者留在自己的潜艇内，并给予他们有限的“自由”。

说话的正是艇长。

听见这话，内德·兰德一下子站了起来。被掐得半死的侍者，见主人在向他示意，便踉踉跄跄地走出舱室去。艇长在艇上享有较高的威望，侍者出去时没有在加拿大人面前流露出一丝一毫应有的不满。孔塞伊十分诧异，我则静静地等待着，看这事如何了结。

艇长双臂搂抱在胸前，倚着桌角，神情专注地打量着我们。他为何犹豫着不说话？是否因刚才说了法语而感到后悔了？可能就是这个原因吧。

大家沉默着，没人想打破这沉默。片刻过后，艇长终于以平静而动听的声音说话了：

“先生们，我会说法语、英语、德语和拉丁语。我原可以在初次见面时就跟你们交谈的，但是我想先了解了解你们，然后再做考虑。你们用四种语言讲述的情况，内容完全一致，使我确信了你们的身份。现在我知道，因缘巧合，让我见到了负有出国考察使命的巴黎博物馆自然史教授皮埃尔·阿罗纳克斯先生、他的仆人孔塞伊，以及美利坚合众国国家海军驱逐舰亚伯拉罕·林肯号上的捕鲸手，加拿大人内德·兰德。”

我躬了躬身，表示他说得很对。艇长并不是在向我提问，所以我无需作答。此人法语说得十分流畅，没有一点口音。他的遣词造句清晰准确，表达能力很强。然而，我还是感觉不出他是我的同胞。

他接着说道：

名师点评

这句话怎么理解？他为什么与人类断绝关系？试着从后文找出答案。

“先生，想必您觉得我的这第二次造访来得太迟了。之所以如此，是因为在弄清楚了你们的身份之后，我得权衡再三，到底该如何对待你们，我颇为踌躇。我是一个已经与人类断绝了关系的人，现在偶然地又与你们相遇，这很令人犯愁。你们的到来扰乱了我的生活……”

“我们并非故意的。”我说。

“并非故意的？”此人稍稍提高了点嗓门儿反问道，“亚伯拉罕·林肯号在海上对我穷追不舍，还不是故意的？您自己也登上了那艘驱逐舰，那也不是故意的？你们的炮弹打到了我的艇上，也不是故意的？内德·兰德用捕鲸叉击打我们，也不是故意的？”

他的话里含着一股怒气，我感到惊讶。不过，对他的一连串诘问，我可以合情合理地做出回答。于是，我便说道：

读书笔记

“先生，您也许并不知道在美洲和欧洲对于您都有些什么样的争论。您可能也并不知晓，由于您的这艘潜水艇的撞击而在海上造成了多起事故，对两个大陆的公众舆论产生了多么大的影响。这种奇怪的现象没有人能解释得清楚，只有您一人掌握着这个秘密。为了搞清这个怪现象，我们提出了多种假设，具体的我就不跟您一一叙述了。不过，我想告诉您，亚伯拉罕·林肯号一直追踪您到太平洋北部海面，还以为是在追逐一个力大无穷的海中怪物，想要不惜任何代价，把它从海洋中清除出去！”

艇长嘴角浮现出一丝微笑，接着，他便换了一种平静的语气说道：

“阿罗纳克斯先生，您敢肯定你们的那艘驱逐舰本以为是在对一个怪物而非一艘潜水艇进行追踪和炮击吗？”

读书笔记

这个问题让我语塞，因为法拉格特舰长肯定是不会犹豫的，他一定认为，摧毁这类舰艇与杀死一头巨型独角鲸同样都是他的职责。

“因此，您可以理解，先生，”陌生人接着说道，“我有权把你们视作敌人。”

我没有回答，原因自不必说了。在武力战胜公理的时候，讨论他所提的问题还有什么意义呢？

“我犹豫了很久，”艇长接着说道，“我没有任何义务要款待你们。可如果我要抛弃你们的话，我也就没有兴趣再跑来看你们了。我就会把你们放回到你们曾在上面避难的那个船顶平台上去，然后，我便把潜艇潜入海底，把你们彻底忘掉。我难道无权这么做吗？”

“这也许是野蛮人的权利，”我回答说，“而不是文明人的权利。”

“教授先生，”艇长生气地反驳道，“我并不是您所说的什么文明人！由于我个人有做出判断的理由，我已经与整个人类社会断绝了联系，因此，我不再遵循那个社会的法则。我要奉劝您，绝不要再在我面前提及那些法则。”

名师点评

这些话体现了艇长性格中专横霸道的一面。

这话说得十分明白。愤怒的目光在他眼里闪过，我隐约感到此人生活中曾经有过可怕的经历。他不仅置身于人类法律之外，而且在各个方面都让自己绝对地独立与自由，不受任何束缚！既然他能在海面上把对手击败，还有谁敢到海底下去追击他呀？什么样的舰只能够经受得了他的潜水艇的撞击呢？不论是什么舰艇，它的装甲铁板有多厚，都无法抵挡他的潜水艇的冲角的冲击！世人无人敢于要求他对其所作所为做出解释。如果他信奉上帝，且尚有良心的话，那么只有上帝和良心才能对他做出评判来。

读书笔记

这种种想法只是在我的脑海中一闪而过。其间，那怪人一言不发，仿佛在聚精会神地思考些什么。我凝视着他，心里既害怕又好奇，就像是俄狄浦斯在注视斯芬克斯[①]一样。

在相当长的一段沉默之后，艇长又开腔了。

读书笔记

“因此，我迟疑不决，”他说道，“但是，我也考虑过，我的利益也许能同每个人都该得到的同情一致起来。既然命运让你们来到了我的艇上，那你们就留在艇上吧。在这里，你们是自由的，不过，这种自由是有限的，为了换取它，我只要你们答应一个条件，口头上答应即可。”

名师注解

① 希腊神话中，俄狄浦斯王破解了狮身人面兽斯芬克斯的谜语。

读书笔记

“先生请讲，”我回答说，“我想，一定是一个正直的人能够接受的条件吧？”

“是的，先生。条件是这样的：出现意想不到的情况时，我得把你们关在舱室里几小时，或者根据情况，也许关上几天。我绝不想使用武力，所以我希望你们在这种情况下，要比在任何情况下都更加地服从命令。你们这么做了，一切都由我来负责，与你们就毫不相干了，因为我不能让你们看见你们不该看见的东西。这个条件你们能接受吗？”

这么看来，这只艇上至少是有着一些离奇怪诞的事存在的，是遵循社会法律的人不该看到的！与后来我将遇到的种种意想不到的事情相比，眼前的这件事让我感到的惊诧并非是最小的。

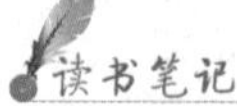

“我们接受，”我回答道，“不过，先生，请允许我提个问题，就一个。”

“您请说，先生。”

“您说过我们在您的艇上是自由的，对不？”

“完全自由。”

“那我可就要问了，您所说的自由是指什么？”

“就是可以自由地走动，自由地看，甚至自由地观察这里所发生的一切——只有某些特殊情况除外——总之，就是我的同伴们和我所享有的那种自由。”

很显然，我们的想法并不一致。

命令式的口吻，表现了他的蛮横无理。

“对不起，先生，”我接着又说，“可是，这种自由只不过是囚犯在监狱里走动的自由。光是这么点自由，我们觉得很不够。”

“可你们必须得觉得很够了！”

“什么？我们必须永远放弃重见我们的祖国、朋友和亲人的希望？”

“是的，先生。这只不过是使人摆脱掉世俗沉重的羁绊，可人们还以为那是自由呢。摆脱掉这种枷锁，也许并不像你们想象的那么困难！”

“哼，”内德·兰德嚷道，“我可不能保证我不会设法逃走！”

“我并未要您作保证，兰德师傅。”艇长冷冷地说。

“先生，”我也忍不住火了地说道，“您这是以势压人，毫不讲理！”

“不，先生，这是仁慈！你们战败了，成了我的俘虏！我只要说句话，你们就又会被扔入海底，但我还是把你们留下了！你们向我发动过攻击！你们来到这里，撞见了一个秘密，那是世人所不该了解的秘密，亦即我全部的生活秘密！你们以为我还会把你们放回到那个不该再知晓我的行踪的陆地上去？不，绝不会的！我把你们留下来，并不是为了你们，而是为我自己考虑的！”

读书笔记

艇长的这番话已十分明显，他的决定是不会改变的，再多说也无济于事。

“这么说，先生，”我接着又说，“您只是让我们在生与死之间做出抉择了？”

“没错！”

“朋友们，”我说，“对这个问题已经没什么可说的了，但我们也无需向这位艇长做任何承诺。”

“正是这样，先生。”艇长说道。

然后，他又以一种较为温和的语气说道：“现在，请允许我把我要对您说的话说完。我了解您，阿罗纳克斯先生。您与您的同伴们不一样，您也许并不会对因为偶然情况而把您与我的命运连在一起的事有所抱怨的。我们用于研究的我所喜爱的书籍里，您会发现有您的那部关于海洋奥秘的大作。我常常拜读您的这本书。您在陆地科学的环境中，竟然把海洋的奥秘揭示得那么深刻，实在是很了不起的。但是，您并不是什么都知道了，并不是什么都看到了。因此，请允许我对您说，教授先生，您将不会后悔您在我的艇上所度过的时光的。您将前往奇异王国去漫游，惊奇、惊愕也许将会成为您日常的精神状态。不断呈现在您眼前的种种景象会让您目不暇接，百看不厌的。在我下一次的海底环游中——也许是我一生中的最后一次，我将再次看到我曾看到过的一切，而您将成为我研究工作中的伙伴。从今日起，您将进入一个全新的环境，您将看到任何人（不包括我和我的手下）都从未看到过的东西。正是因为有了我，我们的地球才将会向您揭示它的最后的秘密。”

读书笔记

这里为后文埋下了伏笔。

我无法否认，艇长的话对我产生了极大的影响，他击中了我的弱点。我顿时忘记了为了见识那些奇异景物而不得不失去的自由。不过，自由这个重大问题我想留待日后再解决。

于是，我只是回答说："先生，您虽然是已经与人类断绝了关系，但我仍然认为您并没有完全抛弃人类的情感。我们是被您好心收留的海上落难者，我们对您的仁慈没齿难忘。至于我，我不否认，如果对科学的兴趣高过对自由的需要的话，我们的不期而遇给我带来的机遇，将会给予我最好的补偿。"

我猜想艇长会伸出手来与我相握，以示协议的达成，可他并没这么做。我真替他感到遗憾。

"最后问一个问题。"这位神秘人物正要离去时，我对他说道。

"请说，教授先生。"

"我该如何称呼您？"

"先生，"艇长回答道，"对您而言，我只是尼摩①艇长，而对我来说，您与您的同伴们只不过是'鹦鹉螺号'上的乘客。"

尼摩艇长喊了一声，一个侍者应声而至。艇长用我听不懂的语言吩咐了侍者几句，然后，便转向加拿大人和孔塞伊说：

"已为你们在你们的舱室里准备好了饭菜，请跟他去吧。"

"高兴至极！"捕鲸手说。

孔塞伊同他终于走出了这间关了他们三十多小时的牢房。

"现在，阿罗纳克斯先生，我们的午餐也已摆好了，请允许我为您带路。"

"遵您之命，艇长。"

我跟着尼摩艇长出了舱室，来到一条走廊似的电光照耀着的过道，与一般船上的通道一样。走了十来米之后，第二道门在我的面前启开。

我进到了餐厅。餐厅内装饰陈设高雅朴素。两端立着高大的橡木餐具柜，上面镶嵌着乌木花饰，流线型的隔板上，放着一些珍贵的陶器、瓷器和玻璃器皿，光洁闪亮。明亮的天花板上绘有一些精致的画，电光从中经过筛滤，变得柔和养眼。

名师注解

① 尼摩：拉丁文，意思是"不存在的人"。

餐厅居中摆着一张餐桌，摆满丰盛的食物。尼摩艇长向我指了指我应坐的座位。

“请坐。”他对我说道，“饿坏了吧？请多吃点。”

午餐有好几道菜，全是海货，其中有几样我不知是何物，也不知产自何处。我得实话实说，菜做得很好，但却有一股特别的味道，不过，我很快也就习惯了。我觉得那几样菜中含有丰富的磷，所以我想应该也是海中之物。

尼摩艇长看着我。我并未问什么，但他猜得出我心里在想些什么，所以便主动地回答了我正想问的问题。

“这些菜，大部分您都不认识，”他对我说，“不过，您不必担心，尽量地享用。这些菜都很干净，很有营养。我很久以来就不吃陆地上的食物了，但我的身体并未因此而受到影响。我艇上的人，个个身强力壮，他们吃的全都与我一样。”

“这么说，”我问道，“所有的吃食都是海里产的？”

“是的，教授先生，大海满足了我的一切需要。我有时撒下拖网，拉上来时网都快撑破了。有时候，我会到看上去大海中的人无法接近的地方去打猎，追逐生活在海底森林中的猎物。我的畜群如同海神的畜群一样，也无忧无虑地在海底广阔的草场上吃草。那里是我的一笔财富，我可以很好地加以利用。造物主亲手在那里播种万物。”

我惊诧地看着尼摩艇长，向他问道：“先生，我完全明白，您的拖网为您的餐桌提供了各种鲜美的鱼，但我不太明白您如何在海底森林打猎，而我最不明白的是，您的菜谱里怎么会有肉的，尽管肉块不算太大？”

“先生，”尼摩艇长回答说，“我的菜里从来就没有陆地动物的肉。”

“那这是什么？”我用手指着一个盘子里还剩有的几片里脊肉问道。

“您以为是肉的东西，教授先生，其实只是海龟脊。这盘是海豚肝，您可能以为是猪肉了。我的厨师是一把好手，善于保存各种海产品。您尝尝所有这些菜。这是罐头鲜海参，马来人也会称赞它是世上独一份儿的；这是奶油，是鲸鱼的奶制成的；糖是从北部海洋的大海藻里提炼出来的。最后，请允许我向您介绍银莲花果酱，其味道如陆地上的果酱一样可口。”

我逐一地品尝了个遍，并不是因为嘴馋，而是出于好奇，而尼摩艇长则在一旁给我讲述他的那些令人难以置信的故事。

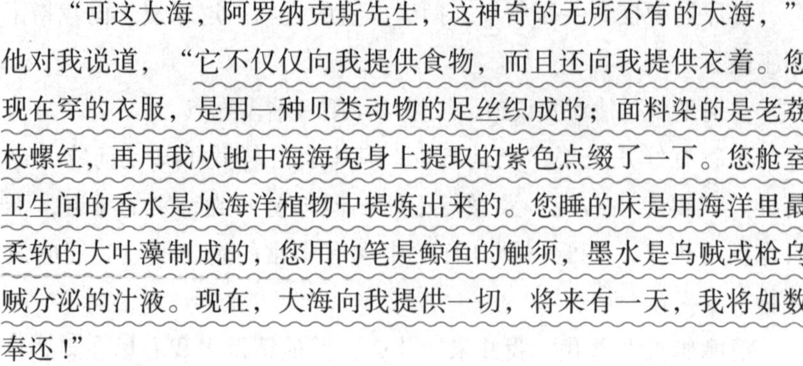

"可这大海，阿罗纳克斯先生，这神奇的无所不有的大海，"他对我说道，"它不仅仅向我提供食物，而且还向我提供衣着。您现在穿的衣服，是用一种贝类动物的足丝织成的；面料染的是老荔枝螺红，再用我从地中海海兔身上提取的紫色点缀了一下。您舱室卫生间的香水是从海洋植物中提炼出来的。您睡的床是用海洋里最柔软的大叶藻制成的，您用的笔是鲸鱼的触须，墨水是乌贼或枪乌贼分泌的汁液。现在，大海向我提供一切，将来有一天，我将如数奉还！"

名师点评

原来大海中有这么多的宝藏，它是尼摩艇长生活资料的宝库。

"您很爱大海，艇长。"

"是呀，我很爱大海。大海就是一切！它占了地球七分之一①的面积。它呼出的气息清新纯净。在这浩瀚的大海中，人并不是孤立的，因为他能感觉到自己周围涌动着生命。大海仅是一种超自然的神奇的生命载体；它只是在动，在爱；它正如你们的一位诗人所说，是无限的生命。其实，教授先生，大自然的三界——矿物界、植物界和动物界——在海洋中也同样存在。在海洋中，动物界则更具有广泛的代表性，有四个植虫群，有三个纲的节肢动物，有五个纲的软体动物，有三个纲的脊椎动物，即哺乳动物、爬行动物和成群的鱼类，而鱼类是动物中种类最为繁多的，高达一万三千多种，其中只有十分之一生活在淡水中。大海是大自然的巨大宝库。可以说，地球上先有大海，它始于大海，谁敢说它最终不归于大海呢！海里环境十分平和。大海不属于独裁者。在海面上，独裁者们还可以运用其极不公平的权力。他们可以在海上相互争斗、厮杀，把陆地上的种种暴行带到海上来。但是，在海面以下三十尺的地方，他们的权力就使不上了，他们的影响也就消失了。他们的威势便荡然无存了！啊！先生，到大海里来生活吧！生活在海洋里吧！人只有在海洋里才是独立的！在这里，我不听命于任何人！在这里，我是自由的！"

名师点评

尼摩艇长如数家珍般地为我介绍了大海的一切，热爱之情溢于言表。最后对独裁者的控诉，表达了他对独裁者暴力行径的谴责，对自由的渴望，也暗示了自己潜在海底是为了追求真正的自由。

尼摩艇长正说到兴致勃发时，却突然不说话了。他是不是一时

名师注解

① 此处的数据为当时的认识，与现在的科学测算不完全相符。本书多处数据存在相同问题，下文不再一一注释。

忘乎所以，忘了平时的矜持了？他是不是说得太多了？有这么一会儿工夫，他来来回回地走动着，神情异常激动。过了一会儿，他恢复了平静，脸上又浮现出那种冷峻的神情，然后，他转向我说："现在，教授先生，如果您想参观鹦鹉螺号的话，我可以陪您。"

## 精华赏析

尼摩艇长与阿罗纳克斯教授唇枪舌剑，在二人的对话中，我们不难发现，尼摩是一个性格矛盾的人，外表冷酷却内心火热，富有同情心，一边声称自己与人类断绝了关系，一边好心救助落水的三个人；一边展示着自己的专横跋扈，限制别人的自由，一边热情洋溢地招待客人，邀请他们一起海底环游。他时而冷漠时而热情，给人感觉时远时近，让人捉摸不透。

## 延伸思考

尼摩艇长为什么犹豫不决？

# 十一 鹦鹉螺号

名师导读

在这艘名叫鹦鹉螺号的潜艇上，有藏书丰富的图书室，收集着众多大家的杰作；有富丽堂皇的大客厅，摆满了天然的艺术珍品；还有陈设简单却装有许多仪表的艇长室。尼摩船长充当向导，带着阿罗纳克斯教授一一参观，细细讲解。

尼摩艇长站起身来，我也站起来跟在他的身后。餐厅后部的一道双扇门开启，我便走进了一间与刚离开的那间餐厅差不多大小的房间。

这是一间图书室。高大的紫檀木书架，镶嵌着铜饰，宽大的隔板上整齐地排列着同样装帧的书籍。书架沿墙而立，前面围着一圈栗色皮面长沙发，坐着特别舒服。几个轻巧的活动小桌，或并排摆放，或单独兀立，供阅读者使用。室中央摆着一张大桌子，上有一些小册子和一些旧报纸。室内被电光照得如同白昼，光线柔和，一切都显得十分和谐。电光是从装在天花板的涡形装饰中的四个毛玻璃球里发出来的。我怀着赞赏钦佩的心情仔细地观察着这间布置精巧的图书室，简直不敢相信自己的眼睛。

“尼摩艇长，”我对刚刚靠在沙发上的我的主人说，“这间图书室即使放在各大洲的许多宫廷之中也毫不逊色。有这样的一间图书室陪您在海底畅游，我真的感到十分高兴。”

“哪里还能找得到如此清静安宁之所呀，教授先生？”尼摩艇长说道，“您在您那自然博物馆的工作室里能够得到这么放松轻快的休息吗？”

“不能，先生。而且，与您的这间图书室相比，我的工作室简直无法启齿了，您这里有六七千本书……”

“有一万两千本，阿罗纳克斯先生。这些书是我同陆地的唯一联系。从我的鹦鹉螺号潜入水中的那一天起，人世间的那个世界对我来说就已经是不复存在的了。那一天，我买了最后的一批书、最后一批小册子、最后一些报纸，自那以后，我就认为人类不再思索，不再著述了。教授先生，现在，这些书就归您使用了，您可以任意地使用它们。”

我谢过尼摩艇长，便走近书架。用各种文字撰写的科学、伦理学和文学类书籍应有尽有，但我却未发现任何一本政治学和经济学方面的书籍，仿佛这类书籍被严格地剔除出去了。有一点颇为奇怪：所有的书籍全都不是分门别类地摆放的，也不管它们是用何种文字写的。这么随意乱放，说明鹦鹉螺号的艇长能够随手取出一本书就顺畅地阅读起来。

在这些书籍中，我发现了古代和近代一些大师的杰作，也就是说，全都是人类在历史、诗歌、小说和科学方面的最佳作品，从荷马到维克多·雨果，从色诺芬尼[①]到米什莱[②]，从拉伯雷到乔治·桑夫人，一个不缺。不过，在这间图书室里，最多的还是科学方面的著作，有机械学的、弹道学的、水文地理学的、气象学的、地理学的、地质学的，等等，这类著作与博物类著作所占的比重相等。我知道，艇长的研究重点就在这些方面。我在书架上还看到洪堡[③]全集、阿拉戈全集，以及傅科[④]、亨利·圣克莱尔·德维尔、沙勒[⑤]、米尔恩·爱德华兹[⑥]、卡特勒法热[⑦]、廷德尔[⑧]、法拉第、贝特洛[⑨]、本堂神父塞奇[⑩]、贝特曼[⑪]、船长莫里[⑫]、阿加西[⑬]等人的著作，还有科学院的论

名师注解

① 色诺芬尼：古希腊诗人、哲学家。

② 米什莱（1798—1874）：法国著名历史学家。

③ 洪堡（1769—1859）：德国自然科学家。

④ 傅科（1819—1868）：法国物理学家。

⑤ 沙勒（1793—1880）：法国数学家。

⑥ 米尔恩·爱德华兹（1800—1885）：比利时生理学家。

⑦ 卡特勒法热（1810—1892）：法国博物学家。

⑧ 廷德尔（1820—1893）：英国物理学家。

⑨ 贝特洛（1827—1907）：法国化学家。

⑩ 塞奇（1818—1878）：意大利物理学家。

⑪ 贝特曼（1822—1878）：德国物理学家。

⑫ 船长莫里（1806—1873）：美国水文学家。

⑬ 阿加西（1807—1873）：法国地质学家。

文集，几家地理学会的刊物等，全都摆放得整齐划一。我的两卷本著作也被放在了显著位置，也许正是因为这两卷书我才受到了尼摩艇长还算宽厚的款待。在约瑟夫·贝特朗[①]的著作中，他的那本《天文学的创始者们》让我推算出了一个确切日期：那本书于一八六五年出版，因此可以推算出来，鹦鹉螺号的下水日期不可能早于这一年。这么说，尼摩艇长在海底生活的时间顶多也只是三年而已。我还希望能够发现有更近的作品，那我就可以进一步地确定尼摩艇长开始海底生活的时间了。我还是有时间来做这件事的，现在嘛，我想在鹦鹉螺号上转一转，不想在此多做耽搁，误了观赏奇妙景物的时间。

“先生，”我对艇长说道，“谢谢您让我随意使用这间图书室。这是一间科学宝库，我将好好利用它。”

“这儿不仅是图书室，”尼摩艇长说，“同时也是一间吸烟室。”

“吸烟室？”我惊叫道，“这么说，艇上可以吸烟喽？”

“当然可以。”

“这么说来，先生，我不禁要认为您同哈瓦那有过联系。”

“没有任何联系，”艇长回答说，“您抽抽这支雪茄看，阿罗纳克斯先生，它虽说不是来自哈瓦那，但您若是行家的话，您肯定会喜欢的。”

我接过他递给我的雪茄。它的形状好似伦敦销售的哈瓦那雪茄，但却像是用金黄色的烟叶制成的。室内有一个青铜支架的精制金属小火盆，我就着点燃了这支雪茄，像两天没捞到烟抽的烟鬼似的美美地猛抽了两口。

“味道妙极了，”我说道，“但这不像是烟草制的。”

“没错，”艇长回答说，“这种‘烟草’并非源自哈瓦那，也不是来自东方。这是大海提供给我的一种海带，它含有大量的尼古丁，但这种海带数量不多，不容易弄到。先生，您现在还在为抽不着伦敦的那种哈瓦那雪茄而颇感遗憾吗？”

“艇长，从今日起，我就再也看不上以前的那些雪茄了。”

“那您就随意地抽吧，不用去管这种烟来自何处了。没有任何政府机构会对这种烟进行检验的，但我想它的质量用不着检测也是很好的。”

“确实如此。”

名师注解

① 约瑟夫·贝特朗（1822—1900）：法国数学家。

这时候，尼摩艇长打开一扇门，这门正对着我走进图书室的那扇门。我走进了一间灯火通明、宽敞堂皇的大客厅。

这是一间隅角呈斜面状的长方形大厅，十米长，六米宽，五米高。天花板上饰有阿拉伯式图案，散发出明亮柔和的光来，照耀着这座博物馆的各种珍藏。这是一座地地道道的博物馆，一只神奇而智慧的手把天然的和艺术的珍品统统聚集到了这里，以艺术家的风格散乱地摆放着，活脱脱一间画家工作室。

有三十来幅出自大师之手的名画装点着悬挂了朴素图案壁毯的墙壁，画框格式相同，每幅画之间有闪闪发光的盾形板间隔着。我看到了一些极其名贵的画作，其中有一大部分是我在欧洲的私人收藏中和画展上欣赏过的。不同流派的老一辈大师们的代表作有：拉斐尔[①]的圣母像，列奥纳多·达·芬奇的圣母像，科雷焦[②]的仙女，提香[③]的一幅女人，韦罗内塞[④]的一幅以爱为主题的画，米里洛[⑤]的圣母升天图，奥尔班[⑥]的一幅肖像画，委拉斯凯兹[⑦]的修士，里贝拉[⑧]的殉道者，鲁本斯[⑨]的主保瞻礼节，特尼耶[⑩]的两幅佛来米风光画，另外还有三幅较小的风景画，是出自热拉尔·杜[⑪]、梅特叙[⑫]和普吕东[⑬]之手，此外还有巴克于森和韦尔内[⑭]画的几幅海洋风景画。现代画中，有德拉

名师注解

① 拉斐尔（1483—1520）：意大利文艺复兴时期的著名画家。
② 科雷焦（1494？—1534）：意大利画家。
③ 提香（1477—1576）：意大利画家。
④ 韦罗内塞（1528—1588）：意大利画家。
⑤ 米里洛（1617—1682）：西班牙画家。
⑥ 奥尔班（1497—1543）：英国画家。
⑦ 委拉斯凯兹（1599—1660）：西班牙画家。
⑧ 里贝拉（1591—1652）：西班牙画家。
⑨ 鲁本斯（1577—1640）：佛兰德斯画家。
⑩ 特尼耶（1582—1649）：佛兰德斯画家。
⑪ 热拉尔·杜（1613—1675）：荷兰画家。
⑫ 梅特叙（1630—1667）：荷兰画家。
⑬ 普吕东（1758—1823）：法国画家。
⑭ 韦尔内（1789—1863）：法国画家。

克洛瓦[①]、安格尔[②]、德康[③]、特鲁瓦永[④]、梅索尼埃[⑤]和多比尼[⑥]等画家的作品。屋角还放着几尊带底座的雕像，皆仿古作品，比原作小，用大理石或铜制成，品位不俗。鹦鹉螺号艇长事先就已经告诉过我，说我会被看见的东西惊讶得目瞪口呆的，果不其然，我真的惊叹不已了。

“教授先生，”这时候，那个怪诞的艇长对我说道，“请您原谅我不拘礼节地随便地接待您，也请您原谅这个厅里乱七八糟，很不整齐雅观。”

“先生，”我回答说，“我虽然并不想知道您到底是什么人，但您允许我把您视作一位艺术家吗？”

“顶多也就是个业余爱好者，先生。以前，我喜欢收集这些由人的手创作出来的美妙作品。那时，我是个贪得无厌的寻觅者，是个不知疲倦的搜索者，因此而搜集了不少很有价值的作品。这是那片对我来说已经死亡了的陆地留给我的最后的一批纪念品了。在我看来，你们的那些现代艺术家也同古代的艺术家一样，全都是两三千年以前的人了。我把他们全都混在了一起。再说，大师是没有什么年代之分的。”

“那么，这些音乐家呢？”我指着韦柏[⑦]、罗西尼[⑧]、莫扎特、贝多芬、海顿、梅耶贝尔[⑨]、埃罗尔德[⑩]、瓦格纳、奥柏[⑪]、古诺[⑫]以及其他一些音乐家的乐谱说。这些乐谱全都散乱地放在一架大型管风琴上。这架大型管风琴占了厅内很大的一片地方。“对我来说，”尼摩艇长说道，“这些音乐家

名师注解

① 德拉克洛瓦（1798—1863）：法国画家。

② 安格尔（1780—1867）：法国画家。

③ 德康（1803—1860）：法国画家。

④ 特鲁瓦永（1810—1865）：法国画家。

⑤ 梅索尼埃（1815—1891）：法国画家。

⑥ 多比尼（1817—1878）：法国画家。

⑦ 韦柏（1786—1826）：德国作曲家。

⑧ 罗西尼（1792—1868）：意大利作曲家。

⑨ 梅耶贝尔（1791—1864）：德国作曲家。

⑩ 埃罗尔德（1791—1833）：法国作曲家。

⑪ 奥柏（1782—1871）：法国作曲家。

⑫ 古诺（1818—1893）：法国作曲家。

都是和俄耳浦斯[①]同时代的人，因为，在死人的记忆中，时代的差别也已消失——我已经死了，教授先生，同您的那些在地下六尺深处长眠的朋友们一样！”

尼摩艇长沉默不语了，仿佛陷入梦幻之中。我动情地看着他，静静地在研究他脸上的奇异表情。他的臂肘倚在一张精致的雕花桌子的一角，没再看我，仿佛已忘记了我的存在似的。

我不想打断他的沉思默想，便继续观赏厅内的丰富珍藏。

除了艺术作品以外，自然界的稀有珍品也占据着很大的一片地方。主要是植物、贝壳和其他海洋生物，可能都是尼摩艇长自己采集到的。大厅中央有个小喷水池，被电光照得通明，喷水池喷出的水落回到一个砗磲[②]制作的承水盘中。这只最大的无头软体动物贝壳，边缘被雕成精巧的月牙形花纹，周长六米左右；它比威尼斯共和国献给法国国王弗朗索瓦一世的美丽的砗磲壳大得多，巴黎的圣绪尔比斯教堂用它做了两个很大的圣水盆。

在承水盘周围巧妙地用铜架子固定住的玻璃橱内，摆放着一些连博物学家都未曾见过的海中珍品，全都分门别类地陈列在那里，还都贴有标签。我作为博物学教授，此时此刻的那份喜悦是不言而喻的。

植物动物门的珊瑚虫类和棘皮类都有珍稀标本。在珊瑚虫类的标本中，有笙珊瑚、扇状柳珊瑚、叙利亚软海绵、摩鹿加群岛的海木贼、磷光珊瑚、挪威海域的奇妙的逗点珊瑚、各种各样的伞状珊瑚、海鸡冠珊瑚以及一系列的石珊瑚，我的导师米尔恩·爱德华对这类珊瑚曾做过精确的分类。我还看到了那些可爱的扇状石珊瑚、波皮岛的眼状珊瑚、安的列斯群岛的“海神战车”、各种高级珊瑚虫以及各种离奇古怪的珊瑚骨。这类珊瑚骨聚集在一起可以形成岛屿，而这一座座的珊瑚骨岛将来有一天会聚在一起，会变成陆地。在外表多刺的棘皮动物标本中，有海盘车、海星、转星球、流盘星、海胆、海参等，品种齐全地代表着这一群体。

还有许多玻璃橱窗陈列着软体动物标本。一个多少有点爱激动的贝类学

名师注解

① 俄耳浦斯：古希腊神话中的人物，擅长弹奏竖琴，传说其琴声可使猛兽俯首、顽石点头。

② 砗磲（chē qú）：生活在热带海底的一种软体动物，介壳略呈三角形，大的长达一米左右。

家，站在这么多软体动物标本前，肯定会惊得目瞪口呆的。我在这儿看到的是价值高得难以估量的珍藏，我无暇一一加以描述，只能大致记下一些，免得遗忘：印度洋中的美丽的T型双壳贝，其红棕色的壳上长着一些规律排列着的白点，鲜艳夺目；颜色鲜艳的上等海菊蛤，浑身长满了刺，我在欧洲博物馆中从未见过，估计其价值不菲，起码值两万法郎；塞内加尔的富于异国情调的唇贝，其贝壳呈白色，双瓣，易碎，仿佛吹上一口气，它就会像肥皂泡似的被吹破；爪哇的几种喷水壶状贝，长有钙质管子，边缘有叶状褶子，是收藏家们的最爱；一系列的马蹄螺，有的呈青绿色，是从美洲海域捞到的，有的呈棕红色——是新荷兰海里的，它们多数生活在墨西哥湾中，壳上呈鳞状，十分引人注目，而美洲海域的马蹄螺呈星形，生活在南部海域，最珍贵的是新西兰的那种漂亮的马刺形螺；此外，还有令人赞叹的硫黄质樱蛤、稀有的帘蛤和维纳斯贝、德伦格巴尔海岸的格子花盘贝、一身光灿耀眼的螺丝质纹蹄贝、中国海的鹦鹉绿贝、锥形贝类中几乎不为人知的芋螺、在印度和非洲作为货币使用的各种磁贝、东印度群岛享有“海上荣耀”盛誉的珍贵贝类。最后，还有滨螺、燕子螺、金字塔螺、海蛤、卵形贝、螺旋贝、斧蛤、笔螺、铁盔螺、荔枝螺、蛾螺、竖琴螺、骨螺、法螺、蟹守螺、长辛螺、风螺、双翼贝、帽贝、水晶贝、棱形贝等，分类学给了这些轻而易碎的贝类动物以非常美妙的名称。

另外，在一些专门隔开来的格子里，摆放着一串串美丽喜人的珍珠，经电光一照，光亮闪烁。其中，红色的是从红海里的江珧身上获取的；绿色的是鲍鱼身上的；黄色的、蓝色的、黑色的则来自各大洋中的软体动物，或来自北方某些河流中的贝类。还有几个标本价值惊人，是用最稀有的珠母精制而成的。在这些珍珠里，有几颗大得超过鸽子蛋；旅行家塔韦尼耶[①]曾以三百万的价格把这样大的一颗珍珠卖给波斯国王。这里所陈列的几颗大珍珠，与这一价格持平并超过，而且比马斯加特[②]的伊玛目[③]的那颗还要大，我曾以为马斯加特的伊玛目的那一颗是无出其右的一颗呢。

名师注解

① 塔韦尼耶：法国17世纪的旅行家。

② 马斯加特：阿曼首都。

③ 伊玛目：在阿拉伯语中为“领袖”的意思。

因此，要估算这里的收藏价值，可以说是根本不可能的。尼摩艇长想必是花费了数百万巨款才获得这么多珍贵标本的。我在纳闷儿，他哪来的这么多钱以满足其收藏的癖好的。但正在我百思不得其解之时，我的思绪被他打断了：

“您在研究我所收藏的贝类标本，教授先生。它们确实能引起一位博物学家的兴趣。但是，对我来说，它们却别具一番魅力，因为它们全都是我亲手收集来的，地球上没有一处海域我未搜寻过。”

“我明白，艇长，我明白在这么丰富的收藏中间浏览观赏是多么的兴奋、惬意。您是那种亲自收集宝物的人。欧洲没有任何一座博物馆有如此丰富的海洋物种的收藏。这种收藏已经让我惊叹不已了，可对于这艘装载着它们的艇，我又当有何感慨呀！我并不想窥探您的秘密，不过，我实话实说，鹦鹉螺号所拥有的动力、使它运转的机密、使它行动自如、迅速的巨大力量等一切，都让我产生了极大的好奇心。墙上的这些仪器都是干什么用的，我一无所知。这些东西我能否了解一下呀……”

“阿罗纳克斯先生，”尼摩艇长回答道，“我已经跟您说过了，您在我的艇上是自由的，因此，鹦鹉螺号上的任何地方对您来说都不是禁区。您可以仔细地参观这艘艇，我很高兴为您充当向导。”

“我不知该如何感谢您才好，先生，但我不会得寸进尺的。我只想问您一下，这些机械仪表是做什么用的……”

“教授先生，我房间里也有这样的仪表，到我房间里去之后，我再跟您细说它们的用途。现在，您还是先去看看为您准备好的舱室吧。您得先知道自己在鹦鹉螺号上住得怎么样。”

我跟随尼摩艇长而去。经过客厅隅角的一道门之后，他又把我领回船上的纵向通道。他领着我往艇艄走去，走进一间屋子，那并不是一间舱室，而是一间雅致的房间，有床，有梳妆台，还有各种家具什物。

我连声向主人表示谢意。

“您的房间与我的房间紧挨着，”他边打开一扇门边对我说道，“我的房间正对着我们刚刚离开的那个客厅。”

我走进艇长的房间。屋内陈设简单朴素，几乎像是修道士的房间，一张小铁床、一张写字台、几件梳洗用具。屋内光线较为暗淡，没有任何奢侈之物，有的只是生活上必不可少的东西。

尼摩艇长指给我一个座位，让我坐下。

“您请坐。”他对我说。

我坐了下来，他便开始向我叙述开来。

想一想，在尼摩收集的图书中为什么没有政治学和经济学方面的书籍？

# 十二 一切都用电【精读】

名师导读

在鹦鹉螺号上有一种神奇的东西，它是整艘潜艇的主宰，掌控着这里所有的仪器设施，是潜艇强大的动力来源。它就是——电。那么，在海底工作的鹦鹉螺号是如何获得源源不断的电能的呢？电又在这里发挥了哪些作用呢？

“先生，”尼摩艇长指着他房间墙上挂着的仪表对我说道，“这些都是鹦鹉螺号航行时所必需的仪器。这里的仪器同客厅里的完全一样，我必须时刻看着它们，以便了解我在大海里的确切位置和方向。有一些仪器您是知道的，比如温度计，是标明鹦鹉螺号舱内温度的；晴雨表，是测量大气压力并预告天气变化的；湿度计，是标示空气的干湿度的；风暴预测计，其玻璃瓶内的混合物一分解，即表示暴风雨即将来临；罗盘，是指示航向的；六分仪，通过测量太阳的高度了解艇所在的纬度；经线仪，测量艇所在的经度；还有白天和黑夜用的望远镜，当鹦鹉螺号浮出水面时，可用它来搜索海面。”

“这些都是航海者常用的仪器，”我说道，“我也知道如何使用。但还有一些仪器，想必是为了满足鹦鹉螺号的特殊需要的吧？我看到的这个刻度盘，上面有一个活动的指针，这是不是流体压力计呀？”

“没错，确实是流体压力计。它与艇外的海水相连，标示海水的压力有多大，并使我得知我的艇处于海中什么深度。”

“这些是新式探测器吗？”

“是温度探测器，是测定不同水层的水温的。”

“那些仪器是干什么用的？”

“我来解释给您听，教授先生，”尼摩艇长说，“请仔细听我说。”

他停了一下，接着又说道：

名师点评

这里先点明这东西的神奇之处，勾起人们的好奇心后，再揭示答案。就像猜谜语一样，先给出谜面，然后揭示谜底。这样写能给人以深刻的印象。

“我的艇上有一种东西，它不仅强有力，而且快捷、便利，什么都能干，是我艇上的主宰。一切全都得靠它。它给我提供光和热，是所有机械的灵魂。它就是电。”

“电！”我惊呼道。

“是的，先生。”

“可是，艇长，您的船快得出奇，电能是做不到的呀！到目前为止，电的动力极其有限，只能产生极小的力量！”

“教授先生，”尼摩艇长回答说，“我的电并不是一般的电，我也只能跟您说这么多了。”

“我并不想刨根问底，先生，我只是对这样的一种效果感到十分惊讶而已。不过，我还是有个问题想问。如果问题很唐突，您可以不必回答。要产生这么大的动力，您所使用的元素必然消耗得很快，比如锌，您既然与陆地毫无联系，您又用什么来代替它呢？”

读书笔记

“这个问题是这样的，”尼摩艇长答道，“首先，我想告诉您，海洋下面有锌矿、铁矿、银矿、金矿，开采起来并不难。因此，我并不需要向陆地索取这些金属，我可以向大海去要发电的原材料。”

“向大海要？”

“是呀，教授先生。我有的是办法。譬如，我可以将放在不同深度的海水中的金属线连接成电路，金属线因感受到不同的温度便可以产生出电来，不过，我更喜欢采用一套更加方便实用的办法。”

“什么办法？”

“您是了解海水的成分的。一千克海水含有百分之九十六点五的水、不到百分之二点七的氯化钠，另外还有少量的氯化镁、氯化钾、溴化钠、硫酸钠、硫酸盐、碳酸盐什么的。因此，您看得出来，海水中所含的氯化钠的比重很大，而我从海水中提取的正是氯化钠，我就是用它来制造我所需要的物质。”

读书笔记

“是元素钠？”

“正是，先生。钠与汞混合，成为汞合金，能够替代本生灯电池中的锌。汞是消耗不尽的，消耗掉的只是钠，而大海却可以向我提供所需要的钠。另外，我还可以告诉您，钠电池应是能量最强的，它的电动能是锌电池的一倍。”

“我全明白了，艇长。钠是好东西，您处于获取它的得天独厚的环境当中。大海里确实含有钠，但钠得制造出来呀，也就是说，得把它提取出来。您是怎么提取的？当然，您的电池可以用来进行这项工作，但是，如果我没有弄错的话，那些电动设备所消耗的钠超过了所提取的钠。这样一来，为了提取钠而消耗掉的钠要多于所提取的钠！”

读书笔记

“所以，教授先生，我才没用电池去提取钠，而是利用地下的煤里的热能来提取。”

“地下的？”我惊诧地问。

“就说是海里的吧。”尼摩艇长说。

“也就是说您可以开采海底煤矿？”

“阿罗纳克斯先生，您将会看到我是如何采煤的。请您稍有点耐心，因为您有的是时间。我只是请您注意一点：我的一切全都取自于海洋，它为我发电，电向鹦鹉螺号提供热、光和动力。一句话，电给了鹦鹉螺号以生命。”

原来，鹦鹉螺号的全部活动都是依靠电来维持的。

“但电总无法向您提供空气吧？”

“啊！我可以制造我所需要消耗的空气，但这并没有什么必要，因为我高兴时，就可以浮出水面。但是，电虽说是不向我提供呼吸用的空气，它至少可以启动大功率的泵，把空气储存在一些特制的储气舱里，使我在必要之时可以延长在海洋深处待的时间，想要待多久就待多久。”“艇长，”我说道，“我只有赞叹的份儿了。很显然，您已经找到了人类将来有一天可能会找到的真正的动能了。”

凡尔纳凭借极强的想象力预见到电将成为未来社会的动能，这一点很让人佩服。

“我不知道他们会不会找到，”尼摩艇长冷冷地说，“不管怎么说，您已经了解了，我第一个开发利用了这种珍贵的能量。正是它，以阳光所不具备的均衡性和连续性给我提供了光。现在，您请看这座钟，它是电动的，走得非常准，可以同最好的精密计时器相媲美。我把它分为二十四小时，如同意大利的时钟一样。因为对我而言，不存在什么白天黑夜，不存在什么太阳月亮，我只有这种被我带到海底的人造光！您瞧，现在是上午十点钟。”

“完全正确。”

“电还有别的用途。您面前挂着的这块刻度盘，标示的是鹦鹉螺号的航行速度。一根电线把它与航速计连接在一起，上面的那根针则向我指出艇的实际航速。您瞧，我此刻正在以每小时十五海里的中等速度在行驶。”

“太奇妙了，”我说道，“我很清楚，艇长，您这么做非常有道理，因为它可以代替风、水和蒸汽。”

“还有呐，阿罗纳克斯先生，”尼摩艇长边说边站起身来，“如果您愿意的话，请随我去鹦鹉螺号的后部看看。”

确实，我对该艇整个前边部分已经了解了。该艇从艇中间到艇艄，准确地分为：被一堵密封住不透水的墙与图书室隔开的五米长的餐厅；又被一堵密封隔板墙与艇长房间隔开的十米长的大客厅；五米长的艇长房间；我住的那间二点五米长的房间；最后是一间一直延伸至船首的七点五米长的储气舱。艇前部总长三十五米。密封防水隔板墙上有门，用橡胶条封堵住，一旦艇身出现窟窿，也可保证鹦鹉螺号安然无恙。

我跟在尼摩艇长身后，穿过船翼的纵向通道，来到艇的中央。在那儿，两扇密闭隔板之间有一井口似的开口，一架铁梯沿内壁一直伸至井口上方。我问艇长此梯有何功用。

“沿梯而下，可上小艇。”艇长回答。

“什么！您还有一只小艇？”我惊讶地追问道。

“那当然。是一只很不错的小艇，既轻快又安全，是为兜风和钓鱼用的。”

“这么说，您想使用小艇的话，就得浮到水面上去啰？”

“那用不着。小艇就系于鹦鹉螺号艇身上部，藏于一个专为它设置的凹洞中。小艇全身装着甲板，绝对防水，用结实的螺钉铆紧。这架铁梯通向鹦鹉螺号艇体上开出的一个出入口，与小艇一侧开的大小相同的出入口相通。我正是从这两个出入口到小艇上去的。我上了小艇后，别人把鹦鹉螺号一侧的出入口关上，我则关上小艇的出入口，关的时候用的是气压螺丝刀，然后，我把螺钉拧开，小艇便急速地浮到水面。这时，我便打开一直紧闭着的密封盖板，竖起桅杆，扯起船帆，或荡起双桨，便开始在海上泛起舟来。”

“那您又如何回到鹦鹉螺号上去呀？”

“我用不着回去，是鹦鹉螺号回到我的身边来。”

“按照您的命令？”

"对，按照我的命令。有一根电线让我与鹦鹉螺号保持着联系，有什么事，我发个电报就行了。"

"那倒是，"我被这神奇的事给迷住了，说道，"没什么比这更方便的了！"

走过通往平台的梯井之后，我看见一间两米长的舱室，孔塞伊和内德·兰德正在里面狼吞虎咽，显得十分得意的样子。接着，一扇通往厨房的门打开来了。厨房长三米，位于两个宽大的食品储藏室之间。

厨房里，烹饪用的全都是电，比煤气火力旺，且方便。电线接在炉子下面，将热传递给白金片，均匀地散开，保持不变。电还能为蒸馏器加热，水经过汽化，变成优质的饮用水。厨房旁边，有一间大浴室，布置得十分舒适，水管分冷水和热水，可随意调节。

想想自己家厨房里的电器，你是不是非常佩服凡尔纳呢？

挨着厨房的是五米长的艇员舱房。舱房门关着，没能看到房内陈设，否则我也许可以根据陈设算出鹦鹉螺号上的艇员数目。

在艇顶里面，是第四道密封隔板墙，把艇员舱房与机舱隔了开来。一扇门被打开，我走进了机舱。毋庸置疑，尼摩艇长是一流的机械师，他在机舱内安置了各种驾驶机械。

机舱内灯火通明，长至少有二十米，自然地分成两个部分：一部分放置着发电设备；另一部分则是把动力传送到螺旋桨的机械设备。

我一进机舱，便闻到一种怪味，弥漫全屋，弄得我不知如何是好。尼摩艇长发现了我的惊讶神情。

读书笔记

"这是因使用钠而逸出来的气体，"他对我说，"没什么大碍，只是闻着有点不舒服而已。我们每天早晨都要用强风来给船换换空气。"

尽管有这种怪味，我还是怀着极大的兴趣研究起鹦鹉螺号上的机器来。

"您瞧，"尼摩艇长对我说道，"我使用的是本生发电装置，而不是鲁姆科尔夫[①]发电装置。鲁姆科尔夫发电装置功率不强。本生发电装置既简单功率又大，经验证明，效果更好。本生发电装置发出的电输送到艇的后部，通过大块电磁电作用于由杠杆和齿轮组成的特殊传动系统，使推进器的轴轮转动起来。推进器直径为六米，平均螺距为七点五米，每秒转速可达一百二十转。"

读书笔记

"那航速是多少呀？"

"每小时五十海里。"

其中还有一个秘密，我没追问下去。电怎么会有如此大的力量呢？这种几近无限的力量是从何而来的？是来自一种新式线圈所产生的高压，还是来自一个尚不为人知的杠杆系统[②]的无限增强的运转之中？我百思不得其解。

"尼摩艇长，"我说道，"我观察到了结果，我不想对这些结果妄加解释。我看到过鹦鹉螺号在亚伯拉罕·林肯号前面是如何行驶的，它速度那么快，我现在知道是什么原因了。但是，还不光是快的问题，它行驶起来左转右弯，升起降下，非常地灵活自如！在海洋深处，您会受到不断增强的压力，那压力可达数百个大气压，您是如何到达海底的呢？然后，您又是如何升到水面上来的？另外，您又是怎么让自己停留在一个您觉得合适的深度的？我这么好奇，是否太冒昧了？"

名师点评

从教授与尼摩艇长的对话可以看出，教授是一个谦虚好学、穷原竟委的人。

"哪里的话，教授先生，"尼摩艇长迟疑片刻后说道，"您可能永远也不会离开这艘潜水艇了，所以我也没什么好保留的。请到客厅里去吧，那才是我们真正的工作间，到那儿，您想知道的有关鹦鹉螺号的一切情况都会了解到的！"

名师注解

① 鲁姆科尔夫（1803—1877）：德国物理学家。

② 真的有人谈论过这类发明，认为新式杠杆的转动能够产生巨大的力量。尼摩艇长是否与这位发明家见过面——作者注

根据这一章对鹦鹉螺号的描述，试着画出它的平面图。

## 人类对电的探索

早在古希腊时期，古希腊人就把毛皮磨擦过的琥珀吸引绒毛一样轻的小东西的现象称为“电”。16世纪末17世纪初，英国医生吉尔伯特发现了“电力”“电吸引”等许多现象，并最先使用了“电力”“电吸引”等专用术语，因此人们称他是“电学研究之父”。1734年，法国人杜伐发现了同电相斥、异电相吸的现象。1745年，普鲁士的一位副主教克莱斯特在实验中发现了放电现象。18世纪中叶，美国的富兰克林通过实验揭示了电的性质，提出了“电流”这一术语，并通过著名的风筝实验，成功地捕捉到了电。

# 十三 几组数字

名师导读

尼摩艇长给教授看了鹦鹉螺号的平面图，两人就这条艇的设计探讨了起来。尼摩艇长用几组具体的数据使教授明白了这艘艇的设计与运作原理。让教授惊叹的是：尼摩是这条艇的设计者、建造者，他花费巨资建造了他的这个心爱之物。

不一会儿，我们已经嘴里衔着雪茄，坐在客厅的长沙发上了。艇长把几张详图放在我的面前，那是鹦鹉螺号的平面图、剖面图和立视图，随后，他便详细地描述起来：

"阿罗纳克斯先生，这些就是您所乘坐的这条艇的各个部分的大小尺寸。艇身是个长长的圆柱体，两端呈圆锥状，形似一支雪茄。在伦敦，有些船只在制造时已经采用过这种艇形。该圆柱体的长度，从头至尾，整七十米，最宽处为八米。所以它不完全像你们的高速汽船那样，宽度与长度之比为一比十，但它的长度已经足够了。其整体轮廓呈流线型，这样，在航行中，排水方便，航行阻力也小。

上面的这两个尺寸能使您很容易地计算出鹦鹉螺号的面积和体积来。它的面积为一千零十一点四五平方米，体积为一千五百零二立方米，也就是说，艇完全沉入海里时，它的排水量或者重量为一千五百立方米或一千五百吨。

当我绘制这艘用于海底航行的艇的平面图时，我想让船身下潜十分之九，只让艇体的十分之一露出水面，以保持平衡。因此，其排水量只能是其体积的十分之九，即一千三百五十六点四八立方米，也就是说，其重量为一千三百五十六吨。因此，我在按照上述尺寸造艇时，就得让它不超过这一重量。

鹦鹉螺号系双层船壳，一层为外壳，二层为内壳，采用工字钢把内外壳连接起来，使得艇体坚硬无比。实际上，由于这种蜂窝状的结构，艇体宛如一块实心铁块，不怕任何冲击。艇壳不会破裂折断，它依靠的是自身的浑然一体，而不是靠铆钉铆牢的。各个部件组装得天衣无缝，艇就显得匀称和谐，不怕海上的狂风恶浪。

两层艇壳都是用钢板制成的，钢板密度是海水密度的十分之七或十分之八。第一层艇壳的厚度至少为五厘米，重三百九十四点九六吨。第二层艇壳，龙骨高五十厘米，宽二十五厘米，重六十二吨，外加机器、压载物、各种附属设备、装置物、隔板和内部支撑物，重九百六十一点六二吨，与第一层艇壳的重量加在一起，总重量为一千三百五十六点四八吨[①]。您明白了吗？”

“明白了。”我回答道。

“因此，”艇长接着说道，“在此条件下，鹦鹉螺号在海面上时，它浮出水面的部分是船体的十分之一。但是，我如果装设一些容积等于这十分之一的储水船，即安置一些储满水之后，增加一百五十点七二吨重量的储水舱，艇的排水量就是一千五百零七吨，潜水艇便全部没于水下了。情况就是这样，教授先生。这些储水舱就在鹦鹉螺号底层侧翼。我把水阀打开，储水舱就会灌满水，潜水艇就会下沉，沉至与海面同一水平处。”

“嗯，艇长，可我觉得还是存在实际的困难的。您可以与海面保持在同一水平上，这一点我明白，但再往下沉，沉到水面以下，您的艇不是会遇到很大的压力吗？而且，还会遇到向上的水的浮力。这种浮力大约为每三十尺一千个大气压，也就是说，每平方厘米要承受一千克左右的压力。”

“您说得对，先生。”

“所以，您除非把鹦鹉螺号全都灌满了水，否则我不明白您又如何能将它沉至海底。”

“教授先生，”尼摩艇长回答道，“不要把静态与动态混为一谈，否则会导致严重的错误的。其实，不用花多大力气就可以沉入海底，因为物体本身就存在着往下沉的倾向。请听我继续讲给您听。”

“您请讲，艇长。”

“为使潜水艇下沉，要确定所增加的必要重量时，我只注意海水的体积

名师注解

① 数字相加有小的出入，原文如此。

随深度而缩小即可。”

“这是明摆着的。”我说。

“不过，水虽说并不是绝对不可压缩的，但它起码是不太能压缩的。实际上，据最近的计算，在一个大气压下，或在每三十尺高的水柱压力下，水的压缩量是百万分之四点三方。如果下潜一千米，我就要注意海水在体积压缩的情况之下，就像受到一个一千米水柱的压力一样，也就是说，它所受到的压力为一百个大气压。这时候，水的体积的压缩量为万分之四百三十六。因此，我应该增加的重量是使潜水艇的总重量达到一千五百一十三点七七吨，而不是一千五百零七点二吨。照此算来，所增加的重量只是六点五七吨。”

“这么少呀？”

“就是这么个数，阿罗纳克斯先生，这一计算数字很容易进行验证。因此，我又增加了几个附加储水舱，每个能装一百吨水，这么一来，我就可以下潜至很深的海底了。如果我想浮出水（地表的流）面，与水面保持同一水平，我只需把附加储水舱里的水排放出去就可以了。如果我想让鹦鹉螺号露出水面十分之一，我就得把所有的储水舱的水全部排掉。”

这些推理是有数字为依据的，我无法反驳。

“我承认您的这些数字的正确性，艇长，”我回答说，“它们每天都为经验所证明，我若不承认其正确性，未免太武断了。但是，我觉得现在仍然存在一个实际困难。”

“什么困难，先生？”

“当您下潜至一千米以下的时候，鹦鹉螺号的内壁所承受的压力即为一百个大气压。这时候，如果您想把那些附加储水舱里的水全部排掉，以减轻艇的负载，使之浮出水面，那么水泵①就得克服一百个大气压的压力，这个压力是每平方厘米一百公斤。因此，所需要的力量……”

“电就能提供这个力量，”尼摩艇长连忙说道，“我再说一遍，先生，我的那些机器，其动能几乎是无限的。鹦鹉螺号上的水泵力大无比，它冲亚伯拉罕·林肯号喷出的水柱犹如洪流一般，您不是目睹了吗？再说，我只是在下潜深度平均为一千五百米至两千米时才使用那些附加储水舱，以爱惜设

名师注解

① 水泵：用来抽水或压水的机械装置。

备。因此，在我心血来潮，想到海洋深处两三里的地方去时，我还可以用其他的方法，虽然费点时间，但效果却很好。”

“什么方法，艇长？”我问道。

“那我就得先跟您说说鹦鹉螺号是如何操作的了。”

“我急于想知道。”

“为了使它向左向右或掉头，一句话，为了使它沿着水平面行驶，我通常是使用固定在艇艉柱上的宽板舵，它是通过舵轮和滑轮进行操纵的。但我还可以借助两块纵斜机板让鹦鹉螺号从下往上、从上往下地纵向移动。纵斜板装在艇两侧吃水线的中央，是活动的，能够变换位置，而且可以用动力强大的杠杆从船的内部加以操纵，机板位置与艇体平行时，艇便能进行水平行驶；如果机板倾斜，鹦鹉螺号则根据它们的倾斜度和螺旋桨的推进情况，沿着对角线下沉或上浮，对角线的大小由我来加以控制。而且，假若我想要更快地浮出水面的话，我可以合上螺旋桨的离合器，水的压力就会使得鹦鹉螺号垂直上浮，犹如一只充满氢气的气球快速飞向天空一样。”

“妙极了！艇长，”我惊呼道，“可舵手又怎么能看到您在水下向他发出的指令呢？”

“舵手待在一个玻璃驾驶舱里，位于鹦鹉螺号艇体上部的一个突出部位，可通过透明玻璃看清航路。”

“玻璃能经受得住这么强大的压力吗？”

“毫无问题。这是一种水晶玻璃，撞了容易碎裂，但却具有极大的抗压能力。一八六四年曾在北方海域进行过一次电光捕鱼试验，试验时，所使用的是一种仅有七毫米厚的水晶玻璃，但它却顶住了十六个大气压的压力，同时还让强热光线通过，使热力不均衡地分布在它的上面。再说，我所使用的玻璃，中心部分的厚度至少有二十一厘米，也就是说，这种玻璃是当时所使用的水晶玻璃片厚度的三十倍。”

“这我同意，尼摩艇长。但是，必须要有光亮才能看清东西，所以，我想知道您是如何驱散黑暗的。在漆黑的海水由……”

“在舵手舱后面，装着一个强电光反射镜，它可以把半海里内的海水照得透亮。”

“啊，艇长，太棒了，真的是太棒了！现在，我总算闹明白了，那头所谓的独角鲸所发出来的磷光原来是这么回事！它可真是让学者们大惑不解呀！

说到这一点，我想顺便问一句，鹦鹉螺号与斯科蒂亚号的相撞是纯属偶然吗？这事当时可是反响很大的呀。”

“那纯属偶然，先生。发生碰撞时，我正在水面以下两米处行驶着。不过，我看得很清楚，那艘船并没有受到大的损坏。”

“那倒是，先生。可您同亚伯拉罕·林肯号的相撞呢……”

“教授先生，我要对英勇的美国海军中的一艘出色的战舰表示歉意，不过，是它向我发动攻击的，我是在被迫自卫！而且，我也只不过是把它弄到无法再伤害我的程度而已，好在它可以驶往最近的港口，稍加修理即无大碍了。”

“啊！艇长，”我发自内心地说道，“您的鹦鹉螺号的确是一艘了不起的艇呀！”

“没错，教授先生，”尼摩艇长动情地说，“我像爱自己的生命一样地爱它！在你们那些在大洋中毫无保障的船上，一切都是危险的，而且，正如荷兰人詹森所说，来到海上，第一感觉就是如临深渊，而在我的鹦鹉螺号上，全艇上下，人人无所畏惧！不用担心艇会解体，因为它的双层艇壳坚如钢铁；它没有帆缆绳索，不存在它们断不断的问题；它没有风帆，不存在帆被吹跑的问题；它没有锅炉，也就没有锅炉爆炸的问题；它是钢制的，非木头制造，不必担心发生火灾；它是用电发动的，也就无须担心煤够不够烧的问题；它也不用担心与谁相撞，因为它在深海处独来独往；它用不着与暴风雨搏斗，因为在水面以下几米处，是绝对地平静，无风无浪！情况就是这样，先生。这是一条无出其右的艇！对于这条艇，设计师要比造艇师傅更有信心，而造艇师傅又比艇长更有信心，如此说来，您就可以理解我为什么对鹦鹉螺号如此这般地信赖了，因为我既是该艇的艇长，又是该艇的设计师和造艇师傅！”

尼摩艇长很有口才，侃侃而谈。他眼里闪现着激动的光芒，手在不停地比画着，简直是与先前判若两人。没错！他爱自己的艇，犹如一个父亲爱自己的孩子一样！

但是，有一个也许有点唐突的问题突然冒了出来，我憋不住，便问了艇长。

……

“这么说，艇长，您是个工程师了？”

“是的，教授先生，”他回答道，“当我还是陆地上的居民时，我在伦敦、巴黎、纽约学习过。”

“可是，您是如何做到偷偷地把这艘令人叹服的鹦鹉螺号建造出来的呢？”

“阿罗纳克斯先生，这艘艇的每个部件都是从地球上各个不同的角落搞来的，而且还隐瞒了其用途。龙骨是在法国克勒索打造的，螺旋桨轴是伦敦庞尼公司制作的，艇体所用的钢板是利物浦的利尔德钢铁厂生产的，螺旋桨是格拉斯哥的斯科特厂制造的，储水舱是巴黎卡伊—谢厂制造的，艇的主机是普鲁士的克虏伯厂生产的，艇艏冲角是瑞典莫塔拉厂打造的，精密仪器是纽约哈特兄弟公司提供的……我向供货商提供图纸，但签署的是不同的名字。”

“可是，”我又问道，“有了这些部件，还得把它们安装起来，加以调试，对吧？”

“教授先生，我在大洋中的一个荒岛上建起一个车间。在那里，我的工人们，也就是那些经我培训过的忠实同伴们，和我一起把鹦鹉螺号给安装起来。安装完了之后，我便一把火把岛上留下的痕迹烧个精光，要是可能的话，我本会把那个小岛给炸没了的。”

“不用说，这艘艇的制作成本一定高得惊人了？”

“阿罗纳克斯先生，一条用钢铁建造的艇，每吨造价为一千一百二十五法郎，鹦鹉螺号的总吨位为一千五百吨，其造价即为一百六十八万七千法郎，再加上装修什么的，总共是二百万法郎，外加艇上的艺术品和收藏品，共计四五百万法郎。”

“还有最后一个问题，尼摩艇长。”

“请说，教授先生。”

“您一定十分富有吧？”

“十分富有，先生，我可以毫不犯难地把法国的上百亿债务还清！”

我直愣愣地注视着这个同我这么说话的怪人。他是不是认为我很容易骗呀？这一点我将来会弄清楚的。

# 十四 黑潮

名师导读

十一月八日，阿罗纳克斯教授等三人的海底探险之旅正式开始，他们隔着水晶玻璃欣赏了一番令人震惊的海底美景，孔塞伊为大家展示了他出众的分类本领，而内德·兰德脑子里想的不是逃跑就是吃。

地球上，海水所占面积约有三百八十三万二千五百五十八平方公里，即三千八百多万公顷。这么大一片海水的体积为二十二点五亿立方米，可以形成一个直径为六十法里、重量为三百亿亿吨的巨大球体。要想对这一数字形成一个概念，就必须设想十的三十次方与十亿之比，相当于十亿与一之比，亦即十亿里有多少个一，在一百亿亿里就有多少个十亿。而海水的总量差不多等于陆地上所有河流在四万年里流入海里的水的总量。

在地质纪年中，火的时期之后是水的时期。起初，地球上到处是海洋。然后，到了志留纪的初期，一些山峰渐渐露了出来，一些岛屿浮出了水面；洪水时期，它们又被淹没了，然后，又再次露出来，结成一体，形成大陆，最后就定型为我们今天所见到的样子。地球上的固体部分从液体部分获取的面积为三千七百六十五万七千平方海里，即一亿两千九百一十六公顷。

陆地把海洋分成五大部分：北冰洋、南冰洋、印度洋、大西洋、太平洋。

太平洋浩瀚广袤，北至北极圈，南到南极圈，西达亚洲，东接美洲，跨越经度一百四十五度。太平洋是最平静的海洋，水流平缓，潮涌不大，雨量充沛。命运召唤我在一种奇特环境中首先体验的就是这个大洋。

“教授先生，”尼摩艇长对我说道，“如果您愿意的话，我们就把我们现在的准确方位记下来，作为我们这次航行的起始点。现在是中午十一点四十五分。我要浮出水面了。”

艇长按了三下电铃。水泵开始排放储水舱里的水；气压计的指针根据压力的变化在指出鹦鹉螺号的上升情况，接着便停下不动了。

“我们已浮出水面了。”艇长说道。

我走向通往平台的中央扶梯。脚踏着一级级的金属梯级，我从开着的舱口，走到鹦鹉螺号的顶部。

平台浮出水面仅八十厘米。鹦鹉螺号从前到后看似一个纺锤形，活脱脱一支大雪茄。我注意到艇体钢板稍稍呈叠瓦状排列，犹如陆地上爬行动物身上覆盖的鳞片。此时，我终于明白了，无论望远镜功率有多大，这艘艇总会被误认为是一头大型海洋动物的原因了。

靠近平台中央，那只一半嵌于艇壳内的小艇，犹如一个小小的鼓包。平台前后两端各有一个不太高的“笼子”，笼壁向一边倾斜，有一部分装有厚厚的透光玻璃。其中一个是鹦鹉螺号的驾驶舱，另一个里面有一个光度很强的导航灯。

大海平静如镜，天空湛蓝。长长的鹦鹉螺号随着海浪在微微地起伏着。微风从东边徐徐吹来，海面泛起微微涟漪。云开雾散，放眼望去，天际尽收眼底。

海上未见何物。看不到一块礁石，不见一个岛屿，也不见亚伯拉罕·林肯号的踪影。浩瀚无边的大海，空寂一片。

尼摩艇长正用他的六分仪在测量太阳的高度，以便知晓自己现在所处的纬度。他等了几分钟，以便等太阳与地平线垂直相交。他在观测着，肌肉毫不颤动，六分仪在他的手上犹如放在大理石上一般，纹丝不动。

“正晌午了，”他说道，“教授先生，您是否想要……”

我朝着微微泛黄的海面看了最后一眼，便回到了客厅里来。

在大客厅里，艇长极其精确地计算出了船的方位，算出了它的经度，并把以前所观测的时角与计算结果进行了比对。然后，他便对我说道：

“阿罗纳克斯先生，我们现在的位置是西经一百三十七度十五分……”

“是根据哪条子午线计算的？”我急忙问道，希望通过艇长的回答来判断他的国籍。

“先生，”他回答道，“我有好几个经线仪，有的是以巴黎的子午线为准，有的是根据格林尼治子午线，有的则是按照华盛顿的子午线。不过，为了向您表示敬意，我今后将使用以巴黎的子午线为准的经线仪来测算。”

他的回答未能解开我的疑团。我躬了躬身子，以表谢意。艇长接着又说：

“根据巴黎子午线测算，现在的经度为三十七度十五分[①]，北纬三十度七分，也就是说，距离日本海岸约三百海里。今天是十一月八日，正午时分，我们的海底探险旅行现在正式开始。”

“愿上帝保佑我们！”我回应道。

“现在，教授先生，”艇长补充说，“我先离开，您就开始做您的研究吧。我的航向定在海面以下五十米处，东北偏东方向。这是清晰的航海图，您可以从图上看出我们的航行路线。这个客厅就归您使用，我失陪了。”

尼摩艇长向我敬了个礼，便出去了。我独自一人在沉思默想。我的思绪全都集中在鹦鹉螺号的这位艇长的身上。我最后是否能弄清，这个自称不属于任何一个国家的怪人到底是哪个国家的人呢？他如此憎恨人类，因此很可能会找机会对人类进行可怕的报复，但到底是谁让他产生这么大的仇恨呢？他是不是像孔塞伊所说的是“被人弄伤了心的”一个不为人知的学者？是不是一个现代的伽利略？是不是像美国人莫利那样的一位毕生事业为政治革命所毁灭了的科学家？我对此无法确定。命运把我抛到了他的艇上，我的生命掌握在他的手中。他冷漠地但却客气地收留了我。他从没握过我伸出的手，也从不伸过手来与我相握。

我一直沉浸于这番思索中，足足有一小时之久。我老想着如何才能揭示这个对我来说十分有趣的秘密。这之后，我的目光紧紧地盯着摊放在桌子上的那张很大的地球平面球形图，把手指放在那个由观测所得出的经纬度相交的那个点上。

大海与陆地一样，也有江河。那是一些特别的水流，可以根据温度和颜色加以辨别，其中最引人注目的就是众所周知的墨西哥湾暖流。经科学确认，地球上拥有五条主要的流向已定的水流：一条在北大西洋，一条在南大西洋，一条在北太平洋，一条在南太平洋，一条在南印度洋。从前，在里海与咸海同亚洲各大湖汇流到一起时，在北印度洋形成一片汪洋，可能还存在过一条水流。

在地球平面球形图上标出的那个点，就有一条暖流流过，日本人称之为黑水流。它从孟加拉湾流出，被回归线上的太阳垂直照射后变暖，穿过马六

名师注解

① 稍前是“一百三十七度十五分”，原文有误。

甲海峡，沿着亚洲海岸北上，在北太平洋形成圆弧形，再流向阿留申群岛，卷带走樟木和当地的其他“物产”，从太平洋的海水中流过。这股暖流颜色湛蓝，与太平洋的海水形成鲜明对照。鹦鹉螺号将经过的就是这条水道。我的目光随着这股暖流往前移动，直到它消失在浩瀚的太平洋中，仿佛自己也随同它一起奔流而去。就在这时候，内德·兰德和孔塞伊在客厅门口出现了。

我的这两位忠实伙伴一看到眼前放着的宝物，都惊呆了。

“我们现在是在什么地方？”加拿大人大声喊问道，“我们到底到了什么地方了？是在魁北克博物馆吗？”

“要是先生高兴，”孔塞伊抢白他道，“倒不如说是在索默拉尔官邸里呐！”

“朋友们，”我边示意他们进到客厅里来边说道，“你们现在既不是在加拿大，也不是在法兰西，而是待在鹦鹉螺号上，在海面以下五十米深处。”

“既然先生说得如此肯定，我们当然得信先生的了，”孔塞伊说，“不过，说实话，这个客厅布置得连我这个佛来米人都感到自叹弗如。”

“那你就去惊叹吧，我的朋友。你好好地看看，对于一个像你这样能干的分类高手来说，你在这儿是有很多的事情可干的。”

对孔塞伊，我用不着多说什么。这个诚实的年轻人已经俯身橱窗，仔细观察起来，并且嘴里喃喃地说出一连串博物学家的术语来：腹足纲、蛾螺科、宝贝属、马达加斯加蛴蛤种……

不怎么懂贝类学的内德·兰德趁孔塞伊专心于橱窗时，向我探询我与尼摩艇长相见的情况。他想知道我是否探知了对方是个什么样的人，从哪里来，到哪里去，要把我们带到海底多深处的地方，以及其他许多问题，我简直来不及回答他。

我把我所知道的，或者说我把我尚不得而知的全都对他说了，然后我便问他，他到底听到或看到了点什么。

“我什么也没看到，什么也没听到！”加拿大人回答说，“就连这艇上的人我都没有见到。难道艇上的人也都是电做的不成？”

“电做的人？”

“说真格的，真的会让人产生这种想法的。可是，阿罗纳克斯先生，您难道就不能告诉我，这艇上究竟有多少人？”内德·兰德总是想把自己脑子里的问题给解决了地问道，“是十个、二十个、五十个，还是一百个？”

“这我可回答不了，兰德师傅。但您得听我一句，现在，千万要把您那夺取或逃离鹦鹉螺号的念头打消。这条船是现代工业的极品，如果未能见到它的话，我会终生遗憾的！有许多人，哪怕是光浏览一下这些宝物，也愿意落到我们目前这个处境的。因此，您必须头脑冷静，尽量多观察我们周围所发生的一切。”

“观察！观察什么？”捕鲸手嚷嚷道，“我什么都没有看到。待在这钢板制成的牢房里，我什么都无法看到！我们是在闭着眼睛走，闭着眼睛航行……”

内德·兰德话还没说完，周围突然黑了下来，黑得伸手不见五指。天花板上的灯突然灭了，灭得太快，眼睛一下子难以适应，感到难受，如同从黑暗中一下子见到光亮一样地感到眼睛疼痛。

我们全都不说话了，一动不动地待在原地，不知会发生什么意外，吉凶难卜。然而，传来一阵滑动的声响，仿佛艇两侧的壁板在动。

“这下可是全完了！”内德·兰德说。

“水母目！”孔塞伊轻轻地喊了一声。

突然，光线透过两个椭圆形孔洞射入，客厅的各个角落又亮了起来。海水被电光照得明晃晃的。有两块水晶玻璃把我们同海水隔开。一开始，我想到这两块易碎的玻璃隔板会裂开，心里直发颤，不过，这玻璃被厚厚的铜框架支撑着，几乎具有无限的抗力。

在鹦鹉螺号周围一海里的范围内，海里的情景一目了然。景色好美啊！即使是生花妙笔，也难以形容！有谁能够把光线通过透明的海水所产生的奇异效果描绘出来呢？有谁能够把海洋从下往上依次递减的柔和光度描绘出来呢？

人人皆知，海水是透明的。人人都知道，海水的清澈胜过山涧溪流。海水中悬浮着的矿物质和有机物质，甚至可以增加它的透明度。在海洋的某些部分，如安德列斯群岛，一百四十五米深处的水中，可以清晰地看到河床，而阳光的穿透力可以达到海底三百米深处，但是，在鹦鹉螺号行经的这片海域，电光像是从水里发出来的，这已经不是什么被照亮的水，而是流动着的光了。

艾伦伯格认为，海底有磷光在照亮。如果他的假设成立的话，大自然肯定是把它最壮观的景色留给海底生物了。根据光的这种万千变化，我可以肯定，海底的景色确实是非常美的。客厅的每一边都设有一扇舷窗，朝向尚未经探测的深渊。客厅里很黑，反而使艇外变得愈加的明亮。向外望去，仿佛这纯水晶体就是一个巨大的鱼缸的玻璃。

鹦鹉螺号似乎没有移动。这是因为水下没有参照物的缘故。不过，不时可以看到被艇艏冲角劈开的水流从我们的眼前急速流过。

我们惊奇不已地靠在舷窗前，屏声敛息，谁都不愿打破这一片静寂。突然，孔塞伊大声地说了一句："您不是想看吗，内德朋友？那您就看吧！"

"太奇妙了！真是太奇妙了！"加拿大人受到了强烈的吸引，不由得把愤恨与逃跑的计划全都抛到脑后，惊叹地大声喊道，"这番美景，实乃奇观。再远也要跑来一看的！"

"啊！"我顿悟地嚷道，"此人的生活我明白了！他不同凡响，独自另辟一个世界，为自己留下最令人叹服的异景奇观！"

"可是，鱼呢？"加拿大人疑惑地问道，"怎么没见有鱼呀？"

"鱼跟您有什么关系，内德朋友，"孔塞伊回答道，"您也分不清是哪种鱼。"

"什么？我一个捕鱼人会不认识鱼？"内德·兰德嚷道。

就这一点，他俩争论起来，因为他们都认识鱼，但认识的方式却有所不同。

众所周知，鱼属于脊椎动物门中的第四纲，也就是最后一纲。人们已经为鱼类下了极其准确的定义：具有双重循环功能的、冷血的、用鳃呼吸的水生脊椎动物。鱼类有两个界限分明的类别：一个是硬骨鱼类，也就是说，其脊柱由硬骨脊椎构成；另一个是软骨鱼类，亦即脊柱由软骨脊椎构成。

对于这一区别，加拿大人可能也了解，但孔塞伊则是知之甚详。现在，他俩已成为好朋友，孔塞伊不能承认自己在这个方面比内德·兰德知道得少。因此，他对内德·兰德说："内德朋友，您是鱼的克星，是个捕鱼高手。您捕捉过无数这种有趣的动物。但是，我敢打赌，您并不知道鱼是如何分类的。"

"我怎么不知道？"捕鲸手一本正经地回答道，"鱼分为两类，能吃的和不能吃的。"

"那是馋嘴的人的区分法，"孔塞伊说，"您跟我说说看，硬骨鱼与软骨鱼有什么区别呀？”

“这怎么会不知道，孔塞伊！”

“那您对这两类鱼还能细分吗？”

“那我就不太清楚了。”加拿大人回答。

“那好，内德朋友，您听我解释，并好好记住！硬骨鱼类分为六个目：第一目，棘鳍目，上颌完整，能活动，鳃呈梳子状。此目又分为十五科，亦即包括了已知鱼类的四分之三。典型代表为河鲈。”

“味道挺鲜美的。”内德·兰德说。

“第二目，”孔塞伊继续解说道，“腹鳍目，腹鳍垂在腹下，胸鳍的后面，而不是长在肩胛骨上。这一目分为五科，大部分的淡水鱼都属于这个目。典型代表为鲤鱼、白斑狗鱼。”

“哼！”加拿大人不屑地说道，“是一些淡水鱼！”

“第三目，”孔塞伊接着说道，“短鳍目，腹鳍连着胸鳍，紧挨着肩胛骨悬着。这一目分为四科。典型代表为鲽鱼、黄盖鲽、大菱鲆、菱鲆、箬鳎鱼等。”

“味道鲜美！好吃极了！”捕鲸手高兴地叫嚷道，他只是从吃的角度来评价鱼。

“第四目，”孔塞伊仍旧兴致勃勃地在说，“无鳍目，体长，无腹鳍，皮很厚，且黏糊糊的。此目只有一科。典型代表为颌针鱼、电鳗。”

“味道一般！味道一般！”内德·兰德说。

“第五目，”孔塞伊说，“总鳃目，上下颌完整，活动自如，但鳃是一小束一小束聚合而成，沿着鳃弓成对地排列着。这一目也是只有一科。典型代表为海马、海天狗。”

“难吃得很！味道极差！”捕鲸手说。

“最后，第六目，”孔塞伊继续说道，“固颌目，颌骨固定于颌间骨一侧，形成上颌。颌骨的弓和头骨连接在一起，颌不能活动。这一目没有真正的腹鳍。这一目包括两科。典型代表为豚鱼、翻车豚。”

“烧这种鱼简直是糟蹋煎锅！”加拿大人大声嚷嚷道。

“您听明白了吗，内德朋友？”颇有学问的孔塞伊问道。

“一点也没听明白，孔塞伊朋友，”捕鲸手回答，“不过，您还是接着往下说吧，既然您那么感兴趣。”

“至于软骨鱼类，”孔塞伊平静如常地继续说道，“只有三个目。”

“那就很好。”内德·兰德说。

“第一目，圆口目，颌连成一个可以活动的圆环，鳃开合有许多小孔。此目只有一科。典型代表为七鳃鳗。”

“这种鱼大家应该是喜欢的。”内德·兰德说。

“第二目，横口亚目，这类鱼的鳃与第一目的鱼的鳃没多大的差别，但其下颌是活动的。这是软骨鱼类中最重要的一个目，包括两个科。典型代表为鳐鱼、鲨鱼。”

“什么？”内德·兰德大声嚷道，“鳐鱼和鲨鱼同属一目？不过，孔塞伊朋友，为了替鳐鱼着想，我劝您可别把它俩放在同一个鱼缸里！”

“第三目，”孔塞伊继续说道，“鲟鱼目，鳃旁长有鳃盖骨，鳃通常只启开一条缝。此目分为四科。典型代表为鲟鱼。”

“啊哈！孔塞伊朋友，您说是把好玩意儿留在最后呀！起码我是这么认为的。说完了？”

“是呀，内德，”孔塞伊回答，“不过，您可要知道，即使了解了这些，您仍然是一无所知，因为科下又分属，属下又有亚属，然后又分为种，变种……”

“好了，孔塞伊朋友，”捕鲸手边朝玻璃隔板俯下身去边说，“您看，各种各样的变种全都游过来了！”

“是呀！真的是鱼！真多呀！”孔塞伊叫嚷道，“真像是进了水族馆了！”

“不对，”我应声说道，“水族馆像个鱼笼子，可这儿的鱼却像是天空中的鸟儿一样，自由自在地游来游去的。”

“喏！孔塞伊朋友，您就说说这些鱼都叫什么吧！说出它们的名字来！”内德·兰德催促道。

“我嘛，”孔塞伊说，“那我可是说不出来，得请教我的主人了！”

孔塞伊这个值得钦佩的小伙子对分类学很有一套，但其实并不是一个博物学家，我不知道他能否分清金枪鱼与地中海舵鲣。说实在的，他与那位加拿大人恰恰相反，后者能脱口说出这些鱼的名字来。

“这是一条鳞豚。”我说道。

“而且是一条中国鳞豚。”内德·兰德接口说。

“鳞豚种，硬皮马勃属，固颌科。”孔塞伊低声在念叨。

毫无疑问，把内德与孔塞伊两人合二为一，肯定能造就出一位杰出的博物学家来。

加拿大人没有说错。一群中国鳞豚，身子扁平，表皮粗糙，背部长着针状物，正在鹦鹉螺号周围游来游去，尾部两侧竖着的四行刺在摇动着。它们的颜色美极了，上灰下白，金色斑点在昏暗的漩涡中闪闪发亮。在这群鳞豚中间，还有一些鳐鱼摆动着身子穿行其间，宛如一块迎风招展的帘布。我尤为高兴的是，其间还有一些中国鳐鱼，上半身呈黑黄色，肚子下面呈淡粉红色，眼睛后面有三根刺。这是一种稀有品种的鱼，在拉塞佩德时期，人们甚至对这种鱼的存在持有怀疑态度，而且，拉塞佩德本人也只是在一本日本画册上见到过这种鱼。

整整两个小时，鹦鹉螺号一直由这支水族部队护卫着。它们在争奇斗艳，你追我赶，相互嬉戏。我辨认出的有：绿蓰头鱼；有双道黑条纹的海绯鲷；通体发白、背部满是紫黑点、尾巴圆乎乎的白虾虎；日本海里的银头蓝身的日本鲭鱼，其名称即给人以美感；身上满是道道、鳍有蓝有黄的鲷鱼；身体带有不同颜色的横纹，尾鳍上拖着一条黑带子的真鲷；身上有六条带子，宛如穿着漂亮紧身衣的鲷鱼；嘴似笛子或小号的管口鱼，其中有的身长达一米；日本蝾螈；海鳝；小眼活泛、嘴有大牙、长约七尺的海蛇；等等。

我们始终兴致勃勃地在观赏着，惊叹之声不断。内德报鱼名，孔塞伊分类，而我则面对这些形态美丽、活泼可爱的鱼儿心醉神迷。我从未有机会观赏在天然环境中自由自在地活动着的动物。

日本海和中国海里的各种各样的鱼在我眼前游动，看得我眼花缭乱，我无法一一列举。它们比天空中的鸟儿还要多，可能是电光所致，它们全都被吸引过来，围着艇在游动。

突然间，客厅里明亮如昼。钢护壁板盖上了。迷人景色顿时消失。可是，我仍久久地沉浸在刚才所见到的景色之中，直到眼睛望着墙上的仪表，才清醒过来。罗盘仍旧指着东北偏北方向；气压计标示着五个大气压，表明潜艇正在海面以下五十米深处行驶着；电航速表表明艇的航速为每小时十五海里。

我在等候尼摩艇长的到来，但他就是没有露面。此时，时钟正指着五点。

内德·兰德和孔塞伊已经回他们的舱室去了。我也回到了自己的房间。晚餐已经准备好了，已放在我的房间里。有最美味的海鳖汤；一份羊鱼白肉，已切成薄片；鱼肝是另外加工的，非常可口；还有一份金鲷鱼里脊，我觉得味道胜过三文鱼。

这天晚上，我把时间用于看书、记笔记、思考问题了。后来，慢慢地困劲儿上来，便躺到那张铺着大叶藻的床上睡着了。在我酣睡时，鹦鹉螺号正在穿越黑潮的激流。

简述日本海域的黑潮是如何形成的。

## 墨西哥湾暖流

墨西哥湾暖流，简称湾流，是大西洋上重要的洋流，更是世界各大洋中规模最大的暖流。它起源于墨西哥湾，经佛罗里达海峡，沿美国东部海域与加拿大的纽芬兰省北上，最后跨越北大西洋流向北极海域。

墨西哥湾暖流之所以能成为世界上最强大的暖流，除受到北赤道暖流、安的列斯暖流和南赤道暖流北上的圭亚那暖流影响外，还源于墨西哥湾承载了由信风吹入的温暖海水。随后佛罗里达洋流和列斯暖流的参与，使墨西哥湾暖流的规模更加庞大。

墨西哥湾暖流途经之地的水温和气温都大幅度升高，特别是冬季，这里的海水比周围的海水要高出 8℃，巨大的热量使得这里的空气温度也随之升高。在强大西风的吹送下，暖流流向东北，最后可达北极圈以北的巴伦支海，使原本寒冷的欧洲西北部变成了温暖湿润的温带海洋性气候。北极圈以北的俄罗斯沿岸港口摩尔曼斯克港还因此成为了不冻港。

# 十五 一封邀请信

名师导读

一连几天，尼摩艇长一直没有出现。直到有一天，阿罗纳克斯教授收到一封邀请函，邀请他及其同伴去克雷斯波岛森林打猎。和人类断绝关系的尼摩艇长难道要登上陆地了吗？这样，教授他们是不是就有了逃生的机会？

第二天，十一月九日，我已足足地睡了十二个小时。孔塞伊像往常一样，进来问安："先生睡得可好？"然后便侍候我的穿衣洗漱。他没有惊动他的加拿大朋友，让他继续酣睡，他仿佛是个一辈子只知道睡觉的人似的。

我任由孔塞伊独自絮叨，时不时地应上一声。我一直在琢磨，昨天我们谈话之后，尼摩艇长就一直没有露面，希望今天能见到他。

珧（yáo）。蚌、蛤的甲壳，此处"江珧"显然是一种贝类。

我很快地穿好了我那件用牡蛎足丝制成的衣服。它的质地不止一次地让孔塞伊连连称奇。我告诉他，这衣服料子是"江珧"吐在岩石上的丝做成的，这种丝既细柔又明亮。"江珧"是一种贝类，盛产于地中海沿岸。从前，人们用它来做漂亮的衣料，织袜子，织手套，因为它既柔软又保暖，可谓物美价廉。鹦鹉螺号上的艇员完全可以用它来做衣服，不需要陆地上的棉花、羊毛和蚕丝。

穿好衣服之后，我便前去大客厅。可是，那儿却空无一人。

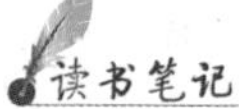

于是，我开始专心致志地研究玻璃柜里堆积着的贝类珍宝。我同时还翻看了那些大本的植物标本册，全都是些最为稀有的海洋植物，尽管已经风干，但依然色彩鲜艳迷人。在这些珍贵的水生植物中，我注意到有轮生苔藓、孔雀团扇藻、葡萄叶形海藻、粒状水马齿、猩红色柔软海草、扇形海菰、吸盘草（状如压扁了的蘑菇，长期以来被归入植虫动物），最后是各种各样的褐藻类植物。

一天就这么过去了，可始终未见尼摩艇长大驾光临，客厅的舷窗也没有打开。也许他是怕我们看这些美妙的东西会看厌烦。

鹦鹉螺号始终保持着东北偏东的航向，航速为每小时十二海里，深度为五六十米。

翌日，十一月十日，依然未见有人来，与头一天一样的寂寥冷清。我没有看见艇上的任何一个人。内德与孔塞伊同我一起度过了这一天的大部分时间。他们也都对尼摩艇长的不露面感到惊诧。这个怪人是不是病了？抑或是他想改变处置我们的计划？

管他呢！我们就按孔塞伊说的办，好好享受这一天。送来的饭菜既可口又丰盛。我们的主人说话算数，没什么可抱怨的，何况，突遭不测，却受到如此接待，还有什么权利去指责他呀？

自这一天起，我开始记日记，把冒险经历详细而准确地记录下来。有趣的是，我是记在用大叶藻制成的纸上的。

十一月十一日，一大早，鹦鹉螺号艇内充满了新鲜空气，我知道我们又浮出水面来补充氧气了。我向着中央扶梯走去，上了艇顶平台。

当时是早晨六点，天很阴沉。海上灰蒙蒙的，但海面十分平静，几乎不见波浪。尼摩艇长会上来吗？我真希望能在平台上见到他。但我看见的只是那个被关在玻璃驾驶舱里的舵手。我坐在小艇外壳的突出部分上，悠然自得地呼吸着带有鱼腥味的清晨空气。

渐渐地，晨雾被阳光驱散。一轮红日冉冉升起，海上洒满了金色的阳光。高空飘逸着的浮云，也被照得金光闪闪的，令人心旷神怡。但是，天空中有一片片的猫舌云①，预示着整天都会刮大风。

不过，鹦鹉螺号大风暴都见过，这风又怎能奈何得了它?

因此，我坦然地欣赏着日出时的美景，满心愉快，喜不自胜。正在这时，我听见有人在朝平台走来。

我正准备要向尼摩艇长道早安，可是来的竟然是他的副手。艇长第一次与我们相见时，他也在场。他在平台上径直地往前走，仿佛没发现我的存在

名师注解

① 猫舌云：边缘呈锯齿状的小片的轻盈白云。——作者注

似的。他举起手中的高倍望远镜，聚精会神地搜索着水天相接处。观察完了之后，他走近舱盖，说了一句话。这句话我已经记住了，因为他每天早晨在同样的情况之下，都在说这么一句。他是这么说的：

“Nautron respoc lorni virch.”

我记住的是他所发的音，是什么意思，我可就不得而知了。

说完这句话之后，这个大副便下到舱里去了。我在想，鹦鹉螺号大概又要潜入水下航行了。于是，我便走到舱口，沿着纵向通道回到自己的房间。

就这样，连续过了五天，不见有任何的变化。每天早晨，我都要上到艇顶平台，看到的是那同一个人，听到他说出同一句话。尼摩艇长却始终没有露面。

我发了狠，不想再见到他了。可是，十一月十六日，当我同内德及孔塞伊一同回到我的房间时，发现桌子上有一张写给我的便笺。

我迫不及待地把便笺展开来。便笺上字体清晰而洒脱，有点哥特体的架势，令我想到了德文字体。

便笺上写着如下话语：

阿罗纳克斯先生：

兹订于明晨在敝人之克雷斯波岛森林打猎，敬请先生大驾光临。教授先生若能携同两位同伴一同前往，将不胜荣幸。

鹦鹉螺号指挥官

尼摩艇长敬上

一八六七年十一月十六日

于鹦鹉螺号

“打猎！”内德叫嚷道。

“而且是在他的克雷斯波岛森林里！”孔塞伊也随着惊叫起来。

“这么说，这个怪人要回陆地上去了？”内德·兰德说。

“我觉得，这一点在信上已经说得很明确了。”我又看了一遍信说。

“好呀，应该接受邀请，”加拿大人接着说道，“一旦踏上陆地，我们就有门儿了。再说，可以吃上新鲜野味了，我会很开心的。”

尼摩艇长一向十分讨厌陆地与岛屿，现在却要邀请我们去森林里打猎，这不是很矛盾吗？可我不去管它了，便说道：

“让我们还是先找一找克雷斯波岛究竟在什么地方吧！”

于是，我查看了地球平面球形图，在北纬三十二度四十分、西经一百六十七度五十分处，发现有一座小岛。该岛是克雷斯波船长于一八〇一年发现的，旧时的西班牙地图上标的是罗卡德拉普拉塔，意为“银礁”，距离我们的出发点有一千八百海里左右。鹦鹉螺号稍微调整了一点航向，向东南方向驶去。

我让我的两个同伴看了看图上的那座隐身于北太平洋里的一块小小的礁石。

“即使尼摩艇长有时想到陆地上去，”我对他们说道，“他也只会是选择一些绝对人迹罕至的岛屿！”

内德·兰德只是摇了摇头，一声没吭，随即与孔塞伊一起走了。那个面无表情、一声不响的侍者给我送来了晚餐。我吃完饭后便睡下了，但脑子里仍想着那件事。

翌日，十一月十七日，我一觉醒来，觉得鹦鹉螺号停下不动了。我急忙穿上衣服，来到了大客厅。

尼摩艇长已经在客厅里恭候我了。他起身向我问好，问我陪他去打猎是否方便。

鉴于他对一周来他不露面的事只字未提，我也就不好打听，只是告诉他说，我的同伴们和我已经准备好与他一同前往。

“不过，先生，”我补充了一句，“请允许我向您提个问题。”

“请讲，阿罗纳克斯先生，如果我能回答，我一定会回答的。”

“那好，艇长。我想问一声，既然您已经同陆地断绝了一切关系，您在克雷斯波岛上怎么还会拥有森林呢？”

“教授先生，”艇长回答说，“我所拥有的森林，既不向太阳要求它的光，也不要求它的热，那儿没有狮子、老虎、猎豹以及任何的四条腿的动物。这片森林只有我一人知晓。它只为我一人生长。它并非陆地森林，而是地地道道的海底森林。”

“海底森林！”我惊叫道。

“是的，教授先生。”

“您邀我去的就是那里？”

“正是。”

“走着去？”

“对，连脚都不会湿的。”

“边走边打猎？”

“边走边打猎。”

“手里拿着枪？”

“手里拿着枪。”

我直勾勾地盯着鹦鹉螺号的艇长，一点没有要向他讨好的意思。

我暗想，毫无疑问，这人脑子一定有病，他犯过一次，病了整整一周，甚至还没全好。真遗憾！我宁愿他脾气古怪一点，也不愿看到他发疯！

我内心的疑虑全都表现在了脸上，但尼摩艇长却并未挑破，只是让我随他而去，我只好抱着听天由命的态度跟着他走了。

我们来到餐厅，早餐已经准备好了。

“阿罗纳克斯先生，”艇长对我说道，“我请您与我共进早餐，请别客气。我们边吃边聊。不过，我只是答应您领您去森林中逛一逛，可没向您保证在那里会碰到餐馆。所以，您得尽量多吃，说不定我们会很晚才回来，肚子会很饿的。”

我津津有味地吃了这顿饭。吃了好几种鱼，有海参片和美味的植虫动物什么的，全都是用青红片海藻、苦乳味海藻等助消化的海藻烹制的。饮料是清纯水，我学艇长的样儿，往水里加了几滴经过发酵的液体。这种液体是按照堪察加岛民的方法从一种名叫“掌形蔷薇”的有名的海藻中提炼而来的。

一开始，尼摩艇长光顾着吃，不说话。过了一会儿，他才对我说道：

“教授先生，我邀请您去克雷斯波岛打猎时，您认为我是自相矛盾的；而当我告诉您那是一片海底森林时，您又以为我是疯了。教授先生，对人可不能这么轻率地做出判断呀！”

“可是，艇长，您得相信……”

“请听我说完，然后，您就会明白应不应该指责我自相矛盾或发疯了。”

“您请说。”

“教授先生，您跟我一样地清楚，只要携带氧气设备，人就可以在水下生活。在海底作业时，身着防水服，头戴金属罩，工人就可以通过压力泵和送气调节器获得水上的空气。”

“您说的是潜水服。”我说道。

“正是。不过，穿了潜水服，人就无法活动自如了。他必须把一根橡皮管与给他送气的泵连在一起，那橡皮管等于是一条把他拴牢在陆地上的锁链。如果我们也像这样被拴在鹦鹉螺号上，那我们就不可能走很远。”

“那用什么方法可以使人自由行动呢？”我问道。

“那就得使用您的两位同胞鲁凯罗尔和德纳鲁兹发明的设备了。我在使用时，对它进行了改进。它可以让您在新的生理条件之下从事冒险活动，而又不致引起您的身体器官的痛苦。经我改进的这套设备由一个用厚钢板制作的密封瓶组成。我用五十个大气压把空气压缩进这个钢质瓶内。它好像士兵的背囊一样，用背带绑在人的身上。钢瓶的上部形似铁匣，空气由送气装置控制，可由压缩空气变为正常空气，从铁匣中逸出。在未改进的鲁凯罗尔制造的设备中，有两根橡皮管从铁匣子里伸出来，直接与一个把使用者的嘴、鼻都封住的喇叭形罩子相连。其中的一根是吸气用的，另一根则是把呼出的气排出。使用者根据自身的需要，用舌头分别堵住其中的一根管子，就可以吸气或是呼出气了。但是，我在海底所遇到的压力非常大，所以我必须把头放在一个像潜水服那样的金属制的头盔里，那两条呼气和吸气的管子，则直接与头盔相通。”

“妙极了，艇长。不过，您携带的空气会很快用完的，当空气里只含有百分之十五的氧气时，那空气可就吸不得了。”

“那是当然的。不过，我曾对您说过，阿罗纳克斯先生，鹦鹉螺号上的气泵能帮我把空气通过高压输送到钢瓶里去。这么一来，这套设备的密封钢质瓶里就可以储存能使用九十个小时的空气了。”

“我提不出什么异议了，”我说道，“我只是还想问一下，艇长，您在海底是靠什么来照明的？”

“我用的是一种叫作鲁姆科尔夫灯的照明灯，阿罗纳克斯先生。我把钢瓶背在背上，照明灯则挂在腰间。照明灯内装有一组本生电池，我在电池里使用的是重铬酸钾，而不是重铬酸钠。一个感应线圈把发生的电收集起来，传送到一盏特制的灯里去。这特制灯里有一根蛇形玻璃管，管内只有少量的二氧化碳气体。灯一开，气体便亮起来，持续不断发出白光。装备好了之后，我在海底就既可以呼吸又可以看路了。”

“尼摩艇长，我所提出的疑问，您都给予了令人折服的回答，我不敢再怀疑什么了。不过，我虽然不得不接受鲁凯罗尔呼吸器和鲁姆科尔夫灯，但对于您提议我配备一支猎枪，我可不敢恭维。”

“那可不是一支火药枪呀。”艇长说。

“那么，就是一支气枪了？”

“没错。艇上没有硝石，没有硫黄，没有木炭，您让我如何制造火药呀？”

“再说，”我应声道，“要在比空气密度高八百五十倍的水里射击，还必须克服巨大的抗力。”

“这倒并没有多大的问题。有些枪，在富尔顿[①]之后，又加以改进了，经过英国人菲利普·科尔和伯利、法国人菲尔西和意大利人兰蒂的改进，已具有一套特殊的闭锁装置，可以在您所说的那个条件之下射击。我还得再跟您说一遍，我没有火药，我是用一种压缩空气来代替的。在鹦鹉螺号上，充气泵可以向我提供大量的压缩空气。”

“可是，这种压缩空气很快就会用完的呀。”

“那又怎样！我不是有鲁凯罗尔储气瓶吗？在我需要时，它不是会向我提供空气的吗？这只需要装上一个阀门就全妥了。再说，阿罗纳克斯先生，您将目睹，在海底打猎，是不用花费多少气和子弹的。”

“不过，我觉得，在这种昏暗的情况下，在与空气相比密度大得多的海水里，子弹是打不太远的，而且杀伤力也不大吧？”

“恰恰相反，先生。用这种枪射击，枪枪毙命。而且，猎物一旦被击中，不管其伤势多么轻微，必然当即倒下。”

“那为什么呀？”

“因为这种枪射出的并非普通的子弹，而是一种玻璃子弹，是奥地利化学家列尼布洛克发明的。这种子弹我储备了很多。这种玻璃子弹外面有一层钢套，下面有一个铅质底座，犹如真正的莱顿瓶，里面具有很强的电压，轻轻一碰，立即爆炸，不管多么强壮的动物，遇上则必死无疑。我还要补充一句，这种子弹不比四号子弹大，普通的枪弹夹能装十粒。”

“我再没什么可问的了，”我说着便从桌旁站起身来，“现在该做的是

名师注解

① 富尔顿（1765—1815）：美国工程师。

去拿枪了。还有就是，我跟定您了，您去哪儿我就去哪儿。”

尼摩艇长领着我朝鹦鹉螺号的后部走去，经过内德和孔塞伊的舱室时，我便招呼我的这两位伙伴，跟随着我们一起走。

不一会儿，我们来到艇侧翼靠机舱的一间小屋子里，我们要在屋里换好打猎穿的衣服。

延伸思考

文中尼摩艇长写给阿罗纳克斯教授的邀请函格式规范、文本简洁，试着仿写一个邀请函，邀请你的同学来参加你的生日派对。

# 十六 漫步海底平原【精读】

名师导读

尼摩艇长和教授几人穿好防水衣服，配备好枪，进入了海底世界。他们在海底平原上漫步，走过细沙，见到了美丽的岩石和植虫类动物，踩过“奥阿兹”、海藻地，终于来到了他们的目的地——克雷斯波岛的森林。

名师点评

从这一个小细节上，就可以看出内德·兰德厌恶被束缚，渴望自由，也就理解了他为什么时时想着逃跑。

确切地说，这间小屋是鹦鹉螺号的弹药库和存衣间。墙上挂着十二套潜水服，供到海底漫步的人使用。

内德·兰德见到这些潜水装束，心里十分反感，不愿意穿。

“可是，我的好内德，”我对他说道，“克雷斯波岛森林可是一座海底森林呀！”

“唉！”见吃鲜肉的梦想已经破灭，捕鲸手大失所望地叹了口气，“那您呢，阿罗纳克斯先生，您也套上这种衣服呀？”

“非穿不可，内德师傅。”

“您想穿您就穿吧，先生，”捕鲸手耸了耸肩膀说，“我嘛，除非别人强迫，否则我是不会钻进这种衣服里面去的。”

“没人会强迫您的，内德师傅。”尼摩艇长说道。

“那，孔塞伊也去冒这种险？”内德问。

“先生去哪儿我就去哪儿。”孔塞伊答道。

读书笔记

尼摩艇长招呼了一声，两名船员立即跑来帮我们穿上那沉甸甸的防水衣服。这衣服是用橡胶制成的，不是缝制的，能经受得住强大的压力，恍如一副既柔软又坚固的甲胄。这是一种连体服，上衣与裤子连在一起，裤子连着一双厚重的鞋，鞋底是铅质的，沉极了。上衣有铜片支撑，构成一个护胸甲，保护胸部免受海水重压，使肺部得以顺畅地呼吸。衣袖与手套连在一起，手套很柔软，手可以活动自如。

不难看出，与未经过改进的笨重难看的潜水服相比，譬如与那些十八世纪发明的而且当时备受赞扬的什么软木护身衣啦、无袖外套护身衣啦、海洋服啦、潜水箱啦等相比，眼前的这种潜水服确实要强得多。尼摩艇长、他的同伴——一位赫拉克勒斯[①]式的大力士式的人物、孔塞伊和我，我们很快地穿好了潜水服，只等最后把金属圆球帽套到头上就全齐了。但是，在戴上头盔之前，我要求船长先让我们熟悉一下要发给我们的那种猎枪。

鹦鹉螺号上的一名船员给了我一支很普通的枪。枪托是钢板制的，中间是空心的，容积很大，用以储存压缩空气，由一个用扳机操纵的阀门把压缩空气送入金属枪管中。枪托里装有一个子弹夹，大约装有二十发电气弹，借助弹簧的弹力，子弹可自动上膛。因此，打出一发后，另一发立即自动顶上。

"尼摩艇长，"我说道，"这枪很棒，使用起来很容易。我等会儿去试试枪。可是，我们如何才能到达海底呢？"

"教授先生，鹦鹉螺号此刻正停在水下十米深处，我们可以出发了。"

"可我们如何出去呀？"

"您看着吧。"

尼摩艇长把头伸入球形帽里。孔塞伊和我也照他的样子如法炮制，同时，我们还听到加拿大人嘲讽地跟我们说了一句"打猎愉快"。潜水服上端是一个用螺钉铆住的铜领子，金属头盔固定在上面。头盔上有三个用厚玻璃防护着的大洞孔，头可以在头盔内转动，各个方向均可看到。头钻进头盔中之后，背上背着的鲁凯罗尔呼吸器便开始运作，我觉得呼吸挺顺畅的。

我腰间挂着鲁姆科尔夫灯，手握猎枪，整装待发。可是，说实在的，身陷这身沉重的潜水服里，脚又被那双铅底鞋钉在甲板上，简直迈不动步！

不过，这种情况是早有所料的。我觉得有人在把我往与存衣间相连的那间小屋里推。我的同伴们也跟在我身后被推了进来。只听见砰的一声，一道装有紧塞阀的门在我们身后关上了，屋子里顿时漆黑一片。

过了几分钟，一声尖厉的呼啸声传来。我感到一股冷气从脚底直传到胸间。显然，船上的阀门打开了，海水向我们涌了过来，不一会儿，小屋里已

名师注解

① 赫拉克勒斯：希腊神话中的大力神。

灌满了水。这时候，鹦鹉螺号一侧的另一道门开启了，一线微弱的光照着我们。很快，我们的双脚已经踏上了海底。

漫步海底世界的感觉是如此之奇妙，以至于画笔和语言都无法准确地表达出来。可见，这样神奇的经历带给“我”的震撼之大。

我如何才能将这次海底漫步留给我的印象描绘出来呢？没有什么语言能够描述这么美妙的经历。当画笔都无法将海底给人留下的特殊印象再现出来时，即使是生花妙笔也无法用文字尽情地描述的呀！

尼摩艇长走在前头，他的那位同伴在我们身后几步远处紧跟着。孔塞伊和我，我们两人并排走着，仿佛可以透过这层厚厚的盔甲依然可以相互交谈似的。我已经感觉不出我的衣服、鞋子和背上的氧气瓶的沉重了，也觉察不出那顶厚厚的圆球帽的重量了。我的脑袋像杏核里的杏仁似的在这顶头盔里晃动着。所有这些东西，一旦入水，便失去了一部分重量，所失去的重量与排出的水的重量相等。我更清楚地体会到阿基米德的那条定律的正确性。我已不再是个惰性物体，我已获得了较大的活动自由。

读书笔记

阳光一直照射到水下三十尺的海底，其穿透力令我惊讶。阳光轻易地穿过海水，使之颜色变淡。我可以清晰地分辨出离我百米内的物体。百米开外，海底呈蓝色，所看到的是一片模糊的景象，分不清什么是什么。其实，包围着我的海水也只是一种空气，比陆地上的空气密度要大一些，但几乎是一样的清纯。在我的上方，我所看到的是平静的海面。

这句话使用了比喻的手法，将细沙比作反光镜，同时赋予其人的情感。这样写，生动形象地表现了细沙的特点。

我们走在一片细沙上。沙地平滑，没有皱褶，不像海边沙滩那样留有潮水造成的痕迹。这块细沙地毯犹如一面真正的反光镜，执拗地将阳光折射开去。大片的反射光从这细沙滩上折射出来。把海水照得通明透亮。假如我信誓旦旦地说，在三千尺深的海底，我看东西像在大白天似的看得十分真实，会有人相信吗？

我在这片夹杂着难以觉察的细碎贝壳的亮闪闪的沙地上走了有一刻钟。鹦鹉螺号的艇体，看上去有如一块长长的礁石，正在逐渐地消失。可是，当水中暗下来之后，它上面的那盏舷灯所发出来的光却是非常的明亮，能够替我们照着路，让我们顺利地回到船上。对于那些只是在陆地上见到过白茫茫的海浪滚滚而来的人来说，这种现象是难以想象的。陆地上，空气中充斥着尘埃，海洋看上去犹如发光的雾气一般，可是，在海面和海底，电光的传播则是异常清晰的。

读书笔记

我们继续不停地走，这细沙平原仿佛无边无垠。我用手撩开水帘，但它很快又在我身后合上了，而我的足迹却在水的压力下立即消失了。

过了一会儿，远处似有何物，影影绰绰地映入我的眼帘。我辨识出来，那是一些漂亮的岩石，上面满是美丽的植虫类动物，我一下子被这一特殊景象震撼了。

当时正是上午十点。太阳光还是斜着照射在波浪起伏的海面上。光线如同通过三棱镜似的折射变形，海底的花草、礁石、胚芽、贝壳、珊瑚虫等，经这种折射光一照，颜色发生轻微变化，呈现出七彩光来。各种色调组合交错，呈现出一幅赤橙黄绿青蓝紫七彩缤纷的美丽图像，犹如善用色彩的画家的调色板，真乃海中奇景，让人大开眼界。我觉得十分遗憾，无法把自己心中的这种强烈感受与孔塞伊交流，无法与他一起赞叹！也无法像尼摩艇长与其同伴那样用约定的眼神和手势与船长沟通！无奈之下，只好自己与自己说起话来，在罩着脑袋的头盔里大声喊叫，不免浪费掉不少空气。

一幅色彩缤纷的海底美丽图像展现在我们的眼前。色彩的交织，光影的重叠，带给“我”强烈的心灵震撼。

孔塞伊也为眼前的壮丽景致所震撼，停下了脚步。显然，这个诚实的小伙子是在给眼前的这么多植虫动物和软体动物分类呢。到处可见珊瑚虫和棘皮动物。斑驳的叉形虫、孤独的角形虫、以前被称之为“白珊瑚”的如蘑菇状的纯正的复眼珊瑚、用吸盘附着在地上的银莲花等，构成了一座花坛，再点缀上身带天蓝色触角皱领的红花石疣、散落在沙地上的星星点点的海星、瘤状的海盘车，宛如仙女手绣的精美花边，在我们走过时激起的微波中漂动着。散布在地上的有成千上万的软体动物，诸如同心扇贝、槌贝、真正会蹦跳的贝壳动物水叶甲、马蹄螺、红冠螺、被誉为天使翅膀的风螺、叶纹螺，以及无穷无尽的大量其他生物，它们全都能够制作成为最漂亮的标本，若是把它们踩在脚下，碎了，死了，实在是非常地让人心疼。但是，我们又不得不继续往前走。成群的僧帽水母在我们头顶上方浮游，伸开它们那天青石色的触角，散乱地拖在自己身后；还有那些月形水母，其伞膜呈乳白色或淡红色，并饰有蓝色花边，

读书笔记

读书笔记

把我们的阳光都给遮挡住了；更有生活在暗处的浮游生物，泛着闪烁的磷光，为我们照亮了行走的路径。

我跟在尼摩艇长身后，在四分之一海里的范围内，走走停停，目不暇接地欣赏着这些海洋奇物。尼摩艇长不断地向我打手势，催促我继续往前走。走了不一会儿，海底便有所变化。细沙平原消失了，脚下踩到的是一片黏糊糊的泥沙，即美洲人所说的那种“奥阿兹”，全由一些硅质和石灰质贝壳构成。然后，我们又经过一片海藻地，这是一种未被海水冲走的深海植物，具有旺盛的生命力，文片纤维密实的草坪，踩上去软软的，堪与手工织成的最柔软的地毯相媲美。这些绿色植物不仅在我们的脚下连成一片，而且还在我们头顶上漂动着：我们眼前呈现的是一条海生植物构成的绿廊。从分类学上来看，这种海生植物属于繁茂的海藻科，人们所认识的就有两千多种。在我眼前出现的有长长的带状墨角藻，有些呈环形，有些作箭状，还有不少红花藻、叶子纤细的苔藓、酷似扇形仙人掌的蔷薇藻。我发现，绿色植物生长在接近海面处，红色植物生长在深一些的地方，而海洋深处则是黑色或棕色的水生植物的保留地，它们在海洋底层形成花园或草坪。

读书笔记

这些海藻简直是天地万物中的一大奇迹，是大千植物世界中的一大奇观。海藻科中有着地球上最微小的和最巨大的植物。因为我们在五平方毫米大小的空间内，可以数出四万种肉眼很难觉察的胚芽，同时又可以采集到长度超过五百米的墨角藻。

我们离开鹦鹉螺号将近一个半小时了。时近晌午，我发现阳光已经垂直射下来，不再折射。美丽的颜色变幻已经消失，头顶上方那绿宝石色和蓝宝石色的细微差别也看不出来了。我们步子均匀地走着，动静很大。在海底，些微声响的传播速度都会以比陆地上更快，让人耳朵难以习惯。事实上，对于声音来说，水较之空气是更好的导体，声音在水中的传播速度是空气里的四倍。

这个物理小常识，你知道吗？

这时候，海底地面明显地往下斜去。光线的色泽均匀单一。我们已经下到水下一百米深处，所受到的压力为十个大气压。然而，我却一点没有感到有巨大的压力，因为潜水服正是为适应这种情况而制作的。我只是觉得手指关节活动不太灵活，但这种不适之感很快就没有了。而穿着我从未穿过的这种如此笨重的衣服连续走了两个小时之后，本该有的疲乏感却荡然无存。在水的帮助之下，我行动自如得令自己都惊诧。

行至三百尺深处时，我仍然能见到阳光，但光已很微弱了。阳光已不再那么耀眼，已成淡红色的余晖，介乎于白昼与夜晚之间。然而，这已足够让我们看清路径了，还用不着动用鲁姆科尔夫灯。

这时候，尼摩艇长站住了。他等我走到他身旁，用手指给我看离我们不远处凸显出的一堆堆模模糊糊的阴影。

那便是克雷斯波岛的森林，我猜想着。我并没有猜错。

对海底动植物的描写，作者使用了视觉和触觉两种感官，试着从文中分别找出几个例子来。

### 阿基米德定律

阿基米德定律是物理学中力学的一条基本原理。它是指浸在液体（或气体）里的物体受到向上的浮力作用，浮力的大小等于被该物体排开的液体的重力。

# 十七 海底森林【精读】

名师导读

尼摩艇长带领大家一步步向森林深处走去。这里的枝条与别处不同，它们全都是垂直排列的，丰富的生物物种使人眼花缭乱。大家在海底世界走走歇歇，边欣赏边打猎，还遇上了巨型海蜘蛛、异常凶猛的角鲨，最后，终于平安地返回了鹦鹉螺号。

我们终于来到了森林的边缘。这也许是尼摩艇长那无边无际的领地中最美丽的一处地方。他把这片森林视为自己的私产，如同创世之初出现的那批人那样，认为自己对这片森林拥有特权。其实，有谁能够跟他来争夺这个海底财富的拥有权呢？还能有哪一个比他更为大胆的先驱者，敢于手持利斧，跑到这里来开发这阴森可怕的密林呢？

名师点评：使用反问句来突出尼摩艇长的大胆勇敢，表达了“我”对尼摩艇长的由衷佩服。

森林中全都是高大的巨型乔木。我们从这些巨型乔木形成的拱顶下钻进去，首先映入眼帘的是排列得奇形怪状的树叶，到目前为止，我还从未见过这种排列情况。

林间空地，寸草不见；丛里灌木枝条，既不沿地蔓延，也不向下弯垂；树枝全都不向水平方向伸展。所有的枝条都往上长，伸向海面。所有的细茎，所有带状叶子，无论多细多薄，全都像铁丝一般挺直。墨角藻和藤本植物，受到海水密度的控制，挺拔地笔直往上生长。它们全都纹丝不动地待在水中，当我用手把它们撩开来后，它们随即就又恢复原状。这里竟是一个“垂直线”的王国。

读书笔记

过了一会儿，我便习惯了这种奇特的排列，也习惯了周围包裹着我们的黑暗状况。林中地上满是尖利的石块，行走时难以避开。

我觉得，这儿的海底植物品种很齐全，甚至比极地或热带地区的都丰富。但是，有这么几分钟工夫，我不自觉地把动植物之间的界限给混淆了，把植虫动物当成水生植物，把动物当成了植物。但又有谁能不弄错呢？在这个海底世界里，动物和植物两界何其相近啊！

一个学识广博的博物学家在海底世界中都会出错，可见这里物种之丰富。

我发现，所有这些植物界的物种，全都只是由表面的根突钩在海底地面上。它们没有根，无论是沙子、贝壳、甲壳，还是卵石，只要是固体，都可以支撑它们，它们要求这些固体物质的只是一个支点，而并不需要它们供给营养。这些植物自生自灭，它们赖以生存的元素存在于维持它们、给它们营养的海水之中。它们中大部分都没有叶子，长出来的都是一些奇形怪状的胞层，表面色彩单调，只有粉红色、胭脂红、青绿色、橄榄色、浅黄色和棕褐色。我在此又看到了在鹦鹉螺号上所看到的物种，但并非是风干了的标本，而是如扇子般张开着的、似乎在迎风展翅的孔雀团扇藻，朱红色的瓷贝，拖着它那可食用的嫩芽的片形贝，高达十五米的纤细柔软的古铜藻，茎在其顶端处变大的一丛丛瓶状水草，以及其他许许多多的深海植物，它们全都不会开花。一位博物学家曾经风趣地说过：海洋真是一个奇特异常的场所，在那里，动物类开花，而植物类都不开花！

读书笔记

在高大得好似温带树木的各种不同的灌木之间，在它们各自潮湿的阴影下面，遍布着繁花盛开的荆棘丛，一排排的植虫动物，上面长着满身有弯弯曲曲皱纹的珊瑚虫，触须透明的淡黄色石竹珊瑚，如草地般丛生的石花珊瑚，还有一群一群的似蜂鸟般的蝇鱼，像是要为这幻象增光添彩似的，在树枝间飞来跳去，而那些脚下颌骨上翘、鳞甲尖利的黄色蠹虫鱼、飞鱼、单鳍鱼等，则像是一群群沙锥，在我们的脚前游来游去。

读书笔记

一点钟光景，尼摩艇长发出信号，示意大家歇息。对此，我感到非常高兴。于是，我们便在一处海草华盖下面躺下休息，而那海草的细长枝条却像长箭般地直立着。

这片刻的歇息让我恢复了体力，浑身舒坦。美中不足的是相互间无法交谈。不能说话，无法交流，我只得把自己的那个大铜头盔靠向孔塞伊的头盔。我隐约看见这个诚实的青年表情非常兴奋，而且还在那个空气罩里挤眉弄眼，做出怪相，以显示自己的快乐心情。

就这样在海底漫游了四个小时，竟然不觉得饿，这让我颇为诧异。为何胃里没有饥饿的感觉，我也弄不明白。然而，我却像所有的潜水者一样，感觉特别地困。因此，不一会儿工夫，我的眼皮便撑不住了，无法抗拒地陷入了半睡眠状态。在这之前，我一直是靠走路的动作抵制瞌睡的侵袭的。尼摩艇长和他的那位身强力壮的同伴在这似水晶般透明的海水中舒展地躺下了，给我们示范如何睡觉。

读书笔记

在这半昏睡状态中，到底过去了多长时间，我也估计不出，但当我醒来时，觉得太阳已经偏西。尼摩艇长早已站在那儿了。我伸了伸懒腰。正在这时候，一个意外的东西游了过来，我腾地站起身来。

几步之外，一只一米高的巨型海蜘蛛正斜着眼睛盯着我，正准备向我扑来。尽管我有厚厚的潜水服护身，不怕它咬，但我仍禁不住浑身一颤。孔塞伊和鹦鹉螺号上的那位船员这时也都醒了。尼摩艇长向他的那位同伴指了指那个张牙舞爪的讨厌的甲壳动物，后者立即向它发射一枪，那丑陋不堪的怪物的大爪子抽搐着，挣扎着。

名师点评

这里为后文再次遇险埋下了伏笔。

这个意外遭遇使我联想到，在这昏暗的海底，可能还有更加可怕的动物出没，而我的潜水服届时不一定能保护我免受它们的攻击。此前我未想到这一点，此刻我才想到必须时刻小心戒备。另外，我原以为这次休息是表示我们行猎已告结束，可是我估计错了，因为尼摩艇长并未转身往鹦鹉螺号走去，而是继续进行他那大胆的海底漫步。

海底地面继续在往下倾斜，坡度变得愈发地明显，我们被引向海底更深处。三点钟左右，我们来到一个狭窄峡谷，两边尽是悬崖峭壁，峡谷位于海底一百五十米深处。多亏了我们经过改良的完好设备，我们得以下到比大自然为人类规定的海底深度极限更加深九十米的深处。

读书笔记

尽管我并没有任何仪器可以测量水深，但我敢认定我们处于海底一百五十米的深处。因为我知道，即使在最清澈透明的海水里，阳光也不可能穿透得更深，而在我们所处的位置，海水恰好在变暗，十步开外，就什么都看不清了。于是，我便摸索着往前走。就在这

时候，突然出现一道非常强的白光，是尼摩艇长把他的灯打开了。他的同伴随即也把自己的灯打开来。我和孔塞伊也像他们一样把灯打开。我转动螺丝，让线圈与蛇形管接通。方圆二十五米范围内的大海一下子被我们的四盏灯照得透亮。

读书笔记

尼摩艇长继续往森林中的幽深处走去，林中灌木愈见稀少。我发现，在这儿，植物减少的速度高于动物。土地越来越缺少黏性，深海植物已经见不着了，一些神奇的动物，如植虫动物、节肢动物、软体动物以及鱼类，却在这里大量地繁殖。

我边走边想：我们的这几盏鲁姆科尔夫灯想必会吸引一些在黑沉沉的海底栖息着的动物。不过，这类动物即使向我们涌来，至少也会同我们这些猎人保持一定的距离，不让我们袭击到它们。有好几次，我看见尼摩艇长停下，举枪瞄准，但瞄了一会儿，他又收起枪来继续往前走。

最后，将近四点钟时，这次奇妙的海底远行总算结束了。在我们的前面，矗立着一道美丽的岩石高墙。那是一个巨大的岩石层，花岗岩峭壁上有一些深不可测的岩洞，没有任何可以攀爬的斜坡。这里就是克雷斯波岛的海底绝壁。这里就是陆地。

名师点评

说明尼摩艇长是一个原则性很强的人。

尼摩艇长突然停下脚步。他向我们做了一个原地休息的手势。尽管我很想越过这堵高墙，但还是不得不止住脚步。尼摩艇长的领地到此处便是终极。他不想越出自己的领地。再往前走，就是他不该再涉足的地球的陆地了。

我们开始往回返。尼摩艇长仍像来时一样地走在自己的这支小分队的前头。他毅然地领着大家往前走。我隐约感到，这回去的路不是我们来时所走过的那条路。这条新的路非常地陡峭，走起来颇为费力，不过，却让我们很快地便接近了海面。而这种从下面返回到上层水面的速度却是很慢的，这样就不致使压力过快地减少，否则身体器官将会受到严重损害，给潜水者造成极大的内伤。很快，亮光显现，增强，但此时太阳快要没入地平线下，它所折射出来的光又给万物罩上了七色光环。

读书笔记

在海面以下十米深处，我们走在一大群各色小鱼中间，它们比天空中的鸟儿还多，而且更加的灵活。不过，我们眼前尚未出现任何一只值得我们给它一枪的水生野味。

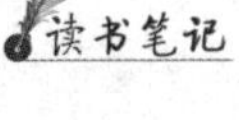

正在这时候，我隐约看见船长迅速举枪瞄准，眼睛盯着灌木丛中一个正在走动的东西。枪声响起，只听见一声轻微的子弹的嘘嘘声划过，一只动物在离我们几步开外的地方应声倒地。

这是一只漂亮的海獭，也许是唯一完全生活在海里的四足兽。它长一米五，想必很值钱。它的皮，上为栗褐色，下呈银白色，是一种十分美观、考究的皮货，在俄罗斯和中国市场上，十分受青睐。它的毛细密且有光泽，至少值两千法郎。这种哺乳动物圆脑袋，短耳朵，圆眼睛，长着猫一样的白髭须，蹼足有趾，尾巴毛很浓密，非常可爱，我很喜欢。由于渔民滥加捕杀，这种珍贵的食肉动物已经十分稀少，多数藏于太平洋北部海域，但即使躲得这么老远，恐怕也难逃灭绝的厄运。

这里暗含了“我”对滥捕滥杀珍贵生物行为的谴责与无奈。

尼摩艇长的那个同伴走过去拾起猎物，扛到肩上，然后，我们便又往前走了。

一个小时里，我们踩在脚下的全都是平坦的沙地。这种细沙平原常常上升到离海面不到两米的地方，这时候，我便能看到我们的身影清清楚楚地映在水中，不过方向却是倒着的；因此，在我们的上方，就有同样的几个人，在重复着我们的动作与姿态。可以说，他们除了走路时头冲下脚朝上以外，与我们一模一样，毫无二致。

还有一种现象也值得大书一笔：上面有厚厚的云彩掠过，它们聚集得快，消散得也快。我转而一想，全都明白了，那所谓的云彩，只不过是厚薄不一的波涛所致，我甚至都看到浪涛翻到水面上所形成的无数的细碎浪花。大海鸟掠过海面，其身影映在我们头顶上方，令人啧啧称羡。

从海中观赏浪涛与海鸟另有一番风味。

我有幸获得一次良机，目睹了让猎人心动的好枪法。一只大鸟，张开双翼飞了过来，看得十分真切。说时迟那时快，尼摩艇长的那位同伴见大鸟离海面只有数米时，举枪瞄准，一枪击中，大鸟摔落下来，沉到好猎手的身边，被他一把抓起。这是一只漂亮的信天翁，是远海上最令人赞叹的一种鸟。

我们并未因此而停下来。两个小时里，我们时而走在细沙平原上，时而走在海藻上，而在海藻上行走却是十分费力的。说实在的，

读书笔记

我都快支持不住了。正在这时候，我瞥见半海里外有朦朦胧胧的光亮，在昏暗的海水中闪现。是鹦鹉螺号舷灯的光亮。不用二十分钟，我们就可以回到船上去了。到了艇上，我就可以顺顺畅畅地呼吸了，因为我觉得储气瓶中的氧气好像不多了。但是，我没有料到又碰上一件事，延误了我们回到船上的时间。

我落在尼摩艇长身后有二十步远的地方。这时候，我看见尼摩艇长突然转身朝我冲了过来。他用他那力大无比的大手一把把我摁在地上，而他的那位同伴也同时把孔塞伊给按倒了。开头，我还有点莫名其妙，不明白他们为何突然向我发动攻击，可看到艇长躺在我身旁一动不动，我心里也就踏实了。

我就如此这般地躺在地上，正好有一丛海藻把我给遮挡住。我微微抬起头来，突然发现有个庞然大物声响很大地冲了过来，身上还闪着磷光。

火鲛外貌的形象刻画，衬托出当时境况的险恶。

我吓坏了，似乎心脏都停止了跳动！我辨认出来，冲过来的是条异常凶猛的角鲨。这是一对火鲛，属于鲨鱼中最可怕的一种，尾巴极长极大，眼珠似琉璃，目光呆滞，口鼻周围有一些孔洞，分泌出一些闪光的磷质。火鲛模样可怕，巨大无比，能把一个活人吞入口中，嚼得粉碎！我不知道孔塞伊此时是否正在给它分类，我只是在注意观察着，看到了它们那银白色的肚腹和长着巨齿獠牙的血盆大口。但我的这种观察并不是科学考察，此时的我已不是一个能潜心研究的博物学家，而是一个有可能葬身鱼腹的受难者。

幸好，这对贪婪的家伙眼睛不灵，没有发现我们，游了过去，只是它们淡褐色的鳍擦了我们一下而已。我们奇迹般地逃过一劫。可以肯定，这要比在林中遇到猛虎危险得多。

读书笔记

半个小时之后，在艇舷灯光的指引下，我们回到了鹦鹉螺号上。艇外侧的门一直开启着，待我们进到第一间小屋后，尼摩艇长便把那道门给关上了。然后，他便按了一个按钮，只听见艇上的水泵响了起来，我觉得自己周围的水在往下降，不一会儿，小屋里的海水全都排干净了，这时，里面的那道门开启，我们便走进了存衣间。

在存衣间里，我们的潜水服被人帮着脱了下来，脱时也没少费劲儿。我已经疲惫不堪，又饿又困，实在是一点儿也支持不住了。但回到自己的房间之后，我却仍旧沉浸于这次令人赞叹的海底漫步中，心情依然激动不已。

这次海底打猎既让教授见识了新奇的海洋奇景，也经历了处处存在的生命威胁。教授虽然疲惫不堪，却还是满心激动。这让我们感受到了一个博物学家对自然、对生命的热爱。同时，尼摩艇长的勇敢无畏、冷静执着在这次海底游历中也体现了出来。细细阅读，慢慢品味，两个主要人物身上所折射出来的光辉会深深地感动你和我。

延伸思考

在海底漫游了四个小时的阿罗纳克斯教授为什么说自己一点儿饥饿的感觉都没有？

# 十八 太平洋下四千里【精读】

名师导读

鹦鹉螺号继续在四千米深的太平洋里行驶着，尼摩艇长把他知道的有关大海的规律告诉了教授。教授等三人一起欣赏着百看不厌的海底世界。突然有一天，一条沉船出现在他们的视野中……

翌日，十一月十八日，清晨，我已经消除了头一天的疲劳，精神又恢复了。在鹦鹉螺号的大副每天照例说那句话时，我已经上了平台。我心里在琢磨，他的那句话可能与当时海面的情况有关，也许意思是说："在目力所及之处，未发现什么。"

确实，海面上空空荡荡，不见一物。远方天际，不见船帆升起。克雷斯波岛已在夜间消失。大海把棱镜里分出来的六种颜色吸收进去，只留下了蓝光，向各个方向反射出去，使得大海呈现出一片靛蓝，令人赞叹。宽大的波纹，随着涌浪此起彼伏，一道接着一道地显现。

我正在欣赏大海的美丽景色时，尼摩艇长来了。他好像是没有发现我似的，只是在进行一系列的天文观测。观测完了之后，他走到舷灯旁，手肘依托着灯架，仔细观察洋面。

这时候，鹦鹉螺号上有二十来个艇员上了平台，一个个膀大腰圆，身强力壮。他们是来收拢昨晚撒到艇后的渔网的。尽管这些人都像是欧洲人，但显然属于不同国家。如果我没看错的话，他们中间有爱尔兰人、法国人，有几个斯拉夫人，还有一个希腊人或克里特岛人。另外，他们都很少说话，即使说话，讲的又是我弄不清出于何处的方言俚语，因此，我不得不打消与他们攀谈的念头。

渔网被拉上来了。这是一种拖网，与诺曼底沿岸所使用的拖网相似，是由一根漂浮的横木和一条串起下层网眼的索链支撑开来的巨大网袋组成的。

这些网袋在艇后拖着，所到之处，海里的动物一个也跑不了，一网打尽。这一天，捕捞到的是这片海域中的一些非常有趣的品种，诸如：海娃鱼，动作滑稽有趣，所以才得了个“小丑”的绰号；长着长触须的黑色喋喋鱼；皮上起皱、浑身都是红色细纹的鳞豚；毒性很大的新月形箱豚；橄榄绿色的七思鳗；浑身满是银鳞的海豹鱼；身上带的电与电鳗或电鳐相当的旋毛鱼；身上有横向条纹的带鳞片的纹翅鱼；浅绿色的鳕鱼；多种虾虎鱼等。最后，还有几种个头儿较大的鱼：一条头部突起的长约一米的加郎鱼；几条漂亮的鲣鱼，银白天蓝相间，煞是好看；三条美丽的金枪鱼，虽游的速度极快，但也难逃拖网。

读书笔记

我估摸着，这一网下来，少说也有一千来斤[①]。可谓数量不少，但也并不令人惊讶。因为拖网在船后拖上几个小时，总能捕捞到大量的鱼。只要鹦鹉螺号的速度和电光的吸引力不断地变化，我们是不会缺少美味的。

读书笔记

捕获物立即通过隔板放进食品贮藏室里，有的是要立刻宰杀烹调的，有的则须储存起来。

捕鱼的事收拾完了，船上的空气也换过了，我便在想，鹦鹉螺号大概要继续其海底航行了。我正待回到自己房间里去，尼摩艇长却朝着我转过身来，不打招呼便说起话来：

“教授先生，您瞧这海洋，它是不是有着真正的生命呀？它不是既会发怒又会温柔吗？昨天，它像我们一样地酣睡，但经过一夜的安睡之后，它又醒过来了！”

既不道早安，又不道晚安！这个怪人像是在继续着与我已经开始了的谈话似的。

“您瞧，”他接着说道，“它是在太阳的沐浴之下自然地苏醒的！它要开始其白天的生活了！跟踪观察它的机能变化，确实是一项让人感到有趣的研究。它有脉搏，有血管，会痉挛，我认为学

名师点评：用拟人的描写手法，赋予大海生命。

名师注解

① 斤：法国古斤。不同省区有不同标准，巴黎 1 古斤为 490 克，外省 1 古斤为 380 克至 550 克不等。

者莫里[①]说得很对，他发现海洋也有循环系统，与动物体内的血液循环完全一样。”

当然，尼摩艇长并没有等我给以肯定的答复的意思，我也就没有必要回答他说“显然如此”“那是当然”“您说得对”什么的，因为他其实是在同自己说话，而且每句话之间停顿较长。这实际上是一种发出声音的思考。

“没错！”他说，“海洋拥有真正的循环系统，为了让该系统发挥作用，造物主只需在海洋里增加热、盐和只有在显微镜下才能看得见的微生物即可。因为热力可以造成海水有不同的密度，使海水形成顺流和逆流。蒸发现象在北极地区就不会发生，而在赤道地带则极其活跃，以致热带地区和极地地区的海水会不停地互相流动。另外，我无意之中还发现自上而下和自下而上的水流，构成了海洋真正的呼吸。我看到过海水分子在海面上受热后就回落到海底去，直落至零下二摄氏度的地方，达到其最大的密度，然后，温度再继续往下降，重量也就随之变轻，就又浮到上面来了。在极地，您将会看到这种现象所产生的结果，同时，您也将了解到，鉴于富有远见的大自然的这条规律，结冰现象只有在水的表面才会出现！”

当尼摩艇长说到这儿时，我便在想：极地！这个大胆的人难道要把我们一直带往极地不成？

这时候，尼摩艇长沉默不语了，双眼紧盯着他不停地在详细观测着的海洋。然后，他又开口说道：

“海水中含有大量的盐，教授先生，如果您能把溶于海水中的盐全都提取出来的话，您就能利用它们建造一座四百五十万立方里的盐山；如果您把这些盐铺盖在地球上，可以铺成十米高的厚厚的一层。您可别以为这么多盐的存在是大自然随意造成的。

不是的。盐使海水变得不容易蒸发，使风不能把太多的海水蒸气吹走，否则，它们会变成水，把温带地区给淹没掉。盐的作用非常大，它可以在地球的总体布局中起到制衡作用！”

尼摩艇长打住了话头，甚至还直起身来在平台上走了几步，然后又回到我的面前，继续说道：

名师注解

① 莫里（1817—1892）：法国学者，历史学家。

“至于那些纤毛虫，这种一滴水中含有几百万个的只有在显微镜下才能看到的微生物，八十万个才只有一克重，但它们的作用却不可被轻视。它们吸收海水中的盐分，吸收水里的固体物质。它们作为石灰质陆地的缔造者，能够制造出珊瑚和石珊瑚来！水滴中若不含矿物质，就将变轻，浮至海面，吸收海水蒸发时遗弃的盐，变重，再下降，给那些微生物带去新的可供吸收的物质。这样一来，海水就产生了上下循环往复的水流，产生永不止息的运动，产生永不终止的生命！这生命力比在陆地上更具活力，更加旺盛，在海洋的各个部分更加丰富地、永无止境地发展。有人说，海洋是人类的墓地，但对于无法计数的动物来说，海洋却是它们生活的场所——对我也是如此！”

读书笔记

尼摩艇长说到此处，非常激动，令我也产生了共鸣。

“因此，”他继续说道，“海洋才是真正的生存之地！因此，我要设计建造一些海中城市、一些海底居住区。这些城市、这些居住区，如同鹦鹉螺号一样，每天早晨浮上水面更换空气。如果可能的话，它们将是自由的城市、独立的城邦！不过，谁知道会不会也冒出一个暴君来呀……”

尼摩艇长的宏愿，表达了对自由的向往，对统治阶级残暴统治的愤恨。

尼摩艇长的手猛地一挥，没再说下去。然后，他看着我，像是要驱逐掉一个不祥的念头似的问我道：

“阿罗纳克斯先生，您知道海洋有多深吗？”

“艇长，我至少知道一些我们探测所获得的数据。”

“您能跟我说一下吗？必要时，我可以用来加以对照。”

“我还记得一些，”我回答道，“如果我没记错的话，北大西洋的平均深度为八千二百米，地中海的平均深度为两千五百米。最引人注目的几次测量是在南大西洋，南纬三十五度附近进行的，测得的深度分别为一万二千米、一万四千零九十一米和一万五千零四十九米。总之，如果把海底弄平，其平均深度预计为七千米左右。”

读书笔记

“好，教授先生，”尼摩艇长说，“我希望我要向您提供的是一个更加确切的数据。至于我们目前所在的这个太平洋海域，我可以告诉您，它只有四千米。”

说完，尼摩艇长便朝舱口走去，顺着梯子下到艇舱去了。我也跟随其后，回到了大客厅。螺旋桨随即转动起来，看那航速表，指出的航速为每小时二十海里。

在随后的日子里，一连几个星期，尼摩艇长都很少露面。我也难得见他一面。大副按时观测方位，我可以在航海图上找到观测记录，因此我能准确地指出鹦鹉螺号的航行路线。

孔塞伊和内德长时间地同我待在一起。孔塞伊已经把我们海底漫步的情景跟内德讲述过了，以致加拿大人十分后悔自己的做法，竟然没跟我们一同前往。不过，我希望还能有机会再去参观一下那片海底森林。

大客厅的舷窗几乎每天都要打开几个小时，所以我们能有机会不知疲乏地用眼睛盯着那百看不厌的神秘的海底世界。

鹦鹉螺号航行的大方向是朝向东南，深度始终保持在一百米至一百五十米之间。但是，有一天，也不知道是怎么回事，鹦鹉螺号使用纵斜机板往下潜去，直到水下两千米处。温度计显示的温度为四点二五摄氏度。在这样的深度，无论是处在什么纬度上，海水温度好像都是一样的。

十一月二十六日，凌晨三点，鹦鹉螺号从东经一百七十二度的地方越过了北回归线。二十七日，桑威奇群岛[①]出现在远处，一七七九年二月十四日，著名的库克[②]就是在那儿遇难的。从出发起到此刻为止，我们已经航行了四千八百六十里了。这天早晨，我上到平台上，看见下风两海里处的夏威夷岛，那是桑威奇群岛的七个岛屿中最大的一个岛。我能清楚地看到岛上已被耕作的田地边缘，几个与海岸呈平行走向的山脉以及海拔五千米的摩纳凯阿山下的火山群。这一带海域的典型海洋动物中，可以用网网到孔雀扇形珊瑚，它是一种形状可爱的扁平状珊瑚虫，是太平洋的这片水域中所特有的。

鹦鹉螺号仍保持着东南航向。十二月一日，它从经度一百四十二度处越过赤道；在快速而顺利地航行了几天之后，它于当月四日，驶近马克萨斯群岛。我看到了位于南纬八度五十七分、西经一百三十九度三十二分的奴库希瓦群岛的马丁角，距离我们仅三海里远，是这个法属群岛中最大的一个岛屿。由于尼摩艇长不愿离陆地太近，所以我只看到水天相接处那影影绰绰的林木满坡的山峦。在那儿，我们网到了一些非常漂亮的鱼：有肉质鲜美得无与伦

名师注解

① 桑威奇群岛：夏威夷群岛的旧称。

② 库克（1728—1779）：英国航海家。

比的金尾蓝鳍的科里芬鱼；有几乎不长鱼鳞而味道极佳的裸鱼；有硬骨颌的骨鳃鱼；有可与金枪鱼媲美的淡黄色的塌萨鱼。这些鱼全都值得放入配膳室里储存起来。

离开这些隶属法国的迷人海岛后，自十二月四日至十一日，鹦鹉螺号大约行驶了两千海里，途中曾遇上一大群枪乌贼。枪乌贼是一种奇异的软体动物，与墨鱼极其相似，法国渔民称它们为枪乌贼。它们属于头足纲，双鳃科，与墨鱼、船蛸同属一科。古代的博物学家们曾经专门研究过它们。如果生活在加利尼埃斯[①]之前的希腊医生阿泰纳的话足以为信的话，它们为古希腊政治集会上的演说家们可是提供了不少比喻的素材，同时，它们又是富有的公民们餐桌上的美味佳肴。

十二月九日深夜里，鹦鹉螺号碰到了那群昼伏夜出的软体动物。其数目多达数百万！它们沿着鲱鱼和沙丁鱼的巡游路线，从温带水域游往海水较暖些的地区。我们透过厚厚的水晶玻璃舷窗，看着它们借助身上的动力唧管活动，倒游着，速度极快，追逐着其他鱼类和软体动物，吃掉小鱼，或被大鱼吃掉。它们头上长有十只爪子，拼命地晃动着。鹦鹉螺号虽然速度很快，但是，一连数小时都航行在这群软体动物中间。船上的拖网网住不少这种动物，我从中辨认出多比尼[②]所分类的九个太平洋品种。

我们在穿行太平洋期间，看到了大海一直慷慨地向我们展示的变幻无穷的神奇景色，可谓移步换景，令人大开眼界。我们不仅迫不及待地在观察造物主在大海中的杰作，而且还想着揭示大海那令人悚然的秘密。

十二月十一日一整天，我都待在大客厅里看书。内德·兰德透过半开着的舷窗在看被照亮了的海水。鹦鹉螺号停船未航。储水舱内灌满着水，船停在一千米深处，在这里较少有生物栖息，只有一些大鱼才偶尔在此出现。

我读的是一本挺吸引人的书，名为《胃之奴仆》，系让·马塞[③]著。当我正看得津津有味时，孔塞伊却跑过来打断了我。

"先生来一下，好吗？"他声音怪怪地对我说道。

"什么事，孔塞伊？"

名师注解

① 加利尼埃斯（235—268）：罗马皇帝，哲学家。

② 多比尼（1802—1857）：法国博物学家。

③ 让·马塞（1815—1894）：法国作家。

"先生过来看看吧。"

我站起身来，走到舷窗前，贴着玻璃往外看去。

在强光照射之下，只见一团大大的黑乎乎的东西，一动不动地悬浮于水中。我仔细地观察着，想分辨出这条巨大的鲸类动物的属性，但我脑海中突然闪过了一个想法。

读书笔记

"是条船！"我叫嚷道。

"没错，"加拿大人说，"一条失去控制后沉入海底的船！"

内德·兰德没有说错。我们看到的正是一条船，它的那折断了的几条帆索还挂在铁柱子上呢。船体看着似乎依然完好，沉没的时间顶多也就几个小时。三根桅杆在甲板上面两尺高处被砍断了，说明船在倾斜时不得不放弃桅杆。船是倾斜的，已经灌满了水，它仍在继续往左舷倾斜。沉没在海里的船已经惨不忍睹了，但尤为凄惨的是甲板上所见到的惨状，几具被缆绳缠着的尸体依然躺在那儿！我数了数，有四具，是四个男子。还有一个是立在舵旁的，另外，艉楼里还有一个年轻女尸，她的半个身子露在艉楼甲板天窗外面，怀里还抱着一个孩子。由于鹦鹉螺号的灯光很强，照得海水如同白日里一样，所以我看得十分真实。那个年轻女子脸上轮廓还很清晰，尚未被海水腐蚀坏。她用尽了最后的力气，把孩子举过头顶，那可怜的小家伙却用双臂死命地搂住妈妈的脖子不放！四名水手的姿态表情看着让人胆寒，一个个全都痉挛得缩成了一团，仍在拼命地设法从缠绕着自己的绳索中挣脱出来。只有舵手的样子看上去较为镇定，他面容冷静，神态严峻，灰白的头发贴在额头上，一只手紧紧地握着舵轮，仿佛仍在驾驶着已经沉没了的三桅船在大洋深处航行着！

读书笔记

瘆（shèn）。令人害怕之意。

好瘆人的景象！我们默然无语地站在这海难现场面前，可以说，这是一张在最后一刻拍摄的海难照片，我们的心在剧烈地跳动着！此时，我正看见一条巨大的角鲨，被人肉所吸引，睁着血红的眼睛游了过来！

故事在这里戛然而止，留给人无限遐想。

这时，鹦鹉螺号发动起来，绕着沉船兜了一圈，因此，我立刻看到了船尾的牌子：

佛罗里达，森德兰。

尼摩艇长在这一章告诉我们很多关于大海的知识：海水的顺流与逆流、海洋的呼吸、盐和微生物的作用。我们见到了物产丰富的海底世界，遇到了成群的枪乌贼，还看到了一条沉船。船上遇难人的悲惨模样给了阿罗纳克斯教授极大的心灵震撼，尤其是这个时候，角鳖的出现，更是让气氛紧张到了极点！

大海为什么呈现靛蓝色？

知识拓展

### 海水中的“盐”

海水又咸又苦，这是为什么呢？原因就在于海水中含有多种盐类，其中90%左右是氯化钠（也就是我们平时吃的食盐的主要成分），还有一些味道很苦的氯化镁（做豆腐用的卤水的主要成分）。

海水中的盐类，主要来自陆地上的岩石和土壤。在地球刚刚诞生之时，海水是淡的，但岩石和土壤中却含有大量的盐分。地壳经过火山喷发等强烈的运动，形成了大量的水蒸气，水蒸气凝结成雨。盐溶解于水里，被雨水冲刷到了河里，随着河水慢慢流入大海。海水就这样渐渐变得有咸苦的味道了。据科学家估算，现在每年经过江河流到海里的盐就高达19亿吨。这些进入大海的水无法得到稀释，加上海水的蒸发，导致海水的含盐量越来越大。

# 十九 瓦尼可罗群岛

名师导读

海上的石珊瑚经过日累月积，形成了一个个小岛。而在这些小岛附近，曾经发生过一次次海难，阿罗纳克斯教授看到了这些海中沉船。对于众所周知的拉德鲁兹遇难的事件，尼摩艇长却说出了一个世上无人知晓的发现。

这可怕的景象是鹦鹉螺号一路之上所碰到的一系列海难的开始。自从鹦鹉螺号航行到船只往来频繁的海域以来，我们常常看到在海中腐烂的沉船；在更深的水层里，还可以看到大炮、炮弹、铁锚、铁链以及其他许许多多的铁器，全都锈蚀不堪。

在这期间，我们在船上过着封闭式的生活，随着鹦鹉螺号前行。十二月十一日，我们望见了波蒙图群岛。这是个“危险的群岛”，从前叫作布千维尔岛，呈东南偏东到西北偏西走向，位于南纬十三度三十分到二十三度五十分，西经一百二十五度三十分到一百五十一度三十分之间，从迪西岛起，至拉扎雷夫岛止，连绵五百里。群岛面积为三百七十平方里，由六十多个岛屿组成，其中包括置于法国保护之下的甘比尔群岛。这些岛屿全都是些石灰质珊瑚岛。由于珊瑚虫的作用，岛屿在不断地隆起，有朝一日必将连成一片。然后，新连成片的岛屿又与附近的岛屿连接起来，这样一来，就会出现第五大洲，从新西兰和新喀里多尼亚起，至马克萨斯群岛止。

那一天，我在尼摩艇长面前评述我的这套理论时，他冷冷地抢白了我一句：“地球上需要的不是什么新的大陆，而是新人！”

巧得很，正这么说着，鹦鹉螺号便冲着克莱蒙特－托尔内岛驶去。这是群岛之中最奇异的一个岛，是密涅瓦女神号船长贝尔于一八二二年发现的。因此，我便得以对构成太平洋上的这些岛屿的石珊瑚体系加以研究。

必须当心，别把石珊瑚与普通珊瑚给搞混淆了。石珊瑚有着一层由石灰硬皮覆盖着的组织，其结构的变化使得我的导师，著名的米尔纳·爱德华先生将之分成五个类别。向珊瑚骨分泌液体的成亿计的小微生物生活在它们的细胞之中。正是它们所分泌的石灰质性质的沉淀，聚集形成了岩石、礁石、岛屿。在一些地方，它们形成一个圆环，围着一个珊瑚洲或一个小小的内湖，其边缘区有缺隙，与大海相通；在另一些地方，它们又聚集形成了一些礁石屏，与新喀里多尼亚沿岸及波蒙图群岛的某些岛屿沿岸的礁石屏十分相似；在另一些地方，如留尼旺岛和毛里求斯岛，它们构筑起一些裾礁，犹如笔直竖立的高墙，近旁海域的海水深不可测。

从克莱蒙特 - 托尔内群岛礁石绝壁走了几链远，我看到的就是那令人叹为观止、由那些微生物“劳工”所完成的宏伟的工程，那些高墙绝壁是石珊瑚的独特杰作。这些石珊瑚有多种名称：孔珊瑚、纫孔珊瑚、星珊瑚、脑形珊瑚等。珊瑚虫在海面那海水动荡不定的水层里繁衍得特别快，因此，它们所构筑的这些水下建筑是从上部开始构建的，建筑物与支撑它的含有分泌物的碎渣滓一起，一点一点地往下延伸。至少，达尔文的理论是这么解释珊瑚岛形成的原因的。在我看来，达尔文的理论要比另一种理论高明得多，后者认为沉入海面以下几尺的山顶或火山顶是珊瑚礁的基础。

我可以近距离地观察这些奇异的珊瑚礁墙，因为探测器与这些高墙绝壁并排直立时所测出的深度为三百多米，而我们船上的强电光把这些石灰质高墙照得通明，清晰易辨。

孔塞伊问我这些高墙大坝的增长速度有多快。我回答他说，据学者们估计，其增长速度为一个世纪增高八分之一寸。他听后惊得目瞪口呆。

“这么说，建造起这些高墙绝壁，”他对我说，“需要……”

“需要十九万二千年，我诚实的孔塞伊，这就把《圣经》上所记载的时间大大地拉长了。另外，煤的形成，就是说，洪荒时期，被洪水冲进泥潭的林木的矿化，所需要的时间比这个还要多得多。但我得补充一句，《圣经》上的时间只表明一个一个的时期，而非两次日出之间的那个间隔，因为，按照《圣经》上的说法，太阳并不是从创世之日起才有的。”

鹦鹉螺号浮出水面时，我得以将这个低矮的、满布森林的克莱蒙特 - 托尔内岛看得一清二楚。很明显，岛上的珊瑚石是旋风和暴风雨的缘故而变为沃土的。土里混杂着腐烂了的鱼类和海草，变成了腐殖质。某一天，被风暴吹来的一粒种子落在了这腐殖质的上面。一个椰子被海浪推涌着，随着波涛漂到了这个新的海岸上来。胚芽萌发，扎下了根。植物越来越繁茂。攀附在被风连根拔起的树干上的微生物、爬虫、昆虫和从上风处被吹过来的海龟爬上来产卵，鸟儿在树上筑巢，动物就这么开始繁衍开来。在青翠碧绿的环境和肥美的土地的吸引下，人类也在岛上出现了。这些岛屿就是如此这般地形成的，它们是那些只有在显微镜下才能看得到的微生物的惊人大作。

将近傍晚时分，克莱蒙特 - 托尔内群岛在远处隐没了，鹦鹉螺号的航线也明显地在改变。在经度一百三十五度处到达南回归线之后，船向着西北偏西方向驶去，溯流而上，来到热带海域。尽管此处是夏天，夏日的阳光耀眼，但我们却丝毫不觉得热，因为在水下三四十米的地方，水温不会超过十一二度的。

十二月十五日，我们从西面掠过景色迷人的社会群岛和被视为太平洋宝珠的婀娜多姿的塔希提岛。早晨，我隐约看到下风处几海里以外的塔希提岛上那高耸的山峰。这一带海域为我们提供了鲜美的鱼：鲭鱼、金枪鱼、白化鱼以及几种被称为鳗鱼的海蛇。

鹦鹉螺号已航行了八千一百海里。当它从汤加 - 塔布群岛和航海家岛之间穿过时，计程仪上显示的数字是九千七百二十海里。汤加 - 塔布群岛是阿尔女号、太子港号和波特兰公爵号船员遇难的地方，而航海家岛则是拉德鲁兹[①]的朋友朗格勒船长的被害之地。这之后，我们又经过维提群岛，联盟号上的全体船员、可爱的约瑟芬号的船长南特人比罗都是在这儿被土人所杀害的。

维提群岛南北长一百里，东西宽九十里，位于南纬六度至二度、西经一百七十四度至一百七十九度之间，由许多岛屿和礁石组成，其中较大的是维提岛、瓦努阿岛和坎杜那岛。

这些岛屿是塔斯曼[②]于一六四三年发现的。在这同一年，托里切利[③]发明了晴雨表，法国国王路易十四登基。这几件事情哪一件对人类最为有益，这

名师注解

① 拉德鲁兹（1741—1788）：法国航海家。

② 塔斯曼（1603—1659）：荷兰航海家。

③ 托里切利（1608—1647）：意大利物理学家。

是不言自明的了。接着，库克船长、昂特勒卡斯托[①]和迪蒙·迪维尔[②]分别于一七一四年、一七九三年和一八二七年来到这里，而最后，是由迪维尔把这个群岛和繁杂的地理形势给弄清楚了的。鹦鹉螺号驶进怀莱阿湾，迪龙船长曾在此进行过可怕的冒险，他是第一个弄清拉德鲁兹遇难事件背后秘密的人。

读书笔记

怀莱阿湾有大量的优质牡蛎，我们捕捞了几次，收获甚佳。我们遵循着塞内加[③]的训导，在桌子上现剥牡蛎，立即吞食。这类软体动物在科西嘉一带也很多，被称为薄壳牡蛎。怀莱阿湾想必是因盛产这种牡蛎而享有盛名，如果不遭严重破坏，牡蛎将会充斥整个海湾，因为有人估算过，一只牡蛎所产下的卵多达二百万个。

这一回，内德·兰德师傅没有因贪吃而后悔，因为牡蛎是唯一的一种不会导致消化不良的食物。实际上，若要满足一个人每天所需要的三百一十五克含氮的营养物，只需吃十六打左右的这种无尖软体动物足矣。十二月二十五日，鹦鹉螺号正穿行于新赫布里底[④]群岛中间。该群岛是盖罗[⑤]于一六〇六年发现的。布干维尔[⑥]于一七六八年来过此地探险。该岛原名基罗岛，库克于一七七三年给它取了现今这一名字。该群岛主要由九个大的岛屿组成，在南纬十五度到二度、东经一百六十四度到六十八度之间，形成一条由西北偏北到东南偏南的一百二十里的长带状。我们的艇沿着距离欧鲁岛很近的地方驶过，正午时分，我观察着，只觉得这个岛恰如一大片青翠葱绿的森林，岛上有一座高大的山峰兀立着。

打（dá），量词，十二个为一打。

读书笔记

这一天正值圣诞。我觉得内德·兰德好像因不能欢度圣诞而颇为遗憾。圣诞节是真正的全家团圆的节日，新教徒们尤为看重。

十二月二十七日的早晨，尼摩艇长走进了大客厅。我已有一个

名师注解

① 昂特勒卡斯托（1737—1793）：法国航海家。

② 迪蒙·迪维尔（1790—1842）：法国航海家。

③ 塞内加（公元前4—公元65）：古罗马哲学家。

④ 新赫布里底：即现在的瓦努阿图。

⑤ 盖罗（1560—1614）：葡萄牙航海家。

⑥ 布干维尔（1729—1811）：法国航海家。

星期没有见到他了，可他却像是刚分手不到五分钟的样子。我当时正在地球平面球形图上研究鹦鹉螺号的行进路线。艇长走过来，用指头指着图上的一个点，只说了一个词：

“瓦尼可罗。”

这个词具有很大的魔力。这正是拉德鲁兹的船队遇难处的群岛的名字。我霍地站起身来。

“鹦鹉螺号要把我们带往瓦尼可罗群岛？”我问道。

“是的，教授先生。”尼摩艇长回答道。

“那么，我可以去看看把指南针号和星盘号给撞毁了的那些小岛了？”

“当然可以，只要您想看的话，教授先生。”

“我们什么时间可以驶达瓦尼可罗岛？”

“我们现在就已经到了，教授先生。”

我登上平台，尼摩艇长跟随在我的身后。我全神贯注地在海面上观察着。

在东北方向，有两个大小不等的火山岛露出海面，其周围为周长四十海里左右的珊瑚礁。眼下，我正立于真真实实的瓦尼可罗诸岛面前，迪蒙·迪维尔曾经硬是把它称为擦索岛。该岛位于南纬十六度四分、东经一百六十四度三十二分，我们此时正对着它的小避风港瓦努岛。岛上绿荫覆盖，遍布岛上的绿色植物从海滩一直延伸到岛内的高处，一片郁郁葱葱。最高的卡波古山高达四百七十六图瓦兹，俯瞰着整个岛屿。

鹦鹉螺号经由一条狭窄航道穿过外围的磁石环带，来到防波堤内。此处水深为三四十寻[①]。在红树青翠的绿阴下，我看到有几个土人，他们见我们的船在靠近，不免大惊失色。看到这么一个又长又黑的大家伙在水面上游动，他们是不是以为来了一条必须严加防范的可怕的巨型鲸类动物？

这时，尼摩艇长问我关于拉德鲁兹遇难之事我都知道些什么。

“就是人人皆知的那点情况，船长。”我回答他说。

“您能否把人人皆知的那点情况告诉我？”他语含讥讽地又问我道。

“那没有问题。”

于是，我便对他讲述了迪蒙·迪维尔最新发表的那些著作中所提及的有

名师注解

① 寻：法寻，旧水深单位，1 法寻约合 1.66 米。

关情况。下面就是这事的一个梗概。

拉德鲁兹和他的副手朗格勒船长于一七八五年受法国国王路易十六的委派，进行一次环绕地球的航行。他们登上指南针号和星盘号两艘三桅船，但随后就杳无音信了。

一七九一年，法国政府不无道理地对这两条三桅船的命运感到担忧，便又装备了两艘大型补给舰，名为探索号和希望号，由布吕尼·德·昂特勒卡斯托指挥，于九月二十八日驶离布雷斯特港。两个月后，人们从指挥阿尔比马尔号的一个名叫鲍恩的船长的话中获悉，那两条三桅船已经遇难，残骸在新佐治亚海岸被发现。然而，昂特勒卡斯托并不知道这一消息——再说，消息也并不一定可靠，所以他仍旧驾船驶往海军部群岛，因为亨特船长的报告中明确指出，拉德鲁兹遇难处就在那里。

昂特勒卡斯托的搜索一无所获。希望号和探索号甚至在经过瓦尼可罗群岛时都没有停下来过，总之，此次航行非常悲惨，因为昂特勒卡斯托和他的两名副手以及好几名船员全都为此而送了命。

第一个确定无疑地找到失事船只踪迹的是迪龙船长，他是跑太平洋航线的老手。一八二四年五月十五日，他所驾驶的圣伯特里克号从新赫布里群岛中的蒂科皮亚岛旁经过。在那里，一个划着独木舟的印度水手划到近前与他攀谈起来，卖给了他一把银剑，剑柄上刻有字迹。那印度水手还说，六年前，当他在瓦尼可罗岛上逗留期间，曾经遇见两个欧洲人，是多年之前在这个岛屿触礁遇难的船只上的船员。

迪龙随即联想到，那可能就是失踪的那两条船，因为拉德鲁兹的那两条船的失踪曾经震惊了整个世界。据那个印度水手说，那里有不少失事的船只，因此迪龙便想前去瓦尼可罗群岛。但是，由于风向和水流的关系，他未能如愿。

迪龙又回到了加尔各答。在那里，他设法让亚细亚公司和印度公司对他的这一发现产生了兴趣。于是，他得到了一艘名为探索号的船，同一名法国官员一起，于一八二七年一月二十三日登船启航。

探索号在太平洋上的好几个地方停船搜索过，最后，于一八二七年七月七日驶入瓦尼可罗岛附近海面，停泊于鹦鹉螺号此刻正漂浮其中的小避风港瓦努岛。

在这里，他搜集到许多遇难船只上的遗物，有铁制厨房用具、锚、滑车上的铁链环、臼炮、一百八十毫米口径的炮弹、天文仪器的碎片、一截船尾栏杆，还有一口铜钟——正面刻有："巴赞为我建造"，这是一七八五年前后布雷斯特海军造船厂所使用的标记。因此，情况已毋庸置疑了。

为了搜集到更多的情况，迪龙便在出事地点留了下来，一直待到十月份才离开。然后，他离开了瓦尼可罗群岛，驶往新西兰方向，于一八二八年四月七日抵达加尔各答，随后便返回法国，受到法王查理十世的盛大欢迎。

但是，这时候，迪蒙·迪维尔因并不了解迪龙所进行的搜索工作，却跑到别处去寻找出事地点去了。不过，事前也确实从一条捕鲸船的报告中获悉，在路易西亚德群岛和新喀里多尼亚岛的土著人手里，发现了一些勋章和一个圣路易十字架。

迪蒙·迪维尔指挥着他的星盘号就这么驶向大海去了，并在迪龙离开瓦尼可罗岛的两个月之后，他的船停泊在霍巴特城附近。他在那儿才得知迪龙所获得的成果。另外，他还听说，加尔各答联盟号上的一位名叫詹姆斯·霍布斯的大副，曾经登上过位于南纬八度十八分和东经一百五十六度三十分之间的一个岛屿，看到岛上的土著人使用的一些铁条和红布。

迪蒙·迪维尔困惑不解，不知道自己是否应该相信那些不太可靠的报纸上所刊登的情况，然而，他还是决定去追寻迪龙的足迹。

一八二八年二月十日，星盘号驶抵蒂科皮亚岛，请了一个在岛上避难的逃兵当向导兼翻译，向瓦尼可罗岛驶去。二月十二日，他们看到了瓦尼可罗岛，便沿着该岛的礁石带航行，一直到十四日。最后，于二十日驶入小避风港瓦努岛的防波堤内停泊。

二十三日，船上的几名高级船员在岛上搜寻了一遍，捡到一些无关紧要的遗物。当地土著人很不合作，问什么都摇头，不肯带他们前往出事地点。这种态度颇为蹊跷，让人猜想他们可能虐待过遇难的船员，而且，他们看上去非常害怕，担心迪蒙·迪维尔是来替拉德鲁兹以及他的不幸的同伴们报仇的。

然而，到了二十六日，土著人得到了一些礼物，也明白对方不是前来报仇的，便不再害怕，决定领着大副雅基诺前往出事地点。在出事地点，在巴库暗礁和瓦努暗礁之间三四寻的水下，散落着一些锚、炮、压舱的铁块铅块，它们的表层上全都沾满了石灰质凝结物。星盘号上的小艇和小捕鲸船开到这儿，船员们费了九牛二虎之力才把一个九百公斤的锚、一尊八十毫米口径的铸铁炮、一块压舱铅和两门铜臼炮给打捞上来。

迪蒙·迪维尔还从土著人那儿获知，拉德鲁兹在该岛的珊瑚礁上损失了两艘船之后，又打造了一条小一些的船，但这条小一些的船也同样沉没了……是在何处沉没的呢？无人知晓。

于是，星盘号的指挥官便让人在红树林中立了一座碑，以纪念那位著名的航海家及其几位同伴。此碑为四棱锥形的普通建筑，坐落在珊瑚礁石上，上无任何金属饰物，免得刺激土著人的贪婪。然后，迪蒙·迪维尔便准备离开这里，但是，他的船员们却染上了这不健康的海岛上所独有的热病，他自己也病得不轻，所以，一直拖延到三月十七日才得以启航。

在这一期间，法国政府因为担心迪蒙·迪维尔不了解迪龙的工作进展，又派了正停泊于美洲西海岸的巴约乃兹号三桅船，由勒古瓦朗·德·特罗穆兰指挥，前赴瓦尼可罗群岛。该三桅船在星盘号驶离瓦尼可罗几个月之后才抵达那里，没有发现什么新的材料，只是看到当地的土著人对拉德鲁兹的纪念碑十分尊敬，并未加以破坏。

以上就是我对尼摩艇长讲述的主要内容。

“这么说来，”船长对我说道，“遇难船员在瓦尼可罗岛上建造的那第三条船，到底在何处沉没的，尚不为人所知？”

“没人知晓。”

尼摩艇长没再说什么，只是示意我随他去大客厅。此刻，鹦鹉螺号已潜入水下几米深处，舷窗护壁板也已打开。

我急忙走向舷窗，只见在覆盖着一层菌类植物、管状植物和翠绿水草的珊瑚石下，在无数的游来游去的美丽的鱼儿——鲚鱼、条纹鱼、颅骨鱼、金鲷——中间，有一些拖网未能捞起的船体残骸，如铁镫索、锚、大炮、炮弹、绞车上的索具以及一根艏柱，全都是遇难船只上的东西，现在上面已布满着花花草草。

当我注意观察着这些令人伤心的船体残骸时，尼摩艇长口气严肃地对我说道：

“拉德鲁兹船长于一七八五年十二月七日率指南针号和星盘号出发。他开始停泊于植物湾，考察了友人群岛和新喀里多尼亚岛，然后驶往圣克鲁斯岛，并在哈帕伊群岛中的纳穆卡岛停靠。然后，他率领这两条船驶到瓦尼可罗中那些他所不熟悉的珊珊礁间。走在前面的指南针号撞上了南边海岸的礁石。星盘号急忙赶来施援，但也触了礁。指南针号几乎是触礁即毁，而星盘号则是搁浅在沙滩上，处于下风口，坚持了数日。当地土著人很好地款待了遇险船只的船员们。后者被安顿在岛上，同时，又用两条大船的残骸拼拼凑凑地造了一条较小的船。有几个船员自愿留在了瓦尼可罗岛上。其余的人，体弱的，有病的，都随拉德鲁兹离去了。他们朝着所罗门群岛驶去，结果，在该群岛主岛西岸的失望岬和满意岬之间，船毁人亡！"

"您是怎么知道的？"我惊诧地问。

"喏，这是我在最后那条船出事地点找到的东西。"

尼摩艇长让我看一个白铁盒，上面压印着法兰西徽记，盒子已被含盐的海水腐蚀得很厉害了。他打开白铁盒，我看见一卷发黄了的纸，但纸上的字迹仍清晰可辨。

这是海军部长给拉德鲁兹船长的训令，上面还有法王路易十六的亲笔御批！

"嗯！对于海员来说，这样的死可以说是虽死犹荣，死得其所啊！"尼摩艇长感慨地说，"这座珊瑚基地实在是很幽静的，但愿我和我的同伴们不会葬身别处！"

## 延伸思考

1. 石珊瑚与普通珊瑚有什么不同？
2. 当地土著人对登上小岛的不同客人的态度有什么不同？

## 知识拓展

### 珊瑚岛

珊瑚岛是指由海中的珊瑚虫的礁体筑成的岛屿，一般分布在热带海洋中。珊瑚岛的表面被一层珊瑚砂和珊瑚泥所覆盖。珊瑚岛的类型有三种：岸礁、堡礁和环礁。世界上著名的珊瑚岛有澳大利亚的大堡礁、马尔代夫的马尔代夫群岛、中国的南沙群岛等。

# 二十 托雷斯海峡

名师导读

鹦鹉螺号幸运地穿过了澳大利亚满是暗礁的珊瑚海域，却不幸在同样危险的托雷斯海峡触礁搁浅了。在等待涨潮的时间里，内德·兰德提出要到附近的小岛上狩猎，尼摩艇长竟然同意了。于是，三人驾驶着小船前往不远处的小岛。

十二月二十七日夜间，鹦鹉螺号急速驶离瓦尼可罗海域。它向西南方向驶去，三天时间里，从拉德鲁兹遇难的群岛到达巴布亚的西南角，行程七百五十里。

一八六八年一月一日，清晨，孔塞伊登上潜艇平台，向我走过来。

“先生，”这个诚实的小伙子对我说道，“先生请允许我向您祝愿‘新年好！’，好吗？”

“当然好喽，孔塞伊，要跟我在巴桑，在国家自然史博物馆时一样。我谢谢你对我的祝愿。不过，我得问问你，在我们目前所处的情况之下，你这句‘新年好！’是什么含义呀？是想说这一年我们会结束现在的囚禁生活呢，还是说我们会继续这种奇异的旅行？”

“说实在的，”孔塞伊回答说，“我真不知道该如何说是好。当然，我们看到了很多很有意思的东西，两个月以来，我们一直都不觉得厌烦。而最近的那一次更是一大奇迹，令人惊叹不已，老这么下去，我真不知道将来会怎样了。我觉得我们再也遇不到这样的机会了。”

“这样的机会是永远也不会再有的了，孔塞伊。”

“另外，尼摩先生这个人，正如他的拉丁文名字所含的意思一样，他存在与否似乎并不碍我们的事。”

“你说得对，孔塞伊。”

“如果先生不见怪的话，我在想，‘新年好！’就是让我们在这一年中什么都能看到……”

“什么都能看到，孔塞伊？那时间可就太长了。可内德·兰德是怎么想的呢？”

“内德·兰德想的正好跟我相反，”孔塞伊说，“他是个讲求实际的人，嘴很馋，光是观鱼吃鱼对他来说还是不够的。对于一个地地道道的撒克逊人来说，食无酒无面包无牛排是不行的，必须大口吃肉，再喝点白兰地或杜松子酒什么的！”

“至于我，孔塞伊，让我苦恼的并不是这一点，艇上的饭食还是很对我的胃口的。”

“我也如此，”孔塞伊答道，“因此我想着在此待下去，可内德·兰德却总想着逃走。所以说，如果新的一年对我不顺利的话，那对内德·兰德来说就会是顺利的一年，反之亦然。总之，我们两个总有一个是会满意的。不管怎么说，我还是要祝愿先生诸事顺遂！”

“谢谢你，孔塞伊。不过，新年礼物的事只能以后再说了，我们就先以握手来代替一下吧！就目前的情况，我也只能如此了。”

“先生从未如此慷慨过。”孔塞伊答道。

诚实的小伙子说完便走开了。

到一月二日为止，自我们从日本海起锚以来，我们已经跑了一万一千三百四十海里，亦即五千二百五十法里。此刻，鹦鹉螺号艇艏正对着澳大利亚东北海岸珊瑚海的危险海域。我们的船沿着海岸在行驶，距离那可怕的暗礁脉只有几海里，一七七〇年六月十日，库克的那几条船差点在此处遇难。库克所乘的那条船撞上了一块岩石，但却并没有沉，因为一块珊瑚石被撞了下来，正好嵌进船体撞开的洞口，把裂口给堵上了。

我急于看到这个长三百六十里的暗礁脉。波涛汹涌的海水不停地冲击暗礁，浪花飞溅，声如雷鸣。然而，鹦鹉螺号的侧翼斜面板此刻正把我们带到海底，以致我无缘得见那突兀高耸的珊瑚峭壁。我只能看看网里捕获的各种各样的鱼。在这些鱼中，我看到了白金枪鱼，这是一种与金枪鱼一般大小的鲭鱼类，腹部两侧呈淡蓝色，周身长有横纹，横纹到鱼死之后才会消失。这些鱼成群结队地尾随着我们，为我们的餐桌增添了一道道美味的菜肴。我们还捕捞到很多的青花鲷，这种鱼身长五厘米，味道如同剑鱼。还有一些飞鱼，是名副其实的海底飞燕，黑夜里，它们身上的磷光闪烁着，忽而跃出水面，忽而陷入水中。在拖网网眼里，我还发现软体动物和植虫动物中各种不同的海鸡冠目动物，有海胆、双壳贝、马刺螺、盘形贝、蟹守螺、玻璃贝等。植物类以漂浮着的美丽海藻、昆布和大包囊为主，身上全都粘满了从导管里渗出来的黏液。在这些海藻中，我采集了一种惹人喜爱的胶质海藻，在博物馆里，这可算是自然界的珍奇品种了。

越过珊瑚海两天之后，一月四日，我们抵达巴布亚海岸。这时候，尼摩艇长告诉我说，他打算经由托雷斯海峡前往印度洋。他就告诉了我这些。内德高兴地看到，这条航线使他靠近了欧洲海岸。

托雷斯海峡同样被视为危险海域，不仅海峡里暗礁遍布，而且海岸上常有野蛮的土著人出没。托雷斯海峡把新荷兰岛与巴布亚的一个名为新几内亚的大岛分隔开来。

巴布亚岛长四百里，宽一百三十里，面积为四万平方里。该岛位于南纬零度十九分到十度二分、东经一百二十八度二十三分到一百四十六度十五分之间。中午时分，大副在测量太阳高度时，我看见了阿尔法勒克斯山的山峰，山峦层层迭起，顶端是陡峭的绝壁。

这片土地是葡萄牙人弗朗西斯科·塞拉诺于一五一一年发现的。这之后，陆续来过此地的有：唐若泽·梅内塞斯（一五二六年）、格利加尔瓦（一五二七年）、西班牙将军阿尔瓦尔·德·萨夫德拉（一五二八年）、朱戈·奥尔泰（一五四五年）、荷兰人舒唐（一六一六年），尼古拉·斯惠克（一七五三年）、塔斯曼、当皮埃、菲梅尔、卡尔特雷、爱德华、布干维尔、库尔、弗雷斯特、迈克卢尔、昂特勒卡斯托（一七九二年）、迪佩雷（一八二三年）、迪蒙·迪维尔（一八二七年）。德·里安齐曾说过：此处是占据整个马来西亚的黑人的聚集地。因此，我毫不怀疑，这次航行将会把我们带到可怕的安达曼人面前。

鹦鹉螺号就这样来到了地球上最危险的这个海峡的入口。这是个连最最大胆的航海家都不太敢穿越的海峡。路易·帕兹·托雷斯[1]由南部大海返回时在美拉尼西亚冒险穿越的就是这个海峡；一八四〇年，迪蒙·迪维尔的两条三桅船也是在这里搁浅的，差一点船毁人亡。鹦鹉螺号尽管在海上屡屡化险

名师注解

① 路易·帕兹·托雷斯：17 世纪西班牙航海家。

为夷，现在也得领教一下这里的珊瑚礁群的厉害了。

托雷斯海峡宽三十四里左右，但海峡中遍布岛屿、岩礁和岩石，使得船只几乎无法通行。因此，尼摩艇长通过这个海峡时，也是倍加小心，不敢大意的。鹦鹉螺号正以中速在海面上行驶着。艇的螺旋桨像鲸鱼尾巴似的缓缓地拍打着海水。

我和我的两位同伴借此机会待在了空无一人的艇顶平台上。舵手的驾驶舱就在我们的前面，如果我没弄错的话，尼摩艇长想必正在驾驶舱里指挥着他的鹦鹉螺号。

我把几张十分详尽的托雷斯海峡航行图摊开，这几张图是河海测量工程师万桑东·迪穆兰和海军中尉（现已成为海军上将）库普旺·德布瓦测绘编制的；此二人在迪蒙·迪维尔进行最后一次环球航行时均为其参谋人员。再加上金船长[①]绘制的那些海图，都是最好的对付这条狭窄通道的复杂地形的海图。我极其专心仔细地在研究着这些海图。

鹦鹉螺号四周，海水波涛汹涌，澎湃翻滚。浪涛以二点五海里的速度从东南向西北奔腾而去，周围露出水面的珊瑚礁被波涛拍击着，浪花飞溅。

“这海够恶的！”内德·兰德跟我说。

“是够恶劣的！”我回应道，“这种天气鹦鹉螺号也觉得很挠头的。”

“那个该死的艇长，”加拿大人又说道，“必须非常熟悉这条航道才行，因为我看到前面有不少的珊瑚礁，艇身只要稍微擦碰一下，就必然被击成碎片！”

情况确实异常危险，但是，鹦鹉螺号恰似有魔法护身一般，在那些令人望而生畏的珊瑚礁之间出溜过去了。它并没有完全依照星盘号和泽雷号的航线行驶，那条航线曾使得迪蒙·迪维尔遭受过致命的打击。它更靠北些，紧贴着默里岛行驶，然后再回头转向西南，朝着坎布兰岛驶去。我本以为它会一直开到坎布兰岛，但它又掉头转向西北，穿过许许多多不知名的岛屿和小岛，驶向通德岛和莫韦海峡。

我已经在思索，这位冒失的尼摩艇长是不是要疯了，想把艇驶入迪蒙·迪维尔的两条三桅船曾经触礁的那条狭窄航道。我正在做如是猜想的时候，他却又改变了航向，径直往西，向着格波罗阿尔岛开去。

名师注解

① 金船长：威廉·派克·金（1794—1856），英国海员，海洋地图测绘工程师。

此刻已是午后三点，浪花翻滚，潮水高涨。鹦鹉螺号驶近格波罗阿尔岛。岛上的那片抢眼的班达森林之边缘已映入眼帘，至今仍历历在目。我们在距离两海里的地方沿着该海岛行驶着。

突然间，我一下子被晃倒了。鹦鹉螺号触到了暗礁，停下了，左舷在微微倾斜。

我又站了起来，发现尼摩艇长和大副也来到了平台上。他们正在检查受损情况，并用我听不懂的语言在交谈着。

情况是这样的：距离右舷两海里处，是格波罗网尔岛，该岛的海岸自北向西呈圆弧状，恍若一条长长的大手臂。南面和东面，有几处珊瑚礁因退潮而露出了礁尖。我们的艇搁浅了，而且是搁浅在一片潮水不大的海域里，想把艇退出去不太容易。好在艇并没有受损，艇壳是结实地连在一起的。不过，即使它不会沉没，不会断裂，但却有可能就这么永远地搁浅在这片礁石上。情况果真如此，那尼摩艇长的这艘潜艇就没有希望了。

我正在这么寻思着，只见尼摩艇长朝我走了过来，他神情冷淡、沉静，还是那么镇定自若，不焦不躁，不急不恼。

“发生意外了？”我问。

“没什么，只是一点小事故。”他回答。

“可这小事故，”我又说道，“也许会迫使您重又成为您所不愿意做的陆地居民的！”

尼摩艇长以一种怪异的眼神望着我，然后便做出了一种否定的手势。他这就等于是在告诉我，永远不会有任何事情能迫使他重回陆地的。片刻之后，他对我说道：

“再说，鹦鹉螺号并没有受损，阿罗纳克斯先生，它仍旧要载您到海洋奇观中去的！我们的旅行仅仅才是个开始，我可不想这么快就丧失陪伴您的荣幸。”

“可是，尼摩艇长，”我并未在意他的那句带有挖苦之意的话语，接着又说，“鹦鹉螺号是在海水涨满潮时搁的浅。而且，太平洋的海潮不大，因此，如果您不能使鹦鹉螺号减轻负载的话——我觉得减轻负载是不可能的——我不知道您有何高招能使它摆脱搁浅状态。”

“您说得对，教授先生，太平洋的海潮是不大。”尼摩艇长回答道，“但是，在托雷斯海峡，涨潮与退潮之间仍然有着一米五的落差。今天是一月四日，再过五日，是月圆之时，届时，这个助人为乐的地球若不使海水涨得很

高，助我一臂之力，那才叫见鬼了呢！我只想获得地球的帮助，只欠它的情。”

尼摩艇长说完这话就在大副的跟随之下回到鹦鹉螺号舱内去了。艇一动不动地停在那儿，仿佛珊瑚虫似的用那强有力的黏合剂牢牢地粘住了。

“怎么办，先生？”艇长离去后，内德·兰德凑上前来问我道。

“没什么办法，内德朋友，只好耐心地等到九日涨潮的日子，届时，月亮似乎会发发善心把我们送往大海上去的。”

“就这么干等着？”

“只能如此。”

“艇长难道就不能不在这儿抛锚，别把艇固定在这里，想法把艇弄出去吗？”

“既然涨潮时问题就能解决，还费那么多事干什么呀？”孔塞伊干脆地回答道。

加拿大人瞪了孔塞伊一眼，然后耸了耸肩，以水手的身份很内行地说道：“先生，您就相信我的话吧，这个铁玩意儿是再也无法在海面上或海底里航行了，只能当作废铁处理掉。所以我在想，已经是我们该同尼摩艇长告别的时候了。”

“内德朋友，”我对他说，“对于这个坚不可摧的鹦鹉螺号，我可不像您那么绝望。五天之后，我们还是能够指望得上太平洋海潮的。另外，如果我们离英国或普罗旺斯不远的话，逃走的办法也许还算是切实可行的，可我们现在是在巴布亚海域，情况就大不一样了。而且，要是鹦鹉螺号真的摆脱不了搁浅状态的话，再采取这种极端做法也还是来得及的。不过，如果这艇真的浮不起来的话，那问题可就严重了。”

“但我们至少可以去探探路吧？”内德·兰德又说，“这里是一座岛，岛上有树，树下有陆上动物，我们就能搞到牛排和烤肉了，我还真馋这些东西。”

“这一点，内德朋友说得也是，”孔塞伊说，“我同意他的意见。先生难道不能同尼摩艇长说一声，请他把我们送到陆地上去？哪怕是为了在上面走走，免得忘掉在陆地上的行走习惯也好呀！”

“我可以去问他一声，”我说，“但我看他是不会答应的。”

“请先生不妨试试看吧，”孔塞伊说，“这样，我们也会知道艇长到底对我们好到什么程度。”

完全出乎我的意料！尼摩艇长竟然答应了我的请求，而且答应得非常爽快，甚至都没有要求我保证一定要返回到艇上来。不过，想从新几内亚这个地方逃跑是极其危险的，因此我是不会让内德·兰德去冒这个险的。与其落入巴布亚的土著人手中，还不如在鹦鹉螺号上当俘虏的好。

小艇第二天可以让我们使用。我没有去问尼摩艇长是否跟我们一起去。我甚至在想，船上是不会派人给我们的。只好让内德·兰德来承担驾艇的重任了。不过，陆地距离我们顶多也就是两海里，对于大船而言，是非常危险的，在暗礁中穿行有可能船毁人亡，但驾驶一只小艇，对加拿大人而言，那就是小菜一碟了。

第二天，一月五日，小艇解索，从存放处弄出来，从平台高处放入海中。这个活儿两个人就可以完成了。桨就在艇上，我们只要坐上去就可以了。

八点钟，我们携带着枪和斧头从鹦鹉螺号下去。当时，海面上风平浪静，轻柔的风从岛上吹拂过来。我和孔塞伊荡起双桨，用力地划起来。内德掌着舵，小船在岩礁间那狭窄的通道里很顺利地滑行着，速度很快。

内德·兰德难以抑制自己那兴奋激越的心情，犹如一个越狱犯，根本就没去想还要回到大船上的事。

“有肉吃了！”他反复地叫嚷道，“我们很快就要吃上肉了！太好了！真正的野味呀！哎，就是缺点面包！我并没说鱼不好吃，但也不能老吃鱼呀！一块新鲜野猪肉，放在火上这么一烤，那个味道可就大不相同了！”

“馋鬼一个！”孔塞伊说，“说得人家都要流口水了。”

“不过得弄清楚，”我说道，“看看林中是否有野兽出没，是否有特大的能把猎人给吃了的野兽。”“好的！”加拿大人牙齿磨得像利刀尖似地回答，“阿罗纳克斯先生，如果岛上找不到其他的四条腿的动物，我就吃老虎肉，吃它腰窝里的肉。”

“内德朋友要让人为他提心吊胆了。”孔塞伊说。

“不管怎样，”内德·兰德说道，“只要是四条腿不长羽毛的动物，或者是两条腿带羽毛的动物，我看见后就是一枪！我要用枪声欢迎它们！”

“好啊！”我应声道，“兰德师傅的冒失劲儿又上来了！”

“别担心，阿罗纳克斯先生，”加拿大人说，“你们就只管拼命划吧！我不出二十五分钟便可以为你们准备出一道菜来。”

八点半时，鹦鹉螺号上的这只小艇已经安然无恙地穿过了环绕普格波罗阿尔岛的那一圈珊瑚礁，在一片沙滩边慢慢地停了下来。

# 二十一 陆上几日【精读】

名师导读

鹦鹉螺号的搁浅，使得阿罗纳克斯教授等人有机会登上久违的陆地。他们在那里的小岛上打猎、采摘果实，还逮到了一只美丽的“极乐鸟”。内德·兰德用采摘来的东西做了一顿丰盛的晚餐，正当他们要享用晚餐的时候，一块石头从天而降。

我的脚一踏上陆地，便感到心潮起伏。内德·兰德用脚踩了又踩岛上地面，像是要把这块土地窃为己有似的。其实，按尼摩艇长的话来说，我们成为鹦鹉螺号上的乘客，也就是说，成为该艇艇长的俘虏，总共才不过两个月而已。

几分钟之后，我们便走到距离海岸枪弹的射程内那么远了。岛上的土地几乎全都是石珊瑚质的，不过，在几条干涸的河床里可以看见一些花岗岩碎片，这表明该岛形成于很久远的年代。树木郁郁葱葱，遮天蔽日。树木参天，一些高大的树木竟高达二百尺，彼此间有藤本植物组成的花环相连，恰似个天然吊床，在微风中摇来荡去。树木品种繁多，有合欢树、榕属植物、大麻黄属植物、柚木、木槿属植物、班达树、棕榈科植物，这些树枝繁叶茂，交叉混杂地生长在一起。在大树绿荫下，这些高大的树木的齿形树干脚的边缘，还生长着茂密的兰科植物、豆科植物和蕨类植物。

可是，加拿大人对所有这些巴布亚植物中的美丽树种毫无兴趣。他不崇尚美丽，只讲求实际。他发现了一棵椰子树，打下几个椰子来，我们把它们砸开，喝椰汁，吃椰肉，心里畅快极了，消除了我们对鹦鹉螺号上天天如一的饭菜的不满。

“太好了！”内德·兰德说。

“味道真美！”孔塞伊回应道。

读书笔记

“我想，”加拿大人又说，“您的那位尼摩艇长该不会反对我们带上些椰子回去吧？”

“我想不会，”我回答道，“不过，他肯定不会品尝的。”

“那算他没有口福。”孔塞伊说。

“那算便宜我们了！”内德·兰德说，“因为他不吃，剩下的我们吃。”

“我想先说一句，兰德师傅，”捕鲸手正准备打另一棵树上的椰子时，我对他说道，“椰子确实是个好东西，但是，在把小艇装满椰子之前，我觉得还是应该先在岛上巡视一番，看看还有没有其他更有用的东西，这才不失为明智之举。鹦鹉螺号的配膳室恐怕对新鲜蔬菜是非常欢迎的。”

名师点评

孔塞伊把分类学应用到了日常生活中。

“先生说得非常对，”孔塞伊说，“我建议把小艇辟做三处：一处放水果，一处放蔬菜，一处放野味。不过，到目前为止，连猎物的影子也没见着。”

“孔塞伊，别那么着急嘛。”加拿大人说道。

“那我们就继续往前走，”我说道，“不过，大家得倍加小心，把眼睛放亮些。这岛虽然看着像是荒无人烟，但说不定会冒出些什么家伙，不像我们对猎物那么挑剔！”

“嘿，嘿！”加拿大人嘿嘿两声，嘴巴动了动，意思不言而喻。

“怎么了，内德？”孔塞伊大声问道。

“说真的，我现在算是明白吃人肉有多诱人了！”加拿大人回答道。

“内德！内德！您这话叫什么意思？”孔塞伊追问道，“您会吃人？那我与您待在一起可就危险了，我可不敢同您同居一室了。说不定我哪天一觉醒来，已经被您吃掉一半了！”

“孔塞伊朋友，我很喜欢您的，不到万不得已，我是不会吃您的。”

“这可没准儿，”孔塞伊回答道，“咱们还是打猎去吧！一定得打到点野味什么的，好让您这个喜啖人肉者得到满足，否则，说不定哪一天先生早晨起来就找不到他的仆人了，见到的只是一堆骨头渣子。”

我们这么说说笑笑地便走进森林那昏黑的树冠拱顶之下。我们在其中走了两个小时，把林子的角角落落走了个遍。

我们还算幸运，终于找到了一些能食用的植物。这一地区生长着一种很有用的植物，是热带地区所特有的，为我们提供了船上所缺少的珍贵食品。

世界上竟然有“面包树”！它究竟是个什么样的东西？下文即将揭晓。

我所说的是面包树。格波罗阿尔岛上这种树很多，我特别留意了其中的一个无籽品种，马来语里称之为“利马”。

这种树与其他树木不同的是，它的树干笔直挺拔，高达四十尺。其树冠呈优美的弧形，且是由多裂片的阔叶组成，博物学家一看便知是“波罗蜜植物”，这种树已在马斯卡林岛上移植成功。青翠浓密的树叶中，清晰地露出硕大的球形果实，直径有十厘米，外表粗糙，呈六边形。这是大自然恩赐给不产小麦的地区的一种有益植物，无须管理，一年中有八个月都挂果。

读书笔记

内德·兰德对这种果实十分熟悉。他在以前的无数次航行中都吃过它，懂得如何调制食用它。因此，一见到这种果实，他便来了食欲，显出急不可耐的样子。

“先生，”他对我说道，“如果不让我尝上一口那面包果的话，那真比死都难受！”

“那您就尝吧，内德朋友，随便地尝好了。我们来此就是为了尝试点什么，那我们就先弄点尝尝吧！”

“这用不了多少时间。”加拿大人说。

请思考：凸透镜为什么能使干柴燃烧起来？

于是，他用凸透镜对堆起的一堆干柴枯枝点火，干柴枯枝一下子便燃着了，噼噼啪啪地烧了起来。与此同时，我与孔塞伊采摘了一些又大又好的面包果，有些尚未熟透，厚厚的皮下是白白的果肉，几乎没什么纤维。其余的摘的多一些，皮色已黄，熟透了，软软的，已在等待人去采摘了。

这些面包果全都无核。孔塞伊递给内德·兰德十来个，后者把面包果切成厚厚的果片，放在火上，边烤边唠叨着：

“您等会儿看吧，先生，这面包可好吃了！”

“特别是很久没吃面包了之后。”孔塞伊说。

“甚至可以说，这已经不是面包了，而是一种美味糕点，”加拿大人补充说道，“您从未吃过，先生？”

“从未吃过，内德。”

“那好，您就准备吃别有风味的好东西吧。如果您吃了之后不想再吃的话，我就不算是捕鲸大王了！”

几分钟后，面包果片受火一面已经变黄，外焦里嫩，里面是软软的面包心，味道如同朝鲜蓟一般。

必须承认，其味道确实是好极了，我美滋滋地在嚼着。

“遗憾的是，”我说道，“这东西无法保存，所以我觉得没必要往艇上带了。”

“啊，先生，不！”内德·兰德大声说道，“您这是博物学家的看法，可我却是个面包师傅。孔塞伊，请您再摘一些面包果，准备返回时带上。”

“可您又如何储藏啊？”我向加拿大人问道。

“用面包果肉制成发面团，就能保存很长时间，不会变质。要食用时，便到船上厨房间去烤就行了，味道虽然有点带酸，但吃起来仍然十分可口。”

“那么，内德师傅，有了面包，我想我们就不缺什么了……”

“不是的，教授先生，”加拿大人打断我说，“还缺少点水果，起码还缺点蔬菜！”

“那我们马上就去找水果和蔬菜。”

我们采摘完面包果之后，马上又去寻觅蔬菜和水果，以使我们这“陆地上的”午餐更加丰盛。

我们并未白费力气，将近晌午时分，我们已经摘了不少的香蕉。这种热带地区的美食，一年四季不缺，马来人称它为“皮桑”，他们就这么生吃，无须煮或烤。除了香蕉以外，我们又摘了些气味很冲的白雅克果、美味的杧果和奇大无比的菠萝。采摘这些东西花了我们不少的时间，不过这也没什么好遗憾的。

孔塞伊一直在留心着内德·兰德。这个捕鲸手走在头里，他认识果类，穿过树林时，总是熟练而自信地摘下许多优质的水果，品种繁多，应有尽有。

“怎么样？”孔塞伊问，“不缺什么了吧，内德朋友？”

加拿大人只是哼了一声，以示回答。

“怎么！您还不满足啊？”

“光这些素食做不成一道正餐，”内德回答道，“这些都是饭后吃的甜食。但汤呢？烤肉呢？”

“对呀，”我说，“内德许诺过，要让我们吃牛排，现在看来是大有问题了。”

“先生，”加拿大人接着说道，“打猎的事非但没有结束，甚至都还没开始呢。耐心点嘛！我们一定能遇上什么飞禽走兽，这儿没有的话，别处也会有的……”

“今天碰不上，明天也能碰上，”孔塞伊帮腔道，“我看我们就别往远处去了，我甚至想提议先回小艇吧。”

“什么！现在就往回走？”内德大声嚷道。

“我们一定得在天黑之前赶回去。”我说道。

“那现在是几点呀？”加拿大人问道。

“起码有两点了。”孔塞伊回答。

“在这片坚实的陆地上，时间过得可真够快的！”内德·兰德师傅遗憾地叹了口气，大声说道。

“往回走吧！”孔塞伊随即说道。

于是，我们便穿过树林往回走，时而停下来，爬到树上去摘一些槟榔树的顶芽，以及一些四季豆。我认出来了，四季豆就是马来人称作“阿布鲁”的东西。另外，还采摘了不少质量上乘的薯蓣。

回到小艇旁，装艇时，采到的东西几乎都放不下了，可内德·兰德仍觉得采摘的还不够。他的运气还真的是很不错的。正当我们要登上小艇的时候，他又发现了好几棵树，高二十五到三十尺，属于棕榈科植物。这些树与面包树同样珍贵，是马来西亚最为有用的植物中的一种。

这些是西米树，如桑树一般，依靠其自身的蘖枝和种子自然地生长繁衍。

内德·兰德知道如何对付这种树。他操起斧头，运足力气，猛然挥去，不一会儿便砍倒了两三棵。从撒落在树叶上的白色粉末可以得知，这几棵西米树已经成材了。

我望着内德砍树。虽然饥肠辘辘，但仍然摆脱不掉博物学家的积习，总是以博物学家的眼光在看着他。一开始，他在剥去每棵树树干上的皮。树皮厚约一寸，皮下是一层长长的纤维网，结成一团解不开的结，结上有一种胶质状的粉末附着着。这种粉末就是可以食用的西谷米，美拉尼亚人以它作为主要食物。

此刻，内德·兰德只是把树干截成一段一段的，如同砍劈柴似的，打算以后再去弄树皮上的粉末，他把弄下来的粉末用布进行过滤，使之与纤维分离，置于阳光下晾晒，让水分蒸发，然后再将粉末放入模具中挤压成块。

下午五点时，我们装载好收获物，离开了海岛，半小时后，便停在了鹦鹉螺号舷旁。没见有任何人出来迎接我们。那个钢板大圆桶似的潜艇内仿佛无人存在。把小艇中的收获物搬到艇上之后，我便回到自己的房间。晚餐已经备好，放在我的房间里了。我吃完饭后便躺下睡了。

读书笔记

第二天，一月六日，艇上毫无动静，一点声音都没有，死一般地沉寂。小艇仍然靠在大艇旁边，与昨天停下时的情况一样。我们决定再去格波罗阿尔岛，内德·兰德从猎人的角度看，希望今天比昨天运气好一些，他打算到林中其他地方再看看。

日出时，我们登程。小艇在海浪的推送下，不一会儿便到了岛上。

我们觉得最好还是跟着内德·兰德的直觉走，所以下了艇之后，便跟在他身后走着。可他人高腿长，常常把我们给甩下一大截。

内德·兰德沿着海岸朝西走了一段，涉过几条急流，来到一处高地平原。平原为茂密的森林所包围。有几只翠鸟沿着急流飞来飞去，但却不让人接近。它们如此地谨小慎微，说明它们知道如何躲避我们这些双足动物，因此，我可以下结论说，该岛即使无人居住，但至少有人常来光顾。

名师点评

阿罗纳克斯教授有着超强的观察能力，也为后文土著人的出现埋下伏笔。

我们穿过一片肥沃的草地，来到一片小树林边缘，林中鸟儿成群，鸣唱着飞来飞去，颇为热闹。

“只不过是些鸟。”孔塞伊说。

“鸟中也有可吃的！”捕鲸手说。

“没有可吃的，内德朋友，”孔塞伊争辩道，“我都看见了，只不过是些普通鹦鹉而已。”

“孔塞伊朋友，”内德煞有介事地说，“在无物可食的人眼里，鹦鹉就是野鸡呀。”

“我插一句，”我说道，“如果会烹调，这种鸟的味道也很

不错。”

的确，在林中浓密的树叶下面，大群大群的鹦鹉飞来蹦去，经过细心调教，它们就能学说人话。此刻，雄鹦鹉正围绕着五颜六色的雌鹦鹉和一本正经的白鹦在咕咕地叫着；白鹦似乎在思考什么严肃的哲学问题，而一些赤红的丝舌鹦则像是一块块被风吹起的薄纱，在鸟群中飞来飞去。在这群鸟中，有飞起来呼呼作响的大绿鹦鹉，有纯天蓝色的巴布亚鹦鹉，还有不少各种各样的非常好看但却不可食用的鸟。

可是，此地所特有的一种鸟却并没在这些鸟中出现；这种特有的鸟从来不会飞出阿鲁群岛和巴布亚群岛的边界。但没多久，我们就有幸一睹这种鸟的芳姿倩影了。

设置悬念，使读者好奇。

我们穿过一处不太浓密的矮树丛，来到一片荆棘丛生的平地。我看到了许许多多美丽的鸟儿在飞翔，它们那长长的羽毛排列特殊，使之不得不逆着风儿飞。它们的姿势波浪起伏，在空中展示自己的优美曲线和绚丽色彩，引人注目，令人心迷。我毫不犯难地便认出这种鸟来。

“极乐鸟！”我叫喊起来。

“鸣禽目，直肠亚科。”孔塞伊接着说。

“是小山鹑属吗？”内德·兰德问。

“我想不是的，兰德师傅。不过，我倒是盼着您能以娴熟的枪法打下一只来，这是热带地区大自然中的一个迷人物种！”

“我试试看，教授先生，不过，我使枪可没有使捕鲸叉那么顺手。”

读书笔记

马来人靠这种鸟与中国人进行大宗贸易。他们所使用的捕捉这种鸟的方法，我们都不会。他们有时在极乐鸟喜爱栖息的高大树木顶端布设罗网，有时则使用强力粘鸟胶，鸟一旦被粘住，就动弹不了，有时甚至在极乐鸟常去喝水的泉里下毒。我们只能在极乐鸟飞翔时举枪射它，但其效甚微。说实在的，我们因此而没少浪费弹药。

读书笔记

上午十一点时，我们翻过该岛中央大山的第一道山梁，至此，我们仍一只鸟也没打着。我们的肚子咕咕直叫，本指望能打到猎物饱餐一顿的，可惜希望落空了。幸好，孔塞伊举枪，一枪竟打中二鸟，解决了腹中饥饿，真是大出所料。他打下的是一只白鸽和一只山鸠，我们急匆匆地把毛燎光，把它们弄干净，穿在小铁钎上，堆起枯枝干叶，点火熏烤它们。两只让人垂涎欲滴的鸟儿在火上烤着，内德便用面包果做起面包来。不一会儿，白鸽与山鸠被吃得干干净净，只剩骨头了，大家都啧啧称赞，味道好极了。这些鸟平时吃的是肉豆蔻，所以肉味香醇，美味可口。

读书笔记

“它们的味道如同吃香菌长大的仔鸡的味道。”孔塞伊说。

“现在，内德，您还缺什么吗？”我问加拿大人。

“缺一只四条腿的猎物，阿罗纳克斯先生，”内德·兰德回答“这些鸽子只不过塞塞牙缝！所以，如果打不着带肋排的动物我是不会满足的！”

“我也是，如果打不到一只极乐鸟的话，我也是不会满足的。”

“那我们就继续寻找猎物吧，”孔塞伊说，“不过得往回走。我们已经翻过了一道梁，我想我们还是回到森林中的好。”

读书笔记

这主意很在理，我们接受了。走了一个小时之后，我们来到一片地地道道的西米森林。有几条无毒的蛇从我们脚前逃走。极乐鸟在我们靠近时也噗地飞走。我觉得很沮丧，认为再也捉不到它们了。正在这时候，走在前头的孔塞伊突然弯腰俯身，并惊呼着，随即便跑到我的跟前，手里竟提溜着一只极乐鸟。

“啊，好样的。孔塞伊！”我高兴地叫了起来。

“先生过奖了。”孔塞伊回答道。

“不是过奖，小伙子，你真的很了不起呀，竟然捉到一只活的极乐鸟，而且还是空手捉到的！”

“如果先生仔细照照，就知道我这并没什么了不得的。”

“那怎么回事，孔塞伊？”

“因为它像鹌鹑似的醉了。”

“醉了？”

“是的，先生。它在豆蔻树下贪吃豆蔻给吃醉了，我就是在那棵蔻树下抓到它的。您看，内德朋友，贪吃无度的后果有多么严重呀！”

名师点评 一语双关，既是在说那只极乐鸟，也是在调侃内德·兰德。

“真是见鬼了！”加拿大人反驳道，“两个月来，我只是喝了点松子酒，干吗这么揪住不放呀！”

他俩在斗嘴时，我在仔细地查看这只奇异的鸟儿。孔塞伊没有弄错，这只极乐鸟确实是被芳香的豆蔻汁给迷醉了，没了一点气力，已经无力飞翔，只能踉踉跄跄地勉强走步。但是，我却并不担心，我会让它醒过来的。

这种鸟是巴布亚及其邻近岛屿上的八种鸟中最美丽的一种，这是一种“大翡翠”极乐鸟，是最稀有的一种。它身长三十厘米，个头儿相对小一些，双眼长在喙旁，而且也不大。它的颜色美丽和谐，黄喙，棕爪，翅尖泛红，脑袋与后颈淡黄，喉间翠绿，腹部与前胸呈栗色。其尾上耸立着两个角形绒球，与细而柔的长羽毛混成一片，整体看去，此鸟确实美不胜收，所以当地土著给它取了个富有诗意的名字——太阳鸟。

我真希望能将这只奇异的鸟带回巴黎，赠送给巴黎植物园，目前，植物园内尚无这种活的极乐鸟。

“这种鸟果真如此稀罕？”加拿大人并非从艺术的角度，而是以人对待猎物的态度问道。

“十分罕见，我诚实的朋友，特别难能可贵的是弄到了一只活的。就算是死的，这种鸟仍然是极珍贵的走私物品。因此，土著人常想方设法地弄虚作假，如同制造假珍珠和假钻石一样。”

“什么？”孔塞伊惊诧地嚷道，“有人制假极乐鸟？”

“是呀，孔塞伊。”

“那么，先生可知道土著人是怎么制假的吗？”

“当然知道。季风季节来临时，极乐鸟尾巴周围的漂亮羽毛就会脱落，博物学家称这种羽毛为副翅羽。制假者便把这些脱落的羽毛收集起来，再巧妙地把它们往事先被拔去副翅羽的可怜的虎皮鹦鹉身上插。然后，再把缝合的地方弥合好，涂上颜色，弄得天衣无缝，卖给欧洲的博物馆和喜欢这种鸟的鸟类爱好者。”

“真妙！”内德·兰德说，“尽管这不是极乐鸟，但羽毛总还是极乐鸟的，如果买去不是食用，我看那也无伤大雅嘛！”

我得到了这只极乐鸟，遂了心愿，但加拿大人的愿望尚未得到满足。然而，两点时分，运气来了，内德·兰德打到一只肥实的野猪，巴布亚土著人称之为“巴利·乌唐”。我们正想着弄一只四足兽时，它就撞到枪口上了，真是太让人高兴了。内德·兰德因自己一枪命中而得意得很。野猪中的是电光子弹，被一枪毙命。

加拿大人先从野猪身上剔出六根肋排，准备烧烤，作为晚餐；然后，他又开始剥野猪皮，开膛破肚，掏出内脏，清洗干净。这之后，我们又去打猎，成绩最佳的当然仍旧是内德·兰德和孔塞伊。

他俩在灌木丛中挥打着，惊起一群袋鼠。它们伸展开富有弹性的腿脚。蹦跳着逃开去。可是，电光子弹比它们的速度快得多，所以它们仍难逃厄运。

“啊！教授先生，”正打猎打得十分开心的内德·兰德大声叫道，“这猎物非常美味可口，尤其是炖着吃！这是鹦鹉螺号的最好的储备呀！两只，三只，五只！地上躺着五只！一想到我们要把它们统统吃光，让船上的蠢货们连肉渣都尝不着，我真是高兴死了！”

我在想，若不是光顾着高兴，加拿大人可能会把那群袋鼠全都给杀光的！可是，他只打死十二只，就没再打了。孔塞伊对我们说，“这种有趣的袋类动物是无胎盘哺乳类动物中的第一目。”

这些动物身体短小，是“兔袋鼠”的一种，通常住在树洞中，跑动时速度飞快；它们虽不算太肥，但肉质却是上乘的。

我们对打猎的收获十分满意。内德兴头最大，提议说第二天再到这个迷人的岛上来，他想把岛上所有的可食用的四条腿的动物全都打光。可是，他没有想到会出现意外。

傍晚六点，我们回到海滩。我们的小艇仍旧停在原地。鹦鹉螺号停在离海岸两海里处，看着就像是一座长形暗礁。

内德·兰德马不停蹄地忙着准备晚餐这件大事情。他厨艺高超，让人不得不服。火上烧烤着的野猪肋排，不一会儿便香味四溢，弥漫于空气之中……

我发现自己也学起加拿大人的样儿来。面对新鲜的烤野猪肉，我也有点按捺不住了！请大家原谅我，就像我因相同的理由而原谅兰德师傅一样！

总之，这顿晚餐真是妙不可言。还有那白鸽和山鸠，也给晚餐锦上添花了。西谷米粉面条、面包果制面包、几只杧果、半打菠萝以及一种椰桃肉酿的饮料，让我们吃得眉飞色舞、手舞足蹈。我甚至觉得，我的这两个高兴异常的忠实同伴已经头晕脑涨，不怎么清醒了。

“我们今晚不回鹦鹉螺号怎么样？”孔塞伊问。

“我们永远也别回去了，如何？”内德·兰德更进一步。

正在这时候，一块石头落在我们面前，突然打断了捕鲸手的问话。

名师点评

这样的结尾使得故事充满了悬念。

精华赏析

在鹦鹉螺号上被困两个月的阿罗纳克斯教授等人一登上小岛就兴奋异常，内德·兰德展现了其超强的野外求生本领，捕获的野生动植物在他的手中变成了一道道美食。从他们处理事情的方式上，我们会发现每个人在看待问题时，总是摆脱不了自身身份、学识、爱好的拘囿：阿罗纳克斯教授总是以博物学家的眼光看待周围的一切，孔塞伊将分类学运用自如，而贪嘴的内德·兰德总是联想到吃。

知识拓展

## 面包树

面包树，一种木本粮食植物，又名罗蜜树、马槟榔、面磅树，原产于太平洋群岛及印度、菲律宾，为马来群岛一带热带著名林木之一。面包树的树干粗壮，枝叶繁茂，枝条、树干以及根部都可结果。果实果肉饱满，味道香甜，营养丰富，含有丰富的淀粉、维生素 A、维生素 B、少量的蛋白质和脂肪。成熟的面包果放在火上烘烤至黄色即可食用，味如面包，松软可口，酸中有甜，故这种植物称之为“面包树”。

# 二十二 尼摩艇长的闪电

名师导读

正准备享用美食的阿罗纳克斯教授等三人突然遇到土著人的袭击，他们赶紧逃回鹦鹉螺号，并把这个情况告诉了尼摩艇长。可是，尼摩艇长却不加以防范。鹦鹉螺号还在搁浅，又被数百名土著人围困，情况相当危急。

我们并未站起身来，只是扭脸往森林那边望去，我正在往嘴里塞东西的手突然停止在空中不动，而内德·兰德的手已经塞到嘴边，也立刻止住不动了。

“石头是不会从天而降的，”孔塞伊说，“除非是陨石。”

第二块石头又落了下来，是一块经过打磨的石头，把孔塞伊手上的一只香喷喷的鸽子大腿给打落在地。这愈发证明他所说的话完全正确。

我们仨全都站了起来，举枪准备还击。

“会不会是猴子呀？”内德·兰德大声问道。

“与猴子差不多，”孔塞伊答道，“是些野蛮人。”

“快回小艇！”我边往海边走边喊。

我们真的是在且战且退，因为有二十多个拿着弓箭和石块的土著人出现在一片遮挡住右边地平线的矮树林边，离我们顶多一百来步远。我们的小艇所在的位置离我们有十图瓦兹。

野蛮人正在向我们逼近。他们尽管没有跑着追赶我们，但其动作却是满含敌意的。他们向我们投掷的石块和射出的箭像雨点般飞来。

内德·兰德不愿将猎获物丢弃，便不顾眼前的危险，硬是一只胳臂夹着野猪，一只胳臂夹着袋鼠，动作十分麻利地收拾好东西。

两分钟后，我们跑到沙滩了。我们把食物和武器放上了小艇，把它推到海里，装好双桨，转眼间一切都处置完毕。我们尚未划出两链远，只见一百来个土著人手舞足蹈，大喊大叫地拥进齐腰深的海水里。我抬眼往鹦鹉螺号望去，想知道这些土著人的出现是否把艇上的人惊动了，都爬到艇顶平台上来。可是，平台上未见人影。那庞然大物就趴在海上，不见一点动静。

二十分钟后，我们上了鹦鹉螺号。嵌小艇的舱门是敞开着的。我把小艇拴扣好之后，便进到艇舱里去了。

我们往客厅走去，客厅里传来乐声。尼摩艇长正俯身于管风琴上，陶醉在音乐之中。

"艇长！"我喊了一声。

他没听见。

"艇长！"我又叫了一声，并用手轻轻地推了他一下。

他微微地颤动了一下，转过身来。

"啊！教授先生，是您呀！"他冲我说道，"怎么样，打猎的收获不错吧？植物标本也没少采集吧？"

"是的，艇长，"我回答说，"可不幸得很，我们引来了一群两条腿的动物，他们就在附近，我们非常担心。"

"什么两条腿的动物？"

"是些野蛮人。"

"野蛮人！"尼摩艇长语含讥讽地说道，"教授先生，您踏上陆地便遇上野蛮人，颇为惊讶吧？野蛮人陆地上哪儿没有呀？再说，您所称的野蛮人比其他的人更坏吗？"

"可是，艇长……"

"对我而言，先生，我到处都能碰上野蛮人。"

"好吧！"我回答他道，"您若不想在鹦鹉螺号上接待他们的话，您还是多加小心的好。"

"您就放心吧，教授先生，没什么可担心的。"

"那些土著人人数可是不少呀。"

"您数过有多少？"

"起码有一百多。"

"阿罗纳克斯先生，"尼摩艇长边说边把手指搁在管风琴上，"即使巴布亚的所有土著人全都集合到这儿来，鹦鹉螺号也绝不会害怕他们攻击的。"

于是，艇长的手指便开始敲击琴键了，但我发现他敲击的只是黑键，因此，他所弹奏出来的旋律便带有着一种苏格兰音乐的乐调。过了一会儿，他便忘了我的存在，沉浸在一种梦幻之中，因此，我也就不想去惊扰他的梦境了。

我再次登上平台。天色已暗，因为，在这低纬度地区，太阳落得很快，没有黄昏这种过渡。格波罗阿尔已经陷入朦胧之中，看不清楚了。不过，海岸上仍有无数火把的光亮，说明土著人并没打算离去。

我独自一人就这样地在平台上待了几个钟头。我时而在想那些土著人——但我已不怎么害怕他们了，因为尼摩艇长那坚定的信心鼓舞了我——时而又把他们忘到脑后，只顾去欣赏那热带地区的美丽夜色。数小时之后，黄道十二宫的星辰将照到法国，我的思绪随着它们飞向了祖国。月亮在天穹中发出洁白的清辉。我此刻在想，这颗忠实而惹人喜爱的地球卫星后天又将回到这同一地方来，掀起海浪，把鹦鹉螺号从珊瑚礁上托起。将近午夜时分，黑漆漆的海面上以及海岸边的树底下寂静无声，我便回到自己的舱房，安然入睡。

一夜过去，未出现意外。那些巴布亚人大概被海湾中停着的那个大怪物给吓住了，否则他们轻而易举地便会冲进鹦鹉螺号舱里来，因为舱盖是敞着的。

一月八日，晨六时，我又上了艇顶平台。晨雾在渐渐地散去，那个岛屿在薄雾中显现出来，先是海滩，随后整个岛全都显露了出来。

那些土著人仍旧守在那儿。人数比头一天增多了——可能有五六百人。有几个土著人利用海水退潮，跑到珊瑚礁顶，离鹦鹉螺号不足两链远。我能很容易地看清楚他们。他们是些真正的巴布亚人，身材高大，体格健壮；他们天庭饱满，鼻子肥厚且直挺，牙齿洁白。羊毛似的头发被染得红彤彤的，与他们那如同非洲东北部的努比亚人一样黑而亮的身子形成鲜明的对比。他们那被割开拉长的耳朵上，坠着成串的骨质饰品。这些土著通常都赤裸着身子。在他们中间，我看到几个女人，腰上用草绳系着一条草裙，垂至膝上遮羞。有几个像是头领的人，脖子上戴着月牙形饰物和红白色玻璃珠子项链。差不多人人都带上了弓、箭、盾，肩上还背着一种网状物，内装石子，他们用投石器把石子投出，又准又狠，得心应手。

其中的一个头领离鹦鹉螺号非常近，正认真仔细地在研究我们的艇。他可能是一位地位很高的玛多[①]，因为他身披一件用芭蕉叶编成的辫状织物，边缘有花饰，染有鲜艳的颜色。

这个土著头领离我们很近，我举枪便能把他击毙，但我觉得还是先看看他是否有真正的敌对行动再说。在欧洲人与野蛮人相逢时，欧洲人应以守为攻，不应先发制人。整个退潮期间，这帮土著人一直在鹦鹉螺号附近不怀好意地走来走去，但并没有嗷嗷乱叫。我总听见他们在重复着一个词——“阿塞”，从他们的手势分析，像在邀请我们到陆地上去，可我觉得，还是谢绝这一邀请的好。因此，这一天，小艇没有离开大艇，兰德师傅因无法多弄点食物而沮丧得很。这个心灵手巧的加拿大人趁此机会便在拾掇从格波罗阿尔岛上带回来的肉和西米粉。至于那帮土著人，十一点左右，珊瑚礁顶快要被涨起的水淹没时，便都回到岛上去了。但我还是发现，海滩上的人数明显地增加了。他们也许是从邻近岛屿或从巴布亚本岛跑来的。不过，我仍旧没有见到土著人的独木舟。

由于没什么有意义的事情可做，我便想在这清澈明净的海水中捕捞些贝类。贝壳、植虫动物和深海植物，全都清晰可辨。再说，如果真的如尼摩艇长所说，明天海水涨潮，艇就可以漂浮起来，进入大海，那我们就是最后一天在这儿了。

于是，我把孔塞伊叫上来，让他给我带一张轻巧小网，这网与捞牡蛎的网差不太多。

“那些野蛮人呢？”孔塞伊问我，“先生可别怪我多嘴，我觉得他们并不太凶！”“可他们是吃人肉的生番啊，我的小伙子！”“人可以既吃人肉，又很诚实，”孔塞伊回答道，“如同人既可以贪嘴又可以诚实一样，二者并不矛盾。”

“对呀！孔塞伊，我同意你的看法。他们是诚实的吃人肉的生番，他们会诚实地把俘虏吃掉。只不过我并不想让别人给吞食，即使是被诚实地吃掉也不愿意，因此我得时时刻刻倍加小心，因为鹦鹉螺号的艇长似乎并不很专心防范。好了，我们开始捕捞吧。”

我们兴致勃勃地捞了两个钟头，但并没捞到什么珍稀的玩意儿。小网里

名师注解

① 玛多：当地土语，意思是“头领”。

满是印尼米达鲍鱼、竖琴螺、黑贝，较多的是我此前未曾见过的极其漂亮的槌贝。我们还捞到一些海参、珍珠牡蛎和一打小海龟，这些都准备送到艇上的配膳室里去。

但是，我未曾料到，我的手竟不经意地摸到了一件稀罕物，应该说是抓到了一个自然变形的珍品。这纯粹是偶遇，实属罕见。孔塞伊把网撒下去，拉上来后，网里有各种各样的常见的贝壳。突然，他看到我把手伸进网去，从中捞出一个贝壳。我立即发出一声贝类学家的尖叫，也就是说，发出一声人的嗓子所能发出的最尖厉的叫声。

“啊！先生这是怎么了？”孔塞伊惊恐地问道，“先生是不是被什么东西咬了？”

“没有，小伙子。不过，我宁愿掉一根指头，也愿意获此发现！”

“发现什么了？”

“一个贝壳。”我指着我的战利品给他看。

“这不就是一个斑岩斧蛤嘛！斧蛤属，斧蛤目，腹足纲，软体动物门……”

“没错，孔塞伊。可是，这个斧蛤不是从右往左转，而是从左往右转的！”

“这怎么可能？”孔塞伊大声说道。

“就这么可能，小伙子，这是一只左旋斧蛤！”

“一只左旋斧蛤！”孔塞伊非常激动地重复了一句。

“你好好看看它的螺塔！”

“啊！我向先生发誓，”孔塞伊用颤抖的手拿着那珍奇的贝壳激动地说，“我还从来没有像现在这么激动过呢！”

这确实让人激动不已！确实像博物学家们所指出的那样，右旋是一种自然规律。行星及其卫星，无论是公转还是自转，皆由右往左。人常用的是右手而非左手，因此，人所使用的工具、器械、扶梯、门锁、钟表发条等，也都是以从右往左的原则安排的。大自然也同样是以这一原则造就贝壳的纹路的。除了极少数的例外，贝壳都是右旋的，偶尔碰到一个螺塔左旋的，收藏家必以重金买下。因此，我同孔塞伊两人都怀着难以抑制的激动在欣赏这件罕见的宝贝。而且，我还在想着用它去丰富巴黎国家自然史博物馆的馆藏。正在这时候，倒霉的事情发生了，一个土著人扔来一个该死的石块，打碎了孔塞伊正拿在手中的那件宝物。

我立刻发出绝望的悲鸣！孔塞伊冲过去取枪。举枪瞄准十米开外的一个正在摇动着投石器的土著人。我正待上前制止他，但枪声已响，击碎了对方胳膊上吊着的护身符。“孔塞伊！”我大声喊着，“孔塞伊！”“怎么了，先生？难道先生没有看见那个吃人生番已经开始攻击了吗？”

“不能因为一个贝壳要了一个人的命呀！”我对他说道。

“啊！这个混蛋！”孔塞伊大声吼道，“我宁愿他打碎的是我的肩胛骨！”

孔塞伊说的是真心话，可我是不会同意他的看法的。其实，情况早已发生变化了，只不过我们并未注意到而已。二十来只独木舟已经把鹦鹉螺号给围住了。这些独木舟是用掏空的树干做成的，细长狭窄，还配备着两根竹制长竿，浮在水面，保持平衡，利于行驶。划船者半裸着身子，技术娴熟，见他们驶来，我不觉心已悬起。

显然，这些巴布亚人曾与欧洲人打过交道，能够识别欧洲人的船只。可是，对于这个趴在海湾里的既无桅杆又没烟囱的长长的钢铁圆锥体，他们会作何想法呢？他们会认为它不是个好玩意儿。他们开始时还远远地观察着，不敢近前，可是，见它竟然一动不动，胆子便逐渐地大了起来，想着往前靠近，看个究竟。

可我们却必须阻止他们太靠近了。我们的武器动静不大，对土著人的震慑作用微乎其微，他们害怕的是那种发出巨响的大炮之类的武器。如果没雷鸣，光是闪电，那也不怎么吓人，尽管雷声并不危险，而闪电则会致人以死地。

这时候，一只只独木舟离鹦鹉螺号愈发地近了，箭像雨点般落到了艇上。

“见鬼！下雹子了！”孔塞伊说，“可能还是毒雹子！”

“必须报告尼摩艇长。”我边说边钻进了艇舱。

我下到客厅。厅内没见任何人。我试着敲了敲艇长的房门。

房内传出一声“请进”。我走了进去，只见艇长正在埋头计算着，眼前满是“X”和其他的代数符号。

“我打扰您了吧？”我客气地问了一句。

“是的，阿罗纳克斯先生，”艇长回答说，“不过，我想，您前来找我一定是有什么重要的原因。”

“非常重要。土人的独木舟把我们包围了，再过几分钟，肯定将有数百名土著人向我们发动攻击。"

"噢！"尼摩艇长平静地答道，"他们是划着独木舟来的？"

"是的，先生。"

"好吧！先生，关上舱盖就是了。"

"正是，不过，我是来告诉您……"

"这个再简单不过了。"尼摩艇长说。

他随即按了一下电钮，向值班艇员下达了一道命令。

"全办妥了，先生，"过了一会儿，他对我说道，"小艇放置好了，舱盖盖好了。我想，您用不着担心，连你们驱逐舰的炮弹都奈何不了的铜墙铁壁，该不会被他们土著人给击穿吧？"

"我怕倒是不怕，艇长，不过危险依然存在着。"

"什么危险，先生？"

"危险在于，明天这个时候，必须打开舱盖，让鹦鹉螺号换换空气……"

"这没错，先生，因为我们的艇像鲸类动物似的需要换气。"

"可是，万一到时候，巴布亚人占据着艇顶平台的话，我看不出您如何阻止他们从敞开的舱盖攻进来。"

"先生，您这么说是认为他们能够上得了艇来啰？"

"我想是的。"

"先生，那就让他们上来好了。我没理由不让他们上来。这些巴布亚人都是些穷苦可怜的人，我也不愿看到因我到访格洛罗阿尔岛，他们中会有人因此而送了命！"

他说完此话，我便想告退，但尼摩艇长却让我留下来，坐到他的身旁。他颇感兴趣地向我询问我们在陆地上游览的情况，也问了打猎的情况，他似乎无法理解我的那位加拿大同伴怎么那么喜欢吃肉。接下来，我们就是漫无边际地闲聊了一遍。尼摩艇长仍然像先前一样不怎么流露自己的感情，但却显得和蔼可亲得多了。

我们还特别聊到了鹦鹉螺号目前的处境，它目前搁浅的地方正是当年迪蒙·迪维尔差点儿送命的那个海峡。尼摩艇长因此说出了下面的这段话：

"这位迪维尔是你们的一位伟大的航海家，是你们那些最聪慧的航海家中的一员！他是你们法国人的库克船长，是一位不幸的学者！他不惧怕南极的冰层、大洋洲的珊瑚礁和太平洋中的那些吃人生番，可却悲惨地因火车失事而葬送了性命！在他弥留之际，若尚能思考的话，您不难想象他最后的想法是什么了！”

尼摩艇长说这话时显得十分激动，我不免也受到了他的感染。

随后，我们拿起海图来，再一次回顾了这位法国航海家的功绩、他所做的环球之旅、那两次使他发现阿黛利海岸和路易·菲利普海岸的南极探险，以及他对大洋洲地区的那些主要岛屿所做的水文测量。

“你们的那位迪维尔在海面上所能做到的，”尼摩艇长对我说，“我在海底也都做了，而且比他做得更顺利、更全面。他的星盘号和泽雷号总是不断地遭受风浪的袭击，颠簸摇晃得十分厉害，而不像鹦鹉螺号那样，是一间安静的工作室，在海洋中泰然自若，不受干扰！”

“不过，船长，”我说道，“迪蒙·迪维尔的那两条三桅船和鹦鹉螺号却有着相似之处。”“愿闻其详，先生。”“相似之处就是，鹦鹉螺号也同它们一样地搁浅了。”“鹦鹉螺号并未搁浅，先生，”尼摩艇长不客气地回敬了我一句，“鹦鹉螺号就是为了能在海床上停靠而专门制造的。迪维尔必须进行繁重的劳动和艰难的操作，才能使他的那两条船漂起来，而我则无须这么做。星盘号和泽雷号差点就沉没了，而我的鹦鹉螺号则不会有任何危险。明天，在我所说的日子、所说的时刻，潮水就会把它平平稳稳地托起来，它又将进入大海中去远航。”

“艇长，”我说道，“我并不怀疑……”

“明天，”尼摩艇长说着便站起身来，“明天，下午两点四十分，鹦鹉螺号将浮起来，毫发无损地驶离托雷斯海峡。”

他说这话时铿锵有力，说完后便微微地欠身致意。这是表示我得告退了。于是，我便回到了自己的房间。

孔塞伊还在我的房间里，他想知道我与艇长会面的结果。

“我的好小伙儿，”我对他说道，“我告诉他说鹦鹉螺号受到巴布亚土著人的威胁了，他总觉得我杞人忧天，庸人自扰，回答我时的语气总带点嘲讽的意味。因此，我所能告诉你的就是：相信他吧，放心地去睡你的觉好了。”

“先生不需要我做点什么吗？”

“不需要了，我的朋友。内德·兰德在干什么呢？”

“先生容禀，”孔塞伊回答道，“内德正在做袋鼠肉糜，肯定非常地好吃！”

孔塞伊告退后，我独自一人了，随即上床躺下，但却难以入睡。我能听见那帮土著人在平台上又跺又跳，还不停地怒吼狂叫着，声响挺大的。这一夜就这么过去了，艇员们仍旧一如既往，毫无反应。他们丝毫不把这帮吃人生番放在眼里，犹如坚守在固若金汤的要塞中的兵士们看到要塞墙壁上的蚂蚁在忙碌一样。

早晨六点，我起身下床。舱盖没有打开，艇内空气没有更换。不过，储气舱里储满了空气，此时已开始启动，为鹦鹉螺号缺氧的空气输送去几立方米的氧气。

我在自己的舱房里工作，直到中午，一直未见尼摩艇长。艇上似乎并没有人在做启航的准备。

我又等了一会儿，然后便前往大客厅。此刻挂钟正指着两点三十分。再过十分钟，海潮就将达到最高点。如果尼摩艇长的断言准确的话，鹦鹉螺号马上就要漂浮起来了。不然的话，它想离开这片珊瑚礁，就又得再等上好几个月。

然而，没多大一会儿，我便感到艇身有了预兆性的颤动。我听到了艇底板摩擦珊瑚礁上凹凸不平的石灰块的声音。

两点三十五分，尼摩艇长出现在大客厅里。

“我们要启航了。”他说。

“啊！”我叫了一声。

“我已下令打开舱盖。”

“可那些巴布亚人呢？”

“那些巴布亚人？”尼摩艇长稍稍耸了耸肩说。

“他们会不会冲进鹦鹉螺号里来呀？”

“怎么冲进来？”

“从您下令打开的舱盖口呀！”

“阿罗纳克斯先生，”尼摩艇长平静地说道，“他们无法通过舱盖口进到鹦鹉螺号舱内来，即使舱盖是敞开着的。”

我看着船长没说话。

“您不明白？”他问我道。

“一点也不明白。”

“好吧！您跟我来，您一看就明白了。”

我朝着中央扶梯走去。内德·兰德和孔塞伊已经先来到那儿了。他们看到几名艇员打开舱盖，正满脸疑惑呢，外面传来的是一阵阵怒吼与吓人的叫骂声。

舱盖板朝外打开。有二十多张模样吓人的面孔显现在众人面前。可是，第一个将手放到梯子栏杆上的土著人，被某种我看不见的不知什么力量弹了一下，慌忙逃开，边跑边喊边跳，吓得不成人样了。

他们一个接一个上前试探，先后上来十多个，但都同第一个人一样被弹了一下，吓得跑开了。

孔塞伊都看傻了。急脾气的内德·兰德按捺不住，冲向扶梯，但双手刚一接触到栏杆，立刻被击倒在地，仰面朝天。

“真是见鬼了！”他叫嚷着，“我被雷击着了！”

我一听此话，立刻省悟。那已不再是铁梯扶手，而是一根金属电缆，它接通船上的电，通到平台上。但凡触摸着它的，都必然遭到猛烈的一击——要是尼摩艇长把船上的电流全都接到这根导体上来的话，那可是一触即丧命的！说实在的，他这是在他与来犯之敌之间拉起了一道电网。

这时，被吓得魂飞魄散的巴布亚人已经退走。我们嘛，便半开玩笑地去安慰可怜的内德·兰德，替他按摩揉搓，因为他正像个魔鬼附体的人似的在唠叨，诅咒个没完。

这时候，鹦鹉螺号被潮水托了起来，于两点四十分离开了使之搁浅的珊瑚石床，时间正如艇长所说的，分毫不差！螺旋桨缓慢而有力地拍击着海水。艇速渐渐加快。鹦鹉螺号很快便安然无恙地驶到了洋面上，把托雷斯海峡那狭窄的水道甩在了身后。

为什么说“右旋是一种自然规律”？你怎么理解？

# 二十三 强制性睡眠

名师导读

摆脱了搁浅的困境，鹦鹉螺号继续着海底探险之旅。这期间尼摩艇长告诉了教授他一直在做关于海水密度的实验。突然有一天，一向镇定自如的尼摩变得紧张起来，不仅把教授等人关了起来，还给他们吃了安眠药。究竟是什么样的事情使尼摩乱了手脚？

翌日，一月十日，鹦鹉螺号又下潜航行，速度极快，我都无法估计它到底航速几何，但每小时至少三十五海里。其螺旋桨在飞速转动，难以数出它的转数来。

我在想着那架神奇的电机，它不仅向鹦鹉螺号提供动力、热和光，还能保护它不受外界的侵犯，使鹦鹉螺号成了一个圣约柜，但凡触碰它的人，必遭电击。我这么想着想着，心里不免升起一种无限景仰之情，而且由此对制造该艇的工程师们产生强烈的仰慕。

我们一直往西行驶，一月十一日，越过位于东经一百三十五度、北纬十度的韦塞尔角。韦塞尔角是卡奔塔利亚湾的东端。这里仍然潜伏着不少的暗礁，但分布得却很稀疏，而且航海图上都有精确的标注。鹦鹉螺号较为顺利地便避开了其左舷的莫尼岩礁，以及其右舷的维多利亚暗礁。这些礁石位于东经一百三十度、北纬十度，我们的艇一直严格按这一条经纬度航行。

一月十三日，艇驶入帝汶岛海域。尼摩艇长了解这座位于东经一百二十二度的岛屿。该岛面积为一千六百二十五平方里，由印度王公统治着。这些印度王公自称是鳄鱼的后代，也就是说，他们源自人们所能说出的最古老的血统。因此，他们的那些身披鳞甲的祖先得以在岛上河流中大量繁衍，成为众人顶礼膜拜的动物。人们对它们倍加爱护，娇惯它们，奉迎它们，喂养它们，把年轻姑娘送给它们当美食，外来人如果胆敢打这些神圣的蜥蜴类动物，那可是不得了的，必然惹火烧身。

不过，鹦鹉螺号并未与这些丑陋不堪的动物争个高低。鹦鹉螺号只是在大副中午测量艇的方位时才露出了不多的一会儿。同样，那个名为罗地的小岛我也只是影影绰绰地看到。罗地属于帝汶群岛的一部分，岛上的女子在马来人口市场上享有美女的美誉。

鹦鹉螺号从这儿开始，行驶方向有所改变了，朝着西南方驶去。此时艇头正朝向印度洋。这个古怪的尼摩艇长这是想把我们往哪儿带呀？他是不是想重回亚洲海岸？还是想靠近欧洲海岸？一个想躲开人烟稠密的大陆的人，是不会做此决定的呀！他是不是想往南去？是不是要绕过好望角和合恩角，径直驶往南极？鹦鹉螺号在太平洋里航行，轻车熟路，方便自由，他是不是想重返太平洋？过些日子定能知晓他究竟想去何方。

经过卡捷礁、海伯尼亚礁、塞林伽巴丹礁和斯科特礁——这些礁石是陆地与海洋相争的最后几个据点——之后，一月十四日，我们就望不到陆地了。鹦鹉螺号的行驶速度一下子减慢了，而且变得怪兮兮的，忽而在水下航行，忽而又浮出水面行驶。

在这段行程中，尼摩艇长对不同深度的海水温度进行了有趣的试验。通常情况之下，这类试验是用相当复杂的仪器来进行的，但无论是用温度探测器（其玻璃管常因水压而破裂），还是用以金属的电阻不同为依据制造的仪器加以测量，所得到的数据总让人觉得不太有把握。而且，所取得的数据又无法充分地加以检验。尼摩艇长则相反，他亲自潜入海底去测量水温，他的温度计与各水层的海水一接触，立即就能把准确的数字显现出来。

就这样，鹦鹉螺号有时靠往储水舱里灌水，有时靠艇侧翼的斜板，陆续潜到水下三千米、四千米、五千米、七千米、九千米和一万米的深处进行检测，最后获得的结论是：在水下一千米以下的深度，无论什么纬度，海水都是恒温的，始终都是四点五度。

我怀着极大的兴趣观看着这些试验。尼摩艇长对这些试验认真而有热情。我总在揣摩，他做这些试验的目的究竟是什么。是为了人类的利益？这好像不太可能，因为没准儿哪一天，他与他所做的记录就会一起葬身于未知的海域的！除非他打算把他的试验结果告诉我。但这就等于是承认我的这次奇异的海底旅行是有期限的，然而，我却并未看到这次旅行到底何时是个头。

不管怎么说，尼摩艇长还是把他所获得的各种数据告诉了我。这些数据构成了一份关于全球主要海洋海水密度的报告。从他把所得数据告诉我这件事中，我获得了一个与科学无关的个人信息。

那是一月十五日的早晨，我与尼摩艇长在艇顶平台上散步，他边走边问我知不知道海水的不同密度。我回答他说不知道，而且我还补充一句，说科学在这个方面尚缺乏精确的观测报告。

“这方面的观察我做过一次，”他对我说道，“而且我敢保证它们的准确性。”

“那挺好，”我说，“但鹦鹉螺号可是另一种世界，艇上的学者们的秘密是传不到陆地上去的。”

“您说得对，教授先生，”他沉默了片刻之后对我说道，“这的确是另外的世界。它像太阳周围和地球相伴的那些行星与地球不相干一样，与陆地并不相干，地球上的人永远也不知道土星上或木星上的学者们都在研究些什么。不过，由于机缘巧合，命运把我们这两个世界的人给弄到了一起，我可以把我所观测到的结果告诉您。”“您请讲，我在听着，艇长。”“您知道，教授先生，海水的密度比淡水的大，但海水的密度并不是相同的。譬如，我把淡水的密度以‘一’来表示，那么大西洋的海水密度就是一又千分之二十八，太平洋的海水密度就是一又千分之二十六，地中海的海水密度就是一又千分之三十……”

啊！我在寻思，他是不是想去地中海探探险呀？

“爱奥尼亚海的海水密度是一又千分之十八，亚得里亚海的海水密度是一又千分之二十九。”

很显然，鹦鹉螺号并没有躲避船只往来频繁的欧洲海域，因此，我可以得出结论，它将会把我们带往——可能是在不久之后——文明的大陆。我在想，内德·兰德听到这个特别的消息之后，一定会喜出望外的。

有好几天工夫，我们都是整天地在忙着做各种各样的试验：关于不同深度的海水含盐量的，关于海水的感电作用的，关于海水颜色的，关于海水透明度的，等等。在这些试验中，尼摩艇长的聪明才智得到充分发挥，而同时，他对我们也倍加关怀照顾。这之后，我又一连几天没见到过他，因此，我在艇上又感到孤独寂寥了。

一月十六日，鹦鹉螺号像是酣然入睡了似的，在水面之下仅仅几米的地方停滞不前了。艇上的电机没有运转，螺旋桨也不动了，任由艇在海水中漂动。我猜测可能是艇员们正忙着对内部进行维修，因为机器开动，震动剧烈，所以维修是必需的。

这时候，我与我的同伴们目睹了十分有趣的一幕。客厅里的舷窗护板没有盖上，鹦鹉螺号的舷灯没有开，可以看到海水一片昏暗。预示着雷雨将至的昏黑的天空浓云密布，光线被遮挡住了，海面缺乏亮度。

在这种光线条件之下观察海中情况，连最大的鱼看着也是影影绰绰的。突然间，鹦鹉螺号霍地变得一片光明。我原以为是舷灯打开了，把电光射到了海水中，但并非如此，我稍稍细看，便明白自己搞错了。

此刻，鹦鹉螺号正漂浮在一层被磷光照亮的海水里，海水中的磷光变得分外地耀眼。这光亮是无数会发光的微生物造成的，经艇体外壳的反射，亮度更为增大。这时候，我惊诧地看到，这闪亮的光有如熔炉里熔化了的铅水，或烧至白热化了的金属块，相比之下，水里的某些明亮部分反倒变成了阴影，而原先的阴影却消失不见了。不！这不是我们习惯使用的照明装置所发出来的光！这中间有着一种非比寻常的活力与运动！这光让人觉得它富有生命力！

其实，那是深海中无穷无尽的纤毛虫、粟粒状夜光虫聚集在一起所造成的光亮。它们是一些真正半透明的小水母球，身上有着许多如丝般纤细的触须，夜里会发出光亮，三十立方厘米的水中其数量最多时可高达两万五千只。水母、海星、海月水母、海笋以及其他一些发出磷光的植虫动物所散发的光亮，与这些纤毛虫、粟粒状夜光虫所发出的光交相辉映，光亮度就会变得更加的大。至于发出磷光的植虫动物，它们身上浸满着被海水分解了的有机物的油脂，可能还带有各种鱼类分泌出来的黏液。

一连数小时，鹦鹉螺号一直漂浮在这片闪亮的水里。看着那些巨大的海洋动物像蝾①一样在水中嬉戏，我们感到无比地欣喜、惊叹。在这片虽发光但并不发热的海水中，我看见还有一些体形优美、动作敏捷的鼠海豚，它们是大海中不知疲倦的丑角。还有一些剑鱼，长有三米，非常聪明，能预知暴风雨的来临，它们还不时地用其巨大的长剑击打大客厅的水晶窗玻璃。接着，还有一些比较小的鱼出现在我们的眼前，有各种鳞豚、鲭鱼、狼鱼，以及上百种各式各样的鱼，它们从这片亮光区游过，留下一道道水纹。

名师注解

① 蝾：中世纪传说中的动物，据说它能在火中生活。

这种光彩夺目的景象蔚为壮观！也许是某种大气条件增强了这种现象？抑或是海上掀起了风暴？但是，不管怎么说，鹦鹉螺号停在海面以下几米深处，感觉不到风暴掀起的惊涛骇浪，依然安然悠闲地、静静地、轻轻地在摇晃着。

我们如此这般的在行驶着，不断地被各种奇异景象陶醉着。孔塞伊在观察着他的那些植虫动物、节肢动物、软体动物和鱼，并对之加以分类。日子一天天地逝去，我都不再去数它了。内德想方设法地在按照自己的口味变换饮食。我们真的形同蜗牛，终日待在壳内，我还敢说，要变成一只地地道道的蜗牛也并非难事。

但我们觉得这种日子还是很安逸、很顺遂的，所以也不再去想地球上还存在着另一种不同的生活。可是，就在这期间发生了一件事，使我们又想到我们的处境之奇特。

一月十八日，鹦鹉螺号正行驶在东经一百零五度、南纬十五度的海域。海面风大浪急，波涛汹涌，暴风雨将至。狂风卷着巨浪从东边刮来。气压计上的度数几天来一直在下降，预示着我们将要与大自然进行一场艰苦的搏斗。

大副上来测量时角的时候，我已经先来到了平台上。我像往常一样等着听他说出他每天都说的那句话。可是，这一天，他说出了另一句我依然听不懂的话。几乎就在他话音刚落之时，尼摩艇长上来了，举起望远镜，对着远方水天相接处望去。

有好几分钟工夫，艇长始终呆立不动，眼睛一直没有离开望远镜对着的那个点。然后，他放下望远镜，与大副交谈了几句。大副显得很激动的样子，尽管他在竭力地克制，但并未奏效。尼摩艇长比较能够克制自己，仍旧是声色不露的冷漠样。此外，他似乎对什么事还提出了异议，但大副态度十分坚决地予以了反驳。我从他们的声调与手势之不同，觉得至少是这么个情况。

我也集中全部注意力朝他们所观察的方向看去，但什么也没看出来。此时此刻，水天一色，天空与大海相连，但水天相连处依然清晰可辨。

尼摩艇长在平台上来回地走，从一端走到另一端，连一眼都没看过我，也许他压根儿就没发现我。他步子坚定，但不如平日里那么适步均匀。他有时停下脚步，双手搂抱在胸前，仔细地观察着大海。在这广阔浩瀚的大海上，他想找到什么呢？何况，鹦鹉螺号此时此刻离最近的海岸至少也有好几百海里！

大副又拿起望远镜，固执地往天际处搜索着。他来回地走着，还不停地跺脚，显得有点神经质，与他的那位镇定自若的艇长形成了鲜明的对比。

不过，这个秘密肯定很快就会弄明白的，因为，根据艇长的指令，机器加大了马力，螺旋桨加快了转动速度。

这时候，艇长的注意力又被大副吸引了过去。艇长停下脚步，举起望远镜朝大副指着的那个点望去。他仔细地观察了很久。我觉得好不蹊跷，便忍不住跑回大客厅，拿来我平时所使用的那架高倍望远镜。我在突出于平台的舷灯窗框上靠好，打算把海天交汇处仔细地搜索一遍。

但是，还没等我把眼睛贴在望远镜上，望远镜就被一只大手猛地夺走了。

我立刻转过身来，看见尼摩艇长站在我的面前，但我简直都快要认不出他来了。他的模样完全变了。他两眼闪着阴郁的光，凹陷于紧蹙起的眉头之下，嘴半张开着，全身僵直，双拳紧握，脑袋缩在肩膀里。这表明他内心里充满着一股强烈的怒火，蓄势待发。他一动不动。我的望远镜从他手中滑落，滚到他的脚前。

我是不是无意中得罪了他，让他大为恼火；还是，这个难以捉摸的怪人有什么鹦鹉螺号上的客人不该知晓的秘密被我发现了？

不！他的这股怒火并不是冲着我来的，因为他的目光并没有在看我，而是一直固执地盯着水天交汇处的那个难以捉摸的点。

尼摩艇长终于克制住了自己。刚才那完全变了模样的脸上又恢复了往日的那种镇定。他用我听不懂的外语跟大副说了几句，然后转过身来冲着我。

“阿罗纳克斯先生，”他用相当严厉独断的口气对我说道，“现在！我要求您遵守您向我做出的承诺。”

“关于什么的，艇长？”

“我得把您同您的两位同伴关起来，直到我认为可以让你们出来时为止。”

“您是这条船的主人嘛，”我两眼盯着他说，“可我能否向您提个问题呢？”

“您不能提任何问题，先生。”

听他这么一说，我就觉得没什么可争的了，只有服从的份儿，因为任何反抗都是不可能的。

我下到内德·兰德和孔塞伊的舱房里，把尼摩艇长的命令向他们转达了。不难想象加拿大人听到这话之后是个什么反应。另外，我也没时间对这事加以解释，因为有四个艇员就等在舱房门口，他们随即便把我们带到我们第一天登上鹦鹉螺号时所住的那间房间里去了。

内德·兰德还想质问两句，但对方理都没理，把门砰的一声关上，就算是回答了。

“先生能告诉我这是怎么回事吗？”孔塞伊在问我。

我把事情的经过一五一十地对我的同伴们说了。他们跟我一样感到非常惊讶，也都搞不清这到底是怎么回事。

于是，我便开始冥思苦想，可尼摩艇长那张充满忧虑的奇怪面孔一直缠绕在我的脑海中。我无法将两种合乎逻辑的想法联系在一起，因此，我便陷入种种极其荒谬的假设之中。这时候，内德·兰德说了一句话，把我从苦苦思索之中拉了出来：

“瞧！午餐都给预备上了！”

的确，饭菜已经在桌子上摆好了。显然，尼摩艇长在下达开足马力行驶的命令的同时，也下令为我们准备好午饭。

“先生可否允许我向您提出一个忠告？”孔塞伊问我。

“你说，小伙子。”我回答道。

“那好！请先生还是先吃上一点的好。我们说不定会发生什么事。”

“说得对，孔塞伊。”

“真倒霉，”内德·兰德嘟囔着，“给我们准备的又是艇上的老一套。”

“内德朋友，”孔塞伊说，“要是人家连饭也不给准备，你又能怎样呀？”

这么一说，捕鲸手被噎住了，什么话也不说了。

我们开始吃起来。吃饭时很沉闷，全都不吭声。我几乎没吃多少。孔塞伊为以防万一，强逼着自己往嘴里塞。内德·兰德不管三七二十一，一点也没少吃。饭很快便吃完了，然后我们便各自斜倚在自己的角落里。

这时候，囚室中的那盏半圆球形灯熄灭了，我们陷入一片漆黑之中。内德·兰德不一会儿便进入了梦乡，可我觉得奇怪的是，孔塞伊也呼呼大睡起来。我在纳闷儿，是什么让他们这么嗜睡的呢？我正这么想着，也不由得眼睛睁不开了。我虽尽力地在硬睁开眼睛，但却总是不由自主地把眼睛闭上了。我脑子里有着一种痛苦的幻觉。很显然，我们刚才吃的食物里被放了安眠药！这么说，为了不让我们知晓尼摩艇长的秘密，光把我们关起来还不行，还得让我们睡得死死的！

这时候，我隐隐约约地听到关舱盖的声音。让艇轻轻摇晃的海浪感觉不到了。难道鹦鹉螺号已经离开海面，下潜到静止的水层里去了？

我在竭力地抵御着睡意，但却无济于事。我的呼吸在减弱。我感到浑身发冷，手脚冰凉，四肢动弹不了，像瘫痪了似的。我的眼皮子像灌上了铅，怎么也睁不开。一种病态的、充满幻觉的困顿攫住了我。不一会儿，幻觉消失了，我随即什么都不知道了。

延伸思考

文中写到“从他把所得数据告诉我这件事中，我获得了一个与科学无关的个人信息。”这里所说的“个人信息”指的是什么？

# 二十四 珊瑚王国【精读】

名师导读

教授一觉醒来，发现自己已经回到了自己的房间里。不久，尼摩带教授看了一个受伤严重、生命垂危的艇员，这让教授对前一天发生的事情更加好奇。第二天，教授等三人随同尼摩艇长参加了一次海底葬礼。

第二天，我一觉醒来，感觉头脑十分清醒。令我深为惊诧的是，我竟然身在自己的房间里！我的同伴们想必也在不知不觉之中被送回到他们所住的舱房里去了。夜间所发生的一切，他们同我一样毫无所知，要想揭开这个秘密，只好等以后遇上机会再说了。

于是，我便想着离开自己的房间。我是再一次获得自由呢，还是依然是个囚徒？我确实是完全自由的！我打开舱房门，走到纵向通道，上了中央扶梯。头一天夜晚关上的舱盖，现在已经打开。于是我便上了艇顶平台。

内德·兰德和孔塞伊已在那儿等着我了。我问了问他们，但他们什么也不知道。他们睡得很死，什么也记不起来，发现自己身在自己的舱室里时，他们也颇为惊愕。

与往日一样寂静而神秘的鹦鹉螺号，此时正漂浮在海面上，缓缓徐行。艇上似乎没有任何异样。

内德·兰德用他那犀利的眼睛观察着大海。海上茫茫一片，加拿大人什么也没看见，既不见船只，也不见陆地。此刻，西风呼啸，卷起阵阵排浪，艇明显地在摇晃着。

鹦鹉螺号换完空气之后，一直在海面以下平均十五米深处行驶着，这样，它可以随时迅速浮出水面。一月十九日这一天，鹦鹉螺号一反常态，多次浮出水面。每次浮出水面时，大副总要上到平台，接着便说出那句他说惯了的话来。

尼摩艇长没有露面。艇上人员中，我只见到了那个面孔木然的侍者，他像往常一样，按时地、默不作声地给我送来饭菜。

两点左右，我在大客厅里忙着整理笔记，尼摩艇长推门进来。我向他打了个招呼。他只微微地向我点了点头，我几乎都没有看出来。他没有跟我说话。我便接着做我自己的事，心里却在暗想，他会对昨天夜里所发生的不寻常的事向我解释一番的。但他什么话也没说。我看了他一眼。我觉得他脸色憔悴，眼睛发红，似乎一夜都没合眼，而且面带焦虑和悲伤。他来回走动着，坐下去又站起来，随手拿起一本书，随即又放下了，眼睛望着那些仪器，可又不像往常那样做记录。他的确是心烦意乱，坐立不安，焦躁不已。

尼摩艇长心中非常矛盾，读了后文你就会明白原因。

他终于走到我的面前询问道：

"阿罗纳克斯先生，您是医生吗？"

我没想到他会问我这么个问题，一下子给愣住了，眼睛看了他好一会儿，但并没有回答他。

"您是医生吗？"他又问了一遍，"您有好几位同事都学过医。比如格拉蒂奥莱、穆坎·唐东以及其他一些人。"

"是的，"我说道，"我是医生，当过住院医师。在到巴黎国家自然史博物馆工作之前，我曾行医数年。"

读书笔记

"那好，先生。"

我的回答显然令尼摩艇长感到满意。但我却不知他为何向我提出这么个问题，所以我便等着他再问，好根据情况做出回答。

"阿罗纳克斯先生，"艇长对我说，"您可否为我的一名艇员诊治一下？"

"他病了？"

"是的。"

"我这就跟您去。"

"请吧。"

读书笔记

我得承认，我的心跳得很厉害。我不知道为什么，总觉得这个船员的病同昨天夜晚所发生的事有关。昨晚的那个秘密同那个生病的艇员一样，都让我感到十分关切。

尼摩艇长把我领到鹦鹉螺号的船尾，让我进了艇员舱旁的一间

读书笔记

舱室。

舱室床上躺着一个四十来岁的人，相貌刚毅，是一个典型的盎格鲁撒克逊人。

我俯身探看那人。他不仅患病，而且身上有伤。他头上裹着印出血来的纱布，用两只枕头垫着。我把缠着的纱布解开，那人两眼直勾勾地看着我，哼都没哼一声。

伤势非常严重，头盖骨被钝器击碎，脑浆都露了出来，伤口深及脑髓。脑浆中带有血块，宛如葡萄酒渍。他的脑子既受到挫伤又受到震荡。病人呼吸微弱，肌肉痉挛，脸在抽搐。大脑大面积存在炎症，以致感觉与动作都非常地迟钝。

读书笔记

我替伤者号了一下脉，脉搏时有时无。肢体末梢已经变凉，我觉得死亡将近，无力回天。我又替他把纱布裹起来，弄好后转身向着尼摩艇长。

“他怎么受的伤？”我问他道。

“这不是关键！”艇长支吾着。“鹦鹉螺号撞了一下，机器上的一根杠杆断了，砸着了他。您觉得他的情况怎样？”

我迟疑着没有回答。

“您直说吧，”艇长对我说道，“他不懂法语。”

我又看了看受伤的艇员，然后说道：

“此人活不过两小时了。”

“就没有什么法子可想了吗？”

“没有。”

名师点评

教授意识到尼摩艇长也有温情的一面。

尼摩艇长的手颤抖起来，眼里也溢出了泪水，我原以为他生来就不会流泪呢。

我又仔细地观察了一下那个垂死者，生命正在逐渐地离他而去。灯光照着他的床，使他的面色显得格外地苍白。我看见他那聪明的额头上，大概是因痛苦或贫困，过早地留下了深深的印痕。我想从他弥留之际的含混不清的只言片语中，意外地发现他一生的秘密。

“您可以走了，阿罗纳克斯先生。”尼摩艇长对我说道。

艇长留在垂危病人身边，而我则告退出来回到自己的房间，心情被刚才的一幕弄得很不平静。这一整天，我心中都缠绕着一种不祥的预感。夜里，我睡不踏实，常从梦中惊醒，仿佛听见远远地有哀歌声，如同葬礼时的圣诗一般。他们是不是在用我听不懂的语言在做临终祷告呀？

第二天早晨，我上了平台。尼摩艇长已经在那儿了。他一见我上来，便立刻朝我走过来。

“教授先生，”他对我说道，“今天去一次海底，您意下如何？”

“带我的两个同伴一起去吗？”我问道。

“只要他们愿意同行的话。”

“我们听从您的命令，艇长。”

“那就请你们去穿好潜水服吧。”

他只字未提那个垂死的人或者已经死了的人。我下到内德·兰德和孔塞伊的房间，把尼摩艇长的建议告诉了他们。孔塞伊立即欣然同意，而内德·兰德这一次也表示非常愿意与我们同行。

说话时是早上八点。八点半时，我们便穿好了这次海底漫游的行头，带上了照明和呼吸装备。双重门启开，我们便随同尼摩艇长及十多名艇员，踏上离海面十米深的海底。鹦鹉螺号就停泊在那儿。

过了一个缓坡，便是一处高低不平的凹地，深度约十五米。这里与上次所见到的地方不同，没有细沙，没有海底草地，更无海底森林。我立即发现，尼摩艇长今天带我们来的是一个神奇的地方——珊瑚王国。

在植虫动物门海鸡冠纲中，有一个柳珊瑚目。此目分三个科：柳珊瑚科、木贼科和珊瑚科。珊瑚属于最后这一科。珊瑚很有趣，先是被归入矿物界，后又被归入植物界，最后又被归入动物界。古时候的人把它视为药材，而现代的人则把它视为饰物。是马赛人佩索内尔于一六九四年最终把它归入动物界的。

珊瑚是聚集在易碎的石质珊瑚骨上的微小动物群。珊瑚虫具有独特的繁殖能力，是无性繁殖，它们有着各自的生活，同时又有共同的生活。因而，它们这是一种天然的社会主义。我了解关于这种奇特的植虫动物的最新研究成果。根据博物学家们的精确观察，它们起着矿化作用，同时形成树枝状结晶体。对我来说，没有什么可以与参观大自然在海底种下的石化森林相媲美。

鲁姆科尔夫灯打开了。我们顺着正在形成中的珊瑚层走着。随着时间的推移，这些珊瑚层总有一天将会把印度洋的这一部分海域给封锁住。路旁满是杂乱无章地缠在一起的小珊瑚丛，上面开满了闪烁着白光的星形小花朵。

不过，与陆地上的植物生长形式相反，这些附着在地面礁石上的树枝状结晶体，是从上往下长的。灯光照在色彩艳丽的这些珊瑚树上，景象万千，煞是迷人。我仿佛看见这些圆柱形薄膜细管在水波下颤动着。我真想动手采摘几片带有纤细娇嫩触须的新鲜花冠。这些花冠有的已经盛开，有的则含苞欲放。正在这时，一些身子轻捷、鳍在迅速摆动的鱼儿，像飞鱼似的在珊瑚枝间游来游去。而在我的手稍稍靠近这些有着生命活力的花朵，就是这些有着生命活力的含羞草的时候，整个花丛便立即发出警报，白色花冠便缩进红色的花套中去，花朵在我的眼前消失，珊瑚丛因而变成了一堆圆形石头。

名师点评

教授对这些美丽珊瑚的喜爱之情溢于言表。

这次偶然的机会让我得以置身其间，一睹这种植虫动物中最珍贵品种的风采。这里的珊瑚可与地中海沿岸各国——法国、意大利和柏柏尔人国家的珊瑚相媲美。它们中最美丽的几个品种被冠以“血红花”“血红泡”之美名，在交易市场上十分抢手，每公斤售价高达五百法郎。这海底下的珊瑚是全世界采集珊瑚者的“金矿”。这种珍贵物质常与其他珊瑚骨混杂，形成密实而难以分辨的整体，被称之为“马克西奥塔”，我认为那是一些地地道道的美丽的红珊瑚。稍往前走，珊瑚丛变得愈加密集，树枝状结晶体也越来越大。展现在我们面前的是真正的石化了的矮树丛，千姿百态，犹如结构奇特的建筑。尼摩艇长走进一条昏暗的长廊，长廊的缓坡把我们渐渐地引到一百米的深处。我们的蛇形玻璃管灯的灯光照射到那些粗糙凹凸的门拱上面，照射到像枝形吊灯一样的穹隅上面，不时地产生着一些魔幻般的效果。在这个矮珊瑚丛中，我还观察到一些别的珊瑚虫，十分有趣，比如海虱珊瑚和节叉鸢尾珊瑚；还有几丛珊瑚藻，有绿有红，是真正带有咸石灰质硬皮的海藻，博物学家们经过长期争论之后，最后才把它们划归到植物界。然而，根据一位思想家的说法，“这里可能是真正的起点，生命在此从无知觉的沉睡之中隐隐约约地苏醒过来，但并未脱离其初始时的粗犷状态。”

读书笔记

走了两个小时之后，我们终于走到深约三百米的海底，也就是来到了珊瑚开始形成的极限深度。在这里所见到的已不再是珊瑚丛和零散孤立的不起眼的珊瑚矮林，而是大片的森林，是巨大的矿化植物，是成为化石的参天大树。它们与美丽的羽毛花彩状植物交织在一起，而这类海洋藻类植物颜色鲜艳，婀娜多姿，煞是养眼。我们从它们那隐于海水阴暗中的高大树枝下顺顺当当地穿越，脚下却别有洞天，那是由笙珊瑚、星形贝、菌贝等铺成的五彩缤纷的花毯。

名师点评 把脚下成片的珊瑚比作花毯，表现了教授对它们的喜爱与赞赏。

景色真是美不胜收，非笔墨所能描述！多么遗憾，我们竟无法交流感受！为什么我们非要被禁锢在这种金属和玻璃的头盔之中，彼此无法畅谈呢？至少也得让我们像水中的鱼儿一样生活，或者让我们像两栖动物一样，可以随心所欲，可入水可登陆，不受限制！

此时，尼摩艇长停下了脚步。我和我的两个同伴也止步不前。我回过头去，只见艇员们把他们的艇长围成了个半圆形。我再仔细一照，发现其中的四个船员肩上扛着一个长长的玩意儿。

读书笔记

我们站在一大片林间空地的中央，周围围绕着的是最大的海底森林的树枝状结晶体。灯光照射在这片林间空地上，那光亮变得模糊，宛如黄昏，地上的影子被拉得很长。空地尽头更加的暗淡，只有几缕珊瑚尖发出的微弱的光亮。

内德·兰德和孔塞伊就站在我的身旁。我们在观看，可此刻在我脑海中闪过一个念头：我马上就会看到一个奇特的场面。我朝地面望去，发现地面上有一些鼓起来的地方，鼓得不算很高，上面堆着一层石灰质的土，整齐有序，像是人为所致。

林间空地的中央，在一个用石块草草地搭起的台基上，立着一个珊瑚十字架，伸着长长的双臂，像是用石化了的血液制成的。

读书笔记

尼摩艇长做了个手势，一名艇员走上前去，走到离十字架几步远处，从腰间取下一把十字镐，开始挖坑。

我立刻明白过来！这个林间空地是一块墓地，这个坑是一个墓穴，那长长的东西是昨天夜里死去的那个人的尸体！尼摩艇长及其艇员前来此处，为的是要把自己死去的同伴安葬于这个与世隔绝的海底墓园中！

不！我的情绪从未如此激动过！从未有如此强烈的念头闯进我的脑海中！我真不愿意看到眼前的这个场面！

墓穴在慢慢地挖着。鱼儿受到惊扰，四处逃窜。我听得见十字镐击地时的响声，镐尖碰到沉于海底的散落燧石，时不时地会迸出

火星来。墓穴在变长，变宽，很快便深可容纳尸体了。

这时候，抬尸体的艇员们走近前来。尸体用白色足丝裹着，被放入灌满水的墓穴中。尼摩艇长双臂呈十字形搂抱着，死者生前的朋友们都跪倒在地，祈祷着……我和我的两个同伴也都在虔诚地鞠躬致礼。

墓穴随即用刚才挖出的土给填上了，形成了一个不太大的坟头。

坟墓完成后，尼摩艇长及其艇员便站起身来，走到坟前，再次跪倒，双手前伸，做最后的告别……

此刻，送葬队伍已踏上返回鹦鹉螺号的路径，经过林中拱形物，沿着矮树丛和珊瑚丛，一路上坡而行。

艇上的灯光终于隐约可见了。我们朝着那亮光处走去。一点钟左右，我们回到了鹦鹉螺号上。

我一换完衣服，就登上艇顶平台，走到舷灯旁坐了下来，脑子里闪现着一些可怕的念头。

尼摩艇长走到我的身旁。我站起身来，对他说道：

“这么说，那个人如我所说，昨夜里死了？”

“是的，阿罗纳克斯先生。”尼摩艇长回答我说。

“那他现在是在珊瑚墓园里与他的同伴们长眠在一起了？”

“是的，他将被众人遗忘，但我们却不会忘记他！我们挖了坟墓，珊瑚虫将会尽职尽责地把我们那些死去的人永远封闭起来！”

艇长突然以颤抖的手掩面，想止住悲声，但却未能如愿，他抽泣着说道：

“那离波涛汹涌的海面数百尺的地方，就是我们静谧的墓地！”

“艇长，您的那些死去的伙伴至少能够安静地长眠着，不会受到鲨鱼的侵扰！”

“是的，先生，”尼摩艇长神情严肃地说。“不会受到鲨鱼以及生人的侵扰！”

读书笔记

谁又会想到在海底深处存在这样一个墓地呢？这里充分体现了尼摩艇长与人类断绝关系的决心。

## 精华赏析

除了一名艇员受伤后死去，教授还是不知道前一天究竟发生了什么事情，这使得故事的神秘性增强。尼摩艇长的掩面而泣，让教授感受到尼摩艇长不是一个冷冰冰的人，他也有着温情的一面。第一部分到这里就结束了，作者留给我们非常多的疑问。带着这些疑问开始第二部分的阅读吧！

## 延伸思考

为什么“一月十九日这一天，鹦鹉螺号一反常态，多次浮出水面”？联系上下文找出答案。

# 第2部分

## 一 印度洋

**名师导读**

阿罗纳克斯教授推测尼摩艇长不只是在逃避人类，很有可能还进行着某种可怕的报复。鹦鹉螺号在印度洋自由航行，教授和孔塞伊见到了从未见过的鱼、可爱的船蛸、令人生畏的角鲨，甚至是“乳白色的海”。

海底旅行的第二部分从这里开始。第一部分写到珊瑚墓地为止。珊瑚墓地那激动人心的场面深深地印在了我的脑海之中。不难看出，尼摩艇长的一生都是在这浩瀚无垠的海洋中度过的，甚至已在那深不见底的海底里为自己准备好了墓地。在那里，没有任何的海洋怪物去侵扰鹦鹉螺号的主人及其患难与共的朋友们的长眠。“也不会受到生人的侵扰！”艇长当时就补充过这一句。

这位艇长对人类社会存有一种无法改变的不信任与愤懑。

至于我，我已不再满足于孔塞伊所沾沾自喜的种种假设。这位诚实的小伙子坚持认为，鹦鹉螺号的艇长是一个怀才不遇的学者，他以鄙夷不屑来回敬世态炎凉。孔塞伊还认为，他是一位不为人理解的奇才，由于对陆地上的一切深感失望，才不得不避到这个世人无法来到而他的本性又能在此充分发展的地方。但依我看，这种假设只能解释尼摩艇长的性格的某一个方面。

确实，我们那天晚上被关押起来，在药物的作用下，我们莫名其妙地昏睡过去；艇长粗暴地从我手中夺下望远镜，有所防范地不让我观察海面；鹦鹉螺号受到无法解释的撞击，导致那个艇员受重伤致死：凡此种种，极其自然地理清了我的思路。不！尼摩艇长不仅仅是在逃避人类！他的种种神奇的装备也不只是在为他那自由本性的发展服务，很可能还是想用来进行我尚不知个中原委的可怕报复。

眼下，我还什么都不清楚。我只是在昏暗当中看到了一点亮光而已，因此，我只是满足于记录，或者说，把发生的事情如实地记录下来。

另外，尼摩艇长并未对我们加以约束。因为他也知道，想从鹦鹉螺号逃走是绝对不可能的，所以他根本也没让我们做出任何承诺，以约束我们自己。我们只不过是几个俘虏，是几个受到优待的像艇上客人似的俘虏。再说，内德·兰德也从未放弃过重获自由的念头。可以肯定，他会利用一切可乘之机来实现自己的愿望。我可能也会仿效他的。不过，要是把艇长好心好意地让我们了解到的鹦鹉螺号的秘密带出去，那未免太不仗义了！因为我尚无法决定，应该憎恨此人呢，还是应该赞赏他？他到底是个受害者呢，还是一个刽子手？再者，海底漫游一开始就让我着了迷，我想把海底游历个遍之后，再彻底地离开他。我想要把深藏于海底的各种神奇之物全部观察清楚。我想看到世人尚未看到过的一切。为了满足自己这种强烈的好奇心，即使以生命为代价，我也在所不惜！可是，到目前为止，我们在太平洋里航行了有六千里了，可我们什么也没发现，或者说，几乎什么都没有发现！

但我清楚地知道，鹦鹉螺号正在接近有人居住的陆地，一旦遇到有逃脱的机会，我为了满足自己的好奇心而置同伴们的性命于不顾，那也太残忍了。我必须与他们一起逃走，甚至是带领他们逃走。但逃脱的机会会出现吗？作为一个被人强行剥夺了自由的人，我希望能够遇到这种机会，但作为一个学者，一个具有强烈好奇心的人，我又不希望遇上这种机会，我确实处于两难的境地。

一八六八年一月二十一日那天中午，大副登上平台测量太阳的高度。我也上了平台，点上一支雪茄，看着他操作。我明显看出大副并不懂法语，因为我好几次大声地在自言自语，他都没有吭声，无动于衷，如果他懂法语的话，他一定会不由自主地流露出关切的神情。

当他在用六分仪观测时，鹦鹉螺号上的一名艇员，就是那个在克雷斯波岛漫游时一直陪着我们的体格强壮的人，上来擦拭舷窗玻璃。于是，我便仔细地观察研究起这盏舷灯来。舷灯里有一些凸状镜片，如同灯塔那样安装着，把灯光聚集在需要照到的地方，亮度增加了一百倍。这盏灯设计得极其巧妙，能够使它的全部光亮都充分发挥出来。灯光是在真空中产生的，既可保证光度的均匀，又能保证光亮的强度。而且，真空又能减少对石墨的消耗，灯的弧光正是从两根石墨棒之间产生出来的。对于尼摩艇长来说，石墨的节约是非常重要的，因为石墨棒可能不太容易更新。而在真空状态下，石墨棒的损耗几乎微乎其微。

当鹦鹉螺号又要继续它的海底航行时，我回到了客厅里。舱盖已经关好，艇径直往正西方向驶去。

我们正在印度洋五亿五千公顷①的广阔海域中乘风破浪。海水清澈透亮，望上去几乎令人目眩。在印度洋时，鹦鹉螺号一般都是在一二百米深处行驶。几天来，一直都是如此。我对大海怀有极深的感情，如果换了与我不一样的人，也许会觉得过得又慢又单调乏味。我每天都要到平台上散步，享受着海上新鲜空气的沐浴；还透过舷窗观看海中那千变万化的美景；有时还去图书室里看那些藏书；有时还记一些笔记。这些事情足够我忙的了，我也就无暇去感觉时间的缓慢和生活的单调了。

我们的身体状况良好。对艇上的饭菜已能适应。内德·兰德的情绪有所抵触，便想方设法地变换饭菜的花样，可我却觉得他这纯粹是多此一举。另外，处于恒温之中，我们甚至都没有感冒之虞。而且，那种在普罗旺斯被称作“海茴香”的珊瑚草，艇上备有不少，用其身上的珊瑚虫嫩肉，可以制成极其有效的止咳糖浆。

几天来，我们看到了许多的蹼足类水鸟，有大海鸥和一般的海鸥。我们曾打了几只，加以烹饪，不失为一种海上野味。有一些大鸟，远离陆地，在海上长途飞行，疲劳乏力，落在水面歇息；这些大鸟中，我发现了几只很美的信天翁，这种信天翁属长翼科，叫声难听，恍若驴叫。蹼足科的代表有军舰鸟，它们飞得很快，在海面捕鱼的动作迅速敏捷，干净利落。还有很多被称作稻草尾鹲的水鸟，以赤尾鹲居多，它们身上长有红色条斑，大小如鸽子

名师注解

① 原著数据有误。

一般，羽毛白中透着一点粉红，黑色翅膀尤为醒目。

还有用渔网捕捞上来好几种玳瑁属海龟，它们背部隆起，身上的玳瑁非常珍贵。这种善于潜水的爬行动物，闭上长在鼻子外孔边上的那块肉阀，就能潜入海底，待上很长时间。为防止海底动物的袭击，它们睡觉时都缩进壳内，有几只被捕捉上来时还睡得十分香甜呢！总的说来，海龟肉并不算好吃，但海龟蛋却非常地可口。

至于鱼类，当我们透过舷窗窥视它们在海底的生活秘密时，总不免赞叹不已。我看到了几种此前从未见到过的鱼。

我要特别提及的是红海、印度洋和大西洋赤道附近的美洲海岸一带所特有的贝壳鱼。这种鱼像甲鱼、犰狳、海胆和甲壳动物一样，身上披着一层既非白垩质的也不是石质的，而是真正骨质的护甲。这种护甲有的呈三角形，有的呈四边形，非常坚硬。在护甲呈三角形的鱼里，我记录下来几种，都是身长五厘米、肉质鲜美、营养丰富、长着棕色尾巴和黄色的鳍。我甚至想到要把它们弄到有些海鱼也能适应的淡水中去养殖。我还记录下了背部长有四个小包的四边形鳞甲鱼；身体下面带有白点的能训练得像鸟一样听话的鳞甲鱼；三角形的带刺的鳞甲鱼（其针刺由骨质粗皮的延长部分构成，奇怪的是，它会发出如同打呼噜似的叫声，因而被戏称为“海猪”）；状如单峰骆驼似的鱼，身上长有一个锥形鼓包，其肉硬如牛皮，嚼不动。

我想从孔塞伊这位分类大师的日记中列举几种鱼，那是这一带海域所特有的单鼻豚属的鱼，如身上长有三条纵纹的赤背白胸豚，色彩鲜艳、身长七寸的电豚。还有其他属的鱼：卵形鱼，形同一个黑褐色的蛋，身上带有白色条纹，无尾；虎鱼，是海里真正的豪猪，浑身长刺，能缩成一个满是刺的圆球；各大洋里均有的海马；海蛾鱼，长嘴，宽胸鳍，形如翅膀，即使无法飞翔，起码也可以蹿得老高；鸽子鱼，尾上长有一圈圈的鳞，身体扁平；大嘴巨颌鱼，长二十五厘米，全身发光，甚是好看，味道鲜美；美首鱼，脑袋凹凸不平，体色青灰；无法计数、会蹦跳的鲥鱼，身带黑道，胸鳍很长，能在水面飞速滑行；味道甚佳的帆鱼，其鳍可像帆似的竖起，顺风漂流；美丽夺目的彩鱼，是大自然的分外垂青，使之五颜六色，有黄的、天蓝的、银白的、金黄的；绒翼鱼，鱼翅如丝一般；杜父鱼，总在污泥中钻来钻去，看着脏兮兮的，能够发出轻微声响；鲂鮄，其肝脏有毒；波迪昂鱼，眼睛上长有能活动的眼罩；哨子鱼，嘴巴很长，状如管子，是海洋中真正的猎手，身上长有一种无论沙瑟波公司还是雷明顿[1]公司都设计不了的枪，枪里射出一滴水来，就能杀灭一只昆虫。

按拉塞佩德的分类法，第八十九属的鱼属于硬骨鱼第二亚纲，其特征是有一鳃盖和鳃膜。在这类鱼中，我发现了鲉鱼，头上长有长刺，仅有一个背鳍。这种鱼有的身上长有细鳞，有的没有，这取决于它所属的亚属。第二亚属的鱼中，我看到了二趾鱼，长四五厘米，身有黄道，头长得挺古怪的。在第一亚纲的鱼中，我看到了几种不同类型的怪鱼，也就是那种被称为“海蟾蜍”的鱼，脑袋很大，有的头上还有着很深的皱褶，有的头上长着大大的鼓包。这种鱼身上长有立刺，浑身满是结节，还有一些长短不一的难看的角，身上和尾巴上的表皮很厚。被海蟾蜍的立刺扎着，十分危险，所以它是一种令人厌恶而又让人望而生畏的鱼。

从一月二十一日到二十三日，鹦鹉螺号每天二十四小时连续航行，共行驶了二百五十法里，亦即五百四十海里，每小时的航速为二十二海里。我们之所以能在途中辨认出一些鱼类，是因为它们为电光所吸引，总在追随着我们。它们中的大部分因无法跟上鹦鹉螺号的航行速度而被甩在了后面，但也有一些能够紧跟着潜艇游上好长一段时间的。

二十四日早晨，在南纬十二度五分、东经九十四度三十三分处，我们看到了基灵岛。这是一座石珊瑚岛，岛上椰树遍布，非常美丽，达尔文先生和菲茨罗伊船长曾经登上过该岛。鹦鹉螺号挨着这个荒无人烟的小岛绝壁行驶。拖网捕捞了很多各种各样的真蛸和棘皮动物，还有许多软体动物门的怪异的甲壳类动物。一些珍稀的动物丰富了尼摩艇长的珍藏，我看见其中有一种星点状的、产生于贝壳上的珊瑚骨，这种珊瑚骨通常是附着在贝壳上的。

不一会儿，基灵岛便看不见了。鹦鹉螺号向西北方向的印度半岛南端径直驶去。

“这是一片开化了的陆地，”内德·兰德对我说道，“与野蛮人多过狍子的巴布亚的那些岛屿相比，要强得多了！教授先生，在印度的这片陆地上，有公路、铁路，还有英国人、法国人和印度人的城市。不用走五里就能遇到一个同胞。嗯，还不该与尼摩艇长分道扬镳吗？”

名师注解

① 雷明顿：美国企业家，出生于1816年，是步枪的发明者。

"不，内德，不，"我口气坚决地说，"就像你们水手常说的，走走看吧！等等再说。鹦鹉螺号正在接近有人居住的陆地，它总有一天会回到欧洲去的。就让它把我们带回欧洲吧。一旦到了欧洲海域，我们就可以见机行事了。再说，我琢磨尼摩艇长也不会像在新几内亚森林里那样，让我们到马拉巴尔海岸或科罗曼德尔海岸上去打猎的。

"怎么！先生，我们难道不可以不要经他批准吗？"

我没有回答加拿大人。我不想与他争论。其实，我心里是在想，既然命运把我们带到鹦鹉螺号上来，我就要充分利用这个机会。

自基灵岛起，艇速在减缓。航行路线也变得很随意，没有一定之规，经常潜入很深的海底。艇员们多次通过杠杆，利用侧翼斜面板，我们因此能下潜至两三千米深处，但仍旧未到达印度洋的海底。印度洋这片辽阔海域，有些地方连可以测到一万三千米的深海探测器都未能到达。至于深海层的温度，船上的温度计倒是一直指着零上四度。我只是注意到，在海洋表层，深一些的地方海水总是比海面的海水要凉一些。

一月二十五日，洋面上空无一物，鹦鹉螺号便在洋面上行驶了一整天。巨大的螺旋桨有力地拍击着海浪，溅起高高的浪花。远远望去，有谁会不认为它是一个巨大的鲸类动物呢？这一天，我四分之三的时间全都待在艇顶平台上了。我眼睛望着大海。大海上不见一物。下午四点时，才见一艘大汽轮从西边相向驶来。有一会儿工夫，我清楚地看到它的桅杆，而它却未曾发现紧贴着水面航行的鹦鹉螺号。我猜测，该轮船应是印度半岛和东方公司的，专跑锡兰到悉尼的航线，经停乔治国王角和墨尔本。

下午五时，热带地区时间短暂的黄昏来临之前，我就和孔塞伊被一个奇妙的景象惊呆了。

我们看到了一种可爱的动物。照古人的说法，谁遇上这种动物就必然会有好运。亚里士多德、阿泰纳、老普列尼和奥皮安①等，都曾对这种动物的习性做过研究，并用意大利和希腊学者诗篇中的所有佳词妙句来赞美它。他们称它为鹦鹉螺或疣贝螺。不过，现代科学家并未采用这种名称，而是称这种软体动物为"船蛸"。

名师注解

① 奥皮安：古希腊诗人。

谁若是问及孔塞伊的话，就会从这个诚实的小伙子那儿知道，软体动物门分为五个纲。第一纲是头足纲，属于这个纲的动物，有的有介壳，有的无介壳。头足纲分两科，两鳃科和四鳃科，按鳃的数目加以区分。两鳃科有三个属，即船蛸、枪乌贼、乌贼三属，而四鳃科只有一属，即鹦鹉螺属。说了这么一通分类术语之后，谁若是仍然不明白，仍把带吸盘的船蛸与有触手的鹦鹉螺混为一谈的话，那就是“朽木不可雕也”。

当时在海面上游动的正是船蛸，约有好几百只之多。这些船蛸属于长有结块的那一种，为印度洋所特有。

这些迷人的软体动物依靠身体上的那根作为运动器官的管子，把海水吸入，然后喷将出去，通过反作用力，身子向后运动。它们长有八只触手，其中六只细长的触手浮于水面，另外两只带蹼的圆圆的触手，则竖立着，像船帆似的迎风招展。我清晰地看到了它们的螺旋形有波纹的介壳。居维叶把它的介壳比作造型优美的小船。这个比喻真是极其贴切！它确实像一只小船。小船载着那个往船上分泌东西的动物，而那动物却并不粘在船上。

“船蛸本可以随意离开它的介壳，”我对孔塞伊说，“可它就是不离开介壳。”

“这就像是尼摩艇长，”孔塞伊一针见血地说道，“所以最好是把他的艇称为‘船蛸’号。”

鹦鹉螺号在这群软体动物中间漂浮了约一小时。然后，突然之间，仿佛受到了什么惊吓似的，这群软体动物把帆收了，像是收到了什么信号一样，触手收回，身子缩起，壳翻过去，重心改变，整个船队一下子全都消失在水中了。这只是一眨眼的工夫，我还从未见过有哪支船队如此的行动一致。

这时，夜幕骤然降临，被微风吹起的海浪在鹦鹉螺号舷侧顶列板下形成长长的波纹，静静地延伸出去。

第二天，一月二十六日，我们从东经八十二度处穿过了赤道，又回到了北半球。

在这一整天里，一群令人望而生畏的角鲨一直紧随着我们。角鲨这种可怕的动物在这一带海域拼命繁殖，使这一带变成了危险海区。它们中有烟灰角鲨，其背部呈棕色，肚腹灰白，长有十一排利齿；有眼睛角鲨，脖子上有一个白圈围着的大黑点，状似眼睛；有圆吻角鲨，呈浅绿色，圆嘴，身上满是不很明显的小点。这些力大无比的动物，不时地猛烈撞击客厅舷窗上的玻璃，颇令人担忧。这时，内德·兰德压不住火了。他想回到海面上去，叉死那些巨大的海洋动物，尤其是嘴里长满马赛克似的牙齿的星鲨和长达五米的大虎斑鲨，最让他恼火。但过了一会儿，鹦鹉螺号便加快了航速，毫不费力地就把这群游得飞快的鲨鱼给甩下老远了。

一月二十七日，在宽阔的孟加拉湾入口处，我们多次见到海面上漂浮着的一具具尸体，其状阴森恐怖！这是印度城市内的死者，顺恒河而下，进入海中。印度唯一的收尸者——秃鹫，尚未将尸体啄完。而到了海里，角鲨则会把秃鹫留下的工作做完。

晚七时左右，鹦鹉螺号艇体半浸于乳白色的海中行驶着。一望无垠的海洋，海水像是变成了牛奶。是月光使然？不是，因为新月刚出来两日，此刻已落入海面以下，被太阳的余晖遮住了。整个天空，虽说是星光灿烂，但与乳白色的海水相比，仍然显得有些暗淡。

孔塞伊简直不敢相信自己的眼睛，问我这一现象是如何造成的。幸好我还可以回答他的问题。

“这就是人们所说的‘乳白色大海’，”我回答他说，“在安波阿纳沿海和这一带的沿海，经常可以看到这种大面积的白色波浪出现。”

“可是，”孔塞伊又问，“先生能否告诉我这种怪现象产生的原因？我想这儿的海水该不会是牛奶变成的吧！”

“不，小伙子，让我如此惊讶的白色只是水中为数众多的纤毛虫纲小动物造成的。这些小动物会发光，胶质无色，细如发丝，长不足五分之一毫米。它们互相粘连在一起，有时甚至连绵好几里。”

“好几里！”孔塞伊惊叫道。

“是的，小伙子，你就不用费尽心思去想它们该有多大的数量了！你是绝对估算不出来的。如果我没记错的话，有些航海人曾经在这样的‘乳白色的海’里航行过四十多海里。”

我不知道孔塞伊是否听从了我的建议，反正他陷入了沉思，有可能是在计算这四十平方海里有着多少个五分之一毫米。鹦鹉螺号在这白色的海水中航行了数小时。我发现，它无声地在这皂沫般的水面上滑行，仿佛像在海湾中的顺流和逆流相遇交汇时引起的白色泡沫漩涡里漂浮着。

将近午夜时分，海水的颜色突然间恢复了正常，但在我们身后，一直延伸至海天相接处，天空映照着白色的水波，似乎浸于北极光的模模糊糊的光亮中。

“乳白色的海”是怎样形成的？

### 印度洋

印度洋，四大洋之一，位于亚洲、大洋洲、非洲和南极洲之间。从面积上看，居世界第三位；从平均深度上看，居世界第二位，仅次于太平洋。因位于亚洲印度半岛南面，故名印度洋。印度洋的自然资源丰富，矿产资源以石油和天然气为主，金属矿以锰结核为主，生物资源主要有各种鱼类、软体动物和海兽。它的地理位置也相当重要，是联系亚洲、非洲和大洋洲之间的交通要道。

## 二 尼摩艇长的新建议【精读】

名师导读

鹦鹉螺号行至印度半岛的锡兰，尼摩艇长提议去海底参观一下采珠场。本来乐意前往的阿罗纳克斯教授一听有鲨鱼出没，便开始犹豫了。我本打算借孔塞伊推掉这件事，结果计划失败。

一月二十八日中午，鹦鹉螺号在北纬九度四分处重新浮出水面，西面八海里外的陆地隐约可见。我首先看到的是那高约两千尺的奇峰突兀的连绵起伏的山峦。我测定好方位之后，便回到客厅，在地图上比对一番，确认此为锡兰岛，是印度半岛上的一颗明珠。

我来到图书室，去寻找有关这个地球上最富庶的岛屿的书籍，恰好找到了 H.C. 西尔写的一本名为《锡兰与僧伽罗人》的书。古代，人们给该岛取了许多名字。回到客厅里，我立刻记录下该岛的方位。它位于北纬五度五十五分到九度四十九分、东经七十九度四十二分到八十二度四分之间，岛长二百七十五英里，最宽处为一百五十英里，周长九百英里，面积为两万四千四百四十八平方英里，也就是说，比爱尔兰岛略小一点。

正在这时，尼摩艇长和大副走了进来。

艇长看了一眼航海图，然后转身对我说：

“锡兰岛是个以采珠业著称的地方。阿罗纳克斯先生，您想去参观一下采珠场吗？”

“那太好了，艇长。”

“那好，这很容易。只是，我们虽能看到采珠场，但却见不着采珠人，因为采珠季节尚未到来。但这也没多大关系。我将命令潜艇往马纳尔湾开去，夜里就可到达那儿。”

艇长对大副说了几句，后者随即便出去了。不一会儿，鹦鹉螺号便潜下水去，压力计显示，艇在三十尺深处行驶着。

我于是便在航海图上寻找马纳尔湾。此海湾位于锡兰岛西北海岸，处于北纬九度，是由马纳尔小岛延伸形成的。要前往马纳尔湾，必须沿着锡兰岛的整个海岸行驶。“教授先生，”尼摩艇长对我说道，“在孟加拉湾、印度海、中国海、日本海、美洲南部沿海、巴拿马海湾和加利福尼亚海湾，都有人在采珠，但这些地方全都没有锡兰的采珠业发达。我们也许是来早了点儿。这儿的采珠人要到三月份才齐集马纳尔湾。到那个时候，三十天的时间里，有三百多条船云集此地，采集海里的宝藏。这是一个利润丰厚的活计。每只船上有十名桨手、十名采珠人。十个采珠人又分为两组，轮番潜入水中。他们把绳子一头拴在船上，另一头拴着一块大石头，双腿夹住石头潜到水下约十二米左右的深处。”

详细描写采珠季节的盛况，从而与后文倒卖珍珠谋取暴利形成前后呼应。

“这么说，”我说道，“他们仍旧一直在沿用这种原始的采珠法？”

“是的，”尼摩艇长回答道，“尽管这些采珠场根据一八〇二年签订的亚眠条约已归属世界上工业最发达的民族——英国人了，但这种古老的采珠法却一直沿用至今。”

读书笔记

“可我觉得，您所用的那种潜水服，穿着采珠倒是很好呀。”

“那倒是，不过，那些可怜的采珠人无法在水下待得太久。英国人珀西瓦尔[①] 在锡兰旅行时所记的日记中提及一个名叫卡费尔的人，说他能够在水下一口气憋上五分钟，但我却不怎么相信。我知道有些潜水者能在水下待五十七秒，最优秀的可坚持到八十七秒，但这样的潜水者为数很少，而且，这些不幸的人回到船上之后，鼻子和耳朵便往外冒血水。我认为采珠人能够在水下待的时间平均约为三十秒，他们就在这短短的三十秒的时间里，把采到的珍珠母急急忙忙地装进小网袋里，赶紧浮出水面！这些采珠人一般都活不了多大岁数，他们视力衰退，眼底出血，身上满是伤疤，尤为严重的是，还常常会在水下中风。”

描述了采珠人的悲惨命运，表达了尼摩艇长对他们的怜悯与同情。

名师注解

① 珀西瓦尔（1762—1812）：英国政治家。

“是呀，”我应答道，“这是一种悲惨的职业，它只是满足那些骄奢淫逸者的虚荣心罢了。不过，艇长，您能否告诉我，一条船一天能采到多少珍珠母？”

“顶多也就四五万只吧。不过，我也听人说过，一八一四年，英国政府为了高额利润，雇人采珠，整整二十天里，竟然采集了七千六百万只珍珠母。”

采珠人的报酬与他们的付出形成鲜明的反差，进一步反衬采珠人命运的悲惨。

“不过，采珠人也至少得到了相应的报酬吧？”我问道。

“报酬少得可怜，教授先生。巴拿马的采珠人每周只能挣到一美元。而最常使用的计酬办法是，一个含有珍珠的珍珠母给一个苏[①]。可是，有很多的珍珠母里是没有珍珠的呀！”

“这些可怜的采珠人让主人大发其财，自己只得一个苏，这也太不像话了！”

“那又有什么法子呀，教授先生。”尼摩艇长对我说，“您同您的同伴一起去参观一下马纳尔海滩吧，万一碰到一个早到的采珠人的话，就可以看看他们怎么干活了。”

“好啊，艇长。”

“对了，阿罗纳克斯先生，您害怕不害怕鲨鱼呀？”

“有鲨鱼？”我惊叫一声。

我觉得这个问题是多余的。

“到底怕不怕？”尼摩艇长又问了一遍。

“说实在的，艇长，我跟这种鱼尚未套上近乎。”

尼摩艇长的“轻松”与教授的“惊叫”形成对比。

“我们这些人对鲨鱼已经司空见惯了，”艇长说，“您慢慢地也会跟它们混熟的。另外，我们会带上枪的，没准儿我们顺手还能捕杀到一条呢！捕杀鲨鱼挺有趣的。好吧，教授先生，明天清晨见。”

尼摩艇长轻松地说完后，便离开了客厅。

如果有人邀请你到瑞士山区去猎熊，你也许会说“好极了！我们明天要去猎熊了！”如果有人邀请你到非洲阿特拉斯平原去猎狮，

名师注解

① 苏：法国旧时辅币，一个苏约合二十分之一古斤银的价格。

或者到印度的丛林去打虎，你会说“啊！啊！看来我们要去打老虎或狮子了！”可是，如果有人邀请你到大海中去捕杀鲨鱼，你在接受邀请之前，恐怕就会考虑再三了。

三个“如果”连用，构成排比句，增强了语势，突出捕杀鲨鱼的危险性。

我接受了捕杀鲨鱼的邀请，可我不禁头上冒出冷汗，只好用手擦去。

还是得再多考虑考虑。我心中暗想，先别着急答应。在海底捕水獭，就像我们在克雷斯波岛的森林中所干的那样，那还算可以。可是，往你确信必然会遇上鲨鱼的海里钻，那可就是另一码事了！我很清楚，在某些地方，尤其是在安达曼群岛，黑人一手拿刀一手拿绳，毫无惧色地去捕杀鲨鱼，但我也知道，同这种令人毛骨悚然的家伙相斗的人，多数是一去不回头的！何况我也不是黑人。即使我是黑人，在这种情况下，稍有迟疑，也算不上是掉份儿的。”

于是，我脑子里便想开了鲨鱼来，想着它那能将人咬成两截、长有好几排利齿的大嘴。我这么一想，仿佛觉得自己的腰部在隐隐作痛。而且，艇长在向我发出这一糟糕透顶的邀请时的那种不以为然的态度也让我难以忍受！他不就是在心里说，你还是到树林子里去打见人就下跪的狐狸吧！

写出了教授内心的焦虑。

有办法了！我寻思着，孔塞伊是一定不会去的，这样我就可以借故不陪艇长去了。

至于内德·兰德，说实在的，我对他可吃不准。他生性好斗，这么大的风险对他可是颇具诱惑力的。

我又拿起希尔的那本书来，但我只是下意识地在翻着看。我在书上的字里行间中，看到的尽是鲨鱼那大张着的嘴。

极度紧张的教授。

这时候，孔塞伊和内德·兰德走了进来。他们神情平静，甚至还带着点高兴的样子。我想他们还不知道有什么事情正在等着他们呢。

“我不说假话，先生，”内德·兰德对我说道，“您的那位尼摩艇长——让他见鬼去吧！——刚才向我们提出了一个让人颇为高兴的建议。”

“啊！”我惊叹一声，“你们已经知道……”

“先生请别见怪，”孔塞伊接过话头说道，“鹦鹉螺号的艇长

读书笔记

邀请我们明天陪先生到锡兰岛那美丽的采珠场去参观。他态度十分诚恳，颇有绅士风度。”

“他没跟你们说别的什么吗？”

“没有，先生，”加拿大人说，“只是说他已跟您说过要去那儿散散步什么的。”

“是这样，”我说，“那么说，他没跟你们提过……”

“他什么也没说，博物学家先生。您同我们一起去，是吧？”

“我……那当然！我看得出，您对这事很感兴趣，兰德师傅。”

“是啊！这很新奇，很有意思。”

“也许会有危险的！”我话里有话地补充了一句。

“危险？”内德·兰德说，“只是到产珍珠母的沙洲去走走，会有什么危险呀？”

显然，尼摩艇长觉得没有必要让我的同伴们脑子里想到鲨鱼。我局促不安地看着他们，仿佛他们已经是缺胳膊少腿的了。我要不要提醒他们一下呀？要，当然要，可我却不知道该如何提起。

“先生，”孔塞伊说，“先生能否跟我们详细地讲讲采珠的事呀？”

“是讲采珠本身呢，”我问道，“还是讲有可能发生的意外？”

“讲采珠的事，”加拿大人打断了我，“去现场参观之前，还是先了解一下的好。”

“那好！请坐，朋友们，那我就现学现卖，把我从英国人希尔那儿了解到的知识讲给你们听。”

内德和孔塞伊在沙发上坐下来。加拿大人首先问道：

“先生，珍珠是什么呀？”

“我的好内德，”我对他说，“这得看人。对诗人而言，珍珠是大海的泪珠；对东方人来说，珍珠是凝固了的露珠；对女人来说，珍珠是一种椭圆形的首饰，它晶莹剔透，光彩夺目，她们喜欢把它戴在自己的手指、颈项或耳垂上；对化学家来说，珍珠是带有点胶质的磷酸盐和石灰碳酸盐的混合物；对博物学家来说，珍珠只不过是双壳类软体动物分泌螺钿质器官的一种病态分泌物。”

名师点评

你能体会出其中的意蕴吗？

“属软体动物门，”孔塞伊说，“无头纲，介壳目。”

“对极了，博学的孔塞伊。但是，在介壳目中，鲍鱼、大菱鲆、砗磲和海江珧……总之，所有那些分泌螺钿质，也就是分泌那种蓝色、淡蓝色、紫色或白色物质，把自己的瓣膜内壁覆盖起来的软体动物都可能产出珍珠。”

“河蚌也可以吗？”加拿大人问。

“当然可以。苏格兰、威尔士、爱尔兰、萨克森、波希米亚和法国的一些河流中的蚌，都能产出珍珠来。”

“好啊！那我们以后得注意点这些地方了。”加拿大人说。

“不过，”我又说道，“最能产珍珠的软体动物是珍珠母、乳白珠贝和珍贵的小纹贝。珍珠仅仅是一种小圆球形的螺钿质凝结物而已。它或是附着在牡蛎壳上，或是嵌入牡蛎的肉褶里。内膜上的珍珠是附着在壳上的，肉褶里的珍珠则是浮着活动的。但珍珠必须有一个坚硬的东西作为核，这核可以是一个不孕的卵，也可以是一颗沙子，在好几年的时间里，珍珠物质在这个卵或这颗沙子周围不断地沉淀，形成一层层的同心圆薄层。”

“在一个牡蛎中可以有好几颗珍珠吗？”孔塞伊问道。

“可以的，小伙子。有一些珠母简直像是一只珠宝匣。有人甚至说，一个牡蛎里至少含有一百五十条鲨鱼，对这话我表示怀疑。”

“一百五十条鲨鱼！”内德·兰德惊呼道。

“谁说鲨鱼了？”我也跟着大声叫嚷道，“我是说含有一百五十颗珍珠。怎么会是一百五十条鲨鱼呢？”

“那倒也是，”孔塞伊说，“可是先生能否告诉我珍珠是如何取出来的？”

“取出珍珠的方法有好几种。比较常用的方法是，对附着在内膜上的，就用镊子夹出来。但最为常见的方法却是，把珠母摊在铺满海岸的草席上，让珠母在露天地里死掉，十天之后，珠母腐烂，珍珠也就脱落下来，然后，再把它们放进一个装满海水的大蓄水池中，把珠母剖开，清洗，然后就是两道取珠的工序了。先把商业上所说的‘纯白’‘杂白’和‘杂黑’的珍珠挑出来装箱，每箱一百二十五到一百五十千克。然后，再把珠母的软组织拿出来，用水煮，再过筛，直到把最小的珍珠也取出来。”

“珍珠的价格根据其大小而有所不同吧？”孔塞伊问。

“不仅大小不同价格会不一样，”我回答道，“而且还得根据其形状，根据水色——也就是说，要看它的颜色如何，看它的光泽怎样，就是说，用肉眼观察，看看它是不是色泽柔和绚丽。最漂亮的珍珠叫作贞女珠或范珠。这种珍珠是在软体动物的纤维中长成的，它色白，且通常并不透明，但也有的是乳白色透光的。常见的呈圆球形或梨形。圆球形的多用来制作手链，而梨形的则用作耳坠。因为这种珍珠很珍贵，所以是按颗论价的。其余的那些附着在珠母壳上的，长得很不规则，则是按重量出售的。最差的是小粒珍珠，主要是用来做教堂的装饰品。”

“可是，把珍珠按大小分类，这活计可既慢又难啊。”加拿大人说。

“不，朋友。这道工序要使用十一种孔眼大小不一样的筛子。用二十到八十眼的筛子过筛，筛不下来的则留在筛中，那是一等珍珠，用一百到八百孔的筛子过筛，留在筛子里的是二等品，用九百至一千孔的筛子过筛，筛不下来的就属于小粒珍珠。”

“这办法挺妙，”孔塞伊说，“我算是懂了，珍珠分级挑选的方法是通过工具进行的。先生能否再跟我们讲讲养殖珠母的收益情况呀？”

“按希尔书中所说，”我回答道，“锡兰采珠场的年收入为三百万条角鲨。”

“三百万法郎！”孔塞伊纠正道。

“对，法郎，三百万法郎。”我重复道，“但我认为，采珠场现在的收益大不如前了。美洲的采珠场情况也是如此。在查理五世①统治时期，美洲采珠场年收益为四百万法郎，而如今却只有原来的三分之一了。总的说来，目前世界上总的采珠收益约为每年九百万法郎。”

“那么，”孔塞伊又问，“先生可否说一说那些天价的珍珠？”

“可以，小伙子。听说恺撒送给塞尔维丽娅的那颗珍珠，按现时的钱来折算，高达十二万法郎。”

“我甚至听人说过，”加拿大人说，“古时有一位贵夫人用醋泡珍珠喝。”

“那贵夫人就是克娄巴特拉。”孔塞伊说。

“喝那玩意儿可不好。”内德·兰德插言道。

名师注解

① 查理五世（1500—1558）：神圣罗马帝国皇帝、西班牙国王。

"非常不好，内德朋友。"孔塞伊说，"可一小杯这种醋价格不菲，高达十五万法郎呢。"

"我真遗憾，没能娶这个女人当老婆。"加拿大人边说，边挥动胳膊，模样吓人。

"内德·兰德要娶克娄奥巴特[①]!"孔塞伊叫嚷道。

"我也该结婚了，孔塞伊，"加拿大人十分认真地说，"此事未能如愿，错不在我。我甚至还买了一串珍珠项链送给我的未婚妻凯特·唐德尔，可她却嫁给了别人。嗨，那条项链也就花了我一点五个美元。可是，教授先生，您得相信我，项链上的珍珠可是经二十孔的筛子挑选出来的上等品呀。"

"内德，您太老实了，"我笑着对他说道，"那是人造珠，是经珍珠精泡过的玻璃球呀。"

"不过，那种珍珠精也是很贵的呀。"加拿大人辩白着。

"那不值钱的。那只不过是欧鲌鱼鳞上的银白色物质而已，从水里把这些东西采集到之后，放在氨水里保存起来。根本就值不了什么钱的。"

"凯特·唐德尔也许正因为如此才另嫁他人的。"内德师傅豁达地说。

"不过，"我说道，"说到价格昂贵的珍珠，我想没有任何一位国王的珍珠可与尼摩艇长的那颗相媲美。"

"就是这一颗。"孔塞伊指着玻璃橱窗中的一颗珍珠说。

"对。我敢说，它得值两百万……"

"法郎。"孔塞伊赶忙抢上来说。

"没错，"我说，"两百万法郎。尼摩艇长想必也没费多少周折便把它拾捡来了。"

"咳！"内德·兰德大声嚷道，"明天我们去海底漫游时，说不定也能碰上像尼摩艇长这颗珍珠一样的珍珠。"

"想得倒美。"孔塞伊说。

"为什么不会呀？"

"困在鹦鹉螺号上，要几百万法郎又有何用？"

---

名师注解

① 克娄奥巴特（公元前 68—前 30）：古代埃及艳后，曾为恺撒的情妇。

内德·兰德从没有放弃逃跑的念头。

“在船上当然没用，”内德·兰德说，“但是……在别的地方呢？”

“哼！在别的地方？”孔塞伊摇着头说道。

“内德师傅说的没错。”我说道，“如果我们万一有幸带一颗价值几百万的珍珠回到欧洲或美洲的话，那起码也能证明我们的这次历险是真实可信的，同时又增加了我们冒险经历的传奇色彩。”

“我也这么想。”加拿大人说。

“可是，采珠是否危险呀？”凡事都想到坏的一面的孔塞伊问道。

教授为什么没有把鲨鱼的事情告诉同伴？

“不危险，”我连忙回答道，“如果多加小心，就更没危险了。”

“干这种行当有什么危险不危险的，”内德·兰德说，“顶多也就是呛几口海水罢了。”

“确实如您所说，内德，”我尽量像尼摩艇长那样轻松从容地对加拿大人说，“不过，勇敢的内德，您害怕鲨鱼不？”

反问句，加强语气。试着仿造一个这样的句子。

“我会害怕鲨鱼？”加拿大人回答道，“我，一个职业捕鲸手，会害怕鲨鱼？干我们这一行的有谁会把鲨鱼当回事？”

“我所说的可不是用钩子把鲨鱼给拖上甲板来呀，”我接着说道：“那只是把死鲨鱼弄上来，剁掉尾巴，开膛破肚，掏出心脏，扔回海里就完事了。我说的并不是这个。”

“那您说的是……”

“您猜对了。”

“在水里？”

“在水里。”

读书笔记

“那也不成问题，但必须得有一把好捕鲸叉！您知道，先生，鲨鱼这畜生有个毛病，必须翻转身子，肚腹朝人才能咬人，就在它翻转身子时……”

内德·兰德做了一个“咬”的动作，让人看着背上直冒凉气。

“你呢，孔塞伊，你是怎么想的？

“我嘛，我得跟先生说实话。”

“那最好。”我心里暗想。

“如果先生想要去同鲨鱼搏斗的话，”孔塞伊说，“他忠实的仆人没有任何理由不陪他一同前往。”

尼摩艇长提出去参观采珠场，教授欣然接受。但一听说有鲨鱼出没，教授就变得格外紧张，在与孔塞伊、内德·兰德的交谈中更是屡屡犯错。可是他们二人却满不在乎。从人物的对话中，我们还看到了作者对社会底层人民的同情与怜悯，对剥削者贪婪与残暴的控诉。

教授听见有鲨鱼出没后变得非常紧张与焦虑，文中哪些地方可以体现出来？

# 三 一颗价值千万的珍珠【精读】

名师导读

教授一行人在马纳尔沙洲的采珠场见到了一颗硕大的价值千万的珍珠，原来它是尼摩艇长有意养在这里的。尼摩艇长出手从鲨鱼口中救出了一个穷苦的采珠人，为此还差点搭上了自己的性命。

夜色已深。我躺下睡了。但睡得很不踏实，老是梦见鲨鱼。按词源学来说，“鲨鱼”(requin)一词是从“安魂曲”(requiem)一词派生出来的，我觉得这一说法既正确又荒谬。

翌日清晨四点，尼摩艇长特别吩咐的侍者前来把我叫醒。我匆忙起床，穿好衣服，来到客厅。

尼摩艇长已经在客厅里等着我了。

“阿罗纳克斯先生，”尼摩艇长对我说道，“您准备好了吗？可以出发了吗？”

“准备好了。”

“那就请跟我来吧！”

“那我的同伴们呢，艇长？”

“已通知他们了，他俩正等着我们呢。”

“我们不换潜水服吗？”我问道。

“还没到时候。我没让鹦鹉螺号太靠近海岸，我们离马纳尔沙洲还有相当长的一段距离。不过，我已让人把小艇准备好了，它将把我们载往我们要去的准确地点，从那儿下水，可少走很长的一段路。潜水装备就在小艇上，等水下探险准备开始时，再穿不迟。”

尼摩艇长领着我走向中央扶梯。我们拾级而上，来到平台。内德·兰德和孔塞伊已经在那儿了，正高兴不已地在等着这个“有趣的游戏”开始呢。

小艇已经从大艇上卸下来，放到海里了，大艇上的五名艇员正握着桨在等着我们。

天尚未亮，仍旧很黑。浮云遮住了天空，偶见几颗星星露出云层。我向陆地看去，只看到一道模模糊糊的海岸线，从西南到西北挡住了四分之三的天际。夜间，鹦鹉螺号曾沿着锡兰岛西海岸上行，此刻正抵达海湾西面，确切地说，是在陆地和马纳尔岛形成的海湾的西面。此处，昏暗的海水下面便是珠母沙洲，长度超过二十海里，是个取之不尽的珠场。

环境描写，为故事的发展渲染氛围。

尼摩艇长、孔塞伊、内德·兰德和我，坐在了小艇的后部。小艇的掌舵水手把好舵，四名水手紧握艇桨。艇绳解开，我们便驶离了大艇。

小艇向南面划去。桨手们不紧不慢地划着。我注意到，桨叶吃水很深，桨手们划得十分卖力，一下一下地很有节奏，每十秒钟才划一次，这是战船上常用的划船节奏。小艇在向前滑行时，水珠溅起，清澄透亮，宛如熔化了的铅液，噼里啪啦地落到漆黑如墨的海水之中。海面上涌来一股小海浪，小艇被冲击得摇晃了几下，浪尖拍打在小艇头上。

暗示鹦鹉螺号上的艇员训练有素。

衬托了此时海平面的寂静。

我们全都沉默着。尼摩艇长此刻在想些什么呀？也许他在想他正在接近的这片陆地，离他已近在咫尺了。而加拿大人则正好相反，对他来说，陆地离他还太远太远。至于孔塞伊，他只不过是一个好奇的看客罢了。

五点半光景，晨曦微露，海岸的轮廓已清晰可辨。海岸东边较为平坦，往南则稍显隆起。此处离海岸尚有五海里的距离，海滩与雾气浓浓的海水混在一起，看不太清楚。在我们与海岸之间，海面上空空寥寥，不见一物，没见一条船，未见一个采珠人。沉寂笼罩着这片采珠人将要云集的地方。尼摩艇长没有说错，我们早到了一个月。

读书笔记

六点钟时，天色突然间大亮，这种由黑暗变天明的速度是热带地区所独有的。这里不存在黄昏，也不见黎明，黑白交替飞快。阳光穿透东方天际上的积云，喷薄而出，太阳冉冉升起。

我清清楚楚地看见了陆地，上面稀稀拉拉地长着几棵树木。

读书笔记

小艇朝着马纳尔岛划去。岛屿南端渐渐地显现出圆圆的形状来。尼摩艇长从座位上站起身来，观察着大海。

他打了个手势，小艇便停下，抛锚，锚链并未沉下去多少，因为此处水深不到一米，珠母堆在这个地方形成一个最高点。小艇随着海水退潮，向外海退去一些。

“我们到了，阿罗纳克斯先生，”尼摩艇长对我说道，“您看看，这个海湾十分狭窄。一个月之后，大批的采珠船便要到此处云集，采珠人将大胆地潜到水下去寻珠。这片海湾所处的地理位置很好，不受强风袭击，海面波涛也不汹涌，极其适合采珠人干活。现在，我们穿上潜水服，下海吧。”

名师点评

教授心事重重，所以海水都是“疑云密布”。

我闷声不响地望着这片疑云密布的海水，一边在水手的帮助之下开始穿上那笨重的潜水服装。尼摩艇长和我的两位同伴也在穿潜水服。可是，鹦鹉螺号的那几位水手这次并没有陪我们下海漫步。

不一会儿，我们全身上下全都囚禁在这件橡胶服装里了。空气罐也牢牢地绑在了背上。我们这次没有携带鲁姆科尔夫灯，因为这里根本用不着它。在把脑袋罩进铜头盔之前，我问过尼摩艇长怎么不带灯。

“这里用不着带灯，”尼摩艇长回答我说，“我们并不往太深的地方去，阳光的亮度足可以为我们照路了。另外，在这一带使用电灯很不安全，很容易把危险动物给招引过来。”

读书笔记

尼摩艇长这么解释时，我扭脸向着孔塞伊和内德·兰德。可是，他俩已经把脑袋钻进铜头盔中了，既听不见我们说的话，也回答不了我的话。

我又向尼摩艇长提了最后一个问题。

“那么，武器呢？”我问艇长，“我们的枪也不带吗？”

“枪？带枪有什么用？你们那些山区居民猎熊不也是使用匕首吗？钢刀不是比铅弹更加有用吗？这儿有一把刀，您别在腰上。咱们走吧。”

我看了看我的两个同伴。他们也像我一样武装了起来，只是内德·兰德还多了一样东西，他挥动着一把大捕鲸叉，那是他离开鹦鹉螺号时先放在小艇里的。

我随即像尼摩艇长一样，让人把沉甸甸的金属头盔给我罩上。头盔一戴好，背上的储气罐便立即开始送气。

片刻之后，小艇上的水手们便把我们一个一个地放到水中去了。在一米五深的地方，我们的脚踩到了平坦的沙地。尼摩艇长向我们做了个手势，我们便紧随其后，沿着一个缓坡往下走去，消失在水中。

一下到水中，一直缠绕在脑海中的那些想法全都给忘得一干二净了，我显得出奇的平静。我的动作十分自如，这使我信心大增，而且，我的注意力已经被水中的奇情异景给吸引住了，无暇他顾。

太阳把水底照得透亮，连最小的东西也看得清清楚楚。走了十来分钟，我们来到水深五米的地方，这里的海底相当平坦。

我们脚踏到的地方，那些奇特的鱼，像沼泽地里的沙锥似的，一群群地一涌而起。有一些鱼是单鳍属的，是一些除了尾鳍而外无其他鳍的怪鱼。我辨认出其中的爪哇鳗，形如海蛇，长八十厘米，腹部灰白，如果两肋带有金黄色线条，就很容易被错以为是康吉鳗。在硬鳍属中，我看到了色彩绚丽的燕雀鱼，身子极扁，呈卵形，脊鳍似镰刀状，这种鱼晒干腌制后可以食用，是一道名菜，名为“卡拉瓦德”。还有长轴属的唐格巴斯鱼，身上长着一层纵向八边形的鳞甲。

太阳在逐渐往上爬，深处的海水也被照亮。海底地壳状况也在渐渐地发生变化。地底由细沙路变成了卵石路，上面覆盖着一层软体动物和植虫动物。在这两个门的动物里，我发现了红海和印度洋所特有的胎盘贝，它们长着两片薄薄的、大小不对称的贝壳；有橙色的圆壳满月蛤、钻状的螺旋贝；有波斯紫红贝，其色彩十分绚丽，我在鹦鹉螺号上曾经见到过；有长十五厘米的长着角的骨螺，立于海中好似意欲抓人的一只手；有浑身带刺的角螺、舌形贝；有鸭科贝，这是一种可以吃的贝类动物，在印度斯坦市场上有卖的；有发光水母；还有扇形眼贝，是印度洋中为数最多的植虫动物。

在这些生机勃发的植虫动物中间，在水生植物构成的绿廊下，有成群成群的节肢动物在笨拙地爬行着，其中主要的是外壳呈三角形的长齿蟹，其三角形的角稍微有点圆；有该水域所特有的椰子蟹；有丑陋不堪的单性虾，看着让人生厌、恶心。还有一种我多次见过的动物，也十分丑陋，那是达尔文先生研究过的那种大蟹，天生能吃椰子核，力大无比，能爬到岸边的椰子树上，把椰子从树上扔下，摔裂开来，然后下来用其有力的双螯把椰子掰开。

读书笔记

在这里的清澈透亮的海水里，这种大蟹爬行动作极其灵活，而那些经常在马拉巴尔海岸无拘无束、悠闲自在爬行的鱼鳖，则只是在松动的石块之间缓慢地爬行着。

七点钟左右，我们终于走到珠母沙洲了。数百万计的珠母就在这里繁殖着。这些珍贵的软体动物全都附着在岩石上，用褐色的吸盘紧紧地吸在上面，纹丝不动。由此看来，它们有哪一点不如大自然给予其行动自由的珠蚌呀？

杂色珠母的两片贝壳几乎对称，呈圆形，壁厚，外表粗糙，凹凸不平。其中的几只，其壳为层叠状，上面有一道道从顶部辐射开来的淡绿色花纹；这几只杂色珠母是一些看上去还很“年轻的”牡蛎。另外的一些，表层又粗又黑，全都是十年以上的“老”牡蛎了，宽有十五厘米。

今天人类的破坏力已经远远超出了大自然的这种创造力。

尼摩艇长用手指给我看一大堆珍贵珠母。我一看便知，这是一座取之不尽的“珠矿”，因为大自然的创造力远胜于人类的天生的破坏力。极具这种破坏本性的内德·兰德，此刻正急不可耐地往身边挂着的网袋里塞这些漂亮的软体动物。

但我们却无法停下脚步，必须紧随尼摩艇长身后；他正朝着一条似乎只有他一人认识的小路走去。地势明显地在增高，有时我一抬胳膊，手便伸出了水面。过不了多一会儿，沙洲地面又突然低了下去。我们总是在围着一些细长的尖锥形石峰行走。在这些石峰昏暗的凹凸曲折的地方，一些大型甲壳动物支起长长的爪子，宛如一台战车，在目不转睛地盯着我们。而在我们的脚下，一些多须的、藤须的、卷须的和环须的爬虫，成群地爬来爬去，旁若无人地伸展开它们的触角和触须。

这时候，我们眼前出现了一个大洞口，洞口周围堆积着别致有趣的岩石，岩石上覆盖着各种各样的深海植物细长的茎。开始时，我觉得这个洞很黑，阳光在洞里逐渐变弱，模模糊糊，最后一点光亮也看不见了。

读书笔记

尼摩艇长向洞里走去，我们紧随其后。不一会儿，我的眼睛便适应了这种相对的黑暗。我辨别出一些坐落在花岗岩柱石基上的巨大的天然石柱，犹如托斯卡纳[①]式建筑的廊柱，在支撑着洞顶。洞顶的横梁歪七扭八，形状各异，千姿百态。我们的这位让人捉摸不透的“向导”艇长为何要把我们带到这样一个海底地下室来呢？不一会儿，我便知晓了个中原委。

走下一段较陡的斜坡之后，我们便踩到一个圆井似的东西的底部。尼摩艇长走到此便停下脚步，用手指给我们看一个我进来时未曾发现的东西。

那是一个巨大无比的珠母，一个硕大的砗磲，简直就是一只盛满水的圣水缸。这只大圣水缸宽有两米多，比鹦鹉螺号客厅里陈列着的那只珠母大得多。

整段描写只为突出珠母的特点：大。

我走近这只大得惊人的软体动物。它用吸盘吸附在一块花岗岩石台上，在岩洞那平静无波的海水中独自生长着。我估计这只巨大的砗磲得有三百公斤重，其肉也得有十五公斤，所以，非得有高甘大[②]那么大的胃，才能吞食几打这种珠母肉。

很显然，尼摩艇长事先知道这个双壳软体动物的存在，他并非第一次前来这里。我原以为，他只不过是想带我们来看一看自然界的奇观异景，可我想错了。尼摩艇长特别关注这只砗磲现在长得怎么样了。

砗磲的两扇壳半开着。尼摩艇长走过去用匕首伸进两扇壳中间，不让它闭上。然后，他用手将砗磲边上带流苏状的壳撬开来。

寥寥数笔，这颗珍珠的特点便跃然纸上。

我立刻看到，在叶状褶皱间，一颗大如椰子的珍珠在浮动着，圆圆的，晶莹剔透，色泽光鲜，是一颗无价之宝。出于好奇，我伸出手去，想抓起它来，掂掂分量，摸一摸它。但尼摩艇长以手示意，止住了我，并迅速地将匕首抽出来，让两扇壳立刻闭合起来。

我这才明白尼摩艇长的用意：他是想让那颗珍珠仍旧留在砗磲的套膜里，继续慢慢地生长变大。这只软体动物每年都要在那颗珍珠上用其分泌物为之增添一个同心层。而只有尼摩艇长一人知晓，

名师注解

① 托斯卡纳：古代意大利中部的一个王国。

② 高甘大：法国作家拉伯雷的代表作《巨人传》中的主人公。

读书笔记

在这个洞穴中，有一个天然的无出其右的果实在成熟着，也可以说是，只有他一人在养殖这颗珍珠，以便日后把它摆放到自己那摆满奇珍异宝的陈列室里去。他甚至会像中国人和印度人那样，把一些玻璃片或金属片放到这只软体动物的褶皱下面，让它一点一点地被珍珠质的物质覆盖起来，也长成珍珠。总之，与我所见到过的所有珍珠相比，与尼摩艇长陈列室里所珍藏的那颗闪闪发光的珍珠相比，这颗珍珠都要高级得多，我估计它至少能值一千万法郎。这是自然界的一件极品，不是一件首饰，我看不出有哪个女人的耳朵能够坠得住这么大的一颗珍珠。

我们观赏完了这只硕大无比的珍珠，尼摩艇长领着我们离开岩洞，我们便回到了珠母沙洲那片尚未被采珠人搅混的清澈的海水中。

读书笔记

我们宛如真正在悠然自得地溜达着的人一样，相互间离得较远地走着，随自己心意或走或停。至于我嘛，我脑海中先前的那种种危险景象已经消失殆尽。我明显地感觉到浅滩底离水面越来越近，不一会儿，我的脑袋已经露出水面有一米了。孔塞伊赶到我身边，用头盔碰了一下我的头盔，向我以目致意。不过，这块海下高地只有几个图瓦兹那么长，所以我们很快便又回到了自己的天地——我觉得我现在有理由这么形容这片海区了。

十分钟后，尼摩艇长突然停下脚步。我以为他是停下来想转身往回走，但却并非如此。他以手示意我们藏到他身旁的一个很大的坑洞里去。他用手指着海水中的一个黑点，我顺着他指的方向仔细地看。

名师点评

这样的描写可以营造一种紧张的气氛。

离我五米远的地方，有一个影子出现，紧贴在水底。我立刻想到是鲨鱼，不由得紧张起来。可我弄错了，这一次我们遇到的仍然不是海里的那个猛兽。

那影子显然是个人，是个活生生的人，也许是个印度人，或者是个黑人，总之，是个不幸的采珠人，他不等采珠季节的到来便提前赶来采珠了。我注意到，他的小船就在他头顶上方几尺的地方停泊着。他不停地潜下水去，一会儿又浮出水面。他用脚夹着一块大石头，石头呈圆锥形，用绳子拴好，另一头系牢在小船上。他熟练地利用这块石头帮助自己快速下潜。这是他所依靠的唯一的下潜工具。潜于五米左右深处。他便立即跪下去摸珠母，往网袋里放。不一会儿，复又浮出水面，把网袋里的收获物倒进小船里，再度用脚夹住那圆锥形石头，沉到水里，继续摸找珠母，如此往复，间隔只有三十秒钟。

对采珠人采珠动作的详细描写，表现了采珠人技术的娴熟和高超。

这个采珠人并没有发现我们。他的视线被岩石的阴影给遮挡住了。再说，这个可怜的采珠人又怎么会想到我们这些同他一样同属人类的人，会在一边躲着，窥视他的采珠动作，一点细节都不放过！

读书笔记

他多次地这么潜下去又浮上来。每次捞着的珠母顶多十来个，因为珠母都牢牢地吸附在礁石上，把它们从那上面剥落，非常费事。可他冒着生命危险捞上来的牡蛎，究竟有多少是里面长着珍珠的呢？

我眼睛直勾勾地盯着他。采珠人的动作有板有眼。半个小时过去了，没有出现什么险情。我渐渐地已经熟悉了这套采珠动作。可就在这个时候，我突然看到那个印度人或黑人，刚一跪倒，立刻像是受到什么惊吓似的，慌急慌忙地站立起来，往水面猛蹿。

我知道他因何如此恐惧了。一个巨大的阴影在那不幸的采珠人的上方。这是一条个头儿很大的鲨鱼，它斜着冲了过来，虎视眈眈，目露凶光，血盆大口张开着！

教授一直担心的鲨鱼终于出现了。

我吓得呆立不动，发不出声来。

凶猛的大鲨鱼甩动着有力的尾鳍，朝采珠人直扑过去；采珠人往旁边一闪，躲开了鲨鱼的大口，但却未能躲过它的尾巴。鲨鱼尾巴猛力扫到他的胸部。他一下子便倒了下去。

这场面只是瞬间的事。鲨鱼掉转头来，翻转身子，正准备把采珠人拦腰咬断。突然间，我便觉得蹲在我身旁的尼摩艇长霍地站直身子，举着匕首，朝那大怪物直扑过去，与它展开了顽强的搏斗。

“霍地站直”“举着”“直扑”一系列的动作描写，表现了尼摩艇长的敏捷与无畏。

正欲咬死不幸的采珠人的鲨鱼，突然发现冒出个新的对手，便翻过身子，迅速地冲着尼摩艇长扑上来。

我现在都还记得尼摩艇长那勃发英姿。他立即俯下身体，以无比的沉着镇静在等待着朝他猛扑过来的那头可怕的大鲨鱼；待它扑上来时，艇长敏捷地一闪，躲过了鲨鱼的攻击，与此同时，他已将

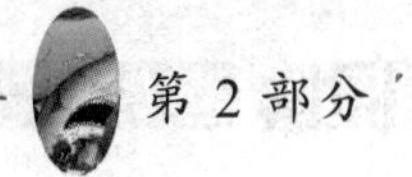

匕首刺中鲨鱼的腹部。但这只不过是人鲨大战的开端，恶战还在后头。

读书笔记

可以说，那条巨鲨简直像是在怒吼！鲜血从它那被刺中的地方喷涌而出，染红了周围的海水，海水都变得浑浊不清了。我已什么都看不见了。

眼前一直这么模糊一片，直到海水突然稍稍清了一点，透出一点亮光，我才影影绰绰地看见，尼摩艇长还在抓着鲨鱼的一个鳍，同它进行着殊死的战斗。他一刀接一刀地往鲨鱼肚腹扎，但一直未能一刀毙命，也就是说，未能刺进它的心脏，给它致命的一击。鲨鱼挣扎着，疯狂地搅动着海水，被搅起的漩涡差点儿把我冲翻在地。

读书笔记

我本想跑上前去助艇长一臂之力，但我像是被恐惧攫住了似的，钉在那儿，挪不动步。

我直愣愣地看着这场人鲨大战。不一会儿，形势突变，鲨鱼张着它那好似巨剪似的血盆大口，向艇长复又扑来，把他掀翻在地，艇长的生命危在旦夕。说时迟，那时快，内德·兰德手持捕鲸叉，如闪电般冲向鲨鱼，用锋利的捕鲸叉，一叉刺中鲨鱼的要害。艇长得救了。

海中顿时一片血红。鲨鱼像是气疯了似的，拼命地搅动着海水，弄得海里波涛汹涌，浪头不断。鲨鱼被内德·兰德一叉命中心脏，已奄奄一息，在不停地抽搐，拼命地挣扎，掀起的波浪把孔塞伊也给掀翻了。

名师点评

奄奄一息的鲨鱼依然有如此大的威力，可见这条鲨鱼有多凶猛，同时这也衬托了尼摩艇长的勇气过人。

内德·兰德找到了艇长。艇长没有受一点伤，他站了起来，径直走向采珠人，把拴着石头的绳子割断，把采珠人抱了起来，脚下一用力，便浮出了水面。

我和我的同伴也跟着浮了上来。片刻工夫，我们便奇迹般地生还，上了采珠人的小船。

尼摩艇长立即抢救那个不幸的采珠人。我不知道尼摩艇长能否抢救成功，但我希望他能，因为这个可怜的人溺水时间并不长。只是那鲨鱼尾巴的狠命一击，可能已经让他丧命了。

幸好，经过孔塞伊和尼摩艇长不停地按摩，溺水者在渐渐地恢复知觉。他慢慢地睁开眼睛。突然看到四个铜制的大头盔围着他，他顿时惊呆了，吓得跟什么似的。

特别是，此刻，尼摩艇长正从衣服口袋里掏出一小袋珍珠放到他的手里，真不知他心里在怎么想呀。印度人双手颤抖着接过这位水中人的慷慨施舍。从他那双惊疑恐惧的眼睛里，不难看出，他不知道这几个既救了他一命又让他发了财的人，究竟是些什么神人。

尼摩艇长做了个手势，我们就又回到珠母沙洲去了。我们按原路返回，走了半个小时，就看到了固定鹦鹉螺号小艇的锚了。

我们爬上小艇，在众水手的帮助之下，脱去了那沉甸甸的铜头盔。

尼摩艇长的第一句话是冲着加拿大人说的。

“谢谢您，兰德师傅。”艇长对他说道。

“这是对您盛情款待的报答，艇长，”内德·兰德回答道，“我一直欠着您的这个人情。”

艇长嘴角泛起一丝微笑。

“回鹦鹉螺号。”艇长命令道。

小艇飞驰在波峰浪尖上。几分钟后，我们看见了那条巨鲨的尸体漂浮在水面上。

从这条鲨鱼鳍尖上的黑色来看，我认定它是印度洋中可怕的黑鲨，是地地道道的恶鲨。它体长超过二十五尺，其巨大的嘴竟然占了身体的三分之一。根据它上颚呈等腰三角形排列的六排牙齿来看，可以断定它是一条成年的大鲨鱼。

孔塞伊正以他那纯粹的科学眼光在审视这条鲨鱼，我敢说，他正在把它给归入软骨纲，固定鳃软骨翼目，板鳃科，角鲨属。

当我正在仔细观察这具巨鲨的尸体时，突然间在小艇旁边出现了十几条凶猛的黑鲨，但这群黑鲨并不是冲着我们来的，它们径直冲向那具巨鲨尸体，你撕我咬，争抢着，把尸体撕成了碎块。

八点半时，我们回到了鹦鹉螺号上。

回到船上后，我开始思考我们在马纳尔沙洲的历险经历，明确地得出两个结论：一是尼摩艇长勇气过人，无与伦比；另一个是他虽是一个跑到海底、躲避人类的海洋人，但却具有无私的献身精神。无论这个奇怪的人嘴上怎么说，反正他至今仍然人性未泯。

当我把自己的这些想法跟他说了之后，他稍稍有点激动地回答我说：

"那个采珠人，教授先生，是被压迫国家的居民，我是心向被压迫国家的人民的，只要我还有一口气，我就永远地站在被压迫国家的人民的一边！"

名师点评
表现了作者反对压迫、支持被压迫的人民英勇抗争的态度。

## 延伸思考

第一段中，教授为什么觉得"鲨鱼"一词由"安魂曲"一词派生而来的说法"既正确又荒谬"？

## 知识拓展

### 珍珠

珍珠，一种古老的有机宝石。它是产在珍珠贝类和珠母贝类软体动物体内的矿物珠粒，是由这类动物的内分泌作用形成的。外界异物侵入贝类动物内部，受刺激处形成珍珠囊，珍珠囊细胞分泌珍珠质，将异物层层包裹，最后形成珍珠。珍珠形状多样，以圆形为佳，颜色则以白色为主，兼有粉红色、淡绿色、淡紫色、黑色等。珍珠富含多种微量元素，珍珠入药在中国已有两千年的历史。珍珠晶莹瑰丽，从远古起就是人们喜爱的饰物。

# 四 红海

名师导读

鹦鹉螺号进入了“世界上最危险的海”——红海。教授本以为在这个死胡同里逛够了，鹦鹉螺号就会返回印度洋，绕道好望角，进入大西洋。不料，艇长尼摩却命令它从尚不为世人所知的“阿拉伯隧道”进入地中海。

一月二十九日，鹦鹉螺号以每小时二十海里的速度航行在马尔代夫群岛和拉克代夫群岛之间的那些似迷宫般的航道上，而此时，锡兰岛则早已在海天相接处消失不见了。鹦鹉螺号甚至还紧贴着基坦岛航行了一段。基坦岛原本是石珊瑚岛，一四九九年被瓦斯科·德·伽马[①]发现。它是拉克代夫群岛的十九个岛中的一个，位于北纬十度到十四度三十分、东经六十九度与五十度七十二分之间。

从日本海出发到这一天为止，我们已经行驶了一万六千二百二十海里，亦即七千五百里。

第二天，一月三十日，鹦鹉螺号浮出水面，但已经看不见陆地了。它在向着西北偏北的方向驶去，径直开往阿曼湾。阿曼湾位于阿拉伯半岛和印度半岛之间，是波斯湾的出海口。

很明显，这是一条没有任何出口的海道，无法通行。尼摩艇长这是想把我们带往何方呀？加拿大人那天就问过我这一个问题，我支支吾吾地说不出个所以然来，他对此颇为不满。

“异想天开的尼摩艇长想带我们去哪里就去哪里吧，兰德师傅。”

“他异想天开，带我们走不了多远的，”加拿大人说，“波斯湾没有出

名师注解

① 瓦斯科·德·伽马（1469—1524）：葡萄牙航海家。

口，如果我们硬往里闯的话，走不多远就得原路返回。”

“嗨！兰德师傅，原路返回就原路返回好了。从波斯湾出来之后，如果鹦鹉螺号想进入红海，曼德海峡就在那里，随时可以穿过。”

“不用我说您也知道，先生，”内德·兰德说，“红海与波斯湾一样地封闭，因为苏伊士地峡尚未凿通，即使是凿通了，像我们这样的一艘神秘的艇，也不敢在两头有闸门的运河中冒险。所以说，红海并不是把我们带回欧洲之路。”

“所以我并没有说我们将会回到欧洲去呀。”

“那您是怎么猜测的？”

“我猜想，游历了阿拉伯半岛和埃及这两处神奇的海域之后，鹦鹉螺号还会回到印度洋去，可能穿越莫桑比克海峡，也可能穿过马斯克林群岛的外海，到达好望角。”

“到了好望角之后呢？”加拿大人紧接着又问。

“那我们就进入我们尚未见识过的大西洋了。就是这样！内德朋友，您是不是对这次海底旅行心生厌倦了？您想必是对海底那变化多端的奇异景致看腻了吧？可我却不然，这种机会千载难逢，我觉得今后不会有多少人能够有幸做这样的旅行。如果旅行到此结束，我会抱憾终生。”

“可是，您知道，阿罗纳克斯先生，”加拿大人说道，“我们在鹦鹉螺号上已经被囚禁快三个月了呀！”

“不，内德，我不知道，也不想知道，我既不数日子，也不算时间。”

“那结果又是什么呢？”

“到时候就会见到结果了。再者，我们对这事毫无主动权，争也是白争。我诚实的内德，如果您能跟我说：‘我们逃跑的机会来了’，那我们就可以一起研究一下逃跑的事。但现在的情况并非如此，所以我坦率地跟您直说了吧，我并不认为尼摩艇长会跑到欧洲海域去冒险。”

从这番短暂的对话中，不难看出，我对鹦鹉螺号已经如醉如痴，我几乎像是变成了该艇的艇长了。而内德·兰德则是以自言自语、嘟嘟囔囔的方式结束了这次谈话：“说得好听，可我却觉得，受到拘束的地方是不可能有什么欢乐的。”

一直到二月三日，整整四天的时间，鹦鹉螺号都是时快时慢、时深时浅地行驶在阿曼湾里。它仿佛是在漫无目的地航行着，仿佛不知该走哪一条路线，但它却始终没有越过北回归线。

离开这片海域时，我们曾经影影绰绰地看到阿曼国最重要的城市——马斯喀特城。我十分赞赏这座城市的奇特的外观，该城周围是一片黑色的岩石，上面建起一座座白色的房舍和城堡，黑白分明。我望见了城内清真寺的圆形拱顶，清真寺尖塔的塔尖十分优美，城里的那些露台青翠碧绿，郁郁葱葱。但这都是一晃而过的，因为鹦鹉螺号很快便下潜到这片昏昏暗暗的海水中去了。

随后，鹦鹉螺号又沿着距离马哈拉和哈德拉曼六海里的阿拉伯海岸行驶，可以看到沿岸山峦起伏，峰峦叠嶂，偶尔可见山上的古建筑遗迹。二月五日，我们终于到了亚丁湾。亚丁湾如同一只真正的漏斗，插入曼德海峡，把印度洋的海水引进红海中来。

二月六日，鹦鹉螺号在水面上航行，可以看到坐落在岬角上、与大陆仅有一地峡相连着的亚丁港。这一地区的海底地形与直布罗陀海峡一样，十分复杂，无法通行。一八三九年，英国人占领了这一带之后，把这一地区的防御工事加以改建，变成了要塞。我远远地看到了城里清真寺的那些八角形尖塔。按埃德里齐①的说法，该城从前曾经是这一带最富庶最繁华的通商口岸。

我原以为，到了这里之后，尼摩艇长会往回返了，可我猜错了，他根本就没有走回头路，这令我大为惊讶。

第二天，二月七日，鹦鹉螺号进入曼德海峡。曼德海峡在阿拉伯语中意为“泪门”。海峡宽二十海里，长仅仅为五十二公里，如果鹦鹉螺号全速前进的话，一个小时就可以通过这个海峡了，由于通过苏伊士运河前往孟买、加尔各答、墨尔本、波旁岛②、毛里求斯等地的汽轮太多，鹦鹉螺号无法浮出水面，而是小心翼翼地潜于水中航行，因此两岸的情况我什么都没看到，甚至连英国政府借以加强亚丁港海防的丕林岛也都未曾见到。

中午时分，我们的潜艇终于浮出水面，在红海上劈波斩浪了。

红海，这个《圣经》中传说的有名的湖泊，下雨很少，气候炎热，也没有任何一条大河流入，而且水分蒸发得极快，每年都得下降高达一米半的水

名师注解

① 埃德里齐（1089—1164）：阿拉伯地理学家。

② 波旁岛：即现在的留尼汪岛，是法国的海外领地。

位。这个奇特的海湾，要是真的像湖泊似的完全封闭住的话，可能早已完全干涸了，同与其毗邻的里海或死海比较起来，后两者的水位仍旧能保持其原有水平，因为它们所蒸发掉的海水与其所获得的降雨量恰好持平。

衢（qú），道路的意思。

红海长两千六百公里，平均宽度为二百四十公里。在古埃及托勒密王朝和古罗马帝国时期，它曾经是世界上最大的贸易通衢，现在，苏伊士运河已经开通，苏伊士铁路也已通行，这就部分地恢复了它昔日的风采。

我此刻已无心去研究尼摩艇长为何突发奇想，把我们带到这儿来。不过，我完全赞同他的这一做法，因为鹦鹉螺号正在以中速行驶，时而浮在水面航行，时而为避开水上船只，下潜行驶，我可以把水上和水下的情况全都看得一清二楚。

读书笔记

二月八日清晨，莫卡城出现在我们的眼前。这是一座已成为废墟的港口城市，城墙经大炮的轰击，有些地段已坍塌，偶尔可见几棵绿油油的椰枣树在断壁残垣上生长着。这座昔日的重镇，曾经拥有六个集市、二十六座清真寺，城墙上建有十四座城堡，形成三公里长的防御区段。

读书笔记

然后，鹦鹉螺号便向非洲海岸靠近。那一带，海水很深，却清澈晶莹，透过客厅里的舷窗，我们看到了艳丽多姿的珊瑚丛，令人啧啧称奇，另外还可以看见覆盖着绿色海藻和墨角藻的大礁石，也让人叹为观止。邻近利比亚海岸的火山岛和暗礁，也同样是风光奇美，千姿百态，美不胜收！不一会儿，鹦鹉螺号便驶近非洲东海岸，这里的植虫动物一个个千娇百媚，争奇斗艳。德哈马海岸就在这里，这一带海面下遍布着各种植虫动物，而且，在海面上十米的地方也随处可见，其状五彩缤纷，令人赏心悦目。水面上的植虫动物生长随意，虽千姿百态，但却不如水下的颜色来得更加鲜艳，因为海水在湿润着它们，使之永葆清新艳丽。

我如此这般地在客厅的舷窗前度过了多么迷人的时光啊！在舷窗那盏电灯的光照下，我欣赏到了多少海底动植物的新品种啊！有伞形菌类植物；有深灰色的海葵；有状如排箫的笙珊瑚，像笛子一般，只等牧神潘[1]来吹奏了；有红海所特有的贝类，它们栖息于石珊瑚洞中，身体下部扭曲，成为一个短小的蝇旋；最后，有各种各样的我未曾见过的珊瑚骨，即通常所说的海绵。

海绵纲系水螅型珊瑚虫的第一纲，确切地说，这一纲即是由这种奇特的动物所组成的，这种奇特动物的实用价值是毋庸置疑的。海绵并非如某些博物学家所坚持认为的那样是一种植物，它是动物，是海绵纲中最低级的动物，比珊瑚中的珊瑚骨还要低上一等。它的动物属性是肯定无疑的，古人曾经说过，它是一种介乎于植物和动物之间的物种，对这种说法，我们也无法苟同。不过，必须指出，博物学家们对海绵有机组织的结构方式看法不一，有的博物学家认为它是珊瑚骨，有的则认为它是单一的独立的个体，米尔恩一生就坚持后一种观点。

海绵动物纲约有三百多个种类。在许多的海洋里都有海绵，甚至在一些淡水河里也存在着一种被称为“淡水软体动物”的海绵。不过，海绵繁殖最多的地方当属地中海、希腊群岛、叙利亚海岸和红海等海域。上述这些地方生长着的是质地优良的上等海绵，如叙利亚黄海绵、柏柏尔地区的硬海绵，价值昂贵，每块价格可高达一百五十法郎。由于受到苏伊士地峡的阻隔，我不可能企盼去地中海东岸研究这种植虫动物，只好退而求其次，在红海水域对它们进行观察了。

此时，鹦鹉螺号正处在平均八九米的深度中，沿着东海岸，紧贴着那些美丽的岩石在缓缓徐行，我便把孔塞伊叫到身边来。

这一带生长着各种各样的海绵，有带柄的，有叶状的，有圆形的，有掌形的。那些采集海绵者比学者们更富有诗意，给各种海绵取了一些恰如其分的名字，什么花篮啦、圣餐杯啦、纺锤啦、鹿角啦、狮足啦、孔雀尾啦、海神手套啦，等等。从海绵那上面有着一层半流体的胶状物质的纤维组织中，不断地排出细水丝般的半液体状物质，那是给每个细胞的生命之水，又经海绵通过收缩运动排出体外。珊瑚虫死了之后，这种半流体状的胶状物质也随即在释放出氨水的同时腐烂、消失掉。这时候，剩下的就只是这些角质或胶质的纤维了，就可以制作成为家庭日常所用的近似橙色的海绵了。海绵的柔

名师注解

① 潘：希腊神话中的畜牧神，人身羊足，头上长角，喜爱音乐。

韧性、渗透性或抗浸泡性各不相同，据此可以作为不同用途加以使用。

这些海绵珊瑚黏附在岩石上，附着在软体动物的壳上，甚至附着在水生植物的茎上，它们遍布于角角落落里，连最小的小洼洼里都长满了海绵珊瑚，有的摊开着，有的兀立着，有的则像产生珊瑚石灰质的那些突起似的，下垂着。我对孔塞伊说：“可以使用两种方法来采集它们：一是用网捞，二是用手摘。后一种方法必须雇用潜水者，但这种方法可取，因为这样一来，伤及不到珊瑚骨组织，海绵珊瑚的价格便可卖得较高。”

在另一些海绵动物旁边，则大量地繁殖着植虫动物，主要以形态优雅的水母为主；软体动物中有各种各样的枪乌贼，按照道比尼的说法，这种枪乌贼属红海所独有；爬行动物中有条纹龟，属于龟鳖目，是餐桌上的一道极富营养的美味。

至于鱼类，不仅数量繁多，而且有一些还非常美丽动人。被鹦鹉螺号的拖网捕捞上来的就有：鳐鱼，其中包括椭圆形的利姆鳐，呈红棕色，身上带有不规则的蓝色斑点，长有两个锯齿状刺鳍，很容易辨认；银脊鲟；尾巴上有着许多斑点的赤鲟；身上披着两米长的袍子在水下游动的锦鲟；与鲨鱼同属一个种类但无牙齿的软骨奥冬鱼；背上长包的单鳍贝壳鱼，其包的尖尖形成一枚曲形针，其长有一尺半；银尾蓝背棕胸的海鳝，胸背之间有一道灰颜色的边；属于鲭科的松鱼，身上带有狭窄的金色条纹，而且像法国国旗似的有蓝白红三种不同颜色的道道；身长四十厘米的硬鳍鱼；美丽的加郎鱼，身上有七道绶带似的黑色横纹，鳍部呈蓝黄两色，鳞片有金黄和银白二色；团足鱼；长着黄脑袋的耳环豚；还有鹦嘴鱼、隆头鱼、鳞豚、虾虎鱼等。此外，还有成千上万种我们在其他海洋中已经见到过的鱼类。

二月九日，鹦鹉螺号停泊在红海海面上最宽阔的地方，西岸是苏阿金港，东岸为贡富达港，两岸直线距离为一百九十海里。

这天中午，尼摩艇长测定了艇的方位之后，便登上艇顶平台，我当时也在平台上。我心中暗自决定，这一次一定要探出他的口风，看他今后到底是什么打算，否则就缠住他，不让他下去。他看见我时，立即向我走过来，亲切地递给我一支雪茄，对我说道：

“嗨！教授先生，喜欢红海不？红海水下有着各种各样的植虫动物，遍地都是海绵，珊瑚犹如森林一般，这番美景您欣赏够了吗？您还没有看到岸上的那些港口城市吧？”

“看到了，尼摩艇长，”我回答说，“把鹦鹉螺号用于这样的研究是再合适不过的了。嗯！这真是一艘智慧之艇。”

“是的，先生，这是一艘智慧的、无畏的、无可匹敌的潜艇。它既不怕红海的强风恶暴，也不怕红海的涌流和暗礁。”

“的确如此，红海是世界上最危险的海，”我说道，“如果我没记错的话，红海在古代名声就不佳。”

“它的名声确实不好，阿罗纳克斯先生。希腊和拉丁历史学家就从没说过它的好话。斯特拉彭[①]就曾说过，在地中海季风期和雨季到来时，红海风急浪大。阿拉伯学者埃德里齐笔下的红海，被称作科尔佐穆湾，他写道，大量的船只在这一带的沙洲触礁沉没，一到夜晚，无人敢冒险在此航行。他认为，红海极易造成令人胆战心惊的风暴，到处遍布暗礁浅滩，无论是水上还是水下，简直‘一无是处’。其实，在阿利阿乌斯、阿加塔西德、阿尔岱米多等人的书中也可以看到类似的观点。”

“显而易见，这些历史学家都未曾搭乘过鹦鹉螺号。”我开玩笑地说。

“没错，”尼摩艇长莞尔一笑，说，“就此看来，现代人并不比古代人强多少。花了好几个世纪才发明蒸汽机！谁知道百年之后是否还有人能够造得出第二艘鹦鹉螺号来啊！科学进步很缓慢呀，阿罗纳克斯先生。”

“您说得对，”我回答道，“您的艇比时代超前了一个世纪，甚至也许是几个世纪。这么一个大秘密将因其发明者的逝去而消失，实在是非常可悲！”

尼摩艇长没有接茬儿。沉默了数分钟之后，他说道：

“您刚才跟我提到，古代的历史学家认为在红海航行十分危险？”

“是的，”我答道，“不过，他们也许是担心得过分了些吧？”

“也是，也不是，阿罗纳克斯先生，”尼摩艇长像是对红海了如指掌的人一样回答道，“现代船只打造结实，装备齐全，又有动力很大的蒸汽机，危险小得多了，但对于古代船只来说，对现代船只构不成威胁的东西，对它们则是能够造成极大的危险的。您设想一下，古代的航海家们乘着用棕榈绳绑起的木板，用树胶溜上缝儿，再涂上一层鲨鱼油的船只，就这么漂洋过海

名师注解

① 斯特拉彭：古希腊地理学家和历史学家。

去了。他们甚至连测量航向的工具都没有，大着胆子在他们所不熟悉的海里航行。在这种条件之下，海难不断，也就是必然的了。但到了我们这个时代，即使是在逆风季节到来之际，那些往来于苏伊士运河与南方各海港之间的汽轮，也不再惧怕红海上的风暴了。临行之前，船长与乘客也不必再像从前那样祭拜神灵，求得保佑，返航归来之后，也用不着头戴花冠，身披黄带去寺庙里拜谢神明了。"

"我同意您的看法，"我说道，"我想，蒸汽机使得海员们心中对神灵的感恩之情泯灭了。不过，艇长，您好像对红海进行过专门的研究，您能不能告诉我红海这个名称是怎么来的？"

"阿罗纳克斯先生，对这个问题的解释有多种版本。您想听听十四世纪的一位编年史家对此是怎么说的吗？"

"愿闻其详。"

"那位异想天开的编年史家认为，以色列人渡过海去之后，大海在摩西说完话后便应声合了起来，埃及法老因此而葬身于波涛之中[①]，因而红海遂得此名。摩西是这么说的：

海水变朱红，
以示此奇迹，
自此称红海，
非蓝也非绿。

红海的名称就是这么来的。"

"这是诗人的解释，船长，"我说道，"我对这种说法并不太满足，我想知道您个人是如何看的。"

"喏，阿罗纳克斯教授，照我看，红海的这个称谓应该来自希伯来文 Edrom 一词，意即'红'的意思，而古人之所以这么称呼它，是因为海水颜色非常红。"

名师注解

① 据《圣经》记载，摩西率领以色列人离开埃及，法老率兵追赶。到红海时，摩西用杖指海，海水自动分开，出现一条大路。以色列人走过去以后，摩西又用杖一指，海水合拢，追兵被淹海底。

“可是，到目前为止，我所看到的全都是清澈的水波，并无任何特别的颜色呀！”

“这倒是的，不过，如果继续往海湾深处走，您就会发现这种特殊的颜色了。我记得我曾看见托尔港的海水一片红颜色，红得有如血的湖泊。”

“这种颜色，您认为是由于某种极微小的海藻的存在造成的吗？”

“没错。那是一种红色的胶状物质，是从一种俗称‘三瓣藻’的细弱胚芽中产生出来的，它们极其微小，一平方毫米的海水中多达四万个。等我们抵达托尔港时，您说不定就能看到。”

“这么说，尼摩艇长，您这并非头一次指挥着鹦鹉螺号前来红海喽？”

“对，并非头一次，先生。”

“既然您刚才提到以色列人渡海和埃及人遇难的事，我就想请您不吝赐教，您在海底发现过什么有关这一重大历史事件的遗迹没有？”

“没有，教授先生，因为有一个明显的理由使我发现不了什么遗迹。”

“什么理由？”

“因为摩西当年率领他的子民渡海的地方，现在已经是泥沙淤积，就连骆驼走在它上面也只能湿到腿脚而已。所以您就自然而然地明白了，我的鹦鹉螺号是无法前往的，因为没有足够的水供它行驶。”

“那么，那个地方在……”我问道。

“那个地方就在苏伊士偏北一些，是海湾从前的一个深水港，而当时的红海是一直通到咸水湖的。现在，无论那条海中大道是不是一个奇迹，反正以色列人曾经是从那儿走到希望之乡去的，而法老的军队也是在那儿全军覆没的。因此，我猜想，如果在那片泥沙淤积之地进行挖掘的话，肯定会挖到大量埃及人制造的兵器以及其他器具的。”

“这是肯定无疑的，”我接嘴说，“但愿考古学家们有朝一日能进行这种挖掘。最好是赶在苏伊士运河全线凿通之后、新的城市尚未建成之前进行这种考古挖掘。不过，对于鹦鹉螺号这样的船只来说，苏伊士运河完全派不上什么用场！”

“也许是这样，但是对于全世界来说，它却是很有用处的，”尼摩艇长说，“古代人早就意识到，把红海与地中海连接起来对他们的商贸活动非常有利。不过，他们并没有想到开凿一条直通的运河，而是想借道尼罗河。据传说称，连接尼罗河与红海的那条运河很可能自拉木塞斯二世[①]统治时期就开始动工修筑了。有一点是可以肯定的：公元前六一五年，内格斯领导修筑过一条运河，以便把尼罗河水引出，穿过与阿拉伯隔海相望的埃及平原。这条运河很宽，可容两艘古罗马三层桨战船并排航行，战船沿运河而行需时四日。该工程随后由西斯塔普斯[②]的儿子、波斯国王大流士接续进行，大概到了普托雷梅二世[③]统治时期方才竣工。斯特拉彭曾经见到过这条运河用于航行，但是，由于布巴斯特附近的起航点到红海之间的坡度偏缓，所以该运河每年的通航时间只有几个月。一直到安东尼统治时期[④]这条运河都一直在被用于商贸往来。这之后，运河曾被遗置，泥沙大量淤积，直到奥马尔哈里发[⑤]统治时，才又下令重新开通。但是，到了公元七六一年或七六二年，阿尔·索尔哈里发又下令把这条运河给填塞起来，以便阻止反政府起义军穆罕默德·本·阿卜杜拉的军队获得给养。在远征埃及的时候，你们的那位波拿巴将军在苏伊士的荒漠中就曾发现这些工程的遗迹，而且，在返抵哈德伽罗特前的数小时，他们在三千三百年前摩西驻军的那同一处地方，突遇涨潮，差点葬身海底。”

“喏，艇长，把地中海与红海连接起来，使得从加的斯[⑥]到印度的距离缩短九千公里的这个古代人所不敢做的伟大壮举，莱塞普[⑦]先生却干了起来，用不了多久，他就会将非洲变成一个大岛屿。”

“是呀，阿罗纳克斯先生，您完全有理由因您的这位同胞而感到自豪。这是一位为其国家和民族所增添的光彩大大超过那些伟大的船长们的伟人！一开始，他也像其他人一样，遇到很多的麻烦和苦恼，但因他自己本身所具有的坚韧不拔的毅力，他终于获得了成功。这样的一个本应通过各国间的通力合作来完成的事业，这样一个让一个朝代千古流芳、彪炳青史的伟大事业，

名师注解

① 拉木塞斯二世：公元前14世纪的埃及国王。

② 西斯塔普斯：公元前6世纪波斯帝国的一位总督。

③ 普托雷梅二世：古埃及国王，公元前81－公元前80年在位。

④ 安东尼统治时期：指古罗马的七位皇帝，其在位时间从公元96－192年。

⑤ 奥马尔哈里发：奥马尔是穆罕默德继承人之子，哈里发指伊斯兰国家的领袖，奥马尔是第二个哈里发。

⑥ 加的斯：西班牙西南部港口。

⑦ 莱塞普（1804－1894）：法国外交家，主持开凿苏伊士运河。

竟然要靠某一个人的坚韧不拔的毅力去完成，想起来真让人不胜唏嘘！因此，应该向莱塞斯先生致以崇高的敬意！”

“是呀，是应该向这位伟大的公民致以崇高的敬意。”我听了尼摩艇长刚才说话时的那种语气颇为吃惊，便附和着说。

“可惜呀，”尼摩艇长接着说道，“我无法带您穿过苏伊士运河[①]，不过，后天，等我们到了地中海时，您就可以看到塞得港那长长的防波堤了。”

“到地中海！”我惊呼道。

“是的，教授先生，这让您很惊讶吗？”

“让我吃惊的是，后天就能到那里了。”

“真的如此。”

“真的如此？艇长，尽管到您的艇上这么久了，本该习惯了对任何事情都习以为常了，但我还是颇感惊讶。”

“可是，您到底惊讶些什么呢？”

“我惊讶鹦鹉螺号航速竟如此之快。如果经由好望角绕过非洲，后天抵达地中海的话，那您就得让鹦鹉螺号高速行驶，那么，其航速快得会让人觉得可怕！”

“谁告诉您说要绕过非洲了，教授先生？谁告诉您说要经过好望角了？”

“可是，除非鹦鹉螺号能够在陆地上行驶，从苏伊士地峡上面开过去……”

“或者从苏伊士地峡下面开过去，阿罗纳克斯先生。”

“从下面？”

“当然喽，”尼摩艇长胸有成竹地回答道，“今天人们在狭长的地峡上面所做的事，大自然早就在其下面做过了。”

“什么？下面有通道？”

“是呀，是一条我命名为‘阿拉伯隧道’的地下通道。它就在苏伊士地峡下面，一直通到佩鲁兹湾。”

“可是，这个地峡全都是流沙呀！”

“在一定的深度确实是流沙，但是，下到五十米的深处，就是非常坚硬

名师注解

① 苏伊士运河：于 1869 年通航。

的岩石了。”

“您是纯属偶然地发现这条通道的吗？”我愈发感到惊奇，不免追问道。

“既是偶然，又靠推理，教授先生，甚至可以说推理多于偶然。”

“艇长，说实在的，我的耳朵一边听您在说，一边却在拒不接受它所听到的事。”

“啊！先生！有耳，却不听①，这种人在任何时代都是大有人在的。这条通道不仅存在，而且我还多次利用过它。如果没有它的话，我今天恐怕是绝不会钻进这个死胡同里来冒险的。”

“我可否冒昧地问一句，您是如何发现这条通道的？”

“先生，”艇长回答道，“在永远不再会公开的人之间，是不会存在什么秘密的。”

我并没去理会船长的话中有话，只是等着听他说出发现这条通道的秘密来。

“教授先生，”他对我说道，“是一个博物学家的一个简单推理使得我得以发现了这个唯有我一个人知晓的这条通道的。我曾经注意到，在红海和地中海里，存在着相当数量的品种完全相同的鱼类，诸如蛇鱼、车鱼、鲍鱼、簇鱼、飞鱼等。我确定了这一点之后，便开始琢磨起来，这两个海是否是相通的呢？如果是的话，地下的水流必然从红海向地中海流动，因为红海海面高于地中海海面。于是，我便在苏伊士地区捕捞了不少的鱼，在鱼尾上给它们套上铜环，然后再把它们放归大海。几个月之后，我在叙利亚海岸捕捉到了几条这种尾巴上戴着铜环的鱼。因此，红海与地中海相通的猜想便得到了证实。我便驾驶着鹦鹉螺号去寻找这条地下通道，它终于被我找到了，于是，我便冒险进入到通道里去。教授先生，您很快就会穿越我的这条‘阿拉伯隧道’了。”

…………………………………………

名师注解

① 原文为拉丁文。

为什么说“红海是世界上最危险的海”？

## 红海

红海位于非洲东北部和阿拉伯半岛之间，从埃及的苏伊士延伸到东南方的曼德海峡，再通过亚丁湾连接曼德海峡，最后通向印度洋的阿拉伯海，是一条重要的石油运输通道，具有战略价值。

红海受东西两岸热带沙漠气候的影响，空气闷热，蒸发多，降水少。因此它是世界上水温和含盐量最高的海域。海内的红藻经常出现季节性繁殖的现象，使得海水变成红褐色，因而这片海域就被称为红海。

# 五 阿拉伯隧道

名师导读

一天，教授等人在小艇船舷上闲聊时，发现了一条美人鱼——儒艮，捕鲸手内德·兰德捕杀了它，为我们的餐桌增添了一道美食。尼摩艇长邀请我参观了鹦鹉螺号穿越阿拉伯隧道，进入地中海的全过程。

当天我就把同尼摩艇长谈话中与孔塞伊和内德·兰德有关的内容告诉了他们。当我对他们说到我们两天之后就可以到达地中海时，孔塞伊高兴得拍起手来，而加拿大人则只是耸了耸肩膀。

"海底隧道！"他大声嚷嚷道，"连接两个大海的海底隧道！别做梦了！"

"内德朋友，"孔塞伊抢白他说，"您以前听说过什么鹦鹉螺号吗？没有吧？可它确确实实地存在着。所以嘛，您别一听这话就耸肩膀，别只是因为自己没有听说过就不肯承认事实。"

"那就走着瞧吧！"内德·兰德摇晃着脑袋反驳道，"要是真的有这么条通道，那可真得谢天谢地了！我巴不得能相信这位艇长，让他带我们去地中海，那就再好不过了。"

当天晚上，鹦鹉螺号行驶在北纬二十一度三十分的海面上，已经靠近阿拉伯海岸了。我看到了吉达港这个埃及、叙利亚、土耳其和印度之间进行商贸的重要港口。我清清楚楚地看到了该港口城市的建筑物的整体、系于码头的船只以及因吃水深而不得不泊于锚地的大船。城外，可见一些木板屋或茅草房，那都是人们居住的地区。

不一会儿，吉达港便消失在蒙蒙夜色之中，鹦鹉螺号又潜入微微闪着磷光的水中去了。

第二天，二月十日，有几只汽船迎面驶来，鹦鹉螺号随即又潜入水下行驶。到了中午，测定方位时，海面已不见什么船只往来，鹦鹉螺号便又浮出水面，吃水线露了出来。

我在孔塞伊和内德·兰德相随之下，来到艇顶平台坐下来。海上雾气蒙蒙，东边海岸模糊一片，时隐时现。

我们倚在小艇船舷上，东拉西扯地闲聊着。这时候，内德·兰德突然用手指着海上的一个点对我说：

“教授先生，您看见没有，那儿有个什么东西？”

“我什么也没看见，内德，”我说道，“您是知道的，我的眼睛没有那么好。”

“您再好好看看，”内德又说道，“在那边，右舷前方，差不多与舷灯在一条线上！似乎是一团黑乎乎的东西在蠕动，您看不见吗？”

“没错，”我仔细地观察了一会儿说，“我看见了，水面上真好像有个黑乎乎的东西，长长的。”

“又是一艘鹦鹉螺号？”孔塞伊说。

“不是的，”加拿大人回答说，“如果我没弄错的话，那应该是只海底动物。”

“红海里有鲸鱼？”孔塞伊问。

“有，小伙子，”我回答道，“有人曾经遇见过。”

“那可不是什么鲸鱼，”内德·兰德眼睛一直盯着那个东西说，“鲸鱼同我是老相识了，如果是鲸鱼的话，我一眼就能认出来的。”

“那我们就等等看吧，”孔塞伊说，“鹦鹉螺号正朝着它开过去，一会儿到它跟前时，我们就知道它是什么玩意儿了。”

那个黑乎乎的东西很快便离我们只有一海里远了。它看着就像是大海中的一块大礁石。到底是什么玩意儿呀？我还真是说不清楚。

“啊！它动弹了！它潜下水去了！”内德·兰德大声叫嚷道，“见鬼！它会是什么动物呢？它的尾巴没有分叉，不像是长须鲸或抹香鲸，它的鳍看上去像是被截去一段的胳膊。”

“这么说，会是……”我说道。

“瞧呀！”加拿大人又叫嚷道，“它翻转身子了，乳房露了出来！”

“美人鱼！”孔塞伊嚷道，“一条真正的美人鱼。先生觉得我说的对不？”

美人鱼的名字使我顿悟，我立刻想到，它是属于人鱼目的海洋生物，神话中把人鱼目的海洋生物变成了美人鱼，是一种半人半鱼的动物。

“错了，”我对孔塞伊说，“那不是什么美人鱼，而是一种奇特的动物，目前只是在红海中有这么几只。这种东西被称为儒艮。”

儒艮读作 rú gèn。

“人鱼目，鱼形群，单子宫亚纲，哺乳动物纲，脊椎动物门。”孔塞伊补充道。

孔塞伊全都说了，我也就无须再补充什么了。

内德·兰德仍旧一直在盯着那家伙。自打看到这个动物之后，他的眼神就一直闪耀着贪婪的光芒。他似乎已经准备着要用捕鲸叉去捕捉它了。他看上去像是在等待时机，纵身下海，向那个动物发动攻击。

“啊！先生，”他声音激动得有些颤抖地对我说道，“我还从来没有捕杀过这种东西呢。”

读书笔记

这话把捕鲸手的心思全都反映出来了。

这时候，尼摩艇长来到了平台上。他看到了那个儒艮，明白了加拿大人的心思，便直截了当地对他说道：

“兰德师傅，您是不是一拿起捕鲸叉，手就痒痒呀？”

“您说的没错，先生。”

“您重操旧业，在您捕杀过的鲸类动物的记录里，再添上一头，您肯定会很高兴的吧？”

“我当然是不会不高兴的。”

“那好，您不妨去试一试。”

“谢谢，先生。”内德·兰德眼睛炯炯发光，欣喜地答道。

读书笔记

“不过，我提醒您，可千万别让它溜掉，”艇长补充说道，“我这是在为您着想。”

“捕儒艮会有危险吗？”尽管加拿大人耸耸肩，不屑一顾，但我仍忍不住问了一句。

“是的，有时候是会有危险的，”艇长回答道，“这种动物有时候会掉转头来追击捕杀者，把你的小船拱翻。不过，兰德师傅眼疾手快，这种危险是算不了什么的。我告诫他别让那只儒艮溜掉，是因为儒艮味道鲜美，而我也知道兰德师傅是不讨厌有好肉来大快朵颐的。”

“哈哈！”加拿大人说，“那东西还非常可口？”

“是呀，兰德师傅，儒艮肉是上等好肉，非常受欢迎，在马来西亚，那是只有在王公贵族们的餐桌上才能见到的。所以人们才对这种善良的动物如同对待它的同类海牛一般，大肆捕杀，使之数量日渐稀少。”

“这么说来，艇长先生，”孔塞伊严肃认真地说道，“假如这只儒艮是这种种类中的最后一只的话，为了科学，是不是应该放它一马？”

“也许是吧，”加拿大人抢白了孔塞伊一句，“不过，为了膳食，还是把它捕捉到的好。”

“那就去捕吧，兰德师傅。”尼摩艇长说道。

这时候，艇上的七名艇员上到平台，同往常一样，一声不吭，面无表情。有一个艇员手里拿着捕鲸叉，以及像是猎鲸用的那种绳索。小艇已经解下，放到海中。六名桨手已经各就各位，舵手也已把好了舵把儿。内德·兰德、孔塞伊和我坐在艇后。

“您不去呀，艇长？”我问道。

“我就不去了，先生，但我要祝你们猎杀成功。”

六名桨手奋力划着，小艇飞快地朝着漂浮在两海里开外的儒艮冲过去。

待小艇离那只鲸类动物只有几链远的地方时，速度放缓，桨在平静的水中悄无声息地划动着。内德·兰德手握捕鲸叉，站到小艇的前头去了。捕鲸时所用的鱼叉通常都拴着一根很长很长的绳子，当被叉着的鲸鱼带着绳子逃跑时，绳子可以很快地放出去。但眼前的这根捕鲸叉绳只有十来英寻长，绳头上只拴着一个小桶，小桶漂浮起来时，可以知道逃到水底的儒艮的行踪。

我站起身来，清晰地辨认出加拿大人的那个对手。这只儒艮，也叫海马，很像海牛，身体长长的，呈阔椭圆形，越往身体下部就越细瘦，身后托着一条长长的尾鳍。两侧的鳍端长着真正的手指头。儒艮与海牛的区别在于，儒艮上颌两侧分别长着一根又尖又长的巨齿，形成两根向外的獠牙。

内德·兰德准备捕杀的这头儒艮，体型庞大，长度至少在七米以上。它一动不动，像是在波浪上安睡，这正是捕杀它的大好机会。

小艇小心翼翼地靠上前去，离那只儒艮只有三英寻了。桨手把桨收起。我探着身子。只见内德·兰德把身子稍稍向后仰了仰，手非常敏捷熟练地把捕鲸叉掷了出去。

只听见“嗖”的一声，儒艮一下子就不见了。很显然，内德用力掷出的捕鲸叉只击着海水，没有命中儒艮。

“真是见了鬼了！”加拿大人气呼呼地叫嚷道，“竟然没有击中！”

“不！”我说，“它受伤了，您瞧，这儿有它流的血，只不过是您的捕鲸叉没能留在它的身上。”

“我的捕鲸叉！我的捕鲸叉！”内德·兰德大声叫喊着。

这时候，桨手们又划起桨来。舵手把艇头朝着漂浮在水面上的那只小桶。捕鲸叉被捞了上来，小艇便开始追踪搜寻起那只儒艮。

儒艮在不时地浮出水面换气。它游得极快，看来并没太伤着它。桨手们奋力划桨，穷追不舍。有好几次，小艇离那儒艮只有几英寻了，加拿大人已拿好架势，准备投掷捕鲸叉，可那儒艮又突然潜入水下，不见了踪影。

不难想象，脾气暴躁的内德·兰德此刻气成什么德性了。他把英语中最难听的骂人话全都骂到那只倒霉的儒艮身上了。至于我，见到那儒艮一次次地让我们的计谋无法得逞，我倒是并不太生气。

我们就这么拼命地追赶着，足足地追了有一个小时。我已开始觉得不太可能追到那只儒艮了。但是，正在这时候，那儒艮打错了算盘，使它追悔莫及。它意欲报复，遂转过身来，扑向小艇，向小艇发动攻击。

它的举动没有逃过加拿大人的眼睛。

“小心！”他喊了一声。

舵手用他那古里古怪的语言说了几句话，可能是在叫他的桨手们小心一些。

这时候，儒艮已经冲到离小艇二十尺的地方，它停了下来，用它那并非长在嘴尖而是长在嘴的上方的大鼻子猛地吸了一口气，然后，便纵身一跃，向我们扑了过来。

小艇躲闪不及，差点被它冲翻；艇内涌进了不少的海水，足有一两吨重，必须立即把水淘出去。多亏了舵手的机敏果断，使小艇的侧面而非正面让儒艮撞着，所以小艇没遭翻艇沉没之厄运。内德·兰德一只手紧紧地抓住艇艄，另一只手狠命地用捕鲸叉往那大家伙身上一下一下地扎去。那庞然大物用利齿狠命地咬住艇舷，犹如狮子叼起一只狍子似的，把小艇给叼了起来。顿时，我们一个个便站不住坐不稳，东倒西歪，前仰后合，滚到了一起，如果不是一直在与那庞然大物拼死搏斗的内德·兰德最后一叉击中它的心脏的话，真不知这次惊险的经历会是个什么结果了！

我听到牙齿朝钢板上猛咬一口的声响，然后，那只儒艮就不见了踪影，捕鲸叉也被它拖跑了。但没过一会儿工夫，小桶便浮出了水面。又隔了一会儿，儒艮的尸体也漂浮上来，肚腹朝上。小艇立刻过去，把儒艮拖在艇后，向鹦鹉螺号驶回来。

这只儒艮重达五吨，动用了大功率的滑轮才把它吊上平台。加拿大人坚持要仔细瞧瞧是如何宰杀儒艮的，于是，艇员们便当着他的面把儒艮宰杀肢解了。当天晚饭时，侍者给我们送来的饭菜里就有几块艇上厨师精心烹调的儒艮肉。我觉得肉的味道好极了，即使不如牛肉，至少强过小牛肉。

第二天，二月二十一日，有一群海燕落在鹦鹉螺号上，因此艇上配膳室里又多了一样可口的野味。这是一种埃及特有的尼罗河海燕，黑喙，灰头，头尖尖的，眼圈周围有白色斑点，脊背、翅膀、尾巴全都呈浅灰色，肚子和脖子发白，爪子泛红。另外，我们还抓到几十只尼罗河鸭，这是野鸟中的一种极品，脖子和脑袋呈白色，上面带有黑点。

鹦鹉螺号的速度在减缓，可以说是在缓慢地漂浮前行。我注意到，我们越是靠近苏伊士，红海海水的咸味就越来越淡。

五点钟左右，我们看到了北面的拉斯·穆罕默德角，它位于苏伊士湾和亚喀巴湾之间的贝特阿拉伯[①]的末端。

鹦鹉螺号开进了直通苏伊士湾的犹巴海峡。我清晰地看到了一座高山，在两湾之间俯视着拉斯·穆罕默德角，那就是何烈山，亦即西奈山，当年，摩西就是在这座高山之巅谒见上帝的[②]，神灵的光环因此一直不断地环照在那座山顶上。

鹦鹉螺号时而浮于水面，时而潜于水下行驶着，晚六点左右，从托尔

名师注解

① 贝特阿拉伯：阿拉伯半岛中部岩石地带的旧称。

② 《圣经》记载，摩西率以色列人逃出埃及，渡过红海，来到西奈山谒见上帝，领受“十诫”，供以色列人遵守。

城的外海驶过。托尔是建在海湾顶头的一座城市。海湾里的海水呈红色，与尼摩艇长观察到的一模一样。不久，夜幕降临了，周围一片沉寂，偶尔可以听到鹈鹕以及其他一些夜鸟的一两声鸣叫。打破这死一般的沉寂的还有海水拍击岩石的啪啪声，以及远处传来的汽船螺旋桨击打海湾中海水的噗噗声。

从八点到九点，鹦鹉螺号一直保持着在水下几米处行驶。据我估摸，我们离苏伊士很近了。透过客厅里的舷窗，我看见了被艇上电光照亮了的岩石。我仿佛感觉到海峡在逐渐地变小变窄。

九点十五分，鹦鹉螺号又浮出了水面。我登上了艇顶平台。我因急切地想要穿越尼摩艇长所说的隧道，已经急不可耐，坐立不安了，想到上面来呼吸点儿夜晚的清新空气。

不一会儿，我发现一海里以外有灯光在闪烁，因为雾气的缘故，亮光影影绰绰的。

"那是导航灯。" 有人在我身旁说了一句。

我转过身来，一看是艇长。

"那是苏伊士的导航灯。" 艇长又说了一句，"我们马上就要到达隧道口了。"

"进隧道不算很容易吧？"

"很不容易，先生。所以我得按照老习惯，待在驾驶舱中亲自指挥、导航。现在，您得先下去了，阿罗纳克斯先生。鹦鹉螺号马上就要潜入水下，等到穿过'阿拉伯隧道'之后，它才会重新浮出水面来。"

我跟随在尼摩艇长身后，走下平台。舱盖盖上了，储水舱已贮满了水，艇便下潜至十米深处。

我正要返回自己的房间，艇长突然把我叫住了。

"教授先生，" 他对我说道，"您愿意同我一起去驾驶舱吗？"

"当然愿意喽，我只不过是不敢提出来而已。" 我回答他说。

"那就请随我来吧。这样，您就可以把既是地下的又是海底的航行中所能见到的一切，全都看到了。"

尼摩艇长把我领向中央扶梯。他上到一半，打开扶梯中部的那扇门，沿着上层的纵向通道，进入驾驶舱。这间驾驶舱就在平台的尽头。

这间驾驶舱是一间六尺见方的小屋，几乎与密西西比河和哈德逊河上的汽船的舵舱大小一样。屋子中间有一个轮机，竖着安放着，正在运转。这个轮机上的操舵索与鹦鹉螺号后部的舵链相连。屋内四面墙上置有四个透镜状厚玻璃舷窗，舵手可以看到各个方向的情况。

小舱内十分暗，但我的眼睛不一会儿便适应了。我看到了舵手，是一个身强力壮的小伙子，他两手扶着轮机的轮辋。小屋外面，装在驾驶舱后面、平台另一端的舷灯在照亮着。

“现在，”尼摩艇长说道，“让我们来找一找我们的通道吧。”

在驾驶舱里，有几条电线连到轮机房，艇长从驾驶舱里可以同时对鹦鹉螺号发出操作和航向的指令。他按了一个金属钮，螺旋桨的转动便立即慢下来很多。

此刻，我们正沿着陡峭的石壁行驶。我默默地注视着高高的石壁，这是海岸沙土高地的坚实基础。我们就这样离着高大石壁几米远地行驶了约有一个小时左右。尼摩艇长一直目不转睛地盯着挂在驾驶舱内的双同心圆罗盘。他每做一个手势，舵手便立刻改变一下鹦鹉螺号的航向。

我靠着左舷窗边坐着，观察着珊瑚的美丽的基础结构，以及植虫动物、海藻和甲壳动物。甲壳动物总是把自己那长长的爪子从岩石凹处伸出来，不停地舞动着。

十点十五分时，尼摩艇长亲自操起舵轮，自己掌起舵来。我们面前出现了一条宽阔的、黝黑深邃的走廊。鹦鹉螺号果敢地开进走廊中去。艇的两侧传来了一种不常听到的声音，那是红海的海水顺着斜坡流向地中海所发出的声响。尽管鹦鹉螺号的推进器在使螺旋桨逆向转动，尽量减小冲力，减缓速度，但艇仍旧像一支离弦之箭，直冲而下。

在通道狭窄的石壁上，我只看到一束束的光、一些笔直的痕迹和鹦鹉螺号在急速行驶时所留下的一道道光痕。我的心在怦怦直跳。不得不用手按住自己的胸口。

十点三十五分，尼摩艇长放下舵轮，转过身来对我说道：

“到地中海了。”

不到二十分钟，鹦鹉螺号便顺着激流而下，通过了苏伊士地峡。

## 儒艮

儒艮属哺乳动物类，体色灰褐，体长约3米。前肢为鳍形，后肢退化。母兽的胸鳍旁长着一对较为丰满的乳房，在浮出水面呼吸时，露出上半身，所以常被人误以为是“美人鱼”。其实儒艮形态并不美，它的体型巨大，呈纺锤形，圆头小眼，鼻孔在头上，耳朵无耳沿，厚嘴唇旁两颗獠牙外露，样子十分难看。

# 六 希腊群岛

名师导读

鹦鹉螺号顺着激流进入了地中海，内德·兰德开始密谋逃跑，教授陷入两难境地。行至希腊坎迪岛时，尼摩艇长把一箱金条送到了陆地上的某个地方。鹦鹉螺号内部气温异常，原来是尼摩艇长想要教授见识海底火山喷发的奇景。

第二天，二月十二日，拂晓时分，鹦鹉螺号浮出了水面。我急不可耐地奔向艇顶平台。在南面三海里处，佩鲁兹城的轮廓模模糊糊，隐约可见。这股激流把我们从红海送到了这里。不过，这条隧道顺流而下容易，逆流而上恐怕就困难了。

七点钟左右，内德和孔塞伊也上了平台。这两个形影不离的伙伴安心踏实地睡了一晚，根本没有考虑到鹦鹉螺号竟然做出了如此伟大的壮举。

“博物学家先生，地中海在哪儿呀？”加拿大人语含嘲讽地说。

“内德朋友，我们现在就漂浮在它的上面呢。”

“什么！就在昨天夜里……”孔塞伊大惑不解地说。

“是呀，就在昨天夜里，我们用几分钟的工夫，就穿过了这个无法逾越的苏伊士地峡。”“不可能，我不信。”加拿大人说。

“您不信也得信，兰德师傅，”我回答他说，“南边那圆圆的低海岸就是埃及海岸。”

“这话您还是去哄别人吧，先生。”加拿大人固执己见，不愿服输。

“不过，既然先生如此肯定，我们就应该相信。”孔塞伊对他说道。

“实话告诉您吧，内德，尼摩艇长还给了我很大的面子，让我亲眼看到了这条隧道呢。在他亲自掌舵通过这条狭窄通道时，我一直都在他的驾驶舱里，就待在他的身旁来着。”

“您听见了吧，内德？”孔塞伊冲着内德·兰德说。

“内德，您眼睛尖，”我补充说道，“您可以看到塞得港那伸到海里的长堤。”

加拿大人认真地观看起来。

“没错，”他说道，“您说得对，教授先生。您的那位艇长确实是个了不起的人。我们确实是到了地中海了。好！我们来谈谈我们自个儿的事吧。可千万别让别人听见了。”

我很清楚加拿大人想要说什么。但既然他想说，那最好还是谈一谈。于是，我们三人便走到舷灯旁坐下来，在这儿，我们可以免受浪花飞沫的侵袭。

“您现在说吧，兰德，我们洗耳恭听。您到底要跟我们说什么？”我问他。

“我要跟你们说的事非常简单，”加拿大人回答说，“我们已经到了欧洲了，在那位任性的艇长把我们带到南极洲或带回大洋洲之前，我想我们该离开鹦鹉螺号了。”

说实在的，同加拿大捕鲸手讨论这种问题让我进退两难。我是绝对不想阻止我的加拿大同伴获取自由的，可是我又一点儿也不想就此离开尼摩艇长。正是由于他以及他的鹦鹉螺号，我才得以每天进行自己的海底研究，并且得以在海洋之中修订我所写的那本有关海底世界的书。我还能遇上这么好的机会去考察海底的奇观异景吗？不能，绝无可能！因此，在完成海底环球考察之前，我是不会产生离开鹦鹉螺号的念头的。

“内德朋友，”我说，“请您直言不讳地回答我，您在艇上感到腻歪吗？您很遗憾命运把您抛到尼摩艇长手中吗？”

加拿大人沉默了片刻，双手搂抱在胸前，回答我说：

“坦白地说，对这次海底旅行，我一点也不觉得遗憾，恰好相反，我很高兴能有这样的一次旅行。不过，已经旅行了这么长时间了，总得有个头儿吧。这就是我的想法。”

“会有个头儿的，内德。”

“哪儿是个头儿？什么时候结束？”

“到哪儿宣告结束，我并不清楚。什么时候结束，我也说不准。不如这样说吧，当我们在大海中再也没什么可看可学的了，旅行也就结束了。在这个世界上，凡事有个开头，就必定有个结尾的。”

"我的想法与先生的一样，"孔塞伊说，"把世界上的大海大洋全都跑遍了之后，尼摩艇长很可能就让我们远走高飞了。"

"远走高飞！"加拿大人大声嚷道，"您的意思是在说'蒸发'？"

"别说得那么可怕嘛，兰德师傅，"我又说道，"我们根本就用不着害怕尼摩艇长会把我们怎么样，不过，我也不同意孔塞伊的看法。我们知道了鹦鹉螺号的秘密，我想，鹦鹉螺号的艇长不太可能恢复我们的自由，因为他担心我们会把他的秘密扩散到全世界去的。"

"那您到底希望怎样呢？"加拿大人追问道。

"我希望六个月之后，能够出现同现在一样的我们可以逃跑的机会。"

"嗨，您想得真美，博物学家先生，"内德·兰德不屑地说，"请问，六个月之后，我们会在什么地方呀？"

"也许会在这儿，也许会在中国。您是知道的，鹦鹉螺号跑得飞快。它穿越海洋，如同燕子掠过天空，如同快速火车穿过原野，速度惊人。它不怕船只穿梭往来的海洋。有谁敢说它不会跑到中国海岸、英国海岸或美洲海岸去呢？到了那些地方，想逃跑，难道不是同在这里一样地有机可乘吗？"

"阿罗纳克斯先生，"加拿大人说道，"您的说法根本就站不住脚。您说的那是将来时：'我们将来可能在那儿！我们将来可能在这儿！'可我说的是现在时：'我们现在就在这儿，而我们必须利用现在这个机会。'"

内德·兰德坚持自己的道理，紧咬住不放，弄得我有点招架不住了，再也找不到什么有力的论据来说服他。

"先生，"内德又说道，"我们随便做一个假设，如果尼摩艇长今天就还您以自由的话，您接受不接受呀？"

"我也说不清。"我回答道。

他又补充一句，"如果他今天答应给您的东西，您若是不要的话，那他今后就不会再给您了，您怎么个态度？"

我没有吭声。

"那么，孔塞伊朋友又是怎么考虑的呢？"

"至于孔塞伊朋友嘛，"忠实的小伙子平静镇定地回答道，"孔塞伊朋友没什么可以说的。他对这个问题绝对地觉得无所谓。他同他的主人以及他的内德朋友一样，是个单身汉。他无人可牵挂，上无父母，下无妻小。他只知道侍候先生，想法和说法与先生完全一样。他很遗憾，你无法指望他站到你的一边，成为多数。现在场上只有两个人：一边是先生，一边是内德·兰德。我只有待在一旁洗耳恭听，不置可否。”

孔塞伊彻底地不表示支持哪一方，我忍不住笑了。说实在的，加拿大人也应该对此感到高兴的，毕竟孔塞伊并没有成为他的对立面。

“好吧，先生，”内德·兰德说，“既然孔塞伊不愿掺和，那就咱俩讨论好了。我的意思已经说了，您也听明白了。那您到底是怎么个想法？”

很显然，此刻必须拿出一个主意来，总这么躲躲闪闪、支支吾吾，我也觉得挺不对劲儿的。

“内德朋友，”我说道，“我的回答是：您反对我的看法是不无道理的，与您的论据相比，我的那些理由是站不住脚的。不能指望尼摩艇长会大发善心，我们稍有不慎，都会使他不给我们自由。反过来说，我们也应该极其小心谨慎才是，一有逃离鹦鹉螺号的机会，我们就必须把它抓住。”

“好，阿罗纳克斯先生，您这话说得非常透彻。”

“只是，”我又说道，“我还得提醒一句，就一句：必须等到时机真正成熟。要逃跑，就必须一举成功，因为，如果失败了的话，我们就再也不会有逃跑的机会了，尼摩艇长也不会饶了我们的。”

“您说得对，”加拿大人说道，“您所说的这一点适用于所有的逃跑计划，无论是两年之后逃跑还是两天之后逃跑。因此，关键仍旧是，有利时机一旦出现，就应该立刻抓住不放。”

“这我同意。不过，内德，现在您能否告诉我，您所说的有利时机是指什么呢？”

“我的意思是，趁着一个漆黑的夜晚，而鹦鹉螺号又到了离欧洲海岸最近的地方，那就是最有利的时机。”

“那您是想要泅水逃走喽？”

“正是。如果我们离海岸很近，而且鹦鹉螺号又正好浮在水面的话，就可以游上岸去的。如果离海岸很远，鹦鹉螺号又在水下航行着，那就无法泅水逃走。”

“那么，要是遇上后一种情况，又该如何呢？”

“如果遇到后一种情况的话，我就想法子把那只小艇夺下。我知道怎么操作。我们溜进小艇中去，松开螺栓，便可驾着小艇浮出水面，待在艇头驾驶舱里的舵手甚至都发现不了有人企图逃跑。”

“那好吧，内德，那就等着这一机会的出现吧，但千万可别忘了，一旦露出破绽，我们就全完了。”

“我是不会忘记的，先生。”

“好，内德，现在，您想听听我对您的这个计划的看法吗？”

“您请说，阿罗纳克斯先生。”

“嗯，我想——我不是说‘我希望’——这样的机会是不会出现的。”

“为什么不会？”

“因为我们一直没有放弃重获自由的企盼，这一点尼摩艇长是不会没有觉察的。因此，他会保持高度的警觉，特别是在这一带海域，而又离欧洲海岸不远的地方。”

“我同意先生的看法。”孔塞伊说。

“那就走着瞧吧。”内德·兰德神情坚定、态度坚决地点了点头说。

“现在，内德·兰德，”我接着又说，“这事就到此为止吧，以后别再提这事了。等到哪一天您完全准备好了，您就通知我们一声，我们就跟着您走好了。这事全仰仗您了。”

这场谈话就这样结束了。不过，日后的情况证明，如果真的这么做了，那后果就不堪设想了。现在，我可以说，事情的发展似乎证实了我的预料，加拿大人大失所望了。在这片船只穿梭往来较为繁忙的海域，尼摩艇长的艇往往是潜于水下和在离海岸较远的外海行驶的，他这是因为要提防我们呢，还是不想被航行在地中海的各国船只发现自己？我无从知晓。鹦鹉螺号即使浮出水面，也只是露出驾驶舱而已，要不就干脆潜入很深的海里，因为在希腊群岛和小亚细亚之间，潜到水下两千米处仍见不到底。

因此，我也就无缘得识斯波拉泽斯群岛中的卡尔帕托斯岛。尼摩艇长曾经跟我提到过这个岛，他当时用手指着地球平面球形图上的一个点，还背诵了维吉尔①的两句诗：

预言家普罗透斯②

名师注解

① 维吉尔（公元前 70—前 19）：古罗马诗人。

② 普罗透斯：希腊神话中的海神。

在海神波塞冬的卡尔帕托斯岛上……

确实，现位于罗德斯岛和克里特岛之间的卡尔帕托斯岛，曾是海神波塞冬的老牧人普罗透斯当年居住的地方。透过客厅里的舷窗，我只能看到该岛花岗岩的基石。

第二天，二月二十四日，我决定花上几小时研究一下希腊群岛的鱼类，但不知何故，客厅的舷窗一直关得严严实实的。我查看了一下鹦鹉螺号的航向，发现艇正朝着坎迪岛——即从前的克里特岛——我在乘坐亚伯拉罕·林肯号出发时，坎迪岛上正全面爆发反对土耳其的专制统治起义。但起义的结果如何，我至今一无所知，而尼摩艇长与陆地无任何来往，也不可能告诉我点儿有关的信息。

因此，当我晚上单独同艇长待在客厅里时，我对此事当然也就只字未提。再说，他似乎也懒得说话，一脸的心事重重的样子。过了一会儿，他不知怎么的，叫人把客厅里的两个舷窗打开，从一个窗子走到另一个窗子，来回地踱来踱去，仔细地察看海水。他这是想要干什么呢？我猜想不出。于是，我便趁此机会观察起眼前游动的鱼来。

在一群鱼里，我发现了虾虎鱼。亚里士多德曾经提到过这种鱼，人们通常称它为“海花鳅”，在尼罗河三角洲附近的咸水中，这种鱼尤为常见。在虾虎鱼附近游动着的大西洋鲷，上半身带着磷光，是被埃及人尊奉为神鱼的动物。这种鱼在尼罗河里出现时，便预示着河水将要暴涨、泛滥，这时就要举行宗教仪式来庆祝一番（古时，尼罗河泛滥对农业颇为有利）。同时，我还发现了一些屑鳞鱼，长三十厘米左右，是一种硬骨鱼，鳞片透明，呈青灰色，夹杂着一些红斑点。这种鱼大量吞食海生植物，肉质鲜美，古罗马的美食家们把它视作珍馐。用这种鱼的鱼杂碎，拌以海鳝的鱼白、孔雀脑和红鹳舌，简直是让人啧啧称羡、余香在口，能叫维特里乌斯[①]垂涎欲滴。

这片海域中的另一种动物——印颈鱼——引起了我的关注，使我回想起了古人的一些说法。这种鱼爱贴着鲨鱼的肚腹远游；当它们一旦附着在船体

名师注解

① 维特里乌斯（公元 6—69）：古罗马皇帝。

上，按照古人的说法，船就无法行进了。在亚克兴海战[1]中，就是因为一条这种小鱼把安东尼的战船给拖住了，致使对手渥大维[2]不费吹灰之力便获得了胜利。国家民族之命运竟然系于一条小鱼身上！此外，我还看到一些令人赞叹不已的属于鲈鱼目的花鱼。对于希腊人而言，此为一种神鱼。希腊人认为他们经常去的海中之所以怪物被驱除，此鱼功不可没。这种鱼无愧于“花鱼”的美称，因为它们身上的颜色绚丽多彩，单单红色就包括从粉红到宝石红等一系列细微的差异，即使其背鳍，也在闪烁着一种飘忽不定的光。我正聚精会神、目不转睛地注视着这海中奇景异物的时候，突然间，眼前冒出了一个意想不到的东西，吓了我一大跳。

水里出现了一个人，是个腰间挂着一只皮囊的潜水者。那不是一具随波漂流的尸体，而是一个在用有力的手臂奋力划动的大活人！他不时地浮出水面去换气，消失一会儿之后，复又潜了下来，出现在我的眼前。

我转身冲着尼摩艇长激动地大声嚷道：

“一个人！一个遇难者！得想尽一切办法搭救他！”

尼摩艇长没有理睬我，只是靠在舷窗旁。

那人凑上前来，脸贴在舷窗玻璃上，看着我们。

令我惊诧不已的是，尼摩艇长竟然向他做了一个手势。那位潜水者也打了个手势，算是回答，然后就立即浮出水面，没再出现。

“您别担心，”艇长冲我说道，“这人是马塔潘角的尼古拉，绰号勒贝斯。他在基克拉泽斯一带名声挺大。他是一位胆大的潜水者，水就是他的家！他在水里待的时间比在陆地上待的时间长，他不停地从一个岛游往另一个岛，一直能游到克里特岛呢。”

“您认识他，艇长？”

“怎么会不认识，阿罗纳克斯先生？”

尼摩艇长说完便朝着放在客厅左舷窗旁的柜子走去。我看到柜子旁边放着一只边上包着铁皮的箱子，箱盖上有一块铜牌，上有鹦鹉螺号的标记，以及那句格言——“动中之动”。

名师注解

① 亚克兴海战：发生于公元前31年，交战双方为渥大维和安东尼。

② 渥大维：古罗马皇帝奥古斯都称帝之前的名字。

这时候，尼摩艇长并不在意我就在近旁，若无其事地把那柜子打开，里面装满了大量的金条。

这些金条可是颇为值钱的，艇长是从哪儿弄来的？他想拿它们做什么用？

我默不作声地注视着。尼摩艇长把它们一个一个地取出，整齐有序地码放在那只包着铁皮的箱子里，把箱子装得满满的。我估计柜子里的金条足有一吨多，也就是说价值五百万法郎左右。

尼摩艇长随即把箱子盖好，并在箱盖上写上地址，写的是古代希腊文。

弄完之后，尼摩艇长按了一下用电线与艇员舱房相连的一个按钮，不一会儿，进来了四个人，费劲乏力地把铁箱子推出客厅。接着，我便听到他们在用滑轮把箱子吊上铁梯的声音。

这时候，尼摩艇长便转身向我问道：

“您刚才说什么来着，教授先生？”

“我没说什么呀，艇长。”

“那好吧，晚安，先生。”

说完这话，尼摩艇长便走出了客厅。

我非常纳闷，回到自己的舱房时，仍旧困惑不解，这是不言而喻的。我强迫自己入睡，但就是睡不着，脑子里总在想着那个潜水者的出现与那只装满金条的箱子到底有什么关系。片刻之后，我觉得一阵晃动、颠簸，我知道鹦鹉螺号正在离开海底，准备浮出水面了。

接着，我听见有脚步声从平台上传来。我听得出，是有人在解开小艇，并把它放入海中。小艇和鹦鹉螺号侧舷碰了一下，然后，就什么声音都听不见了。

两个小时过后，刚才那同样的声响又传入耳鼓，平台上又响起了脚步声。小艇被吊回到艇上，放回原来的位置，鹦鹉螺号随即又潜入海底。

那价值数百万法郎的金条就这样被送往该送的地方去了。那地址在陆地上的什么地方？与尼摩艇长联系的是什么人？

第二天，我向孔塞伊和内德·兰德讲述了夜间所发生的事情，并说这事引起了我极大的好奇。我的这两个同伴听后，其惊讶的程度并不亚于我。

“这钱他到底是怎么弄来的？”内德·兰德问。

对于这个问题，我无法回答。午饭后，我又回到客厅干自己的工作。一直到下午五点，我都在做笔记。这时候，我不知何故，觉得非常热，也许是因个人心情烦躁所致。我只好把丝质外套脱去。这种现象有点蹊跷，因为我们并没有处于高纬度地带，另外，鹦鹉螺号现在是潜于水下，温度也不应该升高。我看了一眼气压表。它指示的深度是六十尺。在这样的深度，温度是到不了现在这么高的。

我在继续干自己的活儿，可是温度在不断地攀升，简直到了难以忍受的程度了。

难道艇舱着火了不成？我心里在犯嘀咕。

我正准备走出客厅，迎头碰上尼摩艇长。他向温度计走去，看了一会儿，然后转过身来对我说：

"四十二度。"

"我感觉到了，艇长，"我回答他说，"温度若再往上升，那我们可就支持不住了。"

"嗨！教授先生，我们如果不想让温度升高，那它就不会升高的。"

"这么说，您可以随意调节温度？"

"那倒不是，但我可以远离热源。"

"那么，热气是从外面传来的？"

"那当然。我们这是在沸水流中航行。"

"这怎么可能？"我惊呼道。

"那您请看。"

舷窗护板被打开来，我看到鹦鹉螺号周围的海水全都是白花花的。一股含硫的蒸汽在海水中翻腾，海水仿佛锅炉里烧开了的水似的在沸腾。我刚把手往舷窗玻璃上一摸，烫得我连忙缩了回来。

"我们现在到了什么地方了？"我问道。

"在桑多林岛附近，教授先生，"尼摩艇长回答我说，"刚好处于新卡蒙尼岛和旧卡蒙尼岛之间的海沟里。我想让您见识一下海底火山喷发的壮观奇景。"

"我还以为这些新的岛屿的形成过程已经终结了呢。"我说道。

"在有火山的海域里，没有什么东西会是终结的，"尼摩艇长说，"地球在这些地带总是受到地下熔岩的影响而在改变自己的面貌。据卡西奥多尔[①]

名师注解

① 卡西奥多尔（468—562）：拉丁文作家，政治家。

和普林尼的记载，早在公元一九年，一座名为忒伊亚女神岛的新的岛屿就已经出现了，地点就是这里，就在这些新近生成的岛屿这里。后来这个女神岛便消失不见了。公元六九年，它又再次升出水面，但不久便又一次消失了。从那时起到现在，火山活动一直处于间歇状态。但到了一八六六年二月三日，一个新的岛屿在新卡蒙尼岛附近，随着升腾起来的含硫蒸汽浮出了水面，并于当月六日，与新卡蒙尼岛连接在了一起。该岛被命名为乔治岛。七日后，二月十三日，阿弗罗爱萨岛出现了，在它与新卡蒙尼岛之间形成一条十米宽的海沟。这一现象发生时，我正好在这一带海域，因此我目睹了地壳运动的整个过程。阿弗罗爱萨岛是个圆形小岛，直径三十尺，高三十尺，由黑色玻璃质熔岩夹杂着长石质断片构成。最后，三月十日，一个更小的名为雷卡岛的小岛在新卡蒙尼岛旁边浮出了水面。从那以后，这三个岛屿便连成一体，构成了现在的一个大岛。”

“那我们现在所在的这条海沟在哪儿呢？”我问道。

“在这儿，”尼摩艇长手指着希腊群岛地图回答我说，“您瞧，我已经把这些新的岛屿全都标在图上了。”

“可是，这条海沟迟早有一天可能会被填平吧？”

“这很有可能，阿罗纳克斯先生，因为从一八六六年以来，在旧卡蒙尼岛的圣尼古拉港对面，已经冒出了八个小熔岩岛了。所以，很显然，新旧两座卡蒙尼岛在不久的将来是会连在一起的。如果说在太平洋中，形成岛屿的是纤毛虫的话，那么，在这里，形成岛屿的则是火山喷发的熔岩。喏，先生，海底所完成的地质运动现象就是如此。”

我回到舷窗前。鹦鹉螺号已经停下来了。温度越来越高，憋闷得不得了，透不过气来。由于受到铁盐的染色作用，刚才还在泛白的海水此刻已变成红颜色了。尽管客厅门关得很严实，但仍有一股刺鼻的硫黄味渗了进来。我还看到了鲜红耀眼的火焰，使艇上的灯光都相形见绌。

我浑身透湿，闷得喘不过气来。我不说假话，我真的觉得自己快要被蒸熟了。

“我无法再在这沸水里待下去了。”我对船长说道。

“不错，再这么待下去可不成。”艇长不动声色地说。

他突然下了一道命令，鹦鹉螺号便掉转了艇头，驶离这个大火炉。如果继续这么待下去，艇肯定会遭受损害的。一刻钟之后，我们便浮出水面，可以透透气了。

这时候，我在想，如果内德·兰德真的选择这片海域来实施自己的逃跑计划的话，那我们必定是葬身于这片火海之中了。

第二天，二月六日，我们离开了这片位于罗德岛和亚历山大岛之间的这块三千米深的海区，经由基西拉岛海域，绕过马塔潘角，终于把希腊群岛抛在了身后。

精华赏析

从这一章我们看到，尼摩艇长并没有与陆地断绝一切联系，那个神秘的潜水员、陆地上某个神秘的地方，都与尼摩有着千丝万缕的联系。这让我们不禁对尼摩艇长产生各种疑问：他究竟是什么人？为什么一直声称与陆地断绝联系的他会认识那个神秘人？金条从何而来？又被送去了什么地方？尼摩身上有太多的谜团，等着我们进一步揭晓。

# 七 地中海上的四十八小时

名师导读

地中海似乎勾起了尼摩艇长不开心的回忆，他命令鹦鹉螺号快速通过这片海域。这使得教授和孔塞伊来不及一一欣赏这里的海景、慢慢观察这里的生物。在即将进入大西洋的海域，他们看到了一些让人胆战心惊的场面——海底满是形态各异的船体残骸。

地中海，这蔚蓝色的大海，美丽无比，它是希伯来人的“大海”，古希腊人的“海洋”，古罗马则称之为“我们的海”。地中海沿岸生长着柑橘、芦荟、海松、仙人掌，而且到处有香桃木在飘香。海边山峦起伏，环绕四周；海风习习，空气清新。但是，地下的火焰从未熄灭过，一直在影响着这座大海，直到今天，这里仍旧是波塞冬和普路托①在争夺世界霸主地位的真正战场。米什莱②曾说，正是在这里，在地中海的沿岸和海面上，人类经受了地球上最艰苦环境的煎熬和磨炼。

尽管地中海非常地美，但是，我对这个面积为二百万平方公里的海，只不过是匆匆地看了一眼而已。我甚至都没来得及向尼摩艇长请教他对地中海所了解的情况，因为在快速穿过地中海期间，尼摩艇长这个谜一般的人物连面也没露过。我估摸着，鹦鹉螺号在地中海海底穿行的两天两夜中，共航行了六百里。二月十六日拂晓时分，我们从希腊海域出发，到十八日东方放亮时，我们就已经穿越了直布罗陀海峡。

据我看来，尼摩艇长明显很不喜欢这个夹在陆地之间的、他想躲避开的地中海。地中海的波涛和海风，如果不是令他回想起太多的悔恨的话，也是

名师注解

① 普路托：古罗马神话中的冥界之神，波塞冬的兄弟。

② 米什莱（1798—1874）：法国历史学家。

令他有着太多的回忆的。在这里，他失去了他在海洋中本来应有的那种行动上的从容不迫和行事上的洒脱自如，恰恰相反，他的鹦鹉螺号在这个接近非洲海岸和欧洲海岸的大海中，感到憋气，很不自在。

因此，之后我们的航速竟高达二十五海里，亦即每小时十二法里。毋庸置疑，内德·兰德因此无法实施其逃跑计划，一定是气恼得不行。在航速为每秒十二三米的情况之下，他根本就没法使用艇上的小艇。如果从这么快速行驶着的鹦鹉螺号上逃跑，无异于从一列高速行驶着的列车上往下跳，那是会送命的。再说了，我们的艇是依靠罗盘指示的方向和航速表指示的速度在行驶的，只是到了夜晚才浮出水面，换换空气。

因此，我在地中海海底所见到的景色，如同乘坐快速列车的乘客观看车窗外的景色一样，一闪而过，甚至比闪电还要快，看到的只是远处的天际，而非一闪而过的近景。虽然如此，我和孔塞伊还是看到了地中海里的几种鱼，因为这些鱼的鳍强而有力，让鱼能游得更快，使之能跟着高速航行的鹦鹉螺号游上这么一小会儿。我们因此待在客厅的舷窗前，记了一些笔记，使我现在可以根据这些笔记就地中海里的鱼类补述几句。

对于生活在地中海里的那些各种各样的鱼类，我观察到了一些，也匆匆瞥见到一些，当然，由于鹦鹉螺号在急速飞驰，还有一些我根本就无法看到。现在，我就把自己在这种条件之下所看到的鱼，粗略地做一个分类，以便我可以更好地区分一下我这次“匆匆一瞥”所看到的鱼。

在被电灯的光亮照得十分明亮清晰的海水中，扭动着几条长有一米、几乎能够适应各种气候条件的七鳃鳗。还有一些尖嘴鳐，有五尺宽，腹部白色，灰脊背上有一些斑点，被水流带着往前，像一条宽大的围巾舒展着。还有一些鳐鱼，一掠而过，我来不及看清，不知它们是否堪与古希腊人所说的“鹰”相提并论，或者可否与现在的渔民给它们所取的绰号——“老鼠”“蟾蜍”“蝙蝠”相匹配。有几条鸢鲨，长有十二尺，正在像竞赛似的奋力向前游着，它们是潜水者尤为畏惧的鱼。有几条海狐，长八尺，嗅觉尤其灵敏，看上去宛如几个淡蓝色的大影子。还有几条鲷属剑鱼，其中有的长达一点三米，色彩斑斓，身上像是穿着银白、天蓝相间的带有飘带的衣服，在其深色的鳍的衬托之下，尤为醒目。这种鱼是用来祭献维纳斯女神的，眼睛嵌在金黄色的眉睫下。这种鱼属名贵鱼种，在淡水和咸水中均能生活，对各种气候和温度也都能适应。这种鱼可以追溯到远古时期，它们至今仍保持着昔日的秀丽。还有一些鲟鱼，长约十米，是一种行动快捷、能游得很远的鱼。它们不时地用自己那有力的尾巴拍击一下舷窗玻璃，露出带有棕色斑点的淡蓝色脊背，这种鱼看上去很像鲨鱼，但力气却无法与鲨鱼相比，在各处海域均可见到。春天时，它们喜欢逆流而上，前往大江大河中去，游到伏尔加河、多瑙河、波河、莱茵河、罗亚尔河、奥德河。鲟鱼以鲱鱼、鲭鱼、鲑鱼等鱼类为食，它们虽然属于软骨纲，但肉质细腻鲜嫩，既可以趁鲜活时吃，也可以晒干、醋渍或盐腌后食之。从前，它们曾十分荣幸地上过卢卡拉斯①的餐桌。然而，当鹦鹉螺号贴近水面行驶时，在地中海的各种鱼中，我观察得尤其清楚的是，硬骨纲的第六十三属。那是一些鲭鮪，脊背呈蓝黑色，肚腹上长有银白色的鳞，背鳍呈弧状在闪闪发光。这种鱼喜欢追逐船只，因为它们害怕热带地区火辣辣的阳光，想借船只的阴影躲避酷热。这话一点不假，这一次它们就是一直跟着鹦鹉螺号在游，如同当年跟着拉佩鲁斯率领的船队游一样。在好几个小时的行程中，它们一直都在与我们的艇比速度，是天生具有赛跑天赋的鱼，令我惊叹不已。这些鱼脑袋很小，身子十分光滑，且呈梭子形，有的身长超过三米，胸鳍特别有力，尾鳍分叉。它们游动时，如同速度可与之相媲美的成群结队飞行的鸟儿一样，呈“人”字形，故而古人曾说，这种鱼深谙几何学，颇具韬略。可是，它们仍然无法逃脱普罗旺斯地区渔民的捕杀。普罗旺斯人对这种鱼特别喜爱，如同当年普罗彭蒂德海②的居民以及意大利的居民喜食这种鱼一样。这些极其珍贵的鱼因而便茫无所知地、冒冒失失地钻入马赛人的渔网之中，成了人们的盘中餐了。

我还想稍稍提一下我与孔塞伊只偶尔瞥到一眼的那些地中海鱼，免得把它们遗忘掉。在这些鱼中，有乳白色的电鳗，似无法抓住的蒸汽似的一闪而过；有康吉鳝，是一种长约三四米的海鳗，身上缀有青、蓝、黄三色；有长约三尺的无须鳕，其鱼肝味极鲜美；有绦鱼，形状有如漂于水中的细长的海带一般；有鲂鮄，诗人们称之为“琴鱼”，水手们则称它为“哨鱼”，因为它的嘴边上有片三角形锯齿状薄片，似老荷马的乐器；有燕子鲂，游起来如同燕子一般快捷；有石斑鱼，头部是红色的，背鳍上嵌着金丝线条；有西鲱，

名师注解

① 卢卡拉斯：古罗马将军，以奢华著称。

② 普罗彭蒂德海：指今天土耳其的马尔马拉海。

身上带有种种颜色的斑点，有黑的、灰的、棕的、蓝的、黄的和绿的，能发出银铃般的声响；有海中锦鸡之美誉的大菱鲆，身体呈菱形，鳍呈黄色，身上带有栗色斑点，脊背和左侧通常带有棕红色和黄色的大理石花纹；最后，还有一群群的海鲱鲤，它们是真正的海中极乐鸟，一条海鲱鲤，古罗马人肯出一千枚小金币购买。当他们吃海鲱鲤时，就在餐桌上现杀，以便目睹鱼的颜色变化，从活鱼的朱红色一直变成被杀死后的苍白色，真是残忍之极。

我未能看到米拉莱鱼、鳞豚、箱豚、海马、茹昂鱼、向心鱼、鳚鱼、羊鱼、隆头鱼、胡爪鱼、飞鱼、鳀鱼、帕热尔鲷、泥铲鱼、颌针鱼，以及黄盖鲽、飞鲽、箬鳎、舌鳎、菱鲆等大西洋和地中海都有的这些鲽目属的有代表性的鱼种，其原因是鹦鹉螺号在穿越这个丰饶的海域时，速度快得令人头晕目眩，无法他顾。

至于海洋哺乳动物，我觉得在经过亚得里亚海口时，似乎看到了两三头长着与真甲鲸一样的脊鳍的抹香鲸；看到了几头球头屑的海豚，它们属于地中海的特产，额头上有着浅白色的细线纹；十多头海豹，腹白毛黑，人称“和尚”，长约三米。

孔塞伊好像看到了一只六尺宽的海龟，背上长着三条纵向凸起的脊骨。我觉得颇为遗憾，竟然未能看见这只爬行动物。据孔塞伊向我描述的样子，我觉得那是一只棱皮龟，属珍稀品种。我自己则只看到几只长甲龟。

至于植虫动物，在几个瞬间中，我观赏到了一种挂在艇左舷舷窗玻璃上的唇形水蛭，呈橘黄色，非常漂亮。它像是一条细细长长的线，像树木似的分成许多的枝枝杈杈，枝端有非常精巧的花边，就连可与阿拉克内[①]一比高低的好手也绣不出这么精美的花边来。非常遗憾，我未能弄到一个做成标本。如果鹦鹉螺号在十六日晚间没有突然不知何故地放慢航行速度的话，我恐怕就无缘得见地中海的其他植虫动物了。当时的情况是这样的：

我们正在西西里和突尼斯海岸之间的海域行驶着。在波恩角和墨西拿海峡之间的狭窄海面上，海底几乎呈突然升高之势。在那里形成了一个真正的海脊，水深只有十七米，而海脊的两侧，深度却是一百七十米。因此，鹦鹉

名师注解

① 阿拉克内：希腊神话中的刺绣女神。

螺号只好放慢速度，小心翼翼地行驶，以免撞到海底的这条大坝上。

我把这条长长的大坝的位置，在地中海的航海图上，指给孔塞伊看。

“先生可别嫌我多嘴，”孔塞伊说，“这像是一条真正的地峡，把欧洲与非洲给连接起来了。”

“没错，小伙子，”我说道，“它把整个利比亚海峡堵住了，史密斯[①]所进行的探测也曾证明，从前，欧洲、非洲这两个大陆在波格角和富里那角之间是连接在一起的。”

“我很愿意相信这一观点。”孔塞伊说。

“我还要补充一句，”我又说道，“在直布罗陀和休达之间也有类似的这种海脊，在远古时代，把地中海给完全封闭住了。”

“噢！”孔塞伊颇为惊讶地说，“如果有一天，有这么一座火山突然喷发，把这两道海脊都拱出水面，那可就不得了了。”

“这不怎么可能，孔塞伊。”

“先生请听我把话说完。如果这种现象真的发生，德·莱塞普先生会气疯了的，因为他为了开凿这个地峡，可没少花心血呀！”

“你说得很对，不过，我得再跟你说一遍，孔塞伊，这种现象是不会发生的。地底下的能量正在不断地减少。混沌初开时期，火山多得不计其数，现在一个个地在休眠；地球内部的热度在减低，地球底层的温度每个世纪都在大幅度地下降，这对我们的这个星球很不利，因为热量是地球的生命。”

“可是，还有太阳……”

“光有太阳，能量并不够，孔塞伊。太阳能让一具尸体变热吗？”

“据我所知，不能。”

“所以嘛，我的朋友，地球总有一天会成为一具变僵变凉的尸体的。它将会像月亮似的，变得无法居住，因为月亮早已失去了维持其生命活力的热源。”

“地球要经过多少个世纪才会这样呢？”孔塞伊问道。

“要经过几十万年，小伙子。”

“如此说来，”孔塞伊说道，“如果内德·兰德不瞎捣乱的话，我们还

名师注解

① 史密斯（1769—1839）：英国地质学家。

是有足够的时间来完成我们的海底之旅的。”

于是，孔塞伊心里踏实了，开始研究起这条海脊来。此时，鹦鹉螺号正以缓慢的航速几乎是贴着这条海脊行驶着。

在海脊上，在岩石和火山岩构成的海底，长满着各种各样的生机勃发的海洋植物：海绵、海参、海胆——一种长着透明的浅红色卷须的海胆，能散放出微弱的磷光；一种俗称海黄瓜的海参，正沐浴着七彩阳光；那长有一米的巡游车盘，全身一片粉红色，把周围的海水都给映红了；形同树木的海生水仙，分外妖娆，美丽多姿；还有长茎海罂粟、许多各种各样可食用的漏卢属植物，以及茎呈灰色带有褐色花盘，平时喜欢藏于自己那橄榄色长须触角里的绿色海葵。

孔塞伊特别关注软体动物和节肢动物，尽管它们的分类术语让人觉得枯燥乏味，但我得对得起这个忠心耿耿的小伙子，不能把他所观察到的东西弃之不顾。

在软体动物门中，他所观察到的有：大量的梳状扇贝；一些互相叠成驴蹄状的海菊蛤；三角形的水叶贝；长有黄须、壳呈透明状的三叉玻璃贝；橙黄色的无壳侧鳃贝、身上满是绿色斑点的海鞘、俗称海兔的腹足贝、铲形贝、肉质肥厚的无触角贝、地中海特有的伞形贝；壳可以做成十分珍贵的螺钿的鲍鱼；火焰扇贝和郎格多克[①]人比起牡蛎来更喜欢的不等蛤；马赛人情有独钟的缎锦蛤、又白又肥的双层帘蛤；盛产于北美沿岸、在纽约大量销售的帘蛤；颜色各异的带盖梳形贝；我所偏爱的带有辣味的常躲藏于洞中的石蛏；壳顶隆起、两侧突出、满身皱皱巴巴的帘心蛤；长有猩红色肉瘤的辛提贝；形同威尼斯平底轻舟、顶部呈弧形的食肉贝；状如王冠的菲洛尔贝、壳上有螺纹的阿提朗特贝；身上长有白点的灰色泰提贝，带有一层薄膜，如同蒙着一块带有流苏的面纱似的；形似小蚰蜒的琴贝、用背爬行的龟螺；包括形似勿忘我草及带椭圆形外壳的耳形贝；浅黄色的梯螺、滨螺、轮贝、瓜叶菊贝、岩贝、薄片贝、宝石贝、潘朵拉贝等。

至于节肢动物，孔塞伊在他的笔记中十分精确地把它们分为六个纲，其中有三个纲——甲壳纲、蔓足纲和环节纲属于海洋生物。

名师注解

① 朗格多克：指法国南部地中海沿岸的朗格多克地区。

甲壳纲又被划分为九个目。第一目是十腕(足)目，亦即那些头部和胸部通常是连在一起的动物。这种动物的口腔由好几对节肢构成，胸部长有四至六对爪子，可以爬行。孔塞伊按照我们的导师米尔恩·爱德华兹的方法，把十腕(足)目分为无尾组、短尾组和长尾组三个组。这些名称听着很不雅，但却十分准确而贴切。在短尾组中，孔塞伊记录的有：额头上长着两根叉开而又带刺的阿马提无尾虾；无尾蝎——不知何故，希腊人称这种动物象征着智慧；棍状海蜘蛛和带刺的海蜘蛛，它们通常是在深海中生活的，不知什么原因，这次却在海脊顶上被发现，也许是迷了路了；十足蟹、矢形蟹、菱形蟹和粒形蟹，孔塞伊指出，这类蟹容易消化；无齿伞花蟹、蹦蟹、西蒙蟹、毛绒蟹等。长尾组下分五个科，即鳞甲科、掘足科、螯虾科、长臂虾科和足目科。孔塞伊在他的笔记中记录到的有，女士们爱吃的普通龙虾、虾牯、沿海虾以及各种可以食用的虾，但孔塞伊并未对包括龙虾在内的螯虾科加以细分，因为普通龙虾是地中海中唯一的螯虾属动物。最后就是无尾组。孔塞伊看到了正在争抢一只被遗弃的贝壳的普通托西纳虾，它们平时就喜欢躲藏在这种贝壳里。他还观察到额头上长着刺的同源蟹、寄居蟹、包尔塞拉内蟹等。

这就是孔塞伊所记录下来的东西。他已经来不及去观察螯目、端足目、同源目、同孢目、三叶虫目、鳃足亚纲、介形亚纲和切甲目的动物，无法把甲壳纲里的动物充实完整。如果想把海洋节肢动物的研究变得完整，他也许还得提一提剑水蚤和银色蚤所属的蔓足纲，并把环节纲再细分为管栖目和前肢目。但是，在驶过利比亚海峡那段隆起的海域之后，鹦鹉螺号便提速了，以正常速度在深水中行驶前进。因此，便看不到软体动物、节肢动物、植虫动物什么的了。只是能够看到几条大鱼，从艇的舷窗外一闪而过。

二月十六日夜里，我们驶入地中海的第二个海底盆地，那儿的海水最深可达三千米。鹦鹉螺号在螺旋桨的推动下，借助侧翼的斜向板，下潜到海底深处。

在海底深处，见不到自然奇观，映入眼帘的是一些让人看了心惊胆战的可怕景象。我们当时确实是在穿越地中海的海难多发区。有多少船只在阿尔及利亚海岸到普罗旺斯海边或沉没或失踪啊！与浩瀚无垠的太平洋比较起来，地中海只不过算是一个湖泊而已，但它却是一个喜怒难料、变化莫测的湖泊。对于那些在海面上扬帆而行的单薄的单桅三角帆船来说，地中海今天也许是风平浪静，碧空万里，水天一色，温柔可爱，好像极其温顺似的，但是，一到明天，也许就会狂风大作，巨浪滔天，连最坚固结实的船只也会被它撕破扯碎，沉入水底。

因此，在鹦鹉螺号穿过这片多灾多难的深海地带时，我看到有许多遇难船只的残骸静卧在那里，有的上面已经长满了珊瑚，有的上面则只是长了一层锈。还有不少生锈的铁锚、大炮、炮弹、船上铁架、螺旋桨叶片、机器残片、破碎的汽缸、损坏了的锅炉，以及一些横七竖八地浮在水中的船壳，有的朝上，有的朝下。

这些遇难船只中，有一些是相互撞击沉没的，有一些是触礁沉没的。我看到的，有的是垂直下沉的，桅杆直立着，绳缆经长期浸泡，变得僵硬了。这些船像是在防风港的锚地里抛锚停泊着似的，正等待着启航时刻的到来。鹦鹉螺号从这些沉船残骸旁驶过时，把它们照得雪亮，看着像是它们在向鹦鹉螺号挥旗致敬，报告自己的船名、编号似的！但实际上并非如此，在这片灾难之地，只是一片寂静和死亡！

当鹦鹉螺号向着直布罗陀海峡靠近时，我发现沉船残骸越来越多。非洲海岸与欧洲海岸在这里变得十分靠近，海峡变得狭窄，船只发生相互碰撞，造成沉船事故频频发生。我惊骇地看到，许许多多的铁质船体和汽船残骸，或横卧，或直立，像一个个庞大的动物似的待在海底。有一条船，船帮已经裂开，烟囱弯曲，机轮只剩个轮毂，舵已与艉柱分离，但仍被一条铁链拴着，船尾部的船名牌已被海水腐蚀，其状真的让人心里发颤！有多少船员葬身海底了？船上有没有幸免于难的船员，把这可怕的海难告诉世人？还是无人幸存，这场灾难至今仍是个不解之谜？我也不知是什么缘故，突然觉得这条沉船有可能就是二十多年前连人带货一起沉入海底的、至今无人知其下落的阿特卡斯号！啊，地中海海底的沉船史，这成堆的尸骨，这无数的被毁掉的财富，这无数的遇难生灵，是一部多么令人心酸的悲惨历史啊！

然而，鹦鹉螺号对此无动于衷，仍然开足马力，从沉船残骸中急驰而过。二月十八日凌晨三时左右，鹦鹉螺号来到了直布罗陀海峡的出海口。

在直布罗陀的出海口处，有两股水流：一股是早已人所共知的上水流，另一股是今已被推理所证实其存在的下水流。确实，源自大西洋的水，源自注入地中海的各条大江大河的水，一直在为地中海增加着水量，海平面本该逐年升高，因为蒸发的总没有注入的水多。可是，实际并非如此，因此，人们便自然而然地认为，存在着一股下层逆流，把地中海里多余的海水，从直布罗陀海峡，引入大西洋去了。

确实是这样。鹦鹉螺号正是利用这股逆流，从狭窄的海峡迅速穿过。在那一瞬间，我瞥见那雄伟的赫克里斯①神庙遗迹；据普林尼和阿维纽斯②说，该神庙是与它所在的那座小岛一起沉没到海里去的。几分钟后，我们已经漂浮在大西洋的碧波上了。

延伸思考

1. 鹦鹉螺号穿越地中海用了多长时间？

2. 教授和孔塞伊在地中海看到了些什么？

名师注解

① 赫克里斯：希腊神话中的英雄。

② 阿维纽斯：公元 6 世纪的拉丁诗人和地理学家。

# 八 维哥湾【精读】

名师导读

鹦鹉螺号在广袤的大西洋上航行，沿着西班牙海岸一路向北。内德·兰德认为逃跑的机会来了，便告知教授详细的计划。教授左右为难，最后只好答应。谁知，鹦鹉螺号驶入了古战场——维哥湾，打捞海底宝物。这就导致内德·兰德的计划落空。

读书笔记

大西洋！浩瀚无垠的海洋，长九千海里，平均宽度为两千七百海里，面积达两千五百平方海里。除了迦太基人和那些在欧洲及非洲西海岸往来做生意的古代荷兰商贾以外，古代人对这个广袤的海洋几乎一无所知！大西洋海岸蜿蜒曲折，环抱着一片幅员辽阔的土地，世界上最大的那些河流，诸如圣劳伦斯河、密西西比河、亚马孙河、拉普拉塔河、奥里诺科河、尼日尔河、塞内加尔河、易北河、罗亚尔河、莱茵河等，全都流入大西洋，给它带来了充足的水量。这些大江大河，有的流经最文明的国家，有的则流经最野蛮的地区！在大西洋那浩瀚无比的碧波上，悬挂着各国国旗的船只穿梭往来，因此大西洋受到了各国的保护。但是，在这个辽阔的海洋的两端，有着两个令航海者望而却步的海角：合恩角和风暴角！。

名师点评

突出鹦鹉螺号速度之快。

鹦鹉螺号在三个半月的时间里，行程近一万法里，相当于绕了地球一圈还要多。现在，它正劈波斩浪，在大西洋上急速前行。我们这是要驶向何方呀？前方等着我们的是什么？

鹦鹉螺号驶出直布罗陀海峡以后，便进入了远海，于是，它便浮出了水面，我们也就又可以每天登上平台，散步、观海。

那一天，鹦鹉螺号浮出水面之后，我便在内德·兰德和孔塞伊的陪伴下，来到了平台上。我们影影绰绰地看到，十二海里外的地方，那是西班牙半岛南端的圣文森特角。当时，海上强劲的南风骤起，海水上涌，波涛汹涌。鹦鹉螺号摇晃颠簸剧烈，巨浪阵阵冲上平台，人几乎站立不住。于是，呼吸了几口新鲜空气之后，我们便走下了平台。

读书笔记

我回到自己的房间，孔塞伊也回到了他的舱房，但加拿大人却没有回到自己的舱室，而是一直跟在我的身后，满脸忧心忡忡的样子。大概是鹦鹉螺号从地中海急速穿过，他来不及实施自己的潜逃计划，所以感到非常失望，难以掩饰。

我的舱房门关好之后，他坐了下来，默然地看着我。

“内德朋友，”我对他说，“我理解您，您没什么好自责的。鹦鹉螺号开得那么快，想逃跑，那简直是想玩命。”

读书笔记

内德·兰德没有吭声。他紧闭着嘴，蹙紧眉头，这表明他心里正有一个疙瘩无法解开。

“行了，”我接着说，“还没到完全没有希望的时候嘛。我们现在正在沿着葡萄牙海岸往北行驶，前方不远处就是法国和英国。在那儿，我们能够很容易地找到避难的地方。喏！如果鹦鹉螺号驶出直布罗陀海峡以后，径直向南航行，把我们带往没有陆地的地方去，那我就会同您一样地感到沮丧了。但现在，我们已经知道，尼摩艇长并没有在躲避文明发达的海域，而我则认为，再过几天，您行动起来会更加保险一些。”

内德·兰德直愣愣地盯着我，然后，他终于开口了。

“就定在今晚。”他说道。

我倏地站了起来。说实在的，我真的未曾料到他会这么说。我本想回答他的话，但却不知从何说起。

教授本以为内德因为错失逃跑机会才满脸沮丧。“倏地站起来”形象地表现了教授听到这个消息时的震惊。

“我们曾经说定了的，要抓住时机，而这个时机，我现在就碰到了，”内德·兰德说道，“我们今天晚上将会离西班牙海岸仅几海里，届时，夜色朦胧，海风又是往大陆方向吹的。阿罗纳克斯先生，您先前是说好了的，我相信您会信守诺言的。”

加拿大人见我一直沉默着不吱声，便走近我的身旁。

“今晚九点。”他对我说道，“我已经通知过孔塞伊了。那个时间，尼摩艇长已经回到自己的舱房，或许已经躺在床上休息了。

机械师或艇员们都不会发现我们。我与孔塞伊径直奔向中央扶梯，您嘛，阿罗纳克斯先生，您就待在离我们两步远的图书室里，等待我们的信号。桨、桅杆和帆全都在小艇上，我甚至还放了一些食物在小艇上面。我已经弄到一把扳手，好把固定在鹦鹉螺号上的小艇弄下来。您看，一切都准备妥当了。晚上见。”

内德·兰德的逃跑计划看似周详，其成功可能性有待检验。

“海面天气恶劣呀。”我说。

“这我知道，”加拿大人回答说，“不过，得冒一下险。自由是必须付出代价的。再说，小艇坚固结实，又是顺风顺水，即使有风浪，几海里也算不了什么。谁知道明天我们是不是会行驶到离海岸百里之外的外海上去呀？如果老天保佑，一切顺利的话，十一点之前，我们就可以在海岸某处登陆了，否则，我们也就没命了。因此，祈求上帝保佑我们吧！晚上见！”

读书笔记

加拿大人说完这话就走出了我的舱房。我几乎木然地发呆。我原本所想的是，遇到有利时机，我会有时间进行考虑和商量的。可是，我万万没有想到，这个固执的伙伴竟然没容我这么做。不过，话又说回来，我又能同他说什么呢？内德·兰德是完全说得在理的。现在，可以说是个大好时机，他正要抓住它。我能反悔吗？我能为了纯粹的个人兴趣而不顾同伴们的前途吗？我能承担得起这个罪名吗？再说，我能保证尼摩艇长明天肯定不会把我们带到远离海岸的外海去吗？

这时候，艇上传来一阵呼啸声，那是正在往储水舱里注水的声响，鹦鹉螺号随即便潜入到大西洋底了。

名师点评

别忘了尼摩艇长能够很轻松地看透人的心思。

我待在自己的舱房里。我想躲着尼摩艇长，不让他看出我内心的焦躁不安。我就这样地在熬着这一天，一会儿想着恢复自由，一会儿又因要离开这艘奇妙的鹦鹉螺号，使得我的海底考察半途而废而感到遗憾。我还没有观察到大西洋海底，还没有像揭示印度洋和太平洋那样把它的秘密揭示出来，就这样离开这个我喜欢称之为“我的大西洋”的海洋，如同小说刚看完上卷，却没了下卷，美梦中途被打断，就这么结束了，我真是不甘心呀！这难熬的时光就这么逝去，时而想象着自己与同伴们一起安然无恙地回到陆地上去，时而又希望出现某种意想不到的情况，使得内德·兰德的计划落空，我

知道，自己的这种希望是很不仗义的。

名师点评

这一段描写出了教授极其复杂、矛盾的心理活动。

我两次回到客厅里去看罗盘。我想知道鹦鹉螺号是带着我们靠近海岸还是远离海岸。但二者都不是！鹦鹉螺号一直在葡萄牙海域沿着大西洋海岸向北行驶着。

那么，必须下定决心，准备逃走。我的行李不重，除了我记的笔记以外，什么也没有。想到尼摩艇长时，我只是在想，他知道我们逃跑后会怎么想呀？我们的逃跑会使他在多大程度上感到不安呀？我们会给他带来多大的危害呢？如果我们逃跑成功了或者是失败了，他会怎么办？我当然是没有任何理由好埋怨他的，恰恰相反，我还应该感激他，因为没有谁像他那么心地坦诚地对待客人的了。但是，我不辞而别，他也不能怪我忘恩负义，因为我们之间并无任何承诺在约束着彼此。我们留在他的身边，是环境所造成的形势使然，而非我们的承诺所致。而且，他公然要把我们永远囚在他艇上的企图，也表明我们的逃跑愿望是合情合理的，无可厚非。

读书笔记

自从参观了桑托林岛之后，我就一直没再见过艇长。也许，在我们逃走之前，命运会安排我们见上一面吧？我既想见到他，又害怕见到他。我注意地在听，看能不能听见他在我隔壁房间里走动的声音。可是我什么声响也没有听见。他的房间里大概没人。

这时候，我忽然觉得，这位怪诞的人物也许根本就没在鹦鹉螺号上。自从小艇离开大艇去执行一项秘密任务的那天夜晚起，我对于他到底是个什么样的人，看法上稍微有所改变。我寻思，无论尼摩艇长嘴上怎么说，反正他很可能与陆地一直保持着某种联系。他难道就从未离开过鹦鹉螺号？我经常一连几个星期见不到他的人影儿，他都在干什么呢？当我以为他愤世嫉俗、气愤不已的时候，他会不会正在远方的某个地方进行一项我始终不知其性质的秘密活动呀？这种想法与其他的一些想法，千头万绪，不停地缠绕在我的脑海之中。由于我们处于一种异乎寻常的环境之中，各种各样的猜想必然是少不了的。我心中乱作一团，苦恼烦闷，这一天的等待简直是度日如年。我像热锅上的蚂蚁，焦急万分，无所适从，时间像是停滞不前了似的。

读书笔记

我像平常一样，在自己的房间里用餐。我觉得心里堵得慌，吃不下饭，七点钟，我便离开了餐桌。离我应该去同内德·兰德会合的时间——我一直在一分一秒地数着时间——还差十分钟。我越数心里就越急，心脏在剧烈地跳动着。我坐立不安，来回不停地踱着步，希望这么走动能够使烦躁的心静下来。我倒并不担心，我们这么鲁莽从事，弄不好会有生命危险，我最担心的是，在逃离鹦鹉螺号之前，行动暴露，被押到怒容满面的尼摩艇长面前，或者更糟糕的是，被带到并不发火，只是因我的忘恩负义而感到心寒的尼摩艇长面前。我的心中非常地忐忑，七上八下的。

名师点评

教授觉得如果这样离开会心存愧疚。

我想最后再看上一眼客厅（我已经对鹦鹉螺号产生了眷恋之情）。于是，我便从纵向通道走到那间我曾经在那里度过许多愉快而有益的时光的陈列室。我看着那些稀世珍宝、稀世珍藏，满面愁苦，宛如就要踏上流放之路、永不回返的人一样。这些大自然的珍奇宝物，这些艺术的杰作，我在它们中间生活了那么多的时日，如今却要永远地与它们分离了。我本想透过客厅里的舷窗，再看上一眼大西洋的海水，可舷窗却被关得严严实实，一块钢铁护窗板把我与这个我尚不熟悉的海洋给隔了开来。

我在客厅里这么转了一圈之后，便走到那扇开在墙隅的、与尼摩艇长的房门毗邻的门边。门是虚掩着的，我不免吓了一跳，不由自主地缩了回来。如果尼摩艇长在他的房间里的话，他肯定能看见我。可我没有听见有任何的动静，于是我就又往前走去。房间里没见有人。我推开房门，往里走了几步。房间仍旧一如既往，仍旧如苦行僧式的那么简朴无华。

读书笔记

这时，几幅挂在墙上的铜版画映入了我的眼帘。我好像觉得第一次进到这间房间时，并没有注意墙上有这些画。那都是一些肖像画，是一些毕生忠实地献身于人类伟大理想的伟人们的肖像画，其中有：在“波兰完了！”[①]的呼唤声中倒下去的柯斯丘什科[②]、“现

名师注解

① 原文为拉丁文。

② 柯斯丘什科（1746—1817）：波兰民族解放运动领导人。

代希腊的莱奥尼达斯[①]、博扎里斯[②]、爱尔兰的捍卫者奥·康乃尔[③]、美利坚合众国的缔造者华盛顿、意大利爱国者马宁[④]、倒在奴隶主枪口下的林肯和那位像维克多·雨果所描写的悲惨场面中的情景一样的被吊在绞刑架上的黑人解放运动的殉道者——约翰·布朗[⑤]。

名师点评

这些人物画像暗示了尼摩艇长有着和他们一样的理想与追求。

这些伟人的思想是否与尼摩艇长的思想息息相通呢？我能否透过这些肖像参透尼摩艇长心中的秘密呢？难道他是被压迫民族的捍卫者，为被奴役民族的解放而奋斗的英勇斗士？难道他是本世纪最近发生的政治动乱和社会动乱中的领袖人物？难道他是那可怕而又可歌可泣的美国南北战争中的一位英雄……

突然，挂钟敲响，八点了。钟锤敲在钟铃上的第一声声响就打断了我的思绪。我猛地一颤，仿佛房间里有一只看不见的眼睛窥视到了我心灵深处的最隐秘的想法似的，我急急忙忙地走出了尼摩艇长的房间。

读书笔记

回到客厅之后，我看了一眼罗盘。我们的艇始终保持着正北的航向。航速表标示的是中等航速，气压表指示的深度为六十尺。看来，此刻正是实施加拿大人的计划的大好时机。

于是，我回到了自己的房间，穿得暖暖的：脚蹬潜水靴，头戴水獭帽，身穿丝面豹皮外套。我全都准备停当了。我在等待着。我竖起耳朵仔细地听，看看会不会突然听见喊叫声，说明内德·兰德的逃跑企图被发觉了。但是，除了螺旋桨的声响外，艇上静悄悄的，什么响动也没有。我的心跳得十分厉害，害怕得很，老想沉着镇静一些，可怎么也办不到。

差几分就到九点钟了。这时候，我把耳朵贴到尼摩艇长的门边。里面无任何动静。于是，我离开了自己的房间，来到半明半暗的客

名师注解

① 莱奥尼达斯：古斯巴达国王。

② 博扎里斯（1788—1823）：希腊爱国者。

③ 奥·康乃尔（1775—1847）：爱尔兰民族主义运动领袖。

④ 马宁（1804—1857）：意大利民族主义运动领袖。

⑤ 约翰·布朗（1800—1859）：美国奴隶解放运动领袖。

读书笔记

厅，客厅里空无一人。

我打开通向图书室的门，里面的光线同样也不充足，也同样是空无一人。我走到对着中央扶梯的门旁边，等待着内德·兰德发出信号。

这时候，螺旋桨的旋转速度突然地明显减缓了，然后便完全停止不动了。鹦鹉螺号为何突然停驶？这种暂时停艇对于内德·兰德的逃跑计划是有利还是不利？我吃不准。

周围一片死寂。我只听见自己的心在怦怦直跳。

突然，我感觉到了艇轻轻地震荡了一下。我明白了，鹦鹉螺号刚刚在海底停下来。我的心更紧张了。我没有听到内德·兰德的信号。我想去找他，劝他把逃跑计划往后推一推，因为我觉得鹦鹉螺号的航行情况有点蹊跷。

读书笔记

这时，客厅的门打开了，尼摩艇长走了进来。他一见到我，便直截了当地对我说——语气倒还平和：

"啊！教授先生，我正要找您。您对西班牙的历史有所了解吗？"

我当时精神恍惚，脑子一片空白，在这种状态之下，即使是对自己本国历史了若指掌的人，也答不上一句话来的。

"怎么啦？"尼摩艇长又问道，"您听清楚我的问题了吗？您对西班牙的历史有所了解吗？""一知半解。"我回答说。

"学者们都是这样，"艇长说道，"他们就知道自己专业中的事。那么，您请坐，"他补充说道，"我来跟您说上一段有关西班牙历史的逸闻趣事。"

读完后文你就会知道这个问题是什么了，现在阿罗纳克斯教授和你一样困惑。

艇长在一把安乐椅上坐下，我木然地在他身旁的暗处坐下来。

"教授先生，"他说道，"您听我说，在某一方面，这个故事同您有关，因为它可回答您的一个可能一直无法弄明白的问题。"

"愿闻其详，艇长。"我回答道。我摸不透这个尼摩艇长的心思，不知他讲的故事是否与我们的逃跑计划有关。

"教授先生，"尼摩艇长接着说道，"如果您同意的话，我们就从一七〇二年说起。您不会不知道，那时候，你们的国王路易十四非常地专横跋扈，他以为他可用他那专制君主的手一指，就能让比利牛斯山[1]缩到地底下去。这时，就是这位路易十四国王硬把自己的孙子安茹公爵强加给西班牙人当国王。这位帝号为菲利普五世的西班牙国王安茹公爵，治国无方，在外部又遇上了强劲的对手。

其实，一年之前，荷兰王国、奥地利王国和大英帝国已经在海牙签订了一个盟约，目的就是要把菲利普五世的西班牙国王王冠摘下来，戴到将称为查理三世的奥地利亲王的头上去。

西班牙当然要与这个同盟相对抗。但是，西班牙这个国家陆军和海军兵源匮乏，不过，只要它的那些满载着从美洲弄来的金银财宝的大帆船一开进港，它是不会缺钱的。一七〇二年底，西班牙正在翘首以盼这样的一支载有金银财宝的船队的到来。当时，因为盟国的海军舰只在大西洋海域游弋，这支西班牙船队便由法国战舰进行护航。指挥护航舰队的是海军上将沙托·雷诺，其麾下有战舰二十三艘。

西班牙船队本应驶向加的斯，但海军上将沙托·雷诺获悉英国舰队正在那一带海域巡弋，便决定让船队驶往一个法国港口。

西班牙船队的船长们当然反对这个决定，他们希望把船队带到一个西班牙港口，即使去不了加的斯，也可以前往维哥湾。维哥湾位于西班牙西北海岸，那儿并未被封锁。

沙托·雷诺海军上将生性软弱，便依从了西班牙船长们的意见，把船队护送去维哥湾了。

不幸的是，维哥湾是个很开阔的锚地，没有设防。因此，必须趁盟国军队尚未追到之前，把大帆船上的货物赶紧卸下来。如果当时没有突然冒出一个无聊的竞争问题，船上的东西本来是完全来得及卸下来的。”

“我说的这些，您能听明白吗？”尼摩艇长问我。

“我听得明白。”我回答他说，但我心里还是不清楚他给我上这堂历史课的目的何在。

“那好，我就接着往下讲。当时的情况是这样的：加的斯的商人享有一种特权，来自西印度的所有货物全都得由他们统一收购。如果把船上的金银财宝卸在维哥湾港，那就损害了当地商人们的权益。于是，他们便跑到了马

---

名师注解

① 比利牛斯山：法国与西班牙的边界大山，山南就是西班牙。

读书笔记

德里去告御状，而软弱无能的菲利普五世竟然下旨封存船队的货物，船只停泊在维哥湾锚地，等到敌方舰队撤离加的斯海域，再返回。

可是，正当菲利普五世下了这道御旨时，英国舰队便于一七〇二年十月二十二日驶进维哥湾。尽管双方力量悬殊，沙托·雷诺海军上将还是进行了英勇的抵抗。但是，毕竟寡不敌众，眼看船上的金银财宝就要落到敌人的手中，他便下令将船只全部凿沉，因此，船上的大量金银财宝便与船只一起沉入海底去了。”

尼摩艇长说到这儿便打住了话头。说实在的，我听到这里，仍旧没有弄明白他的故事与我有什么关系。

“那后来呢？”我忙问道。

“后来嘛，阿罗纳克斯先生，”尼摩艇长说道，“我们现在已经到了维哥湾了，下面就该由您去揭开这个秘密了。”

读书笔记

艇长站起身来，示意我随他走。此刻，我已镇定下来，便站起来，随他而去。客厅里光线暗淡，但透过舷窗玻璃，可以看到海水在闪闪发亮。我往外看去。

在鹦鹉螺号周围，半海里范围之内，海水被电灯光照得亮闪闪的。海底沙地亮晶晶的，可以看得清清楚楚。鹦鹉螺号上的艇员穿着潜水服，正忙着在黑乎乎的沉船残骸中，清理那些被海水浸泡得半腐烂的木桶和已破损不堪的木箱。从木桶与木箱中流出金条银锭，以及数不清的金币和珠宝。海底沙地上全都铺满了这些金银珠宝。然后，艇员们背着这些珍贵的战利品回到艇上，卸下背着的包袱，复又潜下水去，去取那取之不尽的宝贝。

这就是教授一直想弄明白的问题：尼摩艇长财富的来源。

我这才顿有所悟。原来这儿就是一七〇二年十月二十二日那场海战的战场，这里就是西班牙的那些满载金银珠宝的大帆船沉没之地，这里就是尼摩艇长根据需要，把价值数百万法郎的财宝装上鹦鹉螺号的地方。从美洲运出来的金银珠宝送给了他，全送给了他一个人！他成了从印加人[①]和被费尔南德·科尔特兹[②]打败的人那里掠

名师注解

① 哥伦布发现美洲大陆之前，在今秘鲁有个印加帝国。

② 费尔南德·科尔特兹（1485—1547）：西班牙殖民者。

读书笔记

夺来的财宝的无可争议的直接继承人！

“教授先生，”艇长微笑着问我道，“您知道大海中蕴藏着多少财富吗？”

“我知道，”我回答道，“有人估计过，悬浮在海水中的银有两百万吨。”

“大体如此，但是，要把海水中所含的银提炼出来，成本太高，远远超过所获得的利润。而在这里，恰恰相反，我只需去把别人扔掉的东西捞上来就可以了，而且不光是在维哥湾一地，在成千上万的海难发生地，全都如此，这些地方我已全都在那张航海地图上标示出来了。现在，您该明白我为什么是个千百万的大富翁了吧。”

“艇长，我明白了。不过，请恕我冒昧地说一句，您在维哥湾这里所进行的开发，只不过是比另一家公司先行一步而已。”

读书笔记

“哪家公司？”

“获得西班牙政府特许的一家打捞海底沉船的公司。该公司的股东们对这笔巨额利润早已垂涎三尺，因为他们估计沉于海底的财宝价值五个亿。”

“五个亿！”尼摩艇长说，“先前有五个亿，现在可没那么多了。”

“的确如此，”我说道，“所以，最好是告诉一下那些股东，也算是积德行善了。不过，谁知道他们会不会听呀。因为赌徒们觉得最遗憾的倒并不一定是金钱上的损失，而是自己满怀着的希望成了泡影。老实说，对于这种人，我并不同情，我所同情的是那些成千上万的穷苦人，大量的财富，如果能够合理地分配，本可以让他们受点儿益的，但是，现在却没他们的份儿！”

我此前并未表示我所感到的这种遗憾，生怕刺伤尼摩艇长。

“没他们的份儿！”尼摩艇长颇为激动地说，“这么说，先生，您是认为我把这些财宝捡拾了之后，它们就丧失掉了？照您的意思，我费劲乏力地把这些财宝打捞上来，只是为我自个儿了？谁告诉您说我不会好好地利用这些财宝了？您是不是以为我不知道世界上还有受苦受难的人、受到残酷压迫的人？不知道这个世界上还有需要接济的穷人、需要报仇雪恨的受害者？您现在难道还看不清楚吗？”

名师点评：这些话里充满了尼摩艇长被误解后的气愤与委屈。

尼摩艇长说到这里便没再往下说了，他也许很后悔，觉得自己话说得太多了。不过，我早就猜到他的心思了。无论是什么原因迫使他不得不到海底来寻找自由，但他首先还是一个人！他的心依然在为人类的苦难而悲痛和忧伤，他仍然对所有受奴役受迫害的种族和个人怀着仁慈的爱。

因此，我明白了，当鹦鹉螺号在克里特岛附近行驶时，尼摩艇长送出去的那几百万法郎是给谁的了。

## 精华赏析

内德决定逃跑，教授左右为难。他对未知的海底世界还充满着浓厚的兴趣，不想这么快就失去大好时机，可见教授对科学孜孜不倦的追求和不断探索的精神。他不忍心离开还有一个原因：这样做会深深伤害到一直款待自己的尼摩艇长。对海底世界的好奇、与尼摩之间的友谊与可能即将获得的自由形成了矛盾的两端，令教授心里纠结万分。教授看到了尼摩对人类苦难的悲痛，对所有受奴役、受迫害的种族和个人的怜悯。

## 延伸思考

1. 通过这一章的阅读，你认为尼摩艇长是一个什么样的人物？
2. 鹦鹉螺号行至克里特岛时，尼摩艇长把那几百万法郎送给谁了？

# 九 失踪的大陆

名师导读

逃跑计划意外失败后，尼摩艇长邀请教授去参观黑夜的海底世界。教授对那个未知的目的地充满了好奇，种种不可思议的猜想在脑海中盘旋。最后教授才知道那是一片失踪了的大陆——亚特兰蒂斯。

第二天，二月十九日早晨，加拿大人走进我的房间，一脸的沮丧失望。我正等着他的到来。

“怎么样，先生？”他问我道。

“喏，内德，昨天是机缘不巧呀。”

“是啊！那个该死的艇长早不停艇晚不停艇，偏偏在我们要准备行动时，把艇给停下来了。”

“内德，艇长是因为有事，他得上他的银行去。”

“他的银行？”

“或者说是他的钱庄吧。我是说，他把自己的财产存放在大海里，比存在国库里还要保险。”

于是，我便把头天夜晚所发生的事情，从头到尾地对加拿大人详细叙述了一遍。我是想通过我这么一说，他能改变初衷，打消离开艇长而去的念头。可是，内德听我说完之后，感到懊恼不已，遗憾自己没能亲自前往维哥湾的古战场去走一遭。

“其实，这也没什么大不了的，还是大有希望的，”他说道，“只不过这一鱼叉叉空了而已！下一次我们一定会马到成功的，必要的话，今晚就……”

“您知道鹦鹉螺号将要往哪个方向行驶吗？”我问道。

“我不知道。”内德回答。

“那好，等中午，我们去看看它是个什么方位。”

然后，加拿大人便回孔塞伊那里去了。我穿好衣服，走进客厅。罗盘上显示的航向让人看了心里不踏实。鹦鹉螺号的航向是西南偏南方向，正在背向欧洲行驶。

我心里有点焦急地等着看航海图上标出的航行方位。十一点半钟，储水舱的水已被排空，鹦鹉螺号浮上水面来。我快步奔向艇顶平台。内德·兰德已经先我步上了平台。

放眼望去，大海茫茫，不见陆地的影子。天边有几片风帆，可能是驶往圣克罗角的船，在等候顺风，以便绕过好望角。天色阴沉，正在酝酿着一场风暴。

内德狂躁不安，盼着透过蒙蒙雾气能看到一块令他心驰神往的陆地来。

中午时分，太阳露了一下脸。大副趁着这一丝阳光上来测量了一下太阳的高度。不一会儿，海上的波涛更加汹涌，我们赶忙走下平台。舱盖随即关上了。

一小时过后，我查看了地图，鹦鹉螺号在图上的位置标在西经十六度十七分、北纬三十三度二十二分，离最近的海岸有一百五十里。看来想逃走的希望十分渺茫了。当我把船的方位情况告诉加拿大人的时候，他的愤怒是不言而喻的了。

至于我自己，倒也并不怎么懊丧，反倒是有一种如释重负的感觉，所以我又可以怀着较为平静的心态继续我平时所做的工作了。

晚上，将近十一点钟左右，尼摩艇长突然前来造访，我颇感意外。他十分和蔼地问我昨晚熬了一整夜是否觉得累，我回答他说不累。

“这样的话，阿罗纳克斯先生，我倒想建议您做一次有趣的游览。”

“您说吧，艇长，去哪儿？”

“您只是在白天太阳光的照射下参观过海底世界，您愿意不愿意在黑夜里下去看看呀？”

“当然愿意。”

“不过，我先得提醒您一句，跑这一趟可是非常累的呀，得走很久很久，还得翻一座山，路也不太好走。”

“艇长，您这么一说，反而激起了我的好奇心来了。我准备好跟您走一趟了。”

“那好，教授先生，既然如此，那咱们就走吧。先去换潜水服。”

到了更衣室，我发现这次的海底漫步，我的同伴们或艇上的艇员全都不跟我们去。尼摩艇长甚至都没向我提一句，是否要带内德·兰德和孔塞伊去。

不一会儿，我们便换好了潜水服，有人帮我们把储气罐背在背上，但却没预备电灯。我提醒了艇长一句。

“用不着电灯。”他回答我说。

我觉得好像没有听清他的话似的，但又不好再问他一声，而且问也来不及了，因为他的脑袋已经被金属头盔罩住了。我也把头盔罩在脑袋上了。我觉得有人往我手上塞了一根铁棍。几分钟后，热身活动做完了，我们便往三百米深的大西洋底走去。

此刻已是午夜时分。海水一片漆黑，但尼摩艇长给我指了指远处有一团暗红的亮光，一片微微的光亮，距鹦鹉螺号有两海里远。那是什么亮光？是什么物质发的光？在海水中怎么不会熄灭？这一切我都弄不明白。不管怎么说，反正它的存在还是能为我们照这么点亮的，只不过光线太弱了点，但我很快便适应了这种独特的暗淡，而且，我也知道了，在这种情况之下，鲁姆科夫灯是派不上用场的。

尼摩艇长和我紧挨着径直朝着那个光亮处走去。平坦的海底在不知不觉中逐渐升高。我们拄着铁棍，跨着大步往前走，但总的来说，我们走得很慢，因为脚老是往长满海藻和尽是扁平石块的淤泥中陷下去。

走着走着，我便听到头顶上方传来连续不断的噼里啪啦的声响。不一会儿，我便知道是怎么回事了。那是雨点猛烈地击打水面所发出来的声响。我下意识地感到，我会淋成个落汤鸡的！在水中被淋成个落汤鸡！这古怪的想法让我自己也忍不住扑哧地笑了起来。说实在的，穿着厚厚的潜水服，根本就感觉不到自己身处水中，只不过觉得自己是待在一层比陆地上的空气密度要大一些的空气里而已。

走了一个半钟头之后，只觉得自己的脚尽踩着碎石头了。水母、微小的甲壳类动物，以及刺胞亚门腔肠动物，以自身的磷光在微微地照亮着这片碎石路。我模模糊糊地瞅见一堆一堆的石头，上面长满了植虫动物和乱糟糟的海藻。我的脚总是在一片黏糊糊的海藻“地毯”上滑来滑去，要是没带那根铁棍的话，恐怕老得摔跟斗了。我不时地回头望去，只见鹦鹉螺号的舷灯离得越来越远了，灯光越来越暗淡了。

我刚刚所说的那一堆一堆的石头，是有规有矩地排列着的，对此，我解释不清其原因何在。我还发现一条条很大的海沟，伸向黑暗之中，不见尽头，无法估计它们到底会有多长。另外，我还发现其他一些特别之处。我觉得自己沉重的铅靴好像踩在了一层枯骨上，发出嘎巴嘎巴的响声来。我所走的这片海底平地究竟是什么地方？我本想问问尼摩艇长来着，可是，他与他的同伴们在海底探索时彼此间所用的手语，我既不会也不懂。

这时候，指引着我们的那片暗红的光亮，变得更亮了，把远处都给照得红彤彤的了。在水下发现这么一个光源，令我顿感惊奇。那是一种放电现象吗？还是一种陆地上的学者们尚不知晓的自然现象？要不就是——这一想法突然从我脑子里一闪——人为的？是人点的火？我难道会在这大海深处碰到尼摩艇长的同伴和朋友？他们也过着同他一样的海底生活？尼摩艇长是专程前来拜访他们的？难道我在这里会见到一群厌倦了陆地上的苦难生活、跑到这海洋深处来寻求并找到了自己的一片独立自主的天地的逃亡者？这种种的疯狂和难以说清的想法缠绕在我的脑海之中，而且眼前又不断地出现一些奇观异景，令我兴奋不已，处于这种状态之下的我，就算是在海底深处遇上一座令尼摩艇长魂牵梦绕的海底城市，我也绝对不会感到惊诧的。

我们往前走的路被照得愈发地亮堂了。变白了的光是从一座高约八百尺的山顶上射过来的。但我所看见的是经过海水过滤过了的光亮。而光源，那个发出这种无法解释的光的光源，则是在山的另一侧。

在大西洋底那纵横交错的石头迷宫中，尼摩艇长毫无疑虑地在往前走。看来他似乎非常熟悉这条昏暗的道路。他肯定经常到这里来，所以不会迷路。我对他满怀信心，所以毫不迟疑地跟着他走。我觉得他仿佛是海底的一个精灵。他走在我前面时，他那高大的黑色身影映在远处明亮的海底上面，让我钦羡不已。

已经是凌晨一点了。我们来到第一道山坡脚下。若是要爬上这道山坡，就必须冒险穿过一片宽阔的矮林，林中小径崎岖狭窄，非常难走。

是的！这是一片死了的森林，树木没有树叶，没有树枝，全都是因海水的作用而炭化了的树干。林中偶尔也可见零零星星的高大松树，挺拔地兀立着。这里简直就是一座煤矿，由深入海底的树根支撑着，而树的枝杈则像精巧的黑色剪纸，清晰地映在水做的天花板上。我不由得想起了哈尔茨山[1]山腰上的那片森林，只是这里的森林是沉没在海水中的森林。崎岖狭窄的小径上满是海藻和墨角藻，一群群的甲壳类动物在其间蠕动着。我往前走着，攀上岩石，跨过横在地上的树干，扯断树与树之间的海生藤本植物，惊走了在树枝间游来游去的鱼群。我兴致极高，一点也不觉得累。我紧紧地跟随着我的那位永不知疲倦的向导往前走。

啊！多美丽的景色啊！简直难以言表！水中的树木与岩石，下面阴森瘆人，上面却绚丽多彩，在被海水的反射作用增强了的光的照射之下，显现出各种各样的红色来，让人叹为观止！被我们攀爬过的岩石，有的会大块大块地发生坍塌，发出阵阵的轰鸣声，好似雪崩一般。往左边或右边望过去，到处是深不见底的坑道，而这里，出现了一片一片的空地，像是经人手开拓的，因此，我会不由自主地联想到，会不会突然冒出几个海底地区的居民，立在我的面前？

尼摩艇长则是继续往上爬着。我也不甘落后，大胆地跟着他往前走去。铁棍可没少帮我的忙，因为小径两旁尽是一些深渊般的小道，一不小心，踏空一步，小命休矣。但我却脚步坚定地往前迈着，没有一点头晕目眩的感觉。有时候，我们跳过一道裂隙，那裂隙之深，若是换到陆地上的冰川裂缝，我一定会望而却步的；有时候，我壮起胆子走过横卧在深渊上、摇摇晃晃的树干，眼睛看着前方那苍茫景色，不往脚下看。前方，是一些巨大的岩石，斜倾在形状不规则的地基上，仿佛在向平衡法则进行挑战。岩石间，有一些树木以惊人的生命力顽强地生长着，相互支撑着。还有一些天然的塔形岩石，一些宽宽的、陡峭的、形似两座城堡之间的护墙似的岩石，其倾斜度是陆地上的万有引力定律所不容许的。

我对这种由于海水的高密度所产生的压力差难道没有感觉吗？我虽说穿着厚重的潜水服，头戴铜制头盔，脚穿铅底靴，但在攀爬那些陡峭得几乎无法爬得上去的陡坡时，不也是一跃而过，如比利牛斯的岩羚羊一般轻捷吗？

当我把此次海底漫步当作故事讲的时候，我仍然觉得那似乎不像是真的似的！可我确实是那些表面上看似不可能、实则却是不容置疑的真情实况的

名师注解

① 哈尔茨山：德国的一座小山，矿产丰富。

亲历者和见证者。我并没有在做梦，所有的一切全都是我亲眼所见、亲身经历的。

离开鹦鹉螺号已经有两小时了，我们穿过矮树林，来到山脚下；在我们头顶上方，一百尺的地方，一座峭壁突兀耸立，对面的强光把这山峰的影子投到了水中来。一些石化了的灌木形状怪异，歪歪扭扭地东倒西歪着。我们脚步踏过，一群群的鱼儿，像受惊的鸟儿似的，一哄而起。岩石上坑坑洼洼，有些洞孔深不可测，里面有一些可怕的东西在蠕动，发出一些响声来，清晰可辨。每当我发现一根巨大的触角挡着去路，或者听见漆黑的洞穴中有吓人的大螯的咔嚓声时，我便会吓得心脏停止了跳动似的。在那片漆黑的海水中，有无数的亮点在闪烁着，那是藏匿在窝里的巨型甲壳类动物的眼睛。大龙虾宛如持戟兵丁似的立在那儿，挥舞着大爪，发出金属般的声响；大海蟹形同一门门架在炮座上的加农炮；丑陋不堪、令人发怵的大章鱼，触须扭动，活脱脱似一条条蠕动着的大蛇。

我尚不了解的这个超常的世界究竟是个什么样的世界呀？这些把岩石当作自己的第二层盔甲的节肢动物，属于哪一目？大自然是从何处发现了它们的植物性生存的秘密的？它们如此这般地在海洋深处生活了多少个世纪了？

我在思索着，但脚步却并未停下来。尼摩艇长对这些可怕的动物已经非常了解，所以并不怎么在意它们。这时，我们已经上到了第一个平台，那里还有其他一些意想不到的东西在等着我。那里，屹立着一些别有情趣的遗迹，不难看出，那是人工建造的，而非造物主的杰作。从那些成堆的石块中，可以依稀辨出城堡和庙宇的模糊轮廓来。石块已为一层犹如花饰般的植虫动物所覆盖。海藻和墨角藻取代了常春藤，给这成堆的石块披上了一件厚厚的植物大衣。

可是，因地震而沉入海底的地球这个部分，原先是在哪里的？是谁把这些岩石和石块摆得像史前的石棚似的？我现在身处何处？尼摩艇长一时心血来潮带我来的究竟是个什么地方？

我想问问尼摩艇长。可我却不会手语，只好拉住他的胳膊，让他停下脚步。但是他却摇了摇头，指着山峰，像是在对我说：

“走吧！继续走！不要停！”

我只好鼓起劲来，跟着他往上走去。几分钟之后，我爬上了一座比那些岩石堆高出十多米的山峰。

我往下看了一眼自己刚才爬上来的那一侧。山高也就七八百尺，再看另一侧，山的高度超过一倍，因为大西洋那边的海水要深得多。我抬眼向远方望去，只见那远远的地方有一片被强光照亮着的地方。其实，这座山是一座火山。在这山峰峭壁之下五十尺处，那石块和熔岩渣如雨点般散落的地方，是一个很大的火山口，在喷发着岩浆，那岩浆是火的瀑布，消散在海水之中。这座火山处于这样的一个位置，宛如一支巨大的火炬，照耀着整个海底，一直照到很远很远的地方。

我刚才所说的是，海底火山口中喷出的是岩浆，而非火焰。火焰燃烧必须要有空气中所含的氧气，所以在水下是不可能出现火焰的，但是，岩浆本身具有白炽的性能，可以达到白热化的程度，与海水相撞，产生激烈的反应，使海水汽化，变成蒸汽。蒸汽的气流带着瓦斯迅速消散，而岩浆则一直流到山脚下去，如同维苏威火山喷出来的岩浆流到托雷·德尔格雷科港[①]一样。

我眼前呈现的确确实实是一座被摧毁了的城市，城中建筑物东倒西歪、七零八落，屋顶坍塌，庙宇被毁，门拱散架，石柱倒卧，但是，依然可以感觉到托斯卡纳[②]式建筑的雄伟壮观。远处有一条引水渠的遗迹；近处是一座像帕特农神庙[③]的卫城的加高了的城基；那边是码头的遗址，宛如一座古代的港口，曾在一个消失了的大洋边上庇护过商船和战舰；更远处，是一道道长长的城墙，一条条毁损无人的街道，尼摩艇长带我来看的简直是一座沉入海底的庞贝城！

我到底是在什么地方？我究竟是在什么地方？我真的不惜一切代价也要弄清楚。我想说话，我想把罩在我头上的铜头盔摘下。

但是，尼摩艇长向我走过来，用手势制止住了我。然后，他捡起一块白垩质石块，朝着一块黑色玄武岩走过去，在上面写下了这么几个字：亚特兰蒂斯[④]。

名师注解

① 托雷·德尔格雷科港：意大利的一座港口城市，多次遭受地震、火山的破坏。

② 托斯卡纳：古代意大利中部的一个王国。

③ 帕特农神庙：古代雅典的著名建筑。

④ 亚特兰蒂斯：传说中沉入大海中的一个大岛屿，据说位于直布罗陀以西的大西洋中。

我突然茅塞顿开，一下子全明白了！亚特兰蒂斯，泰奥庞波斯[①]笔下的那座梅罗比德古城！柏拉图笔下的大西洋城！奥利金[②]、鲍尔菲利奥斯[③]、让布里科斯[④]、德·安维尔[⑤]、马尔特·布朗[⑥]、洪堡[⑦]等人所不承认的那片大陆！他们都认为那只是一种传说。但是，承认它的存在的也不乏其人：波塞多尼奥斯[⑧]、老普林尼、安密阿纽斯·马塞卢斯[⑨]、德尔图里安[⑩]、恩格尔、谢雷[⑪]、图尔讷福尔[⑫]、布丰[⑬]、德·阿弗扎克等人，都相信它是的确存在过的。现在，这座城市就呈现在我的面前，它遭受的那场灾难的确凿证据就摆在这里！这就说明，这块沉没了的陆地确实存在过，它不在欧洲，不在亚洲，不在利比亚，而是位于离海格里斯擎天柱[⑭]不远的地方，那里曾经生活过亚特兰蒂斯人，古希腊的头几场战争就是冲着他们打的。

历史学家柏拉图本人就曾把这个英雄时代的史迹写进自己的书中去了。他的《泰迈奥斯与克利迪阿斯对话录》可以说是受到诗人兼立法者梭伦[⑮]的启发写成的。

据说，有一天，梭伦在萨伊城——一座古城，根据刻在城内神庙圣墙上的年表，该城当时已经历经八百年了——和几位睿智的长者聊天，其中的一位更加年长的老者讲述了一座比萨伊城的历史早上一千年的城市，说它是雅

名师注解

① 泰奥庞波斯：古希腊历史学家。
② 奥利金（185—254）：希腊人，基督教早期的卫道者。
③ 鲍尔菲利奥斯（233—304）：柏拉图派哲学家。
④ 让布里科斯：公元 4 世纪的新柏拉图派哲学家。
⑤ 德·安维尔（1697—1782）：法国地理学家。
⑥ 马尔特·布朗（1775—1826）：丹麦地理学家。
⑦ 洪堡（1769—1859）：德国博物学家。
⑧ 波塞多尼奥斯（公元前 135—前 51）：古希腊斯多噶派哲学家。
⑨ 安密阿纽斯·马塞卢斯（331—400）：希腊历史学家。
⑩ 德尔图里安（160—240）：迦太基基督教神学家。
⑪ 谢雷（1747—1804）：法国将军。
⑫ 图尔讷福尔（1656—1708）：法国植物学家。
⑬ 布丰（1707—1788）：法国博物学家。
⑭ 海格里斯擎天柱：指直布罗陀海峡两岸的两座山。
⑮ 梭伦（公元前 640—前 558）：雅典立法者，希腊七贤之一。

典最早建成的城市，已经有九百年的历史了，说它曾经遭受过亚特兰蒂斯人的入侵，部分受到了破坏。这位老者还说，亚特兰蒂斯人占据着一个比非洲和亚洲加在一起还要大的陆地，其面积大到跨越南纬十二度至北纬四十度，其统治的区域甚至到达埃及。他们还想让希腊人就范，俯首称臣，但是，却遭到英勇不屈的希腊人的顽强抵抗，不得不撤退。几个世纪以后，地壳突然发生剧变，洪水、地震接踵而来，一昼夜之间，亚特兰蒂斯便沉入海底，不见了踪影，最后只剩下几座最高的山峰，即今天的马代拉群岛、亚速尔群岛、加那利群岛和佛得角群岛，尚露在海面上。

尼摩艇长所写下的那几个字令我振奋不已。我竟然稀里糊涂地来到了这个消失的陆地的一个山头上！我竟然能够用手去抚摸这十几万年前地质时期的废墟！我甚至能够在先民曾经走过的地方行走！我脚上那沉重的铅靴踩碎了传说时代的动物的骸骨，而那些现已炭化了的树木，当年曾经为这些动物遮风避雨！

啊！为何我没有足够的时间！我真想沿着这座山的陡峭山坡走到底下去，走遍这个可能连接着非、美两个大陆的广袤的陆地，去参观一下那洪荒以前的宏伟城市。在那里，映入我的眼帘的，可能就是尚武的马基莫斯城邦和虔诚的优西比乌斯城邦，它们的居民一个个身强力壮，在那儿生活了几个世纪，并且搬来巨石，筑起城堡，抵御海水的侵蚀。我想，也许会有这么一天，地壳发生某种运动，使得这个沉没于海底的废墟重新浮出水面！据说，在大西洋的这部分海域有无数的海底火山，很多船只在这片动荡不定的海面上，经常会感觉到一阵阵剧烈的震动。还有一些船上的人听到过预示着海洋深处正在相互挤压碰撞的沉闷声响，有的人甚至还收集到了喷出水面的火山灰。这一片海域，一直延伸至赤道地区，至今仍然受到地下火山活动的影响。在遥远的未来的某一时刻，由于不间断的火山喷发和岩浆堆积，说不定一些不断增高的山峰就会冒出水面来！

我在这么浮想联翩，并准备把这些壮观景色都详详细细地牢记在心中时，尼摩艇长却倚在一块满是青苔的石头上，一动不动地闭目沉思，犹如一座雕像似的。他是不是在缅怀那些消失了的先人？是不是在思考人类命运的秘密？他这个不想过现代人生活的古怪人，是不是想到这里来重温古代历史，想象古人的生活？我真想壮起胆子走上前去与他一起探讨，了解他的所思所想！

我们就这样在这里待了整整一个小时，眼睛凝视着这片被火山岩浆映照着的土地；火山的喷发剧烈，有时剧烈得令人惊恐。地球内部的沸腾不时地使山体表层发生一次次的震颤。沉闷的隆隆声响，经海水的传播，发出一阵阵响亮的回音。

这时候，月亮出来了。刹那间，月光穿过海面，向沉睡在海底的那块陆地投下几缕淡淡的光线。这一丝的月光竟然产生了无法形容的效果。艇长站直了身子，向这个海底平原投去了最后一道目光。然后，他便朝我做了一个手势，让我跟着他走。

我们很快地下了山。当我们再次经过那片矿化了的矮树林的时候，我看到了鹦鹉螺号上的舷灯像一颗星星似的在远处闪烁。尼摩艇长径直走向那颗闪烁的"星星"。黎明的第一道曙光洒向海面时，我们回到了艇上。

### 海底火山

海底火山，就是指形成于浅海和大洋底部的火山，包括死火山和活火山。海底火山大多分布在大洋中脊和大洋边缘的岛弧地带。根据所处位置、岩性、成因的不同，海底火山又可分三类：边缘火山、洋脊火山和洋盆火山。在临近海面、水压不大的情况下，海底火山喷发时，就会出现蔚为壮观的爆炸。这样的爆炸会使炽热的熔岩喷出，同时产生大量的气体以及大量火山碎屑物质。这些碎屑物质在空中遇冷凝结为火山灰、火山弹、火山碎屑，随后降落下来，堆积成岛屿。地中海上就出现过这样的火山岛。

# 十 海底煤矿

名师导读

鹦鹉螺号沿着亚特兰蒂斯大陆行驶着，海底的奇特景象再一次出现在教授面前。第二天，鹦鹉螺号停在一个貌似码头的岸边。原来这是一个在死火山内部形成的天然湖泊，这里有一个海底煤矿，是鹦鹉螺号发电所需的原料——纳的来源地。

第二天，二月二十日，因头天夜晚的劳累，我一直睡到十一点才醒来。我匆忙穿好衣服。我急着知道鹦鹉螺号的航向。仪器显示，艇一直在向南驶去，航速为每小时二十海里，潜于水下一百米深处。

这时，孔塞伊走了进来，我便向他讲述了夜里在海底漫游时的情景。刚好舷窗护板是敞开着的，他还可以看到沉没在海底的那片陆地的一部分面貌。

鹦鹉螺号确实是紧挨着亚特兰蒂斯大陆行驶着的，距它只有十米的距离。艇像是被风吹着在陆地草原上空飞过的气球似的轻轻地驶过，更确切地说，我们待在客厅里就像坐在一列快车的车厢里似的。从我们眼前先一掠而过的是一些形状怪异的岩石，接着是已经从植物界过渡为矿物界的树林，树林的影子一动不动，在水中显得怪诞滑稽。还有成堆成堆的石块，上面覆盖着一层形同地毯般的轴形草和银莲花，其上还直立着一些长长的水生植物。然后，又有一些形状怪异的熔岩，它们是火山在这里疯狂肆虐的见证。

这些海底的奇情怪景在舷灯光照耀下展示在我们面前，我趁此机会对孔塞伊讲述了亚特兰蒂斯人的历史，而巴伊[①]正是受到了这段纯属想象的历史的启发，写出了不少动人的作品。我作为一个对亚特兰蒂斯的存在不再怀疑的

名师注解

① 巴伊（1736—1793）：法国作家、天文学家和政治活动家。

人，对孔塞伊讲述了英勇无畏的亚特兰蒂斯人所进行的战争，与他讨论着有关亚特兰蒂斯的问题。可是，孔塞伊却心不在焉，似听非听的样子，我很快就明白了他为何会采取这种态度。

原来，他的目光是被那成群成群的鱼给吸引住了。当鱼群经过的时候，他便忘了一切，只顾专心致志地去对它们进行分类。在这种情况之下，我只好顺随他的心意，与他一起进行鱼类学研究了。

大西洋的鱼，其实与我们到目前为止已经观察到的鱼并没有多大的不同。这里的鱼有：体型庞大的鳐鱼，身长五米，肌肉壮实，可跃出水面；各种各样的角鲨，其中有一种角鲨，身长有十五米，长着三角形的利齿，通体透明，在海水中几乎近于无形，难以被发现；褐色的萨格尔鱼；形似棱柱的人头鱼，皮上长着疙疙瘩瘩的鳞甲；与地中海的鲟鱼相似的大西洋鲟；喇叭海龙，长一尺半，黄褐色，长有小小的灰鳍，没有牙齿和舌头，游起来像柔软的小细蛇。

在硬骨鱼中，孔塞伊记录下了：呈黑色的帆船鱼，长三米，上颚长着刺，似利剑一般；色泽鲜艳的龙腾，亚里士多德时代被誉为海龙，背上长着尖刺，捕捉它时十分危险；还有一些鲯鳅科的鱼，背脊呈褐色，上有蓝色小条纹，条纹上有金色的边；美丽的地中海剑鱼；月亮金口鱼，形同一只很小的碟子，反射出蓝光，在阳光的照射下，形成一些银光闪闪的小点；最后，还有旗鱼，长达八米，成群结队地游走，淡黄色的鳍形似镰刀，长六尺，旗鱼胆子很大，以食草为主，有时也吃其他的鱼，雄旗鱼如同温柔体贴的丈夫，对雌旗鱼百依百顺。

在观察各种鱼的时候，我仍旧继续在研究这宽广的亚特兰蒂斯陆地。有时候，鹦鹉螺号会遇到一些不规则的隆起的地面，只好减低行驶速度，像鲸类动物似的，灵巧地从狭窄的水道中滑过。遇到走不出的迷宫时，鹦鹉螺号便会像气球似的漂浮起来，越过障碍，然后再潜下去，在离海底仅几米高处快速行驶。这是多么令人陶醉、令人赞叹的航行呀！让人想到乘热气球在空中飞行一般，所不同的是，鹦鹉螺号是完全处于舵手的控制之下。

下午四时，一直是遍布石化树干、满是厚厚的淤泥的海底，在逐渐地发生变化，碎石越来越多，间或有成堆成堆的砾岩和玄武凝灰岩，还夹杂着星星点点的火山岩和含硫的黑曜岩。我正在想，这块平地马上就会为山地所取代，果不其然，鹦鹉螺号前行了一段路程之后，我便发现，南面的地平线被一堵峭壁悬崖给挡住了，似乎没有可以通行的出口了。显然，那堵“高墙”的高度已高过海平面。那里可能是一片大陆，至少是一座岛屿，不是加那利群岛，也是佛得角群岛的一个小岛。这时，鹦鹉螺号的方位没有标示出来——可能是故意不标出来——我无法得知我们究竟是在什么地方。但是，不管怎么说，我总觉得这峭壁标志着亚特兰蒂斯这块大陆的尽头，而实际上，我们只是走过了这块大陆的很小很小的一部分而已。

黑夜来临，可我仍在继续地观察着。孔塞伊已经回自己的舱房去了，屋里只剩下我一个人。鹦鹉螺号正在减速行驶，在海底的那些影影绰绰的乱石堆上方缓缓地滑行。它时而从乱石堆上掠过，像是快要停止前进，时而又突然浮出水面来。这时候，我透过晶莹的海水，隐隐约约地瞥见了几颗明亮的星星，我辨认出来，那是黄道十二宫的五六颗星，拖在猎户座的尾巴上。

我就如此这般地待在舷窗前久久地观赏着大海和天空的美景，后来，舷窗却被关上了。这时候，鹦鹉螺号已经驶抵那高大的峭壁脚下。它该怎么办呢？我无法猜到。我回到自己的房间。鹦鹉螺号已经停下不动了。我躺到床上，准备睡上几个小时。

可是，翌日，当我来到客厅时，已经是早上八点钟了。我看了一眼气压计，知道鹦鹉螺号正浮在水面上。另外，我还听见平台上有脚步声响。艇并没有丝毫的晃动，说明海面上应是风平浪静的。

舱盖是开着的，我上到舱口。但是，令我惊讶的是，我并没有看到我所期待的阳光，周围竟是一片漆黑。我们这是在什么地方呀？我是不是睡糊涂了？是不是天还没亮？不会的！天上没有一颗星星，而且，黑夜的漆黑也与这里的黑不一样。

我正感到莫名其妙的时候，一个声音在对我说道：

“是您吗，教授先生？”

“啊！是艇长啊，”我回答道，“我们这是到什么地方了？”

“在地下，教授先生。”

“在地下！”我惊呼道，“可鹦鹉螺号不是漂浮在水面上吗？”

“鹦鹉螺号总是浮在水面上的。”

“那这是怎么回事呀？”

“您稍等。舷灯马上就会打开，您想弄明白是怎么回事的话，一会儿就会明白了。”

我走上平台，等待着。周围一片黑漆漆的，我甚至都看不见尼摩艇长在哪儿。可是，当我抬起头来往上看时，看到我头顶上方有一丝微光，像是从一个圆洞中射进来的微弱的光。这时候，舷灯突然亮了起来。由于舷灯的光太强，那一丝微弱的光线就看不见了。

舷灯的光非常刺眼，我赶紧先把眼睛闭上一会儿，然后再睁开。鹦鹉螺号此刻正停靠在一处像是码头的岸边。它此刻漂浮其上的这个海，是一个被峭壁四面围着的一个湖，直径两海里，周长六海里。水面的高度——按气压计上的标示——应该与外面海面的高度一致，因为这座湖与外面的海肯定是相通的。湖四周的峭壁内倾，呈拱形，像是一个扣着的大漏斗，高约五六百米。顶上有一个圆洞，我刚才所看到的那一缕微弱的光线，显然是从这个圆洞射进来的。

在仔细观察这个大岩洞的内部结构之前，以及在搞清楚这个洞是人工凿成还是天然洞穴之前，我先向尼摩艇长走去，问了艇长一声：

"我们这是在哪儿呀？"

"在一个已经熄灭了的火山的中心，"艇长回答我说，"这是一座因地壳发生剧烈运动，导致海水灌进火山内部形成的湖泊。教授先生，在您睡觉的时候，鹦鹉螺号通过海平面十米深处的一条天然水道进入了这个浅潟湖。这里是鹦鹉螺号的船籍港，是一个安全、便利、神秘、可以躲避任何风暴的港口！您能在你们的大陆或海岛沿岸找到一处可与之相媲美的防风港吗？"

"肯定找不到，"我回答道，"您在这里是最安全的，尼摩艇长。谁会到一座火山里来追逐您呀？不过，这顶上是不是有个大洞呀？"

"是有个大洞。那是火山口，以前，那儿是堵满着岩浆、蒸汽和火焰的喷火口，现在却成了一个通风口，我们从那儿获得新鲜空气。"

"那这是一座什么样的火山？"

"在这一带海域，遍布着小岛屿，这座火山就是其中的一个小岛。对于过往船只来说，它只不过是一个普通的暗礁，但对于我们而言，这却是一个巨大的洞穴。我是在无意之中发现它的，所以说，偶然帮了我一个大忙。"

"但是会不会有人从上面那个洞口下来呀？"

"那是下不来的，正如我上不去一样。这座火山的内壁，下面的一百尺尚可以攀登，往上去，山壁陡峭，就无法攀登了。”

“我发现，艇长，大自然时时处处在眷顾着您。您在这个湖里是绝对安全的，除了您以外，任何人也甭想进得来。可是，您要这么一个避风港做什么呀？鹦鹉螺号不是不需要什么港口吗？”

“教授先生，鹦鹉螺号确实不需要港口，但它却需要电来作为动力，需要燃料来发电，需要钠来生产燃料，需要煤来生产钠，需要煤矿来开采煤。而正是在这里，在地质时期，海底的大片大片的森林便陷进泥里，如今它们已经矿化，变成了煤。所以，对于我来说，这里是一座取之不尽、用之不竭的大煤矿。”

“这么说，艇长，您手下的人就是这里的矿工了？”

“没错，这里的煤矿同纽卡斯的煤矿一样，在海底延伸成一片。我手下的人穿着潜水服，拿着十字镐，在此采煤，所以我无须到陆地上去要煤。而且，我烧煤生产钠的时候，煤烟便从这个火山口冒出去，外面的人看了，还以为这是一座活火山呢。”

“我能看看您的同伴们是怎么干活的吗？”

“那不行，至少这一次不行，因为我想抓紧时间继续我的海底旅行。我这次之所以跑来这里，是想把我储存起来的钠取走一些。取钠费不了多少时间，一天就可以装完了，然后我们马上就出发。阿罗纳克斯先生，如果您想在这个洞里走走，到潟湖里转转，您就好好地利用这一天的时间吧。”

我向艇长道了谢，然后便去找内德·兰德和孔塞伊，他们还在自己的舱室里呢。我叫他们跟我去走走，没有告诉他们我们现在身在何处。

我们上了平台。孔塞伊这个人凡事都不觉得奇怪，认为在海底睡了一大觉，醒来时却到了山底下，是一件极其自然的事。可内德·兰德却不一样，他一心想了解这个洞穴是否有出口。

早饭后，十点钟，我们下艇上了岸。

“我们又踏上陆地了。”孔塞伊说。

“我可不认为这是什么陆地，”加拿大人反驳道，“况且，我们也不是在地上，而是在地下。”

在火山内壁脚下与潟湖湖水之间，有一片沙子地，最宽处有五百尺左右。沿着这沙子地，可以自由自在地绕着潟湖溜一圈。但是，火山峭壁底部的地势起伏不平，上面卧着一堆堆的大块火山岩和浮石，形状倒是挺好看的。这些成堆的风化物，被地热烧得像是镀了一层光洁的珐琅质似的，经舷灯这么一照，熠熠生辉。湖岸上的那些含有云母的尘土，被我们的脚步蹚过，飞扬起来，变成了一片闪闪发光的云雾。

珐琅（fà láng）。某些矿物原料烧成的像釉子的物质。多涂在铜质或银质器物表面，用来制造景泰蓝、证章、纪念章等。

离湖岸边沙子地越远，地势变得越高。我们不一会儿便来到了一道既长又弯曲的山坡上。这可是一道地地道道的斜坡，它在缓缓地升高，可以慢慢地往上爬去，但必须十分小心，因为这些砾石没有水泥固定，在这些由月长石和石英石构成的粗面岩上，脚下很容易打滑。

这个巨大的洞穴处处都显示出它是一座天然的火山。我向我的两个同伴指出了这一点。

“你们想想看，”我跟他们说，“当这个大漏斗里装满了沸腾的岩浆，像冶炼炉里烧得白热化了的铁水满到炉口的时候，它会怎么样呢？”

“那情景我完全可以想象出来，”孔塞伊回答说，“可是，先生是否能告诉我，那位伟大的冶炼者为什么不善始善终，而半途而废呢？那个大熔炉又怎么被他变成了一个平静的湖泊了呢？”

读书笔记

“孔塞伊，这很有可能是因为海下的某一次地壳运动所致，造成了大洋下面的那个成为鹦鹉螺号通道的大水道。大西洋的海水便从这个通道涌进了这座火山里。这么一来，水与火这两种互不相容的元素便发生了激烈的冲突，最后，海神大获全胜。这之后，经过数百年的时间，这个被海水淹没的火山就变成一个静静的岩洞了。”

“太对了，”内德·兰德插言道，“我赞同这种说法，但是，遗憾的是，阿罗纳克斯先生所说的那个通道，并没有开在海平面上。”

“可是，内德朋友，如果这个通道没有开在海下，鹦鹉螺号也就开不进来了！”孔塞伊反驳他道。

读书笔记

“我也想补充说一句，内德师傅，如果这条通道不是在水下，那么，海水也就无法涌入山体内，这座火山至今依然是一座火山。所以说，您的这份遗憾纯属多余。”

我们继续往上攀爬着。斜坡越来越陡，而且也越来越窄了，有时还有一些深坑挡道，必须跳过去，有时又会碰上一些突出的大石块拦住去路，必须匍匐着绕过去。不过，多亏了孔塞伊的身手敏捷和内德·兰德的力大无穷，所有这些障碍全都被征服了。

在大约三十米的高处，地质状况起了变化，变得更加难以攀爬了。地上已不再是砾岩或粗面岩了，而是变成丁玄武岩了。这玄武岩成片地铺开来，上面满是气泡；而砾石和粗面岩则是形成一些规则的棱柱，排列得像是廊柱一般，支撑着这个大洞穴的穹顶拱底石，真是大自然的鬼斧神工之作。另外，在这成片的玄武岩之间，是长长的蜿蜒曲折地流过的岩浆，现在已经冷却，上面嵌着一条条沥青条纹，有些地方简直像是宽大的硫黄地毯。一道更强的阳光从火山口射了进来，在永远被掩埋在这座死火山里的碎渣子上投下一片光亮。

然而，没多一会儿，我们在大约二百五十尺的地方遇到了难以逾越的障碍，无法过去，只好停下了脚步。在这里，穹隆的内部向外突出，要想继续往上攀爬，我必须盘旋而上。在这最后的一个平面上，植物开始与矿物相互比拼起来。有几棵小灌木，甚至有几棵大的树，从峭壁的坑洼处长了出来。我辨认出，有几棵是属于大戟属的树木，树身流着具有腐蚀性的汁液。一些名实不符的向阳花——因为阳光根本就照射不到它们——已经接近凋谢的花冠耷拉着脑袋，但余香犹存。在一些长叶枯萎的芦荟脚下，零零星星地生长着一些菊花，一副羞涩腼腆的样子。在一条条岩浆流之间，我发现了一些小小的紫罗兰，依然香气四溢。我不得不承认，我猛嗅了几下鼻子，美美地闻了闻它们的芳香。花香是花的灵魂，而水生植物的花，色彩虽绚丽，但却是没有灵魂的！

我们来到一簇茁壮的龙血树下，树根粗壮，都已经把岩石给撑裂开了。这时，内德·兰德突然喊道：

“啊！先生，蜂巢！”

“蜂巢！”我边重复了一句，边做了个不相信的手势。

“没错！是个蜂巢。”加拿大人重复说道，“周围还有好些蜜蜂在嗡嗡地飞呢！”

我向前靠近几步，想看个究竟。果然，在那龙血树的树窟窿边上，确实有数千只辛勤的昆虫在忙碌着。这种昆虫在加那利群岛一带非常多，所产的蜜品质甚佳，备受青睐。

不用说，加拿大人想弄些蜂蜜储存起来，我若是反对的话，就显得太不近人情了。于是，加拿大人用打火机点燃了一些含有硫黄的干树叶，用烟熏群蜂。蜂群的嗡嗡声越来越小，几乎没有了，于是，他便把蜂巢弄开，里面有着数公斤的蜂蜜在流出，香味四溢。内德·兰德把蜂蜜全都装进他的小背囊里去了。“我把这些蜂蜜同面包树粉和在一起，”他跟我们说道，“就能给你们做出一些可口的点心来。”

“那可妙极了！”孔塞伊说，“那可是香料蜜糖面包呀。”

“先别提什么香料蜜糖面包了，这儿挺有意思的，我们还是继续往前走吧。”

读书笔记

在我们途经的一些小径的拐弯处，都可以纵览这个湖的整个全貌。鹦鹉螺号的灯光把整个湖面照得雪亮，湖面没见波浪，也无涟漪，一平如镜。鹦鹉螺号的平台上、堤岸上，全都是忙碌着的人影，在明亮的船灯的照射下，黑色的人影轮廓清晰可辨。

我们绕过了支撑着穹隆的前几排岩石中的最高处。这时候，我发现蜜蜂并不是这座火山中唯一的动物。还有一些猛禽在各处的黑暗中翱翔盘旋，或者从它们筑于岩石上的巢穴里飞出来逃走。那是一些肚腹呈白色的鹰和叫声尖厉刺耳的红隼。在斜坡上，还有一些漂亮的肥硕大鸨，迈着细长的腿，在快速地奔逃。不难想象，看到这么多的可口野味，加拿大人一定垂涎欲滴了。他很后悔手中没有枪。于是，他便用石块代替铅弹击鸟，打了数只，未能奏效，最后才终于击伤了一只美丽的大鸨。毫不夸张地说，他宁可豁出命去，也要抓住这只受伤了的大鸨。他也真是身手不凡，最终还是把那只伤鸟抓住了，装进自己那已经装着蜂蜜的背囊中去。

隼（sǔn）。鸟，翅膀窄而尖，嘴短而宽，上嘴弯曲并有齿状突起。飞得很快，是猛禽，善于袭击其他鸟类。种类很多，如猎隼、游隼等。

此处岩脊无法通过，我们只好折回，往湖边走去。在我们头顶上方，火山口宛如一个宽阔的大井口，张开着。从那大井口中望出去，可以清楚地看到天空，被风从西面吹过来的零乱的云块，飞逝而过，而云雾的碎片湿漉漉的，从山顶掠过。可以肯定，云层并不太高，因为这座火山距离海平面顶多也就是八百尺左右。

加拿大人捕获了那只大鸟之后一个半小时，我们便下到了湖边。湖边的植物中，主要的是海马齿，一片一片的，如同一块块的地毯。这是一种伞状花序植物，用糖一渍或用醋一泡，都非常爽口。这种植物有好几个名字：虎耳草、海茴草等。孔塞伊薅了好几把海马齿。

薅（hāo）。用手拔（草等）。

至于动物，有数不清的各种甲壳动物，如龙虾、黄道蟹、瘦虾、糠虾、育蛛、加拉提亚虾。另外还有数量可观的贝壳类动物，如宝贝、骨螺和帽贝。

此外还有一个奇妙的洞穴，我和我的两个同伴很高兴地躺在洞中的细沙上面。被火山岩浆烧得平滑极了的洞壁，像是涂上了一层釉似的，满是云母粉屑。内德·兰德敲击了一下洞壁，想估摸一下洞壁有多厚。我憋不住笑出声来。于是，我们又聊起了那个永不愿放弃的逃跑计划来。我相信，用不着多说，几句话就能让内德·兰德信心倍增，因为尼摩艇长之所以往南驶来，只不过是为了补充他的金属钠而已。我希望尼摩艇长现在就返回欧洲或美洲海岸，那么，加拿大人再次实施他那失败过一次的逃跑计划时，成功的希望就大得多了。

读书笔记

我们在这个令人惬意的洞中躺了一个小时。开始时，大家谈得还挺带劲儿的，此刻却劲头锐减，都有点想睡上一觉了。我在想，干吗要硬撑着呀，干脆好好睡上一觉吧。我渐渐地睡着了，而且还做了个梦，我梦见——谁也无法选择做什么梦的——自己的身子蜷缩成了一只无性繁殖的软体动物，这个洞穴仿佛成了我的两瓣甲壳……

突然间，我被孔塞伊的叫喊声惊醒了。

“快起来！快起来！”诚实的孔塞伊这么呼喊着。

“怎么了？”我猛地坐起来问道。

“水漫上来了！”

读书笔记

我腾地跳起来。海水像激流般地往我们待的洞里涌来。显然，我们并非软体动物，得赶紧跑，逃命要紧。

片刻之后，我们已经逃至岩洞顶上，脱离了危险。

“这是怎么回事？”孔塞伊问道，“又是一种什么新的现象呀？”

“不，不是什么新的现象，我的朋友，”我回答道，“这只是海潮，我们差点就像沃尔特·司各特[①]小说中的主人公一样被海潮吞食了！外面的大海在涨潮，由于自然的平衡规律，湖里的水面必然也得升高。我们只不过是湿了半身而已。咱们回鹦鹉螺号去换换衣服吧。”

三刻钟之后，我们结束了环湖漫步，回到了艇上。艇员们此刻已经把钠装上了艇，鹦鹉螺号已经准备好启航了。

然而，尼摩艇长并未下达启航命令。他是不是想等天黑之后，悄悄地从他的海底通道溜出去？这很有可能。

总之，第二天，鹦鹉螺号离开了它停泊的船籍港，远离陆地，潜于大西洋水下几米深处，继续航行着。

名师注解

① 沃尔特·司各特（1771—1832）：苏格兰小说家、诗人，历史小说的首创者、浪漫主义运动的先驱。

# 十一 马尾藻海

名师导读

鹦鹉螺号花费一天时间穿越了大西洋上的一片奇特海域后，又进入了太平洋。随后的十九天一帆风顺，没有遇到任何突发状况。教授和孔塞伊不厌其烦地观察着多姿多彩的海底世界，而尼摩艇长则一直做着自己的工作。在第二十天里，尼摩的一项海底勘测实验引起了教授极大的兴趣。

鹦鹉螺号的航行方向并未改变。这么一来，重新回到欧洲海岸的所有希望只好暂时地搁置下来。尼摩艇长让他的艇一直向南驶去。他想把我们带往何处？我猜想不出来。

这一天，鹦鹉螺号穿越了大西洋上的一个极其奇特的海域。人人皆知，大西洋里存在着一股巨大的暖流，名为墨西哥湾暖流。这股暖流从佛罗里达海域流出之后，直奔施皮茨贝格群岛流去。但是，这股暖流在进入墨西哥湾之前，在北纬四十四度左右的地方一分为二，成了两股暖流，大的一股暖流流向爱尔兰和挪威海岸，小的一股暖流则转向南去，流向亚速尔群岛，然后，受到非洲海岸的阻遏，画了一个长长的椭圆形之后，又流回安的列斯群岛。

然而，这股小的暖流——与其说它像是手臂，不如说它像是一条项链——使用它的“热水圈”把大西洋的这部分海域给围了起来。这部分被围起来的海域水寒、平静、无波浪，被称为马尾藻海。这是大西洋上的一个真实含义上的湖泊，暖流的海水围着马尾藻海绕一圈，起码得三年时间。

确切地说，马尾藻海覆盖的海域正是亚特兰蒂斯沉没于海底的那一部分。有些作者甚至认为，这片海域中生长着的大量海草，都与那个古老的陆地上草原的草有渊源关系。不过，更加有可能的是，这片海域中的海草——海藻和墨角藻——欧洲和非洲海岸，是经由墨西哥湾暖流带到这里来的。这也正是促使哥伦布猜想存在着一块新大陆的原因之一。这位大胆的探险家的船队驶抵马尾藻海之后，便陷入一片海藻之中，航行十分艰难，无法前进，船员们感到恐慌之极。最后，船队整整花去了三个星期，才得以驶出这片海藻地带。

此时，鹦鹉螺号来到的就是这样的一片海域。这是一片真正的草原，是一块由海藻、墨角藻等编织而成的“地毯”，既厚又密，艇的冲角必须花十二分的力量才能杀开一条血路来。因此，尼摩艇长为了不让鹦鹉螺号的螺旋桨被海藻缠住，便一直让艇在海面以下几米深的地方行驶着。

这片海域的名称源自西班牙文“sargazzo”，意为海藻。这种海藻——漂浮藻或多汁藻——是这一大片海域中的主要海藻。根据《地球自然地理》的作者莫里学者的观点，这些水生植物聚集在大西洋的这片平静海域的原因如下：

我认为我们可以从人的经验中得出对这一现象的解释。如果我们把软木塞碎片或其他任何可以漂浮的物体碎片放到容器中，然后让容器里的水循环流动起来，我们就会发现，那些漂浮的碎片会朝着水面的中央聚集，最后汇集成为一小团，也就是说，那些碎片是在朝着流动最小的那个中心点汇集。我们可以把我们做实验的这个容器视为大西洋，循环流动的水就是墨西哥湾暖流，漂浮碎片汇集的那个中心点就是马尾藻海了。

我赞同学者莫里的观点，而且我还可以在船只很少进入的这片特别的海域对这一现象进行观察研究。在我们的头顶上方，漂浮着从各地漂流过来的物体，夹杂在那些淡褐色的海藻中间。有从安第斯山和落基山脉冲下来、后经由亚马孙河和密西西比河漂流至此的大树；有无数的遇难船只的残骸、残留的龙骨或船底、被撞毁的船板等，上面爬满了贝壳和茗荷贝，沉甸甸的，浮不到水面上来。总有一天，时间还会证明莫里的另一个观点之正确：经几个世纪如此这般地堆积起来的物体，将在海水的作用下发生矿化，形成取之不尽、用之不竭的煤矿。这是富有远见的造物主为人类准备好的珍贵的储藏，让人类在耗尽陆地上的煤矿之后加以利用。

在这些理不清分不开的缠在一起的海藻和墨角藻中间，我看到了一些好看的粉红色海鸡冠，以及拖着长长触须的海葵和绿、红、蓝等色的水母，特别是居维叶所提及的那种巨大的根足水母，淡蓝色的伞状膜上镶着紫色的边。

二月二十二日，我们整整一天全都是待在马尾藻海域里了。那些喜食海生植物和甲壳类动物的鱼，在这里可是丰衣足食了。第二天，我们见到的海面又和平时的一样了。

从这一天起的十九天内，亦即从二月二十三日到三月十二日，鹦鹉螺号一直航行在太平洋里，每天二十四小时行驶一百里，速度始终不变。尼摩艇长显然是想要完成自己的海底航行计划，我也丝毫不怀疑，他在绕过合恩角之后，必定会再度回到南太平洋海域。

内德·兰德先前的担忧不无道理。在这片见不到岛屿的浩瀚大海中，想逃离鹦鹉螺号是绝无可能的。谁也想不出有什么办法可以对抗尼摩艇长的意志。唯一可以采取的办法就是忍耐。但是，通过武力或计谋无法获得成功的事情，我倒是希望能够通过说服的办法加以解决。我想，如果我们以自己的人格担保，发誓永远不泄露他的存在这个秘密的话，尼摩艇长难道也不愿意恢复我们的自由吗？我们是会信守自己的誓言的。但这可是一个非常棘手的问题，得同尼摩艇长好好地谈一谈。可是，我要是去向尼摩艇长要求自由，他会高兴吗？他一开始不就已经郑重地宣布，为了保守他的存在这一秘密，必须永远把我们囚禁在鹦鹉螺号上吗？四个月来，他是不是把我的沉默当成默认了？我现在去重提这事，会不会让他起疑心，万一以后遇有逃跑机会，反而更加难以实现计划？凡此种种，我想了又想，考虑再三。我把自己的想法跟孔塞伊说了，他也觉得这事确实挺难办的。总之，我虽然不是一个很容易沮丧失望的人，但我却明白，与大陆上自己的同类重新相见的机会变得越来越渺茫了，尤其是这会儿，尼摩艇长竟然冒冒失失地向大西洋南部海域驶去！

在我所提到的这十九天中，我们一路顺利，并无特殊的事情发生。在这期间，我几乎很少见到尼摩艇长。他在工作着。我在图书室里倒是经常看到他摊开放在那儿的书籍，主要是一些有关博物学方面的著作。我的那本关于海底世界的拙著，他也已经读过了，而且还在空白处做了不少的批注，其中有一些是批驳我的理论和体系的。不过，尼摩艇长只是用这种方法对我的拙著加以更正和精炼，却很少与我面对面地进行讨论。有时候，在深夜里，在寂静的黑暗之中，当鹦鹉螺号在浩瀚寂静的海洋中沉睡时，我才能听到他满怀激越地弹奏着他的那架管风琴，发出忧郁哀怨的悲声来。

在这段旅程中，我们整天都在海面上航行着。大海总像是被遗忘了似的，空空如也，只是时不时地能见到几只印度群岛的帆船，正朝着好望角驶去。有一天，我们遭受到一条捕鲸船放下的几只小船的追击，显然我们是被当成一条很有价值的大鲸鱼了。尼摩艇长不想让捕鲸船上的人白白浪费时间与精力，徒劳无益地瞎追踪，所以便令鹦鹉螺号潜入水底，结束了这场追逐。这个意外事件起先让内德·兰德兴奋不已。我敢说，见到我们的这条“钢板鲸鱼”未能被那些捕鲸手的叉子叉死，他一定是大感遗憾的。

在这段日子里，我和孔塞伊观察到的鱼类，与我们在其他纬度上所看到的鱼类没有什么大的区别，主要是一些可怕的软骨鱼类。它们分为三个亚属，而这三个亚属又至少包括三十二个种，其中主要是条纹角鲨和珠形角鲨。条纹角鲨身长五米，头部扁平，宽于身体，尾鳍呈圆形，脊背上有着七条平行的纵向黑条纹；而珠形角鲨则呈炭灰色，长有七个鳃，只有一个脊鳍，几乎正好长在脊背的中间。

海面上也有不少的“大海狗”游过，它们是一种食量很大的鱼类。渔民们的传说听起来颇为离奇，但他们硬是说确实如此。照他们的说法，有人在一条大海狗的肚子里发现过一个水牛头和一整只牛犊；有人发现在一只大海狗的肚子里有两条金枪鱼和一个着水手服的水手；有人发现大海狗的肚子里有一个身佩佩刀的军人；还有人发现，一只大海狗体内有一个骑兵和他的马。说实在的，这些传说都不足为信。鹦鹉螺号的拖网就从来没有网到过一只这样的大海狗，所以也就无法验证它们是否真的这么贪食。

这些天来，总有一群群体态优美而又淘气的海豚尾随着我们。它们总是五六只在一起，像田野中的狼似的，结队捕食。另外，据哥本哈根的一位教授说，海豚的食量并不比大海狗差，他曾从一只海豚的肚子里取出十三只鼠海豚和十五只海豹。其实，那是一只逆戟鲸，是已知的最大的鲸类，身长有时会超过二十四尺。这一科的海豚有六个属，我所看见的那几只是逆戟属的，其特征是口鼻面部极其狭长，是头顶部的四倍，身长在三米左右，黑背白腹，白色的肚腹上略带点粉红，且零星地散布着一些小斑点。

在这一带海域，我还记录下了一些奇特的棘鳍目和石首科的鱼类。有些作者——与其说他们是博物学家，倒不如说他们是诗人——硬说，这些鱼能鸣唱，歌声悦耳，声音柔美圆润，胜过人的音色。对此，我不敢贸然反对，但是，在我们经过的时候，这些石首鱼没有一只给我们唱过小夜曲，我对此颇觉遗憾。

最后，孔塞伊对一大群飞鱼进行了分类。在这里，能够观赏到海豚捕食飞鱼的情景，真是好看极了，没有比这更有趣的事了。无论飞鱼能飞多高多远，无论它飞成什么曲线，即使是飞到鹦鹉螺号的上方，倒霉的飞鱼也终难逃出海豚那大张着的大嘴。每到夜晚，飞鱼飞过时，在空中总会划出一道道亮光来，然后便像流星陨落似的潜入水底。

我们就是在这样的一种环境之中航行着，一直到三月十三日。这一天，鹦鹉螺号进行了一次勘测实验，这引起了我极大的兴趣。

我们从太平洋海域出发至今已经行驶了大约一万三千海里。我们这一天所在的位置是南纬四十五度三十七分、西经三十七度五十三分。这里就是先驱号船长德纳姆[①]当年所探测过的海域；他把水砣放到水里，一直下到一万四千米，但仍未触到海底。美国国会号驱逐舰的大副也在此处进行过探测，他探到一万五千一百四十米深处，依然未能触到海底。

尼摩艇长便决定让鹦鹉螺号往水下最深处潜去，以便检验一下这些不同的探测数据。我做好了一切准备，要把探测结果记录下来。客厅舷窗的护板已经打开，为潜到如此不可思议的深度的海底所做的准备工作业已开始。

我们考虑过了，用储水舱灌水的办法下潜是不行的，因为储水舱有可能无法让鹦鹉螺号达到它所必需的下潜重量。而且，要浮上来的时候，必须排水，而水泵也可能没有那么大的力量，无法克服外面海水的压力，水排不出去。

于是，尼摩艇长决定尝试一下，使用侧翼斜板，使它与艇的吃水线呈四十五度角，让艇向海底下潜。随即，螺旋桨便高速旋转起来，四层叶片用难以描述的巨大力量击打着海水。

鹦鹉螺号在如此强大的推动力的作用下，艇体似一根琴弦似的颤动起来，一点一点地往水下潜去。尼摩艇长和我都待在客厅里，眼睛紧紧盯着飞速转动着的压力表的指针。没过多一会儿，艇便越过了大部分鱼类生活的海层。如果说有一些鱼只能生活在江河湖泊里或海面上的话，那么，还有一些鱼则能生活在极深的海底，只是这种鱼为数很少。我所看到的生活在深水中的鱼有：生有六个鼻孔的类似于鲨鱼的鱼；长着两只大眼睛的望远镜鱼；靠着浅红色的骨片胸甲来保护其灰颜色的前胸鳍和黑颜色的后胸鳍的马拉马硬骨鱼；还有生活在海底一千二百米深处的长尾鳕，这种鱼得承受一百二十个大气压。

我问尼摩艇长，他是否在更深的海层里发现过鱼。

“鱼？”他回答道，“很少。不过，按目前的科学水平，人们能预测到些什么呀？人们又能知道些什么呀？”

名师注解

① 德纳姆（1786—1828）：英国航海家。

“喏，艇长，我们毕竟知道，越往海洋的深处去，植物就比动物消失得越快。我们知道，在仍然可以见到动物的深海层，水生植物已经踪迹全无了。我们还知道，姥鲨和牡蛎生活在两千米的水中，北冰洋的探险英雄迈克·克林道克就在两千五百米深的海水层中捞上来过一只海盘车。我们甚至还知道，英国皇家海军的牛头犬号的船员，曾在水下两千六百二十寻，也就是一法里多深处，捞到了一只海星。不过，艇长，您也许还是要对我说，我们什么也不知道吧？”

“不，教授先生，”艇长回答说，“我是不会这么没有礼貌的。可是，我倒想请教您一下，这些生命为何能在这么深的地方活着呢？”

“这可以从两个方面加以解释，”我回答道，“首先，由于海水所含盐度和密度有所不同，因而便会产生一些垂直的水流，而这种水的运动足以维持海百合类动物以及海星的基本生活。”

“这话很对。”艇长说。

“再者，因为，如果说氧是生命的基础，那么我们知道，海水中氧的含量是随着海水深度的增加而增加的，而不是随着深度的增加在减少，而且，深层海水的压力也有利于对氧气进行压缩。”

“啊！这您也知道？”尼摩艇长的语气略有些惊讶地说，“好吧！教授先生，这些您倒是应该知道的，因为这确实是事实。不过，我还得补充一点，鱼在海面上被捕获到时，其鱼鳔中所含的氮多于氧，相反，在深海中捕捞上来的鱼，鱼鳔中所含的氧则多于氮。这一点也在为您的论点提供一个论据。我们还是继续进行观察吧。”

我把目光转向了气压计。它此刻所标示的深度为六千米。我们已经持续下潜有一个小时了。鹦鹉螺号依靠侧翼滑动，在不停地下潜。空空一片的海水清澈透明，简直透明得令人赞叹。又过了一个小时，我们已经下潜到一万三千米深处，也就是大约三又四分之一法里的深度，可是，仍然觉得还没有触到海底。

不过，在一万四千米深处，我发现海水中突然出现一些黑黑的山峰。这些山峰也许像喜马拉雅山或勃朗峰一样地高耸，甚至比后者还要高得多，因此，海底到底有多深，仍然难以估计。

鹦鹉螺号仍然顶着巨大的海水压力，继续往下潜去。我感觉到钢板衔接处在颤动，船栏杆铁条在弯曲，舱壁在发出咯吱咯吱的声响，客厅舷窗的玻璃似乎被水压得在往里凹。如果该艇不是像尼摩艇长所说的那样，像个实心物体一样地能抗住压力的话，恐怕早就要被压扁了。

在贴着水下岩壁斜坡下潜时，我又发现了几只牡蛎、几个龙介、几个活旋螺以及一些海星。

但不一会儿，这些最后的生命代表也都消失了。在三里以下的海底，鹦鹉螺号已经超出了海底生命的极限，如同气球飞升到可以呼吸的大气层以上的高空似的。我们下到了一万六千米的深度，也就是四里的深处，此时，鹦鹉螺号艇侧所承受的压力为一千六百个大气压，也就是说，艇体表面每平方厘米所受到的压力为一千六百公斤！

"啊！这么深，从没有人到过，太不可思议了！"我惊呼道；"您瞧，艇长，瞧瞧那些奇异的岩石、那些空无一物的洞穴，瞧瞧地球上这片最深的地方，生命已经无法在此生存！这种世上绝无人知的景象，我们为何只能把它们留在自己的记忆之中呢？"

"您是不是想带点比记忆更好的东西上去呀？"尼摩艇长问道。

"此话怎讲？"

"我是说，拍一张这片海底的照片不就行了吗，这事很简单！"

我对他的这一建议颇感惊奇，但在我还没来得及表达自己的惊讶时，他便一声吩咐，让人把一个照相设备弄到客厅里来了。舷窗的护板敞开着，海水被灯光照得通明，而且光线匀称，不出阴影，光也不见减弱。进行这样的拍摄，太阳光也不见得比灯光好。在螺旋桨和侧翼斜板的控制之下，鹦鹉螺号稳稳地停着，一动不动。镜头对准海底的这片景色，几秒钟的工夫，一张异常清晰的底片便拍出来了。

我在此展示的是冲洗出来的照片。我们可以从这张照片上看到那些从未见过天日的原始风貌的岩石，那些构成地球强大基础的底层花岗岩，那些岩石上的深邃的洞穴，还有那整幅由黑色轮廓衬托着的无比清晰的画面，犹如出自某位佛来米艺术家之手的油画。远处，是连绵起伏的山脉，曲线优美，构成了这幅美丽油画的背景。这黑黝黝的大山，光滑，亮洁，没有苔藓覆盖，没有斑点点缀，形状奇特怪异，岿然不动地端坐在地毯般的沙地上，而沙地在灯光的照射下闪闪发亮，这等美景，只可意会，难以言传。

可是，照完相后，尼摩艇长便对我说：

"咱们上去吧，教授先生。此地不宜久留，也不能让鹦鹉螺号对这么大的压力承受得过久。”

“那好吧。”我回答道。

“您站稳了！”

我还没反应过来为什么艇长要叮嘱我站稳，就一下子摔倒在地毯上了。艇长一声令下，鹦鹉螺号的螺旋桨便转动起来，侧翼板竖直了，艇便立即像空中的气球一样，闪电般地迅速上升。它颤动着呼呼地从水底往上升。什么东西都看不到了。只用了四分钟的工夫，它便从距离水面四里的海底深处浮上了水面，而且像飞鱼似的蹿起老高，然后复又落在海面上，溅起高高的水柱。

延伸思考

为什么鹦鹉螺号的上升速度如闪电般迅速？运用你所学的知识解释一下。

知识拓展

## 马尾藻海

马尾藻海又称萨加索海，在葡萄牙语中是葡萄果的意思，是大西洋中的一片特殊海域。之所以说它特殊，原因有三：其一，它是世界上唯一一个没有海岸的海，是“洋中之海”，西边与北美大陆以宽阔的海域相隔，其他三面被广阔的洋面包围，由墨西哥暖流、北赤道暖流和加那利寒流围绕而成；其二，马尾藻海是世界上公认的最清澈的海，透明度极高；其三，马尾藻海上漂浮着大量的水生植物——马尾藻。这种植物直接从海水中摄取养分，并通过分裂成片，再继续以独立生长的方式蔓延开来，有“魔藻之海”的称号。误入这片海域的船只，几乎无一能顺利逃脱。于是，人们称这片海为“海洋的墓地”。百慕大“魔鬼三角区”也在这片海域，这使得这片海域更加令人恐怖。

# 十二 抹香鲸和长须鲸【精读】

名师导读

鹦鹉螺号继续向南驶去，教授开始担忧鲁莽的艇长会做出什么惊人的举动来。内德·兰德请教授推算艇上大概有多少人，好为逃亡做准备。海上偶遇鲸鱼群，内德本来想一展身手，不料尼摩艇长极力反对伤害长须鲸，而自己却对抹香鲸展开屠杀。这让二人之间的矛盾更加尖锐。

三月十三日夜里，鹦鹉螺号继续向南行驶。我在寻思，驶抵合恩角以后，艇将会转身往西返回太平洋，完成其环球之旅。可是，情况却出乎我之所料，艇仍在继续往南奔去，驶向南大西洋海域。它这究竟是想去哪儿呀？难道真的是驶向南极吗？这简直是在发疯呀！我开始相信，艇长十分鲁莽，不计后果，这足以证明内德·兰德的担心是不无道理的。

名师点评：阿罗纳克斯教授对尼摩艇长的态度发生了转变。

加拿大人已经有一段时间没再跟我提他的逃跑计划了。他变得沉默寡言，几乎一声不响了。不难看出，这么长时间地被囚禁着，已经让他感到压抑，非常恼火。当他遇到艇长时，他的眼睛里闪着怒火，我感觉得出来，他是越来越愤懑不堪，我真担心，他那暴躁的脾气会让他采取极端行动。

读书笔记

三月十四日这一天，他和孔塞伊来到了我的房间。我便问他们来找我有什么事情。

“来向您提一个简单的问题，先生。”加拿大人冲我说。

“您说，内德！”

“据您估计，鹦鹉螺号上会有多少人？”

“我可估计不出来，我的朋友。”

“我认为，”内德·兰德接着说道，“驾驶这样的一艘艇，用不了多少人。”

“那倒是，”我回答道，“按它的设备条件来看，顶多十来个人就够了。”

“那么，艇上的人为什么比这个人数多呀？”加拿大人问道。

“您这是什么意思？”我反问他道。

我凝视着内德·兰德，很容易猜出了他心里在想些什么。

“那是因为，”我说道，“如果我的感觉没有出错的话，根据我对尼摩艇长的了解，我觉得鹦鹉螺号不仅仅是一艘航船，它大概还是一个避难所，是那些与尼摩艇长一样同陆地断绝了关系的人的避难所。”

“这倒也有可能，”孔塞伊说，“不过，鹦鹉号不管怎么说也只能容下一定数量的人呀，先生能估计出它最多可以容下多少人吗？”

“这可怎么估计呀，孔塞伊？”

“可以推算一下呀。按先生已知的该艇的容积，推算出它所容纳的空气量，再根据我们所知道的一个人一天所消耗的空气量，算出总的空气消耗量来，与鹦鹉螺号每隔二十四小时浮出水面换气这一情况联系起来，一比较……”

没等孔塞伊把话讲完，我已经明白他的意思了。

“我明白你的意思了，”我忙说道，“不过，计算倒也不难，但得出的数据却是很不确切的。”

“那没多大关系。”内德·兰德把话接了过去说。

“计算的话，是这样的，”我说道，“一个人每小时得消耗一百升空气中的氧，二十四小时的话，就得消耗掉两千四百升的空气。因此，需要求的数就是，鹦鹉螺号能容纳下多少个两千四百升空气。”

“没错。”孔塞伊说。

“而鹦鹉螺号的容积为一千五百吨，也就是一千五百桶，”我接着说道，“每桶是一千升，因此，鹦鹉螺号所容纳的空气就是一百五十万升，再以两千四百加以除之……”

我用铅笔在纸上非常快地计算了出来：

“所得结果是六百二十五。这也就是说，鹦鹉螺号所含有的空气量，可供六百二十五个人呼吸二十四个小时。”

“六百二十五人！”内德重复了一遍这个数字。

“不过，我还得强调一点，”我补充说道，“在这么多的乘客、水手和高级艇员中，我们几个人所占的比例连十分之一都没到。”

名师点评

暗示内德无力与这么多人直接对抗。

“对于我们三个人来说，这人数可就太多了些！”孔塞伊低声喃喃道。

“因此，可怜的内德，我只能劝您多加忍耐呀。”

“不仅是忍耐呀，还得顺从。”孔塞伊插言道。

孔塞伊用的词儿真是恰如其分。

“不管怎么说，”我接着说道，“尼摩艇长是不可能总往南走的。总有一天，他得停下来，哪怕他一直走到冰山脚下，他还是得折回来，回到已经开化的海域里来！到那个时候，我们就会重新考虑实施内德·兰德的计划了。”

他不认同教授的看法，在他看来，一味地忍耐与顺从并不能换来自己想要的自由。

加拿大人摇了摇头，又用手摸了摸额头，一声没吭地转身出去了。

“先生，请允许我冒昧地说几句，”内德出去之后，孔塞伊对我说道，“可怜的内德总在想着他无法得到的东西。他总在回想自己往日的生活，联想到现在做什么事情都不行，我就觉得很不对劲儿。他脑子里被往事缠绕着，感到心里难受，我们得理解他。他在这里有什么可做的呢？什么也没有。他又不像先生，是位学者，所以他也就不会像我们一样能从海中的那些美妙的东西里获得乐趣。他心里念着的就是回到家乡的小酒馆里喝上几杯，为达到这一目的，他什么都会不顾。”

的确如此，船上的单调生活对于这个过惯了自由自在、充满活力的生活的加拿大人来说，确实是太难为他了。这里能够引起他兴趣的事情实在是太少。不过，有一天，发生了一件意外的事情，又使他重温了一下他作为捕鲸手的美好时光。

读书笔记

那天上午十一点钟，鹦鹉螺号在海面上碰上一群鲸鱼。我对碰上这么多的鲸鱼并不觉得惊讶，因为我知道它们因为人类的肆意捕杀，都吓得跑到高纬度的海域中来了。

鲸鱼在海洋世界中所起的作用，以及对地理发现所产生的影响，都是非常巨大的。正是鲸鱼，先后领着追捕它的巴斯克[①]人、阿斯蒂里[②]人、英国人和荷兰人，从世界的一个角落奔向另一个角落，锻炼了他们不畏艰险、勇敢地与大海进行搏斗的大无畏精神。鲸鱼喜欢游往南极和北极海域。据古老的传说称，这种鲸类动物曾经把追捕它们的渔民一直带到离北极只有七里的地方去。如果说这种古老的传说不足为信的话，那么总有一天它会变成真实的事情，因为人们为了追捕鲸鱼，就很有可能跑到地球上的那些陌生的地方去。

名师点评

表现了人类的贪欲之大，讽刺了人类对海洋生物滥捕滥杀的残忍行径。

我们正坐在艇顶平台上。海上风平浪静。在这高纬度地区的十月，正是金风送爽、风和日丽的季节。这时，我们的那位加拿大人发现东边海平线那里有一头鲸鱼，凭他的经验，他是绝对不会判断有误的。我们凝神屏气地往远方看去，只见离鹦鹉螺号五里处，有一头鲸鱼的黑脊背正在波浪中时隐时现。

读书笔记

“啊！”内德·兰德大声喊叫着，“要是我现在正待在一条捕鲸船上，遇上这么大一条鲸鱼，那简直是太美了！那是个大家伙！瞧它喷出的水柱多么高呀！它的力气可真不小啊！真倒霉！干吗非要把我囚禁在这么个大铁桶里啊！”

“怎么，内德，”我对他说，“还没忘了您那捕鲸的行当吗？”

“先生，一个捕鲸手能忘了自己的老本行吗？对捕鲸这种激动人心的事，他会感到厌倦吗？”

“您从未在这片海域捕过鲸吗，内德？”

“从来没有，先生。只是在北冰洋的白令海峡和戴维斯海峡捕过鲸。”

读书笔记

“这么说，您还没见过南极的长须鲸了。到目前为止，您所捕杀过的鲸鱼只是一些露脊鲸，它们是从来不敢冒险穿越那片炎热的赤道海域的。”

“啊！教授先生，您怎能这么说呢？”加拿大人心有不甘，以怀疑的口吻反驳道。

名师注解

① 巴斯克：欧洲地区名，分属法国和西班牙。

② 阿斯蒂里：古代西班牙的一个省名。

读书笔记

“我说的是事实。”

“没那事！我跟您说吧，一八六五年，也就是两年半之前，我在格陵兰岛附近捕捉到一条肋间戳着一支捕鲸叉的鲸鱼呢，那叉是白令海峡一位捕鲸手的叉。我倒是想请教您一下，一条在美洲西海岸被捕鲸叉叉中的鲸鱼，如果它没有经过合恩角或好望角穿过赤道线，又怎么会在格陵兰岛附近海域被捕捉到呢？”

“我也有和内德朋友一样的疑问，”孔塞伊说，“请先生不吝赐教。”

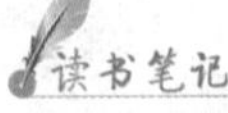

“朋友们，我会做出解释的，鲸鱼的生活是有区域性的，不同种类的鲸鱼所生活的区域是不同的，它们生活在哪个海域，就待在哪个海域，是不会离开的。如果说有一条鲸鱼从白令海峡跑到了戴维斯海峡来，道理也很简单，那是因为在美洲海岸或亚洲海岸存在着一条连接两个海峡的通道。”

“您的话可信吗？”加拿大人眯缝着一只眼睛问道。

“应该相信先生所言。”孔塞伊回答道。

“这么说来，”加拿大人接着又说，“我因为从未在这一带海域捕过鲸，那我就不了解这个地方的鲸鱼了？”

“这一点我已经指出过了，内德。”

“那就更应该去熟悉它们。”孔塞伊说。

“瞧呀！瞧呀！”加拿大人激动地叫嚷道，“它游过来了！它游近了！它在嘲弄我们！它知道我拿它没办法！”

生动的细节描写再现了内德见到鲸鱼时的激动与惊喜。

内德急得直跺脚。他高举起手来，好像手中正握住一把捕鲸叉。他的手在颤抖。

“这里的长须鲸与北冰洋的露脊鲸一样大吗？”加拿大人问道。

“差不多大小，内德。”

“我曾见过很大的露脊鲸，先生，身长竟然有一百尺！我甚至还听人说过，阿留申群岛的乌拉莫克鲸和乌姆加里克鲸，体长高达一百五十多尺呐！”

“我觉得这就有点夸大其词了，”我说道，“那不过是一些鳁鲸，有脊鳍，如同抹香鲸一样，鳁鲸一般来说要比露脊鲸小。”

“啊！”加拿大人的眼睛直勾勾地盯着海面，大声呼喊道，“它游过来了，游到鹦鹉螺号边上来了！”

他接着又说道：

“听您的口气，抹香鲸就跟个小动物似的！可是，有人说抹香鲸是很大很大的动物。它们是很聪慧的鲸类动物。听说，有些抹香鲸还会用海藻和墨角藻把自己的身体给遮得严严实实，让人觉得那是个小岛，有人还在那上面支起帐篷，住了下来，生火……”

“还在那上面盖房子呢。”孔塞伊说。

“就是，您别捣乱，”内德·兰德说，“后来，有一天，那条抹香鲸突然潜到海底去了，在上面待着的人也随着给带到海底去了。”

“就像《水手辛巴德历险记》中所描写的那样，”我笑着说道，“唉！内德师傅，您好像对那些离奇古怪的故事特别感兴趣。您的那些抹香鲸也太玄乎了点儿，我劝您可别去相信那些传说！”

“博物学家先生，”加拿大人一本正经地说道，“关于鲸鱼的事，人家说什么都得信！您瞧这头鲸鱼，它游得多快呀！它藏起来了！有人甚至十分肯定地说，鲸鱼十五天的时间就可以绕地球一周。”

“这我倒并不否认。”

“可是，您想必不知道，阿罗纳克斯先生，混沌初开之时，鲸鱼游得比现在可快得多呀！”

“啊！这我可真的不知道，内德！可那是为什么呀？”

“因为，那个时期，鲸鱼的尾巴像鱼尾一样，是竖着的，也就是说，鲸鱼尾巴是扁平扁平的、直立的，横向摆尾，左右击水。后来，造物主发现鲸鱼游得太快，就把它们的尾巴给卷了起来，从此之后，鲸鱼尾巴就只能从上往下拍水，速度也就快不起来了。”

“好了，内德，”我用他刚才回答我的话回答他道，“您的话可信吗？”

“那倒不一定完全可信，”内德·兰德答道，“譬如，我要是对您说，有的鲸鱼体长高达三百尺，重十万磅，那您就不必相信了。”

“这也太长太重了些，”我说道，“不过，也得承认，有些鲸类动物确实能长得很大很大的，因为据说，有的鲸鱼，一头最多竟可产高达一百二十吨的鱼油！”

“这我倒是见到过的。”加拿大人说。

“我相信您会见过的，内德，就像我相信有些鲸鱼有一百头大象那么大

读书笔记

一样。瞧瞧那个庞大的鲸鱼，它若是拼足力气直冲过来，那冲击力该有多大呀！"

"鲸鱼真的能把一艘轮船给冲毁沉没吗？"孔塞伊问道。

"能够把轮船冲翻撞沉？我不相信，"我回答说，"但是，我倒是听人说起过，一八二〇年，正是在这片南部海域，一条鲸鱼冲撞了埃塞克斯号，致使该船以每秒四米的速度往后倒退。海水从船尾灌进船内，埃塞克斯号不一会儿便沉没了。"

内德用一种嘲讽不屑的神态看着我。

"我还被鲸鱼尾巴给扫了一下呐！"他说道，"当然啰，是扫到了我们的小船上。我和我的伙伴们一下子被抛到了五六米高。但是，与教授先生所说的那条大鲸鱼比较起来，我碰上的这条只不过是鲸鱼的幼仔罢了。"

读书笔记

"鲸类这种动物活得很长吗？"孔塞伊问。

"能活一千年。"加拿大人不假思索地说道。

"您怎么知道，内德？"

"人家都这么说。"

"人家为什么这么说呀？"

"因为人家知道。"

"不，内德，人家不是知道，是推测。我来告诉您人家是怎么推测的。四百年前，渔民第一次捕捉鲸鱼时，捕获的鲸鱼的个头儿比现在所捕捉到的个头儿要大。于是，有人顺理成章地推测说，现在的鲸鱼之所以个头儿小，是因为它们没有足够的时间发育完全。正是根据这一点，布丰认为鲸鱼能够、甚至应该活上一千年。你们明白了没有？"

内德完全被鲸鱼所吸引。

内德·兰德并没有明白，他也没有在听。那条长须鲸一直在向我们靠近，他正死死地盯着它呢。

"啊！"他突然大声嚷道，"不是一条，是十条，二十条，好大的一群呀！可我像是被捆住了手脚似的，什么都干不了！"

"内德朋友，"孔塞伊说，"您为什么不去问问艇长，看他能否允许您去捕鲸……"

没等孔塞伊把话说完，内德·兰德便从舱盖口出去溜下舱，去找尼摩艇长了。片刻之后，他同尼摩艇长一起来到了平台。

尼摩艇长观察了一番正在鹦鹉螺号一海里外的海水中嬉戏的长须鲸。

“这都是南极鲸，”尼摩艇长说道，“让捕鲸船队遇上，准发大财了。”

“喏！先生，哪怕是为了不让我忘记自己捕鲸手的行当，也让我去捕捉它们吧。”加拿大人在向艇长请求。

“这又有什么必要呀，为捕杀而捕杀有什么意义吗？”尼摩艇长回答说，“我们艇上又不需要鲸鱼油。”

“可是，先生，”加拿大人仍心有不甘地说，“在红海时，您不是还曾经命令我去追捕一头儒艮来着？”

“那是为了给艇员弄点鲜肉吃，而现在只是为捕杀而捕杀。我很了解，为捕杀而捕杀是人类的一种特权，但我不允许有这种残酷无情的消遣方式。兰德师傅，您的那些同行无故滥捕南极鲸和露脊鲸这种善良无害的动物，是应该大加谴责的。正是他们的这种行为，导致巴芬湾里的鲸鱼越来越少，最后必将使得这种有益的动物绝迹。所以，您还是发发善心，让这些可怜的长须鲸平平静静地活着吧。即使没有您的搅和，抹香鲸、箭鱼和锯鳐这些长须鲸的天敌就够它们受的了。”

生活在海中的尼摩艇长不是只从海中汲取自己所需，也知道回报无私的海洋，热爱并保护海洋中的一切。

不难想象，加拿大人听了尼摩艇长的这番话，脸色该有多么难看。跟一个捕鲸手讲这些大道理，简直是白费口舌。内德·兰德眼睛盯着尼摩艇长，显然并未明白艇长这话到底是个什么意思。但是，艇长的话非常有道理。捕鲸人的毫无节制的滥捕滥杀行为，总有一天会让海洋中连一头鲸鱼都见不到的。

内德·兰德双手插兜，嘴吹口哨——吹的是美国国歌——转过身去。

这时，尼摩艇长一边观察着那群长须鲸，一边对我说道：

“我刚才说，除了人以外，长须鲸的天敌已经是够多的了，我说这话是有道理的。过不了多会儿，这群长须鲸就会碰到强劲的敌人了。阿罗纳克斯先生，您发现没有，下风八海里处，有一些黑点在动？”

“我看到了，艇长。”我说道。

读书笔记

读书笔记

“那是一些抹香鲸，是些可怕的家伙。我有几回就碰到过它们，成群成群的，一群得有两三百条！抹香鲸是一种残暴有害的动物，对它们倒是应该格杀勿论。”

加拿大人一听，就立刻转过身来。

“喏，艇长，”我说，“单从那些长须鲸去考虑，还来得及……”

“何必去冒这种险，教授先生，鹦鹉螺号就足以能把这些抹香鲸给驱散的。我想，它的钢铁冲角可以与内德师傅的捕鲸叉相媲美。”

名师点评

在冲击力强大的抹香鲸面前，尼摩艇长的话让人难以置信。

加拿大人不以为然地耸了耸肩。有谁听说过用艇的冲角去攻击抹香鲸？

“一会儿，阿罗纳克斯先生，”尼摩艇长说道，“我要让您见识一下您从未见过的一场捕杀。对于那些穷凶极恶的抹香鲸，用不着发善心，它们全都是些大嘴利齿的坏家伙！”

大嘴利齿！形容这些大家伙，没有比这个词更恰如其分的了。有些抹香鲸体长竟有二十五米，其脑袋就占了身体的三分之一，上颚上长着二十五颗长二十厘米的圆柱状大牙，牙尖呈圆锥形，每颗牙齿重约两磅。而长须鲸就不是这样了，上颚上只是一些鲸须。在抹香鲸的大脑袋上，在那些被软骨分隔开来的脑腔里，就装着那种称之为“鲸鱼白”的珍贵鲸油，多达三四百公斤。按弗雷多尔的看法，抹香鲸是一种丑陋的动物，不像是鱼，倒像是蝌蚪。另外，抹香鲸的身体结构存在缺陷，可以说，它的整个左侧骨胳都存在结构不合理的地方，导致它们只能用右眼看东西。

读书笔记

这时候，那群大怪物渐渐地向我们游过来。它们已经发现了长须鲸，并准备好要向后者发动攻击了。不用说我们也能判定，胜利的一方肯定是抹香鲸，这不仅仅是因为它们比那些无进攻能力的对手更加壮实，而且还因为它们可以长时间地待在水下，无须浮出水面来呼吸。

该是前去支援长须鲸的时候了。鹦鹉螺号立刻潜入水中。孔塞伊、内德·兰德和我，赶紧就座于客厅舷窗前。尼摩艇长去舵手那儿了，以便亲手操纵似一尊摧枯拉朽的大炮似的鹦鹉螺号。不一会儿，我便感觉到螺旋桨的转速在加快，艇速提上来了。

读书笔记

当鹦鹉螺号赶到的时候，长须鲸和抹香鲸之间的战斗已经打响了。鹦鹉螺号立即向抹香鲸群冲过去。一开始，那些抹香鲸见有一个新的怪物跑来参加战斗，并没太在意。但不一会儿，它们就不得不防御起这个大怪物的冲击。

多么激烈的战斗啊！就连起先并不太感兴趣的内德·兰德，劲头也上来了，竟然拍手叫起好来。鹦鹉螺号如同尼摩艇长手中挥洒自如的吓人的捕鲸叉！它冲着那密集在一起的抹香鲸直插过去，所到之处，只见一些尚在颤动的半截子动物的尸体。抹香鲸用其威力无穷的尾巴拍击鹦鹉螺号，但后者却稳如泰山，浑然不觉，而它在撞击到一头抹香鲸时，也没有发生丝毫的晃动摇摆。干掉了一头抹香鲸之后，它便立即又向另一头冲过去。它进退自如，左冲右突，不放过任何一个目标。抹香鲸见状，赶忙往水下潜去，鹦鹉螺号也追踪而去，当抹香鲸又浮出水面时，它也紧咬住不放，穷追不舍。它既能发动正面进攻，又能进行侧击；既能把抹香鲸拦腰撞断，又能把它们撞得稀烂。它要快则快，要慢则慢，要从什么角度攻击，就从什么角度攻击，而它的武器就是它那可怕的钢铁冲角。

名师点评

激动人心的战斗场面描写，让人有一种身临其境之感。

好一场恶战，血肉横飞！海面上一片喧嚣！那些被吓得晕头转向的抹香鲸，不停地发出它们那特殊的尖厉的呼啸声和咆哮声！原本平静如镜的海水，被抹香鲸的尾巴搅动得波涛翻滚，水柱四溅。

这场无法想象的大屠杀，持续了一个小时，一群大脑袋的丑陋的抹香鲸无一幸免，悉数被歼。有好几次，有一二十头抹香鲸聚集在一起，一起发动冲击，想把鹦鹉螺号压垮、撞翻。我们坐在客厅舷窗前，看见它们大张着那巨齿獠牙的大嘴和那让人心惊胆战的怒目。内德·兰德按捺不住，冲着那些抹香鲸挥动着拳头，口吐恶语。我们感觉得到，那些丑陋的家伙从四面八方往艇上又冲又压，死死缠着，如同矮树丛中的一群猎犬，咬住一头小猪不放似的。但是，鹦鹉螺号猛然间加大了马力，把它们连拖带撞地给掀出了海面，根本不在乎它们那死沉死沉的分量，也不怕它们用多大的力气来夹着或压着自己。

最后，剩下的抹香鲸一哄而散，溜之大吉，海面上又恢复了平

读书笔记

静。我感觉到艇正在浮出水面。舱盖打开了，我们急急忙忙地往艇顶平台上跑去。

海面上漂浮的尽是残缺不全的抹香鲸尸体。就算是一次大爆炸，也不可能产生如此大的威力，把这么一大群的抹香鲸炸得如此体无完肤，身首异处，断成多截。鹦鹉螺号在这堆背脊淡蓝、腹部灰黑、身上疙里疙瘩的庞大的尸体中间漂浮着。剩下的那几头吓破了胆的抹香鲸早已逃得见不到踪影了。好几海里的海面上，海水都被染红了，鹦鹉螺号便漂浮在这片“血海”之中。

尼摩艇长向我们走来。

“怎么样，兰德师傅？”他问道。

“太棒了！先生，”加拿大人已经从刚才的那份狂热劲儿中恢复了平静，“这场面太惊心动魄了。不过，我是个捕鲸手，而不是屠夫，刚才的那一幕完全是一场屠杀。”

这句话一语双关，细细体会一下其中的双层意蕴。

“这是对恶贯满盈的可恶动物的屠杀。”尼摩艇长回答道，“鹦鹉螺号并不是刽子手的一把屠刀。”

“我宁可要我的捕鲸叉。”加拿大人顶了艇长一句。

“各人有各人的武器。”尼摩艇长双眼直逼内德·兰德回答道。

我真担心内德·兰德克制不住自己，做出过激的举动来，那后果就不堪设想了。幸好，正在这一时刻，他看到一头鲸鱼，鹦鹉螺号也正在向它驶近，他的怒气一下子就消了。

那是一头未能逃脱抹香鲸利齿的长须鲸。我辨别出，那是一头南极长须鲸，全身墨黑，头部扁平。从解剖学的角度来看，南极长须鲸与北极露脊鲸以及诺尔·卡贝鲸有所不同，因为南极长须鲸颈部的七根脊骨是连接在一起的，而且还比其同类多长了两根肋骨。这头长须鲸其状甚是可怜，侧身浮于水面上，肚腹部有多处被利齿咬出的洞，它已经死了。在它那被咬得残缺不全的鳍上，还挂着一头也未能逃离厄运的幼鲸。死去的那大个儿的长须鲸，嘴大张着，水从鲸须中流进流出。

读书笔记

尼摩艇长让鹦鹉螺号靠近那具长须鲸的尸体。两名艇员纵身跳到它的身上。我不无惊讶地看到，他俩把死鲸乳房里的乳汁往外挤，挤得干干净净，足足挤了有两三桶。

尼摩艇长递给我一杯热乎乎的鲸鱼奶。我心中带着点对这种饮料的厌恶，向他表示了谢绝，但他却向我保证，说它同牛奶一样，营养丰富，质量上乘。

我先尝了一口，觉得艇长没有撒谎。因此，鲸鱼奶便成了我们有益健康的储备，因为，把这种奶做成咸奶油或奶酪，可以大大地改善我们的日常饮食。

我不无担忧地发现，自这一天起，内德·兰德对尼摩艇长的态度越来越不好了，便决定多加小心，密切注视这位加拿大人的一举一动。

名师点评

尼摩艇长不仅限制内德·兰德的自由，还不允许他捕杀鲸鱼，可谓是处处干涉内德·兰德的行动。为此两人的矛盾日益恶化。

抹香鲸具备哪些优势条件使其能够战胜长须鲸？

## 抹香鲸

抹香鲸是世界上最大的齿鲸，常活动于南北纬 40 度之间的热带和温带海域，分布于世界各大海洋中，在中国见于黄海、东海、南海和台湾海域。它们常成群游荡，以雄多雌少组成一个群体。一般游速每小时 3~5 海里，受惊时可达每小时 7~12 海里。在所有鲸类中，它们潜得深度最深、时间最久，因此有动物王国中的“潜水冠军”之称。抹香鲸具有很高的经济价值：鲸鱼肉的味道鲜美，近似牛肉，可鲜食也可制成各类罐头；鲸鱼皮坚韧，是制革原料；体油、脑油和龙涎香更是其身上的三大宝物。因此，抹香鲸经常遭到人类的滥捕滥杀，现已属濒危野生动物。

# 十三 大冰盖

名师导读

鹦鹉螺号一路南去，真的奔向了人类尚未触及的南极。鹦鹉螺号凭借着自己的冲力在冰礁、冰块和冰条间穿行。在遭遇到大冰盖以后，尼摩艇长决定潜入水下，继续向南极进发。

鹦鹉螺号沿着西经五十度继续快速地往南行驶着。这么说，它是真的想要奔向南极？我觉得好像是不会的，因为到目前为止，所有曾经试图抵达地球上这个点的人，没有一个不以失败而告终。再说，季节也太晚了，因为南半球的三月十三日相当于北半球的九月十三日，已经快到秋分季节了。

三月十四日，我在南纬五十五度处发现了一些浮冰，但那只不过是一些二十到二十五尺的灰白色的碎冰块。它们形成一些冰礁，任由海水拍击着。鹦鹉螺号一直在海面上行驶着。曾经在北冰洋上捕过鲸鱼的内德·兰德，对这种小冰山的景色已不怎么感兴趣了。可我和孔塞伊却是生平头一次观赏到这种美景。

抬眼远望，可见南边海天相接处横亘着一条白色的长带，这是一道光亮炫目的景观，英国捕鲸手们把这条白色长带称为“炫目冰带”。无论云层有多厚，都无法让这条白色冰带黯然无光。这条白色冰带的显现预示着大浮冰或冰山已经相距不远了。

果不其然，一些更大的冰块出现了，它们的光泽随着云雾的变化而变化。其中有些带有绿色的纹理，如同硫酸铜在上面流过时所形成的波浪起伏的线条；有些像是大块的紫晶石，经阳光照射，晶莹剔透；有些像是多面水晶，反射出万道霞光；有些看着像是石灰石，好像可以用来建造一座大理石城似的。

我们越往南行驶，这些漂浮着的小冰岛就越多，而且个头儿也越大。南极鸟类在冰岛上筑下了成千上万的巢。有海燕、海鸽和剪水鹱，它们的叫声简直有点震耳欲聋。有几只鸟误把鹦鹉螺号当成了鲸鱼尸体，飞落在它上面，用喙把艇钢板啄得嗒嗒直响。

在浮冰中穿行的这段时间里，尼摩艇长经常跑到平台上来。他认真仔细地观察着这片人迹罕至的海域。有几次，我发现他那双平静的眼睛里，闪现出兴奋的表情，目光熠熠发光。他是不是在想，在这片无人到过的海域，他变成了主人？他在这里找到家的感觉了？也许是这样。他一动不动、一声不响地待在那里，只是当他突然意识到自己是在指挥着这条艇时，才回过神来。他技术娴熟地指挥着鹦鹉螺号，灵巧地避开了大块浮冰的撞击。有些浮冰竟然有好几海里长，高低不等，约在七十至八十米的高度之间。我们经常被浮冰挡住视线。到了南纬六十度的地方，一条通道也没有了。但是，尼摩艇长没有死心，他仔细地寻找着，终于发现了一个狭窄的通道口。于是，他便大胆地驾驶着鹦鹉螺号从那儿钻进去，而且，他也十分清楚，艇一旦钻进去之后，通道口随即便会在他身后并拢起来。

鹦鹉螺号就这样由一双灵巧的手驾驭着，通过了这些冰块缝隙。一向凡事都要求个精确的孔塞伊，对浮冰块的形状与大小进行了分类，冰山或冰峰，冰地或一望无际的冰原，流冰或浮冰，层冰或碎冰，环形的圈冰或长形的冰条……

此时的气温低极了。置于外面的温度计指示的温度是零下两三度。但我们穿着的是海豹和海熊为我们提供的暖暖和和的皮衣。而且，在鹦鹉螺号舱内，有电暖气在增加温度，再冷也能把温度升高。再说，艇往下潜上个几米深，温度也就适宜了。

如果我们早来这里两个月的话，在这一纬度上，就可以享受到二十四小时的白昼了，可现在已经有三四个小时的黑夜，再过些日子，恐怕这个极地地带将会有六个月的长夜笼罩着它了。

三月十五日，我们穿越了纽舍特兰群岛和南奥克尼群岛所在的纬度。艇长告诉我说，以前这里有成群的海豹生活着，但是，那些美洲和英国的捕鲸手虐杀成性，疯狂地把成年海豹和有孕在身的雌性海豹赶尽杀绝，使这片往日充满着生机的地方，变成了一片死寂。

三月十六日，上午八点左右，鹦鹉螺号沿着西经五十五度线进入了南极圈。这时，浮冰从四面八方把我们团团围住，让我们看不见海平线。但是，尼摩艇长驾轻就熟地从一条又一条的通道往前行驶着，一直往南。

“他这究竟是要赶往何处呀？”我问。

“往前去，”孔塞伊回答我说，“总之，到了没法再往前走的时候，他就会停下来的。”

“那可不一定。”我说道。

不过，说实在的，这地方极其新奇，美景不断，让人赞叹不已，我并不觉得这个冒险远航有多厌烦。那些浮冰，姿态万千。这边是数不清的清真寺尖塔形和庙宇状，整体看去，俨如一座城市；那边又像是一座被毁坏的城市留下的废墟。在斜射的阳光照耀下，这些景观在不停地变化着，或者顷刻之间便消失在被暴风雪所卷起的灰蒙蒙的雾气之中。另外，四面八方都随时传来浮冰在坍塌、破裂、翻倒的呼啸声、轰鸣声，那景象如同透景画①的景致一样在不断地变换着。

当鹦鹉螺号潜入水下的时候，冰群失去平衡，就可听到一阵阵巨大的声响，令人毛骨悚然。坍塌的大冰块引发的大漩涡可怕至极，一直卷到海底深处，导致鹦鹉螺号左右摇晃、前后颠簸、上下跳动，如同一只被狂风巨浪胁迫着的失去了控制的船。

我每每看到前无通道、后无退路的时候，不禁会想，这一下我们可是真的成了名副其实的囚徒了。然而，尼摩艇长总能化险为夷，根据些微的迹象，找出一条新的通道来。在观察冰原上细细的淡蓝色水路时，尼摩艇长还从来没有出过差错。我不由得怀疑，他曾经驾驶鹦鹉螺号到南极海域来探过险。

然而，三月十六日这一天，我们被冰原完全给封堵死了。这不是一个大的浮冰群，而是因严寒而冻得结结实实的大冰原。这么一个障碍是无法阻挡得了尼摩艇长前进的步伐的，他开足马力，向着大冰原猛冲上去。鹦鹉螺号像个楔子似的嵌进这片容易破裂的冰原，只听见冰原被撞得咔嚓咔嚓地发出破裂声。鹦鹉螺号活脱脱儿如一只由无穷之力操纵着的古代攻城撞锤。被它撞碎的冰块被抛得很高，像冰雹一般复又纷纷地掉落下来，散落在我们的四

名师注解

① 透景画：19 世纪所流行的一种配合特殊照明的大幅风景画。

周。鹦鹉螺号只凭借着自身的冲力，就为自己开辟出一条通道来。有时，因用力过猛，艇会随着冲力冲上冰原，把冰原轧碎；有时，它会被暂时困于冰原下面，便只轻轻地一顶，就能顶出一个很大的豁口来。

几天以来，我们饱受冰屑的袭击。雪雾迷茫，站在平台的一端，却看不到平台的另一端。劲风猛吹，忽而转向，罗盘指示的风向东南西北全有。雪积得很厚实，必须用镐才能凿开。气温是零下五度，鹦鹉螺号艇体表面全都结上了厚厚的一层冰。如果是一只帆船，那就根本甭想动弹了，因为滑轮冻在了滑轮槽中，帆缆索具全都冻结，使用不了了。看来，只有这样的一艘没有风帆，只靠无须烧煤发动电机的鹦鹉螺号，才能硬闯这么高纬度的海域。

在这样的气候条件下，气压计的指针总是指在很低的位置，有时甚至降到七十三点五厘米。地磁南极与地球的南部有所不同。实际上，按照汉斯顿的说法，地磁南极差不多位于南纬七十度、西经一百三十度；而按照迪佩里[①]的观察记录，地磁南极位于西经一百三十五度、南纬七十度三十分。因此，接近地磁南极时，罗盘根本就不起作用了，指针像发疯似的在乱动，指示的方向忽东忽西，没一个准儿。这时候，就必须把罗盘放到艇上各个方位，进行多次观察，取一个平均值，才能看出一个大致的方向来。不过，记载行经的路线往往也得依靠估计来确定，而在这种蜿蜒曲折、标位不断变化的水路中，用这种估计的办法实在是很难得出一个满意的结果。

最后，三月十八日，经过无数次徒劳的左冲右突之后，鹦鹉螺号看来已经彻底无能为力了。它陷入的不再是冰圈、冰条或冰原的包围之中，而是一座座冰山冻结在一起形成的重重叠叠、岿然不动的大冰山。

“大冰盖！”加拿大人对我说道。

我明白，在内德·兰德和那些在我们之前到过这里的所有的航行家看来，眼前的这个障碍是无法逾越的。将近中午时分，太阳露了一会儿面，尼摩艇长趁机进行了一番观察研究，较为准确地测出了我们所处的方位，亦即西经五十一度三十分、南纬六十七度三十九分。这已经是深入到南极圈内比较深一点的地方了。

名师注解

① 迪佩里（1786—1865）：法国航海家。

此刻，我们眼前见不到海，也见不到流动的海水。横亘在鹦鹉螺号冲角下的是一片大冰原，上面满是参差不齐、形状怪异的冰块，它们像是冰河解冻，凌汛到来时的江河上的景象一样，犬牙交差，混乱不堪，只不过这里更加壮观，场面更加宏大。放眼望去，一些高有二百尺的尖尖山峰和细如针尖的冰挂星罗棋布；更远处，是一些灰白灰白的陡峭冰峰，像明亮的镜面似的大冰原，闪现着透过蒙蒙雾气射出来的阳光。除此而外，只剩下这荒凉之地中死一般的寂静，只是偶尔有几只海燕和剪水鹱拍击翅膀的声响传来。于是，似乎一切全都被冰雪封住了，甚至声音也静止不动了。

冒险闯入的鹦鹉螺号只好在这个冰封的世界里停了下来。

“先生，”那一天，内德·兰德对我说，“如果您的那位艇长再往前走远一点……”

“那会怎样？”

“那他就会成为一个了不起的人物。”

“为什么呀，内德？”

“因为没人能穿过大冰盖。您的艇长是强有力的人，不过，不管他有多大的能耐，他怎么也强不过大自然。在大自然所划定的极限处，不管你是谁，也不管你愿意与否，你都得停下脚步来。”

“这话没错，内德·兰德，不过，我还是非常想弄明白，在这大冰盖后面究竟有什么！瞧着这堵冰墙，我真是心里堵得慌。”

“先生说得对，”孔塞伊插言道，“障碍的出现，就是为了刺激学者们。无论在什么地方，都不能存在什么障碍。”

“得了吧！”加拿大人说，“大冰盖后面有什么，谁都知道。”

“到底有什么？”我追问道。

“冰呗，没完没了的冰。”

“内德，您敢确定这一点，可我却不相信，”我回敬了他一句，“因此，我想过去看一看。”

“哼！教授先生，”加拿大人说道，“您还是放弃这个念头吧。您已经到了大冰盖的面前了，这就很不错了，该满足了。再说，您也不可能再往前走了，您的那位艇长也一样不能再往前走了，他的鹦鹉螺号也同样不能再往前走了。无论他愿意还是不愿意，我们反正都得折回去往北行驶，也就是说，得返回到理智善良的人们所居住的地方去。”

我得承认，内德·兰德的话很在理，如果鹦鹉螺号并非是为了在冰原上行驶而建造的，那它就必须在大冰盖面前停止前进。

确实如此，鹦鹉螺号尽管开足了马力，尽管它使出浑身解数想把坚冰破开，但却仍然动弹不了。照惯常的做法，如果无法前进，那就往后退吧。可现在的情况是，进不能进，退又不能退，因为来的路径已经被冰封死了。而且，我们的艇再这么待下去，很快也会被冻住的。两点钟左右，就出现了险情，艇体两侧的冰以惊人的速度在冻结。我不能不认为，尼摩艇长的做法，真的是太冒失了。

我当时正在平台上。艇长观察了一会儿情况之后，对我说道：

“怎么样，教授先生，您有什么想法吗？”

“我想，我们是被困住了，艇长。”

“被困住了！此话怎讲？”

“我是想说，我们是进不能进，退不能退，既不能向左，又不能向右。所以，我认为我们是被困住了，至少在有人居住的陆地上，人们是这么理解的。”

“这么说来，阿罗纳克斯先生，您是以为鹦鹉螺号脱不了身了？”

“很难，艇长，季节已经很晚了，想解冻是不可能的了。”

“哎！教授先生，”尼摩艇长语含讥讽地说，“您仍旧是老样子！您只是看到障碍！可我却可以肯定地告诉您，鹦鹉螺号不仅能够脱身，而且还能向前走得更远。”

“往南走？”我眼睛直愣愣地看着艇长问道。

“是呀，先生，向极地去。”

“向极地去！”我不禁做了一个不相信的动作，大声说道。

“是呀，”艇长冷冷地说，“到南极圈中心去，到那个地球的各条经线交汇的、尚不为人所知的中心点去。您是知道的，我要用我的鹦鹉螺号做我想做的事情。”

是的，我当然知道！我还知道，此人已经大胆妄为到不顾一切的地步了！南极可是比北极更加难以接近的，而连最勇敢的航海家都还没有到过北极呢。要越过眼前的遍地障碍前往南极，那不纯粹是疯狂之举吗？那不纯粹是只有疯子才想得出来的事吗？

这时，我问尼摩艇长：“您是否已经发现了这个人类从未踏上过的南极中心点？”

“没有，先生，”他回答我说；“我们一起去发现。别人在那里会失败，可我在那里不会失败。我还从未让鹦鹉螺号跑到南极这么远的地方来过，但我得再跟您说一遍，它还会往前走很远的。”

“我很愿意相信您，艇长，”我也语含讥讽地回答他道，“我相信您！我们一起向前进！我们面前无所谓障碍！让我们冲破这大冰盖！把它炸掉，如果炸不掉，我们就给鹦鹉螺号安上翅膀，让它从上面飞过去。”

“干吗非得从上面呀，教授先生？”尼摩艇长平静地说，“不是从上面，而是从下面。”

“从下面！”我惊呼道。

经艇长这么一点拨，我立刻心里一亮。我明白了。鹦鹉螺号无出其右的性能，在这次人力所无法完成的壮举中，将再次为他效尽全力！

“我觉得，教授先生，我们开始想到一块儿去了，”艇长微微带笑地对我说道，“您已经感觉到了，这种尝试是有可能成功的，但我却要对您说，这个尝试肯定能够成功。对一条普通的船来说办不到的那些事，对鹦鹉螺号而言，却是易如反掌的事。如果地磁南极是一块露出水面的陆地的话，鹦鹉螺号就会在陆地前停下来；如果地磁南极是在海里，那我的艇则一定会驶到地磁南极的那个点上去的！”

“确实如此，”我已经在跟着尼摩艇长的思路考虑这个问题了，因此我就回答他说，“如果海面被冰封住，按海水的最大密度比冰高出一度的理论，冰下面应该是流动着的海水，应该可以通行。如果我没弄错的话，大冰盖沉没于水中的部分与其露出水面的部分之比，是四比一吧？”

“差不多，教授先生。如果冰山露出海面一尺，那它没于水下的部分就是三尺。这么算来，既然这些冰山高不过百米，藏于海面以下的部分，也就是三百米。而对鹦鹉螺号来说，三百米算个什么呀？”

“是算不了什么，先生。”

“鹦鹉螺号甚至可以下到更深的水层去，那儿的海水温度是恒定温度，即使海面的温度降到零下三四十摄氏度，我们也丝毫不受影响。”

“说得对，先生，太对了！”我激动地说。

“唯一的困难是，”尼摩艇长接着说道，“我们必须一连好几天地待在水下，无法更换我们储备的空气。”

“不至于吧？”我说道，“鹦鹉螺号的储气舱大极了，我们把那些大储气舱全都装满，氧气就足够我们用的了。”

“您的设想很好，阿罗纳克斯先生，”艇长微笑着回答我说，“不过，我想把自己不同的想法事先摆出来，免得您会抱怨我行事鲁莽。”

“您有什么不同的想法？”

“只有一个。如果南极点有海，而海上又结了厚厚的冰，那我们就被死死地封在下面，浮不上来了。”

“咳，先生，您可别忘了，鹦鹉螺号可是装备着一个威力无穷的冲角呀！我们难道不能让这个冲角沿着对角线斜刺上去，把冰原撞裂开来吗？”

“噢！教授先生，您今天主意可真不少呀！”

“另外，艇长，”我说得来劲儿，所以又补充说道，“南极点也许会像北极点一样，也可能会找到可通行的水道的。无论是在南极还是在北极，寒冷的极地与地球的极点并不是一回事。在发现新的证据之前，我们应该设想，地球的这两个极地，或者是在陆地上，或者是在没有冰封的海上。”

“我也有着同样的想法，阿罗纳克斯先生，”尼摩艇长回答说，“我只是想让您注意到，您先是提出那么多的不同意见来反对我的计划，可现在却又提出一些赞成我的计划的论据来说服我。”

尼摩艇长没有说错，我确实是壮起胆子在说服起他来！就好像我想带他去南极似的！我走在他的前头了，考虑得比他周到……可怜的傻瓜，根本就不是这么回事呀！尼摩艇长对这个计划的利弊，从正反两个方面都做了缜密的研究，比你看的可清楚多了，他这是拿你寻开心，想看看你对这些难以实现的梦想所表现出来的欣喜若狂的样子！

不过，艇长并没有片刻的耽搁。他发出一个指令，大副立刻跑过来了。他俩用我听不懂的语言急匆匆地交谈着。大副也许是事先听艇长打过招呼，也许是觉得此计划可行，总之，他没有露出一丝一毫的惊讶来。

不过，尽管大副表现得滴水不漏，但他也比孔塞伊的无动于衷略逊一筹。当我把我们将驶向南极的想法告诉这个忠实的小伙子时，他竟然没什么反应，只是说了句“悉听尊便”，算是对我的话的回答，而我也只好这么着了。而内德·兰德则是像习惯的那样，耸了耸肩，但他把肩膀耸得老高，我看没人耸肩会耸得比他更高了。

“喏，先生，”内德·兰德对我说道，“您同您的那位尼摩艇长让我觉得真够可怜的！”

“可我们将到达极地，兰德师傅。”

“这有可能，但你们去得了也回不来！”

内德·兰德随即便回自己的舱房去了，临走时，甩给我一句：“您是因为怕闹出大事来！”

这项大胆的计划随即便开始准备起来。鹦鹉螺号的大功率抽气泵往储气舱里灌气，并以高压储存起来。将近四点钟，尼摩艇长通知我，平台上的舱盖马上要关闭上。我朝我们即将穿越的这厚厚的大冰盖投去最后的一瞥。天气晴朗，大气纯净度极高，天特别的冷，达到零下十二度，但是，风已停了，所以这个温度还不是冷得受不了。

十几个艇员拿着铁镐，走到艇的两侧，把艇体周围结的冰给凿开来。不一会儿，艇就被“松绑”了。因为都是新结的冰，不很厚，凿起来并不费劲儿。我们大家全都回到舱内来了。储水舱把艇的吃水线以下没有结冰的海水灌满，然后，鹦鹉螺号便立即潜入水下。

我和孔塞伊在客厅舷窗前坐下来。通过打开的舷窗，我们看到了南极海底的海水。温度计的水银柱在往上升。气压计的指针在表盘上移动着。

正如尼摩艇长所预料的，潜到大约三百米深处，我们便可以在连绵起伏的大冰盖下面航行了。但鹦鹉螺号仍在继续往下潜去，一直潜到八百米深处。水面的温度为零下十二度，而这里的温度则不到零下十一度，升高了将近两度。不用说，由于艇上的暖气机在不停地加温，艇内一直保持着很高的温度。

“先生是不会失望的，我们能通过。”孔塞伊对我说。

“我一直就是这么认为的。”我信心十足地答道。

在这片畅通无阻的海下，鹦鹉螺号沿着西经五十二度径直奔南极中心开去。从南纬六十七度三十分到九十度，还有纬度二十二度三十分的航程，也就是说，还得行驶五百多里。鹦鹉螺号的平均航速保持在每小时二十六海里，这是特别快车的速度。按这个速度行驶，四十个小时可以驶抵南极中心点。

夜幕降临之后，我和孔塞伊被新奇的景象吸引住了，在客厅舷窗前多待了一点时间。海水被舷灯光照耀着，闪闪发亮，但不见一物。在这片似牢狱般的冰封海水中，鱼类是不愿栖息于此的，它们只是把它视作一条水道，从这里游往南极海。艇速相当的快，从艇的长长的钢铁艇壳的振动就能感觉出来。

凌晨两点左右，我想去睡上几个小时。孔塞伊也站起身，随我而去。穿过纵向通道时，我没有碰到尼摩艇长。我想他此刻正待在驾驶舱里呢。

第二天，三月十九日，早晨五点，我又来到客厅。据电动测速仪显示，鹦鹉螺号的速度减慢了。它正在小心翼翼地把储水舱里的水一点点地往外排，艇在渐渐往水面浮。

我的心在怦怦地跳。我们就要浮出水面，呼吸南极的新鲜空气了！

不！突然间，砰的一声巨响，我知道，鹦鹉螺号撞到大冰盖的底部了。根据撞击声的沉闷声响，我判断冰层肯定依然很厚。用航海术语来说，我们实际上是“搁浅”了，只不过搁浅的方向是倒着的，而且是在水下一千尺的深处。这么看来，我们头顶上方的冰层得有两千尺厚，而露出水面的冰山有一千尺。这么说，这里的大冰盖比我们在艇顶平台上所看见的大冰盖还要高大。这个情况可实在不妙。

在整整这一天里，鹦鹉螺号反复地试过多次，但每次撞到的都是那像顶棚似的厚厚的大冰盖的底部。有几次，撞到大冰盖时，艇是在水下九百尺处，说明大冰盖的厚度达一千二百米，其中的二百米露出水面。这个厚度，是鹦鹉螺号下潜处大冰盖厚度的两倍。

我仔细地把大冰盖的不同厚度记录了下来，由此而描绘出连绵不断的大冰盖在水下延伸的冰脉轮廓图。

直到傍晚，我们的情况未见丝毫变化。大冰盖总保持在四五百米的海水深处。虽然大冰盖的厚度明显在变薄，但我们同海面之间仍旧存在着一个很大厚度的间隔。

晚上八点钟了，按平时的情况，四小时前，鹦鹉螺号就该更换空气了。不过，尼摩艇长虽然尚未动用储气罐里的后备氧气，但我还没觉得有多憋闷。

这天夜晚，在我的脑子里，希望与恐惧交织在一起，搅得我久久难以成眠。我爬起来好几次。鹦鹉螺号仍旧在继续试着撞击大冰盖。凌晨三点钟，我发现碰到大冰盖底部时，水深只有五十米了。这么说，我们离水面的距离只有一百五十尺。大冰盖渐渐地在变小，变成冰原了。冰山变冰原，犹如高山变成了平原。

我的眼睛紧盯着气压计。艇一直沿着一条对角线往上浮。电光照射下的

水面，闪着银白色的光亮。大冰盖像是一道斜坡，水上和水下都在沿着斜坡变薄，在一海里一海里地减少。

最后，到了三月十九日这个值得纪念的日子的早晨六点，客厅的门打开来，尼摩艇长出现了。

“自由之海到了！”他对我说道。

文末尼摩艇长所说的“自由之海”是什么意思？

# 十四 南极

名师导读

经过一夜的奋力挣扎，鹦鹉螺号终于从厚厚的冰盖下面突围了出来。在这片寒冷的土地上，教授等人发现了很多生机勃勃的野生动植物。经过观测，尼摩艇长确定这片土地就是地球的最南方——南极。

我急匆匆地奔上平台。真的！海水真的没有结冰。海面上只是一些小的冰块和一些浮动着的冰山；远处，是辽阔的大海，碧波荡漾，鱼儿成群成群地在海水中游着；天空中，成群的鸟儿在飞翔；海水的颜色则由浅到深，由湛蓝变为墨绿。温度计显示的是零上三摄氏度。前有大冰盖挡着，这里的气候几乎像春天一般。

"我们到南极了？"我的心在怦怦直跳，便问尼摩艇长道。

"这我还说不太清楚，"艇长回答我说，"中午时，我们测一下方位看。"

"可是，太阳能穿过云层露出来吗？"我望着灰蒙蒙的天空问道。

"只要它能露一会儿就可以了。"艇长回答说。

在鹦鹉螺号南边十海里处，海上孤零零地立着一座小岛，高约两百多米。我们的艇小心翼翼地朝着那座小岛驶去，生怕撞上遍布于这片海域的暗礁。

一个小时之后，我们驶近小岛。然后，两个小时之后，我们绕着小岛航行了一圈。该岛周长为四五海里。有一条水道把小岛与一块面积挺大的陆地分隔开来；那块陆地可能是个大陆，一望无垠，见不到尽头。这片土地的存在好像为莫里的假设提供了实据。莫里这位聪明的美国人曾经提出，在南极和纬度六十度之间，海面上满是体积庞大、在北冰洋从未见到过的大块浮冰。他由此又得出结论说，冰山不可能在广袤的大海上形成，而只能在海岸边形成，所以南极圈内应该是圈着大片的陆地的。按他的推算，覆盖着南极的冰像个大冰盖，直径约有四千公里。

鹦鹉螺号因为害怕搁浅，便停泊在距离上面堆满了岩石的三链远的一个沙滩前。艇上的小艇放到海里。艇长、他的携带着各种工具的两名艇员、孔塞伊和我，便登上了小艇。时间已是上午十点了。我没有看见内德·兰德。加拿大人大概不愿承认眼前就是南极。

桨手划了几下，小艇便冲上了沙滩。孔塞伊刚想要纵身跳下，被我一把拉住。

“先生，”我对艇长说，“第一个踏上这片土地的荣誉应该属于您。”

“是的，先生，”艇长回答道，“我可以毫不迟疑地踏上南极的土地，因为迄今为止，尚无人在此留下过足迹。”

他话刚说完，便轻轻地一跃，跳到了沙滩上。不难看出，他已经激动万分，心跳不已了。艇长攀上一块倾斜成一个小岬角的岩石。他默然无语地站立在上面，双手搂抱于胸前，一动不动，目光炯炯，仿佛已经成为这片土地的主人了。他如此这般心醉神迷地站立了五分钟，然后转过身来，面对我们。

“先生，上来吧！”他大声地冲我呼喊着。

我跳下小艇。孔塞伊随后跳下，而那两个艇员则仍留在小艇上。

这长长的一块土地上，满是淡红色的凝灰岩，仿佛是用碎红砖铺就的一样。地面上到处都是火山岩渣、熔岩流以及浮石屑。不用说，这些都是从火山口喷发出来的。有些地方，空气中还散发着一股轻微的硫黄味的火山气体，说明火山内部仍聚集着蓄势待发的能量。我们知道，在南极地带，詹姆斯·罗斯[①]在西经一百六十七度、南纬七十七度三十二分处，曾经发现过正处于活动期的埃雷比斯火山和泰罗尔火山的火山口。可是，我登上一处高高的峭壁，放眼四周，方圆几海里内却没看见任何火山。

在这片荒凉的土地上，看上去植物极其稀少。黑色的岩石上，长着一些松萝属地衣。某些微小生物的胚芽，如退化了的硅藻，像蜂房似的分布在两个含石英的贝壳中间；长长的粉红色的和深红色的墨角藻，挂在鱼鳔上，随海浪冲到了岸边。这就是该地区的整个植物界的全貌。

海岸边散布着一些软体动物：小贻贝、帽贝、甲壳光滑的心形贝；特别

名师注解

① 詹姆斯·罗斯（1777—1856）：美国航海家。

是那些膜贝，长方形的身子上长着一层膜，头部由两个圆圆的瓣膜组成。我还看到很多北半球也有的膜贝，身长只有三厘米，鲸鱼一口可吞进成千上万只。这些可爱的翼足类动物，是真正的海蝴蝶，为海岸边流动着的海水平添了盎然生机。

至于植虫动物，浅滩口有着一些乔木状的石灰质珊瑚树。按照詹姆斯·罗斯的说法，这种珊瑚树在南极海中一千米深处都有；还有一些属于海胞类的小海鸡冠，以及大量的这种条件下所特有的海盘车和海星，俯拾皆是。

不过，在这里，最显得具有生命力的应当是天空。各种各样的鸟儿在空中飞翔，翻飞畅游，叫声大得能震破耳膜。有些鸟聚集在岩石上，见我们走来，毫不畏惧，而且有的反而向我们迎上来。这些是企鹅，在陆地上蹒跚，显得笨拙，可一旦入水，便灵巧自如，常常被误以为是金枪鱼。它们的叫声极怪，而且总是成群成群地聚在一起，不怎么爱动，但叫声却非常大。

鸻读作 héng。

在鸟类中，我看到的有属于涉禽科的白鸻，如同鸽子一般大小，身为白色，锥形短喙，眼眶上有个红圈。这种鸟，能烹饪的话，倒是一道美味佳肴，因此，孔塞伊打了几只，储备起来，以作不时之需。天空中，时不时地会有信天翁飞过，此鸟呈煤烟色，翼展可达四米，把它们称为海上秃鹫，是恰如其分的。此外，还有一些大的海燕飞过，其中有飞起来翅膀像一张弓似的大海燕，以海豹为食；有像小鸭子似的鸽燕，脊背黑白相间；还有其他的各种各样的海燕，有通体灰白，翅膀边缘呈褐色的海燕，有南极地区所特有的蓝色的海燕等，不一而足。我对孔塞伊说："通体灰白的海燕油脂肥厚，法罗群岛的居民若在其身上插上一根灯芯草，就可以点灯照明了。"

"若是多插两根，"孔塞伊说，"那就成了地地道道的灯笼了！这么看来，大自然应该在它们身上事先绑好灯芯草。"

读书笔记

走了半里之后，见到地上有不少的洞穴，那是企鹅筑的巢穴，是用来下蛋孵仔的。说话间，有很多企鹅从洞中跑出来。尼摩艇长后来派人来打了几百只，因为它们的肉虽呈黑色，但吃起来却非常可口。企鹅叫起来，声似驴叫。它们大小像鹅，身为深灰色，下腹呈白色，脖子上有一道柠檬色的圈圈。这种动物见人不知躲避，任由你用石块打杀。

雾仍旧没散，都十一点钟了，可太阳还是没有露面。太阳不出来，我很担心。没有太阳，就没法测定方位；不测定方位，又怎么知道我们是不是真的踏上了南极呢？

我向尼摩艇长那儿走去。他正倚在一块岩石上默然地仰望天空。他显得有点焦急和烦躁，但急又有什么用呢？这个无所不能的大胆的人，在海上可谓威风八面，但对太阳，可就黔驴技穷了。

时至晌午，太阳仍旧躲着不出来。云层很厚，连太阳身藏何处都看不出来。不一会儿，雪花却飘飘洒洒开来。

“等明天再说吧。”艇长只简单地对我说了这么一句。于是，我们便在雪花满天飞舞之中回到了鹦鹉螺号。

我们不在艇上时，艇员们网上来一网鱼。我兴趣盎然地观看了一番刚捕捞上来的鱼。南极海域是大量的洄游鱼的避难之所。洄游鱼逃过了纬度相对较低地区的风暴，到达这里时，却落入鼠海豚和海豹的口中。捕捞到的鱼中，我发现了几条十来厘米长的杜父鱼，这种鱼是南极海里所特有的，是一种软骨鱼，呈灰白色，间有灰色的横条纹，并长有刺；有身子长达三尺的南极银鲛，体呈银白色，银光闪闪，身体光滑，头呈圆形，背上有三个脊鳍，嘴上有一个吻管，向嘴巴弯曲，犹如喇叭。孔塞伊吃过这种鱼，对之赞不绝口，我也曾尝过，但却觉得没有什么味道。

暴风雪一直肆虐着，直到第二天方停。到平台上去是根本不可能的。我只好待在客厅里把这次在南极的探险中所遇到的意外记录下来。这时候，耳边传来在风雪中嬉戏的海燕和信天翁的鸣叫声。鹦鹉螺号并没有停在那儿，而是沿着海岸行驶着。在斜阳掠过天际时留下的一抹余晖中，继续往南走了十多海里。

第二天，三月二十日，暴风雪总算停息了，但天却冷得更加厉害，温度计的指针停在零下二度上。雾已散去。我希望这一天能够进行观测。

尼摩艇长尚未露面，小艇先把我和孔塞伊送到陆地上了。陆地上的地质状况未变，仍旧是火山岩。到处都是岩浆、岩渣、玄武岩的遗迹，但仍然没有发现把它们喷吐出来的火山口。这里与上次去的那个地方一样，也是鸟儿的天下，鸟儿使这片陆地充满了生气。不过，却有一些哺乳动物在这鸟的王国里生活着。这些海洋哺乳动物在目光温和地看着我们。它们是一些不同种类的海豹，有的躺在地上，有的卧在漂浮着的冰块上，有的正从海里钻出来，有的则“扑通”一声跳进海中。我们向它们走过去时，它们并不躲避，也许是因为它们从未见过人类，没同人打过交道的缘故。我粗略地数了数，足够装好几百只船的。

“我的上帝，”孔塞伊惊呼道，“幸亏内德·兰德没跟我们一起来。”

“干吗这么说，孔塞伊？”

“因为若是那个疯狂的猎手来了，这些动物全都会被猎杀光的。”

“全都杀光？这未免有点夸大其词了。不过，我倒也相信，如果加拿大朋友来了，我们确实是无法阻止他捕杀几头漂亮的鲸类动物的。捕杀这种无辜的动物，尼摩艇长肯定会不高兴的，因为他不会无故杀害动物。”

“艇长的这种态度是对的。”

“当然是对的，孔塞伊。不过，”我问道，“你说说，你是不是已经对这些漂亮的海洋动物进行分类了？”

“先生很清楚，”孔塞伊回答道，“在实践方面我不太内行。先生如果能告诉我这些动物的名字的话……”

“这是一些海豹和海象。”

“这两种动物都属于鳍脚科，”博学的孔塞伊急不可耐地接过话头说，“食肉目，趾甲群，单子宫动物亚纲，哺乳动物纲，脊椎动物门。”

“很对，孔塞伊，”我夸赞道，“但海豹和海象这两种动物，如果我没弄错的话，又分别分成好几个种。我们将有机会在这里看到这些种。走吧。”

现在是早晨八点。离能够有效地观察太阳的时间还有四个钟头。于是，我和孔塞伊便朝着一处凹进岸边花岗岩峭壁中的宽阔海湾走去。

在这个海湾处，放眼望去，周围可以说是黑压压的一片，全都是海洋哺乳动物。我不由自主地搜寻老海神普罗透斯，那位希腊神话中的牧羊人，他为海神波塞冬看管着这一大群的动物。这里主要的是海豹。它们明显分成好几个群，每一群中都有雄海豹和雌海豹。雄海豹看家护院，雌海豹哺育幼崽。有几只长得十分壮实的年轻海豹，在几步以外闲散着。海豹行走时，身体得一收一缩，非常笨拙地靠着不发达的鳍，一点一点地跳动着走。它们这种不发达的鳍，在与它们同属的海牛身上，则发育成为真正意义上的手臂。可以说，大海是它们的天堂，在海水中，这些脊椎可以活动、骨盆狭窄、毛又短又密的蹼足动物，游起来灵活自如，让人拍案叫绝。它们回到岸边歇息时，姿态也非常地优雅迷人。因此，古人观察了它们的温柔容貌和富于表情的眼神——连最美的女人的眼神也无法与之相提并论——以及它们眼神中的那种天鹅绒般的柔和及迷人神态之后，便以他们的赞美方式，把这种海洋动物做了个美好的比喻：雄海豹被誉为半人半鱼的海神，雌海豹则被比作美人鱼。

这时，我对孔塞伊说："这些聪慧的鲸类动物，脑叶十分发达。除了人类，没有任何哺乳动物能有它们那么多的脑白质。因此，海豹能够接受某些训练。海豹很容易被驯化，我同一些博物学家都认为，通过适当的训练，它们就能像猎犬一样非常有用。"

大部分海豹都睡在岩石或沙地上，严格地说，真正意义上的海豹没有外耳，这一点与海狗不同，海狗的耳朵是突出来的。在这些没有外耳的海豹中，我发现了几种狭嘴海豹，身长有三米，皮毛呈白色，脑袋像牛头犬，两颚各有十颗牙，上下各有四颗门牙和两颗百合花形的大虎牙。在狭嘴海豹中间，偶尔可见几只海象在挪动，它们是一种长着短小而灵活的鼻子的海豹，身体庞大，长达十米，体围达二十尺。这些海象见我们靠近也毫无反应。

"这是一些危险动物吗？"孔塞伊问。

"它们并非危险动物，"我回答他说，"除非你去攻击它们。海豹非常护犊，当它以为其幼崽受到威胁时，它会暴怒起来，凶相毕露，把小渔船撞翻、撞碎都不算是稀罕事。"

"它们有权利保护自己的幼崽。"孔塞伊说。

"当然有权利。"

我们又往前走了两里地，遇到一个岬角挡住了去路。这岬角为这个海湾挡住了从南边吹过来的风。它直插海中，海浪拍击着它，溅起阵阵浪花。岬角那边传来一声声的咆哮声，就像是一大群的反刍动物在吼叫。

"好啊，公牛合唱会开始了。"孔塞伊说。

"不是的，是海象在大合唱。"我回答说。

"它们是在打架吗？"

"可能在打架，也可能在打闹耍逗。"

"先生愿意的话，我们过去看看吧。"

"是该过去看看，孔塞伊。"

于是，我们翻越了灰黑色的岩石。地上的岩石，有的脚一踩便滚落下去，有的上面结了冰，滑得不得了。我摔倒多次，腰都闪了。孔塞伊比较小心谨慎，或者是因为年轻力壮，倒是几乎没有摔倒过。他每次扶我起来时，总是要说：

“先生如果把两腿叉开走，就能更好地保持身体的平衡了。”

爬到岬角顶上，我看见了一片白色的大平原，上面挤满了成群成群的海象。它们正在相互戏耍。我们所听到的应该是欢乐的叫声，而不是愤怒的吼声。

海象与海豹在体形和四肢分布上相似，但海象的下颚上没有门齿和犬牙，而上颚的犬牙是两颗长八十厘米的大牙，牙槽的周长达三十三厘米。这两颗由坚实无瑕的象牙质形成的白牙齿，比大象的牙齿还要坚硬，而且不易变黄，十分珍贵，颇受人们青睐。因此，海象遭到了滥捕滥杀，每年被捕杀的海象多达四千头，而且，捕杀者在捕杀时，不加区别，怀有身孕的雌海象以及小海象也难逃劫难。

从这些奇特的海洋哺乳动物身旁走过时，它们并不挪动，我可以从从容容地进行观察。海象的皮很厚，而且很粗糙，颜色发黄，几近棕红，毛短且稀。有些海象体长达四米。它们比在北极的同类显得安静，胆子也大一些，也没有派什么海象站岗放哨。

观察了一番这座“海象城”以后，我想到该往回返了。已经十一点了，如果条件合适，尼摩艇长是要进行观测的，我希望他观测时，我能在他近旁。可是，天边云层很厚，把太阳完全遮挡住了，我对能见到太阳露面也不太敢存奢望了。太阳就像是满怀疑窦似的，不愿向人类揭开这个地球上难以接近的地方的面纱。

不过，我仍然想要赶回鹦鹉螺号。我们沿着崖顶的一个狭窄斜坡往回走。十一点半，我们便走到我们下艇的那个地方了。小艇仍停在原地，它已经把艇长送到陆地上来了。我看见艇长站在一块玄武岩上。仪器就放在他的身旁。他的目光紧盯着北方天际，太阳此刻正在那里画出一道长长的弧线来。

我走到他的近旁，一声不响地等待着。已是正午时分了，可是，与昨日一样，仍未见太阳露出它的面孔来。

观测的事无法进行。这是命中注定的事。如果明天仍旧无法观测，那也只有彻底放弃观测方位的想法了。

今天正好是三月二十日，明天，二十一日，恰逢春分，太阳将要连续躲在地平线下六个月，明天见到的也只是折射光。随着太阳的隐没，极地的漫漫长夜便开始了。从九月的秋分开始，太阳从北面的地平线上露头，沿着长长的螺旋线上升，一直到十二月二十一日。那时候，正是北半球的夏至，而在南极地区，太阳又开始下降，而明天就是太阳撒下它最后的余晖的日子了。

我把自己的看法与担心告诉了尼摩艇长。

“您说得对，阿罗纳克斯教授，”他对我说，“如果明天我还无法测出太阳的高度的话，那么六个月内我就根本不能进行测量了。不过，也是巧得很，这次航行恰好在三月二十一日把我带到这片海域，所以，只要太阳能在中午露出头来，我便很容易测出我们现在的方位来。”

“那是怎么回事，艇长？”

“因为，当太阳画出这么长的螺旋线来时，是很难测出它在天际的准确高度的，仪器可能出现很大的误差。”

“那您到底如何测量呢？”

“我只使用我的精密时计就可以了，”尼摩艇长回答我说，“假若明天，三月二十一日中午，太阳的圆盘，包括它的反射光在内，正好被北面的地平线一分为二的话，那就说明我正站在南极点上了。”

“这倒也是，”我说道，“但是，这个结论，从数学的角度来看，却是不够精确的，因为春分毕竟不一定就在中午那个时刻。”

“这有可能，先生，但误差是不会超过一百米的，而且，我们也不需要那么精确。好，明天见。”

尼摩艇长返回艇上去了。我和孔塞伊则在海边漫步，边观察边研究，一直待到五点钟。我只拾到一个特大特大的企鹅蛋，其他没捡到什么有趣的东西。这个企鹅蛋颜色呈浅栗色，上面有一些条纹和图纹，如象形文字一般，这倒是很有收藏价值，我想收藏家可能会出一千法郎收购。我把企鹅蛋交给孔塞伊，这个凡事都谨小慎微的小伙子，像捧着一件珍贵的中国瓷器似的，双手捧着，迈步稳健，完好无损地把它捧回了鹦鹉螺号上。

回到艇上，我立即把这个罕见的企鹅蛋放进陈列室的一个玻璃柜中。晚饭时，我胃口大开，吃了一块鲜美的海豹肝，其味有点像猪肉。然后，我便上床躺下，像个印度教教徒似的，睡前做了祷告，祈求太阳明天露一露脸。

第二天，三月二十一日，清晨五点，我便急匆匆地登上艇顶平台。尼摩艇长已经在平台上了。

“天有点放晴，”他对我说，“我觉得挺有希望。吃完早饭之后，我们就去陆地上挑选一个观测点。”

我与尼摩艇长说定这事之后，便去找内德·兰德。我想让他同我一起去。但加拿大人挺固执，不肯与我同往。我已清楚地发现，他的话越来越少，而脾气却越来越大。不过，看他目前的状态，他执意不去，我倒也并不觉得有什么遗憾。说实在的，陆地上海豹不计其数，引得这位不管不顾的捕鲸手手痒痒，反而麻烦。

早饭后，我立即到了陆地上。夜间，鹦鹉螺号又继续向前行驶了几海里。它现在正停泊在外海上，离海岸足足有一里之遥。海岸上矗立着一座有四五百米高的尖尖的山峰。我和尼摩艇长以及两名艇员，带上一架精密时计、一架望远镜和一个气压计，登上了小艇。

小艇行进时，我看到了许多鲸鱼。它们是南极海域所特有的三种鲸类：一种是露脊鲸，也就是英国人所称的平脊鲸，它们没有脊鳍；另一种是英国人所说的座头鲸，也就是鳁鲸，肚腹平滑，有很宽的白色鳍翅——虽称之为鳍翅，但实际上并未发育成为真正的翅；还有一种鳍背鲸，黄褐色，鲸类动物中最活泼好动的。鳍背鲸体型庞大，在往外喷出烟雾般的高大的水汽柱时，响声极大，老远就能听见。这些不同种的哺乳动物，在平静的海水中成群结队地游动、嬉戏。我觉得，南极的这片海域已经成为被捕鲸者肆意虐杀的鲸类动物的避难之所了。

我同时还看到了一些樽海鞘，它们是一种喜爱群生的软体动物，长着很长的灰白色须带；还有一些体型很大的水母，在浪花滚滚的海水中漂浮着。

九点钟左右，小艇靠了岸。此刻天空放晴，云片向南边飘飞而去。雾气在冰冷的海面上渐渐地散去。尼摩艇长径直走向那座尖峭的山峰，他想必是想以它作为观测点。我们脚踩着尖尖的火山熔岩和浮石，呼吸着弥漫着从火山喷气孔中喷出来的饱含硫化物气味的空气，在艰难地往山上爬。艇长虽说是已经不习惯在陆地上行走了，但他爬那陡峭山坡时的那种敏捷灵巧，让我难以望其项背，甚至让专门捕猎比利牛斯岩山羊的猎人见了，也会啧啧称羡的。

我们花了整整两个小时才爬上这座半是斑岩半是玄武岩的山峰。站在山顶上，放眼望去，只见一片辽阔的大海，一直向北延伸，直至水天相接处。在我们的脚下，是白得晃眼的冰原；头顶上方，是云雾刚刚消散了的蓝天。北面，像一只火球似的太阳圆盘，已经被地平线给遮挡住了一部分。海水中

无数的美丽霞光像花束般放射出来。远处，鹦鹉螺号像一头沉睡着的鲸鱼，停泊在海中。在我们的身后，南面和东面，是一片广袤的原野，杂乱无章地堆积着一眼望不到头的岩石和冰块。

尼摩艇长一登上山顶，便用气压计把山的高度记录下来，因为观测时，必须要考虑山的高度。

十一点四十五分，刚刚可以通过反射光见到的太阳，像个金色圆盘似的露出脸来，向这片荒凉的陆地，向这片人迹罕至的大海，洒下最后的几缕光芒。

尼摩艇长举起他的那架有一块纠正折光镜片的网形线望远镜，观测着正在沿着一条长长的对角线渐渐沉入地平线下的太阳。我手里拿着精密时计，心怦怦地直跳。如果那半个圆盘消失的时间正好与精密时计上的午时相吻合，那我们真的是站在南极上了。

“十二点整！”我大声喊道。

“南极！”尼摩艇长郑重其事地回答道，一边把望远镜递给我。我用望远镜一看，太阳正好被地平线均匀地一分为二。

我看了看山上的太阳余晖，看着阴影在渐渐地往山坡上爬来。

这时候，尼摩艇长把手搭在我的肩头对我说道：“先生，一六〇〇年，荷兰人杰里特克在暴风雨中被海流带到南纬六十四度，发现了新谢特兰群岛。一七七三年一月十七日，著名的库克沿着西经三十八度线，到达南纬六十七度三十分；第二年，一七七四年一月三十日，他又沿着西经一百零九度线，到达南纬七十一度十五分。一八一九年，俄国人别林豪森到达了南纬六十九度；一八二一年，他又沿着西经一百一十一度线到达南纬六十六度。一八二〇年，英国人布伦斯菲尔德在南纬六十五度处受到阻遏，未能继续南下。同年，美国人莫雷尔沿西经四十二度线往南，在南纬七十度十四分处发现了没有结冰的海，但他的故事疑点很多。一八二五年，美国人鲍威尔没能越过南纬六十二度线。同年，一个名叫韦德尔的英国普通的猎海豹的人，沿着西经三十五度一直往南，到达南纬七十二度十四分，后又沿着西经三十六度，到了南纬七十四度十五分处。一八二九年，英国人福斯特船长驾驶着雄鸡号在南纬九度二十六分、西经六十六度二十六分处的南极大陆靠了岸。一八三一年二月一日，英国人比斯科在南纬六十八度五十分处发现了恩德比陆地；一八三二年二月五日，他在南纬六十七度上发现了阿德莱德陆地；二月二十一日，又在南纬六十四度四十五分处，发现了格雷厄姆陆地。一八三八年，法国人迪蒙·迪维尔在南纬六十二度五十七分遇上了大冰盖而停了下来，但却发现了路易·菲利普陆地；两年后的一月二十一日，他又在南纬六十六度三十分处发现了一个新沙嘴，被命名为阿德利陆地；八天后，他又在南纬六十四度四十分处发现了克拉利海岸。一八三八年，英国人威尔克斯沿着西经一百度线往南，驶抵南纬六十九度。一八三九年，英国人巴勒尼在南极圈边缘上发现了萨布里纳陆地。最后，一八四二年一月十二日，英国人詹姆斯·罗斯率领着埃里伯斯号和恐惧号，沿东经一百七十一度七分抵达南纬七十六度五十六分处，发现了维多利亚陆地；同月二十三日，到达南纬七十四度，那是当时所能到达的最高纬度了；二月二十七日，又到达了南纬七十六度八分处，二十八日到达七十七度三十二分处，二月二日，到达七十八度四分处。一八四二年，他又来到南纬七十一度处，但未能越过去。现在，我，尼摩艇长，在一八六八年三月二十一日，到达南纬九十度的南极了，占领了这片相当于地球已知大陆的六分之一的土地。”

“您以谁的名义占领它呀，艇长？”

“以我个人的名义，先生！”

说完这话，尼摩艇长便把一面黑旗展开，这面黑色平纹布的旗帜中央，绣着一个金色大写字母“N”。然后，他转过身去，朝着在海面上尚洒着一抹余晖的太阳，大声呼喊：

“再见吧，太阳！消失吧，光芒四射的星球！在这片未被冰封的大海下面沉睡吧，让六个月的漫漫长夜的阴影降临在我的新领地上吧！”

文中反复提到内德·兰德没有参与他们的行动，你能猜出他在忙什么吗？

# 十五 大事故还是小插曲【精读】

名师导读

南极越来越冷，鹦鹉螺号开始返航，在大冰盖的冰壳下潜行。不料，鹦鹉螺号撞上了大冰块不得不搁浅。尼摩艇长指挥潜艇前后突围，但最终还是被困冰下动弹不得。危急时刻，尼摩艇长会想出什么办法来脱离险境？

自然环境描写，为故事的发展提供环境背景，营造氛围。

第二天，三月二十二日，早晨六点，我们开始准备出发。晨曦那最后的一丝丝微光已经融进黑夜之中。天气冷得厉害。天空中，群星璀璨，显得分外明亮。那颗灿烂的南十字座星在天穹中闪烁着，它是南极地区的宿主星。

突出极地之冷，环境之恶劣。

温度计显示的温度为零下十二度，寒风凛冽，吹得人透心地凉。在未封冻的海面上漂浮的浮冰越来越多。大海眼看就要给冻结起来。无数的灰黑色的浮冰浮在水面上，预示着新的冰层在逐渐形成。很显然，在南极海域六个月的冰期内，这里是绝对无法靠近的。那么，鲸鱼在这冰期中又会如何呢？也许它们会在大冰盖下游走，去寻找比较适宜的海域。至于那些海豹和海象，它们已经历过了最艰苦最恶劣的气候条件，所以仍会留在这片冰封的海域。这类动物天生具有一种本能，能在冰原上凿洞，并让洞口永远敞开，不会冻结，而它们就通过这些洞口来呼吸。当鸟类忍受不了严寒而迁徙到北方去的时候，海豹和海象这类海洋哺乳动物便成为南极大陆上唯一的主人了。

鹦鹉螺号储水舱已灌满了海水，正在缓慢地往水下潜去。潜到一千尺深时，它停了下来。然后，它的螺旋桨便开始拍击海水，艇便以每小时十五海里的航速向北驶去。傍晚时分，它已经是在大冰盖的冰壳下面航行了。

读书笔记

在大冰盖下行驶，艇壳随时都有可能撞上一些沉于水中的冰块，所以，为了谨慎起见，客厅的舷窗板已经关上了。因此，我便把这一天的时间全用来整理自己的笔记。我脑子里全都是对南极的记忆。我回想起，我们像是坐在一节漂浮的车厢里在铁轨上滑行；无惊无险而又毫不费力地便到达了这个难以靠近的极点。而此刻，我们是真真切切地在开始往回返了。归途中，我还能遇到类似的惊喜吗？我想这是有可能的，海底有着那么多的美好景物，怎么也看不完的！自从命运把我们给抛到这条艇上来，已经过去了五个半月，航程已达一万四千里了，这比绕地球一周还要长，而在这么长的旅途之中，发生了多少或惊奇或恐怖的事啊：去克雷斯波海底森林打猎，在托雷斯海峡搁浅，珊瑚墓园，锡兰岛采珠场，阿拉伯隧道，桑托林海底火山，维哥湾的那无法计数的财宝，亚特兰蒂斯，南极！那天夜晚，这一桩往事像梦似的浮现在我的脑海里，让我无法成眠。

回顾海底探险之旅，呼应上文的海底美好景物“怎么也看不完”。

凌晨三点，突闻一声巨响，我便惊醒了。我腾地从床上坐起来，仔细听着船上有何动静。正在这时，我一下子被抛到舱室中间。很明显，鹦鹉螺号刚才是撞着什么了，艇体开始在倾斜。我扶着墙，摸索着从纵向通道走向客厅。客厅天花板上的灯还亮着。客厅里的家具什物都倒了，只有那几只玻璃柜，因底座结实稳当，仍旧好好地立在那里。右舷墙上挂着的画垂直坠落，贴在地毯上，而左舷墙上的画框，坠落在离墙根一尺的地方。这么看来，鹦鹉螺号是向右倾斜的，而且，动弹不了了。

读书笔记

只听见艇里传来说话声和脚步声，但说些什么却听不清楚。没见尼摩艇长出现。我刚想走出客厅，孔塞伊和内德·兰德便走了进来。

“出什么事了？”我立即问道。

“我们正想来问问先生呢。”孔塞伊说。

“真见鬼！”加拿大人叫嚷道，“是怎么回事，我很清楚！鹦鹉螺号触礁了。从它倾斜的程度来看，我看它是不可能像上次在托雷斯海峡那么走运，很难脱身了。”

“但它至少是回到水面上了吧？”我问。

读书笔记

"我们也不清楚。"孔塞伊回答。

"这很容易弄清楚。"我说。

我看了一下气压计。气压计竟然指在三百六十米的深度上！我可真的是惊呆了。

"这下麻烦可大了！"我惊呼道。

"应该去问一下尼摩艇长。"孔塞伊说。

"但去哪儿找他呀？"内德·兰德问。

"跟我来。"我对我的同伴们说。

我们走出客厅，来到图书室，但没见有人。中央扶梯那里，艇员舱房，也都没有人影。我猜想尼摩艇长应该是在驾驶舱里。那样，最好还是等他出来再说。于是，我们三人又回到了客厅。

加拿大人一个劲儿地发牢骚，我只是默默地听着。应该让他发泄一番了。我没有接茬儿，听凭他尽情地发泄，把怨气、怒气一股脑儿地全发泄出来。

名师点评

鹦鹉螺号应该是遇上大麻烦了，要不一向沉着冷静的尼摩怎么会"焦虑不安"呢？

我们就这样在客厅里待了二十分钟，但我却竖着耳朵，想捕捉到鹦鹉螺号艇内的任何一点动静。这时候，尼摩艇长走了进来。他好像没发现我们待在客厅里似的，只见他那平时声色不露的脸上浮现出一丝的焦虑不安来。他默然无语地观察着罗盘和气压表，然后用手指着地球平面球形图上的一个点——那是南极海的那片海域。

我不想干扰他。只是在几分钟之后，当他转身朝向我时，我才用他在托雷斯海峡时所说的话来反问他：

"艇长，是个小插曲？"

"不，先生，"他回答道，"这回可是一个意外事故。"

"严重吗？"

"可能。"

"很快就会很危险？"

"不会。"

"鹦鹉螺号搁浅了？"

"是的。"

"搁浅的原因……"

"是大自然的任性所致，而非人的无能使然。我们在操作上没

读书笔记

有出现丝毫的差错。可是，我们无法阻止平衡规律发生作用。我们可以战胜人类的法规，但却不能无视自然的法则。”

名师点评

在大自然面前，人们要懂得尊重自然规律。

尼摩艇长竟然选择这么个时候来大谈哲学，真是蹊跷。总之，他的回答并没说出个所以然来。

“先生，”我问他道，“您能告诉我这个事故是怎么造成的吗？”

“是一大块冰造成的，那是一座冰山，它完全翻转过来了，”他回答我说，“当冰山底部由于水温较高而融化，或因受到反复撞击而磨损时，它的重心就会上移，这样冰山就会整个儿地倒一个个儿。我们遇到的就是这种情况。一大块冰在倒下来时正好砸在我们正在水下航行着的鹦鹉螺号艇体上。然后，这一大块冰又滑到了艇身下面，以无法抗拒的力量，把艇给托起来，带到密度较小的水层里来，艇便侧卧着动弹不了了。”

读书笔记

“就不能把储水舱里的水排干净，让艇恢复平衡，摆脱困境吗？”

“我们现在正试着这么干呢，先生。您可以听见水泵正在排水的声响。您再看看气压计。它显示鹦鹉螺号正在往上浮，但冰块也在跟着一起往上浮。要等到有个什么障碍物把冰块给挡住，我们的处境才会有所好转。”

确实，鹦鹉螺号的艇体一直是向右倾斜着的。只有等冰块被什么东西挡住，艇才能正过身来。但是，等到那时，谁知道我们会不会在上面又撞到大冰盖，处于被两面挤压的可怕困境呀？

读书笔记

我脑子里在思考着我们目前所处的境地会产生的种种后果。尼摩艇长在不停地看着气压计。鹦鹉螺号在受到冰山撞击之后，到目前为止，已经上浮了一百五十尺左右，但其倾斜度未见有丝毫的变化。

突然间，我感觉到艇身轻轻地震颤了一下。显然，鹦鹉螺号稍稍竖直了一点。客厅里的悬挂物明显地恢复了常态。板壁已几近垂直了。我们大家谁都没有说话，都在激动地观察着、感觉着艇身是否在恢复平衡。十分钟之后，脚下的地板也已恢复了水平状态。

“我们终于站直身子了！”我大声说道。

“是的。”尼摩艇长边说边往客厅门口走去。

“那我们还要往上浮吗？”我问。

“当然啰，”艇长回答说，“现在，储水舱尚未把水排空，一旦排空了，艇就会浮在水面上了。”

艇长走出去了。但不一会儿，我便感觉到他在下令让鹦鹉螺号停止上浮。的确，艇很快就会撞到大冰盖的底部，还是让它继续待在水下的好。

“我们总算是大难不死呀！”孔塞伊开口说道。

“那可不！差点儿就被大冰块给压扁了，起码也会被冰给困住。那样的话，由于无法更换空气，我们就……是啊，我们总算是逃过一劫呀！”

“逃不过才好呢！”内德·兰德来了这么一句。

我没作声，我不想与加拿大人进行无谓的争论。再说，此刻舷窗已经打开，外面的光从舷窗透进来。

我刚刚说了，我们此刻正待在水下。可是，鹦鹉螺号两边约十米处，矗立着耀眼的冰墙，而且上方和下方也都是冰墙。上方是大冰盖的底部，宛如一块巨大的天花板；下面是那座翻了个个儿的冰山，渐渐地在下滑，卡到两侧的冰墙上。鹦鹉螺号真真切切地被困在一条宽约二十来米、注满平静海水的冰的隧道中。因此，它可以或向前行，或向后退，从这冰的隧道钻出来，然后再潜到几百米深的海层，在大冰盖下找到一条脱身的自由通道。

天花板上的灯灭了，但客厅里仍然十分明亮，因为冰墙光洁平滑，艇舷灯的光明亮地反射到客厅里头。我真的无法描述灯光在这些不规则的裂开的大冰块上所产生的效果。冰块的每个棱，每个角，每个面，因冰体内的纹理特性有所不同而反射出不同的光来。活脱一座令人眼花缭乱的宝石矿，尤其像是一座交织着蓝色光芒和祖母绿光芒的蓝宝石矿。在这像钻石般亮闪闪、亮得直晃眼的光点中，弥漫着一种极其柔和的、深浅不同的乳白色调。舷灯照上去后，反射回来的亮度要增强百倍，宛如最好的灯塔通过凸透镜所折射出来的光。

“真美呀！真是太美了！”孔塞伊惊呼道。

“是啊！”我说，“这景色真的太美了。是吧，内德？”

“可不是嘛！这真叫见鬼了！”内德·兰德说，“是太美了！我因不得不承认这真的很美而非常恼怒。我还从没见过这么美的景色呢。不过，观赏这一美景是得付出巨大代价的。说实在的，我觉得我们在这里是在欣赏上帝并不想让人看的东西。”

名师点评

内德·兰德的话中充满了讽刺意味。

内德说得对。这美景确实是过于美了。突然间，孔塞伊大喊了一声，我立即转过身去。

“怎么了？”我问。

“先生快闭上眼睛！先生千万别看！”

孔塞伊边说边用手捂住眼睛。

“到底怎么了，小伙子？”

我不由得把目光移向舷窗，只见火一般的光像要把舷窗吞噬，我赶紧把头扭了过来。

读书笔记

我明白这是怎么回事了。鹦鹉螺号刚刚提速行驶，冰墙上原先那静止的光，霎时间，变成了一道道的闪光，无数的钻石光的光点混合交织在一起了。在高速运转的螺旋桨的推动下，鹦鹉螺号宛如在一个光筒内快速地行驶着。

这时，客厅的护窗板全都关了起来。我们用双手挡住眼睛，因为，如同受到强烈阳光的照射一样，光线会留在视网膜前闪动跳跃着，用手捂住眼睛会好受一些。眼睛里的纷乱视觉需要一段时间才能消散。

我们终于可以把手放下来了。

“天哪，真难以相信。”孔塞伊说。

“可我，我到现在仍然不相信！”加拿大人不知为什么说了这么一句。

“当我们重回大陆时，”孔塞伊接着又说，“我们因为已经见过这么多的自然美景，对于可怜的大陆以及人工斧凿的那些雕虫小技，肯定会不屑一顾的！唉！人类居住的世界已经不值得我们留恋了！”

读书笔记

这样的话出自一个生性不易动情的佛来米人之口，足以说明我们的情绪是多么高涨。不过，加拿大人总是不失时机地要对这种高潮情绪泼上一盆凉水。

“人类居住的世界！”他摇着头说，“孔塞伊朋友，你就不用操那份儿心了，我们回不到人类居住的世界了！”

读书笔记

此刻是早晨五点钟。这时候，鹦鹉螺号的前部又发生了撞击。我知道，那是艇头的冲角撞上冰块了。这一回应该是操作失误造成的，因为在这条冰块拥塞的冰的隧道中航行，并非易事。于是，我便想，尼摩艇长在调整方向，在绕过障碍物，或者在顺着隧道的走势行驶。反正往前开是不会受阻的。然而，出乎我意料的是，鹦鹉螺号却在明显地往后倒着。

"我们在往后倒？"孔塞伊说。

"是的，"我答道，"隧道的这头想必没有出口。"

"那怎么办……"

"那还不简单嘛，"我说，"按原路往回退就是了，从南边的出口出去不就行了嘛。"

我嘴上虽这么说，心里却并没有底，只不过在装出一副镇定的样子而已。鹦鹉螺号在加速往后倒。螺旋桨在倒转，艇载着我们飞快地往后退去。

名师点评

两个人所说的"只要能出得去就行了"意思相同吗？如果不同的话，那分别指的是什么？

"这可得耽搁很多时间。"内德说。

"这没多大关系。早个几小时晚个几小时并无大碍，只要能出得去就行了。"

"是啊，只要能出得去就行了。"内德·兰德重复了一句。

我在客厅和图书室之间来来回回地走了一会儿。我的两位同伴则一言不发地坐在客厅里。过了一会儿，我也在客厅的沙发上斜倚着，手里拿起一本书，两眼机械地浏览着。

一刻钟之后，孔塞伊走到我身边说：

"先生看的书很有趣吗？"

"非常有趣。"我回答道。

"我相信是的。先生看的是自己写的书呀！"

"我自己写的书？"

读书笔记

果不其然，我手里确实拿着我的那本《海底世界》，可我却一点也没发觉。我于是便把书合上，又站起身来踱来踱去。这时，内德和孔塞伊站起来想离去。

"别走呀！朋友们，"我把他们叫住，"我们在一起待着，直到走出这条死胡同。"

"随先生的便。"孔塞伊说。

几个小时过去了。我一再地看那些挂在墙上的仪表。气压计显示着，鹦鹉螺号一直处于三百米深处；罗盘则显示它一直在往南；测速计表明，航速为每小时二十海里。在如此狭窄的航道，这种速度可谓高速行驶了。尼摩艇长深知不可太性急。可是，在这种情况之下，几分钟就像是几个世纪似的漫长。

八点二十五分，发生了第二次碰撞。这一次，撞到的是艇的后部。我的脸唰的一下就白了。我的两个同伴向我身边靠过来。我一把抓住孔塞伊的手，我们用目光相互探询着。此时此刻，眼神比话语更直接，更能表达所思所想。

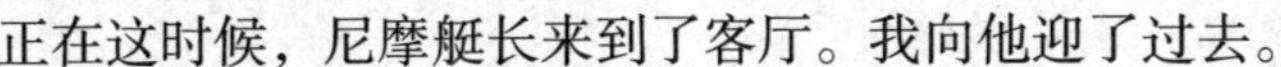

名师点评

作者通过生动的细节描写，把阿罗纳克斯教授的内心活动活灵活现地呈现在读者面前。

正在这时候，尼摩艇长来到了客厅。我向他迎了过去。

"南面的路堵住了？"我问道。

"是的，先生，冰山翻倒，所有的路都被堵住了。"

"我们被困住了？"

"是的。"

延伸思考

鹦鹉螺号这次碰上的是一个小事故吗？尼摩艇长是如何应对的？

# 十六 缺氧

名师导读

鹦鹉螺号被厚厚的冰墙封住了，全艇的人受到死亡的威胁。紧急关头，内德·兰德决定与尼摩握手言和，共渡难关。然而，眼前困难重重，尼摩艇长会想出什么办法来应对呢？

就这样，鹦鹉螺号的上方和下方，全都是穿不透的冰墙。我们成了大冰盖的囚徒了！加拿大人用他那粗大的拳头猛捶了一下桌子，孔塞伊则闷声不响。我在看着尼摩艇长。艇长脸上又恢复了他那惯常的冷漠神情。他双臂搂抱在胸前，在思考着。鹦鹉螺号已经动弹不了了。

尼摩艇长终于打破了沉默。

“先生们，”他语气平和地说，“就我们目前所处的情况而言，有两种死法。”

这个怪异的人好像是一个正在给学生演算数学题的老师。

“第一种，”他接着说道，“是被压死。第二种，是被憋死。我没提饿死的可能，因为鹦鹉螺号上的食物储备很充足，足够我们坚持一阵子了。现在，就让我们考虑一下在压死和憋死这两种可能中如何抉择吧。”

“我们用不着担心会憋死，艇长，”我说道，“因为我们的储气舱灌得满满的。”

“储气舱虽然是满的，”尼摩艇长说道，“但只够用两天的，而我们已经在水下待了三十六个小时，艇上的空气混浊，需要换气了。四十八小时之后，我们储备的空气就将用完了。”

“那么，艇长，我们想办法在四十八小时内脱身。”

“我们至少应该试一试，看能否将包围着我们的冰墙凿穿。”

“从哪一边往外凿呀？”我问。

“这得先测量一下。我将让艇停在下面的冰块上，让艇员穿上潜水服去找最薄的冰墙凿。”

“能把客厅的舷窗打开吗？”

“打开没什么危险，反正艇已停住不动了。”

尼摩艇长说完便走了出去。一会儿，只听见在往储水舱里灌水的声响传了过来。鹦鹉螺号在缓慢下降，最后，停在三百五十米深处的一块大冰块上，这是下层冰层沉在水中的深度。

“朋友们，”我说道，“情况十分不妙，但我相信你们的勇气与能力。”

“先生，”加拿大人接嘴说，“在这种时候，我是不会发牢骚讲怪话来烦您的，我已经准备好了，为了能让大家获救，让我干什么都行。”

“太好了，内德。”我一边向他伸过手去，一边对他说道。

“我还想补充一句，”他随即又说，“我使镐跟使捕鲸叉一样得心应手，如果艇长有什么吩咐的话，我一定随叫随到。”

“他是不会拒绝您的帮助的。跟我来，内德！”

我领着加拿大人来到鹦鹉螺号艇员正在换穿潜水服的房间里。我把内德的话告诉了尼摩艇长，他听了很高兴，马上让加拿大人换上潜水服。内德不一会儿就同其他人一样，换好潜水服，等候命令。他们每一个人身上都背上了一个鲁凯罗尔储气罐，罐里灌满着纯净的空气。就鹦鹉螺号上的空气储备而言，他们罐中装走的空气数量可是不算少的，但这又是必须这么做的。鲁姆科夫灯没有带上，因为水中因灯光的照射已是明亮一片了。

内德换好潜水服之后，我便回到了客厅里。舷窗已经打开，我站在孔塞伊身旁，观察托着、挡着鹦鹉螺号的冰层。

片刻之后，只见十多名艇员走到了冰层上，其中的内德·兰德，个头儿高大，一眼便可认出。尼摩艇长也同他们在一起。

在凿冰墙之前，尼摩艇长让人先探测一下，以便找准方向。长长的探测棒钉进旁边的冰壁，但钉进十五米之后，就怎么也钉不进去了。头顶上方的冰层就无须测试了，因为那本来就是四百多米厚的大冰盖。于是，尼摩艇长便命令探测脚下的冰层。结果，探到十米深处，便碰到水了。脚下的冰层的厚度为十米。这样，我们就要凿开一块与鹦鹉螺号的吃水线所圈出来的面积相同的大冰块，也就是说，必须凿去六千五百立方米的冰，才能凿出一个可使艇下潜到冰层底下去的洞来。

大家立即动手，以坚忍不拔、不知疲倦的精神在拼命地凿冰。贴着艇边凿比较困难，因此，尼摩艇长便叫人在艇左舷后面八米处划出一条长沟，大家立即在这条划出的长沟的几个点上分头凿了起来。铁镐飞舞，猛力地挥向厚厚的冰层，大块大块的冰被凿了出来。由于存在着一种有趣的特殊重力作用，这些比水轻的冰块便纷纷地浮到隧道的顶部去了。这样一来，底下的冰层在变薄，而上方的冰层则在逐渐增厚，但这却无关紧要，只要下面的冰层在逐渐变薄就行了。

奋战了两个小时之后，内德·兰德返回艇内，他累得都快散架了。他们那批人全都被撤换下来，由新的人马接替，我和孔塞伊也参加了换班的队伍。指挥我们的是鹦鹉螺号的大副。

我觉得海水冷得厉害，但一开始挥舞起铁镐来，身上就暖和多了。尽管是在三十个大气压的压力下挥镐凿冰，但我仍然挥洒自如。

干了两个小时之后，我们被替换下来，回到艇上吃点东西，休息休息。这时，我才发觉鲁凯罗尔储气罐里的空气与鹦鹉螺号上的空气差别之大，一个是纯净的空气，而另一个则是充满了二氧化碳的气体。艇上已经有四十八小时没有更换空气了，空气中的氧气含量明显地在减少。然而，十二个小时里，我们只从划出的范围中凿掉一层一米厚的冰。如果照这种速度计算，要彻底完成这一工作，必须得四天五夜才行。

“四天五夜！”我对我的两个同伴说道，“可我们储备的空气只够用两天！”

“而且，”内德说，“即使能逃出这个该死的牢笼，我们还是被困在大冰盖下面，仍然无法换气！”

内德所言甚是。有谁能够预测我们逃脱厄运最少需要多少时间呀？在鹦鹉螺号浮出水面之前，我们会不会因缺氧而窒息身亡呀？鹦鹉螺号难道命中注定要带着艇上的人一起葬身于这座冰墓中吗？情况十分严峻，令人胆寒。但每个人都在正视着这一危险，决心尽其义务，坚持到最后。

根据我的预测，夜里，又有一层一米厚的冰被凿掉了。但是，早晨，我换上潜水服下到零下六七摄氏度的海水中时，却发现两侧的冰墙正在往艇体渐渐合拢。离挖开的大沟远一些的海水，因为人的劳动以及工具并不能使之保持恒温，所以出现结冰的现象。面对这种迫在眉睫的新的危险，我开始怀疑我们还有多少获救的希望。必须想办法阻止冰沟里的海水结冰的势头，否

则的话，鹦鹉螺号的舱壁会像玻璃似的被挤碎！

我没敢把这一新的危险告诉我的两个同伴。他们正在全力以赴地忙着艰难的自救工作，何必用这个危险去打击他们的积极性呢？但是，我一回到艇上之后，便立即向尼摩艇长报告了这个极其严重而复杂的情况。

“这事我知道，”他语气依然十分平静地说，任何复杂可怕的情况都改变不了他那镇定自若的神情，“这又多了一层危险，可我想不出什么招数来阻止它。唯一能够获救的希望就是，我们干得比海水结冰的速度快。关键是抢在前面。除此而外，别无他法。”

抢在前面！这不等于什么也没说嘛！

这一天，我挥动着铁镐一连干了好几个小时。工作让我增添了点儿信心，而且干活儿时就可以离开鹦鹉螺号，就可以呼吸到从储气舱中灌到的纯净空气，远离艇上那浑浊的气体。

傍晚时分，冰沟又挖出一米。当我回到艇上时，我几乎让艇上那空气中所含的二氧化碳给憋死了。唉！我们怎么就无法用化学方法把有害气体给清除掉呢！氧气对我们来说并不缺少呀。水里就含有大量的氧，用我们的强力电池就可以把氧从水中分解出来，使艇上的空气变得纯净清洁。我对此想了很久，但想又有何用？我们呼出的二氧化碳已经弥漫在艇上的各个角落了。要把二氧化碳吸收掉，就得把苛性钾装在许多容器中，不停地摇晃。可是，艇上没有苛性钾，而且也没有其他的可以代替它的物质。

晚上，尼摩艇长不得不把储气舱的阀门打开，往艇内放了一些新鲜空气。如果不这么做，明天我们可能全都不会再醒过来了。

第二天，三月二十六日，我又下海去继续挖冰，开始挖五米深处的冰。两侧的冰壁和头顶上方的大冰盖的底部明显地在增厚。显然，鹦鹉螺号在脱身之前，这些冰层就会合拢。我一下子感到绝望了，铁镐差点从手中滑落。既然我将被这些如石头一般坚硬的冰块憋死、卡死，我还拼命挖它干什么呀？这种死法简直是一种连野蛮人都没有发明的酷刑。我仿佛落入一只怪兽那正在无法抗拒的要合拢的大嘴中了。

这时候，指挥并亲自参加这项劳动的尼摩艇长来到了我的身边。我用手触了他一下，让他看看我们这座两侧正在合拢的监狱般的墙壁。艇右侧的那堵冰墙至少又向鹦鹉螺号靠近了大约四米。

尼摩艇长明白我的意思，示意我跟他走。我们回到了艇上。我脱去潜水服，跟着他进了客厅。

“阿罗纳克斯先生，”他对我说道，“必须豁出去了，否则我们就会被这些海水结成的冰给封死在这儿，如同被封死在水泥里一样。”

“没错！”我说，“可是，怎么个豁出去法儿？”

“喏！”他大声说道，“如果我的鹦鹉螺号能够顶住这种压力，不被挤碎的话，会如何呢？”

“您想说什么呀？”我没弄明白尼摩艇长的意思，不禁问道。

“您不明白水的凝固作用会对我们有所帮助吗？”艇长回答我说，“您没考虑过，水结冰之后会把困住我们的冰层绷裂，如同把石头绷裂一样？您没想过，水是拯救我们的力量，而不是毁灭我们的力量？”

“这话也许有道理，艇长。但是，无论鹦鹉螺号抗挤压的力量有多大，它是怎么也顶不住如此惊人的压力的，它会被挤压成一块铁饼。”

“这我知道，先生。因此，我们不能单靠大自然的救助，还得靠我们自己。我们必须想法阻止海水结成冰。眼下，不仅艇两侧的冰墙在增厚，而且艇前艇后的海水也只剩下不到十尺了。冰层从四面八方向我们步步紧逼着。”

“艇上储存的空气还够我们用多久？”我问道。

艇长直视着我说：

“用到明天，然后就没有了！”

我惊出一身冷汗。不过，听到艇长这样的回答我还有什么可惊讶的呢？鹦鹉螺号三月二十二日就潜入未被冰封的南极海底了，而今天已是二十六日了。五天来，我们一直在靠艇上储气舱中的储备维持着。而清新空气必须留给干活儿的人用。从我记下这件事的那一刻起，一种不由自主的恐惧感便攫住了我，似乎我的肺里已经缺少氧气了！这种感觉至今仍挥之不去。

尼摩艇长仍旧在静静地思索着，一动不动。不难看出，他脑子里刚刚闪过一个念头，但他仿佛在想法儿把它驱开，他在自己否定自己的那个想法。最后，他终于开口了。

“沸腾的开水！”他自言自语地说。

“沸腾的开水？”我大声地重复道。

“是的，先生。我们被困在一个相对来说比较狭窄的空间里，如果让鹦鹉螺号上的水泵不停地往外喷出沸腾的开水的话，难道不会提高水里的温度，延缓海水结冰的速度吗？”

“应该试一试。”我坚决地赞同道。

“那咱们就试一试吧，教授先生。”

据温度计显示，艇外的温度是零下七度。尼摩艇长把我带到厨房。几个大型蒸馏器正在运行着，为我们制造饮用水。蒸馏器里装满了水，电池发出的电热，通过没于水中的蛇形管往外散热。几分钟的工夫，水温就达到了一百度。滚开的水被引入水泵，新的水随即又把蒸馏器灌满。电池发出的热力非常大，从海里抽上来的凉水通过蒸馏器时，立即变成了滚开的水，流入水泵里去。

滚开的水开始向外喷射了。喷了三个小时之后，温度计显示，外面的温度为零下六度了，升高了一度。又喷射了两小时，温度计显示，已经变成零下四度了。

“我们会成功的。”看了对操作进程的跟踪检测的明显效果之后，我对艇长说道。

“我想是的，”艇长回答说，“我们不会被压扁了。我们现在应该担心的是缺氧的问题。”

入夜，水温升到了零下一度。喷射开水已无法再提高温度了。不过，海水在低于零下两度时才会结冰，所以海水结冰的威胁算是解除了。

第二天，三月二十七日，冰层已被挖掉了六米，还剩四米需要挖去。这可是四十八小时的工作量啊。鹦鹉螺号上的空气已经无法更新了。因此，这一天的情况越来越糟。

一种难以忍受的沉重感使我透不过气来。将近下午三点钟，我的恐惧感达到了十分强烈的程度。我接连不断地打呵欠，打得连下颌骨都快要脱落了。我的肺在不停地活动着，在拼命地呼吸那维持生命所必需的氧，可是，氧气越来越少。我脑子在发木，软塌塌地躺在那里，既无力气，又几乎没有意识。我那忠实的孔塞伊同我的症候相同，也在忍受着与我同样的痛苦。但他一刻也不离开我的左右，而且还拉着我的手，鼓励着我，我还听见他有气无力地跟我说：

“唉！要是我可以不呼吸，留点空气给先生，该有多好呀！”

我听了之后，禁不住热泪盈眶。

诚然，我们在艇内时，人人都觉得难忍，而一旦轮到自己穿上潜水服，一个个又欢蹦乱跳地、急不可耐地跑出去干起活儿来。铁镐击在冰层上发出的声响此起彼落。胳膊酸了，手磨破了，但苦和累算得了什么？这点伤痛算得了什么？维持生命的空气吸进肺里了！我们大口大口地呼吸着！大口大口地呼吸着！

不过，并没有人故意延长在水下的工作时间。干完自己的活儿，便立刻把维持生命的储气罐交给喘不上气来的同伴。尼摩艇长以身作则，带头严格遵守这项纪律。一到时间，他便立即把储气罐交给另一个人，回到空气浑浊的艇上去。他始终那么镇静，那么坚定，毫不动摇。

这一天，活儿干得比平常更加来劲儿。需要挖掘的冰层只剩下两米厚了。只有两米厚的冰层在把我们与可自由航行的海隔开了。但是，储气舱中的空气几乎告罄。剩下的那点空气要留给挖掘冰层的人，不能再供给艇内的人了。

回到艇内，我已经处于半昏迷状态。多么难熬的一夜！简直难以描述！第二天，我的呼吸更加困难，头脑昏沉沉的，晕晕乎乎的，如同醉汉一般。我的两个同伴同我的状况一样，有几名艇员在喘着粗气。

这是我们被困在海底的第六天。尼摩艇长发现用铁镐挖太慢，便决定把剩下的那隔断我们的冰层压碎。他凭借巨大的精神力量战胜肉体上的痛苦，保持着镇定与活力。他在不停地思考着，策划着，行动着。

按照他的指令，艇减轻了一些负载，也就是说，通过改变自身的重心，使艇离开冰面。等艇漂起来之后，大家便齐心协力地去拉，把它拉进根据它的吃水线划好后挖出来的大沟里去，让艇上的储水舱灌满水，使艇进到槽沟中，沉下去。

这时，所有的人都回到了艇上。与外面相通的双重门已经关好。于是，鹦鹉螺号在冰层上停好，而这层把我们与海水隔离开来的冰层此时已只剩下一米厚了，而且还被凿得坑坑洼洼。

储水舱的阀门全部被打开，一百立方米的海水哗哗地往里灌，鹦鹉螺号的重量一下子增加了十万公斤。

我们满怀希望地在等待着，在倾听着，连痛苦难受都忘到脑后去了。能否获救，就看这一下了。

尽管脑袋嗡嗡的，但不一会儿，我还是听见了鹦鹉螺号艇体下面传来的一阵震颤声。艇体在起伏、倾斜。突然，冰像是被撕破的纸似的带着一种奇特的响声破裂开来，鹦鹉螺号在往下沉。

“冰层穿破了！”孔塞伊凑近我耳旁悄声说道。

我说不出话来。我紧握住他的手，身子不由自主地在抖动着。

突然，鹦鹉螺号因为自身那超大的重量，宛如一发炮弹似的“嗖”的一声落入水中，如同在真空中往下坠似的。

于是，全部电力都集中输向水泵，把储水舱中的水抽掉。几分钟后，艇的坠落停止下来，几乎与此同时，气压计便显示出，艇在往上升。螺旋桨全速运转，艇体，甚至连螺栓，全都在震颤。艇载着我们向北疾速驶去。

可是，艇还得在大冰盖底下行驶多长时间？还是一天？那我可挺不住了！

我实在喘不上气，只好半倚在图书馆的一张沙发上。我脸色发青，嘴唇发紫，机体丧失了所有的功能。我什么也看不见，什么也听不见。时间的概念已经从我的意识中消失了。我的肌肉已经无力，收缩不了了。

我不知这样过去了多少时间。但我下意识地感到我已生命垂危，挺不过去了……

突然间，几缕新鲜空气进入我的肺里，我清醒过来。我们浮上水面了？我们越过大冰盖了？

不是！是我的两位忠实朋友——内德和孔塞伊——救了我。他们不顾自身，把储气罐里还剩下的一点点空气，自己不吸，留给了我：把生命一点一点地输入我的体内！我想推开储气罐，但手却被他俩给按住了。我尽情地吸了一会儿。

我的目光移向了挂钟。已经是上午十一点了，该是三月二十八日了。鹦鹉螺号正以每小时四十海里的惊人速度在飞驶，在挣脱。

尼摩艇长在哪儿？他死了？他的艇员们也和他一起死了？

这时，气压计显示，我们离水面只有二十尺。把我们与大气隔开的只是薄薄的一层冰层。我们难道不能把它撞开吗？

也许能！总之，鹦鹉螺号是会这么尝试一下的。果然，我已感觉到艇后部下沉，艇头冲角在上仰。这么做并不难，靠储水舱里的水来让艇头翘起就行了。然后，在螺旋桨的强力作用下，艇便像一把攻城锤似的，猛力向冰原击去。经冲角一再地冲击，冰原便渐渐地被撞裂开。最后，鹦鹉螺号再拼足力气，猛地一冲，便冲出了冰原，把冰原压碎了。

舱盖立即被打开，清新的空气一股脑儿地涌入艇内，渗透到角角落落里去。

精华赏析

鹦鹉螺号被困水下，所面临的问题不仅仅是破除厚厚的冰层，因为随着天气的转冷，四周的冰层在一点点加厚，并向中心挤压过来，可谓是一波未平一波又起。危急时刻，内德放弃成见与大家共同奋战，最后还和孔塞伊一起舍身救人，在他粗鲁无礼的举止下，我们看到了一颗充满人性的心。四周寒冰围困，艇上氧气不足，问题接踵而来，但却没有击倒尼摩艇长。尼摩艇长忍受着巨大的痛苦，冷静镇定地思考、指挥，把眼前的问题一一解决，凭借着坚强的意志力带领大家突出重围，战胜了困难。

# 十七　从合恩角到亚马孙河

名师导读

自从鹦鹉螺号脱离险境之后，尼摩艇长一直没有出现。鹦鹉螺号也没有进入广阔的太平洋来结束这段环球之旅，而是从合恩角一路向北开到了亚马孙河口。教授一路观察、捕捞海底生物，可谓是收获颇丰。而内德却因为航速太快而气愤至极。

我不知道自己是怎么上的平台。也许是被加拿大人给背上来的。我拼命地呼吸着海上那清新的空气。我的两个同伴就在我的身旁，他们也在饱吸这纯净的空气。饿了很久的人，一旦有人给他饭吃时，千万不能一下子吃得太饱，否则会有生命危险。可我们则不然，无须节制，可以大口大口地、尽情地把大气中的氧气往肺里吸。是清风，是那令人沉醉的清风，把这份快意给我们送了过来。

“啊！”孔塞伊说道，“氧气真好啊！先生可以尽情地吸，人人都可以尽情地吸，管够！”

内德·兰德没有吱声。他的嘴张得老大，鲨鱼见了都会吓一大跳。他真的是在拼命地呼吸着，像一个炉火正旺的大火炉似的在消耗着氧气。

我们很快便有了力气。我四下里看了一眼，发现只有我们三人待在平台上。艇员们一个也没上来，连尼摩艇长也不在。鹦鹉螺号上的这些怪艇员，只要有流进艇内的新鲜空气呼吸就满足了。

当我一有说话的力气时，我的头一句话就是向我的这两位同伴表达谢意和感激之情。在我生命垂危之际，是内德和孔塞伊不顾自己的生命，挽救了我的生命。我无论如何感激，都还不了欠他俩的情。

“好了，教授先生，”内德·兰德说，“区区小事，何足挂齿！我们算不了什么，没什么可道谢的。这个问题很简单，您的生命比我们的更有价值，所以必须先考虑救您。”

“此言差矣，内德，”我回答他说，“我的生命并不比你们的更有价值。没有任何人会比一个心地善良而侠义的人更高尚，而您就是一个心地善良而侠义的人。”

“得了！得了！”加拿大人颇为局促不安地说道。

“还有你，我忠实的孔塞伊，让你受苦了。”

“跟先生实说了吧，我其实并没受什么苦。我只不过是少吸了几口氧气而已，但我觉得自己并不害怕缺氧似的。再说，一见先生昏过去了，我急得连呼吸的意思都没有了。就像人家说的，我屏住气了……”

孔塞伊觉得自己的话有点俗，便羞涩得不再吭声了。

“我的朋友们，”我激动不已地说道，“患难见真情，从今往后，我们将生死与共，你们将有权对我……”

“我会使用这个权利的。”加拿大人打断我说。

“你什么意思？”孔塞伊问。

“我是说，当我想离开这地狱似的鹦鹉螺号时，我就有权把你们拉上一起走。”

“对了，”孔塞伊说，“我们走的方向对吗？”

“对的，”我回答道，“我们是朝着太阳走，而这里的太阳是在北边。”

“应该是的，”内德·兰德接着又说，“现在的关键是，得弄清楚我们是往太平洋去还是往大西洋去，也就是说，是去有船只往来的海洋，还是去一片荒凉的海洋。”

对这个问题，我无从回答。我担心尼摩艇长会把我们带往那个濒临美洲和亚洲的浩瀚的海洋中去，这样，他就可以完成他的环游海底世界的任务了，然后，便可回到鹦鹉螺号能够自由自在地、无拘无束地航行的海域中去。但是，要是跑到远离人类居住的陆地的太平洋上去的话，内德·兰德的计划又如何实施呢？

这个问题至关重要，我们必须得弄清楚。鹦鹉螺号正在高速行驶着，不久，它便穿出了南极圈，径直奔向合恩角。三月三十一日晚上七点，我们便驶抵美洲南端的那个岬角了。

此时此刻，我们把往日的所有痛苦全都忘到了脑后，被困于冰层中的那个记忆已经从脑海中消失了，我们想的只是未来。尼摩艇长没再在平台上露面，也没再在客厅里出现。大副每天都把测得的方位标在地球平面球形图上，我因而得知鹦鹉螺号的准确位置。这天晚上，我心里很清楚，我们正从大西洋往北，对此我感到非常高兴。

我把我掌握的情况告诉了加拿大人和孔塞伊。

“这可是个好消息，”加拿大人说道，“可是，鹦鹉螺号到底要去哪儿呀？”

“这我可说不清楚，内德。”

“难道那位艇长去了南极之后，还想奔北极？从有名的西北通道返回太平洋？”

“这种可能性是存在的。”孔塞伊说。

“那好呀！”加拿大人说，“那我们就对他来个‘恕不奉陪’。”

“不管怎么说，”孔塞伊说，尼摩艇长是个了不起的人，认识他我们并不觉得遗憾。”

“离开他就更不觉得遗憾了。”内德·兰德顶了孔塞伊一句。

第二天，四月一日，鹦鹉螺号在晌午前几分钟浮出了水面。我们看到了西边的陆地。那是火地岛。第一批航海家看到岛上土著人茅屋顶上炊烟袅袅，便给它起了这个名字。火地岛是个大岛群，长三十里，宽八十里，处于南纬五十三度到五十六度、西经六十七度五十分到七十七度十五分之间。海岸看上去很低，但远处却有一些高山突兀。我甚至觉得看到了海拔高度为两千零七十米的萨米恩托峰，那是一座山峰尖峭的金字塔形页岩山。内德·兰德告诉我，人们可根据此峰上是否云雾缭绕而预知天气的晴与雨。

“那它可就是个很棒的晴雨表了，我的朋友。”“是的，先生，它就是个很棒的晴雨表。我当年行经麦哲伦海峡时，就是通过看它来测知天气的，从未出过差错。”此时此刻，这个山峰清晰地显现着，可见是个好天气。而这一天天气确实很好。

不久，鹦鹉螺号便潜入水下，靠近海岸，但只是沿着海岸行驶了几海里。透过客厅里的舷窗，我看到了一些长长的藤本植物和一些巨大的墨角藻，南极未被冰封住的海水中也有这种墨角藻。这种墨角藻的丝黏糊糊的，很光滑，是货真价实的绳索，最长可达三百米，比大拇指还粗，非常柔韧，经常被用作缆绳。还有一种名为维尔普的海草，叶子长达四尺，沾满珊瑚的黏糊糊的分泌物，像地毯似的覆盖于海底。许多甲壳类动物和软体类动物，比如螃蟹和乌贼，都把这种海草当作窝和食物。远处，可见海豹和海獭像是英国人似的，正在把鱼肉与海草卷在一起，津津有味地吃着。

在这片植物茂盛的海底，鹦鹉螺号正以极快的速度行驶着。傍晚时分，艇便驶近圣马洛群岛了。第二天，我便观察到圣马洛群岛上的那些高耸入云的山峰。这里的海水不太深。我由此不无道理地联想到，这两座被许许多多的小岛环绕着的大岛，从前可能是麦哲伦陆地的一部分。圣马洛群岛可能是那位著名的约翰·戴维斯发现的，他给这个群岛冠名为南戴维斯群岛。不久之后，理查德·霍金斯又把它称作处女岛。后来，十八世纪初叶，圣马洛的渔民们又把它称为圣马洛群岛。最后，该群岛归属英国，英国人就把它改为福克兰群岛①。

我们的拖网在这片海域捕捞到一些非常漂亮的海藻，特别是那些根部栖息着世界上的美味佳品——贻贝的墨角藻。有十几只海鹅和海鸭落在平台上，被我们抓获，不一会儿便被送到厨房里去了。至于鱼类，除了一种属于虾虎鱼类的硬骨鱼以外，我还特别注意到了一些长二十厘米，身上满是黄白色斑点的布尔罗鱼。

我还欣赏到了许多水母，其中包括圣马洛群岛海域所特有的最好看的茧形水母。茧形水母有时看上去像是一把半张开着的阳伞，非常光滑，滚着一条条红褐色的花边，缀着十二朵很规则的花穗。有时候，茧形水母又好似一只翻转过来的篮子，宽宽的叶子和长长的红颜色的细枝条优雅地从篮子里伸出来。它们摆动着四条叶状触足游动着，其肥大的触须则漂浮在水上。我本想弄一些这种植虫动物制作标本，保存起来，但是，它们却不能离开海水，一离开，马上就会像浮云、像掠影、像影子似的，消散了。

当圣马洛群岛的最后几座山峰在海平线上消失时，鹦鹉螺号便又回到了海底，在二十至二十五米深处，沿着美洲海岸行驶着。尼摩艇长仍旧没有出现。

直到四月三日之前，我们的艇一直未曾离开巴塔哥尼亚海域。它时而潜在海底，时而浮出海面。最后，它驶出了普拉塔河那宽阔的河口，于四月四日驶入乌拉圭海域，但距离海岸有五十海里。艇沿着南美洲的漫长的曲折海

名师注解

① 福克兰群岛：即马尔维纳斯群岛。

读书笔记

岸，一直往北行驶着。自日本出发至此，我们已经行驶了一万六千里了。

上午十一点左右，我们沿着西经三十七度线越过了南回归线，从远处绕过了弗里奥岬。最让内德·兰德恼火的是，尼摩艇长不愿让艇靠近有人居住的巴西海岸，他让艇以惊人的速度飞驰而过，连游得最快的鱼、飞得最快的鸟都赶不上我们的艇速，所以，这片海域的奇异景色，我们根本就没观赏到。

鹦鹉螺号一直以这么惊人的速度跑了好几天。四月九日晚，我们便看到南美洲最东端的那个圣罗克角了。但是，这时候，它又潜入更深的海底，去寻找位于圣克罗角和非洲海岸塞拉利昂之间的一个海底峡谷。该峡谷在安的列斯群岛附近分叉，一直延伸到北面的一片九千米的大洼地。在此外，海底的地质断层形成了一座陡峭的断崖，长六公里，一直延伸至安的列斯群岛；而且，在佛得角附近的另一座断崖也甚为壮观。沉于海底的亚特兰蒂斯，就位于这两座断崖之间。在这片海底大峡谷谷底，几座壮丽的山峰连绵起伏着。我所说的，主要是依据鹦鹉螺号图书室的一些手绘地图，毋庸置疑，这些地图手稿都是尼摩艇长按照他自己所观察的真实情况亲自绘制而成的。

读书笔记

鹦鹉螺号利用侧翼斜面板潜入这片荒芜而深邃的海域待了两天。它可沿着长长的对角线潜到海底任何的深度去。但是，四月十一日，它突然浮出水面，在亚马孙河入海口，又看到了陆地。亚马孙河水量极大，把河口好几里范围内的海水都淡化了。

我们穿越了赤道。西面二十海里处就是法属圭亚那，在那里我们可以很容易地找到一处藏身之地。但是风大浪高，小艇根本就无法靠岸。内德·兰德可能也看出了这一点，所以他才什么也没跟我说。我也绝口不提他的那个逃跑计划，我不想怂恿他去做那必然会失败的尝试。

名师点评

怂恿（sǒng yǒng），鼓动别人去做（某事）。

计划迟迟无法付诸实施，虽然觉得有点遗憾，但我很容易地通过一些有趣的研究得到补偿。四月十一日和十二日这两天，鹦鹉螺号都是浮在水面上的，艇上的拖网收获颇丰，网到了大量的植虫动物、鱼类和爬行动物。

有一些植虫动物曾经也打捞到过。其中大部分是属于菟葵科的漂亮的茎须海藻。而在其他种类的海藻中，捕捞到了一种须形藻，属大西洋这片海域的特产；短小的圆柱形茎干上，有着垂直的线条和红色斑点，头顶部的触须如同艳丽的花冠。至于软体动物，多数我已经见到过，比如锥螺；身上长着规则的交叉着的条纹，底壳上有明显突出红点的橄榄形岩斧蛤；活脱惊呆了的蝎子似的任性的蜘蛛螺；通体透明的玻璃贝；船蛸；味道很美的墨鱼；还有几种枪乌贼——古代博物学家把它们归于飞鱼类，主要是被用作钓鳕鱼的鱼饵。

我记录下我尚未研究过的这片海域中的几种不同种类的鱼。在软骨鱼中，有化石花斑鱼，这是一种鳗鱼，长约十五寸，头部淡绿，紫色鳍，蓝灰色脊，银褐色的肚腹上满是醒目的斑点，虹膜周围有一圈金边，它们是淡水鱼，大概是被亚马孙河的河水给带到海里来的；多瘤鳐鱼，尖喙，尾巴又长又散，长着一根锯齿形长刺；小角鲨，长仅一米，皮呈灰白色，牙齿并成数行，向后弯曲，俗名为拖鞋匠鱼；淡红色的蝙蝠鲸，长约半米，状如等腰三角形，胸肌是一长条肉，使之形同蝙蝠，但鼻孔边上又长有一个带角的东西，所以又被人取了个绰号——独角鲸；最后，还有几种鳞豚，其中有飙豚，身体两侧有着金光闪闪的斑点，还有一种刺豚，淡紫色，色泽柔和，如同鸽子喉部的羽毛一般。

最后，我再讲讲我观察到的硬骨鱼，以结束这些枯燥但准确的分类术语：帕桑鱼，无鳍属，口鼻部圆圆的，而且白如雪，皮似美丽的黑绸缎，长着一条极细且长的肉带；长着刺的牙鱼，长三厘米，是一种全身闪着银光的沙丁鱼；长着两个肛鳍的鲭鱼；外号为中脊黑鬼的刺鱼，通体墨黑，要打着麦秸火把方能钓到它，它身长两米，肉肥且白，很厚实，趁鲜活时吃，肉如鳗鱼，晒成鱼干，味如熏制的三文鱼；半身呈红色的隆头鱼，只是在脊鳍和肛鳍周围才长有鳞；周身金银色与宝石、黄玉的颜色交相辉映的金银鳞鱼；肉质鲜美的金尾鲷，因身上带有磷光，在水中极易被发现；舌头纤细、身子橙黄的橙色波布鲷；长着黑色硬鳍的金尾石龙鱼，苏里南群岛的突眼鱼，等等。

尽管我已经打住了，但我仍憋不住还想提一种让孔塞伊难以忘怀的鱼。为什么会让他难以忘怀，这是有道理的。

当时，拖网捕捞到一条重达二十多公斤的扁平的鳐鱼，如果把它的尾巴剪掉，简直就像一只圆盘。这条鳐鱼身子的下半部雪白，而上半部粉红，通体带黑圈的深蓝色圆点，皮很光滑，尾鳍裂成两半。它被扔在平台上，在拼命地挣扎，想蹦跳着回到大海里去，但一直这么蹦跳着，很快就要跃入大海。孔塞伊在一旁看着，便扑了上去，我正要挡住他，可他已经把鱼用双手摁住了。

但那鱼猛一使劲，把孔塞伊给掀了个四脚朝天。他被弄得半身发麻，大声呼喊着：

“啊！主人！主人！快拉我一把。”

可怜的小伙子这还是头一次没用“第三人称”跟我说话。

我和加拿大人忙不迭地把孔塞伊拉起来，给他按摩胳膊、腿和腰。待他缓过劲儿来以后，这位总是不忘分类的专家还在结结巴巴地给这条鱼分类呢：

“软骨纲，板鳃亚纲，固定鳃软鳍目，鳐鱼科，电鳐属。”

“没错，我的朋友，”我回答他说，“把你弄得这么惨的正是一条电鳐。”

“哼！先生放心好了，”孔塞伊说道，“我是一定要找它报仇的。”

“怎么报仇？”

“杀了它吃肉。”

当天晚上，孔塞伊真的这么做了，不过，那纯粹是为了泄愤，因为说实在的，电鳐的肉质太硬，根本就嚼不动。

倒霉的孔塞伊受到的是电鳐中最危险的一种——伞形电鳐——的攻击。这种怪诞的鱼放电器官很大，两个主要放电器官的表面面积都在二十七平方尺以上，在海水这种导体中，能够电死几米以外的鱼。

第二天，四月十二日整个白天，鹦鹉螺号都在向马罗尼河河口驶去，向荷兰[①]海岸靠近。那儿生活着好几群以家庭为单位的海牛，它们与儒艮、海马一样，同属海牛目；这些健壮而温顺的动物属于不伤人的无害动物，身长达六七米，体重起码有四千公斤。我告诉内德·兰德和孔塞伊，高瞻远瞩的造物主安排给这种哺乳动物一个重要的角色。确实，正是这些海牛，像海豹一样，以海底的海草为食，从而将堵塞在热带江河河口的大面积海草给清除干净了。

名师注解

① 荷兰：指荷属圭亚那。

“今天，人类把这些有益的动物几乎滥捕滥杀光了，这样一来，其后果有多么严重，你们知道吗？”我在继续对他们说道，“这导致海草丛生、腐烂，毒化空气，从而引发黄热病的滋生、蔓延，使这片富饶的地区变得荒无人烟。有害植物在酷热地区的海里丛生，引起的黄热病急速从拉普拉塔河的里奥河口一直蔓延到了佛罗里达！”

据图斯内尔[①]的看法。这种灾难，与鲸鱼和海豹的数量急剧减少将给人类带来的灾难比较起来，简直是小巫见大巫了。鲸鱼和海豹要是灭绝了，海洋将是章鱼、水鱼和枪乌贼的天下了，海里不再存在“上帝派来清除海面杂物的大肚汉”，那么，大海便会成为传染病的病源了。

然而，鹦鹉螺号的船员们尽管明白这个道理，但还是照样捕了六头海牛，以充实艇上的食品储藏。因为海牛肉味美鲜嫩，远胜于牛肉和小牛肉。以捕海牛作为打猎的消遣就没多大的意思了，因为它们根本就没有防范别人捕杀的意识，毫不反抗。就这样，准备晒成肉干的几千公斤的海牛肉，被放到库里先储存起来了。

这一带海域，海产丰饶。这一天，我们还进行了一次独特的捕捞行动，使鹦鹉螺号上的食物储备增加了不少。拖网拖上来的鱼里，有一种脑后长着一块如一只椭圆形小盘的厚肉的鱼，名叫印颈鱼，属软鳍目第三科。它们的那只扁平“小盘”是由活动的横软骨构成的，鱼可利用这些横软骨来制造真空，使自己能像吸盘似的吸附在其他物体上。

我在地中海海域所观察到的印颈鱼，也属于这一类。但这里的印颈鱼是这一带海域所特有的软骨鱼。艇员们把它们一抓到手，便立即放到装满水的大桶里去。

捕鱼行动结束之后，鹦鹉螺号又向海岸靠过去了一些。我看到许多海龟静静地睡在水波上。要想捕捉到这些珍贵的爬行动物却非常地困难，因为稍微有一点点动静，它们便会立即惊醒过来，而且，它们的背壳异常地坚硬，渔叉对付不了它。但是，使用印颈鱼作饵，就能很容易钓到海龟。印颈鱼简直就是一只活鱼钩，即使不会钓鱼的人也准会大有所获，迎来好运与欢乐。鹦鹉螺号的艇员在印颈鱼的尾巴上拴上一个既大又不影响鱼活动自如的环，

**名师注解**

① 图斯内尔（1803—1885）：法国鸟类学家。

环上系着一条长绳，一端系在艇上。然后，印颈鱼被扔进海里。它们立即便开始发挥其特长了，把自己吸附在海龟的胸甲上。印颈鱼极有韧性，宁可被撕碎咬烂，也绝不松开附着物。这样，艇员们拉动绳子，把印颈鱼和它所附着的海龟就一起拉上艇来了。我们就如此这般地钓到了好几只长一米、重二百公斤的卡古阿讷海龟。这种海龟的龟背上带有白色和黄色斑点的褐色透明的大块角质薄片，使它们身价倍增，变得十分珍贵。另外，从美食的角度来看，这种海龟也很受青睐，其味如甲鱼一般鲜美。我们钓完海龟之后，便驶离了亚马孙河河口。夜幕降临时，鹦鹉螺号又回到了远海中来。

## 电鳐

电鳐眼小而外突，齿细小而多，背腹扁平，头和胸部在一起，像一把圆扇。它属近海底栖鱼，生活在沿海附近。电鳐能随意放电，在它的头与胸鳍之间有大型发电器，放电时间和强度，自身都能完全控制。电鳐就是通过这种放电的方式来捕食的。在古希腊和罗马时代，医生利用电鳐治疗风湿和癫狂症，后来，人们根据电鳐的放电特性发明了能够储存电能的电池。

# 十八 章鱼

名师导读

鹦鹉螺号远离美洲海岸，导致教授等人的逃跑计划不能如愿进行。尼摩艇长似乎也故意远离他们，很久没有出现。直到鹦鹉螺号被章鱼群围攻，尼摩艇长才现身，并率领大家与章鱼展开生死搏斗。

连日来，鹦鹉螺号一直远离美洲海岸行驶着。很显然，它不愿意在墨西哥湾或安的列斯海域航行。对鹦鹉螺号来说，这一带海域的平均水深为一千八百米，航行起来没有什么困难，但是，在这片海区里，暗礁不少，而且船只往来频繁，所以尼摩艇长觉得很不合他意。

四月十六日，我们望见了三十海里外的马提尼克岛和瓜德鲁普岛。我偶尔还影影绰绰地看到了岛上那高耸的山峰。加拿大人原指望在到了墨西哥湾后实施他的逃跑计划，他本打算到时候或者逃到一块陆地上去，或者逃到在上述两岛之间穿梭往来的许多船中的一只上去，可是，鹦鹉螺号没有驶进海湾，这使他六神无主，茫然不知所措。要是艇进入海湾，内德·兰德就可以趁尼摩艇长之不备，偷走小艇，逃之夭夭，这是完全有可能的，可是，在汪洋大海之中，逃跑的可能性根本就不存在了。加拿大人、孔塞伊和我，对这个问题讨论了很久。六个月来，我们一直被囚禁在鹦鹉螺号上。而且，我们都航行了一万七千里了，可是，正如内德·兰德所说，却还是看不到何时才是出头之日。于是，他便向我提出一个令我颇为惊讶的建议。他要我去找尼摩艇长，直截了当地问他，是不是想把我们无限期地羁押在艇上。

我不赞成这种做法。而且，我觉得真的去问，也问不出个结果。我们不应该对鹦鹉螺号的艇长抱有任何的希望，一切都得靠我们自己。再说，近一个时期以来，这位艇长变得阴郁默然，深居简出，不爱交谈了。他好像故意

读书笔记

在躲着我，我很少能碰到他。以前，他很喜欢向我解释那些海底奇观，可现在，他任由我自己爱研究什么就研究什么，根本就不再在客厅里出现了。他到底是怎么了？他因为什么变成这样？我并没有得罪他什么呀！是不是我们在艇上待了这么久，成了他的累赘了？可我并不会指望他是个想还我们自由的人。

于是，我便跟内德说，让我再考虑考虑。如果这一着棋走错了，反而弄巧成拙，让他对我们起了疑心，我们的处境就更加艰难了，您的计划就更加难以实现。而且，我还跟内德说，我们无论如何也不可以身体状况为借口，要求离去。因为，除了上次在大冰盖底下受了不少的罪以外，我们——内德、孔塞伊和我——的身体从来没这么好过。食物营养丰富，空气有益健康，生活很有规律，温度几近恒温，疾病简直是无机可乘。对于一个远离陆地生活而了无遗憾的人来说，对于尼摩艇长来说，他现在就像是在自己家里一样，想去哪儿就去哪儿，可以经由只有他一人熟悉的秘密通道到达自己的目的地，所以他喜欢这种生活是情理之中的事，但对我们则不然，我们并没有同人类断绝来往。就我而言，我也不想让我的这些新奇有趣的研究成果与我一道葬身海底。我现在完全有资格写一本真正有关海洋的书了，而且我希望我写好的书能够得以出版，早日问世。

名师点评

鹦鹉螺号上的生活其实很适合人类居住，只是缺少了自由，这一切就不那么美好了。

在安的列斯海域水下十米深处，透过客厅里敞开着的舷窗，我又看到了许许多多新鲜有趣的东西，可以补充到我未来的书中去！在植虫动物中，有一种名为僧帽的深海水母，状如椭圆形大气囊，闪着螺钿质光泽，迎着水波展开它们的体膜，蓝色的触须如丝线一般漂浮着。它们看着像是迷人的水母，若是用手去摸，却会分泌出腐蚀性液体，如同海葵。在节肢动物中，有一些长一米五、长着一根粉红色的吻管，并有一千七百个运动器官的环节动物，它们在海水里似海蛇似的蜿蜒游动，身后留下一片五颜六色的微光。在鱼类动物中，我观察到的有：蛇鲆鱼，身长十尺、重六百磅的巨型软骨鱼，胸鳍呈三角形，脊背中央隆起，眼睛挤在脑袋前部顶端，浮在水面时，犹如船只残骸，有时会游过来贴在我们的舷窗上，似百叶窗板似的挡住我们的视线；大自然给它们涂上了黑白二色的美洲鳞豚；虾虎鱼，肉厚，鳍黄，上颌突出；鲭鱼，长十六厘米，牙短，

读书笔记

尖利，背有细鳞，属白脂鲭的一种。此外，还有一群一群的羊鱼游了过来，它们身子两侧，从头部至尾部，满是一条条的金线，游起来金光闪闪的鳍摇动着，煞是好看，是从前祭奉狩猎女神狄安娜的极品，是罗马贵族老爷们的至爱。罗马人有一句谚语：打鱼的人是吃不上羊鱼的！最后，还有：有着翠绿色带子的金黄色苹果鳍鱼，它们身披天鹅绒和丝绸的外衣，打扮得如同韦罗内兹[①]画中的贵族老爷们似的，从我们眼前游过；舞动着胸鳍一闪而过的刺鲷；长十五寸、通体鳞光闪闪的鲱鱼；用多肉的尾巴拍击海水的鲻鱼；好似用锋利的胸鳍在破浪而行的红鳜；名副其实的银白色的月亮鱼，它们从水中跃出，宛如一弯泛着银光的月牙。

这里使用了拟人的修辞手法。

如果鹦鹉螺号没有缓缓地潜入深海层去的话，我还可以观察到多少美妙而新奇的鱼类啊！艇在侧翼斜面板的作用下，下潜到两千至三千五百米的深海中。在这么深的地方，有生命的生物只有海百合、海星、笔直的茎上顶着一个花萼的头部类似水母的可爱的五角海百合、马蹄螺、血红血红的齿贝、裂纹贝，以及沿海地区的各类大型软体动物。

读书笔记

四月二十日，鹦鹉螺号往上升至约有一千五百米的海水层里。这时，离艇最近的陆地是留卡斯群岛，该群岛像是一堆堆的石头似的分散在海面上。岛上耸立着的高大的海底峭壁悬崖，宛如在宽大的地基上用粗糙的石块垒起的高墙，峭壁悬崖之间，有一些黑乎乎的坑洞，我们艇上的灯光都照不见底。

岩石上覆盖着很长的海草、宽大的昆布和巨大的墨角藻，简直就是一道由贴墙种植的水生植物构成的屏障，可以称之为泰坦[②]的世界了。

我、孔塞伊和内德一谈到这些高大的海洋植物，便自然而然地联想到了海里的那些大型动物。后者显然是以这些大型的海洋植物为食物的。然而，透过几乎纹丝不动的鹦鹉螺号上的舷窗，我却在

危险来袭前的征兆。

名师注解

① 韦罗内兹（1528—1588）：意大利画家，以色彩丰富著称。

② 泰坦：古希腊神话中的天神与地神的子女，巨神族，共12人，6男6女。

这些植物纤维上只看到一些腕足类的节肢动物，如长脚蜘蛛、紫壳蟹和安的列斯海域所特有的翼步螺。

十一点钟左右，内德·兰德提醒我注意，大型海藻丛中出现了异乎寻常的骚动。

“噢！”我说道，“这儿可真的是章鱼窝呀，在这里看见这种怪物的话，是没什么稀奇的。”

“什么！”孔塞伊挺激动地说，“是枪乌贼？是属于头足纲的普通枪乌贼？”

“不，”我说道，“是体型巨大的章鱼。不过，刚才我什么也没看见，也许是内德朋友看花了眼。”

孔塞伊的话侧面表现了这种巨型章鱼的恐怖，也为后文与章鱼恶斗的情节做了铺垫。

“真是遗憾，”孔塞伊说，“我还真想就近地好好儿欣赏欣赏这种章鱼呢。我不止一次地听人说过，这种章鱼能把一条船一直拖到海底去。这种动物名为海妖……”

“什么海妖不海妖的，别唬人了。”加拿大人抢白了他一句。

“这种动物就是叫海妖嘛。”孔塞伊坚持说道。

“我才不信世界上会有这样的动物呢。”内德·兰德说。

“干吗不信？”孔塞伊顶撞他道，“先生说的独角鲸我们不是也相信了嘛！”

“我们可能相信错了，孔塞伊。”

“这倒也有可能！但还是有人相信的。”

“这很有可能，孔塞伊。但是，对我来说，除非我亲手宰了它们，我才会相信它们的存在。”

“先生是否也不相信有大章鱼呀？”孔塞伊问我。

“鬼才相信呢！”加拿大人大声说道。

“确实有很多人相信的，内德朋友。”

“渔民就不会相信。也许学者们倒是会相信的！”

“这话就错了，内德，相信的人中既有学者，也有渔民。”

“我跟您说吧，”孔塞伊一本正经地说，“我清楚地记得，我曾经见到过一条大船被一个头足类动物的大爪子给抓住，拖到海里去了。”

“您真的看到过？”加拿大人问。

读书笔记

“是的，内德。”

“亲眼看到的？”

“对，亲眼看到的。”

“那我倒要请问一下，是在哪儿看到的呀？”

“在圣马洛。”孔塞伊口气坚决地说。

“是在圣马洛港？”内德·兰德语带讥讽地说。

“不，在圣马洛教堂。”孔塞伊回答道。

“在教堂里？”加拿大人大声说道。

“是的，内德朋友，是一幅画上画着的一条大章鱼。”

“哈哈！”内德·兰德哈哈大笑，“孔塞伊先生是在拿我耍着玩儿呀！”

“其实，他说得没错，”我插言道，“我听说过这幅画。那幅画是根据传说画的，而对于博物学方面的传说，得正确看待。另外，一说到怪物，人们就想得神乎其神。有人不仅说章鱼能把船给拖入海底，而且，还有一位名叫奥拉于斯·马格纳斯[①]的，甚至还说有一种一里长的大章鱼，简直就像是座小岛，而不像是个动物。也有人说，尼德罗斯主教有一天在一块大礁石上设坛做弥撒，他刚一做完弥撒，那块礁石便动弹起来，沉入海底去了。原来，那是一条大章鱼。”

“说完了？”加拿大人说。

“还没有，”我回答道，“贝赫姆的一位名叫蓬托皮丹的主教，也提到过一条大章鱼，大到能容纳一个骑兵团在它上面操练！”

“从前的主教们可真能捭阖！”内德·兰德说。

“古代的博物学家也提到过这种怪物，说它们的嘴大得像海湾，而且，因为个头儿太大，都无法从直布罗陀海峡游出去。”

“也太邪乎了！”加拿大人说。

“在这些故事中，究竟有没有什么真实的东西呀？”孔塞伊问。

“没有，朋友们！至少在那些超出真实范围而变为神话或传说的东西中，没有真实的东西。不过，编出这类神话或传说的人，总

读书笔记

捭阖（bǎi hé），指运用手段使联合或分化。

名师注解

① 奥拉于斯·马格纳斯：瑞典国王，1103—1115 年在位。

不会完全是空穴来风，至少，也有这么点影子。我们不得不承认是有大章鱼或大枪乌贼的，只不过个头儿没鲸类动物那么大罢了。亚里士多德就记载过，有一条枪乌贼，长三十一米。渔民们经常见到的枪乌贼，长度也都在一米八以上。特里亚斯特[①]和蒙佩利埃[②]的博物馆里就陈列着长两米的章鱼骨架。另外，按照博物学家的推算，一条长度仅仅六尺的章鱼，其触角就得有二十七尺长，这就足以说明它是一个可怕的动物了。”

“今天还有人捕捉章鱼吗？”加拿大人问道。

“今天虽然没人再捕捉它了，但水手们总还是能见到它的。我在勒阿弗尔港有个船长朋友，名叫保罗·博斯。他就多次告诉我说，他在印度洋碰到过一个这样的大怪物。但是，最令人惊诧、让人无法否认这种怪物的存在的，是几年前，一八六一年所发生的那件事。”

“什么事？”内德·兰德问。

“是这么回事。一八六一年，在特里内费岛东北方，差不多就是我们现在所在的这个纬度上，近海警戒船阿莱克顿号上的水手发现了一只巨型枪乌贼在海上游动。船长布盖立即命令向那个大家伙靠过去，用渔叉和枪向它发起攻击，但没有奏效，因为渔叉或子弹穿进那家伙软绵绵的肉里时，如同穿入柔软的果冻似的。攻击了几次都毫无作用，于是，水手们便用绳子结了个绳套，扔进海里，在那个软体动物身边转来转去，终于套住了它的尾鳍，然后，收紧绳结，往船上拽，但这家伙太沉了，怎么也拽不动，结果把它的尾巴拽断了，还是让它跑掉了。”

“嗯，这倒算是个事实。”内德·兰德说。

“是个无可置疑的事实，我的好内德。因此，有人建议把这个章鱼称作‘布盖章鱼’。”

“那它到底有多长呀？”

“是不是六尺长呀？”孔塞伊在舷窗前眼望着峭壁下的大深坑说。

“没错。”我回答道。

“头上是不是长着八个触角，动起来像是海蛇在水里游似的？”孔塞伊

名师注解

① 特里亚斯特：意大利城市名。

② 蒙佩利埃：法国南部城市名。

又说。

“没错。”

“它的眼睛本贴在头顶，发育得不很健全，是吧？”

“是的，孔塞伊。”

“它的嘴是不是像鹦鹉喙，但大得吓人呀？”

“是的，孔塞伊。”

“那好！先生请勿见怪，”孔塞伊平静地说道，“这里有一条章鱼，如果不是那条布盖章鱼的话，那至少也是它的兄弟。”

名师点评

原来孔塞伊在一步步确认自己所看到的这只怪物是不是章鱼。这里呼应了文中对孔塞伊的描写：精通分类学，实践能力却不足。

我看着孔塞伊，内德·兰德则急忙冲向舷窗前。

“哇呀，真是大得吓人！”内德大声嚷道。

我也立刻走了过去，一看，不觉胃里一阵翻腾。在我眼前出现的是一个吓人的怪物，样子丑陋不堪，身子扭来扭去，触角飞舞，简直是个怪胎。

这是条大章鱼，长有八米。正倒退着向鹦鹉螺号游过来。它那海绿色的大眼睛死死地盯着我们，让人浑身发毛。它那长在头上的、使之成为头足纲动物的八只爪子，或者说是八只脚，伸展开来，有身体的一倍长，如复仇三女神[①]的头发那样弯曲着。我清楚地看到，其触角内侧有着近二百五十个吸盘，呈半圆球形。这些吸盘有时形成真空，紧紧地吸附在客厅舷窗的玻璃上。它那如鹦鹉喙似的角质的嘴，垂直地在一张一合。它的同样是角质的舌头，上面长着几排尖尖的牙齿，伸出时，宛如一把真正的大剪刀，在颤动着。大自然是怎么搞的，竟然会造出这么个怪模怪样的生物来！一个软体动物竟然生着一个角质的鸟喙！它的身体呈纺锤形，中间部分隆起，形成一个大约两万至两万五千公斤的肉块。它的体色并不固定，随着情绪的变化而变化，可从铅灰色变成红褐色。

是什么激怒了这只软体动物？可能是因为看到我们的鹦鹉螺号个头儿比它还大，而且它的吸盘或牙齿又抓咬不住的缘故吧。不过，这种章鱼真是个怪物！造物主竟然赋予了它巨大的生命力，它动作

名师注解

① 复仇三女神：传说复仇女神的头发由毒蛇盘结而成。

十分有力，有三颗心脏！

我们机缘巧合，看到这条头足纲的章鱼，怎能会失去这仔细观察它的机会呢？我压制住它那丑陋外貌所引起的厌恶，拿起一支铅笔，开始把它画下来。

“它可能就是阿莱克顿号所遇到的那条章鱼。”孔塞伊说。

“不是的，”加拿大人说，“那条失去了尾巴，这条可是完好无缺的。”

“这不能成为理由，”我回答说，“这种动物的触角和尾巴有再生性，已经七年过去了，布盖章鱼的尾巴也许早就长出来了。”

“不过，”内德又说，“如果这条不是布盖章鱼的话，那些里面也许有一条就是。”

鹦鹉螺号被章鱼围住了，情况危急，气氛骤然变得紧张。

果然，在艇右舷舷窗前，又出现了几条章鱼。我数了一下，一共七条。它们一直跟随着鹦鹉螺号，我能听见它们用喙去啄艇壳的咯咯声。章鱼是想把我们当成它们的美餐了。

我在继续画着。这些怪物在水中很会掌握速度，始终与鹦鹉螺号的速度保持一致，看上去似乎没在游动似的，所以我几乎可以从舷窗玻璃上把它们临摹下来。当然，我们的艇速也不算太快。

鹦鹉螺号突然停下不动了。一阵撞击使它的整个艇体都在颤动着。

“是不是触礁了？”我问道。

“即使触礁也无大碍，因为艇并未搁浅。”加拿大人接嘴说。

鹦鹉螺号可能仍在漂浮着，没有搁浅，但它已停下不动了，螺旋桨的叶片没再拍击海水。不一会儿，尼摩艇长走进客厅，大副跟随在他的身后。

我已经好一阵子没有见到尼摩艇长了。他看上去神情十分阴郁。他没跟我们说话，也没看我们，只是径直地走到舷窗前，看了看章鱼，然后跟大副说了几句。

大副走了出去。不一会儿舷窗的护板关上了，天花板上的灯光亮起来。

我朝艇长走了过去。

“能观赏到这么多章鱼，可真有趣。”我语气轻松地说，“如同鱼类爱好者在水族馆的玻璃鱼缸前观赏鱼似的。”

“没错，是挺有趣，博物学家先生，”艇长回答我说，“可是，我们马上就要跟它们展开肉搏战了。”

我怔住了，看着艇长，以为自己听错了。

“肉搏战？”我重复了一遍。

“是呀，先生。螺旋桨不转了。我想它是被一条章鱼的角质腭骨卡住了叶片。我们动不了了。”

“那可怎么办？”

“浮出水面，宰掉这帮害人虫。”

“这可不太容易。”

“是不容易。章鱼肉质绵软，电子弹打上去，因无足够的阻力不会爆炸，奈何不了它。但我们可以用斧头去砍杀。”

“也可以用渔叉，先生，”加拿大人说，“如果您允许我插手的话。”

“我很高兴您来帮一把，兰德师傅。”

“我们跟您一起去。”我说着，便跟着尼摩艇长向中央扶梯走去。

中央扶梯前，已经有十多个人集合在那里了，他们手里握着斧头，准备出击。我和孔塞伊也各拿起一把斧头，内德·兰德则抄起那把捕鲸叉。

此刻，鹦鹉螺号已经浮出水面。走到扶梯顶上的一个艇员正在拧动舱盖螺栓。但螺栓刚拧一下，舱盖嘭的一声便掀开了，显然是被章鱼触角上的吸盘给吸开的。

霎时间，一条长长的触角，像蛇似的滑进舱口，还有二十多条触角在舱口上面蠕动着。尼摩艇长猛地挥动斧头，把滑进舱口的那条吓人的触角砍断，被砍断的那一截触角便蜷曲起来，沿扶梯滑了下来。

当我们奋不顾身地往艇顶平台挤时，只见两根触角在空中舞动着，朝着尼摩艇长前面的水手甩了过来，以无法抵御的力量把他卷走。

尼摩艇长大喝一声，冲了出去。我们也跟着冲到了舱口外。

眼前的场面实在是惊心动魄！那个不幸的艇员被章鱼的触角缠住，被吸盘吸牢，在空中被甩来甩去。他喘息着，透不过气来，拼命地叫喊着：“救命呀！救命呀！”这呼救声是用法语呼喊的，让我大为惊讶！这么说，艇上有我的一位同胞，也许还不止一个！他那撕心裂肺的叫喊声，令我终生难忘！

这个不幸的人恐怕是没救了。有谁能把他从这紧紧缠绕着他的触角中解

救出来呢？不过，尼摩艇长还是向那条章鱼扑了上去，大斧一挥，又砍断章鱼的一根触角。大副也同样是怒火中烧，与爬到艇上的另一条章鱼展开搏斗。艇员们挥动着斧头齐上阵，左劈右砍。我和加拿大人及孔塞伊也挥动着自己手中的武器，向那堆软绵绵的肉又砍又扎。空气中弥漫着一股浓烈的麝香味。真是可怕得不得了！

读书笔记

那条章鱼的八根触角被斩断了七根，只剩那根把不幸的艇员像握住一支笔似的紧紧缠住的触角，在空中甩来甩去。这时，我就在想，说不定那个艇员可以脱身。可是，就在尼摩艇长和大副向这唯一的一根触角扑上去时，那怪物突然间从它腹部的一个液囊中喷出一股墨黑墨黑的液体来。顿时，我们就什么也看不见了。等这团黑云散去时，那章鱼已无影无踪了，我的那位不幸的同胞也随它一起消失了！

我们对这些可恶的章鱼恨得咬牙切齿！大家已经到了忍无可忍的地步了，就在那十几条爬上鹦鹉螺号平台和两侧的章鱼中间挥斧乱砍。被砍断的那些肉段，在平台上已经流成血和墨液混合的河中，像蛇似的蠕动着，仿佛这些黏糊糊的触角也像九头蛇似的又活了过来。内德·兰德用捕鲸叉专门对付章鱼那蓝眼睛，每发必中，然后便将其眼珠挖出。可是，我的这位英勇无畏的同伴还是因为躲闪不及，突然被一条章鱼的触角甩到，被打翻在地。

啊！我是又急又怕，心都提到嗓子眼儿了！那条章鱼已经冲着内德·兰德张开大嘴，眼看着就要把他咬成两段。我立即扑了过去，但尼摩艇长已先我一步赶到，只见他大斧一挥，斧头便砍进章鱼嘴里去了。加拿大人死里逃生，立即跳起来，用捕鲸叉叉进章鱼体内，直捅它的三颗心脏。

“这算是我对您的救命之恩的报答了！”尼摩艇长对加拿大人说道。

内德向艇长鞠了一躬，但没说话。

这场肉搏战持续了一刻钟。章鱼战败了，死的死，伤的伤，终于退回水里，消失在大海之中。

尼摩艇长满身血污，一动不动地站在舷灯旁，凝视着吞噬了他的一个伙伴的大海，大滴的泪珠从他的眼眶里滚了出来。

一个小小的细节描写，“大滴的泪珠”“滚了出来”就把尼摩艇长的痛苦心情表现了出来。

延伸思考

回顾一下，文末尼摩艇长对内德所说的“这算是我对您的救命之恩的报答了”，指的是哪件事？

# 十九 墨西哥湾暖流

名师导读

失去伙伴后的尼摩艇长变得更加沉默寡言，甚至任由鹦鹉螺号在海面上漂浮。失去耐性的内德·兰德催促教授去和尼摩摊牌，尼摩极其冷漠地予以回绝。海上风暴来袭，鹦鹉螺号没有像往常一样潜入海底，尼摩艇长站在平台上与暴风雨搏击。

四月二十日那可怕的场面，我们大家永远也忘不了。我记下这件事时，仍旧心潮起伏，难以平静。记录完之后，我又看了一遍。然后，我便读给孔塞伊和内德·兰德听了。他俩觉得事实还是准确的，只是描述得不够生动。若要描绘这样的场面，只有法国的著名诗人、《海上劳工》的作者[①]才能笔下生花，绘声绘色。

我在上一章的末尾说了，尼摩艇长曾面对大海流下了滚滚热泪。他心中的痛苦是深重的。自从我们来到鹦鹉螺号上以后，这已是他失去的第二个伙伴了。这个艇员死得也真够悲惨的！他被那章鱼用其吓人的大触角死死缠住不放，勒得他透不过气来，最后被勒得腰断骨碎，血肉模糊，最后，很有可能是被恶章鱼的钢牙利齿嚼烂，吞下肚去，再也无法与他的同伴一起在珊瑚墓园那平静的水中安息了！

对我来说，不幸的艇员在搏斗中那绝望的呼救声，令我肝肠寸断。这个可怜的法国人，为了发出最后的一声呼救声，竟然忘了艇上的规矩，脱口说出了自己的母语来！如此说来，在鹦鹉螺号上，在那些与尼摩艇长心心相

名师注解

① 指法国大作家维克多·雨果（1802—1885）。《海上劳工》为他的命运三部曲中的最后一部（另外二部是《悲惨世界》《巴黎圣母院》），其中有一个章节，描写了一位勇敢的水手与章鱼大战的故事。

连、同舟共济，而且也像他一样逃避人类的艇员中，有我的一位同胞！在这个虽然是由不同国籍的人组成的神秘群体中，难道只有那位不幸者是法兰西的唯一代表吗？这又是一个同以前的那些难以弄清的问题一样的没有答案的问题，它们不断地在我的脑海里翻腾着。

尼摩艇长回他的舱房去了，这之后的一段时间里，我没再见到过他。不过，我可以从这艘代表着他的灵魂、接受他所有的影响的艇判断出来，他大概非常地悲伤、绝望和彷徨！鹦鹉螺号已不再有明确的航向。它在徘徊不定，有时则漂浮在水面上，像一具尸体似的随着海浪漂动着。螺旋桨上缠绕着的章鱼尸体残骸已被清理干净，但它却无法运转。艇在海上瞎打转。它不能从这最后的战场、从这片吞没了它的一名成员的海域离去。

就在这种状况中，十天过去了。到了五月一日，望见巴哈马湾口的卢卡亚群岛之后，鹦鹉螺号才果断地向北驶去。于是，我们便顺着海洋中最大的一股暖流向前行驶着。这股水流有着自身的边界、鱼类和温度，我把它称为墨西哥湾暖流。

它实际上就是大西洋里自由流动、不与大西洋的海水相混合的一条大河。它还是一条咸水河，其河水甚至比海水还要咸，它的平均深度为三千尺，平均宽度是六十海里。在某些河段，其流速高达每小时四公里。它的流量始终保持不变，比世界上任何一条河流的流量都更加稳定。

如果你想知道的话，这股墨西哥湾暖流的真正源头，也就是它的始发点，就在比斯开湾，这是尼摩艇长发现的。尽管在其源头，水温较低，水的颜色也比较淡，但暖流已开始形成了。水流开始南下之后，沿非洲赤道流淌，在热带阳光的照射下，水温逐渐升高，然后，它又穿过大西洋，直奔巴西海岸的圣洛克角，在那里分为两股水流，其中的一股还不断地吸收安的列斯海的热量。从那个地方起，担负着平衡温度，使热带海水与北方海水混合起来的双重任务的墨西哥湾暖流，就开始发挥起它那可以说是调节器的作用了。该暖流的水温在墨西哥湾里升到最高点之后，便沿着美洲海岸向北流去，直奔纽芬兰。至此，暖流与戴维斯海峡的寒流汇合，在后者的作用下，沿着地球上最大的一个圈上的一条对角线，斜着奔入海洋。在北纬四十三度附近，它又分为两股，其中的一股，在东北信风的推动下，流回比斯开湾和亚速尔群岛；另一股则继续北上，经爱尔兰和挪威海岸，直抵施皮茨群岛。在那里，其水温降至四度，形成北极不冻冰的海域。

鹦鹉螺号此时正航行在大西洋的这股暖流上。从十四里宽三百五十米深的巴哈马海峡流出后，这股暖流便以每小时八公里的流速流动着。随着它继续往北推进，暖流的速度便有规律地在减低流速；但愿它始终保持这种有规律的速度递减，因为，正如有人所指出的，如果它的流向和流速稍有变化，就会给欧洲的气候造成很大的影响，从而导致出现难以估量的后果。

中午时，我和孔塞伊待在平台上，我给他讲述了墨西哥湾暖流所具有的特点。讲完之后，我就让他把手伸进暖流中去试试。

孔塞伊便照我说的伸手下去。他十分惊讶，那海水竟然感觉不出冷热来。

“这是因为，”我向他解释说，“这股暖流刚从墨西哥湾流出，其水温与人体中血液的温度没有差别。这股墨西哥湾暖流是一个大暖炉，使得欧洲海岸气候温和，四季常绿。如果莫里的说法没错的话，这股暖流的热量要是能够充分利用起来，它所提供的热能就能让亚马孙河或密苏里河这样的大河的水温保持在熔铁熔点的温度上。”

此时，墨西哥湾暖流的流速为每秒二点二五米。它的水流与其周围的海水泾渭分明，暖流的水因周围海水的挤压而高出海面，与周围冰凉的海水不在一个水平面上。另外，它的水的颜色较深，并富含盐分，与周围的绿色海水比较起来，它的那种纯净的靛蓝色非常显眼。当鹦鹉螺号行驶到加洛林群岛附近时，它的冲角已经劈开暖流的水波，而它后部的螺旋桨却在拍打大西洋的海水，大西洋的冷水流和暖水流之间的分界线看着清晰易辨。

这股暖水流夹带着大量的海洋生物。地中海里常见的船蛸，成群结队地在暖流中游动嬉耍。软骨鱼类中，最引人瞩目的是鳐鱼，尾巴又细又长，几乎占了身体的三分之一，其身体呈菱形，长二十五尺。还有一些长为一米的小角鲨，脑袋大大的，口鼻都既短又圆，尖尖的牙齿排成几列，身上似乎覆盖着鳞片。

在硬骨鱼中，我记录下来的有：灰隆头鱼，这是这一带海域所特有的鱼；眼球虹膜闪动时有如火光的黑三棱鱼；长一米，大嘴细牙，能发出轻微叫声的石首鱼；我前面曾提到过的褐色中脊索鱼；蓝色鱼身上缀满金线银丝的高里菲鱼；射水鹦鹉鱼，它是海洋中真正的彩虹，其颜色五彩缤纷，堪与最美丽的热带鸟儿相媲美；头呈三角形的灰白丛鱼；淡蓝色的无鳞菱形鱼；身上横着一条与希腊字母中的“t”相似的黄带子的两栖鱼；身上满是小褐麻点的虾虎鱼；银头金尾的双翅鱼；各种各样的蛙科鱼；身子细长，闪着柔光，被拉塞佩德当作观赏龟喂养过的鲻鱼；最后，还有一种美国高鳍石首鱼，非常漂亮，身上披挂着“勋章”和“绶带”，经常出没在这个不太在意勋章、绶带的伟大国家的沿海一带。

我还想补充一句，入夜之后，特别是在暴风雨即将袭来之时，墨西哥湾暖流的水会粼光闪闪，与我们舷灯的光亮交相辉映。五月八日，我们还处在北卡罗来纳的同一纬度上，与哈特拉斯角遥遥相望。墨西哥湾暖流流经这里时，其水深为二百一十米。鹦鹉螺号仍旧这么随意地继续漂动着，仿佛艇上没人指挥督导似的。我觉得，在这种情况之下，逃跑是有可能成功的。确实如此，在有人居住的海岸上，是很容易找到藏身之所的。再说，海面上，往返于纽约或波士顿和墨西哥之间的汽轮，川流不息，而且，在美国海岸各个港口进行贸易往来的小型双桅纵帆帆船，也是在日夜穿梭往来着。我们可以有望得到他们的救助。所以，尽管鹦鹉螺号现在离美国海岸还有三十海里，但此刻仍旧是个大好时机。

只是天气糟糕透了。在这种天气下，实施加拿大人的逃跑计划是绝无可能的。我们所靠近的这片海域，经常有暴风雨出现，确切地说，这里是由墨西哥湾暖流孕育出来的飓风和龙卷风的发源地。如果此刻驾着一只小艇，迎战狂风恶浪，肯定是必死无疑的。内德·兰德也不得不承认这一点。因此，为乡情所累的内德，虽说只有逃跑才能解除他的乡愁，但也只得咬咬牙，再忍一忍了。

“先生，”这天，他对我说道，“这一切必须做一个了断了。我想，干脆痛快一点的好。您的那个尼摩正在远离陆地，继续驶向北方，但我想跟您挑明了。我在南极已经受够了，我不想再跟着他跑到北极去了。”

“那您说怎么办呀，内德？此刻又无法逃跑。”

“我还是先前那个想法。跟艇长把话说明白了。开始时，我们是在你们国家的海域里，可您却什么也不说。可现在，我们是在我们国家的海域了，那我可是想要说了。再过几天，鹦鹉螺号就要到达与新苏格兰同一纬度上了，那儿接近纽芬兰，有一个宽阔的海湾，圣劳伦斯河就流入这个海湾，而圣劳伦斯河是我家乡的河，是我的出生地魁北克的河。当然，我想到这些时，我心里就憋着一肚子的火，简直要怒发冲冠了。哼，先生，我宁可跳进海里，也不愿再留在这条艇上了！我在这里都快憋死了！”

很明显，加拿大人的忍耐已经到头了。他生性刚烈暴躁，不可能适应这种遥遥无期的监禁。他在一天天地憔悴，人也就越来越阴郁了。他忍受着巨大的痛苦，这我能理解，因为我自己也饱受着思乡之苦。我们几乎都有七个月没有得到陆地上的消息了。另外，尼摩艇长也很少露面了，他也越来越孤僻了，特别是在与章鱼搏斗之后，他变得更加寡言少语，凡此种种，让我颇感疑虑。我已经感觉不到刚到艇上时他的那种热情了。只有孔塞伊是个例外，他这个佛来米人很能适应这种鲸类动物和其他海洋生物的生存环境。说实在的，如果这个忠厚诚实的小伙子长的是鳃而不是肺的话，我想他一生都会是一条不同凡响的鱼的！"

"怎么着，先生？"内德·兰德见我没吭声，便又问道。

"怎么，内德，您是不是想让我直接去问尼摩艇长，他究竟想对我们做何打算？"

"是的，先生。"

"他不是早就说过了吗，还用得着再去找他问呀？"

"是的。我想最后确认一下。如果您愿意的话，就以我的名义去问他好了。"

"可是，我很少有机会碰到他呀，他甚至是故意躲着我。"

"那正好去看望他一下呀。"

"我会问他的，内德。"

"什么时候？"加拿大人步步紧逼。

"等我碰到他的时候。"

"阿罗纳克斯先生，让我去找他问问好不好？"

"不，还是我来问。明天……"

"今天就问。"内德·兰德死咬住不放。

"好吧。我今天就去看看他。"我回答加拿大人说，我怕如果他去找的话，会把事情弄僵了。

剩下我一人待在那儿。我既然打定了主意要去找艇长，就要立即去问个明白。我宁可弄个明明白白，也不愿这么拖拖拉拉的。

我回到自己的舱房里。在舱房中，我听到隔壁尼摩艇长的房间里有脚步声响。这是个不可失去的与他一见的好机会。于是，我便去敲了敲他的门。但却没有人吭声。我又敲了敲，然后又拧了拧门把手，门开了。

我走了进去，艇长在屋里。他正坐在写字台前，埋首于自己的工作，没听见我进来。我豁出去了，非要问个一清二楚才出去，于是，我便走近他的身旁。他突然抬起头来，眉头紧蹙，语气生硬地问道：

“是您！有什么事找我？”

“想找您谈谈，艇长。”

“可我正忙着呢，先生，我在工作。我给予您独处的自由，难道我反倒不能享受独处的自由吗？”

他的这种态度让我很泄气，但我既然已经豁出去了，任他什么态度，反正我该说什么就得说什么。

“先生，”我冷冷地说，“我有件事必须立刻对您说。”

“什么事呀，先生？”他语含讥讽地问道，“您是不是发现了什么我疏忽了的东西了？大海是不是向您展示了什么新的秘密了？”

我们俩想的事对不上号。但在我回答他之前，他指着摊在写字台上的一份手稿，语气挺严肃地对我说：

“喏，阿罗纳克斯先生，这是一份用几种不同语言写成的手稿，是我对海洋的研究总结。如果上帝保佑的话，这份手稿也许不会同我一块儿消失。手稿上签上了我的名字，并附有我的生平纪事，它将被装进一只不透水、不会沉没的容器中，扔进大海，随着海浪漂流而去。”

他签上了自己的名字！他自己撰写了自己一生的经历！这么说，他神秘的一生总有一天会被揭示出来？但此时此刻，我并未去考虑这么多，我只是把他的这番话当作话题的一个引子。

“艇长，”我说道，“我想您这么做，我不能不表示赞同，因为不能让您的研究成果被埋没掉。不过，您所采用的办法，我觉得有点过于原始了。谁知道大风会把那小容器给吹到什么地方去呀？谁知道它会落入谁人之手呀？难道您就没有更好的办法吗？譬如，您或您艇上的某个人……”

“绝对不行，先生。”艇长有些激动地打断了我。

“如果您能恢复我们的自由，我和我的两个同伴，很愿意保护您的这份手稿……”

“恢复你们的自由！”艇长说着便站起身来。

“是的，先生，我正是为此事才来找您的。我们在您的艇上已经待了七个月了，今天，我就是代表我的同伴们来问问您，您是不是想把我们永远留在您的艇上？”

“阿罗纳克斯先生，”尼摩艇长回答道，“我今天给您的回答同我七个月前的回答是一样的：无论是谁，上了鹦鹉螺号，就永远不能离开。”

“您这是在实行奴隶制。”

“您爱怎么说都行。”

“但是，无论在哪里，奴隶都有重新获得自由的权利！无论是采取什么方式，只要是能够重新获得自由，他们都认为是合情合理的！”

“您说的这个权利，谁否认了？”尼摩艇长反问道，“我想过要你们发誓，把你们束缚住吗？”

尼摩艇长双手搂抱在胸前，看着我。

“先生，”我对他说，“你我都不想旧事重提，既然话说到这个份儿上，那我们就把它说开好了。我向您再重复一遍，这事并不是只关系到我个人。对我而言，搞研究是一种很大的帮助，是一种有趣的消遣，是一种动力，是一种能使我忘记一切的爱好。我同您一样，是个不求为人所知但求默默无闻地生活的人。我们都抱有一线希望，但愿有朝一日，能把自己的研究成果放在一个不透水的容器里，托付给风和浪，留给后人。总而言之，我很钦佩您，我很高兴能够跟随着您扮演一个我并不完全清楚的角色，但是，在您的生活里，还有一些方面蒙着一层复杂而神秘的面纱，而对此，在这条艇上，只有我和我的两位同伴一无所知。甚至于，在我们被你们的善行义举所感动、为你们的痛苦烦恼而焦急、为你们的大无畏的精神而激动的时候，我们也都得强压住自己的情感，不能有任何的表示，连见到敌人或朋友所应该有的感情都不敢表露出来。说实在的，我们对您这一切的陌生感，使得我们对自己的处境无法接受、难以容忍。连我都觉得忍受不了，那么，内德·兰德就更不用说了。每个人，只要他是一个人，都应该值得别人为他着想。您想过没有，出于对自由的热爱、对被奴役的憎恨，一个像我们的加拿大人那样的火暴脾气的人，会产生什么样的报复念头？他在想些什么？他会策划什么？他会干些什么……”

尼摩艇长站起身来，我也就打住了话头。

“内德·兰德在想些什么，在策划些什么，会干些什么，是他的事情，跟我有什么关系？又不是我把他请来的！我又不是喜欢把他留在艇上！至于您嘛，阿罗纳克斯先生，您是个明白人，您什么都懂，甚至连科学都懂，我也没什么再跟您说的了。您这次来认真地谈这个问题，我希望这是第一次，也是最后一次！如果再提这个问题的话，我甚至连听都不会再听了。”

我只好退了出来。从那一天起，我们的情况就变得非常不妙了。我把我与尼摩艇长的谈话情况跟我的两个同伴说了一下。

“现在情况已经是很清楚的了，”内德说，“对这个人我们不能再抱什么幻想了。鹦鹉螺号正在靠近长岛，等靠近之后，不管是什么天气，我们都准备逃走。”

天气真的是越来越糟。暴风雨即将来临的征兆已经显现。天空灰蒙蒙的，而且灰中泛白。水天相连处，一层层散开的卷云后面出现了团团乌云。低空中，乱云飞渡。海面上，海水上涨，波浪滚滚。除了喜欢暴风雨的海燕以外，天空中已不见其他鸟儿的踪影。气压计的指针明显地下降了，表明空气中湿度很大。在大气中饱含的电离子的作用下，电闪雷鸣：暴风雨即将来临。

五月十八日白日里，鹦鹉螺号正巧在长岛附近，距纽约航道只有几海里时，狂风大作，暴风雨来临。我之所以对这场暴风雨可以详加描述，是因为尼摩艇长不知何故，竟然没让鹦鹉螺号潜入海下，也许是心血来潮，想与这场暴风雨进行正面对抗，所以，我看得十分清楚。

当时，大风从西南方刮来。一开始是强风，风速为每秒十五米，到了下午三点钟时，风速达到了每秒二十五米。这已经是暴风的风速了。

尼摩艇长昂首挺胸地站在平台上，迎风而立，岿然不动。为了防备滔天巨浪把自己冲翻，他便用缆绳将腰身捆在平台栏杆上。我也爬到平台上来，也用缆绳拦腰捆牢，意欲尽情地欣赏一下这场暴风雨和这个敢于迎战暴风雨的奇人。

乌云翻滚，掠过大海，云卷浪涛，迎面扑来。那种在波谷形成的、波连波的细浪已经不见了，眼前只有那煤烟色的波涛，一浪接一浪地涌上前来，形成高高的波峰，峰峰相连，推拥奔腾。鹦鹉螺号在巨浪的冲击下，忽而倾斜歪侧，忽而昂首直立，颇似一根竖直的桅杆。艇在疯狂地颠簸摇晃，甚是吓人。

五点左右，大雨突降，但海面仍旧是狂风卷着恶浪，毫不止息。风速增至每秒四十五米，也就是说，几乎达到每小时四十里了。这么大的风，足可以把房屋掀翻，把屋顶吹得七零八落，把铁栅栏折断，把一尊二十四厘米口径的大炮吹挪了窝。然而，面对这场暴风雨，鹦鹉螺号却为一位了不起的工程师的观点做出了佐证。他曾说：“但凡结构完美的船只，就能向大海挑战！”鹦鹉螺号不是一块能被海浪冲毁的坚硬岩石，而是一艘钢打铁铸的纺锤形潜艇，它机动灵活，易于驾驭，不用绳索，不用桅杆，就能迎战狂风恶浪而毫发无损。

这时候，我仔细地观察着迎面扑来的狂涛恶浪。浪高有十五米，浪宽达一百五十米至一百七十五米，推进速度是风速的一半，为每秒十五米。巨浪的体积以及它所产生的力量随着海水深度的增加而增加。我这时才弄明白，原来海浪是先把空气兜住，然后把空气压进海里，把生命与氧气也带到了海底。有人曾经计算过，巨浪拍击水面的最大压力，每平方尺高达三千千克。正是这样的巨浪，在赫布里底群岛，曾经推起了一块重达八万四千磅的岩石。一八六四年十二月二十三日的那场暴风雨，引发的也是这样的巨浪，把日本的横滨摧毁了一部分，然后，便以每小时七百公里的速度，翻滚奔腾着直扑美洲海岸。

夜幕降临之后，暴风雨更加猛烈了。气压计像一八六〇年在留尼旺群岛发生飓风时一样，降到了七百一十毫米。日落时分，我曾看到水平线处有一艘大船在苦苦地挣扎着。它减小蒸汽动力，顶风低速向前，以使自己能在风浪中保持平衡。它大概是一艘往返于纽约与利物浦或纽约与勒阿弗尔之间的汽船。它不一会儿便消失在茫茫暮色之中了。

晚上十点，天空中雷鸣电闪，闪电的光亮把黑黑的天空划得一片火红。我被这霹雳之火与隆隆雷声吓得够呛，但尼摩艇长却不屑一顾，傲然鹤立，好像要从这场风雨中汲取灵感和力量似的。满天雷鸣，再加上狂风呼啸、恶浪隆隆，混杂在一起，那声响真的是惊天动地，令人胆战心寒。狂风从四面八方吹来刮去：从东边吹来的飓风，吹向北，吹向西，吹向南，然后又折返回东，方向正好与南半球的回旋风暴相反。

啊！这墨西哥湾暖流，这并非浪得虚名的风暴大王！正是它水流中空气层的温度差造成了这令人望而生畏、胆战心惊的飓风。

大雨到来之后，闪电与雷鸣并未停止。大颗大颗的雨滴变成了带电的羽饰。尼摩艇长站立在平台上，好像想让自己被雷劈死电击死似的，似乎觉得只有这种死法才死得其所。突然又一阵可怕的颠簸，鹦鹉螺号的钢铁冲角直立冲天，宛如一根避雷针，上面爆出一串串火花。

我已筋疲力尽，浑身发软，艰难地向舱盖爬去，把舱盖打开，好歹挪到了客厅中来。此刻，暴风雨发疯肆虐达到了极点，在鹦鹉螺号舱内，根本站立不住。尼摩艇长直到午夜时分才返回舱里。我听见储水舱在慢慢地灌水，然后，鹦鹉螺号便缓缓地向水下潜去。

透过客厅那敞开着的舷窗，我看到一群惊慌失措的大鱼，像幽灵似的在被闪电光映得通红的海水中四处乱窜。我还亲眼看到有几条大鱼被雷电击死！

鹦鹉螺号一直在往下潜着。我在想，当它下潜到十五米深的地方时，那儿可能就是一片安宁了。但是，情况并非如此，上层的海水被搅动得非常厉害，所以，它一直下潜到五十米深的海层，才找到了平日的宁静。

在这海下五十米的深处，多么的安宁静谧！多么的寂寥无声！真可谓是一片平静的世界啊！有谁能想得到，此时此刻，海面上，暴风雨正在发威耍横、疯狂肆虐呀？

试着在地图上画出文中所描述的暖流流向图。

# 二十 北纬四十七度二十四分，西经十七度二十八分

名师导读

鹦鹉螺号远离船只往来频繁的海岸，致使内德的逃跑计划再次落空。在北纬四十七度二十四分、西经十七度二十八分的海域，鹦鹉螺号潜入海底，凭吊一艘遇难船只。久未露面的尼摩艇长对“我”讲述了这艘船的历史，它竟然是曾经的复仇者号。

暴风雨过后，我们已经被抛到了东边，因此，想要在纽约或圣劳伦斯海岸逃跑的希望全都落空了。可怜的内德一脸的沮丧和绝望，变得像尼摩艇长一样孤僻，不愿见人。我只好整天与孔塞伊待在一起。

我已经说了，鹦鹉螺号已经被抛到了东边。确切地说，它是掉头向着偏东北方向。这几天中，海上是一片令航海家望而生畏的茫茫大雾，那雾主要是因冰雪融化，大气中湿度增大而生成的。鹦鹉螺号便在这雾茫茫之中，时而浮出海面，时而潜入海底，往前行驶着。在这片大雾弥漫的海域，有多少船只在驶向海岸寻找那模模糊糊的航标灯时沉入海底啊！有多少船只因狂风怒吼，盖过了海浪拍击礁石的声响而触礁沉没啊！尽管船上备有航行灯，船只之间又可拉响汽笛相互警示，但有多少船只仍然发生碰撞造成海难啊！

因此，在这片海域的海底，完全像是一个大战之后的战场，躺在那儿的是被大海击败的战败者。难船的残骸，有的已经陈旧腐烂，有的仍然是新灿灿的，在鹦鹉螺号的舷灯照射下，船上的金属配件和铜制船底仍在反光。在这些沉船中，有多少船是连人带货一起沉入海底的啊！在统计资料中，这片海域被标出了许多危险的航段，如拉斯角、圣保罗岛、贝勒岛海峡、圣劳伦

斯河口等。仅仅几年的时间里，海难统计年鉴中列入的失事船只就有属于皇家邮轮公司、英曼公司和蒙特利尔公司的美尔威号、彩虹号、帕拉马塔号、匈牙利号、加拿大号、盎格鲁·撒克逊号、汉堡号、合众国号，它们全都是因为触礁而沉没的。另外，还有阿尔蒂克号和里昂号，是因相互碰撞而沉入海底的。再就是总统号、和平号和哥拉斯古城号，但它们的失事原因至今未明。鹦鹉螺号在这阴森恐怖的遇难船只残骸中间行驶着，仿佛在翻阅一本死亡画册！

五月十五日，我们驶抵纽芬兰浅滩的南端。这片浅滩是海水冲积而成的，堆积着大量的有机物的残骸，它们有的是墨西哥湾暖流从赤道海域带来的，有的是沿着美洲海岸的逆向北极寒流带来的，还堆积着一些由于雪崩冲刷下来的岩石。这个浅滩成了亿万只死亡的鱼类、软体类动物和植虫动物的巨大的尸骸堆。

纽芬兰浅滩的海水不算太深，顶多几百英寻，但靠南边一些，突然出现一个深坑，深达三千米。墨西哥湾暖流在这里扩展开来，水流失去了原有的流速和温度，四处散开，形成了一片汪洋。

鹦鹉螺号从这里驶过，惊扰了鱼群，我在其中观察到的有：硬鳍海兔，长达一米，背部呈浅黑色，腹部橘黄，这种鱼是同类中忠实于配偶的模范，但可惜的是，没有多少鱼效仿它们的这份忠贞；于内纳克鱼，个头儿很大，是一种海鳝，翡翠色，味道鲜美；卡拉克斯鱼，眼睛很大，头像是狗的脑袋；鳚鱼，与蛇相同，也是卵胎生动物；球形虾虎鱼，或称黑鱼，长约二十厘米；通体银光闪烁的长尾鳕，游速快，且胆子大，敢去北极海域闯荡。

艇上拖网网上来的鱼中，有一种胆大、勇猛、肌肉发达的鱼，头部和鳍上长着针刺，长约两三米，是真正的鲉鱼，是鳚鱼、鳕鱼和鲑鱼的天敌，它就是北方海域里的杜父鱼。杜父鱼身子呈褐色，长满了肉瘤，鳍却是红的。鹦鹉螺号上的艇员费了老大的劲儿才抓到它，因为这种鱼鳃盖骨构造特殊，在空气中仍能呼吸，离开海水之后，仍可活上一段时间。

还有一些鱼我也得记录下来，免得日后忘了：丛鱼，一种总爱陪伴着北极海中的船只的小鱼；北大西洋特有的尖头欧鲌；伊豆鲉；我还注意到了那种原则上属于鳕鱼类的鳕鱼，在茫茫的纽芬兰浅滩，我偶然地发现了它们，那儿是它们最喜欢的栖息地。

我们也可以说这种鳕鱼是一种高山鱼，因为纽芬兰浅滩就是一座海底山峰。当鹦鹉螺号在密集的鳕鱼群中开辟出一条路来往前行驶的时候，孔塞伊禁不住大声说道：

“啊！鳕鱼原来是这么个模样呀！我还以为它们与黄盖鲽或鳎鱼似的，身体是扁平的呢！”

“你真傻！”我大声回答他道，“只有鱼铺子里的鳕鱼才是扁平的呐！鱼店主都是把它们宰杀后，掏了膛，放在摊位上，所以都成了扁平的了，而在海里，鳕鱼同鲻鱼一样，呈纺锤状，很适合在水中穿来穿去。”

“我相信先生所言，”孔塞伊说道，“噢哟，真多呀！密密麻麻的，像一群蚂蚁似的！”

“是多啊，我的朋友。如果没有伊豆鲉和人类这些天敌的话，它们还要多呢！你知道一条雌鳕鱼能产多少卵吗？”

“顶多也就是五十万。”孔塞伊回答。

“一千一百万，我的朋友。”

“一千一百万！这我可不信，除非我亲自数数。”

“那你就数吧，孔塞伊。你没数完就会相信我说的没错。再说，成千上万的法国人、英国人、美国人、丹麦人、挪威人，他们每年都在大肆捕捞鳕鱼。鳕鱼的消耗量大得惊人，如果它们不以奇迹般的速度大量繁殖的话，那海里恐怕很快就见不着鳕鱼了。光是在英国和美国，就有五千条船、七万五千人从事捕捞鳕鱼作业，以每条船平均捕捞四万条计算，那就是两千五百万条[①]，而且，挪威一带海域的情况基本上也是如此。”

“好了，我相信先生所言，我就不去数了。”孔塞伊说。

“不数什么？”

“那一千一百万只卵呗！不过，我得指出一点。”

“哪一点？”

“我是想说，如果所有的卵全都能孵化出来的话，那么，四条雌鳕鱼就能满足英国、美国和挪威的需求了。”

当鹦鹉螺号沿着纽芬兰浅滩海底行驶的时候，我清晰地看到了一些长长的钓鱼线，每条钓鱼线上都拴着二百来个钓钩，而每条船上都垂下十几根这

名师注解

① 原文如此。

样的钓鱼线。每条钓鱼线的一端拴着一只四脚锚，坠入水中，而水面上的那一部分则靠浮漂固定在一个软木制的浮漂索上。这些钓鱼线在海底形成一个捕鱼网，鹦鹉螺号穿行其间，必须小心行驶。

这片海域往来的船只不少，所以鹦鹉螺号不便在此久留。它一直向北行驶，到达北纬四十二度海域。纽芬兰岛的圣约翰港和哈茨康坦特港都处于这同一纬度上，而哈茨康坦特港还是越洋海底电缆的终端。

这时候，鹦鹉螺号没有再继续往北行驶，而是掉头往东，仿佛想要沿着这片铺设着越洋海底电缆的海底高原航行似的。经过多次探测，这片海底高原的地形已经被精确地测绘出来了。

五月十七日那一天，我在距离哈茨康坦特港大约五百海里的两千八百米深处，看到了卧在海底的电缆了。我事先没跟孔塞伊提到过海底电缆的事，所以当他发现了电缆横卧在海底，还以为是一条巨大的海蛇，正准备按他的惯常方法对它进行分类呢。我立刻跟他说他看错了，并给这个忠厚老实的小伙子讲述有关铺设海底电缆的种种情况，以消除他的那份沮丧的情绪。

第一条海底电缆是在一八五七年至一八五八年间铺设的。但在传送了四百来份电报之后，便发生了故障，无法使用了。一八六三年，工程师们又制成一条新电缆，长三千四百公里，重达四千五百吨，用大东号轮装船运送。但这次尝试未能成功。

五月二十五日，鹦鹉螺号下潜至三千八百三十六米深处，那里正是当年电缆断裂、导致工程失败的地点。那里离爱尔兰海岸六百三十八海里。事故发生的那天下午两点，有人发现与欧洲的通信联系突然中断。于是，船上的电气技师决定把电缆进行切割，打捞上来，进行检查，并于当晚十一点，把损坏了的那部分电缆捞上船来，进行焊接，然后，把焊接好了的电缆又放入海底。可是，过了几天，电缆又断了，而且，未能再从海底捞上来。

但美国人并未因此而泄气。海底电缆工程的倡导者、勇敢的赛勒斯·菲尔德把自己的全部财产全都投到这个大胆的事业上，并且发起了又一次的认股。股票很快便认购一空，勇敢的赛勒斯·菲尔德便筹足了款项，因此，新的一条电缆在完美无缺的条件之下制造出来了。电缆那绝缘导线被束裹在马来橡胶制成的套管里，外面还加护着一层带有金属骨架的织物。于是，一八六六年七月十三日，大东号轮又一次启航了。

铺设工程进展顺利。但是，意外情况出现了。拉动电缆的时候，电工们多次发现，电缆上有钉子，很显然，有人在破坏电缆的芯线。大东号轮的安德森船长、他的副手们和工程师们便聚在一起进行讨论，最后，决定贴出布告：罪犯一经查获，无须进行审判，立即扔进大海。从这之后，就再未见有类似事件发生。七月二十三日，大东号轮距离纽芬兰岛只有八百公里了。这时候，有人从爱尔兰向船上发来电报称，萨多瓦战役①之后，普鲁士和奥地利达成了停战协议。二十七日，大东号轮在茫茫一片大雾之中，驶入哈茨康坦特港。铺设海底电缆的工程顺利结束，年轻的美洲通过这条新铺设的海底电缆，向古老的欧洲发来了一份非常明智但却令人颇不理解的贺信："光荣属于天上的神明，和平属于地上的善良的人们。"

我并没有企盼着能看到一条像原先刚从制作车间里生产出来的崭新的电缆。这条巨大的"蛇"，身体上覆盖着介壳碎片，原生动物丛生，外面还多了一层黏糊糊的石质硬皮，保护着它免受善于钻孔掏洞的软体动物的侵袭。它静静地躺在海底，不受海水运动的影响，处于一种很适合于以百分之三十二秒从美洲向欧洲传送信息的电压下。这条电缆的寿命可能是无限的，因为有人发现，马来橡胶套管经海水浸泡变得更加坚韧了。

另外，铺设选址很好，这片高原水的深度合适，电缆不致被拉断。鹦鹉螺号沿着铺设海底电缆的这片高原行驶，在最深的四千四百三十一米的地方，电缆依然没有受到海水拉力的影响。随后，我们便驶抵一八六三年发生事故的地方。

那里的海底出现一个宽一百二十公里的峡谷，即使把勃朗峰移到这里来，它的峰顶都露不出水面。峡谷东面，有一座高达两千米的峭壁封堵着。我们是五月二十八日到达那里的，鹦鹉螺号距离爱尔兰岛约有一百五十公里。

尼摩艇长会不会继续北上，登陆大不列颠呀？不会。令我大惑不解、吃惊不已的是，他又转过艇头，向欧洲海域驶去。艇绕行翡翠岛的时候，我曾一度隐约见到克里尔角和法斯特内岛上的灯塔，它在为从格拉斯哥和利物浦起航的成千上万条船只指示航程。

这时，突然在我的脑子里闪现了一个重要的问题。鹦鹉螺号敢于驶入英

名师注解

① 萨多瓦战役：指 1866 年 7 月 3 日，普鲁士在捷克小镇萨多瓦打败奥地利的那场战役。

吉利海峡吗？自从我们的航行离陆地不远以来，内德·兰德便又露面了，他也老在问我这同样的一个问题。我怎么回答他好呢？尼摩艇长仍旧一直没有露面。他难道是在让内德·兰德瞅了一眼美洲大陆之后，又想让我也瞧一眼法国海岸不成？

鹦鹉螺号依旧在继续向南行驶着。五月三十日，在鹦鹉螺号的右舷，我们看到了位于英格兰岛顶端和索灵群岛之间的兰兹岛了。

如果鹦鹉螺号想要驶进英吉列海峡的话，那它就必须直接奔东。但艇并未向东驶去。

五月三十一日整整一天，鹦鹉螺号一直在海上兜着圈子，我觉得非常纳闷。它似乎在寻找一个不太好找的地方。中午时分，尼摩艇长露面了，他亲自跑来测定方向。他并没跟我说话。我觉得他比以往任何时候都更加阴郁忧愁。是谁使他这么愁肠百结的呢？是因为靠近了欧洲海岸？难道他又回忆起他所抛弃的故国家园的一些往事了？那么，此时此刻他心里是怎么想的呢？他是感到后悔还是觉得遗憾？我脑海里一直萦绕着这种问题，而且，我还有一种预感：很快就会出现一个偶然的机会，让尼摩艇长的内心秘密泄露出来。

第二天，六月一日，鹦鹉螺号依然故我，仍在兜来绕去。虽然，它是在想尽办法要找到大海中的一个准确地点。尼摩艇长像头一天一样，又亲自跑来测定太阳的高度。当然，海上风平浪静，天空万里无云。在东边八海里远处，一艘大汽船出现在天际。船上没有悬挂所属国的国旗，所以我无法确定它的国籍。

在太阳从子午线上经过之前的几分钟，尼摩艇长手里拿着六分仪，十分仔细地观测起来。海上风平浪静，非常适合观测。鹦鹉螺号一动不动地停泊在那里，既不摇晃，也不颠簸。

当时，我也待在平台上。尼摩艇长观测完了之后，只说了一句话：

“就是这儿！”

他从舱口下到舱内。他是不是看到那条大汽船改变了方向，正朝着我们驶过来？这我说不准。

我回到客厅。舱盖关上了。接着，我便听到往储水舱里灌水的声响。鹦鹉螺号开始在垂直地下潜，因为螺旋桨没有转动，不能给艇任何动力。

几分钟后，鹦鹉螺号在八百三十米深处停了下来。

这时候，客厅天花板上的灯关掉了，舷窗护板打开。透过舷窗玻璃，只见方圆半海里内的海水被舷灯照得无比光亮。

我向左舷看了一眼，除了静静的一片海水以外，什么也没看见。

转向右舷，我发现了海底一个高高隆起的东西，引起我的注意。那高高隆起的东西看上去像是一个废墟，被黏糊糊的灰白色的贝壳覆盖着，如同披着一件白色的外衣。我再仔细地观察了一番，觉得那像是一艘沉船船壳，桅杆已经不见，船大概是船头先沉，栽进海底的。这起海难发生的年代肯定十分久远了，因为沉船残骸上结了一层厚厚的水垢，说明它在海底待的年头肯定不短。

这是一只什么样的船呀？为什么鹦鹉螺号要跑这么远来凭吊它？难道它不是碰上海难才沉没的吗？

我正在这么猜度来思量去，突然听见尼摩艇长走到我身边，语气缓缓地说道：

“这条船原先的名字是马赛人号。船上装备着七十四门加农炮，一七六二年下水。一七七八年八月十三日，在拉普瓦普·韦尔特里厄的指挥下，它与普雷斯顿号英勇地激战了一场。一七七九年七月四日，它会同海军上将德斯坦的舰队，参加了攻克格雷纳德的战役。一七八一年九月五日，它在切萨皮克湾参加了格拉斯伯爵指挥的那场战斗。一七九四年，法兰西共和国给它改换了名字。同年四月十六日，它在布列斯特加入了维拉雷-茹瓦约兹舰队，为由海军上将德斯坦①指挥的从美国启航的运送小麦的运输船队保驾护航。共和二年牧月②十一日和十二日，这支运输船队遭遇上了英国舰队。先生，今天是公历一八六八年六月一日，也就是牧月的十三日。七十四年前的这一天，就是在这儿，在北纬四十七度二十四分、西经十七度二十八分这个地点，这艘船经过英勇激战，折断了三根桅杆，船体被炮火击穿，海水呼呼地涌进船舱，三分之一的水兵失去了战斗力，但全舰三百五十六名水兵宁愿葬身海底也决不投降，他们把国旗钉在船艉，高呼着‘共和国万岁！’沉入海底。”

名师注解

① 海军上将德斯坦（1729—1794）：法国将军，支援过北美独立战争，大革命时期担任过凡尔赛国民自卫军司令，后因涉嫌保皇而被处决。

② 牧月：法兰西共和历的九月。

“是复仇者号！”我大声说道。

“正是！先生，是复仇者号！多么响亮的名字！”尼摩艇长双臂搂抱在胸前，低语喃喃地说道。

### 海底电缆

海底电缆就是指用绝缘材料包裹的导线，铺设在海底，用于电信传输。根据传输内容的不同，海底电缆可分为海底通信电缆和海底电力电缆。全世界第一条海底电缆是1850年在英国和法国之间铺设的，而中国的第一条海底电缆则在1888年铺设完成。现代的海底电缆以光纤作为材料，用于传输电话和互联网信号。

# 二十一 大屠杀【精读】

名师导读

鹦鹉螺号受到不明国别的铁甲舰的攻击，愤怒的尼摩艇长和鹦鹉螺号上的艇员发动复仇反攻。教授三人打算趁机逃走，不料却错失机会，而成了这场海难的见证者。究竟是什么人和这艘艇上的人有深仇大恨呢？故事的谜底即将揭晓。

这种不同寻常的谈话方式，这个意想不到的场合，这艘爱国战舰的历史，那位怪异的艇长平静地叙述完之后，激动不已地说出的那几句话，以及复仇者号这个顾名思义的名字，凡此种种，给了我强烈的震撼。我的眼睛直勾勾地凝视着尼摩艇长。尼摩艇长双手伸向大海，炽热的目光紧紧锁住那艘光荣战舰的残骸。此时此刻我在想，我也许永远也无法知晓尼摩艇长是什么人，他从哪里来，他要到哪里去，但是，我却越来越清楚地看出了这位学者身上人性的一面。我明白了，让尼摩艇长和他的同伴们待在鹦鹉螺号上与世隔绝的绝不是一种普普通通的愤世嫉俗的情绪，而是一种时间也无法磨灭的畸形的或是崇高的深仇大恨。

出自《三国志·魏书·王昶传》。意为看到名称就联想到它的意义。

揭示了鹦鹉螺号上的这些人与世隔绝的真正原因。

这种深仇大恨还在伺机寻求报复吗？很快我就能知晓了。

这时，鹦鹉螺号正在缓慢地往水面上浮，我眼望着复仇者号那模糊的身影在渐渐地消失。不一会儿，艇轻轻地晃动了一下，我知道，我们已经浮到水面上来了。

突然间，我听到一声沉闷的爆炸声。我看了看艇长，艇长纹丝不动。

“艇长？”我叫了他一声。

他没有理睬我。

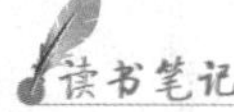

于是，我走了出去，上了艇顶平台。孔塞伊和加拿大人已经在上面了。

“什么声音？哪儿来的？”我问道。

“是炮声。”内德·兰德回答说。

我往此前曾发现那条大汽船的方向看了看。那条汽船已经离鹦鹉螺号不远了，从它所喷吐出来的蒸汽来看，它正在加大马力，向我们靠过来。它离我们约有六海里。

“那是条什么船，内德？”

“从帆缆索具以及它的桅杆高度来看，”加拿大人回答道，“我敢打赌，是一艘战舰。它靠过来就太好了，必要时，干脆把这艘该死的鹦鹉螺号给击沉了！”

“内德朋友，”孔塞伊顶撞他说，“它能把鹦鹉螺号怎么了？它能在海面上攻击它呢，还是能在水下攻击它呀？”

“内德，您能否告诉我，您辨别得出来这艘船是什么国籍吗？”我问内德·兰德。

加拿大人双眉紧蹙，眯缝起眼睛，盯着来船看了好半天。

“我辨别不出来，先生，”他回答说，“它没有悬挂国旗，不知道它是哪个国家的。但我可以肯定，它是一艘战舰，因为它的主桅杆顶上飘扬着的是一面长长的战旗。”

我们对这艘向我们开过来的战舰足足盯了一刻钟。但我总觉得，它离我们还有一段距离，它不可能发现鹦鹉螺号，更不可能知道这艘钢铁打造的潜艇到底是个什么东西。

过了一会儿，加拿大人告诉我说，那条船是一艘大型战舰，舰艏有冲角，是一艘双层甲板的铁甲舰。舰上的两个大烟囱，喷出浓浓的黑烟。船帆密密麻麻，与一行行的桅杆交叉在一起。斜桁上没有悬挂国旗。战旗像一条薄薄的带子，在迎风飘扬，因为离得远了些，看不清旗的颜色。

那艘船在加速前进。如果尼摩艇长让它靠近的话，那我们逃跑的机会就来了。

“先生，”内德·兰德对我说道，“等那条船到了离我们一海里的地方，我便跳下海去。我建议你们也这么做。”

对加拿大人的建议，我未置可否，我只是在继续盯着那条在我的视网膜中变得越来越大的船。无论它是英国船、法国船、美国船，还是俄国船，只要我们能够游到它的近旁，它是一定会收留我们的。

“先生很清楚，”孔塞伊说，“我们还是有游泳的本事的。如果先生认为与内德朋友一起走合适的话，我可以帮扶着先生一起往前游。”

我刚想开口回答，突然发现那战舰前部喷出一股白烟来。接着，没几秒钟，只见一个沉重的玩意儿落到水里，激起一片水花，溅到鹦鹉螺号的后部。紧接着，又一声爆炸声在我耳边响起，震耳欲聋。

“啊！他们在向我们开炮！”我大声地叫喊道。

“勇敢的人们！”加拿大人小声赞扬道。

“这么说，他们并没有认为我们遇上海难，爬在翻转的艇体上！”

“先生先别着急……唉，”孔塞伊把另一发炮弹溅起的落到他身上的水珠抖了抖，说道，“先生先别着急，他们这是错把我们的艇看作独角鲸了，他们是在炮轰独角鲸。”

读书笔记

“可是，他们应该看得很清楚，”我大声嚷道，“他们面对的是人啊。”

“也许正是因为面对的是人的缘故。”内德·兰德眼睛直勾勾地盯着我说。

我立刻明白过来。显然，人们现在已经知道这个所谓的海怪的存在，要想法对付它了。也许，当鹦鹉螺号与亚伯拉罕·林肯号相遇，加拿大人内德师傅用捕鲸叉叉鹦鹉螺号的时候，法拉格特船长就辨别出来，所谓的独角鲸是一艘潜水艇，是一艘比力大无穷的鲸类动物更加威猛、危险的潜水艇。

没错，准是这么回事。很可能，人们现在正在各处海域追踪这艘极具破坏力的可怕的潜水艇呢！

如果我们推断的情况属实的话，那么，尼摩艇长是在用鹦鹉螺号进行一个报复行动，那可就可怕极了！在印度洋上的那天夜晚，他把我们囚禁在一间小黑屋里，他难道是在攻击一条船吗？那个现在已长眠在珊瑚墓地中的人，会不会是鹦鹉螺号所挑起的一场冲突的牺牲品呀？

回想一下教授三人在印度洋被关起来强制睡眠的那一章节所发生的事。

肯定是的，我再说一遍，准是这么回事。尼摩艇长的神秘面纱被揭开一部分了。如果说他的身份尚未被弄清楚的话，起码那些联合起来追捕他的国家认为，他们已不再是在追踪一个虚无缥缈的假想敌了，而是在追踪一个与他们不共戴天的实实在在的人！

名师点评

战舰上的人会把教授等人看成尼摩的同党，所以教授这样想。

这些可怕的往事一下子全都浮现在我的脑海里。在这艘正在向我们冲过来的战舰上，我们遇到的不是朋友，而只能是一些无情的敌人。

这时候，我们周围落下的炮弹越来越密集。有些炮弹落到水面上之后，随即弹跳起来，蹦落到很远的地方去了，反正没有一发炮弹击中鹦鹉螺号。

此刻，那艘铁甲舰距离我们只有三海里了。尽管它在连续炮击，炮声隆隆，但尼摩艇长并没到平台上来观察一番。不过，要是这些圆锥形的炮弹中有一颗不偏不倚地击中鹦鹉螺号的艇身的话，那对它可是致命的。

读书笔记

这时候，加拿大人对我说道：

"先生，我们应该想方设法摆脱这危险处境。我们发个信号吧！见鬼！他们也许会明白我们是好人的！"

说完，内德·兰德便掏出手帕，想在空中挥动。但是，当他刚想把手帕展开的时候，突然间，一只大手像铁钳似的攥住了他，尽管加拿大人膂力过人，但还是猛地一下摔跌在平台上了。

"混蛋！"艇长大声呵斥道，"你是不是想在鹦鹉螺号向那艘船冲过去之前，先把你钉在冲角上？"

听尼摩艇长的语气就够让人害怕的了，再一看他的脸色，就更是让人浑身发抖了。他脸色苍白，可能心脏猛地痉挛了一下，甚至可能是停跳了一下。他的瞳孔在收缩，射出咄咄逼人的凶光。他已经不是在说话了，而是在怒吼。他俯身向前，手紧紧地抓住内德·兰德的肩膀。

名师点评

细节描写，表现了尼摩艇长愤怒至极。

此时，那艘船在不停地炮击着，炮弹似雨点般地纷纷落在尼摩艇长的周围。于是，他撇下加拿大人，转身对着那艘战舰，拼足全身力气，冲着它怒吼道：

"好呀！让你知道知道我是谁，你这该死的国家来的可恶的船！你以为你不挂国旗我就认不出你来了！你给我睁大了眼睛瞧瞧，看

看我是什么旗帜！”

尼摩艇长公开应对敌舰的挑战。

说着，尼摩艇长便在平台上展开一面黑旗，同他先前在南极插着的那面旗帜一模一样。

就在这一时刻，一发炮弹飞来，斜着击中鹦鹉螺号的艇身，弹跳了一下，从尼摩艇长身旁划过，落入海中，但没有造成任何的伤害。

尼摩艇长耸了耸肩膀，然后，口气十分生硬地对我说道：

“下去！您和您的同伴，全都下去！”

“先生，”我大声喊道，“您这是想要向那艘船发动攻击吗？”

“我要把它击沉，先生。”

“您不能这么干！”

这就是尼摩一直对教授三人隐瞒的事情。

“我就要这么干，”尼摩艇长冷冰冰地说，“先生，请您不要指手画脚的！命运让您看到了您本不该看到的事情。人家已经动手了，那我就得奋力反击。下去吧。”

“这艘船是哪个国家的？”

“您不知道？那就太好了！它的国籍，至少对您来说，还是个谜。下去吧。”

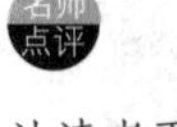

让读者更加好奇这些人的复仇烈火从何而来。

我和加拿大人、孔塞伊三人只能服从尼摩艇长的命令。这时候，鹦鹉螺号上的十五六位艇员，围着艇长站在那儿，怀着不共戴天的仇恨，眼睛紧紧盯着渐渐地向他们靠近的那艘战舰。我们可以感觉得出来，他们心中燃烧着与他们的艇长一样的复仇的烈火。

我往下走的时候，又有一发炮弹咝咝地飞来，擦着鹦鹉螺号的艇身落入水中，只听见艇长又在大声地吼叫道：

“打吧，你这个疯子！把你的那些没用的炮弹全都发射出来吧！你无论如何也逃不过鹦鹉螺号的冲角的冲击。但是，你不该葬身在这里！我不想让你的残骸去玷污复仇者号的残骸！”

我回到了自己的舱房里。艇长和他的大副仍在艇顶平台上。鹦鹉螺号的螺旋桨开始转动起来。它全速驶到那艘战舰的大炮射程之外的地方去。但那艘战舰仍旧死咬住不放，在继续追击着，而尼摩艇长则始终让自己的艇与之保持着一定的距离。

下午四点左右，我无法继续抑制自己心中的焦急与不安，便来到中央扶梯处。艇舱盖是敞开着的。我壮着胆子走上平台。艇长仍旧激动不已地在平台上走来走去。他望着在下风处五六海里外的那艘战舰。他像一头猛兽似的在引着那艘战舰跟着自己转，把后者往东边引，让它跟在自己屁股后面追。但他并没有进行反击。也许他仍在犹豫？

我想再劝他一句。但是，我刚叫了一声“艇长”，他便立即让我把嘴闭上。

“我就是法律！我就是正义！”他冲着我大声嚷道，“我是个被压迫者，而眼前的就是压迫者！全是因为它，我所喜欢的，我所热爱的，我所尊敬的一切之一切，我的祖国，我的父母，我的妻室儿女，我全都眼睁睁地看着他们被毁灭了！我所仇恨的东西，就在我的眼前！我是饶不了它的！您就闭上您的嘴吧！”

这是被压迫者对压迫者的抗争。

我朝着那艘开足马力追击的战舰最后看了一眼，便下到艇舱去找内德·兰德和孔塞伊了。

“我们逃走吧！”我大声说道。

“好！”内德赞同道，“那艘战舰是哪个国家的？”

“我不知道，但不管它是哪个国家的，它在天黑之前都要被击沉。我觉得，与其成为这场我们无法判断是否正义的复仇行动的同谋，倒不如与它一起毁灭的好。”

“我也这么认为，”内德·兰德冷静地说，“我们就等天黑吧。”

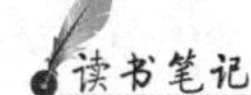

天渐渐地黑了。鹦鹉螺号上笼罩着死一般的沉寂。罗盘显示，艇的航向依然未变。我听得见螺旋桨在快速而有节律地拍击海水的声音。它始终在水面上行驶着，轻轻地晃动着，时而向左、时而向右地摆动着。

我和我的同伴们决定，等那艘战舰更靠近一些时，我们就逃走，那么我们或者可以让战舰上的人听见我们的呼救声，或者能让他们看见我们，因为三天后就是满月了，此刻的月亮非常明亮。我们一旦上了那艘战舰，即使我们无力防止它将遭到攻击的厄运，但至少可以做些力所能及的事，出出主意想想办法什么的。有好几次，我都以为鹦鹉螺号就要发动攻击了，但它却只是让对手更靠近一些，然后，虚晃一枪，摆出一副逃跑的样子来。

前半夜就这么过去了，什么事情也没有发生。我们一直警惕着，准备伺机行动。我们心里非常激动，几乎连话都很少说了。内德·兰德激动得恨不得立刻跳进海里，只不过老被我拦着，劝他再等一等。我估计，鹦鹉螺号将会在水面上向那艘装甲舰发起攻击，而等到它开始攻击时，我们再逃跑，这不仅可能成功，而且容易成功。

读书笔记

凌晨三点钟的时候，我的心怦怦直跳地上了平台。尼摩艇长仍然在平台上，在艇前部的那面旗帜旁边站立着。旗帜在轻风吹拂下，在他的头顶上方飘扬着。他的眼睛一直在紧紧地盯着那艘铁甲舰。他的目光闪闪发亮，仿佛在吸引着那艘铁甲舰，在迷惑它，比拖着它走还要平稳地在拉着它往前行。

此时，月亮已经移过中天，木星已在东方显现。天空与海洋在这片万籁俱寂之中，竞相比赛谁更安静；海面向月亮提供的是一面光洁的镜子，让月亮的美貌尽情映现。

名师点评：寂静之下隐藏着不安定的因子。

当我想着这海天交融的大自然的宁静，再把它与微不足道的鹦鹉螺号艇内弥漫着的怒火相比较的时候，我感到自己全身在颤抖着。

那战舰与我们相距有两海里。它一直在追着标示着鹦鹉螺号方位的艇身上的那片磷光在往前追赶。我看见了它那绿色和红色的航行灯，以及那挂在前桅帆的主索上的白色信号灯，一道道模模糊糊的反射光照在了它的帆缆索具上，并表明它正在添煤加火，加速追来。一串串煤屑火花从烟囱里喷吐出来，似星光般在闪烁。

我就这样在平台上一直待到清晨六点。尼摩艇长像是没有看见我似的。铁甲舰离我们只有一点五海里了，随着晨曦微露，它又向鹦鹉螺号发起了炮击。鹦鹉螺号开始反击的时刻应该不远了，我和我的同伴们也将永远地离开我们不敢妄加判断的这位艇长了。

读书笔记

我正准备下到舱里去通知我的两个同伴时，大副登上了平台，身后跟着几个艇员。尼摩艇长没有看见他们，或者说是不想看到他们。鹦鹉螺号已经采取了某些可以说是“战斗准备”的措施。其实，措施很简单，把平台周围的那些宛如栏杆似的支索放下来，把舷灯和驾驶舱全都缩进艇壳内，与艇壳持平，不突出在外。如此一来，鹦鹉螺号便形同一支粗大的雪茄，没有任何突出在外的东西妨碍它自如的活动了。

读书笔记

我回到了客厅。鹦鹉螺号仍旧浮在水面上。几缕晨曦射入水中，在涌动的水波的作用之下，舷窗上映现出朝阳的霞光来。恐怖的六月二日这一天来临了。

五点钟左右，航速表显示，鹦鹉螺号在减慢速度。我明白，它这是想让那个穷追不舍的对手靠近。炮声更响了，爆炸声不断，炮弹呼啸着飞来，纷纷地落在鹦鹉螺号的周围。

“朋友们，”我说道，“是时候了。咱们握握手吧，愿上帝保佑我们！”

这时，内德·兰德神情坚决，孔塞伊沉着镇静，而我自己则非常紧张，勉勉强强地才让自己镇定下来。

我们走进图书室。当我推开通往中央扶梯间的那扇门的时候，突然听到砰的一声：艇舱盖关上了。

名师点评

故事发展惊现转折：关键时刻，逃跑计划再次失败。

加拿大人想要冲上扶梯，被我一把攥住。耳边传来非常熟悉的呼呼声，我知道艇上的储水舱正在往里面灌水。果然，没多大一会儿，鹦鹉螺号便往下潜去，潜到水面以下几米深的地方了。

我知道鹦鹉螺号要采取什么行动了。我们现在再想逃跑已经来不及了。鹦鹉螺号不想攻打双层装甲战舰那难以穿透的铁甲，而是想要在下面攻击它那没有金属外壳保护的船底部分。

我们又被囚禁住了，不得不成为即将发生的悲惨海难的见证人。再说，我们几乎没有时间去思考。我们三人躲在我的舱房里，面面相觑，一声不吭。我感到自己精神恍惚，思维都停止了，处于一种等待着可怕的炮声传来的难熬的状态之中。我在等待着，我在倾听着，我只是靠着听觉在活着了！

读书笔记

这时候，我只觉得鹦鹉螺号在明显地加快速度，以便加大其冲击的力量。整个艇体都在颤动着。

突然，我大叫一声。撞击发生了，但撞击的力量比我所想象的要来得轻一些。我感觉到了鹦鹉螺号那钢铁冲角的穿透力，听到了

形象地展示了鹦鹉螺号撞击战舰的行动，也从侧面突出了鹦鹉螺号的无坚不摧。

它所发出的刮擦声响。其实，鹦鹉螺号在其强大的动力驱动之下，力大无穷，宛如帆篷工手中的大针穿过帆布似的，穿透了那艘战舰。

我再也无法控制住自己了。我慌乱不堪，像发疯似的冲出舱房，奔进客厅。尼摩艇长待在客厅里。他阴沉着脸，默然无声，一副冷酷无情的样子，透过左舷窗在往外看着。一个庞然大物正在往海底沉去。为了不错过看到这庞然大物垂死挣扎的全过程，鹦鹉螺号也跟着它往海底潜去。我看到那个庞然大物在距我们十米处往下沉着，它的船壳已被撞裂，海水像雷鸣似的呼呼地往船体里涌去，很快，两排加农炮和船舷墙也没入水中。甲板上挤满了乱作一团的人影。

体现了落水者的无助。

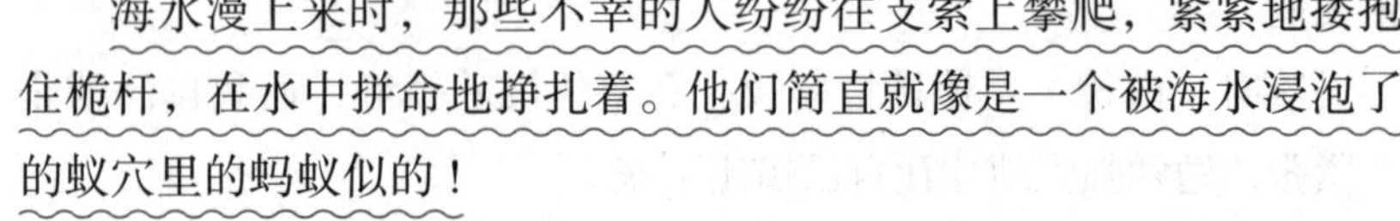

海水漫上来时，那些不幸的人纷纷往支索上攀爬，紧紧地搂抱住桅杆，在水中拼命地挣扎着。他们简直就像是一个被海水浸泡了的蚁穴里的蚂蚁似的！

目睹如此惨烈的海难，教授的心情可想而知。

我惊呆了，浑身僵直，头发竖起，两眼圆睁，呼吸急促，只觉得心里憋闷，透不过气来，发不出声音，只是眼睁睁地这么看着，仿佛有着一种魔力在把我的眼球紧紧地吸在舷窗玻璃上！

那艘庞大的战舰仍在缓慢地往下沉去。鹦鹉螺号一直紧随在一旁，观察着它的动静。突然间，嘭地一响，爆炸发生了。气浪把沉船的双层甲板掀了开来，好像船舱里起火了。由于这股气浪的冲击，鹦鹉螺号也被冲击得改变了方位。

这时候，那艘不幸的战舰在更加迅速地往下沉去。上面挤满了想要逃命的受难者的船桅楼在往下沉，甲板支架的横臂在往下沉，横臂上也同样爬满了人，横臂都被压弯了。最后，主桅杆顶也沉了下去。随后，这个黑乎乎的庞然大物消失了，船上的那些不幸的船员也随着庞然大物被巨大的漩涡卷得无影无踪……

读书笔记

我转身向着尼摩艇长。这个冷酷的伸张正义者，这个地地道道的复仇天使，始终站在那儿，看着眼前发生的一切。当这一切全都结束了的时候，尼摩艇长便向他的房间走去，他打开自己的舱房门，走了进去。我的眼睛一直在盯着他看。

在他房间最里面的壁板上，在他所崇敬的那些英雄的肖像下面，我看到了一张照片，上面是一位风姿绰约的年轻女子和两个小孩。尼摩艇长注视了她们几分钟，然后，他向她们伸出自己的双臂，跪倒在地，哽咽抽泣起来。

一向淡定处事的尼摩艇长情感多次爆发，从他的言谈中，我们可以看出尼摩艇长被复仇所驱使，对来袭者的痛恨与愤怒达到无以复加的地步。作者通过尼摩艇长这一人物形象，为我们展示了被压迫人民奋起反抗、决不妥协的精神。尼摩艇长反抗压迫，但又难以摆脱自身的专制独裁，渴望复仇又怜惜生命，复杂的人物性格又在一定程度上增加了尼摩艇长的神秘色彩。

延伸思考

试着分析一下尼摩艇长复仇之后的心理。

# 二十二 尼摩艇长最后的话【精读】

名师导读

大屠杀之后，教授对尼摩艇长充满了厌恶，于是，他同意了内德的逃跑计划。鹦鹉螺号在海上漫无目的地前行，不知不觉中陷入了迈尔大漩流。准备逃跑的三人被困在了鹦鹉螺号的小艇上，混乱中被卷入了漩涡，生死未卜。

这个令人惊恐的画面消失了。舷窗护板关上了。但客厅里的灯光尚未亮起来。鹦鹉螺号舱内一片昏黑，寂静无声。艇在水下一百尺的深处全速行驶，驶离这个令人伤悲的地方。它将驶往何方？是往北还是向南？进行了这个可怕的报复之后，此人将躲到什么地方去？

名师点评

折射出提倡民主、反对专制的思想。

我回到了自己的舱房。内德和孔塞伊仍然坐在那里，默然无语。此时此刻，我心中陡然升起一股对尼摩艇长的难以压制的厌恶之情。无论他在世人那里受过多大的苦，他都无权对人类进行这么残酷的惩罚。他尽管没把我扯进去当他的同谋，但他至少是把我变成了他报复行动的见证人！这真是太过分了。

这里使用了“逃窜”一词，与上文的“厌恶之情”形成前后照应。

十一点的时候，电灯亮了。我走进客厅。

客厅里一个人也没有。我查看了一下仪表盘，知道鹦鹉螺号正以每小时二十五海里的速度向北逃窜。它时而浮出水面，时而又潜到三十尺深处。

根据航海图的标示，我知道我们正在穿过英吉利海峡的出入口，以无可比拟的高速度向北极海域飞驰而去。

在一掠而过的各种鱼中，我只是勉强地瞥见了长鼻角鲨、经常出没在这一带海域的双髻鲨、猫鲨、巨大的鹰石首鱼、宛如国际象棋中的马一样的成群的海马、像烟火中的金蛇一样蜿蜒游动的海鳗、螯钳交叉着卷在甲壳上横行的大群海蟹，以及与鹦鹉螺号竞速的成群的鼠海豚。不过，在这种时刻，我已无心去仔细观察，进行研究，加以分类了。

读书笔记

傍晚时分，我们已经在大西洋海域穿行两百里了。天在渐渐暗下去，月亮尚未升起，此刻，海面漆黑一片。

我回到自己的舱房，想要睡觉，但怎么也睡不踏实，老被噩梦惊醒。那艘战舰船毁人亡的可怕情景总在我的脑海里浮现，不肯逝去。

从这一天起，谁还知道鹦鹉螺号要把我们带到这北大西洋的什么地方去呢？它始终都保持着无法估计的高速度在飞驰着！它一直是在这北方的漫天大雾中行驶着！它到达过斯匹茨卑尔松群岛的尖沙嘴？到达过新赞布尔悬崖？它是不是驶过白海、喀拉海、奥比湾和利沙夫群岛这一带陌生的海域？它是不是经过了亚洲那些无人到过的海岸？这些情况我全都说不清楚。我已经丧失了时间概念。艇上的钟已经停摆。我们好像身在极地一样，黑夜与白天已经不再按正常的规律交替了。我觉得自己被带入一个奇异的境界之中，带入了一个爱伦·坡的那种过度的想象力可以自由驰骋的境界之中。我就同那个虚构的戈顿·皮姆[①]一样，时时刻刻期待着能够看到那个“蒙着面纱的人，他的身体要比世界上任何人的身体都大，他被横躺着置放在水门中央，把守着极地的入口”！

读书笔记

据我估计——不过，我可能估计错了——鹦鹉螺号这次的冒险航行持续了十五到二十天，如果不是出现了这次灾难，使得旅行终止的话，真不知道这次旅行还要持续多久。尼摩艇长一直没有露面，他的大副也没见人影儿，艇员们也没有一个出现过。而鹦鹉螺号则是一直潜于水下。当它浮出水面换气时，舱盖也都是自动启开或关上的。地球平面球形图没再标示方位，因此，我也不知道我们身在

名师注解

① 戈顿·皮姆：美国作家兼评论家爱伦·坡（1809—1849）的中篇小说《亚瑟·戈顿·皮姆历险记》中的主人公。

何处。

孔塞伊对朋友的关心与照顾总是让人感动。

我还得指出，加拿大人也已颓丧绝望，不再露面了。孔塞伊老想让他吐一吐自己的烦恼，可他就是一句话也不说，因此，孔塞伊十分担心他因过度沮丧或者思乡之情过甚而自寻短见，对他精心看护，寸步不离。

很显然，在这种处境之中，我们再也忍耐不下去了。

某一天早晨——到底是哪一天，我也说不清楚——天快亮了的时候，我还睡得迷迷糊糊，似睡非睡、似醒非醒的，后来，终于醒了过来，便看见内德·兰德俯身对我悄声细气地说道：

"咱们逃走吧！"

我腾地坐直了身子。

"什么时候走？"我问。

"今天夜晚。鹦鹉螺号上好像无人指挥无人监控似的，艇上的人似乎全都麻木了。您到时候能准备好吗，先生？"

"没有问题。我们现在是在什么地方？"

"我今天早晨透过海上大雾看到了陆地，看上去大概离我们有二十海里的样子，在东边。"

"那块陆地是什么地方？"

"我说不清楚。不过，不管那是什么地方，我们先逃到那儿去再说。"

教授的态度发生了极大的转变，由开始的犹犹豫豫，到后来的矛盾纠结，再到如今的坚定果决。

"对，内德。好吧，我们今天夜晚就逃走，宁可让大海给吞没了。"

海面上的情况很不妙，风刮得厉害，不过，上了鹦鹉螺号上的那只轻便小艇，划个二十来海里，我觉得没什么了不起的。我已经在小艇上偷偷地放上一些食物和饮用水。艇上的人没有发现。

"我跟您一起走。"

"不过，"加拿大人补充说道，"万一我被人发现了，我是要自卫的，因此我有可能会被干掉。"

"要死的话，我们就一起死吧，内德朋友。"

我已经横下心来了。加拿大人走出了我的房间，然后，我登上了平台。海上风大浪急，我几乎站立不住。这种天气是暴风雨的前奏。但是，陆地离得并不远，而且又是大雾弥漫，此时不逃，更待何时？我们一天，甚至一小时，都绝不可以浪费了。

我回到客厅来。我是既想碰到尼摩艇长又怕碰到尼摩艇长。如果碰到他，我能跟他说些什么呢？我能够掩饰得住他在我心中所引起的那种我不由自主萌发的厌恶之情吗？不，最好不要与他正面相遇！最好是把他给忘掉！可是，又怎能忘得了呀！

名师点评

尼摩艇长是矛盾的结合体，他的残忍与善良让教授既痛恨又欣赏，这段话就揭示了教授对尼摩艇长的复杂情感。

我还得在这艘鹦鹉螺号上熬上一天，这最后的一天是何等漫长呀！我独自一人待着。内德·兰德和孔塞伊躲着我，免得跟我说话走漏了风声。

六点钟，吃晚饭的时候，我一点胃口也没有，但是，不管怎么说，多少也得吃上一些，免得到时候没有气力。

六点半了，内德·兰德走进了我的舱房，对我说道：

“行动之前，我们就别再碰头了。十点钟，月亮尚未升起，我们就趁黑逃走。到时候，请您登上小艇，我和孔塞伊会在上面等着您的。”

加拿大人没等我答话，便匆匆忙忙地走了出去。

这时，我走到客厅里去，想确定一下鹦鹉螺号的准确方位。我发现，艇正以惊人的速度，在水下五十米深处，向东北偏北方向疾驶。

读书笔记

最后，我又向着那些大自然的珍品，那些堆积在陈列室里的丰富的艺术品和收藏品投去一瞥。这些举世无双的稀世藏品总有一天将同收藏它们的那个人一起葬身海底。我想把它们深深地烙在我的脑海之中，所以便在此待了一个小时。我沐浴在从天花板上投射下来的灯光里，浏览着这些陈列在玻璃橱柜中的闪闪发光的璀璨珍宝，然后，我便回到了自己的舱房中。

在房间里，我换上了结实的航海服。我把笔记本收拢在一起，小心仔细地捆绑在身上。此刻，我的心在剧烈地跳动着，无法抑制。如果这时候碰见尼摩艇长，他一定一眼就会看出我慌乱、激动的样子，那就大事不好了。

读书笔记

可他此时此刻在干什么呢？我靠近他的房门，倾身细听。我听见了脚步声，说明他正在他的舱房里，还没有睡。我每听到他走一步，我就会觉得他会突然出现在我的面前，责问我为什么要逃走！我老是觉得会出事，而我越这么想就越是惊惧恐慌。这种感觉让我头痛欲裂，以致我就在想，倒不如豁出去，闯进尼摩艇长的房间里，干脆跟他把话挑明算了！

这真是个疯狂可怕的念头。还好，我及时地克制住了自己。我到床上躺下来，让紧绷着的神经舒缓一下，平复一下体内的骚动不安。我的神经倒是舒缓了一点，但大脑仍旧处于过度兴奋的状态。我被抛出亚伯拉罕·林肯号，被囚于鹦鹉螺号以来所经历的快乐与扫兴的事情，一桩桩，一件件，全都涌上了心头：海底打猎，托雷斯海峡，巴布亚土著人，搁浅，珊瑚墓地，苏伊士海底隧道，桑托林岛，克里特岛的潜水人，维哥湾，亚特兰蒂斯，大冰盖，南极，受困冰层，大战章鱼，墨西哥湾暖流造成的暴风雨，复仇者号，以及那艘铁甲舰带着全体水兵沉入海底的可怕情景……这一切之一切，如同舞台上的布景，在我眼前闪过。在这个奇异的领域里，尼摩艇长突然间变得高大起来，超凡脱俗，高大无比，他已经不再是我的同类，而是水中人，是大海里的精灵。

回顾这一段难忘的海底奇遇，教授必定百感交集。

已经是晚上九点半钟了。我双手紧紧地抱着脑袋，免得它炸裂开。我闭上了眼睛。我不想再思来想去的了。还得等上半个小时！这犹如噩梦一般的半小时会让我发疯的！

这时候，我隐隐约约地听到有管风琴的声音传来，那乐曲声如泣如诉，宛如哀乐，那是一颗与世隔绝的心灵所发出来的哀怨。我屏住气息，凝神静听着那乐曲声，与尼摩艇长一样陶醉在他神游化外的音乐之中。

借助哀怨的音乐委婉地展现了尼摩艇长的内心世界。

突然间，我脑子里冒出一种不祥的想法，吓了我一大跳：尼摩艇长走出了自己的房间。他待在了我逃跑时所必须经过的客厅里。我将在客厅里跟他做最后一次晤面。他看着我，他也许还想同我说点什么！他也许做一个什么手势，就会让我死无葬身之地！他只要说一句话，就能把我困在他的艇上！

此刻，十点的钟声马上就要敲响。我得离开自己的舱房，去同我的两个同伴会合了。

此时，即使尼摩艇长出现在我的面前，我也没什么可犹豫的了。

我轻手轻脚地把房门打开，其实并无声响，但我却觉得门在发出巨响。那可怕的响声也许是我脑子里想象出来的！

我蹑手蹑脚地在昏暗的纵向通道里往前走去，每迈一步，就得停一停，让心跳平息一下。

我摸索着来到了客厅的角形门前，轻轻地把门打开。客厅里黑乎乎的，只听见那轻飘飘的管风琴声，尼摩艇长就在那里。但他没有发现我，我甚至在想，即使客厅里灯火通明，他也不会看见我，因为他已全身心地沉浸在他的乐曲中了。

我在地毯上小心翼翼地挪动着脚步，生怕碰到什么东西，发出声响，暴露了我。我花了五分钟的工夫才一步一挪地挪到客厅顶头的那扇通往图书室的门。

我正要打开那扇门，只听见尼摩艇长突然发出一声叹息，吓得我僵直地定在了那儿。我知道他要站起身来了。我甚至影影绰绰地瞥见了他，因为图书室里的灯光漏进了一些到客厅里来。他双手搂抱在胸前，静静地向我走过来，其实，他不像是在走，而是像幽灵似的悄无声息地闪了过来。他心里好像堵着点什么，胸脯因呜咽抽泣而一起一伏着。我听见他在喃喃自语——那是他传到我耳朵里的最后的话语：

“全能的上帝啊！够了！够了！”

这是不是此人发自内心的忏悔啊……

我疯了似的冲进了图书室。我跑上了中央扶梯，沿着上层的纵向通道，跑到了小艇前。我从入口钻进了小艇里。我的两个同伴已经从这个入口进去了。

“走吧！快走！”我大声说道。

“好嘞！”加拿大人应答道。

鹦鹉螺号艇体钢板上的孔洞本是关闭着的，内德·兰德身上带着扳手，把螺丝拧上，同时也把通往小艇的入口给关上了，然后，他便拧开把小艇固定在艇上的那些螺丝。

突然，艇内传来说话声。是许多人在说话的声音，说话声非常地急促。怎么了？出什么事了？是有人发现我们逃跑了吗？我感觉到内德·兰德塞给我一把匕首。

“好吧！”我小声说道，“我们就跟他们拼了！”

加拿大人把正忙活的事停了下来。这时候，我听见艇里的人在一迭连声地喊着一个词，一个极其吓人的词。这一下，我便顿时明白过来，鹦鹉螺号上的那份骚动，并不是冲着我们来的！

“迈尔大漩流！迈尔大漩流！”鹦鹉螺号上的人都在大声叫喊着。

逃跑的关键时刻，鹦鹉螺号遇上了大麻烦。

迈尔大漩流！在我们正准备逃跑的情况之下，心里本来就够紧张害怕的了，可是，一听到他们喊出的这个名称，我们那一惊，可真的是非同小可！这么说，我们已身处挪威海岸那极其危险的海域里了？在我们的小艇将要脱离鹦鹉螺号的时候，鹦鹉螺号就要被卷进迈尔海峡的大漩流中去了？

人所共知，海水涨潮的时候，佛罗埃群岛和罗佛丹群岛中间夹着的那股汹涌澎湃的水流，势头凶猛，锐不可当，它在这里形成一个巨大的漩涡流，惊涛骇浪从四面八方猛扑过来，船只一旦被卷入，绝无生还的可能。这个大漩流被人恰如其分地称为“大西洋的肚脐眼”。这个大漩流吸力大得无可比拟，在其周围十五公里的范围内，任何东西都逃脱不了它的巨大吸力。被它吸入“肚脐”内的不仅仅是船只，还有鲸鱼，甚至北极的白熊。

鹦鹉螺号被它的艇长无意之中——或者也许是有意为之——给引到了这个大漩流中来。鹦鹉螺号被吸住了，在画着螺旋形的圈圈，圈圈越画越小。我感觉到，仍旧附着在大艇身上的我们的那只小艇，也跟着大艇在以令人目眩的高速度在旋转着。我在经受着这种飞速旋转所引起的惯性旋转。我们处于极度的惊慌和恐惧之中，仿佛血液都停止了循环，神经丧失了反应，浑身上下如垂死之人似的在冒冷汗！我们的这只弱不禁风的小艇周围，一片轰鸣的可怕声响，几海里之外都能听到那海浪咆哮的吼声！海水冲击海底的尖利礁石，发出刺耳的碎裂声！再坚硬的物体，撞到那些礁石上，无不粉身碎骨！被卷进漩涡中的粗大树干，按挪威人的说法，也都变成了“毛皮上的绒毛”！

极言迈尔大漩涡的恐怖，突出教授三人所处环境的险恶。

钢筋骨架的鹦鹉螺号在这个大漩流面前也显得脆弱。大自然的破坏能力远远超出我们的想象。

处境极其不妙！我们一直被颠来簸去，晃个不停。鹦鹉螺号像人一样在挣扎着，它的钢筋铁骨的身架在不断地发出咔咔的声响。它有时会被冲得竖立起来，我们也跟着它直立起来。

“必须坚持住，”内德说，“把螺丝再往紧里拧！牢牢地挂住鹦鹉螺号，我们或许能够获救……”

他的话还没说完，只听见咔嚓一声，螺丝掉了，小艇脱离了艇槽，如同一块被投石器投出的石头一样，被抛到漩涡里去了。我的头撞到了一根铁杆，立即被撞晕了过去。

## 精华赏析

击沉战舰的尼摩艇长没有因为复仇成功而开心雀跃，而是在默默承受着良心的拷问。压抑的情感无处得到释放，只能悲痛而无奈地喊出一句“全能的上帝啊！够了！够了！”鹦鹉螺号是无意还是有意陷入迈尔大漩流的，我们无从知晓，但是我们明白鹦鹉螺号的沉没是不可避免的，尼摩艇长的悲剧命运也是必然的。

## 延伸思考

你怎么理解尼摩艇长最后一句话“全能的上帝啊！够了！够了！”？

# 二十三 尾声【精读】

**名师导读**

教授、孔塞伊、内德·兰德三人从可怕的迈尔大漩流中奇迹般生还，而尼摩艇长以及他的鹦鹉螺号则不知去向。尼摩艇长究竟是谁？他是否还活着？他能够从仇恨中走出来吗？鹦鹉螺号能否安然无恙？航行结束了，故事却留给我们更多的悬念。

现在，已经是此次海底之行的结束篇了。当我苏醒过来的时候，我发觉自己已经躺在罗佛丹群岛的一个渔民小屋里了。我的两个同伴，内德·兰德和孔塞伊，也安然无恙地守护在我的身旁，紧紧地握住我的手。我们彼此激动不已地拥抱在一起。那天夜晚，小艇是怎么逃脱大漩流那可怕的漩涡的，内德·兰德、孔塞伊和我，我们又是如何从那漩涡中逃生的，等等这一切，我都说不清楚。

名师点评：历经生死考验，教授三人之间的关系也变得更加亲密。

此刻，我们尚无法考虑回法国的事。从挪威北部去其南部，交通工具很少，从诺尔角出发，经过这里到法国的汽轮，半个月才发一班，所以我们只有耐心地等待。

于是，就在这里，在那些收留我们的朴实正直的人们中间，我又把这次冒险经历的笔记看了一遍。这本笔记所记录的东西十分准确，既未遗漏什么，也没夸大其词，而是忠实地记录下了这次海底之行。在这个人类难以到达的海底进行这样的一次探险，看上去确实令人觉得颇不真实，但随着科学的发展进步，总有一天，海底定会成为通途的。

读书笔记

人们是否会相信我所说的这些事呢？这我无从得知。不过，话说回来，信不信无关紧要。现在，我可以肯定的是，我有资格谈论我在十个月左右的时间里在海底跑了两万里的大海大洋，我有资格谈论那海底世界，在穿越太平洋、印度洋、红海、地中海、大西洋、南极和北极海的时候，它们向我展示的是多么奇妙、壮观的海底世界啊！

尼摩艇长自始至终都是谜一样的人物。

可是，鹦鹉螺号后来怎么样了呢？它挣脱了迈尔海峡的大漩流了吗？尼摩艇长还活着吗？他是仍旧在海底进行他的可怕的复仇呢，还是在那次大屠杀之后已歇手不干了？海浪是否有一天会把那本记载着他全部生活经历的手稿带给我们呢？我有朝一日能够得知他姓甚名谁吗？那艘沉没的战舰能够通过它的国籍让我们获知尼摩艇长到底是哪国人吗？

凡此种种，我都想弄个明白。同样，我也希望尼摩艇长的那艘动力强大的潜艇能够战胜海洋中最可怕的大漩流，希望他的鹦鹉螺号在那个无数的船只葬身的地方得以绝处逢生！如果真的天遂我愿，如果尼摩艇长依然生活在海洋这个他为自己选中的祖国中，但愿仇恨能在他的那颗充满着仇恨的心中得以消逝！但愿他每天每日在海底那奇珍异宝中间漫游，饱览海底美景奇观，使心中的复仇烈火最终熄灭！但愿那个手执正义之剑的尼摩艇长全身而退，而那个学者的尼摩艇长继续在海底进行他的探索研究！他的命运虽奇异怪诞，但他却是崇高无比的。难道我会不理解他吗？我不是也亲历了十个月的那种超自然的生活吗？因此，对于六千年前，《圣经》中《传道书》里所提出的那个问题：“谁得以探测出大洋深处的深度？”现在我相信人类中有两个人有资格加以回答了。那就是尼摩艇长和我。

表现出尼摩艇长的无比勇敢和为人类造福的牺牲精神。

阿罗纳克斯教授真的厌恶尼摩艇长吗？试着说明理由。

# 读者感悟

## 《海底两万里》读书感悟

河北　张慧

《海底两万里》是法国小说家儒勒·凡尔纳的科幻三部曲中的第二部。故事发生在一艘名为鹦鹉螺号的潜艇上，1866年，许多海上船只受到一只“大海怪”的惊扰，为此美国派出“亚伯拉罕·林肯号”出海捕杀这只海怪。法国博物学家阿罗纳克斯教授受邀参加这次行动，不料，在这次行动中不幸落水。后来，教授与一同落水的仆人孔塞伊、捕鲸手内德·兰德惊奇地发现：这只所谓的“大海怪”竟是一只依靠各种海洋资源运行的潜艇。潜艇的主人尼摩艇长为使这个秘密不被泄露，强迫三人留在这艘潜艇上。

他们接受尼摩艇长的邀请进行海底探险，他们从太平洋出发，途经珊瑚岛、印度洋、红海、地中海，进入当时还很神秘的大西洋，目睹了罕见的海洋动植物和奇特的海底景象，亲身参与了海底捕猎、海底采珠等行动，亲历了潜艇搁浅、土著人围攻、同鲨鱼搏斗、冰山封路、章鱼袭击等许多危险事件。最终，在迈尔大漩涡中，阿罗纳克斯教授等人因祸得福，成功地逃出鹦鹉螺号，把“大海怪”的真相公布于众。

小说的主人公尼摩艇长是一个神秘、传奇式的人物。他博学多才，精通多领域知识，而身份又极其神秘。他和一群同样不明身份的人一起建造了这艘坚固结实、设备先进的潜艇，在海底进行着各种海洋研究。他是一个善良的人：为不幸遇难的朋友落泪；拱手相送上百万的黄金，支持受压迫的人们起来反抗；不顾危险舍身救助采珠人。在他的善良中又有几分“冷血”：不顾及别人的感受，强行干涉别人的自由；为了复仇，对敌人进行残酷的报复。

作者巧妙地把丰富的科学文化、地理地质知识与跌宕起伏的故事情节结合在一起，布局巧妙，结构精巧，时而险象环生，时而赏心悦目。儒勒·凡尔纳惊人的想象力和推理能力是最令我叹服的。他把科学性与故事性相结合，为我们创造了一个神奇的海底世界。书中潜艇的发明、电的多领域使用，在那个连电灯都没有发明的时代显得格外惹眼。海底森林、进入地中海的海底隧道、大西洋上沉没的陆地，许多幻想在今天也得到了验证。

一部经典的小说，离不开思想的支撑。凡尔纳讲述故事的同时，也告诫人类，在改造自然的同时，更要注重保护自然，小说中提出要保护珍稀动植物，禁止滥捕滥杀。任何事物都有两面性，而工业革命的两面性就在于带来社会进步的同时，也使我们生活陷入困境，珍稀动物的灭绝、大自然生物链的人为破坏，使人们得到了应有的报应。有时天灾虽非人为，但一定程度上还是与人类的活动有着密不可分的联系。

## 延伸阅读

### 儒勒·凡尔纳的成功秘诀

儒勒·凡尔纳在40多年的创作生涯中，共记录了上万册笔记，104卷小说。他每天早上五点钟准时起床，一直工作到晚上八点。在每一天的创作中，只有吃饭时他才会休息一会儿。吃饭时，他总是搓搓酸胀的手，迅速吃完饭，抹抹嘴继续写作。妻子问他，既然已经写那么多了，为什么还抓得那么紧，凡尔纳笑着回答说："你记得莎士比亚的一句名言吗？轻易放弃时间的人，时间最终也会抛弃他。所以，怎么能不抓紧时间呢？"原来，从不浪费时间就是凡尔纳成功的一大秘诀。

为创作《海底两万里》，1865年，凡尔纳特地购买了一艘捕鱼船，去实地考察布列塔尼和诺曼底海岸线。1868年，他再次进行海上考察。这一年的9月，他指挥这条捕鱼船行至格雷夫森德，他写道："刚刚创作完成了《海底两万里》的第一卷……海景美极了，给想象增添了不少燃料。"看来，求真务实、亲身实践是他成功的又一秘诀。

# 真题演练

## 一、填空

1. 儒勒•凡尔纳是________科幻小说家，他是现代科幻小说的重要奠基人。他被公认为“__________”。

2.《海底两万里》是凡尔纳科幻三部曲的第二部，其余两部是：____________和____________。

3. 凡尔纳的作品形象夸张地反映了 19 世纪__________时代人们征服自然、改造世界的意志和幻想，并开创了西方现代__________小说的先河，我国的科幻小说大多也受到他的作品的启发和影响。

4.《海底两万里》主要讲述发生在________上的故事。1866 年有人以为在海上看到了一条________，法国博物学家________最后发现那是一艘名为________的潜艇，并且带着仆人________和一个捕鲸手________，乘坐这艘潜艇在海底做了____________的环球旅行。

5.《海底两万里》中__________潜艇是艇长__________在大洋中的一座荒岛上秘密建造的，船身坚固，利用 __________发电。

6.《海底两万里》中尼摩船长说了一句话来形容人类的进步：__________。

7.《海底两万里》中人物在印度洋的珠场和________展开过搏斗，________手刃了它；他们在红海里追捕过一条濒临绝种的__________，它的肉当晚就被端上了餐桌。

8. 你还知道作者的哪些作品？写出其中几部：____________、____________、____________。

9. __________是凡尔纳的作品中文学性与科学性结合得最好的一部佳作。

10. 在儒勒·凡尔纳的创作之路上，大作家__________对他产生了非常大的影响。

11. 儒勒·凡尔纳受到了著名女作家__________的影响，创作了《海底两万里》。

12. 联合国教科文组织的一项资料表明，__________是世界上拥有最多读者的十大作家之一。

## 二、简答

1. 复述《海底两万里》的主要内容。
2. 你认为尼摩艇长是一个怎样的人？
3. 书中的哪些想象和设想如今已经变成了现实？试举例说明。
4. 阅读全文，在地图上画出这次海底探险的全程路线。

---

# 答案

## 一、填空

1. 法国 现代科学幻想小说之父
2. 《格兰特船长的儿女》《神秘岛》。
3. 机器 科幻
4. 鹦鹉螺号 独角鲸 阿罗纳克斯 鹦鹉螺号 孔塞伊 内德·兰德 两万里
5. 鹦鹉螺号 尼摩 海洋能源
6. “人类进步的实在是太慢了。”
7. 鲨鱼 内德·兰德 儒艮

8.《八十天环游地球》《气球上的五星期》《机器岛》《隐身新娘》等。

9.《海底两万里》

10. 大仲马

11. 乔治·桑

12. 儒勒·凡尔纳

## 二、简答

1. 小说讲述了发生在“鹦鹉螺号”上的故事。1866 年，海上船只频繁遭到“大海怪”的袭击。所以美国派了一艘战舰——“亚伯拉罕·林肯号”捕杀这只“大海怪”。法国博物学家阿罗纳克斯教授受邀参加了这次行动。不料，“亚伯拉罕·林肯号”受到“大海怪”的猛烈攻击。阿罗纳克斯教授、捕鲸人内德·兰德以及教授仆人孔塞伊不幸落水，后被“大海怪”所救，见到了“大海怪”的主人——尼摩艇长。随后，便跟着尼摩艇长开始了惊险刺激的海底两万里探险。最终，他们不堪忍受海底沉闷的生活，设法逃走，最终回到了陆地。

2. 尼摩艇长是一个神秘而富有传奇色彩的人物。他既和善又危险，脾气既温和又狂躁；有着渊博的学识，通晓天文地理等多领域知识；遇事沉着冷静，果敢机智；身上带着强烈的复仇意识，外表冷酷而内心炽热；一生追求自由，反抗压迫，不满殖民主义的野蛮行径，勇于支持被压迫民族的正义抗争。

3. 潜水艇、潜水服、电的广泛使用、登陆南极等，都已成为现实。

4. 从太平洋出发，经过珊瑚岛、印度洋、红海、地中海、进入大西洋、南极……（具体详图略。）

# 写作出击

写作是语文学习中不容轻视的一部分，但是写作不可能一蹴而就，高水平的写作离不开辛勤的耕耘。但有时辛勤的耕耘不一定换来应得的收获，原因有很多，想象力不足就是其中一个非常重要而又极易被忽略的原因。

想象力是创造的源泉，而写作本身就是一种创造。合理的想象可以使文学作品充满神奇与魅力。那些成功的中外名著无一不是在合理想象的基础上创作出来的。凡尔纳的这本《海底两万里》就离不开作者丰富而异乎常人的想象力。没有想象力的作品就犹如没有翅膀的鸟儿，缺乏语言的灵动美和思想的丰富性。因此，培养想象力是提高写作水平的一项重要内容。

丰富的想象来源于丰富的生活体验，建立在生活之上的想象才是合理的想象。在日常生活中要多观察、多积累、多思考，在这个基础上提升自己的想象力，否则只能是空中楼阁。开拓阅读视野、积累知识也是培养想象力的一种有效途径。人类文明发展到今天，前人给我们留下了丰富的精神遗产，取其精华，去其糟粕，在继承的基础上才能创新，才能培养想象力。

丰富的想象力可以创造一个虚拟的世界，在这个世界中你能够实现现实生活中不可能实现的梦想。合理的想象力能够让你的作文出类拔萃。

《海底两万里》展现了作者丰富的想象力，这也是能够吸引大家阅读的重要因素。故事结尾留给了我们无限的遐想，尼摩艇长是否还活着？鹦鹉螺号能够逃脱迈尔大漩流吗？不妨大胆展开想象，试着续写一个故事结尾，看谁的故事结尾写得既精彩又合理。

# “爱阅读”文库

## 首批推出

| | |
|---|---|
| 1.《红楼梦》 | 22.《在人间》 |
| 2.《三国演义》 | 23.《钢铁是怎样炼成的》 |
| 3.《水浒传》 | 24.《爱的教育》 |
| 4.《西游记》 | 25.《海底两万里》 |
| 5.《朝花夕拾·呐喊》 | 26.《简·爱》 |
| 6.《鲁迅杂文集》 | 27.《茶花女》 |
| 7.《朱自清散文》 | 28.《木偶奇遇记》 |
| 8.《论语通译》 | 29.《红与黑》 |
| 9.《孟子选注》 | 30.《假如给我三天光明》 |
| 10.《庄子选注》 | 31.《小王子》 |
| 11.《女神》 | 32.《八十天环游地球》 |
| 12.《茶馆》 | 33.《格列佛游记》 |
| 13.《骆驼祥子》 | 34.《昆虫记》 |
| 14.《呼兰河传》 | 35.《汤姆叔叔的小屋》 |
| 15.《小学生古诗文阅读》 | 36.《呼啸山庄》 |
| 16.《初中生古诗文阅读》 | 37.《少年维特之烦恼》 |
| 17.《高中生古诗文阅读》 | 38.《名人传》 |
| 18.《羊脂球》 | 39.《鲁滨孙漂流记》 |
| 19.《巴黎圣母院》 | 40.《莫泊桑短篇小说选》 |
| 20.《童年》 | 41.《傲慢与偏见》 |
| 21.《我的大学》 | 42.《爱丽丝漫游奇境记》 |

# 读者反馈卡

“爱阅读”文库作为课外阅读的系列图书，内容广泛，知识实用，针对性强，对全面提高中小学生的语文素质，大力推进新型的学习方式具有重要作用。我们相信本套书一定能够成为中小学生的良师益友，同时我们也热忱地期盼您的反馈意见，快快发邮件给我们吧！

## 您的信息

姓名：__________ 性别：__________ 年龄：__________

学校：__________ 班级：__________ 电话：__________

通信地址：______________________________

购书时间：______________________________

## 您的评价

本书的优点：______________________________

本书的缺点：______________________________

阅读本书的收获：______________________________

______________________________

您在本书中发现的错误：______________________________

______________________________

您对本书的改进建议：______________________________

______________________________

## 我们的联系方式

邮箱：shuxiangwenya@126.com

爱阅读
高等教育出版社样书章
8267